푸른 묘점

옮긴이 김욱

언론계 최일선에서 오랫동안 활동했다. 현재는 인문, 사회, 철학, 문학 등 다양한 분야의 서적들을 탐독하며 사유의 폭을 넓히고 있다. 지은 책으로는 『탈무드에서 마크 저커버그까지』, 『성공한 리더십, 실패한 리더십』, 『관리자 성공학』 등이 있으며, 옮긴 책으로는 마쓰모토 세이초의 『미스터리의 계보』 및 『죽음이 삶에게』, 『당당하게 늙고 싶다』, 『지적 생활의 발견』, 『인간의 벽』, 『지로 이야기』, 『데르수 우잘라』, 『천상의 푸른빛』, 『황천의 개』 등이 있다.

AOI BYOTEN
by Seicho MATSUMOTO
Copyright© 1979 by Yoichi MATSUMOTO
Original Japanese edition published by KOUBUNSHA Publishing Co., Ltd.
Second Japanese edition published by SHINCHOSHA Publishing Co., Ltd.
Korean translation rights arranged with SHINCHOSHA Publishing Co., Ltd.
through Shinwon Agency Co.
Korean translation copyrights© 2012 by Booksphere Publishing House

이 책의 한국어판 저작권은 SHINCHOSHA Publishing Co., Ltd.와 신원 에이전시를 통해 Yoichi MATSUMOTO와의 독점계약으로 도서출판 북스피어에 있습니다.
저작권법에 의해 한국 내에서 보호를 받는 저작물이므로 무단전재와 무단복제를 금합니다.

* 이 도서의 국립중앙도서관 출판시도서목록(CIP)은 e-CIP홈페이지(http://www.nl.go.kr/ecip)와 국가자료공동목록시스템(http://www.nl.go.kr/kolisnet)에서 이용하실 수 있습니다.(CIP제어번호: CIP2012006185)

* 표지의 사진은 어디까지나 이미지 사진이므로, 본서에 묘사되어 있는 실내 등의 기술과는 차이가 있습니다.

푸른 묘점
蒼い描点

마쓰모토 세이초
장편 미스터리

김욱 옮김

북스피어

푸른 묘점

차례

여류 작가	007
변사	046
부재의 의미	087
오다와라에서	125
다쿠라의 행동	161
아무도 없었다	187
편집장의 의견	217
동인 잡지	246
여행의 애환	272
그 남매	302
예감	332
수사 문답	362
자살자	392
추상화	419
세 개의 X	449
유인	472
어두운 불빛	524
해설	579

† **일러두기**
 본문의 모든 주는 옮긴이 주입니다.

여류 작가

1

시이하라 노리코는 신주쿠 역에서 오후 4시 35분에 출발하는 오다 급행 기차를 타고 하코네화산 분화구 지대에 위치한 유명한 온천 지역로 향했다.
다마가와 강의 철교 위에서 내려다본 강물에는 사람들과 보트가 떠다녔다. 7월의 태양은 기울어 갔지만 태양빛은 여전히 물 위에서 불타고 있다. 잠시 후 사가미 평야가 파랗게 펼쳐지자 뜨거운 햇볕이 창으로 들이닥치듯 밀려들었다. 노리코가 앉아 있던 쪽 승객들이 황급히 커튼을 쳤다.
그 소동에 번역본 문고판을 읽고 있던 노리코도 고개를 들었다.
시간이 시간인 만큼, 기차 안에는 하코네에서 숙박할 것 같은 손님들이 보였다. 젊은 아베크족도 있고, 중년의 나이에 부부는 아닌 듯한 커플도 있다. 모두 즐거운 듯 이야기를 주고받는다. 오다와라에서 내리는 통근길 직장인들은 한결같이 지친 얼굴로 묵묵히 눈을 감고 있었다.

노리코 옆에 앉은 남자도 퇴근 후 집에 가는 길인지, 와이셔츠를 입은 팔을 창가에 올리고 그 위에 얼굴을 묻은 채 땀을 흘리며 자고 있었다. 노리코는 지루했다. 그녀는 하코네의 미야노시타에 가는 중이었는데 마음만은 옆자리에 앉은 남자와 똑같았다. 요컨대 지금부터 2박 3일 일정으로 출장을 가는 길이다.

같은 하코네 숙박이라도, 다른 승객들과는 그 목적이 완전히 다르다.

노리코는 작년에 여대를 졸업하고 요코샤에 입사했다. 요코샤는 문예 작품을 출판하는 곳이지만, 《신생 문학》이라는 잡지도 간행한다. 그녀는 곧 잡지의 편집부에 배치되었다. 반년 동안은 교정과 레이아웃 등을 배웠고 작년 가을부터는 외부 활동을 하게 되었다. 출판사의 외부 활동이란 작가를 찾아가 원고 청탁과 독촉을 하고, 완성된 원고를 받아오는 일이다.

노리코는 작가들로부터 눈치가 빠르다는 호평을 받았다.

"내 담당은 계속 시이하라 씨로 부탁해요."

이렇게 편집장에게 주문하는, 잘나가는 작가도 있었다.

"시이하라 씨, 원고는 조금 늦게 가져가도 괜찮지? 오늘 저녁에 내가 한턱 낼게."

이렇게 붙들고 식사를 대접하는 평론가도 있었다.

"그야 시이하라가 귀엽게 생겼으니까 그렇지."

편집장인 시라이는 절반은 하얗게 센 장발을 쓸어 올리며 긴 턱에 웃음을 지었다. 노리코는 얼굴을 붉히며 도망쳤다. 좁지만 동그란 얼굴과 균형 잡힌 몸매가 젊음을 바깥으로 뿜어내고 있었다. 걸음걸이 역시 발레라도 하는 양 유연해 보였다.

실제로 일에 있어서도 빠릿빠릿하게 행동했다. 마감이 닥치면 필자와 편집부, 편집부와 인쇄소를 민첩하게 오가며 일을 처리했다.

노리코는 신입 사원임에도 요코샤의 핵심 작가 서너 명을 담당했다. 오래전부터 이 회사에서 일해 온 남자 편집자가 뒤에서, "시라이 편집장은 리코라면 껌뻑 죽으니까" 하고 혀를 찼지만, 특별히 나쁜 감정이 있는 건 아니었다. 노리코는 이름을 줄여 리코라는 애칭으로 불렸다.

"싫어요, 리코라니. 카바레에 나가는 여자 이름 같아."

노리코는 두세 번 항의했지만 젊은 편집자들은 재미있어하며 받아들이지 않았다. 리코라는 별명은 그녀의 분위기와 쾌활한 젊음을 잘 드러냈다.

오다 급행에 몸을 싣고 하코네로 향하는 노리코는 현재 그다지 쾌활한 기분이 아니다. 그녀가 담당하는 여류 작가 무라타니 아사코의 원고가 기한보다 훨씬 늦어졌기 때문이다. 예정된 마감일에서 이틀이나 지났다. 약속이 오늘 오후까지였기에 세타가야의 자택에 갔지만 문이 잠겨 있었다. 당황한 노리코의 눈에 핀으로 현관 한쪽에 꽂아 놓은 봉투가 보였다. 수신란에 '시이하라 노리코 님에게'라고 적힌 펜글씨를 보고 봉투를 열어 보니, 무라타니 아사코의 필체로 '원고가 늦어져서 미안해요. 이번 달은 피곤해서 그만 쓰고 싶습니다. 행선지는 하코네의 미야노시타, 스기노야 호텔입니다'라고 적혀 있었고, 전화번호가 정성스럽게 쓰여 있었다. 연락하려면 이쪽으로 하라는 뜻이다.

편지를 들고 급히 회사로 돌아오자 시라이 편집장이 긴 턱을 내밀며 눈을 부라렸다.

"무슨 말을 하는 거야? 이제 와서 그런 정신 나간 소리를 하면 어쩌자는 거야. 우린 이틀이나 기다리면서 자릴 비워 두고 하품이나 하고 있었다고. 좋아, 지금 당장 하코네에 전화해."

편집장은 욕설을 퍼부었지만 하코네의 스기노야 호텔 프런트를 통해 무라타니 아사코와 연결되자, "무라타니 선생님이십니까? 이거 큰일 났습니다. 좀 도와주세요. 이달은 벌써 여름을 타서 다른 괜찮은 원고가 없어요. 선생님 작품이 메인이라고요. 정말입니다. 그러니 부탁드릴게요. 오늘 밤 그쪽으로 시이하라를 보낼 테니 내일 저녁까지 어떻게든 꼭 좀 써 주세요. 네? 무리라고요? 무리라면 모레 오후까지 최대한 기다리겠습니다. 다시 한 번 부탁드립니다. 선생님 원고가 들어오지 않으면 이달엔 잡지를 내도 의미가 없어요" 하고 비위를 맞추며 애원했다.

무라타니 아사코阿沙子라는 작가는 금년에 서른두 살로, 본명은 麻子아사코라고 쓴다. 남편 무라타니 료고는 증권 회사에 다녔다.

무라타니 아사코는 삼 년 전 어느 출판사가 주최한 현상懸賞 소설 공모전에 가작으로 입선한 뒤 갑자기 언론의 주목을 받았다. 작품의 문학성은 그다지 높지 않았지만 소재가 독특하고 줄거리가 흥미로웠다. 읽어 보면 무척 재미있다. 게다가 다이쇼 말년부터 쇼와에 걸쳐 활약한 법학박사 시시도 간지의 딸이라는 사실도 알려지게 되었다. 시시도 박사는 자유주의 법리학자이면서, 뛰어난 문장력으로 많은 수필을 남겨 유명했다. 아사코는 시시도 박사의 넷째 딸이었다.

그 출판사에서는 흥미를 가져 두 번째 작품도 청탁했다. 그러자 또다시 전작을 능가하는 재미있는 이야기를 보내 왔다. 문장도 무척 뛰어났다. 아무래도 돌아가신 아버지에게서 대물림받은 재능 같았다. 그 사실은 그녀의 신상에 제법 빛을 더해 주었다. 즉, 출신 성분이 좋다는 뜻이다. 좋은 출신은 일본인의 기호에 속한다. 언론이라 해도, 아니, 출신 성분을 가장 중히 여기는 데가 언론일지도 모른다.

두 번째 작품도 출간되자 호평을 받았다. 작품이 재미있는데다 작가가 여자이고, 게다가 수필가로 명성을 떨친 시시도 간지의 딸이었기에 역시 피는 못 속인다는 평가를 받았다. 이 점이 인기 비스름한 것을 형성했다.

무라타니 아사코는 곧 잘나가는 작가가 되었다. 다작은 아니지만 발표하는 작품마다 꽤 좋은 평가를 받았다. 그녀의 배후에 시시도 간지의 이름이 엷은 광선처럼 떠 있음을 독자들도 알아차렸지만, 이는 예의 좋은 출신 성분과 관련이 있기 때문에 그녀에게는 손해될 것이 없었다.

무라타니 아사코는 빨리 쓰는 작가는 아니었다. 어느 쪽이냐면 꽤나 까다로운 작가였다. 작가 중에는 편집자를 옆방에서 기다리게 해 놓고 하룻밤 만에 소설 한 편을 써 내려가는 사람이 있는가 하면, 담소를 나누면서 원고지 위에서 펜을 굴리는 작가도 있다.

하지만 사람을 가까이 오지 못하게 하고, 한낮에도 덧문을 닫은 채 완전히 홀로 있지 않으면 쓰지 못하는 작가도 있다. 무라타니 아사코는 후자에 해당한다. 아무리 원고가 늦어져도 편집자를 집 안에 들여놓고 기다리게 하는 일은 절대로 없었다.

"다른 사람이 집에서 기다리고 있으면 마음이 산란해져서 도저히 못 쓴다니까요."

무라타니 아사코는 살찐 얼굴을 저으며 눈썹을 찡그리고 이렇게 말한다. 갓난아기처럼 턱이 두 겹이고, 작은 눈과 낮은 코가 태평스럽게 자리 잡고, 윤기가 흐르는 얼굴을 보고 있으면 그녀의 어디에 이처럼 신경질적인 면이 숨어 있는 걸까 싶지만, 아무래도 소설가니까 그러려니, 하고 받아들여졌다.

소문에 따르면 집필중에는 집에서 일하는 가정부마저도 작업실 장지 문을 열지 못한다고 한다. 어쩔 수 없는 용건이 생겼을 때는 버저를 눌러 그녀에게 알려 준다. 그러면 그녀는 살찐 몸을 귀찮은 듯이 흔들며 방에서 나와, 번거롭다는 듯이 용건을 듣는 것이다. 대낮부터 덧문을 닫고 한밤중과 비슷한 상태로 만드는 정도는 아니었지만 그녀가 원고를 쓸 때만큼은 주위와 철저히 격리되는 조건이 필수였다. 대체로 글이 느린 작가일수록 그런 경향이 강한 것 같다.

한데, 무라타니 아사코는 언론에 등장한 이후 이삼 년간은 상당한 수의 작품을 썼지만, 최근에는 어떻게 된 영문인지 속도가 떨어졌다. 청탁을 해도 약속한 달에 마치지 못하고 한두 달씩 연기하는 경우도 있었다.

"슬럼프에 빠진 것 같아. 잘 써지지가 않아."

그녀는 눈살을 찌푸리며 원고를 받으러 온 편집자에게 푸념을 늘어놓았다. 하지만 그러고 나서는, "그래도 곧 탈출하게 될 거야. 벌충으로 다음 번에는 반드시 좋은 글을 써 줄게요. 좀 더 긴 걸 쓰게 해 줘요" 하고 말했다. 그때 그녀는 콧방울에 기름을 띠며 투지에 넘치는 표정으로 그렇게 말했지만, 다음 작품도 어김없이 완성되지 못했다.

실은 《신생 문학》에서도 무라타니 아사코에게서 몇 번째 그런 말을 들은 것만 믿고 이번 달에는 틀림없겠지, 하며 목차를 정한 것이어서 편집장인 시라이도 간단히 포기할 수가 없었다.

"무라타니 씨가 내일 저녁까지는 어떻게든 끝내겠대. 만약 약속을 어긴다면 대체할 원고도 없고 정말 큰일이야. 리코, 오늘 저녁에 하코네에서 하룻밤 자고 꼭 받아 와."

시라이는 노리코에게 그렇게 지시했다.

시이하라 노리코는 아무리 편집장의 부탁이라고 해도 이번 일은 좀 성가시겠다는 생각이 들었다. 하코네에 있다는 무라타니 아사코가 수화기 너머로 알겠다고 대답했다지만, 이번에도 원고 완성은 어렵지 않을까. 오늘 밤은 뭐 그렇다 쳐도, 내일 밤까지도 머무르며 기다렸는데 결국은 허탕치는 건 아닐까. 그런 사태를 방지하려면 오늘 밤에 열심히 독촉해야 한다. 교정 마감이 임박했으니 되도록 내일 저녁까지 원고를 받아서 돌아가 편집장을 안심시키고 싶다. 집필이 느린 무라타니 아사코를 그렇게 몰아가려면 적잖은 노력이 필요할 듯싶다.

신경을 쓰고 있는 탓인지 열차 안에서 보고 있는 문고판 활자도 눈에 들어오지 않았다. 책에 집중할 수가 없었다.

종점인 하코네 유모토 역에 도착했을 때는 해가 산그림자에 가려지고 있어서, 차창이 빨갛게 물들었다. 기차에서 내린 사람들은 역 앞에서 버스나 택시를 타고 하코네 산중 여기저기에 위치한 여관들로 뿔뿔이 흩어질 것이다. 노리코가 탄 칸은 뒤쪽에 있어서, 그녀 앞에는 막 열차에서 내린 사람들이 플랫폼을 줄줄이 걸어가고 있었다. 역시 태반이 커플이었다.

플랫폼이 약간 높은 편이라 역과 역 앞의 버스가 오가는 길이 아래로 내려다보였다. 빠른 걸음으로 출구 계단 쪽으로 향하던 노리코는 무심코 아래로 시선을 내렸다가, 출구를 빠져나와 거리로 쏟아지는 승객 무리에서 안면이 있는 사람을 발견했다.

―다쿠라잖아.

한눈에 알아차렸다. 비쩍 말랐고 키가 크지만 조금 구부정하게 앞으로 숙이고 걷는 걸음걸이와, 무엇보다도 손에 든 검은 가죽 서류 가방이 그의 특징이다. 다쿠라는 평소 버릇대로 한 발 한 발 땅을 꾹꾹 누르듯이 걷고 있었다.

기차에서 그와 마주치지 않은 까닭은 아마도 다른 칸에 탔기 때문일 것이다. 다쿠라도 그녀를 발견하지 못한 모양이다. 그녀를 봤다면 틀림없이 먼저 말을 걸어왔을 터였다.

―칸이 달라서 정말 다행이야.

그녀는 그렇게 생각했다.

별로 좋아하는 인물이 아니다. 다쿠라 요시조는 S출판사라는, 간행물을 잘 내지 않는 삼류 출판사에 소속해 있기만 하고, 실제로는 저급하고 시류를 타는 기획을 세워서 스스로 취재한 뒤 여러 잡지사에 정보를 강매하러 돌아다니는 남자였다. 《신생 문학》에서도 한 번 가볍게 읽을 만한 기사를 내려고 그의 기사를 산 적이 있는데, 그게 엄청난 폭로 기사였던 탓에 쓰지 않은 전력이 있다.

그래도 다쿠라는 툭하면 요코샤에 들러 편집장을 만나고 돌아갔다. 편집부 책상 앞에 앉아 있는 노리코의 얼굴을 익히고, 이야, 요즘 좀 어떠세요, 하며 묘한 웃음을 히죽 짓곤 했다. 언젠가 노리코는 일 때문에 유라쿠초 근처를 지나다가 다쿠라와 딱 마주쳤다. 집요하게 차 한잔 마시자고 붙들어서 난처했던 기억이 있다. 뻔뻔스러운 데가 있는 남자인 만큼 거절한 뒤에도 화가 났다. 그래서 지금도 같은 기차를 탔지만 칸이 달라 짜증나는 일을 피하게 되어 살았다는 생각이 들었다.

노리코는 천천히 플랫폼을 걸어가며 위에서 다쿠라를 관찰했다. 빨리 나갔다가 그에게 잡히면 큰일이다. 장소도 하코네이고, 노리코 혼자였기 때문에 성가신 말을 할지도 모르기 때문이다. 한편으로 다쿠라가 누구와 함께 이곳에 왔는지 보고 싶다는 흥미도 생겼다. 아무튼 하코네 같은 곳에 그가 혼자서 올 리는 없다고 여겼다.

그런데 그런 짐작과는 달리 아무래도 다쿠라는 혼자인 것 같다. 그의 곁에 다가서는 동행인 듯한 여성은 없었다. 역에서 나온 승객 대부분이 제 갈 길을 가서 인적이 뜸해졌지만, 와이셔츠 소매를 걷어 올린 다쿠라는 버스 정류장을 기웃거리며 오다와라에서 오는 버스를 기다린다. 다쿠라 말고도 일고여덟 명이 버스를 기다리고 있었지만 다쿠라의 동행은 아니었다.
　노리코는 이대로 역을 나갔다가는 다쿠라와 정면으로 마주칠 것 같아 대합실에 남았다. 살펴보니 다쿠라는 한 손에 상의와 가방을 들고 한쪽 손으로는 연신 부채질을 하고 있었다. 나이는 마흔쯤 되었을까. 음침한 느낌을 풍기는 늙은이 같은 얼굴이다. 그가 하는 일의 음습함이 용모에도 드러났다.
　―어딜 가는 거지?
　모습으로 봐서, 다쿠라는 당연히 놀러온 게 아니라 수상한 기삿거리를 찾아온 게 분명하다. 최근 하코네 여관들의 비밀스러운 애깃거리라도 알아내러 온 걸까. 아마 그런 일이리라 생각하면서, 노리코는 인내심을 갖고 다쿠라가 버스를 타고 어디론가 사라지기를 기다렸다.

　노리코는 택시를 타고 미야노시타로 향했다. 도중에 다쿠라가 탄 버스를 추월한 건 기분이 좋았다. 버스는 하코네행이었다. 다쿠라는 오늘 밤 어느 여관에서 묵을 생각일까.
　미야노시타의 스기노야 호텔 앞에서 택시를 내렸다. 건물 창문으로 불빛이 한가득 눈부시게 빛났다. 하코네는 이미 황혼 녘이어서 검은 계곡과 산의 위아래에 걸쳐 여관의 불빛이 층층이 반짝였다.
　노리코는 프런트에 가서 투숙객인 무라타니 아사코를 만나고 싶다고 말했다. 나비넥타이를 단정하게 맨 남자가 방에 전화를 걸어 주었다.

"곧 내려오시겠답니다."

노리코는 고개를 끄덕인 뒤 붉은 융단 위에 거드름을 피우듯이 놓인 화려한 손님 대기용 의자에 앉았다. 얼마 안 있어 안쪽 엘리베이터 문이 열리면서 무라타니 아사코의 뚱뚱한 몸이 나타났다. 그녀는 절대로 양장을 하지 않았다. 지금도 엷은 빛깔의 얇은 옷에 하카타 띠를 맸다. 하지만 띠는 그녀의 둥근 동체를 조이고 있다기보다는 그냥 아무렇게나 감아 놓은 상태에 가까웠다.

노리코가 의자에서 일어섰다.

"먼 곳까지 수고가 많네."

무라타니 아사코는 쟁반처럼 둥근 얼굴을 뭉개며, 낮은 코 양쪽에 주름이 지도록 웃었다.

"아닙니다, 선생님."

노리코는 공손히 인사를 건넸다.

"조용히 쉬러 오셨는데 여기까지 이렇게 찾아와서 죄송합니다. 하지만 이번 달에 선생님 원고를 받지 못하면 잡지가 나올 수 없어서요."

"이거 야단났네."

약간 득의양양한 표정을 지으며 미간을 찌푸린다.

"도망친 건 아니지만 말이야. 조금 지쳐서 그런지 요즘 들어 펜이 뜻대로 움직이질 않아. 그래서 기분 전환할 겸 온 거야. 남편도 함께."

"어머, 바깥어른께서도요?"

"응, 가정부도 데려왔으니 집안 식구 다 온 거지요."

무라타니 아사코의 남편은 어느 증권 회사에 다닌다고 들었는데, 노리코도 그녀의 집에서 서너 번 마주친 적이 있다. 서른여덟 아홉 살가량에 마르고 키가 컸다. 얌전해 보이는 사람으로, 이쪽에서 인사를 건네면 눈을 내리깔고 입안에서 중얼거리는 듯 힘겹게 대답하는 게 기가 약해 보였다. 편집자들이 뒤에서 하는 말로는 경제적으로도, 성격적으로도, 또 명성에 있어서도 아내에게 눌려 지내고 있다고 했다. 노리코도 그를 보았을 때 그런 소문이 날 만하다는 인상을 받았다.

그런데 가족과 함께 하코네에 놀러왔다면 원고는 어떻게 되는 걸까. 노리코가 속으로 걱정하기 시작했다.

"원고는 걱정하지 말아요."

무라타니 아사코는 노리코의 얼굴빛을 읽어낸 것처럼 말했다.

"시라이 편집장이 전화로 엄청 기합을 불어 넣어 줘서 급히 쓰고 있는 중이야. 내일 오후까지는 될 것 같아. 그 대신 오늘 밤은 꼬박 새워야겠지만."

"아, 다행이에요!"

노리코는 자기도 모르게 환성을 질렀다.

"정말 안심했어요, 선생님. 편집장님도 무척 기뻐하실 거예요. 철야 집필을 요청드리게 돼서 정말로 죄송하지만, 부디 잘 좀 부탁드릴게요. 전 오늘 밤 근처 여관에서 지내고 내일 점심 전에 다시 전화드리겠습니다."

"그래요? 그럼 그렇게 해요. 아, 참, 식사는 아직이죠?"

무라타니 아사코는 한 손을 노리코의 어깨에 올렸다.

"아녜요, 오는 길에 먹고 왔어요."

노리코는 거짓말을 했다. 무라타니 아사코를 한시라도 빨리 원고지 앞으로 쫓아 보내지 않으면 곤란하다. 게다가 그녀 앞에서 식사를 하기는 거북했다. 잘 부탁드립니다, 하고 다시 두서너 번 인사를 한 후 스기노야 호텔 현관을 나왔다.

산의 어두운 윤곽이 바로 눈앞에 있었다. 강물 소리가 아래쪽에서 올라왔다. 고라 지역 부근의 불빛이 왼편의 높은 산 정상에 비쳤다.

오늘 밤은 어디서 지낼까, 하고 노리코는 강물 소리가 잘 들리는 길가에 서서 생각에 잠겼다. 여자 혼자라 조금 불안했지만 고독한 나그네와 같은 심정이 들어 즐겁기도 했다.

그녀는 결심한 뒤 불빛이 드문 전방을 향해 걷기 시작했다. 아주 예전에 센고쿠하라에 갔을 때 도중에 알게 되었는데, 그쪽은 계곡이 있는 조용한 온천인 듯했다.

여관에서 제공한 유카타두루마기 모양의 긴 무명 홑옷. 옷고름이나 단추가 없고 허리띠를 둘러 여미는데. 목욕 후나 여름철에 평상복으로 입는다를 입은 남녀가 어두운 길에서 산책을 하고 있다. 땀을 많이 흘린 노리코는 서둘러 탕에 몸을 담그고 싶었다. 빠르게 걸음을 옮기는데 산책 나온 사람들 틈에서 다쿠라인 듯한 남자를 발견하고 흠칫했다.

2

 기온이 내려가기 시작했는지 옅은 안개가 피어올라 외등 불빛을 휘감고 있다.
 시이하라 노리코는 앞에서 걸어오는 유카타를 입은 남자가 다쿠라 요시조라는 걸 알았지만, 한쪽은 절벽이고 한쪽은 경사면인 외길이라 피할 수가 없었다. 발길을 돌려 왔던 길을 되돌아가는 것도 부아가 치민다.
 모른 척하고 지나가려는데 걸어오던 다쿠라가 우뚝 멈춰섰다. 옅은 외등 불빛에 의지해 노리코를 들여다보았지만 역광 때문에 얼굴이 안 보이는 모양이었다. 노리코는 뜻대로 됐다고 생각하며 옆을 지나갔지만, 역시 먹히지 않았다.
 "아니, 이거《신생 문학》의 시이하라 씨 아닌가요?"
 그녀를 부르는 목소리가 들렸다.
 할 수 없이 뒤돌아보자 이번에는 위치가 바뀌어서 다쿠라가 역광을 받으며 서 있다. 표정은 보이지 않았지만 싱글싱글 웃고 있는 듯한 목소리였다.
 "역시 시이하라 씨였군. 여기서 만날 줄은 몰랐는데요"라고 말하며 두세 걸음 다가왔다.
 "안녕하세요."
 노리코는 하는 수 없이 인사했다. 상대방 얼굴에는 그늘이 졌고, 이쪽은 불빛에 드러나 있어 불리했다.

다쿠라는 서글서글한 모습으로, 걸치고 있는 어느 여관의 유카타 소매를 펄럭이고 있었다. 노리코는 슈트 속의 땀이 밴 살결이 신경 쓰였다.

"어쩐 일입니까, 이런 시간에?"

다쿠라는 그렇게 물어보며 앞뒤를 살폈다. 노리코에게 동행이 있는지를 확인한 것 같다. 그리고 보니 그 역시 혼자인 듯했다.

"일 때문에 왔어요."

노리코가 대답했다.

"일이요?"

다쿠라는 되묻고는 바로 말했다.

"아, 무라타니 씨로군."

다쿠라가 단번에 무라타니 아사코의 이름을 말하는 것을 듣고 노리코는 다쿠라도 아사코에게 용건이 있어 하코네에 온 게 아닐까 하고, 나중에서야 직감했다. 하지만 이때는 다쿠라가 또 어디서 아사코가 하코네에 있다는 사실을 들었나 보다, 하고 대수롭지 않게 넘어갔다.

다쿠라 요시조는 작가와 연예인 소식에 밝은 사람이다. 대부분 그런 소식을 바탕으로 기삿거리를 만드는 게 그의 일이다. 재미있어 보이는 사건이 있으면 반쯤은 폭로에 가까운 흥미 위주의 기사를 써서 잡지사에 판다.

"여기까지 원고를 받으러 오다니 고생이 많군요. 당신네 출판사는 곧 출장 교정에 들어가지요. 그렇다면 꽤 바쁘겠어."

다쿠라는 그런 사실까지 알고 있었다.

"무라타니 여사의 원고가 난항을 겪고 있는 건가요?"

"네에."

노리코는 애매하게 대답했다. 회사 바깥 사람이니까 대답할 필요는 없다고 생각했다.

"골치 아프겠군요. 시라이도 성질이 급해서 야단났겠는데."

다쿠라는 그런 말을 하며 대화를 계속하려는 낌새였다. 노리코는 한시라도 빨리 그에게서 벗어나려 했다. 유카타 차림의 다쿠라가 슬슬 다가올수록 기분 나빠진다. 여관에서 술을 좀 마셨는지 술 내까지 풍겼다. 아마도 이 근처 여관에 묵고 있는 모양이다.

"이만 실례할게요."

노리코가 가볍게 머리를 숙이자, 그는 "잠깐만. 시이하라 씨는 무라타니 여사가 묵고 있는 곳에서 함께 숙박하는 게 아닌가요?" 하고 뒤쫓듯이 물었다.

"아뇨, 다른 곳에서 지낼 거예요."

"그렇겠지요. 여사는 절대로 편집자를 같은 지붕 아래 묵게 하지 않으니까."

노리코가 걸음을 옮기자 다쿠라도 나란히 걷기 시작한다. 남들 눈에는 온천에 놀러온 아베크족으로 보일지도 모른다고 생각하니 곤혹스러웠다.

"무라타니 여사는 요즘 무척 고통스러운 것 같아요. 뭔가 번쩍하는 글도 못 쓰고 발표도 적어졌어."

다쿠라는 노리코와 함께 걷는 걸 즐기는 듯하다.

"집필을 아끼는 게 아니라, 막혀 버린 게 아닐까?"

어딘지 모르게 조롱하는 낌새가 느껴진다. 이른바 소식통을 자부하는 인간에게서 흔히 발견되는 냉소적인 말투였다. 노리코는 이런 타입의 남자를 싫어한다.

길에는 드문드문 외등이 서 있을 뿐 한적하고 어두웠다. 멀리서 반짝이는 높은 산 위의 불빛에 거리가 느껴졌다. 다쿠라는 어디까지 따라올 작정일까. 그가 신고 있는 나막신 소리가 그녀의 신경을 건드렸다. 염두에 둔 여관도 슬슬 가까워져서 이쯤에서 마음먹고 인사를 하려고 했을 때였다.

"무라타니 여사는 강연회라든가, 좌담회에는 전혀 나간 적이 없죠."

다쿠라는 한사코 무라타니 아사코를 화제로 삼아, 노리코에게서 떨어질 것 같지가 않았다.

"무라타니 선생님은 그런 자리에 나가는 걸 싫어하시는 게 아닌가요."

노리코는 할 수 없이 대답하고 말았다. 강연회나 좌담회에 나가는 것은 당사자의 선택이다. 다쿠라는 그걸 가지고 또 뭐라 험담을 할 작정인 모양이다.

"그렇지, 여류 작가는 대체로 강연을 경원시하는 듯하죠."

다쿠라는 의외로 순순히 수긍했다.

"그래도 좌담회에는 다들 잘 나가잖아요. 강연처럼 딱딱하지도 않으니 수다를 떠는 거라면 괜찮다는 건데, 무라타니 여사는 그런 자리도 거절하고 있어요."

그러고는 역시 이렇게 말했다.

"무라타니 씨의 소설을 읽어 보면 그렇게까지 고고하신 분으로는 생각되지 않던데."

노리코는 제발 그만, 하고 생각했다. 이 이상 한없이 그를 상대할 수는 없다. 그녀는 발길을 멈추었다.

"그럼, 전 이만."

딱 잘라 말했다.

"그래요?"

다쿠라도 더 이상은 쫓아오기 어렵다는 듯 멈춰 섰다.

"숙소는 정했어요?"

"네."

"어디?"

"요 앞이에요."

다쿠라는 가리키는 방향을 본 뒤, "아, 기가군. 기가라면 조용하고 좋아요"라고 대답했다. 노리코는 더 말을 끌었다간 그가 어슬렁어슬렁 따라올 것만 같은 불안감이 생겨 서둘러 걸음을 재촉했다.

다쿠라는 그 자리에 서 있었다. 노리코는 좀 걷다가 슬쩍 뒤돌아보았다. 어둠 속 멀찍이서 그의 유카타가 희끄무레하게 떠올랐다. 옅은 안개가 흐르고 있다.

노리코가 선택한 여관은 누군가의 별장으로 쓰였던 곳이었다. 여관 같은 느낌이 들지 않아서 좋았고, 방도 아늑했다.

목욕을 마치고 숙소에서 제공한 풀 먹인 유카타로 갈아입자 기분이 상쾌해졌다. 다쿠라 요시조를 만난 불쾌감도 거의 사라졌다.

여관에 손님이 얼마 없다는 점도 다행이었다. 단체 손님이 없어서 좋았다. 여자 혼자라, 복도 같은 곳에서 남자 손님이 빤히 얼굴을 쳐다보는 건 사절이었다.

저녁 식사 시중을 들어 주던 여종업원도 중년으로, 노리코는 친근감을 느꼈다.

"저 앞이 계곡이라 낮에 보면 경치가 아주 좋아요."

이렇게 말하며 종업원은 주변 지형에 대해서 가르쳐 주었다. 노리코도 언젠가 지나가다가 본 적이 있는, 강물 위로 돌이 튀어나와 있던 풍경을 떠올렸다.

식사를 마친 노리코는 여관 앞 도로를 산책하러 나갔다. 낭떠러지 아래에서 물소리가 난다. 기가 계곡이라 불리는, 자랑거리인 풍경은 어두워서 보이지 않았다.

밤공기는 차가웠다. 어두컴컴한 주위에서 산 공기가 점점 다가왔다. 역시 하코네답다. 지금쯤 도쿄는 무더위가 극성이라 집집마다 모기장 속에서 잠을 설치고 있을 게 분명하다. 노리코는 이런 곳에 머물고 있는 자기 처지가 과분하다고 생각했다.

이것도 잡지사에서 일하는 덕택이다. 아니, 무라타니 아사코라는 작가 덕택인지도 모른다. 그녀 때문에 호사를 누리고 있다. 조용하지만 끊임없이 언덕길을 오르내리는 자동차 경적 소리가 들리고, 어둠 속에서 빛줄기가 달려가고 서로 교차하기도 한다. 산에서부터 층층이 흘러내리는 여관 불빛은 변함없이 바다 위에 떠 있는 특이한 벌레처럼 빛난다. 고즈넉한 사치가 이 산속 일대를 감싸고 있었다.

안개가 짙어졌는지 주변이 희끄무레해지면서 먼 곳의 빛이 아련하게 번졌다. 왠지 꿈을 꾸고 있는 기분이었다.

노리코는 이대로 여관에 들어가는 게 조금 아쉬워졌다. 혼자라 불안했지만 좀 더 걷고 싶었다. 아니, 혼자서 이런 곳을 걸어 볼 기회는 앞으로도 좀처럼 없을지 모른다. 안개가 몽환적인 작용을 일으켜 그녀를 유혹했다. 스물세 살인 노리코의 가슴속에서, 떠도는 듯했던 감정이 점차 부풀어 올랐다.

그녀는 걷기 시작했다. 이 길은 하코네에서도 도카이도에도 시대부터 이어진 5대 간선 도로 중. 도쿄와 교토를 잇는 태평양 연안의 길를 벗어나 있기 때문에 자동차는 어쩌다가 한 대씩 지나갈 뿐이었다. 이 시간이라면 사람도 다니지 않는다.

밤안개 속에서 노리코는 걸음을 옮겼다. 캄캄한 산중은 아니다. 떨어져 있기는 해도 여기저기에 불빛이 빛난다. 흘러가는 새하얀 안개가 날카로운 밤공기를 부드럽게 해 주었다.

이제 이쯤에서 돌아가야겠다고 생각하면서도 천천히 걷는 사이에, 뜻하지 않게 발길을 더 뻗치고 말았다.

어디까지 왔는지는 모르겠지만 다른 여관의 불빛이 가까워졌으니 미야노시타 부근으로 돌아온 게 아닐까.

무라타니 아사코는 지금쯤 열심히 원고지를 채워 나가고 있을 것이다. 노리코는 뚱뚱한 아사코가 콧방울에 기름기를 번들거리며 앞으로 몸을 웅크린 채 펜을 놀리고 있는 모습을 떠올렸다. 혹은 글이 술술 나오지 않아 이마에 손을 얹고 있지는 않을까. 어느 쪽이든 그녀를 고생시키고 있는 자신이 이렇게 어슬렁거리며 산책하고 있는 게 미안했다.

하지만 내일 저녁까지는 어떻게 해서든 원고를 받아 돌아가지 않으면 안 된다. 시라이 편집장은 길게 기른 머리카락을 쓸어 올리며 초조해하고 있을 게 분명하다. 그런 모습을 생각하니 노리코의 시정詩情은 금세 갈기갈기 찢기고, 현실적인 의식이 꺼칠꺼칠한 맨살을 드러내 왔다. 역시 놀러온 것이 아님을 새삼 자각했다. 직업적인 책임감이 벨트처럼 그녀의 의식을 커다랗게 묶고 있었다.

노리코는 원고의 진행 상태를 정찰할 겸 무라타니 아사코가 숙박한 스기노야에 들러 볼까 싶었지만, 그녀의 남편과 가정부도 동행중이고, 게다가 이 여류 작가는 묘하게 편집자의 그런 방식을 싫어한다는 사실을 알기에 단념했다. 어차피 오늘은 밤을 새울 테니 내일 오후쯤 전화를 해 보자고 생각했다.

왔던 길로 되돌아가려 발길을 돌리다가 문득 앞을 보니 안개 속에서 희미한 사람 그림자가 둘 보였다. 유카타를 입고 있으니 투숙객이 분명했다.

이 근처를 남녀 투숙객이 걷는 일은 드물지 않지만 노리코의 눈길을 끈 까닭은, 남자 쪽이 아무래도 무라타니 아사코의 남편 같아서였다.

노리코는 전에 무라타니 료고를 서너 번 본 적이 있다. 마르고 키가 무척 컸다. 아내 아사코의 뚱뚱하고 작은 키와 대조적이었는데 성격 또한 그런 모양이었고, 아내가 재능이 넘치는 소설가인데 비해 남편 료고는 증권 회사의 평범한 사원에 불과했다. 하기야 아내가 바빠진 후로 료고는 회사를 그만뒀다고 하는데, 아내의 집필을 위한 잡일 정도는 하고 있는지도 모른다. 어떻든 간에 의욕적인 아내와 반대로 무기력해 보이는 남자였다.

남자의 그림자를 보고 노리코는 료고가 아닐까 생각했다. 큰 키도 그렇고, 모습이 료고와 비슷하다. 게다가 무라타니 아사코가 묵고 있는 스기노야가 바로 이 근처다.

그런데 곁에서 따라 걷고 있는 여자는 누구인지 모르겠다. 어두워서 얼굴을 분간할 수 없는데다가, 안개 때문에 더욱 부옇게 보였다.

남자가 료고라면 당연히 옆에는 아내인 아사코가 나란히 서 있을 터였다. 하지만 그녀의 토실토실한 몸 대신 전혀 다른, 마르고 몸집이 작은 여자가 걷고 있다. 둘은 노리코의 존재를 깨닫지 못했는지 소곤거리며 천천히 걸음을 옮기고 있었다. 영락없이 즐거워 보이는 아베크족이다.

노리코는 못볼 걸 본 사람처럼 서둘러 돌아서서 걸어갔다. 그 사람이 진짜 무라타니 료고였는지 긴가민가했다. 그의 얼굴을 확실히 본 것도 아니다. 체격으로 그렇게 직감했을 뿐이지만, 료고가 다른 여자와 걷고 있을 리 없다. 저토록 아내에게 온순한 남편이 아내와 함께 찾은 온천장에서 그런 짓을 할 수 있을 리가 없다.

그렇다면 역시 사람을 잘못 본 걸까. 비슷한 사람을 보고 착각한 걸까. 밤안개에 홀린 걸까.

노리코의 걸음이 빨라졌다. 꿈에서 깨어난 상태가 되자 밤길이 두려워졌다. 드문드문 떨어져 있는 외등에서도 불안함을 느꼈다. 어디선가 또 다쿠라가 불쑥 튀어나올 것만 같다.

여관에 들어서자 종업원이, "산책하셨어요? 오늘 밤엔 안개가 끼었지요" 하고 생긋생긋 웃으며 말을 걸었다. 노리코는 환하게 불이 켜진 자기 방으로 돌아온 뒤 한숨 돌렸다. 종업원이 따라 들어와 "내일 아침에 구경해 보세요. 이곳은 아침 안개가 산기슭과 산골짜기에 깔려 수묵화 같거든요"라고 얘기하고 다구※具를 두고 나갔다.

노리코는 자리에 누워 여행 가방에 담아 온 책을 꺼내 읽기 시작했지만 좀처럼 문장 속에 녹아 들어갈 수가 없었다. 무라타니 아사코의 원고가 제발 내일 저녁까지 마무리되면 좋겠는데, 라고 생각하기도 하고, 다쿠라가 눈앞에서 알짱거리는가 하면, 밤안개 속 엷은 불빛에 비친 한 쌍의 남녀 그림자가 머릿속에 떠오르는 통에 글을 제대로 읽을 수가 없었다.

"무라타니 여사는 강연회라든가, 좌담회에는 나가지 않는 사람이지요."

다쿠라의 목소리가 귀에서 되살아나기도 했다. 확실히 맞는 이야기다. 그녀처럼 좌담회를 싫어하는 작가도 드물었다. 노리코네 편집부에서도 두서너 번 의뢰한 적이 있는데 모두 거절당했다. 강연회에 나갔다는 이야기 또한 여태까지 한 번도 못 들었다.

특별한 이유는 없는 것 같다. 다쿠라가 무슨 생각을 하는지는 모르겠지만 강연회나 좌담회에 나가기 싫어하는 작가는 얼마든지 있다. 무라타니 아사코가 그런 자리에 나가지 않는 이유는 성격 때문이다. 이상할 게 없다.

어느새 노리코는 잠들고 말았다.

아침 6시쯤 눈이 떠졌다.

어젯밤의 그 종업원이 아침 인사를 건네며, "산책하러 나가실 건가요?" 하고 묻는다. 노리코가 그러겠다고 대답하자, 오늘 아침은 안개가 짙어서 아주 좋을 거예요, 라고 했다.

노리코는 슈트로 갈아입고 밖으로 나갔다. 종업원은 유카타를 입고 나가도 괜찮다고 했지만 밝은 곳에서 여관 옷을 입고 돌아다니는 건 싫었다.

과연 안개는 멋있었다. 산이 깊어서인지 아침 햇살은 비치지 않았고, 안개는 파르께하게 가라앉은 빛깔을 띠며 바다처럼 펼쳐져 있었다. 어젯밤에 봤던 것처럼 옅게, 연기처럼 흐르는 것이 아니라 맞은편 산과 계곡을 감추고 있어서 깊은 맛이 느껴졌다.

지난밤과는 달리 노리코는 느긋하게 길을 걸었다. 근처 나무와 숲이 검게 젖어 있다. 하늘에 조금씩 해맑은 광선이 퍼져 갔다.

상쾌한 기분이었다. 노리코는 가벼운 발걸음으로 걸었다. 아침 일찍 일어난 손님들 몇 사람과도 마주쳤는데, 약 십 미터 정도의 거리가 되어서야 그림자처럼 홀연히 나타난다. 그렇게 나타나는 모습 또한 재미있었다.

한동안 걸었지만 넓은 길을 걷다 보니 지루해져서 갈라진 오솔길로 올라갔다. 물론 자동차가 다니는 길은 아니었다. 사람과도 만나기 어렵다. 풀과 나뭇잎이 이슬에 젖어 있었다.

노리코는 그 길을 계속 올라갔다. 가다 보면 넓은 길이 나타나리라고 생각했다. 앞에는 역시 흰 안개가 자욱하게 끼어 있다. 그 속에서 길과 숲이 나타나고, 돌아보면 지금까지 지나쳐 온 숲이 하얀 안개 속으로 자취를 감춘다. 마치 백색의 세계를 걷고 있는 듯한 기분이었다.

그때 앞 쪽의 하얀 막 안에서 희미하게 검은 그림자 두 개가 나타났다. 그림자는 움직이지 않았다. 나란히 서 있기만 했다.

노리코는 시선이 그림자에 멈추자, 다리가 움직이지 않았다. 두 그림자를 본 기억이 있다. 뿐만 아니라 목소리도 들은 기억이 있다.

안개 속의 옅은 실루엣 하나는 뚱뚱한 여자였고, 하나는 마르고 키가 큰 남자였다. 무라타니 아사코와 잡지사에 정보 기사를 팔고 다니는 다쿠라 요시조. 남자의 목소리는 목이 쉰 듯 낮았고, 쇳소리가 나는 여자의 목소리는 아사코가 분명했다.

노리코는 급히 오솔길을 내려왔다. 왜 그랬는지는 모르겠다. 아마도 비밀스러운 분위기를 느꼈기 때문이리라. 직감 같은 것이었다.

노리코는 헐레벌떡 여관방으로 도망쳐 왔다.

아까의 종업원이 차를 권하며, "무슨 일 있으셨어요?" 하고 눈살을 찌푸리며 물었다. 표정이 이상했는지도 모른다.

"아니에요."

대답은 그렇게 했지만 마음은 평정을 찾지 못했다.

왜 무라타니 아사코와 다쿠라가 새벽 안개 속에 나란히 서 있었는지 노리코는 알 수가 없었다. 그런 장면을 본 것만으로 이렇게 두근거리는 자신의 마음도 모르겠다. 아마도 그것은 어젯밤 밤안개 속에서 본 아사코의 남편 무라타니 료고와 미지의 여자 탓인지도 모른다. 요컨대 안개 속에서 나타난 두 쌍의 인물들 사이에는 불안한 선이 연결되어 있다. 어젯밤과 오늘 아침에 목격한 두 쌍의 각기 다른 남녀 위로, 눈에 보이지 않는 하나의 직선이 그어져 있는 듯했다.

3

노리코는 오전 시간이 주체스러웠다. 해야 할 일이 없다는 뜻이 아니다. 무라타니 아사코에게 전화를 걸어 원고의 진행 상태를 묻고 싶었지만 어젯밤 늦게까지 원고지와 씨름했을 사람에게 전화를 걸자니 내키지가 않았다.

하다못해 11시까지는 기다려야만 한다. 원고는 오늘까지 주기로 약속되어 있었다. 완성되었는지 궁금했지만 그때까지는 결과를 알아보는 것을 미루는 수밖에 없었다. 조바심이 났지만 참지 않으면 안 된다. 작가를 화나게 해서는 곤란하다.

노리코는 신문을 보거나 책을 읽으며 시곗바늘이 가기를 기다렸다. 하는 일도 없는 듯한데 정신적으로 너무 피곤했다. 틀어 놓은 외국 영화에서 한 사람이 곰처럼 방 안을 빙빙 서성이는 장면을 보고, 노리코는 지금 자신의 처지가 그와 다를 게 없다고 생각했다.

겨우 11시가 되었다. 노리코는 가까스로 수화기를 들었다.

프런트에 스기노야를 부탁해 전화를 거니 상대방이 금방 받았다. 무라타니 아사코의 방으로 연결해 달라고 말하자 프런트의 남자 목소리가 바뀌었다.

"실례지만 시이하라 님인가요?"

그렇다고 대답했다.

"전해 달라는 말씀이 있습니다. 무라타니 선생님은 오늘 아침 보가시마의 다이케이소라는 여관으로 옮기셨습니다. 시이하라 님께 전화가 오면 그렇게 전해 달라고 부탁하셨습니다."

"여보세요, 여보세요."

노리코는 깜짝 놀랐다. 무라타니 아사코가 갑자기 숙소를 바꾼다는 것은 생각지 못했다.

"보가시마의 다이……."

"다이케이소 여관입니다."

"다이케이소라는 곳은 어디에 있죠?"

"바로 근처예요. 계곡 안이라 전용 케이블카가 있습니다."

그런 후 남자는 전화를 끊었다.

무라타니 여사가 옮긴 여관이 근처에 있다는 얘기를 듣고 노리코는 조금 안심했다. 전해 달라는 말도 남겨 두고 갔으니 성의를 의심할 수는 없다. 하지만 이렇게 되면 원고가 걱정이다.

노리코는 다이케이소에 전화를 걸었다.

"거기에 무라타니 선생님 계신가요?"

노리코의 귀에 여관 종업원으로 추정되는 여자의, "네, 도착하셨어요. 잠시만 기다려 주세요"라는 목소리가 들린 후 삼 초도 지나지 않아 무라타니 아사코의 목소리가 들렸다.

"시이하라 씨? 간밤엔 잘 잤어요?"

잘 잔 것보다도 갑자기 여관을 옮긴 이유를 듣고 싶었고, 그로 인해 원고는 어떻게 되었는지를 빨리 알고 싶었다.

"선생님, 안녕히 주무셨어요. 수고 많으셨죠?"

인사를 건네자 아사코의 목소리가 위압적으로, "그게 말이죠, 시이하라 씨. 곤란하게 됐어"라고 말했기 때문에 노리코는 가슴이 덜컥 내려앉았다.

"네?"

자기도 모르게 목소리가 날카로워졌다.

"선생님, 무슨 일이라도 생긴 건 아니죠?"

"오늘까지가 약속이었지? 그런데 아무래도 뜻대로 펜이 나가질 않아. 미안하지만 내일 아침까지만 기다려 줘요. 그렇게 해 줄 수 없을까?"

무라타니 아사코의 목소리에도 곤혹스러운 기색이 역력했다.

역시 나쁜 예감은 기가 막히게 들어맞는다. 이런 예감이 있어서 실은 하루 더 유예 기간을 미리 계산해 두었다. 하지만 이는 최종 기한이다. 내일까지 안 된다면 모든 게 끝이다.

"곤란하게 됐네요, 선생님. 오늘 밤까지 기다릴 테니 어떻게든 끝내 주시면 안 될까요?"

노리코는 간절히 애원했다. 앞으로 하루의 유예 기간이 있음을 알려서는 안 된다. 안심한 마음에 하루 더 미루자고 나올지도 모르기 때문이다.

"오늘 밤까지는 도저히 안 돼. 아직 절반도 못 썼어. 시이하라 씨, 부탁이야. 내일 아침까지만 기다려 줘. 그 대신 이른 시간에 원고를 찾으러 와도 괜찮으니까."

"정말 곤란하게 됐네요."

"정말 미안한데 나 좀 도와줘요."

"어렵겠어요, 선생님."

이런 문답을 두서너 번 되풀이한 후 노리코는 간신히 양보했다. 그 대신 내일 아침이라는 약속은 반드시 지켜야 한다고 여러 번 다짐을 받았다. 이번에는 노리코도 에누리할 것 없이 필사적이었다.

"고마워요."

무라타니 아사코의 목소리에는 안심했다는 듯 한숨이 섞여 있었다.

전화를 끊고 노리코는 곧장 도쿄로 연결을 부탁했다. 원고에 관한 건 담당자의 책임이다. 만에 하나 내일 아침에도 원고를 받지 못한다면 어떻게 되는 걸까. 자신의 입장이 더욱 절박해졌다고 느꼈다.

전화가 연결되자 시라이 편집장이 직접 받았다.

"여관을 바꿨어? 왜 그런 짓을 한 거지?"

시라이는 투덜거리다가 여관 이름을 듣더니 말했다.

"알았어. 내가 직접 무라타니 씨에게 전화해 볼게. 하지만 노리코도 고삐를 늦추면 안 돼. 떨어진 숙소에 머물지 말고 무라타니 씨하고 같은 여관으로 옮겨."

"그렇지만 무라타니 선생님은 편집자가 같은 여관에 묵으면서 재촉하는 걸 무척 싫어하신다고요."

"아, 그랬지. 거참 골치 아픈 사람이네."

편집장이 혀를 차는 소리가 들렸다.

"어쩔 수 없으니까 근처 여관으로라도 옮겨. 무라타니 씨가 어디 놀러 나가기라도 하면 원고 끝내 놓고 가시라고 붙들어. 그리고 세 시간마다 전화해서 원고가 얼마나 진행됐는지 물어봐."

"그러니까 감시하라는 말씀이죠?"

"그렇지. 내일 아침까지 못 끝내면 인쇄소도 더 이상 기다려 주지 않는다, 뭐 이런 식으로 다그치라고. 알겠지?"

"네."

노리코는 편집장에게 야단맞고 풀이 죽었다.

그건 그렇고 무라타니 아사코는 왜 오늘 아침에 갑자기 숙소를 바꿨을까. 마음에 들지 않는 일이라도 있었던 걸까.

노리코는 오늘 아침 안개 속에서 목격했던 두 그림자를 떠올렸다. 한 명은 무라타니 아사코였고, 다른 한 명은 폭로 기사를 전문으로 다루는 다쿠라 요시조였다. 목소리까지 들었으니 틀림없다. 무슨 말을 주고받았는지는 못 들었지만 평범한 분위기는 아니었다. 산책하면서 주고받는 단순한 대화가 아니었다는 뜻이다. 그 정도는 당시의 직감으로 알아차릴 수 있다. 왠지 모르게 비밀스러운 분위기가 그녀의 눈에 띄었고, 귀에도 들렸다. 그래서 뒤도 안 돌아보고 자리를 피했다.

무라타니 아사코와 다쿠라 요시조라는 조합도 묘했다. 한쪽은 소설가, 한쪽은 저널리스트 나부랭이니까 인연이 없는 건 아니지만, 그렇다고 해도 이른 아침에 그런 장소에서 단둘이 이야기를 나눴다는 것은 생각해 볼수록 수상쩍다. 특히 무라타니 아사코라면 어제저녁부터 늦게까지 원고를 쓰느라 정신이 없었을 텐데, 어째서 아침 일찍 일어나 다쿠라 요시조를 만난 걸까.

그러고 보니 어제 여기 오는 도중 다쿠라와 마주쳤을 때 그가, 아, 무라타니 씨로군, 하고 노리코의 행선지를 정확히 예측했던 게 떠올랐다. 그때는 무라타니 아사코가 하코네에 머물고 있는 사실을 알고 있나 보다, 하고 넘겨짚었다. 그런데 지금 생각해 보니 다쿠라야말로 아사코를 만나기 위해 하코네에 온 게 아닐까, 어쩐지 그런 기분이 들었다.

아사코는 다쿠라와 만났고, 그 직후 숙소를 옮겼다. 연관이 없다고 말하기는 힘들다.

간밤에 안개 속에서 아사코의 남편인 무라타니 료고와 낯선 여자를 본 일 또한 묘했다. 그 남자가 료고라고 단정할 수는 없지만 아마도 틀림없으리라고 생각했다.

어젯밤과 오늘 아침에 목격한 남녀 두 쌍의 그림자와, 아사코의 갑작스러운 숙소 변경 사이에 인과 관계가 없다고는 단언할 수 없다. 이 모든 상황이 그저 우연일 뿐이라 생각되지는 않았다.

어쩌면 안개가 펼쳐놓은 환상에 빠져든 혼자만의 착각일 수도 있다. 대체 다쿠라 요시조는 지금 어디에 묵고 있는 걸까.

하지만 일단, 지금 선결해야 할 문제는 무라타니 아사코가 묵고 있는 여관 근처로 옮기는 것이다.

노리코는 종업원을 찾았다.

"보가시마에 있는 온천장이라면 여관 두 군데가 전부예요."
중년의 종업원은 미소를 띠며 가르쳐 주었다.
"그 정도로 외진 곳인가요?"
"아니에요. 외진 곳은 아닌데 골짜기 아래에 있어서 미야노시타 온천장에서 케이블카를 타고 내려가야 하거든요."
하코네 지리에 익숙하지 않은 노리코는 처음 듣는 이야기였다.
"한 곳은 다이케이소 여관이고, 다른 한 곳은 슌레이카쿠라는 여관이에요. 두 집 모두 전용 케이블카가 있어요."
무라타니 아사코는 다이케이소 여관에서 지낸다. 그러니 노리코는 그 슌레이카쿠라는 여관으로 갈 수밖에 없다. 종업원은 자기가 소개해 주겠다고 나섰다.
문의한즉 다행히 방이 있다는 대답이 돌아왔다.
"그쪽으로 옮기시는 건가요? 서운하네요."
종업원이 말했다.

차를 부를 정도의 거리가 아니어서 노리코는 그냥 걸어갔다. 아침에 꼈던 안개가 개어 계곡이 바로 아래에 보인다. 계곡 맞은편에 묘죠가타케 봉우리가 벽처럼 서 있다. 고급 자동차 두 대가 스치듯 지나갔는데 센고쿠하라를 찾는 골프족이 분명했다.
여관 전용 케이블카는 여관 수에 맞춰 두 개였다. 첫 번째 케이블카 쪽에는 다이케이소로 내려가는 길이라는 간판이 나와 있었다. 무라타니 아사코는 오늘 아침 이 여관으로 옮겨 갔다.
노리코는 잠시 간판을 바라보다가 다시 백 미터쯤 걸었다. 이번에는 슌레이카쿠 여관으로 내려간다는 간판이 보였다. 여관에서 나온 것으로 보이는 젊은 남자 종업원이 간판 앞에 서 있다가 노리코를 보고, "시이하라 님이시죠?" 하고 허리를 살짝 굽히며 물었다. 지금껏 묵던 여관에서 미리 알려준 모양이다.

네, 맞아요, 라고 대답하자 여관에서 나온 남자 종업원은 노리코가 들고 있던 여행 가방을 받아 케이블카가 있는 곳으로 안내했다.

케이블카는 작고 앙증맞았다.

6인승이라는데 손님은 노리코 한 명뿐이다. 남자가 운전대에 섰다. 안으로 발을 들여놓자 케이블카가 흔들렸다.

운전사가 된 남자 종업원이 출발 신호로 종을 딸랑딸랑 두 번 울렸다. 그러자 계곡 아래 여관에서 응답하는 소리가 들려왔다. 작은 상자는 케이블을 타고 하강하기 시작했다.

창에서 바라보니, 절벽 높이가 사십 미터는 족히 될까. 저 아래 조그맣게 보이는 여관 지붕이 햇빛을 받아 반짝거렸다. 그 옆으로 물살이 빠른 계곡물이 선을 그리고 있다. 노리코의 시각視覺에 이 격심한 위아래 공간이 순간적인 공포를 불러일으켰다.

"지금까지 사고 같은 건 난 적 없나요?"

유일한 승객인 노리코가 물었다.

"그런 일은 여태껏 단 한 번도 없었습니다."

운전대를 붙잡은 여관 종업원이 웃으며 대답했다.

그러는 동안에도 아래쪽 경치가 서서히 위로 올라오며 점차 뚜렷해졌다. 나무들이 커지고 집도 커졌다. 케이블카가 안정된 곳에 도착했다. 여관 종업원이 노리코를 마중나와 있었다. 내려오는 데 걸린 시간을 묻자, "삼 분쯤 될 거예요"라고 종업원이 대답했다.

노리코가 안내받은 방은 강이 한눈에 보였다. 여관 앞마당은 물가 자갈밭인데, 강물이 하얀 자갈을 가르며 흐르고 있다. 맞은편은 산기슭으로, 높지 않은 붉은 절벽이 우뚝 서 있다. 그 주위는 짙은 올리브색이 수림에 두껍게 칠해져 있었다.

측면의 창문을 열자 차양까지 올라온 높은 담장 때문에 이웃한 다이케이소 여관의 지붕밖에 보이지 않았다.

아무튼 이쪽으로 옮겼다는 사실을 무라타니 아사코에게 알려 줘야 한다. 보고인 동시에 독촉의 의미다.

여관에서 전화를 거니 이번에도 무라타니 아사코가 곧장 전화를 받았다.

"선생님, 원고는 어떻게 됐나요?"

"어머, 조금 전에 당신네 시라이 편집장한테 전화로 호되게 독촉받은 참이야."

아사코의 목소리가 카랑카랑하게 들렸다.

"그랬나요? 죄송해요. 그런데 저기, 앞으로 몇 매쯤 남았나요?"

"몇 매라니, 아직 절반도 못 썼다니까."

아사코의 즉답에 노리코는 다시 걱정되기 시작했다. 의뢰한 매수는 오십 매. 여전히 절반도 못 썼다면 내일 아침까지 과연 완성할 수 있을까.

"선생님, 실은 저 선생님께서 묵고 계신 여관 옆으로 옮겼거든요. 잠깐만 뵐 수 있을까요?"

"우리 여관 옆으로 왔다고? 놀랍네."

무라타니 아사코가 뜻밖이라는 듯 말했다.

"그렇게 감시하겠다는 거군. 시라이 씨 명령이죠?"

역시나 이쪽 의도를 제대로 간파해낸다.

"그렇겠죠" 하고, 수화기 저편에서 뭔가를 생각하는 듯하더니 말했다.

"그럼 이리로 와. 점심이라도 같이 먹죠."

노리코는 갈아입을 유카타를 가져온 종업원에게 물었다.

"다이케이소 여관에 가려고 하는데 어떻게 가야 되죠?"

종업원의 얼굴에 씁쓸한 미소가 떠올랐다.

"죄송하지만 여기선 다이케이소 여관으로 직접 갈 수 없어요."

"못 가요?"

"네, 지금까지 이런저런 일들이 많아서 통로를 저렇게……."

종업원이 몸을 돌려 대나무 담장을 가리켰다.

"칸막이를 쳐 놓고 건너가는 길을 막았어요."

"그럼 옆집에 가려면 케이블카를 타고 올라가서 다시 그쪽 여관 전용 케이블카로 내려가야 하나요?"

"네, 맞아요. 죄송합니다."

한 자리에 여관 두 채가 들어섰다면 역시나 사정이 생기는 법이다. 그래도 코앞에 있는 옆집에 가기 위해 두 대의 케이블카를 타고 올라갔다 내려가야 하다니 너무 불편하다는 생각이 들었다.

노리코는 일단 슌레이카쿠에서 운영하는 케이블카를 타고 지상으로 올라간 후 다시 길을 따라 백 미터쯤 걸어가서 이번에는 다이케이소 전용 케이블카를 타고 내려갔다.
 다이케이소의 케이블도 슌레이카쿠의 케이블과 크기가 비슷했다. 하강 신호도 똑같이 딸랑딸랑, 하고 종을 두 번 울렸다. 그제야 생각났는데 슌레이카쿠에서 올라갈 때는 종을 세 번 울렸다. 올라갈 때는 세 번, 내려갈 때는 두 번 울리는 게 신호인 모양이다. 다이케이소의 케이블카도 하강 신호로 종을 두 번 울렸다. 상승 신호도 종을 세 번 울리는 걸까.
 다이케이소 현관에 다다르자 여관 종업원 외에 서너 번 마주쳐서 안면이 있는 무라타니 가의 가정부가 나와 있었다.
 "어서 오세요. 선생님께서 기다리고 계세요."
 무라타니 가의 가정부가 미소를 지으며 말했다. 스무 살이나 스물한 살쯤 되었고, 몸집은 아담하며, 머리 모양 따위엔 관심이 없는 듯 보이지만 눈가에 애교가 있다. 노리코는 전부터 그녀에게 호감이 갔다.
 가정부를 따라 안으로 들어갔다. 붉은 융단이 깔린 복도를 한참 걸어가고 나서야 별채 같은 객실에 도착했다.
 "오셨습니다."
 가정부가 맹장지 밖에서 알렸다. 무더위에도 무라타니 아사코는 복도의 맹장지를 굳게 닫고 일을 하는 모양이다.
 "어서 와요."
 아사코의 목소리가 대답했다. 맹장지를 여니 한 평 반 크기의 대기실이 먼저 나왔다. 이어진 네 평 넓이의 다다미방 한가운데에서, 아사코의 뚱뚱한 몸이 책상 앞에 의젓하게 앉아 있었다.

"일하시는데 방해해서 죄송합니다."

노리코는 두 손으로 바닥을 짚고 정중히 인사했다.

"자, 이쪽으로 앉아요. 히로코!"

아사코가 가정부를 불러 세웠다.

"손님이 오셨으니 준비한 것 좀 내오라고 해."

"네."

준비했다는 게 점심인 듯해 노리코는 황급히 말했다.

"저어, 혹시 점심이라면 이미……."

"어머, 벌써 먹었어?"

아사코의 작은 눈이 번뜩이는 것을 보고 노리코는 어깨를 움츠렸다. 이렇게 거북한 사람과는 같이 밥을 먹고 싶지 않다.

"그렇군."

아사코는 약간 언짢은 기색이었다.

"그럼 나중에 같이 식사하도록 하지."

그러고는 가정부에게 말했다.

"내가 부를 때까지 나가 있어."

"네."

가정부가 물러나려는데, "아, 참, 히로코" 하고 다시 불러 세웠다.

"우리 그이는?"

"탕에 들어가 계십니다."

"또 목욕이야?"

아사코는 불만스레 중얼거렸다.

"선생님, 원고는……."

머뭇거리던 노리코가 입을 뗐다. 슬며시 책상 위를 훑어봤는데 펼쳐진 원고지 위에 글씨가 깔끔하게 반쯤 채워져 있었다. 무라타니 아사코의 원고는 지우거나 고쳐 쓴 흔적이 거의 없는 것으로 편집자들 사이에서 소문이 자자했다. 글씨는 서툴러도 원고 정리에는 더없이 편했다.

"글쎄, 반 정도 썼으니까 괜찮을 거야."

아사코는 노리코를 정면으로 바라보며 말했다.

"그러세요? 정말 감사합니다."

노리코는 내심 마음이 놓였다.

"이웃 여관에 묵고 있다고 했지?"

아사코의 낮은 코에 엷은 웃음이 번졌다.

"고생이 많네. 나도 옆에서 눈을 반짝이면서 지켜보고 있다고 생각하면 보통 신경 쓰이는 게 아니니까, 오늘 밤엔 더 분발해 볼게."

말투에 빈정거림이 섞여 있었기에 노리코는, "그럼 잘 부탁드리겠습니다" 하고만 대답했다.

이런 자리에 오래 앉아 있어 봐야 쓸데없는 짓이라는 생각이 들어 일찌감치 인사하고 일어섰다. 솔직히 말하면 무라타니 아사코에겐 어쩐지 정이 가지 않았다.

돌아가려 복도를 걷자니, 맞은편에서 유카타 차림에 수건을 든 남자가 걸어온다. 무심결에 본 그 얼굴은 아사코의 남편 무라타니 료고였다.

료고는 뭔가 골똘히 생각하는지, 고개를 푹 숙인 채 걷고 있다.

노리코는 인사라도 건넬까 했지만 료고의 눈이 몹시 피곤해 보이고, 마침 그도 이쪽을 깨닫지 못한 것 같아 잠자코 지나쳤다. 다행히 복도 폭이 넓었다.

뒤돌아보니, 료고의 어깨는 바람을 맞고 있는 것처럼 무척 쓸쓸해 보였다. 노리코는 안개 속에서 목격한 거무스름한 형태를 떠올렸다. 역시 잘못 본 게 아닌 듯하다.

"벌써 가시게요?"

현관에서 신발을 신는데, 어느 사이엔가 눈가에 미소를 머금은 무라타니 가의 가정부가 노리코 곁에 무릎을 꿇고 앉아 있었다. 노리코는 케이블카를 타고 올라갈 준비를 했다. 이 여관도 슌레이카쿠처럼 상승 신호로 종을 세 번 울렸다.

케이블카에서 내려다보니, 다이케이소의 지붕이 점점 작아지며 아래로 가라앉고 있다. 옆집인 슌레이카쿠의 지붕도 나란히 작아져 갔다.

가라앉는 풍경을 바라보며 다쿠라를 떠올렸다. 그는 지금 어디에 머물고 있을까.

변사

1

노리코는 슌레이카쿠에서 서둘러 저녁을 먹었다.

시중드는 여종업원은 서른 살 남짓이었는데, "아가씨, 혼자 이런 데 놀러 오셔서 쓸쓸하지 않으세요?" 하고 묻는다.

"놀러 온 게 아니에요. 일 때문에 왔어요."

"아, 그러세요."

대답은 그렇게 했지만 무슨 일 때문인지는 짐작하지 못하는 눈치였다. 그래도 맞장구를 친다.

"그럼 더 재미가 없으시겠네요. 이다음에 결혼하시면 신혼여행은 꼭 이리로 오세요."

"네, 고맙습니다."

노리코는 가볍게 웃었다. 한 가지 이미지가 눈앞에 떠올랐다가 곧 사라졌다. 아직 먼 미래의 일이라고 생각했다.

"그렇게 오시는 분들이 많은가 보죠?"

"성수기엔 엄청나죠. 매일 몇 쌍씩 접수를 받아요. 익숙해지긴 했는데 계속 손님을 배정받게 되면 머리가 멍해지죠."

노리코는 웃으면서 잘 먹었어요, 라고 말했다. 식사를 마쳤다는 뜻이다. 종업원은 허리 숙여 인사하고 상을 정리했다.

"그래도 한창 좋을 때죠. 부부도 세월이 지나면 여기저기 고장이 나는 법이랍니다. 아, 참, 오늘도 말이죠."

여자가 목소리를 낮췄다.

"단풍나무실이라는 별채가 있거든요. 거기서 부부 싸움이 굉장했어요. 처음엔 남편 혼자 왔는데 나중에 부인이 찾아와서 난리가 난 거예요."

"남편이 다른 여자랑 같이 왔나요?"

노리코도 잡지 편집자인지라 뭔가 얻을 수 있을까 싶어 뒷이야기가 궁금해졌다.

"아니에요. 혼자 오셨어요."

"그럼 별 문제 없었겠네요."

"그런데 부인이 엄청나게 화를 냈어요. 저는 중간에 나왔는데, 듣자 하니 부인은 걱정이 돼서 남편을 찾아 하코네까지 쫓아온 모양이더라고요."

"그래요?"

"중년 부부였는데 남편은 입을 꾹 다문 채 화만 내고 있고, 부인은 히스테리를 부리듯이 울고 있고. 아주 대단했어요. 그런 걸 볼 때마다 결혼이 싫어져요. 아마도 남편이 바람기가 많을 거예요. 저도 겪어 봐서 그런 부인의 심정을 잘 알거든요."

"저런."

"저도 남편 때문에 고생 정말 많이 했어요. 결국은 헤어졌지만."

종업원의 신세타령까지는 듣고 싶지 않았다. 노리코가 손목시계를 보자 종업원은 얌전히 물러났다.

시계를 본 데엔 다른 의미도 있다. 아직 8시 전이다. 편집장은 세 시간마다 무라타니 아사코에게 원고의 진행 상황을 전화로 확인하라고 했다. 세 시간마다 확인한다면 11시에 전화를 해야 한다. 그다음은 새벽 2시에 전화를 해야 하는데 아무리 그래도 새벽에 전화할 수는 없다. 일단 11시에는 한 번 전화를 하기로 했다. 편집장의 심정을 모르는 건 아니지만 작가도 힘들겠구나, 하고 생각하며 잠시나마 무라타니 아사코의 처지를 불쌍하게 느꼈다.

목욕을 마치고 방에 돌아오자 이부자리가 깔려 있었다. 11시까지 딱히 할 일도 없고 해서 자리에 누워 책을 펼쳤다. 세 페이지도 채 읽기 전에 어느샌가 잠들어 버렸다. 한낮의 피로가 만만치 않게 쌓인 탓이다.

문득 눈을 떴을 때 본능적으로 시계를 봤다. 10시 반이다. 노리코는 가슴을 쓸어내렸다.

그런데 어쩌다 잠에서 깬 걸까. 외부 상황에 반응하여 눈이 떠진 기분이다. 책을 읽다가 잠들었기에 스탠드의 불이 켜진 채였다. 주위를 두리번거렸지만 맹장지는 굳게 닫혀 있고, 딱히 이상한 점은 없었다.

하지만 그 이유는 금방 알게 되었다. 다시 책을 집어들고 십 분쯤 지나자, 땡, 땡, 땡, 하고 종이 세 번 울렸다. 이어서 케이블카를 운전하는 소리가 희미하게 들려왔다.

땡, 땡, 땡, 하는 소리를 조금 전에도 잠결에 들었던 것 같은 기분이 들었다. 그래, 확실히 들었다. 꿈을 꿨나 싶었지만 현실이 분명했다. 그 종소리에 눈이 떠졌음을 비로소 알아차렸다.

땡, 땡, 땡, 하고 세 번 울린 종소리는 케이블카가 계곡 위로 올라간다는 신호다. 낮에 여관 종업원에게서 들은 이야기다. 그렇다면 십 분 전, 즉 노리코가 잠에서 깼을 때 케이블카가 올라갔고, 지금 또 한 번 올라갔다는 것이다. 그 사이에 케이블카가 계곡 아래로 다시 내려왔지만, 종을 두 번 울리지 않았다는 것은 태울 손님이 없었다는 뜻이다. 손님을 태우지 않은 케이블카는 종을 울리지 않았다.

이 늦은 시간에 손님이 여관을 나갔나 보다 하고 노리코는 생각했다. 집에 돌아가기 위해서인지, 단순한 외출인지는 몰라도 십 분 사이에 케이블카는 두 번이나 손님을 태우고 계곡을 올라갔다.

노리코는 시계를 봤다. 10시 40분을 지나고 있다. 11시가 되려면 조금 기다려야 했지만, 굳이 정각 11시까지 기다려야 하는 것도 아니다. 오히려 늦게 전화하는 게 실례가 될 듯싶어 노리코는 탁상에 놓인 전화기를 들었다.

늦은 시간이라 여관의 교환대에서도 빨리 전화를 받지는 않았다. 삼 분쯤 기다리자 간신히 통화가 됐다.

"죄송하지만 다이케이소 여관으로 연결해 주세요."

"예, 예."

그런데 이번에는 다이케이소가 전화를 받지 않는다. 여기서도 삼 분쯤 기다렸다.

"네, 네, 다이케이소 여관입니다."

졸린 목소리가 수화기 건너편에서 들려왔다.

"저는 시이하라라고 합니다. 무라타니 선생님 방으로 연결해 주시겠어요?"

"네, 알겠습니다."

오 초 정도 지나 같은 목소리가 대답했다.

"무라타니 선생님은 방에 안 계신데요. 외출하신 것 같습니다."

외출이라는 말에 노리코는 깜짝 놀랐다. 이 늦은 시간에 어디 산책이라도 나간 걸까. 여기서는 다이케이소의 케이블카 신호가 들리지 않는다.

"몇 시쯤 나가셨죠?"

"글쎄요, 잠시만 기다려 주세요."

수화기를 내려놓고 담당 종업원에게 물어본 모양이다. 다시 목소리가 들렸다.

"삼십 분쯤 전에 나가셨다고 합니다."

"삼십 분 전이라고요?"

그렇다면 여기 슈레이카쿠의 아까 그 손님이 떠난 시각, 노리코를 잠에서 깨운 첫 번째 종소리가 들린 시각보다 십 분 정도 앞선 시간에 무라타니 아사코도 다이케이소의 케이블카를 타고 위로 올라간 모양이다.

"여보세요, 그럼 무라타니 선생님 남편분과 통화할 수 있을까요?"

어쨌든 행선지는 알고 있어야 한다. 어디 나갈 것 같으면 즉시 붙잡으라고 시라이 편집장이 몇 번이나 주의를 줬던 이유는 바로 이런 일이 생길까 봐 걱정해서다.

"저, 남편분도 선생님이 나가신 후 조금 있다가 외출하셨다는데요."

부부가 함께 외출한 건가. 노리코는 안절부절못했다. 원고는 다 쓰고 나갔을까? 아니지, 아니야. 약속 시간이 내일 아침인 만큼 손이 느린 아사코 여사가 그렇게 빨리 써 놨을 리가 없다. 도중에 내팽개치고 바람이나 쐬러 간 게 틀림없다.

"큰일이네."

노리코는 자기도 모르게 중얼거렸다.

그때 땡, 땡, 하고 종이 두 번 울렸다. 손님을 태운 케이블카가 내려오고 있는 모양이다.

"그럼 선생님 댁 가정부를 바꿔 주시겠어요?"

가정부라면 부부의 행선지를 알고 있겠지. 그 생각도 틀렸다.

"그 댁 가정부도 남편분을 따라 같이 나가셨는데요."

그렇다면 무라타니 가의 식구 전원이 외부에 있다는 소리다. 노리코는 당황했다. 여관에는 늦게 돌아올 거란 예감이 들었다.

"어디 가셨는지 알 수 없을까요? 일 때문에 꼭 알아야 합니다만."

"잠시만 기다리세요."

여자의 목소리는 조금 귀찮아하는 톤이었다. 뭐라고 물어보는 소리가 들렸다.

"아무 말씀도 없이 그냥 나가셔서 저희는 잘 모르겠는데요."
"그런가요?"
"죄송합니다."
전화는 그쪽에서 먼저 끊었다.
어찌할 방도가 없었다. 노리코의 가슴이 마구 두근거렸다. 원고가 완성되지 못하면 어떤 일이 벌어질까. 어디선가 시라이 편집장의 고함이 들려오는 것만 같았다.
노리코는 이럴 때 사키노 씨가 옆에 있었다면 얼마나 좋을까 생각했다.
노리코는 같은 편집부에서 일하는 사키노 다쓰오에게 살려 달라고 하고 싶은 심정이었다. 평소 가벼운 농담을 입에 달고 다니는 그의 얼굴이 제일 먼저 떠올랐다. 약간 뻔뻔스러운 데가 있지만 이런 때에는 그에게서 도움을 받는 게 최선이다. 당장이라도 내려와서 어두컴컴한 하코네의 모든 산들을 샅샅이 뒤지고 다닐 남자다. 분하지만 여성의 약함은 이럴 때 행동력을 발휘하지 못한다는 점이다.
삼십 분쯤 더 기다렸다가 다시 한 번 다이케이소에 전화해 보는 수밖에 없다. 그때도 돌아오지 않는다면 또 삼십 분을 기다렸다가 전화해야 한다.
그렇다고는 해도 편집자를 이렇게 골탕먹이는 작가라니. 무라타니 여사를 담당하는 건 정말 신물이 난다고 생각하면서도 눈앞의 위기 상황에는 혼자 난감해하는 수밖에 없었다. 노리코는 한시도 가만히 있지 못했다.

하지만 삼십 분까지 기다릴 필요는 없었다.

갑작스레 울리는 전화벨에 노리코는 깜짝 놀랐다.

"여보세요? 시이하라 씨?"

수화기에서 들리는 목소리는 무라타니 아사코였다.

"아, 선생님."

"시이하라 씨, 전화했어?"

기분 탓인지 아사코의 목소리는 어쩐지 날카로웠다. 기분이 좋지 않은 상태라는 건 어조로 알 수 있었다.

"네, 맞습니다. 원고가 걱정돼서요."

노리코는 안심이 되면서도 겁먹은 목소리로 대답했다.

"걱정 마. 그렇게 자주 전화하지 않아도 돼. 내일 10시쯤에 찾으러 와요."

"네."

탁, 하고 전화를 끊는 소리가 수화기를 타고 귀를 때린다. 그 마찰음의 강도는 무라타니 여사의 말투와 비슷했다. 사나워졌어. 노리코는 남성 편집자가 자주 하는 말을 떠올렸다.

그래도 크나큰 안도감이 그녀의 가슴속 파도를 쓸어냈다. 자기도 모르게 한숨이 나왔다. 어쨌든 원고는 받게 될 것 같다. 그 뒤로는 푹 잤다.

아침에 눈을 뜬 것은 8시가 조금 지나서였다. 어쩐지 주위가 시끄럽다. 복도를 바쁜 걸음으로 돌아다니는 소리가 들린다. 어딘가에서 이야기하는 소리도 들린다. 말소리는 묘하게 침착하지 못한 구석이 있었다.

노리코가 세수를 마치자 간밤의 종업원이 차를 가지고 들어왔다. 그녀는 아침 인사도 하는 둥 마는 둥했다.

"손님, 큰일 났어요."

흥분한 얼굴이다.

"오늘 아침 일찍 누가 자살을 했대요. 이 집에서 조금 떨어진 물가에서 산책하던 손님이 돌에 머리를 박곤 엉망으로 죽어 있는 시체를 발견해서 난리가 났어요."

그제야 아침부터 어수선했던 까닭이 이해가 되었다. 노리코는 눈살을 찌푸렸다.

"어떻게 된 거죠?"

"절벽에서 뛰어내렸대요."

"절벽?"

절벽은 사십 미터 높이다. 케이블카 줄의 높이와 같다. 노리코는 케이블카에서 내려다본 절벽 아래를 떠올리고, 자기도 모르게 몸서리를 쳤다.

"저도 보러 갔는데 시체를 한 번 본 것만으로도 겁이 나서 도망쳤어요. 우리 여관 유카타를 입고 있어서 더 무서웠어요."

"그럼 여기 손님이에요?"

"그게, 있잖아요."

종업원의 진지한 얼굴이 조금 파래졌다.

"바로 단풍나무실 손님이었어요. 왜 어젯밤 말씀드렸죠? 부부 싸움을 심하게 했다는 남편 말이에요."

"뭐라고요?"

노리코가 눈을 크게 뜨고 반문했다.

"진짜 놀랍지요? 저희도 깜짝 놀라서 아침부터 아무 일도 하지 못했을 정도예요."

"부인은 어떻게 하고 있어요?"

"경찰하고 이야기하는 중이에요. 시체는 오다와라에서 온 구급차에 실려 병원으로 옮겨졌고요."

사체를 병원으로 옮겼다. 아, 부검 때문인가, 라고 노리코는 생각했다. 그런데 이곳에서는 자살자를 일일이 병원에서 부검하는 걸까.

"듣자하니 어젯밤 11시에서 12시 사이에 죽었대요. 시체가 발견된 건 오늘 아침 6시쯤이라는데. ……조금 이상한 일이 있긴 했어요."

종업원은 목소리를 낮췄다.

"간밤에 부부가 대판 싸움을 하고 그 뒤에 화해를 했는지 두 분이서 맥주를 시켜서 드셨어요. 그걸 보고 뒤에서 저희끼리 웃고 그랬거든요. 그러고 나서 남편분이 유카타를 입은 채 혼자 케이블카를 타고 계곡 위로 올라가셨어요. 그때가 10시 반이었을까. 십 분쯤 뒤에 이번엔 부인이 남편을 쫓아가듯 따라나섰지요."

노리코는 간밤에 두 번 울린 종소리를 떠올렸다. 10시 반이라면 시간대도 일치한다. 그 첫 번째 종소리 때문에 그녀는 잠에서 깼다. 두 번째 종소리는 무라타니 아사코에게 전화를 걸기 직전에 울렸다.

"부인은 삼십 분쯤 지난 뒤 혼자 돌아오셨지만 남편분은 끝내 돌아오시지 않았어요. 담당 종업원이 걱정이 돼서 부인께 물어보니 아는 분이 근처 숙소에 묵고 계신데 같이 마작이나 하자고 권했다면서 걱정하지 말랬다는 거예요. 그런가 보다 하고 안심했는데 설마하니 이런 일이 벌어지리라고 누가 상상이나 했겠어요."

"정말 무서운 일이네요."

노리코는 자살자가 탄 케이블카의 종소리를 들었던 만큼, 실감이 밀려왔다.

그건 그렇고 무라타니 아사코의 원고는 어떻게 됐을까. 시계를 보니 9시가 조금 넘었다. 이젠 전화해도 괜찮은 시간이다. 아침 식사를 할까 했지만 마음이 가라앉지 않아 입맛이 없었다.

"죄송합니다. 식사 전에 이런 좋지 않은 이야기를 해 드려서."

종업원이 미안해했다.

전화를 걸까 하다가, 전화를 거나 찾아가나 마찬가지라는 생각이 들어 외출 준비를 했다. 여관에는 잠깐 나갔다 오겠다고 말하고 케이블카에 탔다.

케이블카에는 네댓 명의 손님이 함께 타고 있었다. 다들 자살한 사람 이야기로 시끌벅적했다. 손님들은 케이블카가 조금씩 상승하자 창밖의 계곡을 내려다보며, "이렇게 높은 데서 떨어졌다면 여지없었겠군" 따위의 말을 했다.

노리코도 창 아래를 내려다보았다. 밑에 있는 사람들이 조그맣게 움직이는 모습을 보니 오싹했다. 정상에 도착한 뒤 이번에는 다이케이소에서 운영하는 케이블카를 타고 내려갔다. 바로 옆집에 가는 길인데도, 지독히 번거로웠다.

다이케이소 현관에 들어서자 프런트에 있던 종업원이 노리코를 보고 튀어나왔다.

"시이하라 님이신가요?"

"네. 무라타니 선생님을 뵈러 왔는데요."

"무라타니 선생님은 오늘 아침 일찍, 그렇죠, 두 시간 전에 도쿄로 떠나셨는데요."

노리코는 소리도 내지 못하고 장승처럼 서 있었다.

"아, 참, 전해 달라고 부탁하신 게 있습니다."

종업원이 프런트에서 두꺼운 대형봉투를 꺼내 왔다. 원고였다. 봉투에서 꺼내 보니, 마지막 장 번호가 '43'이었다. 원고지 여백에 갈겨쓴 글씨로 '매수는 부족하지만 잘 부탁드립니다'라고 적혀 있다. 처음에 약속한 오십 매에는 못 미쳤지만 노리코는 온몸에서 긴장이 빠져나가는 것을 느꼈다.

"고맙습니다."

노리코는 프런트 직원에게 공손히 인사했다. 아무에게라도 인사하고 싶은 심정이었다.

무라타니 아사코는 왜 갑자기 도쿄로 돌아갔을까. 아침 8시라면 상당히 빠른 시각이다. 시간이 너무 일러 노리코에게 연락하지 않았을지도 모르지만, 한마디 정도는 귀띔해 줘도 좋지 않았을까, 라는 생각이 들었다.

어쨌든 원고를 받았으니 아무래도 상관없다. 정말 마음을 졸이게 한 원고다. 그래서 더욱 고맙다. 이젠 책임을 다했다는 안도감과 기쁨이 솟구쳤다.

노리코는 슌레이카쿠에 돌아와 떠날 채비를 했다.

"아가씨, 가시려고요? 제대로 대접해 드리지도 못했는데…….
다음에 결혼하시면 우리 여관에 꼭 들러 주세요."

종업원이 친근하게 말했다. 노리코는 이제 안심해도 된다는 기분에 들떴기 때문인지 문득 말을 꺼냈다.

"오늘 아침에 시체가 있던 곳에 잠깐 가 볼 수 없을까요?"

"그러지 마세요."

종업원이 말렸다.

"젊은 분이 보실 만한 일이 아니에요. 아직도 근처 바위엔 핏자국이 남아 있어요. 정말 기분 나쁘다니까요."

"상관없어요."

호기심이었다. 무엇이든 공부가 된다는 편집자로서의 의식도 있었다. 종업원은 입으로는 말리고 있었지만 내심으로는 안내하고 싶었는지도 모른다. 뜻밖에 부랴부랴 앞장을 섰다.

현장은 슌레이카쿠 마당에서 삼십 미터쯤 떨어져 있었다. 하야카와 계곡이 사십 미터 높이의 절벽 아래에서 끝나는 지점이었다. 커다란 돌덩이가 여기저기 널려 있다.

투숙객들과 여관 종업원 이십여 명이 구경하고 있었다. 무리에 섞여서 보니, 하얀 수성암에 검게 변한 핏자국이 여기저기 뿌려져 있었다.

노리코는 투신 현장이라면 피투성이가 되어 끔찍하리라 생각해 흠칫했지만, 경찰이 이미 정리한 모양인지 피가 괴어 있는 곳은 없었다.

하지만 돌에 묻은 검은 혈흔이 눈에 띄자 역시나 오싹한 기분이 들어 눈을 돌렸다.

"대체 어디서 뛰어내렸대요?"

"저 주변이라던데."

구경꾼 중 한 명이 위를 가리켰다. 절벽 꼭대기에 우거진 나무가 간신히 보였다.

"실제로 뛰어내린 데는 좀 더 아래쪽이라고 했어요."

종업원이 노리코에게만 가르쳐 주었다.

"꼭대기는 미야노시타 도로에서 약간 들어간 곳인데, 거기서 작은 마을 길이 갈라져서 굽이져 내려가거든요. 현장은 정상에서 조금 아래쪽으로 내려온 그 마을 길 근처라고 경찰이 말했어요."

곁에서 종업원의 이야기를 듣던 남자가 궁금하다는 듯이 다가왔다.

"이봐요, 아가씨. 그 양반, 아가씨네 여관에서 지냈나?"

"네."

종업원이 머뭇거리며 대답했다. 공공연하게 말하고 싶지는 않은 모양이었다.

"직업이 뭔데?"

"글쎄요, 잘 모르겠는데요."

종업원은 노리코의 팔을 쿡쿡 찌르며 도망치듯이 자리를 빠져나왔다.

"기분 나빴죠?"

노리코의 안색을 살피며 종업원이 물었다.

"뭐, 그렇죠."

노리코의 눈에는 흰 바위를 물들인 검은색이 남아 있다.

"그 손님 직업은 말이죠……."

종업원은 좀 전에 대답하지 않았던 내용을 노리코에게 얘기했다.

"숙박부에 잡지 기자라고 적혀 있었어요."

"네? 잡지 기자?"

노리코는 철렁했다. 가슴에 물결이 일었다.

"나이는 몇 살쯤 됐죠?"

"마흔두 살이라고 적혀 있던 것 같은데요."

노리코는 깜짝 놀랐다.

"혹시 이름이 다쿠라라고 적혀 있지 않았나요?"

"어머."

종업원은 눈을 동그랗게 떴다.

"아시는 분인가요? 맞아요, 성이 다쿠라였어요."

노리코는 주위 풍경이 일순간 멀어지는 것을 느꼈다.

다쿠라 요시조가 죽었다!

갑자기 어제 아침 안개 속에서 본 다쿠라 요시조와 무라타니 아사코의 그림자가 떠올랐다. 동시에 반사적으로 아사코의 남편인 료고가 낯선 여자와 함께 걷고 있었던 희미한 그림자와 하나의 선을 이루었다. 게다가 무라타니 아사코 일가는 오늘 아침 일찍 황급히 여관을 떠났다.

노리코의 귓전에서 간밤에 들려온 케이블카의 종소리가 되살아났다. 그 소리는 검은 의혹 속에서 들려오고 있었다.

2

이튿날 14일은 마감날이었다. 눈이 핑핑 돌 만큼 바빴다. 무라타니 아사코의 원고가 예정된 매수보다 부족해서 노리코는 그 공백을 메우려고 삽화를 넣거나 광고를 늘리느라 바쁘게 뛰어다녀야 했다. 원고 상태도 그저 그랬지만 이제 와서는 어떻게 할 수도 없는 노릇이었다.

잡지 편집은 매호가 이렇게 외줄타기처럼 아슬아슬하다. 잘도 매월 발매일에 맞춰 발행하고 있다고 생각한다. 마지막 교정쇄를 인쇄소에 보내고 나서야 비로소 안도의 한숨을 내쉴 수 있다.

노리코는 그날, 도쿄에 도착하자마자 무라타니 아사코에게 전화했지만 집에 없는지 전화를 받지 않았다. 먼저 돌아간다고 하고선 어딘가를 돌아다니고 있는지도 모른다. 원고를 제 날짜에 마무리 지어 준 데 대한 감사를 하려고 밤에 교정을 하다 말고 전화를 했더니 가정부가 받았다. 하코네에 함께 머물던 가정부 목소리였다. 아사코 여사도 돌아왔겠구나 생각했지만, "선생님은 아직 오시지 않았어요"라고 한다.

"볼일이 있어서 다른 데 들르셨어요."

"아, 그래요? 돌아오시면 원고 감사히 잘 받았다고 좀 전해 주세요."

전화를 끊고 노리코는 다시 일에 열중했다. 아무리 해도 알 수가 없었다. 한밤중에 투신한 다쿠라 요시조가 사체로 발견된 날 아침, 무라타니 아사코는 황급히 여관을 떠났다. 그리고 나서 가정부만 집으로 보내고 자기는 집으로 돌아오지 않는다. 수상한 행동이다.

노리코가 돌아와 다쿠라 요시조의 죽음에 대해 간략히 보고하자 편집부는 그 화제로 떠들썩해졌다.

'자살할 남자가 아니다.'

하나같이 그렇게 말했다. 편집부원 모두가 다쿠라 요시조의 인간성을 알고 있다. 억지스럽고 뻔뻔하다. 잡지사에 팔아먹는 탐방 기사에서도, 기사의 주인공에게 끼칠 피해나 상대의 인격에 대해서는 고려하지 않았다. 낯 두껍게 흙발로 들이닥치는 식의 취재를 했다. 그만큼 하지 않으면, 팔아먹을 수 있는 정보를 혼자 힘으로 얻어내기는 힘들 것이다. 주로 유명인의 스캔들을 파헤치는 게 전문이었고 형사도 흉내 내지 못할 잠복과 탐문으로 비밀스러운 냄새를 포착했다. 그만의 집요한 성격에서 비롯된 능력이었다.

그렇다고 해서 괜찮은 소재가 매일같이 널려 있는 것도 아니다. 그럴 때면 보리 한 알을 빵만 하게 부풀린 원고를 품에 넣고 잡지사를 누빈다. 내용을 슬쩍 일러 주며 상대의 흥미를 자극하는 장사에 도가 튼 것이다. 구경거리 호객꾼 같은 사람이었다.

반대로 이거다, 싶은 기삿거리를 손에 쥐면, 여러 잡지사에 전화를 걸어 가장 비싼 값을 부르는 곳과 흥정을 하며 기다린다. 예전에 지방에서 신문기자로 활동한 전력이 있어 문장은 뛰어났다.
 잡지사치고 다쿠라를 좋아하는 곳은 없었지만 좋은 기삿거리를 내보이면 손이 나가고 만다. 주목을 끌 만한 기사, 그럴싸한 원고가 없어 난처해질 때에는 눈을 질끈 감고 다쿠라에게 손을 내밀었다. 잡지를 팔기 위해서는 어쩔 수 없는 일이었다.
 지금까지 다쿠라가 울린 사람이 한둘이 아니다. 잡지사에서도 그 점을 감안하여 되도록 그의 원고는 쓰지 않으려고 하는데, 요즘 들어 잡지사가 늘어나 경쟁에 불이 붙다 보니 다쿠라 같은 존재가 귀중한 자원이 되어 제법 장사가 잘되었다. 악랄하다, 비열하다, 라는 비난을 받아도 웃음으로 넘기며 매스컴의 하층을 떠돌고 다녔다.
 모두가 그렇게 뻔뻔한 다쿠라 요시조가 자살했을 리 없다고 말했다.
 노리코가 전날 밤에 다쿠라의 아내가 하코네의 여관까지 쫓아와서 부부 싸움을 했다는 얘기를 꺼내자, "아내가 죽였는지도 몰라. 그 녀석 여자관계가 오죽 복잡해야 말이지"라는 말까지 나왔다.
 어쩔 수 없다느니, 인과응보라느니 왁자지껄 떠들어 댔지만 마감 전에는 전쟁터처럼 분주해서 천천히 대화를 나눌 수가 없었다.
 오직 사키노 다쓰오만이 그런 대화에 끼지 않고 혼자 싱글거리며 담배를 입에 문 채 빨간 펜으로 교정지를 수정하거나 레이아웃을 점검했다.
 노리코는 안개 속에서 본 인물과 무라타니 아사코의 행동에 대해서는 입을 다물었다. 다쿠라의 죽음과 관계 있는 일인지 아닌지 알 수 없으니 함부로 말할 수 없다.

다만 사키노 다쓰오에게는 이야기하고 싶었다. 혼자 비밀을 간직하고 있을 때는 누군가에게 토해내지 않으면 심리적으로 기분 나쁜 가스가 몸에 가득 차는 듯하다.

그녀는 잡지 마감이 끝나기를 기다렸다.

마지막 날은 반쯤 철야 근무였다. 편집부 여사원들은 빨리 퇴근시켰기 때문에 이날도 사키노에게 말할 기회가 없었다.

이튿날은 전체 휴일이었다. 다음 날 출근해야 했던 노리코는 그날 아침 신문을 보고 눈이 휘둥그레졌다.

신문 기사는 다음과 같았다.

7월 13일 오전 6시경 가나가와 현 하코네마치 미야노시타 보가시마의 절벽 밑에서 산책하던 관광객이 추락한 남자의 사체를 발견했다. 사체의 신원은 전날 밤 슌레이카쿠 여관에 투숙했던, 가나가와 현 후지사와 시 미나미나카도리에 사는 다쿠라 요시조 씨 (42·저술업)로 밝혀졌다. 관할서는 사인에 미심쩍은 부분이 있어 오다와라의 xx병원으로 이송, 부검했다. 그 결과 사후 약 일곱 시간이 지났음이 밝혀졌으며, 위에서 수면제와 알코올이 검출되었다. 다쿠라 씨는 전날 밤 여관에서 맥주를 마시고 그 직후 외출한 채로 행방불명되었다. 이로 미루어 보아 수면제 복용 후 절벽에서 투신자살한 것으로 보인다.

신문에 따르면 경찰은 다쿠라의 죽음을 자살로 인정하는 듯싶었다. 노리코는 잠시 뭔가를 생각하다가 신문을 접어 핸드백에 넣고 출근했다.

사키노 다쓰오는 졸려 보이는 눈으로 11시가 지나서 출근했다. 잡지 편집부는 출근이 늦다. 특히 마감이 끝난 뒤 이삼일은 다들 한가롭게 지낸다. 편집장도, 다른 편집자들도 출근 전이었다.

노리코는 사키노가 자기 책상에 앉자마자 다가가 말을 걸었다.

"사키노 씨, 밖에서 차나 한잔할래?"

노리코를 올려다보는 사키노의 눈이 커졌다.

"나 혼자 있다고 생각하고 잽싸게 유혹하는군, 리코."

"으스대지 마. 목이 마른 참에 일찍 출근한 동료에게 차가운 커피라도 한턱 내려는 거니까."

"어이쿠, 고마워라."

사키노가 두 손으로 책상을 짚으며 방금 앉았던 의자에서 일어선다. 긴 다리를 천천히 움직이며 밖으로 나왔다. 그의 등에 눈부신 햇살이 비쳤다.

점심시간 전이어서 찻집은 한가했다. 종업원이 파리채로 파리를 쫓고 있었다.

아이스커피를 주문한 사키노가 어깨를 의자에 비비듯이 기지개를 폈다.

"아, 죽겠군. 마감이 끝나면 역시 지쳐."

"어제 하루 종일 쉬었잖아."

"응, 저녁까지 자다가 야구 보고 마작판에 끌려갔어. 그러다 새벽 2시에 잤어."

"그러니까 지쳤지."

노리코는 사키노의 무거워 보이는 눈꺼풀을 보았다.

"하루라도 그런 시간이 없으면 못 견뎌. 그런데 무슨 얘기야?"

사키노는 커피 잔에 파묻었던 얼굴을 들었다. 노리코가 할 말이 있어 불러냈다는 것을 눈치채고 있었다. 그런 점에서는 감이 좋다.

노리코는 핸드백에서 신문을 꺼내 사키노의 눈앞에 펼쳐 놓았다. 다쿠라의 기사를 가리키자, 슬쩍 내려다보고 말했다.

"아, 그거? 나도 읽었어."

"그래? 어떻게 생각해?"

"어떻게 생각하다니……. 리코야 우연히 같은 날 하코네에 갔다가 추락한 현장을 봤으니까 이 사건에 흥미가 있겠지만."

"조금 흥미롭기는 해."

"여자들은 그게 문제야. 하코네에서 돌아온 날 흥분해서 신나게 떠들었잖아."

"떠들었다니, 다쿠라 씨가 절벽에서 떨어져 죽었다고 보고했을 뿐이야. 다른 사람들이 시끄럽게 굴었지."

생각해 보니 사키노 혼자만 싱글싱글 웃으며 조용히 일을 했다. 모두가 침묵하고 있을 때는 혼자 떠들고, 주위에서 한창 신나게 이야기할 때는 동료들과 떨어져 있는 묘한 버릇이 있다.

"사실, 나 그때 아무한테도 말하지 않은 게 있어. 하코네에 갔을 때 조금 수상쩍은 걸 봤어."

"그래?"

사키노는 컵에 담긴 얼음 사이에서 마지막 한 방울 커피까지 빨아들였다. 당장은 그다지 흥미가 있어 보이지는 않았다.

노리코는 모두 털어놓았다. 사람들 앞에서는 말할 생각이 없었는데 이상하게 사키노에게는 꼭 들려주고 싶었다. 안개 저편에서 목격한 장면들이 다쿠라의 죽음과 관계가 있는지 없는지, 혼자서 판단할 수가 없었다. 혹은 사키노의 의견을 듣고 싶어서 의식적으로 판단을 유보한 것도 있었다.

사키노는 담배를 피우며 먼 곳을 응시했다. 이야기가 끝나자, "그렇군" 하고 낮은 목소리로 읊조렸다. 무언가를 생각하는 듯이 보이는 건 이야기에 흥미가 생겼다는 신호다.

"아사코 여사와 다쿠라 씨는 목소리를 들었으니까 틀림없다고 생각하는데, 아사코 여사의 남편과 다른 한 명, 모르는 여자에 대해서는 확실치가 않아서 자신이 없어."

"다쿠라가 슈레이카쿠에 도착한 날 밤에 다쿠라의 아내가 찾아왔고 싸움이 시작되었다, 그리고 둘은 나중에 화해했다 이거지?"

"응, 여관 종업원 말로는 그랬어."

"음, 리코가 본 여사의 남편과 같이 있던 여자가 다쿠라의 아내였을지도 모르겠군. 그렇다고 하면 조금 재미있어지는데."

"……"

"다쿠라는 절대로 자살할 남자가 아니지."

사키노 다쓰오가 단언했다. 졸려 보이던 눈동자가 그제야 원래 모습으로 되돌아왔다.

노리코도 끄덕였다. 다수의 의견이 그래서가 아니다. 그녀가 겪은 다쿠라의 태도에서 느낄 수 있었다.

"자살할 의지가 없었다면 과실 아니면 살해당한 거야."

사키노는 다시 신문 기사로 눈길을 보냈다.

"기사를 보면 다쿠라는 수면제를 먹었어. 양이 어느 정도인지는 몰라도 자살할 목적은 아니었을 거야. 잠이 안 와서 먹었겠지. 그렇다면 수면제는 어디서 먹었을까?"

"위에서 알코올이 검출된 걸 보면 여관에서 아내랑 맥주를 마신 건 사실 같아. 그렇다면 수면제는 그 직후나, 맥주와 같이 먹었는지도 몰라."

노리코가 말했다.

"그럴 테지. 그런데 수면제를 먹은 사람이 외출했다? 수면제를 먹을 생각이라면 외출했다가 돌아와서 먹는 게 상식인데."

노리코는 10시 반쯤에 여관 케이블카가 올라가는 종소리를 들었다. 종업원의 말로 추측해 보면 그건 다쿠라가 외출하는 소리였다. 그 시각 다쿠라는 이미 수면제를 먹었던 걸까. 다쓰오의 말처럼 수면제를 먹고 외출한다는 것은 부자연스럽다.

그 뒤 십 분쯤 지나 두 번째 종이 울렸다. 다쿠라의 아내가 다쿠라를 쫓아 케이블카를 타고 올라갔을 때다. 부부가 싸움 끝에 화해했다는 것은 어디까지나 종업원의 이야기일 뿐이다. 그들 사이에 어떤 곡절이 있어 다쿠라가 먼저 여관을 나가고, 그 뒤를 아내가 쫓게 되었을까.

"또 한 가지, 수면제를 자살한 절벽 위에서 먹었다고 가정할 수도 있어. 그렇다면 그건 자살이야. 한데 다쿠라는 자살할 남자가 아니거든. 현장에서 먹었다는 가정은 성립이 안 돼. 그럼 역시 여관에서인가?"

"수면제를 먹고 밖으로 나갔다. 의문은 원점으로 돌아가겠네."

"아니, 그렇진 않아. 수면제를 자기 의지로 먹었다고 단정할 수 없어. 강제로 먹게 됐을 수도 있으니까."

노리코는 놀란 눈으로 사키노를 쳐다보았다.

"설마 부인이?"

"그렇지. 맥주에 타서 먹인 거야. 본인은 이를 모른 채 외출했고, 나간 자리에서 잠이 쏟아졌다……."

"그렇다면 그 절벽 위를 돌아다니는데 갑자기 졸음이 쏟아져서 방향을 잃고 추락했다는 거야?"

노리코가 숨을 죽였다.

"맞아, 그게 자연스러운 해석이겠지. 아내에게 살해 의도가 있었다면 말이야. 왜냐하면 다쿠라는 원래 바람기가 상당했으니까. 히스테리가 있는 아내는 잘못 의심하고 하코네에 있는 여관까지 쫓아가서 싸움을 벌였지. 일단 화해했지만 그건 아내에게 속셈이 있어서 잠시 굽히고 들어간 거고, 남편이 잠든 사이에 무슨 짓인가 저지르려고 계획한 게 틀림없어."

사키노가 빈 커피 잔을 손에 들었다.

"그런데 맥주에 탄 수면제가 효력을 나타내기 전에 다쿠라가 나가 버렸어. 아내는 말렸겠지. 그는 뿌리치고 밖으로 나갔어. 걱정이 된 아내가 쫓아나갔지. 하지만 캄캄한 밤중에 남편이 어디로 갔는지 알 수가 없어 혼자 여관으로 돌아왔어. 이런 순서가 아닐까?"

노리코는 다쿠라의 아내에게 살해 의도가 있었다고까지는 생각해 본 적이 없지만 사키노의 추측은 자연스러웠고 상황을 설명하는 데 무리가 없었다. 노리코는 순식간에 이만한 이야기를 떠올린 사키노에게 조금 놀랐다.

"하지만 나도 한 가지 이해가 안 되는 점이 있어. 다쿠라는 왜 한밤중에 으슥한 절벽 위에 서 있었을까. 대체 어디에 가려고 좁은 마을 길을 걸어갔던 걸까?"

"그 길에 대해 물어봤더니 이웃 마을로 내려가는 길이라던데."

"설마하니 그런 촌동네에 다쿠라가 볼일이 있어서 내려갔을 리는 없고."

사키노는 가만히 팔짱을 끼고 말했다.

"그렇군, 밤 10시 반에 여관을 떠난 다쿠라가 왜 하필 그 지점에 가야만 했는가, 이게 사건의 초점이야."

"그렇다면 다쿠라 씨가 하코네에 간 목적은 뭘까?"

노리코가 질문했다.

"리코 얘기대로라면 무라타니 아사코 여사를 만나기 위해서겠지. 용건이 뭔지는 여사에게 물어보는 게 제일 빠를 테고."

노리코도 같은 의견이었다.

"신문 기사에 따르면 경찰은 사인에 의심 가는 데가 있어서 부검했다고 나와 있어. 유서도 없고 평소에 자살할 만한 징후도 보이지 않던 사람이 투신했으니 조사해 봤겠지. 결국 자살로 판단 내렸지만 역시 이상하다고 여겼을 거야."

사키노 다쓰오가 머리를 긁적이며 말했다.

"하지만 문제를 명확히 하기 위해 우선 출발점부터 정해 보자. 다쿠라의 죽음은 자살인가, 아닌가야."

"자살은 아니라고 생각해."

"그래? 그럼 사고사인가, 타살인가?"

"글쎄……."

노리코의 시선이 공중으로 향했다.

"어렵네. 방금 당신 추리대로라면 사고사일 가능성이 크겠지만 타살 쪽이라면 어떨까?"

"잠깐만."

사키노는 주머니에서 회사 원고지와 연필을 꺼냈다.

"일단 정보만 적어 보자."

사키노는 노리코의 이야기를 되물어 가며 적어 나갔다.

① 다쿠라의 하코네행은 무라타니 아사코를 만나기 위해서였다.

② 그날 밤 무라타니 여사의 남편이 다른 여자와 만났다. 그러나 확인된 사실은 아니다.(노리코가 목격함)

③ 이튿날 아침 무라타니 여사는 큰길에서 벗어난 오솔길에서 다쿠라와 단둘이 만났다.(노리코가 목격함)

④ 여사는 그날 아침 보가시마의 다이케이소 여관으로 숙소를 옮겼다.

⑤ 이어서 다쿠라도 바로 옆 슌레이카쿠 여관으로 옮겼다.

⑥ 그날 저녁 다쿠라의 아내가 남편을 찾아와 두 사람 사이에

말다툼이 있었다.(여관 종업원의 말)

⑦ 다쿠라 부부는 화해했고, 맥주를 주문해 마셨다.(여관 종업원의 말)

⑧ 다쿠라는 밤 10시 반쯤 유카타를 입은 채 케이블카를 타고 혼자 외출했다.(여관 종업원의 말)

⑨ 십 분 후 다쿠라의 아내는 남편을 쫓아 다음 케이블카를 타고 올라갔다.(여관 종업원의 말. 케이블카의 출발을 알리는 두 번의 종소리는 노리코도 들었다)

⑩ 다쿠라의 아내는 밤 11시가 넘어 혼자 여관으로 돌아왔고, 남편은 지인이 숙박하는 여관에서 마작을 한다고 말했다.(여관 종업원의 말)

⑪ 그 사이에 노리코가 아사코 여사에게 전화를 걸었는데, 가족 모두 외출중이었다.

⑫ 아사코 여사로부터 노리코에게 전화가 온 것은 밤 11시 이후, 따라서 다쿠라 부부가 밖으로 나간 동안에 아사코 여사의 가족도 모두 외출중이었다고 가정할 수 있다.

⑬ 다쿠라의 죽음은 밤 10시 40분에서 자정 사이로 추측. 그 근거는 다쿠라가 케이블카를 타고 올라간 것은 밤 10시 반, 케이블카 정류장에서 현장까지 소요되는 시간은 약 십 분이기 때문이다.

"정확히 열세 개네."
사키노는 노리코에게 적은 내용을 다시 보여 줬다.

"더 자세히 열거할 수도 있지만 우선은 이 정도로 하자."

노리코는 대충 읽어 보았다. 죽 읽어 보자, 일관된 굵은 선이 눈앞에 떠오른다.

"그렇다면 다쿠라 씨의 죽음에 무라타니 선생님이 연관돼 있는 걸까?"

전부터 느꼈던 희미한 의문이 조금 확실해졌다.

"응."

사키노는 건성으로 대답하고, 고개를 옆으로 돌려 담배를 피우며 골똘히 생각에 잠겼다. 이럴 때 사키노의 옆얼굴이 노리코는 왠지 마음에 들었다.

3

시라이 편집장은 그날 오후가 돼서야 출근했다. 평소처럼 사무실 한가운데 있는 책상에 앉아 노리코가 가져다 준 차가운 물수건으로 기다란 얼굴을 북북 닦더니, "리코, 오늘 아침에 나온 다쿠라 기사 봤어?" 하고 노리코를 올려다보았다. 어제 쉬면서 이발소에 다녀왔는지 인상이 깔끔해졌다.

"네."

노리코는 가느다란 턱을 당기며 고개를 주억거렸다.

"각오하고 한 자살이라던데 기사가 너무 간단해서 잘 모르겠어."

아마 직업이 저술업인 사람이 자살했다니까 살짝 기사를 냈겠지."

편집장이 물수건을 돌려주며 말했다.

그때 옆자리의 아시다 차장이 한마디 끼어들었다.

"그래도 다쿠라 녀석이 자살했을 리가 없어요. 오늘 아침 신문만 해도 기사 자체가 조금 이상해요."

그는 의자 등에 걸쳐 놓은 상의 주머니에 손을 넣고 몇 번 꼼지락거리더니 구겨진 종이쪽지를 꺼냈다. 신문을 오린 것이었다.

"여길 좀 보세요."

구겨진 곳을 손가락으로 펴며 종이를 펼쳤다.

"관할서는 사인에 의문을 갖고 해부를 해 본 결과, 사후 약 일곱 시간이 지났으며, 위에서 수면제와 알코올이 검출되었다, 라고 되어 있어요. 수면제를 먹었으니, 절벽 위에서 뛰어내릴 각오를 한 자살이다. 이게 말이 됩니까? 보통 수면제로 자살하려는 사람이라면 수면제를 더 많이 먹고 다다미 위에서 잠든 채 죽는 게 정상이죠. 만약 절벽에서 뛰어내릴 작정이었다면 수면제를 먹을 리가 없어요."

그는 좌우에 앉아 있는 부원들을 둘러보며 말했다.

여섯 명의 부원들이 모두 나와 있었다. 게다가 마감이 끝난 직후여서 다들 한가했다. 기다렸다는 듯이 차장이 제기한 의문에 달려들었다.

"아닌 게 아니라 이상하기는 해."

시라이가 말했다.

"수면제라면 약만으로 죽을 수 있어. 투신할 거라면 굳이 수면제를 먹을 필요가 없지. 아시다 차장 말이 맞아. 모순되는 점이 있어."

"수면제가 치사량이었을까요?"

다른 젊은 부원이 질문을 던졌다.

"거기까지는 모르지. 기사 자체가 짧아서."

편집장이 대꾸했다.

"아마 치사량은 아니었을 거야. 자기 발로 밖에 나갔으니."

"하지만 약효가 나타나려면 조금 시간이 걸리잖아요?"

"그것도 맞는 말이군. 자네 생각은 어떤데?"

"그냥 한번 짐작해 본 건데요."

부원은 약간 상기된 얼굴로 말했다.

"치사량의 수면제를 먹고 난 후에 갑자기 겁이 난 거죠. 가만히 죽기만 기다릴 수 없으니까 밖으로 뛰어나가 절벽에서 뛰어내린 게 아닐까요. 일종의 정신적 공포랄까요."

"문학적인 해석이군. 그런데 그게 아냐."

차장이 일축했다.

"저도 그건 아닌 것 같아요."

다른 편집부원이 고개를 돌렸다.

"수면제를 어디서 먹었는지 확실치는 않지만 일단 여관에서 먹었다고 가정해 보죠. 이때 본인이 직접 먹었는지, 아니면 누군가가 강제로 먹였는지가 관건입니다. 왜냐하면 누군가가 먹였다고 하면 잠들어 있는 다쿠라를 들고 절벽으로 데려가 던졌다는 가정이 가능해지니까요. 문제는 그 상태로 여관을 나오기가 어렵다는 겁니다. 사람 하나 들고 나오려면 최소한 두 명 이상이 필요할 테고, 여관 종업원에게 들켰을 테니까요."

"자기 발로 외출했다고 되어 있잖아."

시라이 편집장이 면박을 줬다.

"그렇죠. 그러니까 약을 먹인 곳은 여관이 아니라는 겁니다. 밖이겠죠. 다쿠라는 밖으로 나왔을 때 누군가에 의해 수면제를 먹게 된 겁니다. 그 뒤 절벽으로 실려 갔을 거예요."

"하지만 다쿠라가 외출한 건 밤 10시 반이야. 그쪽에선 엄청 늦은 시간이라고. 그 시간에 어디를 가야 했을까? 누구를 만나 수면제를 먹게 되었을까?"

"그 문제는 좀 더 생각해 봐야죠."

"자네 의견은 꽤 흥미로웠어. 어쨌든 다쿠라가 자기 의지로 죽은 게 아니라는 건 확실해 보이는군."

그들은 다쿠라가 여관에서 아내와 함께 있었다는 것도, 다툼이 있었다는 것도 몰랐다. 기사가 지나치게 간단해서 그런 뒷이야기는 언급하지 않았기 때문이다. 노리코는 책상 줄 끝자리에 앉아 있는 사키노 다쓰오를 바라보았다. 그는 여느 때처럼 모두의 대화에서 빠져, 담배를 입에 물고 다른 회사 잡지인지 뭔지를 읽고 있다. 한쪽 뺨에 걸린 미소는 잡지가 재미있어서인지, 동료들의 수다가 재미있어서인지 가늠하기 어려웠다.

"아, 그렇지."

시라이 편집장이 갑자기 떠올랐다는 듯 저만치 떨어져 앉아 있는 노리코를 바라보았다.

"리코, 다쿠라하고 같은 여관에 묵었다고 했지?"

"네."

책상 위에서 독자 투고 편지를 정리하던 노리코가 고개를 들었다.

"리코는 여관에서 다쿠라를 못 봤다고 했지? 복도나 마당에서도?"

"네."

그에 대해서는 하코네에서 돌아와 다쿠라의 죽음을 전했을 때 벌써 이야기했다. 사실 그대로임에도, 대답은 시원찮았다. 보지는 못했지만 다쿠라의 행적은 종업원으로부터 하나하나 들어서 알고 있었다.

"음."

편집장이 긴 턱 밑에 주먹을 괴고 생각하는 자세를 취했다.

"그 여관과 무라타니 씨가 묵었던 여관은 서로 이웃이야. 혹시 다쿠라도 무라타니 씨에게 볼일이 있어서, 그 여관…… 이름이 뭐라고 했지?"

"슌레이카쿠요."

"그 슌레이카쿠에 묵었을지도 모르지. 분명히 그랬을 거야. 다쿠라는 무라타니 씨를 만나려고 옆 여관에 투숙하고 있었던 걸지도 몰라. 리코가 그 여관에서 묵었던 것처럼 말이지."

"그럴 수도 있겠네요."

아시다 차장이 동의했다.

"다쿠라니까 충분히 있을 수 있는 일입니다. 게다가 상대방은 여류 작가잖아요. 하지만 왜 무라타니 여사와 같은 여관에 숙박하지 않았을까요?"

"두 가지 경우를 상정할 수 있어."

편집장이 대답했다.

"첫째는 다쿠라가 나중에 와서 그……."

"다이케이소입니다."

노리코가 알려줬다.

"그래, 다이케이소라는 여관이 만원이었어. 그래서 옆집인 슌레이카쿠로 갔다……. 또 하나는 다쿠라가 일부러 이웃 여관을 찾았다……."

"왜요?"

젊은 편집부원이 물었다.

"다쿠라가 무라타니 여사의 성격을 잘 알았기 때문이지. 그 작가는 말이야, 묘한 버릇이 있어. 사람을 싫어한다고 할까. 글을 쓸 때는 아무리 마감이 절박해도 편집자를 자기 집에 앉혀 두지 않아. 소설가 중에는 편집자가 곁에 있어야만 글이 나오는 사람도 있는데 여사와는 아주 양극이지. 그 성격이라면, 여관에서도 아는 사람과 마주치는 것을 극도로 꺼렸을 거야. 작가 소식에 정통한 다쿠라라면 그 정도는 미리 알고 있었겠지. 더군다나 다쿠라의 일은 어차피 가십거리를 캐내는 것이거든. 여사가 좋아했을 리 없어. 그러니까 이웃 여관에 머물면서 어떻게든 마주칠 궁리를 했을 거야."

여기까지 말하고 시라이는 갑자기 입을 다물었다. 어라, 하는 듯이 먼 곳을 바라보더니, "이봐, 리코" 하고 불렀다.

"무라타니 아사코가 처음에 숙박한 여관은 미야노시타의 스기노야 호텔이었지?"

"네, 맞아요."

"그런데 리코가 도착한 뒤, 이튿날 아침에 갑자기 예정을 바꿔 보가시마의 다이케이소로 옮겼어."

"네, 그래서 저도 깜짝 놀랐습니다."

"바로 그거야."

편집장이 외쳤다.

"스기노야 호텔에 다쿠라가 묵었을 거야. 무라타니 씨는 그걸 알고 급히 여관을 옮겼을 확률이 높아."

노리코는 그 말이 하나의 추정이 된다고 생각했다. 무라타니 아사코는 왜 스기노야에서 다이케이소로 숙소를 옮겼을까. 당시에 당황했던 기억이 있다. 노리코도 갑작스러운 여관 변경과 다쿠라의 죽음에 어떤 연관성이 있지 않을까 의심하던 차였기에 편집장의 말에 흥미가 생겼다.

"하지만 그건 조금 이상하네요."

사키노 다쓰오가 처음으로, 느릿느릿 말을 했다. 턱을 괴고 얼굴만 이쪽으로 돌린 채였다.

"그 말씀은 다쿠라가 무라타니 씨보다 한 발 앞서 스기노야에 숙박했다는 뜻인데, 무라타니 씨가 예약해 놓은 여관에서 기다리고 있었다는 건 지금까지의 이야기와는 논리가 맞지 않아요. 우연히 나중에 무라타니 씨가 스기노야에 온 거라고 한다면 무라타니 씨를 만나려고 다쿠라가 하코네에 왔다는 설명이 성립되지 않네요."
 편집장은 아무 말도 하지 못했다.
 하지만 노리코는 하코네의 유모토 역에 도착했을 때 같은 열차에서 내린 다쿠라를 보았다. 따라서 다쿠라가 무라타니 아사코보다 한 발 앞서 스기노야 호텔에 묵고 있었다고는 할 수 없지만, 무라타니 여사를 방문한 날 밤, 미야노시타에서 기가로 향해 난 길을 걷다가 유카타로 갈아입은 다쿠라와 맞닥뜨려 본의 아니게 이야기를 주고받은 적이 있다. 그때 다쿠라가 어느 여관에 묵고 있을까, 하고 문득 생각했다. 혹시 그게 스기노야 호텔은 아니었을까.
 사키노의 지적대로 몇 가지 설명되지 않는 점은 있지만 시라이의 주장은 무라타니 아사코가 숙소를 바꾼 이유와 근접해 보였다.
 시라이 편집장은 눈을 감고 양손을 책상 위에 펼쳐 놓은, 묘하게 단정한 자세로 앉아 있었다. 그가 이런 자세를 취할 때는 머릿속에 다음 호 아이디어가 떠올라 그 생각에 도취되어 있다는 뜻이다.
 시라이는 갑자기 눈을 떴다.
 "다쿠라의 죽음에 무라타니 씨가 연관되어 있어. 적어도 그 죽음의 진상을 무라타니 씨는 알고 있을 거야."
 그러더니 노리코에게 명령했다.
 "무라타니 씨 댁에 전화해. 이따가 찾아가겠다고. 원고를 잘 받았다는 인사차 방문하겠다고 말해."
 노리코는 다이얼을 돌리면서 편집장이 다쿠라 요시조의 죽음을 기사로 만들려는 건가, 하고 생각했다. 그러면서도 다쿠라와 관련된 상세한 이야기는 털어놓지 않았다. 처음부터 사키노 다쓰오에게만 말할 작정이었기 때문에, 어쩐지 말할 기회를 놓쳐 버린 듯했다. 설마하니 편집장이 이토록 관심을 보일 줄은 몰랐다.

수화기에서 가정부의 목소리가 들렸다. 그저께 도쿄에 도착하자마자 무라타니 가에 전화를 걸었을 때 들었던 목소리와 똑같다.

"선생님은 오늘 아침 일찍 외출하셨습니다."

"언제쯤 돌아오실까요?"

"저녁까지는 돌아오신다고 했는데 행선지는 말씀 안 하셨어요."

송화구를 손바닥으로 가리고 가정부의 대답을 편집장에게 전하자, 그는 가만히 고개만 끄덕거렸다. 노리코는 전화를 끊었다.

"리코. 지금 당장 무라타니 씨 댁에 다녀와. 그 가정부가 하코네에 따라갔던 여자 맞지?"

"네."

"가정부에게 물어보는 것도 괜찮을 거야. 무라타니 여사가 말하고 싶어하지 않는 걸 그 여자가 무심결에 말해 버릴지도 몰라. 아, 그리고 여사의 남편 말이야, 남편도 만나고 와."

"알겠습니다."

노리코는 머릿속이 뒤죽박죽 엉키는 기분이었다. 이렇게 되면 무라타니 아사코를 정탐하러 가는 것 같다.

"무라타니 씨가 없어도 원고 잘 받았다고 인사 전하러 왔다고 해. 어떻게든 기회를 만들어."

"네, 알겠습니다."

노리코는 편집장의 지시에 순순히 대답했다. 원래 자신도 흥미가 있었다.

편집장님, 이번 사건을 다음 호에 기사로 다루는 겁니까, 어느 정보상의 괴이한 죽음이라는 소재도 매스컴 시대를 맞아 재미있겠네, 라면서 편집부원들은 시끌시끌 떠들어 댔다.

노리코가 준비를 하고 나갈 때 사키노 다쓰오는 시치미를 뚝 떼고 다시 잡지를 들춰 보고 있었다. 현관에서 잠시 기다렸지만 그의 모습은 끝내 나타나지 않는다. 뭐든 한마디 해 주기를 기대했던 작은 소망이 어그러지자 괜히 그가 괘씸해졌다.

노리코는 차를 타고 세타가야로 향했다. 사십 분 이상 걸렸다. 뜨거운 햇살이 보도 위로, 빽빽하게 붙어 있는 집들 위로 쏟아지고 있었다. 달리는 자동차가 일으키는 바람도 뜨뜻미지근했다. 그럴수록 괜히 마음이 초조해졌다.

무라타니 아사코의 집은 일본풍의 아담한 이 층집이었다. 이층에 무라타니 여사의 서재가 있다. 창문 안쪽에 쳐 놓은 하얀 커튼이 주인의 부재를 알려 주는 것 같았다.

납작한 돌을 깐 현관에 서자 스무 살 남짓으로 보이는 갸름한 얼굴의 가정부가 원피스 차림으로 나타나 무릎을 꿇고 정중히 인사했다. 노리코와 낯익은 사이였다.

"하코네에서는 고마웠어요."

노리코가 웃으며 말을 건네자, "별 말씀을요" 하고 가정부는 수줍은 듯 머리 숙여 인사했다.

"선생님은 저녁에나 돌아오신다고요? 급한 원고를 무사히 잘 받아서 인사차 들렀다고 전해 주세요."

"일부러 이렇게 와 주시다니 감사합니다."

가정부는 또 고개를 숙인다. 노리코는 지금부터 어떤 말을 꺼내야 좋을지 몰라 고민했다.

"참, 한 가지 물어볼 게 있는데, 하코네에 계실 때 다쿠라라는 분이 선생님을 찾아온 적 없었나요?"

결국 정면으로 들어갔다.

"다쿠라 님이요?"

가정부는 잠시 생각하는 듯하더니 대답했다.

"아뇨, 뵙지 못한 것 같습니다."

다쿠라는 무라타니 아사코를 방문하지 않았다. 그러나 노리코는 안개 속에서 그들 두 사람이 함께 서 있던 걸 알고 있다. 그럼 전화로라도 미리 약속해 두고 밖에서 만났던 걸까.

"제가 받은 전화 중에 다쿠라 선생님이라는 분은 없었습니다. 제가 자리에 없었을 때 선생님이 직접 전화를 받으셨다면 또 모르지만."

가정부는 질문의 의도를 모르겠다는 듯 노리코를 바라보았다. 크게 뜬 눈에 노리코는 약간 당황했다.

"실은요."

노리코는 기왕 이렇게 된 바에야 속내를 털어놓는 게 좋겠다 싶었다. 단서가 없으므로 떠보는 것도 쉽지 않다.

"다쿠라라는 분은 선생님도 잘 아시는 잡지 관계자인데, 선생님이 계셨던 이웃 여관 근처에서, 선생님이 하코네를 떠나시던 날 아침에 자살한 시체로 발견되었어요."

"어머."

가정부는 입을 작게 벌렸다. 처음 듣는다는 표정이었다.

"선생님은 모르고 계시죠?"

"네, 모르실 거예요."

"저, 바깥어른은요?"

"주인어른도 모르세요."

가정부는 자신 있게 대답했다. 대답하는 말투가 인상적이었다. 남편이 알 리가 없다는 말처럼 들렸다. 같은 부정인데 여사보다는 남편의 입장을 설명하는 말이 더 확신에 차 있는 것처럼 느껴졌다.

다쿠라의 죽음을 모른다는 것은 무라타니 일가 세 명이 사체가 발견되어 소동이 일기 전에 여관을 떠났기 때문일까. 노리코는 그 점을 확인하고자 했다.

"저희는 그날 아침 7시에 여관에서 떠났어요. 그때는 아무 얘기도 듣지 못했어요."

가정부의 대답이었다. 산책하던 사람이 다쿠라의 사체를 발견한 시각은 새벽 6시경. 아침 7시라면 다이케이소에도 소식이 전해졌을 것이다. 하지만 두 여관은 평면적으로 직접 오가는 교통편이 없다. 일일이 케이블카에 의지해야 하기에 소식의 전달이 그만큼 늦어졌을지도 모른다. 게다가 여관 종업원들이 입을 다물고 있었다면 무라타니 가로서는 알 수 없는 노릇이다. 결국 하코네에서 무라타니 가의 세 식구는 다쿠라의 죽음을 알지 못했다는 결론이 나온다.

"죄송한데 바깥어른께선 집에 계신가요? 잠깐 인사라도 드리고 싶은데."

노리코는 화제를 바꾸었다.

"마침 안 계신데요."

"선생님과 같이 외출하셨나요?"

"네, 아뇨, 함께 나가신 건 아니에요."

가정부의 대답이 애매하다. 그녀는 고개를 숙이고 있었다. 노리코는 무슨 사정이 있구나, 직감했지만 그 이상 캐묻기도 뭐해서 "아, 그래요? 그럼 잘 전해 주세요" 하고 말을 마쳤다. 가정부가 현관 밖까지 따라와서 배웅했다.

돌아오는 차 안에서 노리코는 방금 들은 이야기를 정리해 보았다. 다쿠라 요시조는 무라타니 아사코를 찾아가지 않았다. 가정부가 아는 한에서는 다쿠라로부터 전화도 오지 않았다. 다쿠라의 죽음도 출발할 때까지 몰랐다. 과연 그럴까. 이건 가정부의 이야기다. 가정부가 모르는 이면이 반드시 있을 것이다. 안개 속에서 목격한 무라타니 아사코와 다쿠라 요시조의 엷은 먹빛 같은 그림자가 노리코의 의식에서 지워지지 않았다.

차가 회사 앞에 도착하자, 현관 옆에서 담배를 물고 어슬렁거리고 있는 사키노 다쓰오가 보였다.

"여기서 뭐해?"

노리코는 차에서 내린 뒤 약간 화를 내며 말했다.

"리코가 오기를 기다리고 있었지."

사키노는 노리코의 코앞에 마주 섰다.

"뭐야, 대체?"

"아무튼 따라와 봐."

사키노는 팔을 잡아 끌 듯이 노리코를 근처 찻집에 데려갔다.
"무라타니 선생님 댁에서 있었던 일이 빨리 듣고 싶은 거지?"
노리코가 조금 짓궂게 말했다.
"그것도 그런데 더 중요한 뉴스가 들어왔어."
사키노는 웃음기 없이 말했다.
"뭐?"
노리코는 그 기세에 압도되었다.
"오다와라 역에서 근무하는 내 친구가 슬쩍 전화로 알려 줬어. 무라타니 여사가 역에 계속해서 남편의 행선지를 묻고 있나 봐."
"뭐라고?"
"그 이야기에 따르면 7월 12일 밤 11시쯤, 무라타니 료고 씨가 아사코 여사에게는 말도 없이 미야노시타에서 택시를 타고 오다와라 역으로 갔다는 거야. 거기까지는 나중에 조사해서 알게 되었는데, 오다와라 역에서 어떤 열차에 탔는지 확실치가 않다며 개찰구 직원에게 얼굴 특징과 복장을 설명하며 물어봤다는군. 개찰구에서 모르겠다고 했더니 이번에는 그 시간 이후로 역에서 출발한 상하행 열차 차장들에게 확인해 달라고 했대. 그저께도, 어제도, 오늘도 역에 쫓아왔다더군. 왜 그러는 거냐고 물었더니 남편이 자살할까 봐 걱정돼서 그렇다고 대답했대. 자기 체면을 봐서 비밀로 남편을 수배해 달라고 부탁했다는 거야. 12일 밤 11시라면 다쿠라의 사망 추정 시간대에 포함되잖아. 그 시간에 료고 씨가 실종됐어. 일이 묘하게 돌아가는 것 같아."

부재의 의미

1

 무라타니 아사코의 남편 료고가 실종되었다는 것은 노리코가 처음 듣는 이야기였다. 료고는 12일 오후 11시경 다이케이소를 출발했다고 한다. 사키노 다쓰오는 그때라면 다쿠라 요시조의 '사망 추정 시간대'에 포함된다고 팔짱을 낀 채 말했다.
 "정말 놀랐어."
 노리코가 눈을 동그랗게 떴다.
 "무라타니 선생님의 남편분이 왜 그랬을까?"
 노리코는 아사코를 찾아간 저녁나절에 여관 복도에서 스치듯 마주쳤던, 생각에 잠긴 료고의 얼굴을 떠올렸다. 그의 눈은 몹시 피곤해 보였고, 뒤에서 바라본 어깨는 불어오는 바람이라도 맞고 있는 것처럼 쓸쓸해 보였다.
 "나도 모르지."
 다쓰오가 대답했다.

"그렇지만 다쿠라가 죽었을지도 모르는 시간에 사라졌다는 건 이상해."

"연관이라도 있는 걸까?"

"있다는 추정이 자연스럽겠지, 이런 경우에는."

다쓰오는 팔짱을 풀고 담배 한 개비를 꺼냈다.

노리코도 이에 대해서는 동감이었다. 노리코가 하코네에 도착한 날 밤에 료고는 짙은 안개 속에서 어떤 여자와 나란히 서 있었다. 다쿠라는 이튿날 아침 아사코와 함께 안개 속에 서 있었다. 네 명의 인물 사이에 보이지 않는 선이 그어져 있다. 그 와중에 다쿠라가 횡사했다. 같은 시각에 료고는 사라졌다. 단순한 우연이라고 치부하는 게 더 이상하다.

다쓰오는 주머니에서 수첩을 꺼내 끼워져 있던 종이를 테이블 위에 펼쳤다. 아침에 '열세 가지 의문점'을 적은 종이다. 다쓰오는 그 위를 손가락으로 짚었다.

② 그날 밤 무라타니 여사의 남편이 다른 여자와 만났다. 그러나 확인된 사실은 아니다.(노리코가 목격함)

③ 이튿날 아침 무라타니 여사는 큰길에서 벗어난 오솔길에서 다쿠라와 단둘이 만났다.(노리코가 목격함)

"추정의 근거는 이거야."

그도 역시 같은 생각을 하고 있었다.

"하지만 이건 리코가 목격한 거라서 객관적인 신빙성이 부족해."

"왜? 내가 본 걸 못 믿겠다는 거야?"

노리코가 발끈해서 말했다.

"아니, 그런 뜻이 아냐. 사람 눈은 도움이 안 된다는 얘기야. 목격자가 리코 혼자라는 약점이 있어. 다른 사람 여럿이 같은 장면을 봤다고 증언한다면 확실하겠지만."

"나 혼자라고 해서 다를 건 없어. 시력만큼은 자신 있다고."

"시력이 좋고 나쁘고의 문제가 아냐. 착각이라는 게 문제지."

"괜찮아. 그런 착각 같은 걸 할까 봐?"

노리코는 잘라 말했지만 눈앞으로 희뿌연 안개가 흘러가는 것을 느꼈다. 안개가 노리코의 자신감을 앗아가고 있다.

"좋아, 시력을 믿어 보지."

다쓰오는 한 발 물러나며, 종이 위에 담배 연기를 토했다. 글자가 잠시 흐려졌다.

"어쨌든 리코가 목격한 것도 있고, 다른 상황에서 추측해 봤을 때 다쿠라의 죽음과 료고 씨의 실종 사이에는 연결 고리가 있어. 아사코 여사도 관계가 있어. 그리고 리코를 믿어 본다면 또 한 명, 안개 속에 있던 여자도 관계가 있어."

노리코가 고개를 끄덕였다.

"이쯤 되면 다쿠라의 추락사는 단순 과실이 아니라는 생각이 강해지는군. 실수로 발이 미끄러져서 떨어져 죽었다는 가정을 제외하면 남는 건 자살이냐, 타살이냐, 야."

"타살이라? 타살이라면 어떻게 되는 거야?"

"누군가가 다쿠라를 절벽에서 떠다밀었다는 뜻이지."

그렇다. 그렇게 생각할 수밖에 없다.
"그럼 여자는 아니겠네?"
"어째서?"
"다쿠라는 남자야. 여자 힘으로 절벽에서 무슨 수로?"
다쓰오의 눈빛이 노리코의 얼굴을 찬찬히 훑어보았다. 그의 눈빛을 보고 있자니 외국 소설에 흔히 나오는 '연민 어린 눈'이라는 표현이 떠올랐다.
"바보구나. 다쿠라는 수면제를 먹었어."
"아, 그렇지."
"다쿠라가 외출하기 직전에 수면제를 먹었다고 가정해 볼까. 케이블카를 타고 올라간 다쿠라가 현장으로 이동한다. 거기서 누군가를 만나 대화하는 동안 오 분이 지났다고 하자. 수면제 효과가 슬슬 나타나기 시작하겠지. 잠든 사람을 절벽 밑으로 떠다미는 건 누구든지 할 수 있어."
다쿠라는 누군가를 만나 이야기하는 사이에 저도 모르게 비틀거리기 시작했다. 혹은 몸을 웅크리고 무너지듯 땅바닥에 쓰러졌는지도 모른다. 누군가의 손이 다쿠라를 절벽 끝에서 굴린다. 어두운 밤을 틈타서 행해지는 일들이 눈에 그려지는 것 같아 노리코는 숨을 죽였다.
종업원이 둘을 힐끔거렸다. 주문도 없이 끈질기게 앉아 있다고 비난하는 듯한 시선이다. 뜻밖에도 다쓰오가 약간 주눅 든 목소리로, "리코, 아이스크림이라도 시킬까?" 하고 묻는다.
"다쿠라 씨가 스스로 수면제를 먹지는 않았겠지?"

"당연하지. 약까지 먹고 잠들려고 한 녀석이 밖에 나갈 리가 있겠어? 전에 말했잖아. 이 점에 대해선."

"아아, 그럼 다쿠라 씨의 아내가 약을 먹였겠군!"

"맞아. 맥주에 약을 탔어. 녀석은 그 사실을 모르고 외출했어."

"그렇다면 아내가 제일 의심스러운 거지."

"동기는 충분해. 그놈은 여자만 보면 환장하는 가증스러운 남편이니까. 아내가 수면제를 먹인 것도, 뭔 짓을 할 작정이었는지 알 수 없지."

"하지만 그건 다쿠라가 그대로 여관방에서 잠들고 나서의 얘기야. 저번에는 분명 그런 의견이었지. 약효가 나타나기도 전에 다쿠라 씨가 밖으로 나갔고, 깜짝 놀란 아내가 뒤쫓아 나갔다는 추측이었어."

노리코는 종업원이 가져온 아이스크림에는 눈길도 주지 않고 말했다.

"잠깐만."

다쓰오가 갑자기 못마땅한 표정을 지었다. 방금 노리코가 한 말에 난처해서가 아니라 무언가 다른 것을 생각하는 표정이었다.

"다쿠라의 아내는 지금 어떻게 지내고 있을까?"

노리코도 전부터 마음에 걸렸던 문제다.

"내가 하코네의 여관에서 나왔을 때만 해도 경찰과 이야기를 하고 있다고 들었는데."

"사정 청취를 하고 있었군."

"경찰이 의심하고 있는 게 아닐까?"

"그랬을지도 몰라. 하지만 다쿠라의 죽음을 일단 자살로 결론 내린 걸 보면 이젠 의심도 하지 않는 것 같아."

경찰은 다쿠라가 자살할 성격의 남자가 아니라는 것을 모른다. 아니, 모르는 게 당연하다. 하코네 관할서가 도쿄에 사는 다쿠라의 여러 친구들에게 이야기를 들어 본 것도 아니다. 여관에 혼자 남아 있던 다쿠라의 아내에게서만 사정을 청취했을 뿐이다.

다쿠라의 아내는 과연 뭐라고 진술했을까. 아마도 경찰이 자살했다고 추정하게끔 설명했으리라. 경찰이 자살로 단정한 데에는 그녀의 증언이 큰 영향을 미쳤을 것이다. 만약 그녀가 "제 남편은 절대로 자살할 성격이 아닙니다. 그럴 만한 이유도 없습니다"라고 진술했다면 경찰이 그처럼 쉽게 '자살'이라고 결론 내리지는 못했을 것이다.

다쿠라는 자살한 게 아니다. 하지만 그의 아내는 남편이 자살했다는 설에 동의한다. 그렇다면 어떻게 되는 걸까. 맥주에 수면제를 타서 남편한테 먹인 아내가 그 같은 증언을 했다면 그녀에게 살의가 있었다는 혐의가 더 강해지는 것 아닌가.

노리코가 이런 생각들을 다쓰오에게 털어놓자 다쓰오는 "그렇지, 바로 그거야" 하고 순순히 동조했다.

"다쿠라의 아내를 만나고 싶어. 지금쯤이면 경찰도 돌려보냈을 텐데."

다쓰오가 덧붙였다.

"이것저것 듣고 싶은 게 많아."

"경찰에게 그렇게 진술한 근거가 듣고 싶은 거지?"

"아니, 다쿠라의 아내가 경찰에게 어떤 말을 했는지는 아직 몰라. 나도, 리코도 그저 상상해서 말했을 뿐이지. 그래서 확인해 볼 필요가 있어. 그리고 그보다 좀 더 중요한 걸 듣고 싶어."
 "뭔데?"
 "다쿠라는 맥주를 마시고 여관에서 준 유카타를 입고 외출했겠지. 그때 어딘가에서 나오라는 전화라도 걸려 왔는지, 그게 아니라면 다쿠라가 뭐라고 이유를 대면서 나간 건지. 그게 첫 번째."
 "다음은?"
 "다쿠라가 외출하고 나서 십 분쯤 후, 아내가 케이블카를 타고 다쿠라를 따라갔지. 바로 이 대목이야."
 다쓰오의 손가락이 종이 위를 가리켰다.

⑨ 십 분 후 다쿠라의 아내는 남편을 쫓아 다음 케이블카를 타고 올라갔다.(여관 종업원의 말. 케이블카의 출발을 알리는 두 번의 종소리는 노리코도 들었다)
⑩ 다쿠라의 아내는 밤 11시가 넘어 혼자 여관으로 돌아왔고, 남편은 지인이 숙박하는 여관에서 마작을 한다고 말했다.(여관 종업원의 말)

 "문제는 이 ⑩번이야. 실제로 다쿠라를 마작판으로 불러낸 지인이 존재하는가 아닌가. 나는 있었을 거라고 봐. 경찰도 이 점을 파고들었을 게 분명해. 다만 그런 사람이 있다는 사실만으로는 다쿠라가 어디에 갈 생각으로 외출했다는 증거가 되지 않지. 그래도 당사자의 이름이 궁금해."

다쓰오는 녹아내리는 아이스크림을 후루룩 마셨다.

"하지만 그건 아내의 거짓말일 거란 기분이 들어."

"어째서?"

다쓰오가 종이 냅킨으로 입술을 닦으며 되물었다.

"다쿠라 씨가 마작하러 간다고 말했다면……."

노리코가 말했다.

"방을 나갈 때 그렇게 말했을 테니 아내도 알고 있었을 거야. 그런데도 아내가 십 분 후에 남편을 쫓듯 케이블카를 타고 올라갔다? 그리고 11시가 넘어서 혼자 여관에 돌아와서는 종업원에게 마작 이야기를 했다는 대목도 수상. 어쩐지 남편이 그날 밤 돌아오지 않는다고 미리 변명해 두려는 것 같아."

"그렇지, 리코. 중요한 대목을 지적했어."

다쓰오가 몸을 조금 앞으로 내밀며 말했다.

"다쿠라의 아내는 남편이 그날 밤 여관으로 돌아오지 않으리라는 사실을 알고 있었어."

나도 그렇게 생각해, 라고 노리코는 속으로 말했다. 평범한 외출이었다면, 마작 때문에 겨우 하룻밤 안 들어오는 남편의 처지를 일일이 다른 사람에게 설명했을 리가 없다. 무엇보다도 남편 뒤를 쫓아 나갔다가 혼자 여관으로 돌아오는 모순된 행동을 보였을 리가 없다.

이런 행동에는 다쓰오가 앞서 말했듯이 그녀가 남편의 행방을 찾아 나섰다가 밤이 어두워져서 찾지 못하고 헛걸음을 했다는 의미가 담겨 있다.

동시에, 다쿠라가 아내로부터 동의를 얻지 않고 멋대로 뛰쳐나갔다는 의미이기도 하다.

그런데 노리코의 머릿속에 떠오른 이 두 번째 의미가 훨씬 중요했다.

"맞아, 맞아."

노리코의 생각을 듣고 다쓰오가 고개를 끄덕였다.

"시간을 정리해 볼까."

그는 연필을 꺼내 종이에 끄적였다.

"다쿠라의 외출은 10시 반. 다쿠라 아내의 외출은 10시 40분쯤. 아내가 돌아온 시간은 11시 이후. 이후라는 게 좀 애매하지만 11시 10분이라고 가정해도 벌써 삼십 분이야. 삼십 분의 공백이 있어. 우리는 이 시간상의 공백을 아내가 다쿠라를 찾아다닌 시간으로 여겼어. 하지만 달리 생각해 보면 잠이 쏟아지기 시작한 남편을 절벽에서 떨어뜨리는 데 필요한 시간이기도 해. 현장을 왕복하는 데 걸리는 시간까지 고려해도 여유가 있을 거야."

노리코는 숨을 죽였다. 그런 상상은 하고 싶지 않았다. 하지만 지금은 논리를 앞세워 가설을 세우는 데 주력할 수밖에 없었다.

"초점은 10시 40분에서 11시 10분 사이겠네."

"다쿠라의 아내에 관해서는 말이야."

다쿠라의 아내에 관해서는, 하고 다쓰오는 말했다. 그 말의 의미는 다른 방향의 바늘을 가리켰다.

"아, 그렇구나."

노리코가 작게 소리를 질렀다.

"알 것 같아?"

다쓰오가 노리코의 눈을 들여다보고는 다시 손가락으로 메모를 가리켰다.

⑪ 그 사이에 노리코가 아사코 여사에게 전화를 걸었는데, 가족 모두 외출중이었다.

⑫ 아사코 여사로부터 노리코에게 전화가 온 것은 밤 11시 이후, 따라서 다쿠라 부부가 밖으로 나간 동안에 아사코 여사의 가족도 모두 외출중이었다고 가정할 수 있다.

"여기도 11시가 넘어서 돌아왔군. 다쿠라의 아내와 마찬가지로 11시 10분에 전화가 왔다고 가정해도 좋아. 이쪽에서 문제가 되는 것은 아사코 여사의 가족이 몇 시쯤 여관을 나갔느냐겠지."

노리코는 기억을 더듬어 보았다.

10시 46분경 무라타니 아사코에게 전화했고, 전화를 받은 다이케이소의 종업원은 삼십 분 전에 외출하셨습니다, 라고 대답했다. 남편 료고와 가정부도 그 직후 외출했다고 말했다.

노리코는 그때 일을 다쓰오에게 알려 줬다.

"그럼 10시 15분인가? 아사코 부부가 외출해서 돌아오기까지 한 시간의 공백이 있어. 이건 폭이 꽤 넓은데."

그 한 시간 동안 아사코 부부는 무엇을 했을까. 단순히 산책을 즐겼을까, 아니면 다쿠라가 추락하는 순간에 그 자리를 지키고 있었을까.

"다쿠라의 사망 추정 시각은 그보다도 폭이 넓어. 발견 당시 사후 약 일곱 시간이 지났다고 했으니 전날 밤 11시쯤이야. 사망 시각에서 한 시간 정도의 오차가 생기는 건 보통이니 다쿠라의 아내가 사라진 시간과 무라타니 부부가 사라진 시간 모두 다쿠라가 사망한 시간대에 포함돼."

다쓰오가 말했다.

노리코의 눈은 움직이지 않았다. 무라타니 부부는 그 한 시간 동안 무엇을 했을까. 한 시간은 길다. 다쿠라의 죽음에 연관된 여러 가지 가능성을 고려해 볼 수 있다.

"한 가지, 우리가 알 수 있는 건 아사코 여사의 남편이 그 공백의 끝에서 사라졌다는 점이야. 11시 이후라고 그랬지?"

이 말에 노리코의 시선이 조금 움직였다.

"이건 여사도 예상하지 못했어. 예상하지 못했기 때문에 크게 당황해서 오다와라 역까지 쫓아가 남편의 행선지를 조사했겠지. 그렇다면 그들 부부가 그 한 시간 동안 무엇을 했는지 자세히 알아봐야 해. 아사코 여사를 만나 직접 듣는 방법밖에 없어."

그 말에 노리코는 무라타니 가의 가정부를 떠올렸다. 그녀도 하코네까지 동행했다. 노리코가 가정부에 대해 말하자 다쓰오는 고개를 저었다.

"안 돼, 안 돼. 가정부는 잡지 기자 나부랭이한테 주인집의 곤란한 사정을 떠벌이지 않아."

"그럴까?"

그럴지도 모른다. 그 가정부는 성실하니까 입도 무거우리라. 그래도 노리코는 어떻게 해서든 이야기를 끌어낼 수 있을 것만 같았다.

"나는 일단 료고 씨가 어떤 기차를 탔을지 알아봤어."

"뭐? 조사한 거야?"

"아니, 기차 시간표만 봤어."

다쓰오는 겉면이 조금 상한 수첩을 펼치며 말했다.

"11시 넘어 미야노시타에서 택시를 탔으니까 오다와라 역에 도착한 시간은 11시 30분쯤일 거야. 11시 30분, 즉 23시 30분 이후에 오다와라 역을 떠나는 열차가 있는지 알아봤어. 내가 일일이 설명하는 것보다는 시간표를 적어 왔으니까 직접 봐."

수첩에는 표 같은 것이 연필로 적혀 있었다.

하행 · 오다와라 역 출발	
23:40	히메지행 보통
23:48	하마다행 급행(이즈모)
23:59	누마즈행 전차
0:05	미나토마치행 급행(야마토)
상행 · 오다와라 역 출발	
3:15	도쿄행 보통

(여기 기록한 시간표는 1958년 7월 당시의 것)

"해당되는 건 이게 전부야."

다쓰오가 설명했다.

"하행은 자정 이후에도 열차가 있기는 한데 상식적으로 생각해서 의심스러운 건 이 정도일 거야. 상행은 새벽 3시 15분짜리 하나밖에 없어서 그냥 뺐어. 그러면 하행 네 편만 남지. 11시 48분에 출발하는 급행 '이즈모'가 제일 그럴듯해. 료고 씨는 아마도 이 기차에 탔을 거야."

"하마다라면 산인 지방이네."

노리코가 중얼거렸다.

"시마네 현이야. 하지만 료고 씨가 종점까지 갔을 리는 없어. 중간에 어딘가에서 내릴 작정으로 탔겠지."

"남편분은 왜 선생님에게 말도 없이 이런 일을 했을까?"

"왜냐고 묻는다면 모든 게 '왜'겠지. 왜 아사코 여사는 갑자기 여관을 바꿨을까, 왜 다쿠라는 밤 10시 반에 여관을 나와 그 적막한 곳에 갔을까, 왜 그는 추락사했을까, 왜 다쿠라의 아내는 남편을 쫓아갔다가 혼자 여관으로 돌아왔을까, 왜 아사코 여사는 10시 이후부터 11시 넘었을 때까지 바깥에 나가 있었을까……. 모든 게 '왜'야. 리코가 목격한 안개 속의 인물들의 조합도, 왜일까?"

노리코가 잠시 침묵하다가 말했다.

"그러고 보면 다쿠라 씨의 아내도, 선생님 부부도 다쿠라 씨의 사망 추정 시각에 모두 부재중이었어."

"그렇지, 그래서 모두가 수상한 거야."

다쓰오의 눈동자가 조금 빛났다. 흥분한 표정이었다.

"있잖아, 리코. 난 어쩐지 이 사건이 너무 흥미로워. 좀 더 본격적으로 조사해 보고 싶어."

"나도 그래."

노리코도 대답했다. 흥미라고 말하면 미안하지만, 진상을 확인하고 싶다는 유혹은 떨칠 수 없었다.

"좋아, 그럼 이제부터 공동 수사야. 이번 사건은 편집장님도 꽤 구미가 당기는 눈치니까. ……그래도 나랑 공동 수사를 한다니, 조금 달갑지 않으려나."

다쓰오의 눈은 특별한 미소를 띠고 노리코를 바라보았다. 노리코는 뺨을 붉히는 일이 없도록 애썼다.

"조금은. 그래도 하는 수 없지."

"무슨 그런 말씀을. 좋아, 그럼 다쿠라의 아내와 아사코 여사를 만나서 직접 이야기를 들어 보자. 두 사람에게서 직접 들은 이야기는 하나도 없으니까. 그리고 하코네 현지를 한번 봐야겠어. 리코가 안내해 줘."

"하코네에 사키노 씨하고 같이 가자고?"

"당일치기야. 걱정하지 마."

이번에는 다쓰오가 조금 부끄러워하는 기색이었다.

"하는 수 없지. 가 줄게."

노리코가 웃었다.

입구에서 허연 사람 그림자가 흘러들어왔다는 착각이 든 순간 커다란 목소리가 들렸다.

"뭐야, 리코. 여기 있었어? 편집장님께서 언제 돌아오나 기다리고 계셔."
 편집부 동료였다.
 "어머."
 노리코는 다쓰오가 부시럭부시럭 계산하는 모습을 곁눈질로 보면서 서둘러 찻집을 나왔다. 보도 위로 뜨거운 태양이 내리쬐고 있다. 사키노 다쓰오와 꽤 오랫동안 이야기한 시간이 그녀에게 알차게 느껴졌다.

2

 시라이 편집장은 의자에 비스듬히 앉아 투고 편지를 읽다가 노리코가 들어오는 것을 보고 자세를 고쳤다.
 "무라타니 여사 쪽은 어때?"
 편집장은 곧바로 물었다.
 "집에 안 계세요. 가정부만 있었어요."
 노리코의 대답에 시라이는 긴 턱을 손가락으로 긁으며, "계속 집에 없다 이거군. 어디 갔지?" 하고 혀를 차듯이 말했다.
 실망했을 때 나오는 버릇이다.
 "어디 가셨는지는 가정부도 모르지만 저녁까지는 돌아오실 거라고 했어요. ……남편분 문제로 외출한 게 아닐까 싶은데."
 "남편? 아사코 여사의 남편이 왜?"

시라이는 눈을 들어 노리코를 보았다.

사키노 다쓰오가 아직 편집장에게 보고하지 않은 모양이다. 노리코는 허둥지둥하다가 하는 수 없이 사키노 다쓰오에게 들은 이야기를 전했다.

"저도 방금 막 들었어요."

변명처럼 덧붙였다.

"어쩔 수 없는 놈이구만."

실제로 편집장은 혀를 찼다.

"이봐, 근처에서 사키노 찾아서 끌고 와!"

창가에 있던 누군가가 밖을 내다보며 대답했다.

"사키노 씨라면 지금 이쪽으로 걸어오고 있습니다."

그 말대로 사키노 다쓰오의 길쭉한 몸이 문을 흔들며 들어왔다. 담배를 물고 느긋하게 걸어오는데 편집장이 소리쳤다.

"이봐, 사키노!"

"네."

사키노 다쓰오는 담배를 뱉은 뒤 편집장 책상 곁에 서 있는 노리코를 슬쩍 바라보고 시라이의 앞으로 다가갔다.

"무라타니 여사의 남편이 행방불명이라면서?"

"아직 확실한 건 아닙니다."

다쓰오는 대답하면서 노리코를 한 번 더 쳐다보았다. 노리코의 눈빛은 미묘했다.

"아사코 여사가 눈에 불을 켜고 찾아다닌다던데 진짜야?"

시라이가 턱을 내밀며 눈을 빛냈다.

"네, 오다와라 역에서 일하는 제 친구 녀석이 알려 주긴 했는데."
다쓰오가 우물거리며 말하자 노리코가 한마디 거들었다.
"사키노 씨, 편집장님께 전부 말씀드려. 우리가 얘기했던 거 전부 말이야."
어차피 철저하게 파고들려면 편집장의 도움이 절대적이다. 사키노 다쓰오가 우물쭈물하는 까닭은 확신이 없어서인데 지금까지 나눴던 대화라면 편집장도 충분히 흥미를 가질 것이라고 자신했다.
"뭔지 몰라도 둘이서만 소곤대지 말고 나한테 몽땅 털어놔."
시라이는 다쓰오와 노리코를 번갈아 쳐다보았다.
노리코는 자기도 모르게 뺨이 뜨거워지는 것을 느꼈다. 다쓰오도 푸석한 머리를 긁적였다.
"실은."
그가 주머니에서 꺼낸 것은 '열세 가지 의문점'을 적어 놓은 종이쪽지였다. 그는 종이에 붙은 담배 부스러기 등을 털어내고 쪽지를 조심스레 펼쳐 시라이에게 보여 줬다.
편집장은 몸을 앞으로 내밀어 천천히 읽고는 다쓰오의 이야기에도 열심히 귀를 기울였다. 편집장은 중간중간 수도 없이 흠, 흠, 흠 하고 대꾸했는데, 그가 뭔가에 몰입했을 때 나타나는 버릇이었다.
"재미있는데."
다 듣고 난 시라이는 얼굴을 반대로 쓰다듬었다.
"다쿠라는 자살할 남자가 절대로 아니지. 그러니까 그의 죽음은 타살이야."
그는 열세 가지 의문점을 다시 한 번 읽어 보고, "아닌 게 아니라 그런 의심이 드는군. 무라타니 여사와 뭔가 관계가 있는 것 같아" 하며 손가락이라도 튕길 듯한 모습으로 흥겨워했다.

"현재 여사의 남편은 행방불명이라 이거지. 설마하니 실종은 아닐 테지만 여사가 혈안이 되어 찾고 있는 걸 보면, 이건 분명히 남편의 단독 행동이야. 더구나 다쿠라가 죽었을 것으로 추정되는 시간에 저지른 행동이니 더더욱 수수께끼로군. 다쿠라의 아내도 수상쩍지만 이쪽도 그에 못잖게 수상해. 어때, 진지하게 한번 들춰 보겠어?"

편집장이 다쓰오를 보았다. 편집장이 두 사람보다 더 흥분하고 있다.

"해 보죠."

다쓰오가 툭, 던지듯 대답하자 시라이의 눈길이 노리코에게로 옮겨 갔다.

"리코야 처음부터 관련이 있었으니 당연히 흥미가 있겠지. 사키노와 협력해서 해 봐. 성공하지 못해도 비용은 내 줄게."

노리코는 미소 지으며 고개를 끄덕였다.

어디서부터 조사를 시작할 것인지가 둘 앞에 놓인 첫 번째 문제였다.

생각해 보면 지금까지 다쿠라의 아내에게서도, 무라타니 아사코에게서도 이야기를 직접 들은 적이 없다.

"우선 다쿠라 씨의 아내부터 만나 봐야겠어."

노리코가 주장했다.

"다쿠라 씨가 죽기 전, 외출하기 직전의 상황을 자세히 들어 봐야 해. 더구나 부인이 남편의 자살설을 은근히 주장하고 있다면, 그 이유도 들어 봐야지. 사실대로 말해 준다고 장담할 순 없지만."

"그건 그래."

다쓰오도 찬성했다.

"다쿠라의 아내는 이 사건에서 중요한 열쇠야. 거짓말이든 뭐든 상관없어. 우선은 본인을 만나 보자."

"집이 후지사와였지?"

"잠깐만……. 신문에는 후지사와라고 나왔는데, 혹시 모르니 다쿠라와 밀접한 관계에 있는 S사에 전화해서 주소를 확인해 볼게."

다쓰오는 잡지사인 S사에 전화를 걸어 수첩에 뭔가를 적었다. 수화기를 내려 놓으며 노리코를 돌아본다.

"신문에 나온 주소와 똑같아."

노리코는 수첩을 들여다보며 말했다.

"그렇군. 꽤 먼데."

"그래 봐야 전차로 한 시간이야. 가 보자."

"으응."

"왜 그래? 마음이 안 내켜?"

"아니, 그런 건 아니지만. 다쿠라 씨 집보다는 무라타니 선생님 댁부터 들르고 싶거든. 선생님이 돌아오실 때가 되지 않았을까."

"아니, 그쪽은 늦게 가는 편이 좋을 거야. 일단 후지사와부터 가자."

다쓰오는 후지사와를 고집했다.

도쿄 역에서 후지사와까지 가는 데 걸린 한 시간은 노리코에겐 묘하게 쑥스러웠다. 지금껏 취재차 여러 곳을 다녀 봤지만 시라이 편집장 외에는 남자 사원과 동행한 적이 없었다. 특히 사키노 다쓰오와 덜컹거리는 쇼난 전차에 나란히 앉게 되리라고는 상상도 하지 못했다. 회사에서나 찻집에서는 단둘이 이야기를 해도 마음에 걸리는 게 없었다. 하지만 한 시간 거리라고 해도 도쿄를 벗어났다는 의식이 마음 한편에 동요를 일으켰다. 후지사와라면 여행이라고 할 수도 없다. 그런데 자꾸 여행 같은 착각이 들어 평정을 잃을까 봐 불안했다.

다쓰오는 차창을 바라보며 말없이 담배를 피웠다. 원래 말이 많은 성격이 아니다. 그렇지만 다쓰오의 옆얼굴에서 똑같은 당혹감이 엿보이는 것 같았다. 이러다 단둘이 하코네에 간다면 어떻게 될까. 노리코는 조금씩 걱정되었다.

요코하마 역에서 노리코는 사오마이[돼지고기와 배추, 마늘, 양파를 잘게 썰어 만두피에 담아 찐 중국 요리. 만두피를 완전히 다 봉하지 않는 게 특징이다] 두 개를 샀다. 먹고 싶은 생각은 없었지만 분위기를 전환하기 위해서였다.

"먹어 볼래?"

다쓰오에게 하나를 내밀었다.

"고마워."

다쓰오는 얼른 봉지를 뜯어 볼이 미어지도록 입에 넣었다. 주변 시선을 의식하지도 않는다. 금방 두 개째가 입으로 들어갔다.

다쓰오가 아무 말도 하지 않았던 것은 딱히 자기와 비슷한 생각을 하고 있었기 때문이 아니었다. 무슨 상념에 빠져 있던 게 분명하다. 노리코는 왠지 안심하면서 한편으로는 지금까지 느꼈던 충실한 감정이 흐려지는 걸 느꼈다. 다쓰오가 갑자기 얄미워졌다.

 노리코는 다쓰오가 이번 사건에 대해 열차 안에서 이것저것 말해 주리라고 짐작했지만, 그는 한마디도 하지 않았다. 창밖에서 불어오는 바람에 눈을 가늘게 뜨고 머리카락이 흩날리도록 내버려 둔다. 아이처럼 바깥 경치만 구경하고 있다. 창문 너머 논에서 초록 물결이 일고, 외길에는 무거운 짐을 실은 트럭 한 대가 먼지를 일으키며 지나고 있었다.

 평소하고는 조금 다르게 보이네, 하고 노리코는 코가 오똑 솟은 다쓰오의 옆얼굴을 지그시 바라보았다.

 후지사와 시 미나미나카도리는, 사키노의 수첩에 적혀 있는 다쿠라의 집 주소였다.

 역 앞 과일 가게에 물어보자 금방 알려 주었다. 택시로 십 분도 걸리지 않았다. 대신 집을 찾기가 약간 힘들었다.

 좁은 길이 뒤섞인 골목길을 빙빙 돌며 제과점과 술집에 물어물어 어렵사리 다쿠라의 집을 찾아냈다.

 두 채의 연립 주택 중 하나로, 꽤 오래되고 작았다. 각각 두 평 반과 세 평짜리 방 두 칸이 전부인 듯 협소했고, 판자벽은 군데군데 벗겨져 있었다. '상중喪中'이라는 종이가 붙은 발이 입구에 께느른하게 걸려 있다.

 어디서나 큰소리치던 다쿠라 요시조가 이런 뒷골목의 좁고 낡은 집에 살았다니. 게다가 지금은 유해가 되어 집 한 귀퉁이에 놓인 항아리 안에 있다고 생각하니 노리코는 그가 불쌍해졌다. 다쓰오도 걸음을 멈추고 밖에서 집을 바라보았다.

노리코가 먼저 발을 젖히고 현관에 들어섰다. 현관이라는 것도 이름뿐이고 두 사람이 나란히 서 있기조차 힘들었다. 맹장지 곁에 새로 종잇조각을 붙인 걸 보니 장례식을 치르려고 급하게 찢어진 데를 메운 듯싶었다. 현관 구석에 굽이 닳은 나막신이 뒤집힌 채 누워 있었다.

안에서 스물서너 살쯤 돼 보이는 청년이 나왔다. 부스스한 머리카락에 뾰족한 인상이었다. 그래도 노리코를 보고는 더러운 바지를 입은 무릎을 꿇고, 바닥을 짚으며 예의를 갖췄다.

"잡지 《신생 문학》에서 나왔습니다. 뜻밖에 상을 당하셨다는 소식을 듣고 조의를 표하러 왔습니다."

노리코가 인사하자 청년은 말없이 고개를 숙이며 예의를 차렸다.

"사모님께서 집에 계시다면 뵙고 싶은데요."

"누나는 유골을 가지고 고향으로 돌아갔습니다."

청년이 굵은 목소리로 대답했다. 누나라고 하는 걸 보니 다쿠라의 처남인 것 같았다.

"아, 그러셨군요."

노리코는 뒤에 서 있던 다쓰오를 바라봤다. 그의 얼굴에 실망하는 기색이 역력했다. 무리도 아니다. 잔뜩 기대하고 여기까지 내려온 터였다.

"그럼 잠시 영전에 배례라도 하고 싶은데요."

청년은 엉거주춤 일어서며 네, 하고 대답했다. 아직 세상물정에 밝지 못한 모양인지 동작이 어색했다.

하얀 천을 깐 작은 책상 위에 불단을 모셨다. 새것으로 보이는 변변치 않은 위패가 외따로 서 있다. 구색을 맞추려는 듯 계절 과일이 접시 위에 올려져 있었다. 그것뿐이었다. 썰렁한 제단에 합장하던 노리코의 마음까지 쓸쓸해졌다.

위패가 된 다쿠라가 말을 할 수 있었다면 뭐라고 했을까. 웃었을까, 끈적끈적한 목소리로 말했을까. 눈을 감고 있던 노리코는 주위에 그날 보았던 희뿌연 안개가 흐르는 것 같았다.

쓸쓸한 불단도 다쿠라의 변사를 상징하는 것처럼 보였다. 혹은 평소 그에 대한 아내의 증오가 이런 황량함으로 나타난 것처럼 보이기도 했다.

처참하게 됐네요, 시이하라 씨. 다쿠라의 넉살 좋은 목소리가 묘하게 구슬프게 귀를 때리는 것 같았다.

부의를 건네자 청년은 인사를 반복했다.

"사모님 동생이신가요?"

노리코의 질문에 청년은 그렇다는 식으로 고개를 살짝 숙였다.

"사모님은 언제쯤 돌아오시는지."

"이삼일 후에 온다고 했습니다."

"고향이 어디세요?"

"아키타입니다."

그러고 보니 이 청년은 도호쿠 사람답게 입이 무거웠다.

"매형은 다정한 분이셨죠?"

노리코의 질문에 청년은 말로도, 표정으로도 대답하지 않았다. 둔중한 작은 눈에는 빛이 어려 있었다.

"어디서 일하세요?"

곁에 있던 다쓰오가 처음으로 말했다.

"운수 회사에 다니고 있습니다. 운전사예요."

청년이 작게 대답했다.

보아하니 매형 부부와 함께 산 모양이다. 누나에게 신세를 지고 있었으리라.

노리코는 이 청년에게 다쿠라에 대해서나 그의 누나에 대해서 물어볼 엄두가 나지 않았다. 그 정도로 가깝게 다가설 수 없는 과묵함이 꾀죄죄한 셔츠를 입은 청년의 모습에 나타났다.

"저 사람은 매형하고 사이가 안 좋았나 봐."

밖에 나와 넓은 길을 걷던 다쓰오가 말했다.

노리코도 같은 생각이었다. 어쩌면 다쿠라를 증오했던 누나에 대한 연민에서 그렇게 되었는지도 모른다.

역에 도착하고 보니, 도쿄행 열차는 삼십 분을 더 기다려야 했다. 노리코는 무라타니 아사코가 떠올라 도쿄에 있는 그녀의 집에 전화를 걸었다.

"네, 선생님께선 돌아오셨습니다만······."

전화를 받은 이는 젊은 가정부였다.

"피곤하셔서 지금은 쉬고 계세요."

무라타니 아사코가 돌아왔다. 이번엔 노리코 본인이 진심으로 만나고 싶었다.

"그럼 두 시간 뒤에 찾아뵙겠다고 전해 주세요."

"네……. 하지만 기분이 무척 안 좋아 보이셨는데……."

그렇게 생각해서인지 가정부의 목소리는 가늘게 떨리고 있었다. 어쨌든 찾아뵙겠다, 라고 말하고 노리코는 전화를 끊었다. 다쓰오를 보며, "무라타니 선생님 상태가 상당히 험악해졌대"라고 말하며 어깨를 움츠렸다.

3

후지사와에서 쇼난 전차를 타고 시나가와에서 내려, 야마테 선으로 갈아타고 시부야에 갔다. 이노카시라 선으로 갈아타 마침내 히가시마쓰바라에서 내렸다. 선로 위에서만 꼬박 한 시간 반이 걸렸기 때문에, 둘이 역을 빠져나와 길게 뻗어 있는 완만한 비탈길의 상점가를 걸어 내려갈 때는 주변이 어둑어둑했다.

양편 상가마다 불이 환했지만 무라타니 아사코의 집은 과일 가게를 끼고 도는 길의 안쪽이었다. 과일 가게의 눈부신 전등을 지나자 갑작스레 주위가 캄캄해졌다. 검게 변한 나무들만 이어져 있다.

"길 한번 되게 어둡네."

사키노 다쓰오가 불만스레 투덜거렸다.

캄캄한 나무들 사이로 이따금씩 인가에서 새어 나온 불빛이 깜빡였다.

"거의 다 왔어."

노리코가 다쓰오를 격려하듯 말했다. 오늘 중에 어떻게든 무라타니 여사를 만나야 한다고 주장한 사람은 노리코였다. 그녀의 구두 소리만이 들떠 있었다.

무라타니 아사코의 집은 어둡고 조용했다. 산울타리 너머로 현관 불 하나가 오도카니 켜져 있다.

"벌써 주무시나?"

다쓰오가 불안한 듯이 중얼거렸다.

여사의 기분이 좋지 않다고 가정부가 일러 주었다. 여사가 대낮에 집을 비운 이유는 남편인 료고를 찾기 위해서였으니, 기분이 좋지 않다는 건 목적을 이루지 못했다는 뜻이다. 료고는 대체 어디에 갔을까. 이 점은 조만간 이쪽에서도 조사해 보기로 하고, 오늘은 여사의 입에서 무슨 이야기든 꺼내야 한다.

그렇게 전차 안에서 둘이 상의를 해 놓고, 다쓰오는 여사의 기분이 좋지 않다는 말에 집 앞까지 다 와서 머뭇거리는 듯했다.

보기보다 패기가 없네. 한마디 쏴 주고 싶은 심정을 억누르며 노리코가 앞장서 현관 벨을 눌렀다.

뒤에 서 있던 다쓰오는 괜히 주위를 두리번거리는 시늉을 했다.

현관 유리 안쪽에서 불이 켜지고 문이 열렸다. 반쯤 열린 문틈 사이로 등장한 얼굴은 젊은 가정부였다.

"어서 오세요."

가정부가 인사했다.

"선생님은요?"

노리코가 물었다.

"어쩌죠. 벌써 잠자리에 드셨는데요."

노리코가 불빛에 손목시계를 비췄다. 아직 8시도 안 됐다.

"그럼 바깥어른은요?"

"네, 아직 돌아오시지 않았어요."

가정부가 머뭇거리며 조심스레 대답했다.

"그래요? 그럼 선생님께 늦은 시간에 죄송하지만 꼭 만나야 될 일이 있어서 찾아왔다고 전해 주시겠어요?"

"네, 잠시만 기다리세요."

가정부는 집 안으로 사라졌다.

다쓰오가 노리코 곁으로 다가왔다.

"리코, 저 가정부는 아사코 여사와 함께 하코네에 간 사람이지 않아?"

작은 소리로 물었다.

"맞아."

노리코가 대답했다.

"그렇다면 여사를 만나 별 성과가 없어도 저 가정부에게 물어보면 어떨까?"

"입이 무거운 편이라 잘 안 될 거야."

"안 되는 건 그때 일이고 어쨌든 부딪쳐 봐야지."

다쓰오의 속삭임에 노리코는 고개를 끄덕였다.

이때 현관에 가정부의 그림자가 다시 나타났다.

"선생님이 뵙겠다고 하셔요."

가정부가 살짝 허리를 숙이며 말했다.
"아, 그래요? 고맙습니다. 잠시만 실례할게요."
가정부가 앞장서고 노리코와 다쓰오는 그 뒤를 따랐다.
복도에 희미한 전등불이 켜져 있을 뿐, 모든 방의 장지가 어두웠다. 모두 깊이 잠이 든 집 안에 있는 기분이었지만, 제일 안쪽 방 하나에서만 밝은 불빛이 새어 나오고 있다.
노리코가 아사코를 만날 때면 항상 안내받는 방이었다. 네 평 넓이에, 한가운데에 흑단으로 만든 테이블이 있고, 그 위에 갖가지 장식품을 진열했다. 요컨대 이 방은 여사의 서재가 아닌, 손님을 상대하기 위한 응접실이었다.
노리코는 복도에서 무릎을 꿇고 조심스레 인사했다.
"죄송합니다. 시이하라입니다."
"아, 그래? 들어와요."
안쪽에서 카랑카랑한 여자 목소리가 돌아왔다. 노리코의 가슴이 철렁 내려앉았다. 거친 목소리가 지금 '기분이 나쁘다'는 걸 드러내고 있다.
노리코는 주뼛주뼛 미닫이문을 열었다.

무라타니 아사코의 뚱뚱한 몸이 흑단 테이블 앞에 자리 잡고 있다. 둥근 얼굴에 귀여운 구석이라곤 찾아볼 수가 없고 깊은 주름과 작은 눈이 둔하게 빛난다. 어떤 의미에서는 당당해 보였다.
그 모습에 노리코는 저도 모르게 다다미에 닿을 정도로 머리를 숙였다.

"밤늦게 찾아와서 정말 죄송합니다. 이번 원고에 대한 감사 인사 차 들렀습니다."

낌새로 보아 자기 뒤에 있던 다쓰오도 고개를 깊이 숙이고 있는 것 같았다.

"당신들, 그런 일 때문에 지금 온 거야?"

아사코는 새된 목소리로 말했다. 한밤중에 찾아온 걸 비난하는 말처럼 들리기도 했고, 원고를 넘긴 지 벌써 며칠이나 지났는데 왜 좀 더 일찍 못 왔느냐고 나무라는 것처럼 들리기도 했다.

"네, 실은 좀 더 일찍 찾아뵈려고 했는데 전화를 드려도 선생님이 집에 안 계셔서 이런 시간에 오게 되었습니다. 선생님이 쉬고 계시다는 걸 알고 있었지만 그래도 인사만은 드려야겠기에……."

노리코가 고개를 들고 말했는데 아사코의 얼굴에 웃음기는 전혀 없었다.

"괜찮아, 그런 건."

그녀는 귀찮다는 듯이 말했다.

"네, 편집장님이 무척 기뻐하셨습니다. 선생님 덕분에 좋은 원고를 받아서, 이번 호 핵심 페이지가 생겼다고 말씀하셨습니다. 다시 한 번 감사드립니다."

노리코는 또다시 고개를 숙였다. 시라이가 한 적 없는 말이었지만 지금은 이렇게 둘러대는 것이 최선이었다.

"그리고 제가 하코네의 여관까지 따라가서 선생님을 불편하게 한 것 같아 정말 죄송합니다."

"천만에. 그렇지 않아요."

대답은 그렇게 했어도 말투는 여전히 딱딱하게 굳어 있다.

그때 가정부가 차를 들고 들어왔다. 세 개의 찻잔을 각자 앞에 내려놓는다. 밝은 전등 아래서 바라본 가정부의 얼굴은 기분이 안 좋은 주인의 눈치를 살피느라 그런지 약간 겁에 질린 표정이었다. 싱싱한 피부가 약간 파르께해졌다.

"이제 됐으니 문단속을 해 줘."

아사코가 강한 목소리로 명령했다.

"네."

쫓기듯 물러나는 가정부를 보고, 노리코는 자기들까지 쫓아내고 있는 게 아닌가 싶었다.

"선생님."

여기서 버텨야 한다는 생각에 노리코가 찻잔을 두 손으로 들며 말했다.

"제가 숙박했던 슈레이카쿠 근처의 절벽에서, 선생님도 아시는 다쿠라 씨가 투신자살했습니다. 혹시 알고 계셨는지요?"

때마침 찻잔이 여사의 입술에 닿았지만 여사는 소리 내어 차를 훌쩍이고는 무뚝뚝하게 대답했다.

"그랬죠. 신문에서 봤어요."

표정은 그대로였다.

하지만 신문을 읽고 알았다니 이상하다. 그날 아침의 소동이 이웃 다이케이소에 전해지지 않았을 리 없다. 무라타니 일가의 누군가의 귀에도 들어갔을 것이다.

"저는 정말 놀랐어요. 알고 보니 다쿠라 씨가 저와 같은 여관에 묵었더라고요. 소동이 일어났대서 가 봤더니 다쿠라 씨였어요."

노리코는 말하는 와중에 슬쩍 여사의 반응을 살폈다.

"그래?"

여사는 찻잔을 내려놓았다.

"몰랐어요. 우리는 아침 일찍 여관을 나왔으니까."

여사는 조금도 동요하지 않았다.

"선생님은 다쿠라 씨가 하코네에 와 있었다는 걸 모르셨나요?"

지나가는 말처럼 질문하려고 노력했지만 목소리가 자기도 모르게 긴장해 있었다.

"몰랐는데."

여사는 명료하게 즉답했다. 처음부터 기분 나쁜 표정이어서 세밀한 변화는 읽히지 않았지만 적어도 눈에 띄는 동요는 없었다.

"나하고 관계없는 일이니까."

뱉어내는 기세로 말을 덧붙였다.

나와는 관계가 없다. 다쿠라 본인과는 관계가 없었다는 말로도, 그의 죽음과는 관계가 없다는 말로도 들렸다.

거짓말을 하고 있어. 노리코는 속으로 외쳤다. 난 다 봤어, 다쿠라가 죽은 날 아침에 당신과 다쿠라는 안개 속에서 나란히 서 있었어, 난 당신들 목소리까지 들었다고.

또 한 가지 물어볼 게 있다.

그날 밤 10시에서 11시까지의 약 한 시간 동안 아사코와 남편 료고는 어디에 있었는가, 하는 것이다. 다쿠라의 사망 추정 시간에 포함되는 시간이기에 그동안 부부가 어디에 있었는지가 중요했다.

하지만 노리코가 물어볼 틈이 없을 만큼 아사코 여사의 안색이 험악해졌다.

여사는 작고 둔한 눈을 돌리더니 자기 손가락을 꺾어 뚝, 뚝, 하는 소리를 냈다. 지루하다는 표현이자 손님에게 이만 사라져 달라고 재촉하는 표정이기도 했다.

노리코는 더럭 겁이 났다. 더 이상 버틸 용기가 없었다.

"선생님."

갑자기 노리코의 뒤에서 다쓰오가 입을 열었다.

"바깥어른은 집에 계신가요?"

노리코는 깜짝 놀랐다. 다쓰오가 갑자기 말을 꺼낸 것도 뜻밖이었고, 이렇게 단도직입적으로 질문을 던지리라고도 예상하지 못했다.

노리코가 오싹해진 것과 동시에 아사코 여사의 안색이 순식간에 변했다.

"당신은 누구죠?"

노기를 띤 눈빛으로 노리코의 뒤를 노려보았다.

"아, 인사가 늦었습니다."

노리코는 허둥거리며 다쓰오를 감싸려는 듯 말했다.

"우리 회사 편집부원인 사키노 다쓰오 씨입니다."

다쓰오가 무라타니 아사코와 안면이 있으리라 짐작한 게 실수였다. 다쓰오는 초면이었다.

"사키노라고 합니다. 잘 부탁드립니다."

다쓰오가 머리를 긁적이며 인사했다.

아사코 여사의 입이 한일자로 다물어졌다. 가느다란 눈을 치켜뜨기만 할 뿐 대답이 없다.

"실은 제 친구가 바깥어른을 좀 알고 있어서 잘 말해 달라고 부탁을 받았거든요."

다쓰오는 여사의 화를 다독이듯 부드러운 목소리로 변명했다.

"그분 성함이 어떻게 되시는데?"

아사코는 못마땅하다는 투로 물었다.

"다나카라고 합니다. 증권 회사에서 일하는데 업무 관계로 바깥어른과 자주 뵈었다고 하더군요."

"그렇게 전해 두죠. 오늘 밤엔 집에 없지만."

여사는 코웃음을 치듯이 말했지만 무심결에 솔직히 털어놓고 말았다.

"아쉽네요."

다쓰오가 말꼬리를 잡았다.

"모레는 계실까요?"

"모레?"

여사의 번뜩이는 눈빛에 다쓰오가 더듬거리며 말했다.

"실은 그 친구가 급하게 바깥어른을 뵈어야 할 용건이 있다면서 댁에 계시다면 바깥어른 형편을 좀 알아봐 달라고 저한테 부탁했거든요……."

이 말을 들었을 때 여사의 매서운 눈에 당황하는 기색이 엿보였다. 하지만 딱히 지적할 만큼 눈에 띄지는 않았다.

대신 흥분했는지 뺨이 붉어지고 입술이 부루퉁해졌다.

"모레 일은 알 수 없어요."

단호하게 새된 목소리로 말했다.

"혹시 여행중이신가요?"

다쓰오의 질문에 흥분한 여사가 온몸을 부르르 떨었다.

"아무래도 상관없어. 당분간은 누구도 만나지 못해요."

말을 마친 여사는 날카로운 시선으로 노리코를 쏘아보며 명령했다.

"피곤하니 이제 그만들 돌아가요."

새된 목소리로 말하고, 여사는 무거운 몸을 흔들며 흑단 테이블에서 몸을 일으켰다.

"피곤하실 텐데 정말 죄송합니다."

노리코는 몸을 움츠리며 가느다란 목소리로 말했다.

"히로코, 히로코!"

여사가 나무라듯 가정부를 찾았다.

"손님들 가신다. 현관에 불 켜드려."

어두운 곳에 있던 가정부가 복도를 지나 현관으로 달려갔다.

여사에겐 손님을 배웅할 의지가 없었다. 머리 숙여 인사하고 돌아가는 노리코의 등에 위엄 가득 찬 목소리가 꽂혔다.

"시이하라 씨, 당분간은 우리 집에 오지 않아도 돼. 편집장에겐 따로 말해 둘 테니까."

평소 이 사람은 갓난아기 같은 이중 턱에 둥근 얼굴, 작은 눈과 낮은 코, 여기에 앞이마가 살짝 돌출되어 귀여운 인상이었다. 하지만 지금은 이상하게 눈을 빛내며 사나운 표정을 짓고 있다.

노리코와 다쓰오가 현관으로 나가자 가정부는 인사하며 문을 닫으려고 했다.

"잠깐만."

다쓰오가 재빨리 가정부 곁으로 가 그녀의 손을 막듯이 붙잡았다. 가정부가 깜짝 놀랐다.

"미안해요."

다쓰오는 사과하며 낮은 목소리로 말했다.

"잠깐만 봅시다. 물어볼 게 있어요. 문밖에서 얘기 좀 할 수 없을까요?"

가정부는 무슨 말인지 이해하지 못하겠다는 얼굴로 노리코를 보았다.

"저기, 히로코 씨."

노리코는 들은 적이 있는 그 이름을 처음으로 입에 담았다.

"걱정하지 말아요. 잡지 취재로 몇 가지 물어볼 게 있어 그래요."

달래듯이 얘기하자, 가정부는 걱정스러운 눈초리로 "하지만" 이라고 말하며 고개를 돌려 집 쪽을 바라봤다.

"삼사 분이면 돼요."

다쓰오는 그렇게 말하며 가정부의 등을 떠밀듯이 문밖으로 데리고 나갔다.

이 부근은 사람이 잘 다니지 않았다. 어둑어둑한 길과 검은 나무 숲만 있을 뿐이다. 조금 떨어진 곳에 외등이 있지만 나뭇가지가 불빛을 가로막고 있었다.

"히로코 씨는 선생님과 함께 하코네에 갔죠?"

다쓰오가 작은 목소리로 묻자 가정부가 안절부절못하면서 고개만 끄덕였다.

"12일 밤의 일 기억해요? 이 친구가 다이케이소에 전화로 재촉했던 날이에요."

다쓰오가 노리코를 가리켰다. 가정부는 또 고개를 끄덕였다.

"그날 밤 선생님과 바깥어른이 잠시 여관을 나가 산책하셨죠? 히로코 씨도 같이 갔나요?"

"네."

가정부가 짧게 대답했다.

"10시쯤인가, 별실에서 원고를 쓰시던 선생님께서 머리를 조금 식혀야겠다면서 밖으로 나가셨어요. 주인어른은 그 뒤에 나도 좀 둘러 볼까, 하시면서 제게 함께 가자고 하셨어요."

"그랬군요. 그래서 어디까지 갔어요?"

"어디까지라뇨? 저는 그곳 지리에 밝지가 않아서."

"대충 주변을 설명해 주면 우리가 짐작할 수 있어요."

"케이블카를 타고 올라가서 대로를 조금 내려가니까 오른쪽으로 예쁜 길이 나 있었어요. 그 길을 따라 올라가서는……."

"잠깐만요."

다쓰오가 말을 가로막고 뭔가를 생각했다.

"고라 쪽으로 가는 길 아닌가?"

노리코가 다쓰오에게 말했다.

"아마 그럴 거야. 그 길을 쭉 올라가니까 커다란 여관이 늘어서 있지 않았어요?"

다쓰오가 가정부를 바라보면서 말했다.

"네, 멋진 여관이 많았어요."

"역시 고라네. 그 길을 계속 올라간 거죠?"

"네."

"그다음은요?"

그때 집 안에서, "히로코, 히로코!" 하고 가정부를 찾는 아사코 여사의 목소리가 들렸다.

갑작스러운 부름에 놀란 히로코는 어깨를 바르르 떨었다. "그만 실례하겠습니다" 하고 집 안으로 뛰어갈 기세였다.

"잠깐만요, 잠깐만."

다쓰오와 노리코가 다급히 가정부를 붙잡았다.

"그러고 나서 어떤 경로로 여관으로 돌아왔죠? 간단히만 말해 줘요."

하지만 아사코가 날카롭게 부르짖는 목소리에 마음이 급해진 가정부는, "죄송합니다"라는 말만 남긴 채 도망치듯 문 안으로 들어가 문을 잠그려고 했다.

"히로코!"

멀리서 들리는 아사코 여사의 목소리는 전보다 더 애가 타는 것처럼 들렸다.

"네, 지금 가요."

가정부가 허둥대며 대답했다.

노리코는 그 목소리에 매달리는 듯이 말했다.

"히로코 씨, 몇 가지 더 물어보고 싶어요. 다음에 선생님이 집에 안 계실 때 올 테니까 선생님에겐 비밀로 하고 가르쳐 주세요."
 작은 목소리였지만 힘을 실어 부탁했다.
 통했는지, 통하지 않았는지. 어둠 속에서 대문을 잠그는 소리만이 크게 울렸다.

오다와라에서

1

이튿날 정오쯤에, 시이하라 노리코는 사키노 다쓰오와 함께 오다와라에 도착했다.

간밤에 회사로 복귀하자 시라이 편집장이 혼자서 두 사람을 기다리고 있었다.

"어떻게 됐어?"

시라이가 긴 턱을 내밀며 물었다.

"무라타니 선생님이 무척 화를 내셨어요. 결국 저는 출입을 금지당했고요."

노리코가 대답했다.

"왜?"

시라이가 미심쩍은 눈을 했다.

"제가 설명하죠."

옆에 있던 다쓰오가 끼어들었다. 물고 있던 담배를 재떨이에 비벼 끄고는 천천히 말을 꺼냈다.

후지사와에 다쿠라의 아내를 만나러 갔지만 고향인 아키타로 내려가고 없었다는 것. 부인의 남동생 혼자 집을 지키고 있었는데 참고할 만한 이야기는 듣지 못했다는 것. 다음으로 세타가야의 무라타니 아사코 집을 찾아갔는데 잔뜩 저기압 상태여서 핀잔만 듣고 둘 다 쫓겨났다는 것. 마지막으로 가정부에게 이야기를 들어 보려 했지만 여사의 방해로 듣지 못했다는 것 등을 순서대로 설명했다.

설명 도중에 노리코도 몇 마디 거들다 보니 둘이서 보고를 하는 형태가 되었다.

"가정부 이야기를 제대로 듣지 못한 게 아쉽군."

설명이 끝나자 시라이는 약간 실망한 기색으로 중얼댔다.

"그 여자가 료고 씨와 함께 있었다는 거지? 그럼 료고 씨가 실종되던 날 밤, 그 사람의 행동을 가장 잘 알고 있겠군. 어떻게 들어 볼 방법이 없을까?"

"저흰 당분간 출입 금지라서 어렵게 됐어요."

노리코가 당혹한 기색으로 말했다.

"아냐, 여자는 원래 변덕스러워서 그때그때 기분에 따라 달라지는 법이지. 나중에 비위를 잘 맞춰 주면 아무 일도 없던 것처럼 굴 거야. 처음부터 리코를 마음에 들어 했으니까. 기분이 조금 풀리면 또 리코를 보내라고 할 거야."

"하지만 편집장님, 저렇게 격정적인 사람은 애정이 깊다 못해 미움이 백 배가 되기 쉬워요."

다쓰오가 새로이 담배를 꺼냈다.

"전 선생님께 아무 짓도 하지 않았어요."

노리코가 고개를 흔들었다.

"맞아, 노리코는 아무 짓도 안 했어. 원고 잘 받았다고 인사하러 갔을 뿐이야."

다쓰오가 노리코를 보며 말했다.

"그런데 리코가 다쿠라 얘기를 꺼내니까 기분이 나빠진 거야. 여사에겐 괜한 소리였던 거지. 괜한 소리라면 내가 바깥어른은 지금 집에 계시냐고 물어본 것도 신경을 무척이나 자극했고."

노리코는 다쓰오가 남편에 대해 질문했을 때 그의 일과 결부시켜 가공의 인물을 꾸며냈던 것을 떠올렸다. 멋진 아이디어였다. 그 덕에 여사는 엉겁결에 당분간 남편이 돌아오지 않는다고 실토해 버렸다.

"자네들 얘기를 듣고 보니 여사가 화가 난 건 화제가 다쿠라와 남편으로 쏠렸기 때문인 것 같군."

시라이가 턱을 쓰다듬으며 말했다.

"즉, 그 말은 여사가 다쿠라의 죽음과 관계가 있다는 뜻이야. 게다가, 남편의 경우는 그 행방을 찾아 한참 돌아다니다가 날이 저물자 몹시 지쳐서 아무런 소득 없이 돌아왔어. 그래서 원래 기분이 나빴는데 거기에 자네들이 나타나서는 대답하기 싫은 질문을 하니까 히스테리를 일으켰을 거야."

시라이는 그렇게 판단하고 한동안 눈썹 사이에 주름을 모은 채 눈을 감고 있었다. 명령을 내리기 전에 반드시 거치는 그만의 버릇이다.

"어쨌든 둘은 내일, 오다와라랑 하코네로 가."

편집장이 눈을 뜨며 말했다.

"자네들은 아직 누구에게서도 직접적인 진술을 듣지 못했어. 무라타니 여사 부부도 그렇고, 다쿠라의 아내에게서도 아무 얘기를 못 들었어. 관계자 누구도 자네들에게 이야기해 주질 않잖아?"

노리코가 고개를 끄덕였다. 맞는 말이다.

"여사는 히스테리, 남편은 행방불명, 가정부는 만나기 어렵고, 다쿠라의 마누라는 고향으로 갔어. 이유는 달라도 전원 침묵이야. 이중에서 당장 이야기를 들어볼 수 있는 건 다쿠라의 아내뿐이야."

"네?"

노리코와 다쓰오는 편집장의 얼굴을 보았다. 다쿠라의 아내라면 현재 아키타로 내려가서 집에 없을 터였다.

"오다와라 서가 사건 당시 아내로부터 청취한 진술서가 있잖아. 그걸 보고 와. 다쿠라의 아내로부터 이야기를 듣는 거나 다름없으니까."

아, 그렇군, 하고 다쓰오가 무의식중에 중얼거린 말이 노리코의 귀에 들렸다. 편집장의 표정이 득의양양해졌다.

"오다와라 서에서 볼일을 보고 하코네 현장으로 가 보라고. 리코가 안내하면 되겠군. 자네들이 직접 현장을 검증해 보는 거야. 여사와 가정부의 이야기는 나중에 천천히 캐내기로 하지."

시라이 편집장의 그러한 지시로 노리코와 다쓰오는 오늘 도쿄역에서 만나 쇼난 전차를 타게 된 것이다.

한낮이 되자 축 늘어질 것같이 더웠다. 남자들의 하얀 셔츠에는 눈부신 햇살이 반사되었다.

다쓰오는 오다와라 역 개찰구를 나오기 무섭게 구내에 마련된 열차 시간표부터 확인했다.

노리코는 그의 생각을 금방 알아차렸다. 전에 무라타니 료고가 탔을 만한 기차를 시간표에서 찾아본 적이 있지만 여기서 다시금 확인해 보려는 거다. 노리코의 시선도 시간표를 훑었다.

● 하행
23:40(히메지행, 보통), 23:48(하마다행, 급행 이즈모), 23:59(누마즈행, 전차), 0:05(미나토마치행, 급행 야마토)
● 상행
3:15(도쿄행, 보통)

당연하지만 수첩에 적어 놓은 시간표의 숫자가 게시판에 보기 좋게 적혀 있었다.

"저거네."

노리코는 23:48(급행 이즈모)이라는 빨간 글씨를 가리켰다. 급행을 나타내는 빨간색이 지금은 마치 자기를 주목하라는 듯이 보였다.

"응."

다쓰오가 숫자를 확인해 보려는 듯한 눈으로 기름기 없는 머리카락을 벅벅 긁적였다. 지금으로서는 그 이상은 모르겠다는 표정이다.

"여기서 잠깐만 기다려."

다쓰오가 노리코를 뒤돌아보며 말했다.

"무라타니 여사가 남편이 탄 기차를 찾고 있다고 알려 준 친구가 여기 있어. 그때 상황을 듣고 올게."

다쓰오는 그 말과 함께 인파를 헤치며 매표소 쪽으로 걸어갔다.

노리코는 멍하니 서 있었다. 주위의 손님들이 걷거나 앉아 있다. 역 특유의 어수선한 공기가 감돈다. 그 탓에 노리코의 마음도 다소 뒤숭숭해졌다. 문득 다쓰오와 단둘이 낯선 역에 와 어찌할 바를 모르고 있는 것 같다는 착각이 들었다. 마치 다쓰오는 행선지로 가는 방법을 알아보기 위해 역무원에게 가고, 자기는 그동안 혼자 서서 기다리는 여행객 같았다.

그 다쓰오가 일 분도 되지 않아 돌아왔다. 기대에 어긋났다는 얼굴이다.

"가자."

그가 곧장 말했다.

"왜?"

"없어. 오늘은 비번이라 쉬는 날이래."

다쓰오는 햇볕이 내리쬐는 역사 밖으로 걸음을 옮기면서 친구 이야기를 했다.

"뭐, 못 만난 건 어쩔 수 없지. 이쪽은 나중에 다시 와서 물어보기로 하고……."

"경찰서부터 갈 거지?"

"응, 편집장님이 시킨 대로 해야지. 그 양반도 의욕이 넘치니까."

"맞아."

노리코도 동감이었다. 시라이 편집장이 이토록 의욕을 불태우는 일은 반년에 두 번 있을까 말까다. 그것도 도락 같은 즐거움이 있을 때인데, 이번 일도 그렇지 않다고 할 수는 없었다.

"저어, 사키노 씨."

노리코는 역 앞에서 택시나 버스가 서 있는 주변을 두리번거리며 돌아다니는 다쓰오에게 말했다.

"선생님 남편분이 기차를 탔다고 한다면, 역시 11시 48분 급행일까."

"그럴지도."

다쓰오는 어딘지 모르게 건성으로 대답했다.

무라타니 료고는 왜 갑자기 사라졌을까. 대체 어디로 간 것일까. 11시 48분 급행이 내달리는 선로 어디쯤인가에, 료고의 쓸쓸한 모습이 우두커니 서 있을 것만 같았다. 그의 마른 어깨에서 어떤 어둠이 느껴졌다.

오다와라 서 건물 안으로 들어서자 '접수'라고 쓰인 곳에서 젊은 경찰관이 서류를 작성하고 있었다.

"리코는 여기서 잠깐 기다려."

다쓰오는 노리코를 놔 두고 혼자 접수대로 걸어갔다. 경찰관이 고개를 들었다. 다쓰오는 접수대 위로 몸을 구부정하게 숙이며 말을 걸었다. 제법 저널리스트다운 뒷모습이었다.

접수대에 있던 순사가 일어서서 안으로 들어갔다. 밖이 눈부실 만큼 밝아서인지 건물 안은 어두워 보였다. 책상에 앉아 있는 경찰관들의 흰색 셔츠만이 눈에 들어왔다.

흰색 셔츠를 입은 남자가 접수대 순사로부터 무슨 말을 듣고서 이쪽으로 걸어왔다. 다쓰오가 인사했다. 둘은 짧게 이야기했다.

다쓰오가 노리코를 돌아보며 불렀다.

"말씀해 주시겠대. 같이 들어 보자."

순사가 응접실로 쓰는 듯한 좁은 방으로 안내했다.

"덥군요."

마흔 살쯤 되어 보이는 키 작은 경찰관이 안으로 들어오며 다쓰오와 노리코에게 말했다. 손에 든 서류철을 탁자 위에 내려놓고 친절하게도 선풍기를 돌려 주었다. 낡은 선풍기가 시끄러운 소리를 내며 뜨뜻미지근한 바람을 나른하게 일으켰다.

"다쿠라 요시조 씨의 자살에 대해 물어보셨죠?"

경찰관은 와다 경부보警部補_{순사부장보다 한 단계 위의 직급. 우리 나라의 경위에 해당}입니다, 라고 자신을 소개하며 서류철을 펼쳤다. 땀이 많은 체질인지 이마에 빗방울처럼 괸 땀을 손수건으로 닦았지만 그 손수건마저 흠뻑 젖어 있다.

"우선 사체 검안부터 설명하자면."

경부보는 설명하기 시작했다.

"전신의 창상創傷과 좌상挫傷이, 모두 합쳐 서른대여섯 군데입니다. 머리, 얼굴, 가슴, 등, 허리, 팔꿈치, 발, 거의 모든 부분이죠.

현장의 절벽 높이가 삼십오 미터이니까 이 정도 상처는 당연하겠지요. 특히 사망자가 유카타 차림이어서, 추락 도중에 바위 모서리에 노출된 피부가 긁혀, 상처가 많았어요."

"치명상은 뭐죠?"

다쓰오가 질문했다.

"절벽 아래 암석에 머리를 부딪혀서 생긴 창상입니다. 해부 결과 두개저頭蓋底_{머리뼈의 제일 밑부분} 골절이니, 아마 즉사였을 겁니다. 두부에서 좌상이 한 군데 더 발견되었고요."

"잠깐만요. 창상과 좌상의 차이점이 뭡니까?"

"창상은 피부가 찢어져서 출혈이 생기는 상처이고, 좌상은 피부 표면에는 별다른 상처가 없는데 그 안쪽에 타박상이라든가 찰과상이 생긴 걸 말하죠."

경부보가 대답했다.

"그렇군요."

다쓰오는 끄덕이며 수첩에 적고, 잠시 생각하더니 물었다.

"부검했다고 하셨죠?"

"했습니다. 어디 보자……."

경부보가 땀을 닦으며 서류를 넘겼다.

"창상과 좌상에 대한 소견은 생략하죠. 위에서 아도름_{수면제의 일종}과 알코올이 검출되었어요. 투신 직전 여관에서 맥주를 마셨다고, 다쿠라 요시코, 그러니까 요시조 씨의 부인인데, 이 사람의 진술로 알코올에 대해서 알게 되었습니다. 요시조 씨는 아도름도 여덟 정 가량 복용한 것으로 보입니다."

아도름 여덟 정이면 그리 많은 양도 아니다. 노리코도 쉽게 잠들지 못할 때에 대여섯 정은 복용한다.

"결국 내장 소견에 달리 이상은 없었던 거군요?"

다쓰오가 또 물었다.

"그런 건 없습니다."

"치명상에 대한 해부 소견은 어떻습니까?"

경부보는 질문을 받고 서류를 뒤적였다. 손가락으로 그 부분을 가리킨다.

"상처 길이가 3.5센티미터에 깊이가 0.5센티미터, 정수리 쪽 전두부에서 두개저 골절이 일어났고, 경추 골절이 있었습니다. 그러니 즉사겠죠."

노리코는 갑자기 오싹해졌다. 다쿠라 요시조의 무참했던 최후가 눈앞에 떠오른다.

"여기서는 보통 이런 식의 변사체를 모두 부검합니까?"

잠시 후 다쓰오가 질문했다.

"아닙니다, 꼭 그렇지는 않습니다."

경부보가 다시 땀을 닦으며 대답했다.

"사인이나 정황이 확실한 경우에는 검안으로 끝냅니다."

"그런데 다쿠라 씨는 왜?"

다쓰오가 물었다.

"여관 여종업원의 이야기에 따르면 사고 직전에 다쿠라 씨 부부가 싸웠다고 해서요. 투신은 바로 직후에 일어났잖아요. 일단 의심이 들 수밖에 없죠. 요즘엔 남편이 아내를 살해하는 경우보다 아내가 남편을 살해하는 사건이 더 많아졌어요."

경부보는 얼굴에 주름이 지도록 웃었다.

과연, 그 대답으로 신문 기사에 있던 '관할서는 사인에 미심쩍은 부분이 있어, 부검했다'는 구절의 의미를 알게 되었다.

이제는 드디어 다쿠라의 아내가 경찰에게 무슨 말을 했는지 들어 볼 차례였다.

"다쿠라 요시코 씨를 조사하면서 공술을 받아 뒀습니다. 이게 그 진술서예요."

목덜미에서 땀을 흘리며 경부보가 말했다.

"읽어 보세요."

다쓰오와 노리코는 동시에 진술서를 들여다보았다. 진술서는 담당 수사관과 다쿠라 요시코의 문답 형식이었다.

문 - 부인이 다쿠라 요시조 씨와 결혼한 건 언제입니까?
답 - 1942년입니다. 아이는 없습니다.
문 - 부부 사이는 원만했나요?
답 - 처음에는 원만했지만 요샌 자주 싸웠습니다.
문 - 특별한 이유라도 있었습니까?
답 - 남편이 바람을 피우기 시작했습니다. 계속해서 많은 여자를 만나 왔어요.
문 - 부인이 7월 12일 저녁 하코네에 온 목적은 무엇입니까?
답 - 남편은 잡지에 보낼 기사를 써야 한다면서 취재차 하코네에 간다고 하고 이틀 전에 나갔습니다. 하지만 저는 늘 그랬듯이 숨겨 둔 여자랑 같이 놀러간 게 아닌가 생각했고, 그래서 확인하려고 따라왔습니다.

문 - 그 여관이 슈레이카쿠였나요?

답 - 아뇨, 처음에는 고라에 위치한 가스가 여관에 묵었습니다. 집을 나갈 때도 거기서 지낼 거라고 했어요. 그런데 제가 가스가 여관에 가 봤더니 남편이 그날 아침에 슈레이카쿠로 옮겼다고 해서 틀림없이 여자랑 함께 있구나, 생각하고 슈레이카쿠로 갔습니다.

문 - 거기서 다쿠라 요시조 씨를 만났습니까?

답 - 네, 연락도 없이 찾아왔다고 저한테 화를 냈어요. 저도 화가 난 상태라 말다툼이 있었습니다. 하지만 싸우고 난 뒤에 남편이 사과했고, 저도 여자가 없다는 걸 확인했기에 분이 가라앉았어요. 그래서 맥주를 시켜 마셨습니다.

문 - 그때가 몇 시쯤인가요?

답 - 밤 10시 전이었을 거예요.

문 - 맥주를 마시자고 한 건 누구였죠?

답 - 남편이에요. 술을 좋아했거든요. 저도 조금 마시는 편이고.

문 - 그때 다쿠라 씨가 수면제를 먹었나요?

답 - 모르겠습니다. 제 앞에서 약 같은 건 먹지 않았어요.

문 - 맥주를 마시는 동안 부인이 자리를 비운 적은요?

답 - 화장실에 갔을 때 빼고는 계속 같이 있었습니다.

문 - 그리고 어떻게 됐습니까?

답 - 삼십 분쯤 지난 뒤 남편이 취재 때문에 약속이 있다면서 유카타를 입은 채 밖으로 나갔습니다.

문 – 누구를 만난다고 하던가요?

답 – 이름은 가르쳐 주지 않았어요. 자기가 하는 일에 대해 저한테 말해 주는 사람이 아니에요.

문 – 그리고 어떻게 됐죠?

답 – 혹시나 여자를 만나려고 핑계를 대는 게 아닌가 해서 곧장 여관 케이블카를 타고 따라갔습니다.

문 – 그래서 만나셨나요?

답 – 아뇨, 못 만났습니다. 남편은 훨씬 전에 케이블카를 타고 올라갔기 때문에 그때는 찾을 수 없었습니다.

문 – 그 뒤에 어떻게 하셨죠?

답 – 남편을 찾아 미야노시타에서 고라 근처까지 갔습니다. 하지만 도저히 찾을 수가 없어서 여관으로 돌아와 잤습니다. 약 이십 분 정도 찾아다닌 것 같습니다.

문 – 부인이 남편을 찾아다니는 걸 본 사람이 있습니까?

답 – 늦은 시간이라 아무도 못 만났습니다.

문 – 다쿠라 요시조 씨가 사망했다는 소식을 누구에게서 들었습니까?

답 – 여관 종업원이 아침 7시쯤 전해 주었습니다.

문 – 사망 원인에 대해 짐작되는 건 없습니까?

답 – 아마 자살했을 거예요.

문 – 왜죠?

답 – 남편이 일에서는 고집이 세 보이지만 원래는 마음이 약한 사람입니다. 이런 보람 없는 짓으로 먹고사는 건 못 견디겠다고 평소에도 비관했어요. 자기가 바람을 피우는 것도 이런 고통에서 벗어나기 위해서라고 말했어요. 언젠가 한번은 발작처럼 기둥에 머리를 박아서 다치기도 했습니다. 죽고 싶다는 말을 입에 달고 살았어요. 이번에도 발작처럼 절벽에서 뛰어내린 거예요. 수면제를 먹었다는 말을 들으니 더욱 확신하게 됐습니다.

2

조서는 계속되었다.

문 – 부인은 다쿠라 요시조 씨를 찾아다녔지만 끝내 찾지 못하고 슈레이카쿠에 밤 11시가 넘어서 돌아왔습니다. 그때 부인은 종업원에게 남편이 지인의 권유로 마작을 하러 나갔다고 말했습니다. 이유가 뭐죠?
답 – 그날 밤에도 안 돌아온다면 여관에서도 걱정할 테고 저도 창피해서 적당히 둘러댄 겁니다.
문 – 안 돌아올지도 모른다고 생각한 이유가 있습니까?
답 – 혹시 남편한테 여자가 있고, 그 여자가 다른 여관에 있다면 거기서 자고 올 게 뻔하니까요. 집에 있을 때도 툭하면 말없이 외박했으니까요.

문 – 다쿠라 요시조 씨에게 불면증이 있었습니까?

답 – 금방 잠들지는 못했어요.

문 – 평소에 수면제를 복용했습니까?

답 – 네, 먹었습니다.

문 – 어느 정도 복용했죠?

답 – 항상 여덟 알을 먹었습니다.

문 – 다쿠라 요시조 씨의 위에서 수면제를 복용한 반응이 나왔습니다. 부인께서는 요시조 씨가 수면제를 언제 먹었는지 모른다고 대답하셨는데요.

답 – 수면제를 먹는 걸 못 봤다는 뜻입니다. 화장실에 가느라 한두 번 남편 곁에서 떨어진 적이 있는데 그때 먹었는지도 모르죠. 만약 먹었다면 평소처럼 여덟 알을 먹었을 거예요.

문 – 그렇다면 다쿠라 씨는 잠을 자기 위해 약을 먹었다고 생각하십니까?

답 – 네.

문 – 그런데 그 후에 외출했습니다. 모순되는 행동 아닌가요?

답 – 그 사람은 원래가 모순투성이입니다. 늘 그렇게 뒤죽박죽인 행동을 했어요.

문 – 다쿠라 요시조 씨는 전에도 하코네에 온 적이 있습니까?

답 – 자주 왔죠.

문 – 투신한 곳으로 가는 길도 알고 있었을까요?

답 – 아마 알았을 거예요. 하코네 지리에 밝은 사람이었어요.

문 - 당신에게 남긴 유서는 없습니까?
답 - 없습니다.
문 - 다쿠라 씨의 사망을 과실이 아닌 자살로 판단한 이유는 뭐지요?
답 - 방금 말씀드린 대로 남편은 툭하면 나 같은 놈은 죽어 버려야 돼, 라고 말했어요. 갑자기 난폭해질 때도 많았고요. 아마도 발작하듯이 갑자기 죽고 싶어졌을 거예요. 투신 현장의 마을 길에 가 봤는데 폭이 이 미터나 되고, 밤이라도 길 가장자리가 희미하게 보일 테니, 실수로 절벽에서 떨어질 리가 없어요. 저는 남편이 충동적으로 뛰어내린 거라고 확신해요.

다쓰오가 먼저 읽고 다음에 노리코가 읽었다. 그녀가 읽는 동안 다쓰오는 짐짓 입을 다물고 생각에 잠긴 듯 담배를 뻐끔거렸다.
"감사합니다."
노리코는 참고가 될 만한 내용들을 메모한 뒤 경부보에게 조서를 돌려줬다.
"다쿠라 요시조 씨가 수면제를 여덟 알 먹었다는 것은 부인이 목격했다기보다는 추측이군요?"
다쓰오의 질문이 시작됐다.
"그렇습니다."
경부보는 서류철을 덮으며 대답했다.
"하지만 평소에도 습관처럼 여덟 알씩 먹었다고 하고, 위에서 검출된 양도 많지 않으니 믿어도 될 겁니다."

"조서의 질문처럼 다쿠라 씨가 수면제를 먹고 외출했다는 점이 마음에 걸리는군요."

"그렇죠. 그게 조금 이상했어요. 그런데 부인의 설명으로 납득되지 않는 부분은 없어요. 경험상 자살 같지 않은 변사체가 자살이었던 경우가 몇 번 있었거든요. 그런 경우 대부분 충동적입니다. 정신 상태가 갑자기 이상해졌기 때문이죠."

경부보가 노리코에게 시선을 옮기며 대답했다.

"부인의 진술에 따르면 다쿠라 요시조라는 사람은 성격이 꽤 유별났던 것 같아요. 그러니 이런 일이 얼마든지 발생할 수 있다고 생각합니다."

경부보는 결말이 난 사건에 대해 더 이상 왈가왈부하고 싶지 않은 것처럼 보였다.

"다쿠라 씨의 자살에 대해 기사라도 쓰려는 건가요?"

경부보가 수상하다는 듯이 묻는다.

"아닙니다. 그럴 계획은 없습니다. 다쿠라 씨와 일한 적이 있어서 그냥 궁금했던 거예요. 고맙습니다."

다쓰오가 머리를 숙였다. 감사할 만했다. 경부보는 충분히 친절하게 대해 주었다.

하코네행 버스에 노리코와 다쓰오가 나란히 앉았다. 평일이라 그런지 승객은 그다지 많지 않았다. 버스는 햇볕이 내리쬐는 하얀 포장도로를 달려 산 위로 올라갔다.

"조서부터 보길 잘했어. 덕분에 이것저것 알게 됐고."

노리코는 땀이 밴 다쓰오의 팔에 닿지 않도록 조심하면서 말했다.

"다쿠라 요시코의 진술 중에 어떤 부분이 제일 참고가 됐어?"

다쓰오가 살짝 미소를 머금고 물었다. 멋대로 자란 수염에 희미하게 땀이 맺혔다. 땀 정도는 빨리 닦아내면 좋을 텐데, 하고 생각하며 노리코가 대답했다.

"다쿠라 씨의 성격, 보기보다 단순하진 않았나 봐. 그동안 괴로워했던 것 같지?"

"자기가 하는 일에 대해서?"

다쓰오는 고개를 끄덕였다.

"나도 조서를 읽고 그 부분이 조금 뜻밖이었어. 다쿠라 요시조에게도 인간적인 고뇌가 있었구나. 이해가 돼. 다쿠라가 하는 일이라는 게 기삿거리가 될 만한 유명인의 사생활을 추적해서 잡지사에 팔아 넘기는 것이었잖아. 특히 네임밸류가 있는 사람의. 막말로 저질 밀고자야. 그런 짓으로 먹고사는 자신에게 정나미가 떨어질 때도 있었겠지."

호방한 성격의 소유자로 보였던 다쿠라 요시조에게 그런 섬세함이 있었다니, 노리코에게도 조금 뜻밖이었다.

"자기 하는 일에 어떤 의미도 없고 생산성도 없으니까. 생산성이 없는 공허한 직업을 가진 인간일수록 허무적인 의식을 갖지는 않아."

버스 차장의 목소리가 확성기를 통해 울렸다. 이시가키 산 왼편을 보며 히데요시의 이치야 성의 유래를 설명하고 있다.

노리코는 그 사이 조서에 나온 한 구절을 떠올렸다.

―남편이 일에서는 고집이 세 보이지만 원래는 마음이 약한 사람입니다. 이런 보람 없는 짓으로 먹고사는 건 못 견디겠다고 평소에도 비관했어요. 자기가 바람을 피우는 것도 이런 고통에서 벗어나기 위해서라고 말했어요. 언젠가 한번은 발작처럼 기둥에 머리를 박아서 다치기도 했습니다. 죽고 싶다는 말을 입에 달고 살았어요…….

"난 다쿠라의 심정을 이해할 수 있을 것 같아."

버스 차장의 설명이 끝나자 다쓰오가 말했다.

"현대인이라면 누구나 그런 마음을 조금씩 갖고 있을 거야."

노리코는 다쓰오의 옆얼굴을 보았다. 맞은편 창밖으로 던진 그의 시선에 그 순간 어둡고 사색적인 그늘이 드리우는 것처럼 보였다. 묘하게 그 모습이 노리코의 마음에 남았다.

"또 무엇을 참고할 수 있을까?"

다쓰오는 원래의 말투로 돌아왔다.

"다쿠라 씨가 하코네에서 처음 머물렀던 여관이 고라의 가스가 여관이었다는 점이야. 슌레이카쿠로 옮기기 전에 다쿠라 씨는 그 여관에 묵었어."

처음 알게 된 사실이다. 노리코가 원고를 독촉하러 하코네에 도착한 그날 밤, 그녀는 여관을 찾아 미야노시타에서 기가 쪽으로 걸어가는 도중 길에서 유카타 차림인 다쿠라 요시조와 마주쳤다. 그때도 그가 근처 여관에 방을 잡았을 거라고 생각했는데, 역시나 가까운 고라였다.

"맞아. 덕분에 조사해야 할 게 꽤 줄었어."

다쓰오가 마침내 손수건을 꺼내 얼굴에 흐르는 땀방울을 닦았다. 손수건이 거뭇하게 때가 타 있었다. 노리코는 속으로, 빨래 정도는 하면서 살아야지, 라고 생각했다.

"무라타니 여사가 왜 갑작스레 스기노야 호텔에서 다이케이소 여관으로 옮겼는지, 그 이유와 관련되니까. 다쿠라는 무라타니 여사가 거처를 변경하자 자기도 여관을 바꿨어. 그것도 바로 옆집으로. 가스가 여관에 물어보면 다쿠라가 여관을 옮기게 된 전후 사정을 듣게 될지도 몰라."

노리코가 도착한 날 밤에 무라타니 여사는 스기노야 호텔에 있었다. 스기노야는 미야노시타에, 가스가 여관은 고라에 있다. 거리는 매우 가깝다.

이튿날 아침 노리코가 원고를 확인하러 스기노야에 전화했을 때 무라타니 여사는 보가시마의 다이케이소로 숙소를 옮긴 뒤였다. 노리코는 깜짝 놀라기도 하고 당혹하기도 했는데, 숙소를 옮긴 이유는 지금도 알지 못한다.

다쿠라는 부신(符信, 나뭇조각이나 두꺼운 종이에 글자를 기록하고 증인(證印)을 찍은 뒤에, 두 조각으로 쪼개어 한 조각은 상대에게 주고 다른 한 조각은 자기가 지니고 있다가 나중에 서로 맞춰서 증거로 삼던 물건)의 패를 맞추듯 무라타니 여사가 옮긴 다이케이소 인근의 슌레이카쿠로 숙소를 옮겼다. 그 전후에 어떤 일이 있었는지를 조사한다면 무라타니 여사가 갑자기 숙소를 옮긴 이유를 짐작해 볼 수 있을 것 같았다.

버스는 유모토에서 멈췄다. 승객 일부가 타고 내렸다. 오다 급행이 정차하는 유모토 역이 코앞에 보였다.

노리코는 11일 저녁 오다 급행을 타고 이 역에 도착했다. 그때 검은 서류가방을 든 다쿠라 요시조가 먼저 플랫폼을 빠져나가는 모습을 보았다.

노리코는 그 뒷모습을 떠올렸다. 버스는 미야노시타 정류장에 도착했다.

노리코와 다쓰오는 언덕길 중앙에서 발을 멈췄다. 양쪽 길가에 나와 있는 여관 종업원들이 오늘 밤 묵고 갈 커플은 아닌지 살펴보는 것 같아 거기에 있기가 괴로웠다.

다쓰오는 세 갈림길에 서서 방향을 둘러보고 있었다. 한쪽은 방금 올라온 오다와라, 거기서 계속 직진하면 기가에서 센고쿠하라로 향하고, 왼쪽으로 갈라진 가파른 비탈은 고라를 지나 고와키다니로 이어진다.

"12일 밤 무라타니 여사의 남편이 산책을 하러 이쪽 길로 갔어."

다쓰오가 고라로 넘어가는 언덕길을 가리켰다.

다쓰오가 한 말은 무라타니 가의 가정부에게서 들은 이야기를 확인하는 것이었다.

'10시쯤인가, 별실에서 원고를 쓰시던 선생님께서 머리를 조금 식혀야겠다면서 밖으로 나가셨어요. 주인어른은 그 뒤에, 나도 좀 둘러 볼까, 하시면서 제게 함께 가자고 하셨어요. 케이블카를 타고 올라가서 대로를 조금 내려가니까 오른쪽으로 예쁜 길이 나 있었어요. 그 길을 따라 올라가서는……'

그리고, 라며 가정부가 꺼내려던 다음 말은, 히로코, 히로코, 하고 신경질적으로 불러 대는 아사코 여사의 목소리에 끊겼다.
"그때는 정말 아까웠지."
노리코가 말했다.
"선생님이 조금만 늦게 불렀더라면 사정을 좀 더 자세히 들어볼 수 있었는데."
"으응."
다쓰오의 시선은 여전히 길에 꽂혀 있다.
"괜찮아. 나중에 도쿄로 가서 얼마든지 다음 기회를 노려볼 수 있어."
의외로 시원스러운 대답이다. 그러고 나서 다쓰오는 걷기 시작했다.
"바로 현장으로 가 볼까?"
"어느 현장? 사체가 있던 현장, 아니면 추락한 현장?"
"추락한 현장부터 가 보자."
노리코는 그 현장이 어딘지, 정확한 위치는 몰랐다. 하지만 다쓰오가 오다와라 서의 검안서에서 현장 지도를 수첩에 베껴 두었기 때문에 그 메모를 보면서 걸어가기로 했다.
슌레이카쿠와 다이케이소의 케이블카가 서 있는 발착장이 나왔다. 다쓰오는 아하, 이거였군, 하고 알겠다는 표정을 지으며 지나쳐 갔다. 어차피 여기는 조만간 다시 와 볼 생각이었다.
마을 길은 발착장에서 백 미터쯤 떨어진 곳에 난 내리막길이었다.

한쪽은 산이고 한쪽은 절벽이고, 길 폭은 눈대중으로 이 미터 반이다. 물론 포장이 안 된 자갈길이었다. 꾸불꾸불 이어져서 경사는 생각보다 완만했다.

길 양편에 여름풀이 우거졌다. 풀숲에서 올라오는 열기에 숨이 막힐 듯하다. 절벽 끝에는 긴 수풀과 불쑥 솟은 수목이 무성해 아래쪽 광경이 보이지 않았다.

둘은 그 길을 천천히 내려갔다. 절벽 맞은편에는 뙤약볕에 찌든 듯한 색깔의 더워 보이는 산이 솟아 있다. 산기슭이 골짜기를 타고 절벽 아래로 떨어진다. 그곳과 이 길 아래에 있는 절벽 사이의 바닥에는 깊은 공간이 거대한 구멍처럼 함몰되어 있었다.

그 수직의 거리 위를 케이블카의 선이 경사를 이루고 있다.

케이블 선은 군데군데 빛나거나 검게 변색되어 있다. 매미 소리가 계곡 밑에서도, 산 위에서도 들끓었다.

"이 근처일까?"

다쓰오가 수첩을 보며 문득 걸음을 멈췄다. 길모퉁이와 길모퉁이 사이의 중간 지점으로 이백 미터쯤 직선으로 이어진 길의 한가운데였다.

다쓰오가 엉덩이를 빼고 절벽 쪽 풀과 작은 나뭇가지를 헤치며 밑을 내려다봤다.

"조심해."

노리코가 자기도 모르게 말했다.

다쓰오는 눈짓으로 노리코를 불렀다. 노리코는 머뭇거리며 다쓰오 곁으로 걸어갔다. 헤쳐진 키 큰 풀과 나뭇잎 사이로, 서로 가까이 위치한 두 개의 지붕이 반짝이고 있는 게 내려다보인다.

"다이케이소와 슌레이카쿠로군."

다쓰오가 눈을 떼지 않고 말했다.

"이쪽이 슌레이카쿠야."

노란색 작은 케이블카가 슌레이카쿠를 향해 천천히 미끄러져 내려가고 있었다.

그래, 딱 이 아래쯤 되겠네. 노리코는 다쿠라가 누워 있던 위치를 눈으로 어림잡아 보았다.

다쓰오도 몸을 돌려 주변 땅을 둘러보았지만, 지금까지 뭔가 남아 있을 리 없었다.

"이런 데를 자동차가 지나다니나?"

노리코가 길에 난 타이어 자국을 바라보며 말했다.

"트럭이라도 다니겠지."

다쓰오는 그렇게 대답하곤 또다시 절벽으로 시선을 돌려 골짜기의 깊이를 확인해 보더니 한숨을 쉬듯 말했다.

"이런 데서 떨어졌다면 다쿠라라고 해도 별수 없었겠어."

"다쿠라 씨는 왜 죽었을까? 누가 떠민 걸까, 아니면 자살일까? 그도 아니면 실수? 사키노 씨, 이제 슬슬 결정적인 의견이 나올 때 아냐?"

하지만 사키노 다쓰오는 난처한 얼굴로 대답하지 않았다. 입을 다문 채 걸음을 재촉하여 길을 내려가기 시작했다.

내려가는 길은 몇 번 더 굽이졌다. 다쓰오가 노리코를 돌아보며 앞을 향해 한 손을 뻗었다.

"리코, 저기 봐. 역시 이 길은 트럭이 다니는 길이었어."

다쓰오가 가리키는 곳을 보니 길이 끝나는 곳에 작은 마을이 있다. 거기에는 제재소 한 채가 들어서 있다.

제재소에서 퍼져 나온 회전 톱의 금속성 소리가 주위의 산골짜기까지 울려퍼지고 있었다.

3

제재소에는 남자 일고여덟이 일하고 있었다. 삼목 통나무를 기계톱으로 잘라 판자를 만들고 있다. 톱이 나무에 닿는 금속성 소리가 주변에 울렸다.

이런 곳에 제재소가 있다니. 하코네 산_{하코네는 화산이 분화해서 생긴 분지 지역으로, 주변을 둘러싼 봉우리들을 하코네 산이라고 한다}에 있는 마을이니 보기 드문 광경은 아닐 테지만 노리코도, 다쓰오도 지금 홀연히 나타난 제재소가 묘하게 느껴졌다.

"잠깐 가 볼까?"

다쓰오가 말했다.

"응."

노리코는 고개를 끄덕였다. 둘은 신기루라도 발견한 기분으로 발길을 재촉했다.

제재소 일꾼들은 두 구경꾼을 잠시 돌아본 뒤 다시 하던 일로 돌아갔다. 하코네를 찾은 연인이 산책 삼아 여기까지 온 모양이라고 짐작했는지 흥미가 없어 보였다. 기계톱에서는 톱밥이 빗줄기처럼 날아갔고 나무 냄새가 생생하게 풍겨왔다.

"저기 봐. 트럭이 있어."

다쓰오가 노리코의 어깨를 쿡 찔렀다.

제재소 이름이 적힌 트럭이 건물 한쪽에 고장이라도 난 것처럼 우두커니 주차되어 있었다. 주변에는 재목이 쌓여 있다.

"그 길은 역시 트럭이 지나는 길이었어."

노리코는 방금 걸어온 길에 새겨진 타이어 자국을 떠올리며 말했다.

다쿠라의 죽음과 제재소 사이에 관계가 있을 리는 없다. 심리적인 착각일 수도 있지만 노리코는 그 둘 사이에 두 줄기의 타이어 자국 같은 궤도가 있다고 느꼈다.

"돌아갈까?"

다쓰오가 말했다.

둘은 왔던 길로 되돌아섰다. 이번엔 오르막이 된 언덕길을 천천히 걸었다. 뜨거운 햇볕이 머리 위로 쏟아진다. 다쓰오는 더러운 손수건을 꺼내 목덜미를 닦았다.

길은 몇 겹으로 휘어져 있었다. 간신히 아까 다쓰오가 절벽 아래를 내려다보던 장소가 나왔다.

"타이어 자국이 있어."

다쓰오가 지면을 살피며 중얼거렸다.

지면에 남은 두 개의 자동차 바퀴 자국은 몇 겹으로 흐트러져 있어, 이 구간을 통과하는 트럭의 통행 습관을 보여 주고 있었다.

트럭과 다쿠라 요시조의 죽음에는 아무 관련이 없을 것이다. 이렇게 평범한 길은 도처에 있다. 다쿠라 요시조는 어디서나 볼 수 있는 도로 한 군데서 추락했을 뿐이다. 노리코는 타이어 자국을 의식했다간 중요한 판단을 그르치게 될지도 모른다고 생각했다.

다쓰오는 다쿠라가 추락했으리라 짐작되는 장소에서 맞은편을 바라보고 있었다. 강렬한 빛줄기가 하늘에서 쏟아져 골짜기도, 눈앞의 산도 더위에 지쳐 보였다. 풀숲에서 풍기는 강렬한 열기가 코를 때렸다.

"밤엔 꽤 쓸쓸하겠어."

다쓰오가 팔짱을 끼며 말했다.

다쿠라가 사건 당일 밤 여기에 온 시각을 생각하고 있는 것이다. 10시 반이 넘은 시각에 그는 여관을 빠져나와 케이블카를 타고 계곡 위 도로로 올라와 여기까지 걸어왔다. 11시는 안 됐을 것이다. 그 시간, 이곳에 펼쳐져 있을 쓸쓸함과 암흑을 노리코도 떠올려 보았다.

"그는 왜 여기까지 왔을까?"

다쓰오가 이해할 수 없다는 표정으로 노리코에게 말했다. 태양의 직사광선이 쏟아져 그의 얼굴이 하얗게 빛났다. 그는 눈이 부신 듯 눈을 가늘게 뜨고 있었다.

"누군가를 만나기 위해서겠지."

노리코가 대답했다.

"누군가라. 꼭 그 시간에 이런 장소에서 만날 수밖에 없는 사람이었을까?"

"그랬을 거라고 생각해."

"다쿠라 요시조와 아주 가까운 사람이겠군."

"맞아, 다쿠라 씨는 아무 의심 없이 여기까지 왔으니까. 부인과 맥주를 마시다가 급하게 여관을 나온 걸 보면 그전에 장소와 시간을 미리 약속해 뒀을 거야."

"유인당한 걸까?"

"유인이라고 해도 다쿠라 씨가 의심하지 않고 만나러 간 인물이야."

"그 정도로 가까운 사람이 누굴까?"

둘의 대화는 점점 토론으로 변해 갔다.

"이 사건에 관련된 인물들 중 우리가 알고 있는 인물을 전부 대입해 보자."

다쓰오가 말했다.

"그래. 그럼 먼저 다쿠라 씨의 아내."

"그렇지. 아내라고 하면 확실히 다쿠라와 가장 가까우니까. 하지만 유인했다고 하기에는 이상해. 부부가 여기서 이야기를 할 셈이었다면 같이 여관을 나와서 같은 케이블카를 타고 올라왔겠지. 아내가 어째서 십 분 늦게 나왔을까?"

"남편부터 나가게 하고 아내가 뒤따라가는 경우도 있어. 미리 장소를 정한 다음에."

노리코는 그렇게 말하긴 했지만 다쿠라의 아내를 의심하지는 않았다. 단지 사건과 관련 있는 조건들을 검토해 볼 작정이었다.

"그건 부자연스러워."

다쓰오가 나무 그늘이 있는 곳으로 걸어갔다. 직사광선을 피하자 공기가 확 변해 하코네답게 시원했다. 둘은 산기슭 길가에 앉아 어깨를 나란히 하고 잠시 쉬기로 했다.

"어떤 점이 부자연스러운데?"

"그렇잖아? 보통, 부부가 그런 상황에서 만나기로 한다면, 남편이 이런 외진 길에 와서 기다리고 있을까? 케이블카를 타고 여기까지 오는 데 십 분은 걸려. 게다가 이 외진 길을 나중에 아내 혼자 걸어가게 할까? 상식적으로 케이블카에서 내린 곳에서 기다리겠지."

다쓰오의 그 말에 노리코는 자기도 모르게 웃음이 났다. 그가 어울리지 않게 부부의 심리를 해설하려 드는 것이 우스웠다.

"그렇긴 해."

노리코는 웃는 눈으로 다쓰오를 보았다.

"그럼 케이블카에서 내린 지점에서 다쿠라 씨가 아내를 기다리고 있었다고 하자. 그리고 부부가 함께 걸어서 여기까지 왔다고 한다면."

"음, 그렇다면 이해가 가지."

다쓰오는 두서너 번 끄덕였다.

"하지만 그 얘긴 오다와라 서에서 읽은 다쿠라 부인의 진술과 상반되는 가정이야. 진술서에서는 분명 남편을 뒤따라갔는데 보이지 않아서 찾으러 다녔다고 했어."

"부인의 거짓말이었다면? 실제로 부인은 그날 밤 아무도 만나지 못했다고 했어. 늦은 시간이었으니 지나가는 사람이 없었던 거야. 실제로 목격자도 없겠지. 즉 부인의 진술을 증명해 줄 사람은 어디에도 없어."

"훌륭해."

다쓰오가 칭찬했다.

"아내의 진술을 증명해 줄 사람이 없다. 다시 말해 그날 밤 그녀의 행동은 마음대로 상상할 수 있다는 거지?"

"맞아."

다쓰오는 주변을 서성였다.

"그렇다면 아내는 남편을 어떻게 해서든 유인해 이 길로 데려와 절벽으로 떨어뜨렸다는 건가."

아래를 내려다보니 지금도 귀여운 케이블카가 천천히 계곡 밑으로 내려가고 있었다. 작은 동체가 햇빛을 받아 반짝였다.

아래는 삼십오 미터 높이의 낭떠러지다. 그 절벽 아래로 누군가에게 떠밀려 굴러떨어지는 다쿠라의 모습이 환영처럼 떠올라 노리코는 등골이 오싹해졌다. 이 절벽에서 다쿠라의 등을 떠민 사람이 다쿠라의 아내였다고는 생각하고 싶지 않았다.

하지만 토론에서는 그런 가설을 끌고나갈 수밖에 없다.

"다쿠라는 말랐다고는 해도 남자야. 여자 힘으로 떨어뜨릴 수 있을까?"

다쓰오는 알면서도 모른 척 말을 꺼냈다. 문답체 토론의 형식이었다.

"수면제지."

노리코가 대답했다.

"다쿠라 씨는 여관을 나오기 직전에 수면제를 먹었어. 약효가 나타나서 잠이 쏟아졌다면 저항하기 힘들었겠지."

"다쿠라가 수면제를 먹었다는 걸 부인이 알았을까?"

"다쿠라 씨가 먹었다기보다는, 먹게 되었을지도 몰라. 생각해 봐. 같이 맥주를 마셨어. 만일 부인이 하얀 알약을 간장약이라고 속였다면 다쿠라 씨는 의심하지 않고 먹었을 거야. 게다가 맥주와 같이 먹으면 수면제 약효가 더 빨리 나타나지 않을까?"

"그렇겠지. 그럴듯하군."

다쓰오는 수긍했다.

"동기는?"

"부인은 남편이 미웠어. 늘 여자 관계로 속을 썩였으니까, 분명 다쿠라 씨로부터 고통을 받아 왔겠지. 집에 찾아갔을 때 부인의 남동생이 있었잖아. 매형을 좋아하는 것 같지 않았지? 다쿠라 씨에 대한 부인의 증오가 남동생에게 옮았기 때문이라고 생각해."

"맞아. 그 동생이 그랬지."

다쓰오는 혼잣말처럼 중얼거렸다. 노리코에게서 다쿠라의 처남 이야기를 듣고, 갑자기 거기에 대해 생각해 보는 듯한 표정이었다.

"완벽해."

다쓰오가 한마디 툭 흘렸다.

"다쿠라의 부인에 대한 리코의 추리는 완벽해. 동기도 있고 행동에 대한 이론적인 설득력도 있어. 게다가 부인이 여관을 나갔다가 다시 돌아오기까지의 시간과도 맞고. 목격자가 없으니 부인의 알리바이도 성립되지 않아. 리코는 오다와라 서의 조서에 나오는 다쿠라 요시코의 공술을 완전히 뒤집었어."

그러나 노리코는 이론적으로 말해 보았을 뿐, 현실감은 나지 않았다.

마을 사람 네댓이 길을 내려갔다. 다들 길가 나무 그늘에 웅크려 앉아 있는 다쓰오와 노리코를 빤히 쳐다보며 지나갔다. 하코네에서 흔히 볼 수 있는, 도쿄에서 온 젊은 커플로 여기는 것 같았다.

그들이 길모퉁이로 사라지자마자 다 같이 웃는 소리가 들렸다. 자신들에 관해 상스러운 말을 입에 올린 것만 같아 노리코는 얼굴이 빨개졌다.

"리코, 그럼 다음 문제로 넘어가자. 걸으면서 얘기할까."

다쓰오도 그 웃음소리가 신경 쓰였는지 묘하게 굳은 얼굴로 말했다.

"다음 문제는 실종된 무라타니 여사의 남편, 즉 료고 씨에 대해서야."

다쓰오는 담배를 새로 꺼내 불을 붙였다. 그러는 동안 일부러 노리코의 얼굴은 보지 않고 걸었다.

"료고 씨의 경우는."

노리코도 조금 경직된 모습으로 말했다. 자연스레 다쓰오와의 거리가 생겼다.

"무라타니 선생님과 함께 생각하는 게 편하겠지?"

"하지만 둘은 따로따로 외출했어."

"그래도 시간상으로는 거의 비슷한 시간 동안 여관을 비웠어. 더구나 이쪽 부부는 그 간격이 한 시간이나 되고."

"그 정도로 시간적 여유가 있었다면 뭘 하든 간에 가능했다는 뜻이군."

"료고 씨의 경우는 가정부를 데리고 고라 쪽으로 갔다지만."

"처음엔 갔을지도 몰라. 하지만 나중에 이 길로 돌아왔을 수도 있어. 다쿠라보다 훨씬 일찍 다이케이소에서 빠져나왔으니까."

"그때 가정부도 끝까지 료고 씨와 함께 있었을까?"

"그 점이 문제야. 만일 료고 씨가 다쿠라와 이 길에서 만났다면 가정부의 존재는 방해가 돼. 중간에 심부름을 시켜 여관으로 돌려보냈겠지. 가정부가 몇 시쯤 여관으로 돌아왔는지가 관건이군."

어느새 둘은 또다시 나란히 걷고 있었다. 이야기를 주고받는 동안 무의식적으로 어깨를 나란히 하게 되었다. 하지만 노리코는 떨어지지 않았다.

"아사코 여사, 혹은 료고 씨가 어떤 이유로 다쿠라와 여기서 만나기로 약속했다. 그래서 다쿠라는 아내와 맥주를 마시다가 일 때문에 나가 봐야겠다고 말했겠지. 약속 시간이 다 된 것을 보고 서둘러 외출했어. 이때 그는 아내가 준 수면제를 먹은 후였고. 그렇다면 아내는 왜 수면제를 먹었을까? 그건 방금 리코가 주장한 남편에 대한 증오를 대입해서 작위적인 음모가 있었다고 가정해 보자."

이번에는 다쓰오가 설명하는 입장이었다. 둘은 찬찬히 걸음을 옮겼다.

"그런데 이 장소에서 누군가를 만나는 동안 다쿠라는 수면제와 맥주의 효과로 졸음이 쏟아지기 시작했어. 상대방으로서는 뜻밖이었겠지. 다쿠라 요시조는 칠칠맞지 못하게 그 자리에 주저앉았어. 전부터 다쿠라를 증오해 온 상대는 이걸 기회로 삼아 정신 못 차리고 있는 다쿠라를 절벽에서 떼밀었어……. 이런 가정도 해 볼 수 있지."

"아니야. 꽤 그럴듯하지만."

노리코가 말했다.

"왜?"

다쓰오가 오랜만에 노리코의 얼굴을 보았다.

"동기가 없어. 선생님 부부가 다쿠라 씨를 증오해야 할 이유가 없다고."

"그야 알 수 없지. 한 명씩 검토해 보자. 아사코 여사는 어때?"

"이유 없음."

"료고는?"

"더더욱 없음."

"그런가?"

다쓰오는 구두 끝으로 길바닥의 자갈을 찼다.

"하지만 인간관계라는 건 바깥에서는 진상을 알 수 없어. 우리가 모르는 사정이 숨어 있는 거야."

"어쩐지 의미 있어 보이네."

노리코는 다쓰오의 옆얼굴을 올려다보았다. 생각에 잠긴 그의 이마에 땀이 가득 배어 빛나고 있다. 노리코는 굳게 마음먹은 뒤 핸드백에서 손수건을 꺼냈다.

"자, 이거 써."

다쓰오는 잠깐 당황한 듯했지만 잠자코 손수건을 받아 이마를 닦았다. 조심스러운 듯, 가볍게 이마를 닦는 모습이 노리코를 흐뭇하게 했다. 손수건에서 은은한 향이 바람을 타고 전해진다. 다쓰오는 황송하다는 듯 손수건을 곧바로 돌려줬다.

계속 신경 쓰이던 일을 해치워 노리코는 기분이 한결 편해졌다. 다시 한 번 주머니에서 저 시커먼 손수건을 꺼낸다면 참을 수 없을 것 같았다.

"뭐라도 느꼈어?"

노리코가 물었다.

"응, 냄새가 아주 좋았어."

"아니, 아까 무슨 까닭이 있는 것처럼 말했잖아?"

"아, 그런가. 그렇지. 어렴풋이 알 것 같다는 얘기지 아직은 말할 단계가 아냐."

"비겁해. 거드름 피우고 있어."

"그런 건 아니지만, 이건 아주 중요한 문제니까. 나 혼자 상상으로 지껄일 수 있는 얘기가 아니야."

다쓰오는 어딘가 먼 곳을 바라보는 눈초리였다. 맞은편 산에는 소나기구름이 빛나고 있었다.

어느새 마을 길을 다 올라왔다. 둘은 버스와 택시가 다니는 미야노시타의 하얀 포장도로로 나왔다.

"이제 고라에 가 볼까. 다쿠라가 처음 묵었던 곳이 가스가 여관이었지? 거기 가서 다쿠라의 객실을 담당한 종업원에게서 이야기를 들어 보자. 새로운 정보를 얻게 될지도 몰라. 다이케이소는 다음에 돌아보기로 하고."

그렇게 말하고 다쓰오는 고라를 향해 길을 걸었다.

노리코는 문득 짐작이 갔다. 무라타니 가의 가정부 얘기로는 료고 씨가 그날 밤 고라 쪽으로 산책을 하러 갔다고 한다. 어쩌면 다쿠라가 처음에 짐을 푼 고라의 가스가 여관과 어떤 관련이 있지 않을까.

다쿠라의 행동

1

가스가 여관은 고라의 가운데쯤에 있었다.

규모는 그리 크지 않았고, 부근의 으리으리한 여관들 사이에 끼어 있는, 중급 정도의 눈에 띄지 않는 외관을 가진 여관이었다.

다쓰오와 노리코가 디딤돌을 놓은 현관으로 들어서자 셔츠만 걸친 지배인이, "어서 오십시오" 하고 힘찬 목소리로 반겼다.

다쓰오는 허둥거리며 공손히 머리를 숙였다. 손님이 아니라는 뜻이었다. 노리코는 그런 다쓰오의 모습이 평소 모습과 거리가 있어 재미있었다.

아닌 게 아니라 지배인은 손해라도 본 것 같은 얼굴로 다쓰오와 노리코를 힐끗 쳐다보았다.

"저는 이런 일을 하는 사람입니다만."

다쓰오가 명함을 내밀었다. 출판사 이름을 확인하자 미심쩍어하던 지배인의 눈빛이 조금 누그러졌다.

"실례 좀 하겠습니다. 저희 회사에서 7월 11일 밤 도쿄에서 온 다쿠라 요시조라는 분에 대해 조사하고 있는데요. 혹시 괜찮으시다면 그때 담당했던 종업원을 만나 볼 수 있을까요?"

지배인은 다쓰오가 하는 말을 한 번에 이해하지 못했다. 두서너 번 되풀이해 설명하자 지배인은 명함에 새겨진 잡지사 이름을 바라보며 간신히 승낙해 주었다.

둘은 현관에 올라 바로 왼편에 마련된 고객용 응접실로 안내되었다. 응접실 벽에는 하코네 관광도와 아시노코 호_{화산 활동으로 만들어진 언}색호(堰塞湖)를 하늘에서 찍은 사진이 나란히 걸려 있었.

잠시 후 간편한 여름 원피스를 입은 뚱뚱한 중년 여인이 나타났다. 손에는 전표철이 들려 있다.

"제가 여종업원 책임자입니다만."

웃고 있었지만 얼굴에 어딘지 모르게 약간 교만한 분위기가 흘렀다.

"손님에 대해서는 말씀드리고 싶지 않은데, 무슨 나쁜 일이라도 생겨서 조사하시는 건가요?"

"불명예스러운 일은 아닙니다. 잡지에 실을 기사를 쓰는 데 필요해서요. 그분에게도, 이곳에도 피해가 가는 일은 없을 겁니다."

여종업원을 책임지고 있다는 여자는 두 겹으로 접힌 턱을 끄덕이며 손에 들고 있던 전표철을 펼쳤다. 숙박부였다.

"7월 11일 숙박한 분 중에 그런 이름을 기재하신 분이 있네요. 이분인가요?"

여자는 미리 준비해 둔 것처럼 단번에 11일자 페이지를 펼쳤다.

―가나가와 현 후지사와 시 미나미카도리. 다쿠라 요시조.
마흔두 살. 회사원.

손에 익은 글씨였다. 가명을 썼으면 어쩌나, 걱정했지만 다쿠라 요시조는 본명으로 기재했다.
"네, 맞아요. 바로 이분입니다."
다쓰오가 힘차게 고개를 들었다.
"담당 종업원이 누구였는지 아시나요?"
"네, 압니다. 잠시만 기다려 주세요."
여자는 들어올 때와 마찬가지로 거드름을 피우며 인사를 남긴 뒤 밖으로 나갔다.
다쓰오가 담배를 꺼냈다. 안도한 표정이다.
"다행이야."
노리코도 작게 속삭였다. 다쓰오가 말없이 고개를 끄덕인다. 천천히 회전하는 선풍기 바람이 응접실의 안정되지 못한 분위기를 휘젓고 있었다. 한낮 여관의 서먹한 공기가 건물 전체를 감싸고 있다.
몸집이 작고 가냘픈 여자가 들어왔다. 역시 간단한 원피스 차림이다. 여관 여종업원은 기모노를 입고 띠를 두르지 않으면, 여관 종업원 같아 보이지 않는다.
"싸리나무실에서 묵으신 손님에 대해 물어볼 게 있다고 들었습니다. 제가 그 방 담당입니다."
스물네다섯으로 보이는 종업원이 인사했다.

싸리나무실은 다쿠라가 숙박한 방의 이름이다. 다쓰오는 숙박부에 적힌 다쿠라의 이름을 보여 주었다.

"바쁘실 텐데 미안합니다. 조금 알아볼 일이 있어서요. 혹시 이 다쿠라는 손님을 기억하십니까?"

"네, 기억나긴 하는데 그리 자세히는……."

종업원이 조금 불안한 표정으로 말했다.

"아니, 무슨 문제가 생긴 건 아니에요. 그날 손님의 행적을 설명해 주시면 됩니다. 그런데……."

다쓰오는 어떻게 말을 꺼내야 할지 잠시 고민하는 듯했다.

"이 손님은 11일 저녁에 입실해서 12일 아침에 떠나셨군요?"

숙박부에는 11일 저녁 6시 입실, 12일 오전 9시 30분 퇴실이라고 적혀 있다.

"네, 맞아요."

종업원이 사실을 확인해 주었다.

"여관에 도착한 뒤 산책하러 나간 적이 있나요?"

"네, 밤 8시쯤 유카타 차림으로 훌쩍 나가셨어요. 11시쯤 들어오셨습니다."

노리코가 고개를 끄덕였다. 스기노야 호텔에서 무라타니 아사코 여사를 만나고 기가 방면으로 걸어오는 길에 유카타 차림의 다쿠라와 어두운 곳에서 마주쳤다. 그때가 대략 9시경이었다. 아마도 산책하는 중이었을 것이다.

"11시쯤 돌아왔다고요? 조금 늦은 시간이네요."

다쓰오가 물었다.

"네, 아는 분이라도 만났는지 돌아오셨을 때 기분이 꽤 좋아 보이셨어요."

노리코는 흠칫했다. 다쿠라가 도중에 만났다는 사람이 혹시 자기는 아니었을까, 라는 생각이 들었기 때문이다.

"어떤 사람을 만났는지 이야기하지는 않던가요?"

"네, 하지만, 역시 하코네다, 재밌는 아베크족을 만났어, 라고 웃으면서 말씀하셨던 기억이 납니다."

"아베크족?"

다쓰오가 노리코를 보았다. 둘은 눈빛을 교환했다.

"그게 전부였나요?"

다쓰오가 확인하듯 물었다.

"네, 그게 전부예요. 쾌활한 손님이셨고, 한 번쯤은 자기도 여자에게 유혹당해 이런 데 와 보고 싶다면서 웃으셨어요. 그러고는 곧 잠자리에 드셨습니다."

"이튿날 아침에도 일찍 산책하러 나가셨죠?"

"아뇨."

그 질문에 종업원은 고개를 저었다.

"외출하지 않았다고요?"

다쓰오가 되물었다. 노리코는 종업원의 얼굴을 쏘아보았다.

12일 아침이라면, 산책하던 노리코가 아침 안개 속에서 무라타니 아사코 여사와 이야기하던 다쿠라 요시조를 목격한 날이다. 기가에서 고라로 오는 길목이었다. 시간은 분명히 7시경이었다. 다쿠라 요시조는 여관을 옮기기 직전인 12일 아침에 한 번은 외출했어야 한다.

"네. 9시가 될 때까지 방에서 주무셨어요."

종업원은 자신있게 말했다.

"다시 한번 생각해 보세요. 그날 아침 일찍 산책하러 나갔다가 돌아오셨죠?"

"아닌데요."

여종업원은 완강히 부인했다.

"9시까지 계속 주무셨어요. 틀림없습니다."

단호한 목소리였다.

"하하, 그렇군요."

다쓰오도 종업원의 자신감 넘치는 태도에 약간 기가 죽은 모습이었다.

"어딘가에 전화를 걸지는 않았나요?"

"거셨어요. 두 번 정도."

이번엔 고개를 끄덕인다.

"어디에 걸었는지는 모르시죠?"

"스기노야요."

뜻밖의 대답이었다.

"스기노야 호텔 말입니까?"

다쓰오와 노리코는 또다시 눈을 마주쳤다. 아니나 다를까 다쿠라는 무라타니 여사에게 용건이 있어 하코네에 온 것이다.

"죄송한 이야기지만 혹시 어떤 통화 내용이었는지 기억하실 수 있을까요?"

다쓰오는 종업원의 눈치를 살폈다.

"거기까지는 모르겠네요. 계산하실 때 전화 요금에 '스기노야 호텔 두 번'이라고 적혀 있던 걸 본 거라서요. 두 번째 통화는 다음 날 아침 식사 때였는데, 저도 마침 그 자리에 있어서 우연히 들었어요."

"아, 그렇군요. 폐가 안 된다면 어떤 말이 오갔는지 알려 주실 수 있을까요?"

종업원은 시선을 아래로 떨어뜨리며 잠시 고민하다가, "말씀드리겠습니다" 하고 말했다.

"스기노야 호텔 쪽에서 전화를 받자 손님께서 무라, 무라 뭐라고 하는 여자분 성함을 댔어요."

"무라타니 아사코 씨라는 이름 아니었나요?"

"네, 네, 바로 그 이름이에요. 그분이 호텔을 떠나셨는지 끈질기게 행선지를 물어보셨어요. 전화를 끊고 무슨 말인가를 중얼거리시더니 곧 떠나야겠다고 하시더군요."

"그럼 그때까지는 떠날 기미가 없었다는 건가요?"

"네, 이삼일 정도 머무를 거라고 하셨기에 저도 깜짝 놀랐어요."

종업원에게서 들을 수 있는 이야기는 대충 그 정도였다. 다쓰오는 고맙다고 정중히 인사하고, 물러가려는 종업원에게 약간의 팁을 손에 쥐여 줬다. 둘은 가스가 여관에서 나왔다.

"자, 일이 묘하게 되었는걸."

또다시 뙤약볕 길을 걸어 미야노시타 쪽으로 내려가면서 다쓰오가 노리코에게 말했다.

"다쿠라는 12일 아침 9시 반에 여관을 떠나기 전까지 한 번도 여관 밖으로 나가지 않았어. 그렇다면 리코가 안개 속에서 본, 아사코 여사와 이야기하던 다쿠라 요시조는 어떻게 되는 거지?"

"나도 종업원 말에 당황했어. 그때 내가 본 사람은 틀림없이 다쿠라 씨야. 다쿠라 씨가 산책하러 나간 걸 그 아가씨가 몰랐던 게 아닐까?"

"그러게. 그렇게 생각해 볼 수도 있겠지."

하지만 다쓰오는 그 의견에 별로 찬성하는 눈치가 아니었다.

"내 말이 틀림없어."

그 장면을 목격한 노리코는 강조했다.

"하지만 안개 속에서 본 거잖아. 잘못 봤을 수도 있지."

"그럴까? 만약 그렇다고 해도, 그때 그 사람이 대체 누구란 거야?"

"음…… 거기까지는 모르겠어."

"거봐. 다쿠라 씨라니까."

"그 문제는 일단 제쳐 두고, 그 아가씨 이야기에 흥미로운 사실이 있었어."

"뭔데!"

"다쿠라가 11일 밤에 재밌는 아베크족을 봤다고 말한 점, 12일 아침 스기노야 호텔에서 아사코 여사가 숙소를 옮겼다는 말을 듣고 자기도 급하게 가스가 여관을 떠난 점. 다쿠라는 아사코 여사가 다이케이소로 숙소를 옮겼다는 것을 알고 옆집인 슌레이카쿠로 갔을 거야. 이것도 재미있어. 어쨌든 다이케이소에 가 보자고."

십 분 후 둘은 다이케이소의 전용 케이블카에 탔다.

2

케이블카에서 내리자 다이케이소의 여종업원이 마중 나와 있었다. 이번에도 손님인 줄 알고 공손히 인사하기에 다쓰오는 손을 내저었다.
"아니에요, 우린 손님으로 온 게 아닙니다. 뭣 좀 여쭤 볼 게 있어서 왔어요."
젊은 종업원은 멀건히 서 있었다.
"저흰 출판사에서 일하는 사람들입니다. 얼마 전에 무라타니 아사코 선생님께서 머무신 적이 있죠?"
"네."
종업원이 고개를 끄덕였다.
"그때 선생님을 담당하셨나요?"
출판사에서 왔다고 하는 게 작가와 연관되어 있다는 관념이 있어 이야기하기가 편했다.
"아니요, 제가 아니라 후미코 씨예요."
종업원이 고개를 흔들었다.
"그럼 후미코 씨를 뵐 수 있을까요?"
"조금 전에 심부름 나갔는데, 왔을지 모르겠네. 잠깐 들어오셔서 기다리세요."
 종업원이 여관 쪽으로 안내했다.
 여관 입구에는 주칠한 다리가 있고, 그 아래 작은 시내가 시원스레 물줄기를 실어 날랐다. 한쪽에 있는 높은 나무 위에서 매미가 시끄럽게 울고 있다.
 종업원은 두 사람을 현관에 세워 두고 혼자 안으로 들어갔다. 유카타를 입은 남자 손님 서너 명이 두 사람을 빤히 쳐다보며 지나갔다. 노리코는 다쓰오에게서 떨어졌다.
 잠시 후 종업원이 종종걸음으로 나왔다.
 "후미코 씨는 아직 심부름 가서 돌아오지 않았다고 하네요" 하고 상황을 전했다.
 "언제쯤 돌아올까요?"
 "곧 올 거예요. 자, 일단 안에 들어오셔서 기다리세요."
 젊은 종업원은 친절했다.
 "감사합니다."
 다쓰오가 노리코를 슬쩍 쳐다보자 그녀는 여관 뒤편으로 흐르는 하야카와 강을 손가락으로 가리켰다.
 "저쪽으로 가 보지 않을래?"
 삭막한 대낮의 여관 안에서 기다리기보다는 기분상 그쪽이 훨씬 좋을 것 같았다.
 "그럼 저쪽 좀 구경하고 올게요."
 다쓰오는 종업원에게 양해를 구하고 노리코를 따라갔다.
 여관 뒤편으로 큰 돌이 여기저기 널려 있었고, 그 사이로 물줄기가 바닥 한가운데를 흐르고 있었다. 수량은 적지만 유속이 보기보다 빨라서 하얀 거품이 마구 일었다.

맞은편 산등성이에는 울창한 파란 수풀이 급경사를 따라 펼쳐졌다. 바람이 시원했다.

다쓰오는 여관 뒤편과 그 옆의 지붕을 차례로 살펴봤다.

"리코가 머문 슌레이카쿠가 저기인가?"

"맞아, 다쿠라 씨가 숙박한 여관이기도 하고."

"음."

다쓰오는 담배를 피우며 지붕을 바라보았다.

"뭘 그렇게 열심히 보고 있어?"

"나란히 늘어선 여관이 저렇게 높은 담으로 벽을 지고 있는 게 신기해서. 그래서 평범한 수단으로는 오갈 수 없는 거군."

담은 강까지 튀어나와 있었다. 다쓰오가 고개를 돌려 높은 절벽을 올려다보았다.

"한쪽은 케이블카가 아니면 위로 올라갈 수 없군."

다쓰오는 그렇게 중얼거리다가 "일종의 밀실이네, 여긴" 하고 멍한 표정으로 말했다.

"탐정 소설에서 나오는. 다쿠라 씨의 죽음이 밀실과 무슨 관계가 있을까?"

"관계는 없을 거야. 밀실이야 외국의 탐정 소설에서나 나오지. 현실에 그렇게 재미있는 건 없어."

다쓰오는 조그만 자갈을 주워 강물에 던졌다. 하얀 물보라가 살짝 튀어 올랐다.

"이 강, 꽤 깊어. 걸어서는 건너지 못하겠어."

담배를 손가락에 낀 채 강물을 지그시 바라본다. 앞이마까지 내려온 머리카락이 바람에 날렸다.

"사키노 씨."

그의 옆모습을 바라보던 노리코가 한두 걸음 다가서며 불렀다.

"사키노 씨, 아까 이상한 말을 했지?"

"언제?"

"내가 안개 속에서 본 사람이 다쿠라 씨가 아니라고 했잖아."

"후훗, 그거?"

"그렇게 사람 깔보는 듯이 웃지 마. 난 여전히 다쿠라 씨라고 생각하니까."

"생각이야 자기 마음이지."

다쓰오가 대수롭지 않게 넘겨 버렸다.

"생각한다는 건 문제가 아니야. 그게 진실인가가 문제지."

그렇다고 생각하는 게 진실이 되진 않는다. 다쓰오는 착각에 대해 얘기하고 있는 듯하다. 정말 그게 착각이었을까. 얼굴은 둘째 쳐도 목소리까지 들었다.

이렇게 주장하자 다쓰오는 말했다.

"사람 목소리는 굵다든가 가늘다든가 카랑카랑하다, 쉬었다, 맑다, 굵고 탁하다, 이 밖에도 다양하게 나뉘어 있어. 얼굴을 마주하고 평범하게 대화할 때는 사람마다 구별하기 쉽지만 멀리서 작은 목소리로 소곤대는 소리는 특징을 구별하기 어려워. 똑같이 쉰 목소리처럼 들려도 자세히 들어보면 사람에 따라 목소리가 달라. 그런데 그렇게 떨어진 곳에서 들은데다, 더욱이 밀담하듯이 소리를 낮춰 속삭였다면 구별이 될 리 없어. 그래서 무슨 말을 하고 있었는지도 모르잖아. 그 정도로 멀리 있었다고. 하물며 그 안개 속에 있는 남자가 다쿠라라고 믿고 있었으니 그 목소리의 주인공이 다쿠라라고 확신해 버린 거지."

노리코는 다쓰오의 말이 그럴듯하게 들렸다. 자신이 조금 약해졌다.

"그럼 그 사람이 다쿠라 씨가 아니라는 거야?"

노리코는 저항하듯 말했다.

"다쿠라가 아니라는 말은 한 적 없어. 다쿠라라고 증명할 수 없다는 얘기였지."

"변호사처럼 이상하게 돌려 말하네."

투정하는 노리코의 말투가 우스웠는지 다쓰오는 히죽 웃었다.

"이왕 말이 나왔으니까 하나만 물어볼게."

노리코가 다쓰오를 노려봤다.

"가스가 여관에 가던 중에도 이상한 말을 했잖아."

"내가 그렇게 계속 이상한 말만 한 거야?"

"말했어. 엄청 심각한 표정으로 뭔가 생각이 났는데 아주 중요한 거라서 지금은 말할 수 없다고 했잖아."

"아, 그거."

"아, 그거, 라고 넘기지 말고 뭔지 말해 봐. 잘난 척하면서 괜히 혼자만 지레짐작하고, 이상하잖아."

그래도 다쓰오는 곧바로 대답하지 않았다. 담배꽁초를 강물에 던진다. 꽁초는 춤을 추며 물에 쓸려 사라졌다.

"정 그렇다면 말해 줄게."

다쓰오는 웃음기 없는 얼굴을 노리코에게 향했다. 눈부신 햇살 때문에 그의 얼굴은 새하얗게 보였다.

"무라타니 아사코 여사가 명성을 얻은 게 언제부터지? 일단 그것부터 말해 봐."

"삼 년쯤 전이야."

노리코는 묘하게 진지해진 다쓰오의 눈을 바라보며 대답했다.

"어떻게 등단했지?"

"모 잡지 신인상 현상 공모에 당선돼서."

"그래. 그때부터 주목을 받으며 여러 잡지에 글을 썼어. 문학적으로는 가치가 낮다고 하지만, 요즘 여류 작가치고는 작품이 터프하고 줄거리가 재미있어서 어느새 꽤 팔리게 되었지. 여성 잡지에 싣기에는 문장의 세련미가 떨어지고 남자 같은 필치라 어울리지 않았지만, 뭐, 그래도 여류 작가 중에는 잘나가는 편이지."

"그렇지."

노리코는 고개를 끄덕였다.

"그런데 아사코 여사는 집필중에 타인을 절대로 자기 서재에 들이지 않았어. 편집자가 자기 집에서 원고가 완성되길 기다리는 것도 싫어했어."

"맞아."

확실히 그랬다.

"잡지사에 붙들려서 글을 쓰거나 하는 일도 없었지."

그것도 분명 그랬다.

"좌담회나 강연회에도 전혀 출석한 적이 없어. 아무리 사정해도 들은 척도 안 했어."

"맞아, 그건 유명한 얘기지."

노리코가 답했다. 무라타니 아사코의 괴팍하다고 해도 좋은 성질은 유명했다.

"그런 점으로 보아 뭔가 떠오르지 않아?"

다쓰오는 노리코의 눈을 똑바로 쳐다보았다.

"별로."

노리코는 대답했다. 생각해 보아도 별다른 건 없었다.

"자기는 여사 담당이라 항상 그 집에 출입하니까 오히려 몰랐던 거야."

"뭘 몰라?"

"잘 들어 봐."

다쓰오가 천천히 말했다.

"집필중에는 절대로 다른 사람을 자기 서재에 들여놓지 않는다, 가정부도 못 들어오게 한다, 편집자가 같은 공간에서 기다리는 것도 싫어한다, 편집자가 쪼르르 드나드는 여관에 붙들려 원고를 쓰는 것을 거부한다. 아, 그렇지, 덧붙여서 여사의 원고는 너무나 깨끗하지. 나도 몇 번 봤지만."

"그래."

여사의 원고는 지우거나 가필한 흔적이 없이, 처음부터 술술 써 내려간 것처럼 깨끗했다. 다른 작가의 원고는 마구 고쳐댄 곳이 많아 지저분했다.

"게다가 강연회와 좌담회는 어려운 모양인지 무조건 거절했어. 여기까지 생각하면 결론이 상상되지 않아?"

"글쎄."

노리코는 아무리 생각해 봐도 떠오르는 게 없었다.

"그렇다면 나의 상상을 말해 볼게."

다쓰오가 천천히 입을 열었다.

"아사코 여사의 소설은 자기가 쓴 게 아니었어."

노리코는 깜짝 놀랐다.

"뭐라고?"

"누군가 대신 써 줬어. 여사는 남이 써 준 초고를 원고지에 베끼는 것뿐이야."

다쓰오는 햇빛에 눈이 부신 얼굴로 말했다. 노리코는 아무 말도 못한 채 그의 얼굴을 쳐다볼 뿐이었다.

3

노리코는 한동안 숨을 죽인 채 다쓰오를 바라봤다. 무라타니 아사코에 관한 여러 가지 생각들이 그녀의 머릿속에서 마구 뛰어다녔다.

강렬한 햇살이 다쓰오의 얼굴에 쏟아졌다. 그렇게 내리쬐는 햇볕보다 다쓰오의 얼굴이 더 강렬하게 보였다.

"하지만."

노리코가 숨을 몰아쉬며 말했다.

"사소한 몇 가지 일을 가지고 그런 중대한 추정을 할 수는 없어."

"왜지?"

다쓰오가 반문했다. 자신감이 넘치는 표정이었다.

"집필중에 집안 식구까지 방에 못 들어오게 하는 작가는 얼마든지 있거든."

"응, 많지."

다쓰오는 순순히 고개를 끄덕였다.

"잡지사가 마련한 여관방에서 글을 쓰지 않겠다고 거부하는 작가도 많고."

"그건 그래."

다쓰오는 이번에도 긍정했다.

"강연회나 좌담회에 끌려가는 게 싫다고 사절하는 작가도 많아. 말하는 걸 귀찮아하는 타입이지."

"확실히 그런 사람도 있어."

"원고가 깨끗한 것도, 그렇게 집필하는 작가 또한 적지 않아. 모두가 글자를 잘못 쓴 원고를 보내오는 건 아냐."

"그렇지."

"문장에 대해서도 이야기했지? 뭔가 딱딱한 게 남자가 쓴 것 같다고. 여류 작가 중에도 그런 사람은 있어. 봐, A씨도 비평가에게 그런 말을 듣잖아."

"그랬지."

"뭐야, 찬성만 하고. 왜 반론을 안 해."

노리코는 조금 화가 났다.

"아니면 자기 추정이 틀렸다고 인정하는 건가?"

"인정하지는 않았어. 자기가 하는 말을 긍정하고 있을 뿐이야."

다쓰오는 담배를 입에 물며 눈을 가느다랗게 떴다.

"바보 취급하지 마. 무슨 뜻이야?"

"그렇게 정색하지 마. 좀 침착해지라고."

다쓰오는 눈에 희미한 웃음을 띠었다.

"그럼, 설명할게. 리코가 한 말은 하나하나 다 맞아. 그런 작가도 있어. 하지만 그 모든 조건을 갖춘 작가는 없어."

"……"

"여관방에 갇히는 걸 싫어해도 강연회나 좌담회에 나오는 작가는 있어. 서재에 집안사람마저 얼씬거리지 못하게 하는 작가라도 여관에선 아무렇지도 않게 집필하기도 해. 원고가 깨끗한 사람도 있어. 즉 지금 예로 든 하나하나의 조건은 어느 작가나 갖추고 있지만, 이 모든 조건을 한 몸에 지니고 있는 작가는 무라타니 아사코뿐이야. 생각해 봐. 이 정도로 자기가 작품을 쓰지 않았다고 증명하는 작가도 없잖아."

노리코는 침묵했다.

"자기 집에서 글을 쓸 때 편집자를 접근하지 못하게 하고 잡지사 측이 준비한 여관에서 작업하는 것도 거부하는 건 자신이 창작을 하고 있지 않기 때문이야. 아마도 누군가가 쓴 텍스트를 베낄 뿐일 테니까. 알려져서는 안 될 비밀이지. 원고지에 고쳐 쓰거나 퇴고한 흔적이 없는 것도 깨끗이 베껴 썼기 때문이야."

"……."

"강연회, 좌담회는 당연히 나갈 수가 없어. 나가서 할 말이 없거든. 누가 작가의 의견이라도 묻는다면 망신당할 게 빤하잖아."

"너무하네."

노리코는 괜히 다쓰오를 타박했지만 뒷말은 잇지 못했다.

"이제 이해가 돼? 내 추리가?"

"그럼 대체 무라타니 아사코의 작품을 써 준 사람은 누구지?"

"빤하잖아. 아사코의 주변에 항상 있는 남자지. 즉, 남편인 료고 씨라고. 모든 게 무라타니 료고 씨의 작품이었어. 글이 여자답지 않고 남성스럽게 딱딱했던 건 그런 이유에서였어."

"하지만 문단에 데뷔했을 때부터 작가 이름은 무라타니 아사코였어."

"맞아. 현상 공모에 당선되었을 때부터 료고 씨가 아내 이름으로 응모했을 거야. 자기 이름으로 내기에는 자신도 없고 해서 장난삼아 아내 이름으로 응모했겠지. 그런데 덜컥 당선이 된 거야. 재녀시대才女時代 1957년, 소노 아야코, 아리요시 사와코 등 젊은 여성 작가들이 대거 활약하여 일종의 붐이 일었다. 그 흐름은 이듬해까지 이어졌고, 문예평론가 우스이 요시미가 이 시기를 일컬어 '재녀시대'라고 이름 붙였다 보다 훨씬 일렀지만 어쨌든 그때도 여류 작가는 진귀한 존재였으니 다른 잡지사에서도 원고 청탁이 밀려왔지. 이제 와서 남편이 원작자라고 실토하기에는 늦었고. 그 부부의 성격이라면 리코도 알잖아?"

"……."

"아내는 기질이 강한데 남편은 약해 보여. 여기에 아내의 허영심에 불이 붙었다고 생각해 봐. 아내는 남편에게 이후의 작품을 모두 자기 이름으로 발표하라고 강요했어. 이런 억측도 아사코 여사라면 성립해. 그런데 일이 생각한 대로 술술 풀린 거야."

다쓰오가 계속 말했다.

"료고 씨에겐 재능이 있었어. 그래서 아사코 여사의 작품은 출판되는 족족 잘 팔렸지. 동시에 명성도 높아졌어. 이젠 물러날 데가 없는 거야. 기만을 덧칠하는 수밖에. 이렇게 되니까 료고 씨도 바빠져서 직장도 제대로 나갈 수 없게 됐어. 글을 써야 했으니까. 그래서 료고 씨도 다니던 회사를 그만두고 아사코 여사를 대신해 글을 쓰는 데 몰두하게 됐겠지. 그러니 여사가 있는 곳에 반드시 료고 씨의 그림자가 있었던 거야."

이론적으로는 들어맞는다. 노리코는 처음에 받았던 충격에서 깨어나자 조금씩 그 이론에 녹아 들었다.

"생각지도 못했어."

그렇게 중얼거리는 수밖에 없었다.

"정말 생각지도 못한 일이지. 나도 내 추정에 놀라고 있어."

"지금까지 눈치채지 못했던 걸 어떻게 깨닫게 된 거야?"

"다쿠라 때문이지."

다쓰오는 토하듯 말했다.

"다쿠라 씨가 뭘 어쨌는데?"

"다쿠라가 무라타니 여사를 찾아온 건 물론 어떤 용건이 있어서야. 그 남자는 냄새 맡는 데 귀신이지. 유명인의 비밀을 알아내서 기사로 쓰는 게 장사 밑천이야. 그런 다쿠라가 아사코 여사를 만나러 하코네까지 왔어. 그래서 생각했지. 무슨 용건이었을까. 다쿠라는 무엇을 알고 찾아 온 걸까. 그것만 생각하다가 반대로 무라타니 아사코 여사에게 초점을 맞춰 봤어."

"다쿠라 씨도 무라타니 선생님에 관한 걸 알고 있었던 걸까?"

"알고 있었다고 생각해."

"그럼, 그렇다면, 다쿠라 씨의 죽음이 타살이라고 한다면……."

그렇게 말하는 노리코의 얼굴에 두려움이 떠올랐다. 뒤이어 목소리가 나오지 않는다.

"아직은 아무도 몰라."

다쓰오가 분위기를 바꾸려는 듯 말했다.

"여기까지는 추측이 가능했지만 아직도 풀어야 할 것들이 많아. 결론을 내리기엔 아직 일러. 가령 료고 씨가 왜 실종되었는가. 이것만 해도 중대한 수수께끼야. 어라."

다쓰오가 뒤를 돌아보았다.

"아, 종업원이 부르는군. 심부름 갔다는 후미코 씨가 돌아왔나 봐. 가 보자."

다쓰오는 물가에서 걸음을 돌려 여관 쪽으로 걸었다. 여관 입구에 흰색 원피스를 입은 여자가 이쪽을 보며 서 있다.

노리코는 그 뒤를 따라가면서도 조금 전까지 들은 다쓰오의 목소리가 귓가에서 떠나지 않았다. 바람이 부는 수면처럼 그녀의 머리를 어지럽게 만들었다.

여관의 측면을 돌자 처음 마중 나왔던 종업원이 곁에 서 있는 낯선 종업원을 소개했다.

"이 사람이 후미코 씨예요."

후미코라는 이름의 종업원이 웃으면서 고개를 숙였다.

"아, 후미코 씨군요. 무라타니 선생님의 담당이셨죠?"

다쓰오도 웃으면서 인사했다.

"네, 그렇습니다."

"벌써 이분에게서 들으셨겠지만, 무라타니 선생님께서는 마지막으로 묵던 날 밤에 산책하러 나가셨지요?"

"네, 분명 10시가 지나서 나가셨지요."

잘 기억하고 있다.

"맞아요, 맞아요, 그 무렵이죠."

다쓰오가 맞장구를 쳤다.

"몇 시쯤 돌아오셨을까요?"

"대충 11시 조금 넘어서였을 거예요."

종업원은 조금 생각하더니 대답했다.

"남편분도 그때쯤 돌아오셨나요?"

"아니요, 남편분은 돌아오지 않으셨어요. 아침에 무라타니 선생님이 떠나실 때까지 오지 않으셨습니다."

다쓰오가 고개를 끄덕였다. 그렇다면 료고 씨는 산책하러 나간 채 차를 타고 오다와라 역으로 간 게 된다. 혹시나 해서 묻자 아사코 여사와 가정부가 유카타를 입고 있던 데 반해 료고 씨는 처음부터 외출복이었다는 대답이 돌아왔다.

"하하, 그렇다면 가정부는 몇 시쯤 돌아왔을까요?"

"그게……."

후미코는 고개를 몇 번 갸웃거렸다.

"가정부라면 삼십 분쯤 뒤에 혼자 돌아온 것 같았어요."

"11시 반이 넘어서군요?"

"네, 그래서 가정부가 선생님께 야단맞았어요."

후미코가 덧붙였다.

"야단맞았다고요? 뭐라고 하면서요?"

"자세히는 모릅니다. 선생님 방에서 그런 목소리가 들렸거든요. 가정부가 곧 나왔는데 복도에서 마주쳤을 때 울고 있더라고요."

새로운 사실이었다. 다쓰오와 노리코는 서로 얼굴을 마주 보았다. 무라타니 가의 가정부 이름은 히로코였다. 어젯밤 찾아갔을 때 대문 앞에서 뭔가를 말해 주려던 그녀를 히로코, 히로코, 하고 계속 불러댔던 아사코 여사의 목소리가 지금도 귓가에서 떠나질 않았다.

다쓰오는 노리코와 눈을 마주쳤다.

둘은 하코네를 떠났다. 돌아오는 길에 다쓰오는 노리코가 가르쳐 준 대로 슈레이카쿠의 케이블카를 타고 다쿠라의 사체가 있던 현장을 눈에 담았다.

오늘은 수확이 꽤 많다. 역시 현장을 실제로 보지 않고는 알 수 없는 것들이다. 특히 가스가 여관의 종업원과 다이케이소 종업원이 들려준 이야기는 무척 참고가 되었다.

오다 급행은 바람을 가르며 신주쿠로 향했다. 긴 여름의 태양도

서쪽으로 상당히 기울어 철로를 따라 걷고 있던 행인의 그림자가 길게 늘어져 있다.

"료고 씨가 오다와라 역에서 무슨 기차를 탔는지 조사해 보는 일만 남았네."

노리코는 팔짱을 낀 채 눈을 감고 있는 다쓰오를 쿡 찔렀다. 무더위에 이곳저곳 돌아다녀 지친 모양이다. 머리카락이 창밖의 바람에 날리고 있다.

"그거라면 나중에 천천히 알아봐도 돼."

다쓰오는 졸린 듯 말했다.

"사키노 씨의 추리에 깜짝 놀랐어."

노리코는 그의 눈을 뜨게 하려고 귓가에 대고 큰 소리로 말했다.

"아사코 여사의 대필?"

"맞아. 편집장님이 아시면 깜짝 놀랄 거야."

그제야 비로소 다쓰오의 눈이 떠졌다. 만족스러운 표정이었다.

"그 영감, 기겁하겠지."

입가에 미소가 번졌다.

"하지만 마음에 안 드는 게 한 가지 있어."

"뭔데?"

"안개 속에서 내가 본 아사코 선생님과 다쿠라 씨. 그 사람이 다쿠라 씨가 아니라는 사키노 씨의 추리는 마음에 들지 않아. 난 다쿠라 씨였다고 믿어."

"고집이 있네."

다쓰오는 여전히 얼굴에 웃음을 띠고 있다.

"그럼 가스가 여관 종업원의 말은 어떻게 되는 건데?"

"종업원이 못 본 사이에 손님이 나갔다 온 걸 수도 있어."

"그럴까? 지금 시점에서는 아직 나도 확신은 없어⋯⋯. 하지만⋯⋯."

"하지만, 뭐?"

"그냥 그뿐이야. 그 이상 말할 수 없어. 힌트 수준이지."

"또 시작이네."

노리코가 노려보자 다쓰오는 모른 척 눈을 감았다.

열차는 어느새 시모키타자와 역에 당도했다. 노리코는 갑자기 생각났다는 듯 다쓰오의 어깨를 두드렸다.

"사키노 씨, 시모키타자와야."

다쓰오가 눈을 떴다.

"뭐, 시모키타자와?"

"무라타니 선생님 댁이 가깝잖아? 여기서 갈아타면 히가시쓰바라까지 두 정거장이야. 오늘 한번 가 보자, 선생님 댁에. 가서 히로코라는 가정부를 만나고 오자고. 그녀라면 분명 진상의 일부를 알고 있을 거야."

다쓰오도 노리코의 말이 무슨 의미인지 즉시 알아차렸다.

"그렇군."

작게 기합을 넣더니 서둘러 자리에서 일어선다.

히가시쓰바라에서 내린 두 사람은 어젯밤 걸었던 길을 다시 지나갔다. 채소 가게가 나오고 빵집이 나온다. 과일 가게 모퉁이를 돌자 눈에 익은 길이 나타났다.

무라타니의 집이 보였다. 대문은 굳게 닫혀 있다. 어, 하고 놀란 이유는 대문에 흰 종이가 붙어 있었기 때문이다.
―당분간 여행 때문에 집을 비웁니다. 무라타니.
글씨를 확인한 노리코와 다스오는 아무 말도 하지 못한 채 막대기처럼 서 있었다.

아무도 없었다

1

이튿날은 아침부터 날씨가 푹푹 쪘다.

노리코가 출근했을 때 시라이 편집장은 벌써 나와 아무도 없는 편집실에서 혼자 선풍기 바람을 쐬고 있었다. 와이셔츠 단추를 풀어 두어 바람이 배까지 충분히 들어간다.

"안녕하세요."

"응, 왔어?"

시라이 편집장이 선풍기 앞에서 떨어졌다.

"어젠 수고 많았어."

이쪽을 엿보는 듯한 눈이다. 한시바삐 보고가 듣고 싶을 때 짓는 표정이다.

"어땠어, 하코네는?"

"네, 수확이 꽤 있어요."

노리코의 대답에 시라이는 긴 턱을 당기며 만족스레 웃었다.

"자, 여기 앉아."

의자까지 당겨 주었다.

"말씀드리기 전에 조금 마음에 걸리는 일이 생겼어요."

노리코는 의자에 엉거주춤 앉으면서 말했다.

하코네 이야기는 다쓰오가 출근한 뒤에 같이 하기로 했다. 어제 헤어질 때 미리 약속해 뒀다.

"마음에 걸리는 일이라니, 무슨?"

편집장이 재촉했다.

"어젯밤 하코네에서 돌아오다가 무라타니 선생님 댁을 찾아갔거든요. 그런데 여행을 떠나서 부재중이라는 메모가 대문에 붙어 있었어요."

시라이는 뭐야, 그런 일이었어, 라는 표정이다.

"여행이라. 집필 때문에 어디 갔을 거야."

시라이는 신경 쓸 일 아니라는 투로 담배를 물었다.

"그래도 좀 걱정이 되는 문제라고요."

노리코는 시라이의 관심을 끌고자 했다.

"원고라도 부탁했어?"

편집장은 일적인 면에서 물어보았다.

"아뇨. 그런 게 아니에요. 하코네에서 있었던 이야기를 들으시면 아실 거예요."

"그러니까 하코네 이야기부터 듣자니까."

"사키노 씨가 출근하면 같이 말씀드릴게요."

마침내 노리코가 속마음을 실토했다.

"꽤 복잡한 이야기인가 보군."

시라이가 히죽거렸지만 노리코가 말하는 의미를 대충은 알아차린 눈치였다.

"그래서 무라타니 씨 집에는 아무도 없었어? 그 가정부도 없었고?"

"네, 문이 잠겨 있었어요."

"음, 언제부터였을까?"

"옆집에 물어봤더니 어제 아침에 선생님이 가정부를 데리고 나가셨대요. 그때 여행용 가방을 들고 있는 걸 봤다던데요."

"옆집에 무슨 말인가 전해 둔 건 없고?"

"네, 가정부가 찾아와서는 당분간 집을 비우게 됐으니 잘 부탁한다는 선생님 말씀만 전했다고 해요. 대문의 부재 메모는 선생님이 직접 붙이셨고요."

"어제라면……."

편집장이 말했다.

"자네들이 무라타니 씨를 찾아간 게 그저께 밤이었나? 가정부에게서 이야기 좀 들을까 싶었는데 무라타니 씨가 불러들여서 못 들었다던……."

"네."

시라이의 표정으로 봐서 노리코는 자신이 하는 말의 의미가 통했다고 생각했다.

"가만있어 봐. 설마하니 도망간 건 아니겠지?"

편집장이 수첩을 꺼내 펼쳤다. 수첩에는 여러 잡지사의 전화번호가 적혀 있었다.

시라이는 무라타니 아사코에게 원고를 청탁한 잡지사에 차례로 전화를 걸었다. 저널리스트로서 경력이 오래된 만큼 발이 넓은 사람이다.

"어, A군이야? 나 시라이야. 오랜만이네. 어때, 잘 지내지? 아, 그래? 잘 됐구먼. 그런데 무라타니 아사코 씨가 어제부터 집에 없어. 급하게 원고 맡긴 게 있는데 난처해졌지 뭐야. 자네, 무라타니 씨가 어디로 갔는지 몰라? 아, 그래? 고마워. 언제 만나서 한잔하자고."

시라이는 전화를 걸 때마다 같은 말을 반복했다.

"알 수가 없군."

시라이는 마지막 전화를 끊고 수첩을 덮으며 말했다.

"짐작 가는 잡지사마다 모르겠대. 잡지사랑 관계된 건 아냐."

노리코의 가슴이 두근거렸다.

무라타니 가의 히로코라는 가정부는 다쿠라가 변사한 12일 밤 무라타니 료고의 행동을 알고 있다. 아사코 여사에게 그 일은 외부에 알려져서는 절대로 안 되는 일이 아닌가. 그래서 다쓰오와 자신이 찾아갔을 때 큰 소리로 히로코를 불러 다쓰오와 자신의 곁에서 떨어지게 했다.

뿐만 아니라 앞으로 위험해지리라는 생각에 가정부를 데리고 일정 기간 도피한 게 아닐까.

생각할수록 무라타니 부부와 다쿠라의 죽음 간에 밀접한 연관이 있는 것만 같다.

사키노 다쓰오가 다른 부원들과 함께 얼굴을 비쳤다.

삼십 분 후 노리코와 시라이, 다쓰오, 세 사람은 삼층의 텅 빈 방에서 이야기를 했다. 회의실이라고는 하지만 커다란 책상 하나에 낡은 의자 몇 개가 늘어서 있을 뿐이고, 먼지도 상당히 쌓여 있는 방이다. 다쓰오가 차분한 말투로 어제 일을 보고했다.

시라이 편집장은 한마디도 놓치지 않을 것처럼 귀를 기울였다. 비딱하게 앉아서 몸을 끊임없이 움직였지만, 그가 집중하고 있을 때 나타나는 습관이었다.

"리코가 수확이 있다고 하더니 아닌 게 아니라 하루치고는 성과가 좋군."

시라이 편집장이 칭찬해 주었다.

"재미난 사실들을 새롭게 알아내긴 했는데 사건의 줄기는 여전히 알 수가 없군."

편집장이 뺨을 북북 긁으며 말했다.

"무라타니 아사코 여사와 다쿠라의 죽음 사이에 관계가 있다는 건 분명한 듯한데. 그런데 남편이 왜 실종됐는지 모르겠어."

"저도 모르겠습니다."

다쓰오가 동의했다.

노리코는 땀을 닦는 다쓰오를 보았다. 오늘은 손수건이 새것이다. 어제 일이 마음에 걸린 모양이다. 그녀는 다쓰오의 팔꿈치를 찔렀다.

"사키노 씨, 그것도 말씀드려."

"그것?"

다쓰오가 노리코를 보았다.

"대필 말이야."

시라이가 의아한 눈초리로 물었다.

"대필이라니, 뭐야 그게?"

다쓰오는 약간 난처한 표정을 짓다가 결심했다는 듯 말했다.

"이건 제 추측입니다."

"응, 괜찮아. 뭔데?"

"무라타니 여사는 지금껏 자기 손으로 소설을 쓰지 않았다고 생각합니다."

"뭐?"

시라이 편집장이 눈을 부릅떴다.

"그럼 자네 말은?"

"네, 실제로 쓴 작가는 따로 있을 겁니다. 여사는 그걸 원고지에 베낀 것뿐이고요."

"근거는?"

시라이가 거듭 물었다.

다쓰오는 노리코에게 설명했던 대로 이야기했다.

"재미있군. 그러고 보면 나도 짚이는 점이 없지 않아. 음, 음."

시라이가 혼자 고개를 끄덕였다. 얼굴에 붉은 기가 돌았다.

"그래서 자넨 진짜 작자가 누구라고 생각해?"

시라이의 눈빛은 잔뜩 기대에 들떠 있었다.

"여사의 남편인 료고 씨입니다."

"뭐? 남편이라고."

"네, 그렇다고 생각합니다."

다쓰오는 그렇게 추정하게 된 이유를 설명했다. 노리코가 들은 대로였다.

"흐음."

시라이는 턱을 괴고 생각에 잠겼다. 그로서는 드물게 오랫동안 얼굴에 변화가 없었다.

"아닌 것 같은데."

시라이가 턱을 들고 불쑥 내뱉었다.

"네, 아니라고요?"

이번에는 다쓰오의 목소리가 높아졌다. 노리코도 엉겁결에 시라이를 쳐다보았다.

"여사의 작품에 따로 작가가 있다는 추리는 맞는 것 같아. 용케 눈치챘어. 하지만 진짜 작가가 료고라는 추측은 과연 어떨지?"

시라이는 고개를 갸우뚱했다.

"제 추리가 논리적으로 맞지 않는다는 말씀인가요?"

다쓰오가 물었다.

"아니, 논리적으로는 맞아. 너무 잘 맞지. 그런데 말이야, 나한테는 아무래도 딱, 하고 감이 오질 않아."

시라이가 대답했다.

"뭐가 어떻게 안 온다는 말씀이신지."

다쓰오가 따지듯 말꼬리를 잡았다.

"그걸 설명할 수가 없어. 자네 말이 이해는 돼. 그런데 마음에 와 닿지가 않아. 뭐라고 해야 될까. 그래, 이건 내 감이야."

감이라는 한 단어가 다쓰오의 가슴을 때린 모양이다. 그는 침묵했다. 곁에서 지켜보던 노리코는 다쓰오의 기분을 알 수 있었다. 편집자로서 시라이가 그동안 겪어 온 기나긴 경험이 그렇다고 말했다. 그의 장발에 섞여 있는 흰머리, 이마의 주름, 그것은 십수 년간 뭉쳐진 잡지 편집자로서의 경험이었다. 그가 말하는 감은 그 긴 이력이 만들어낸 직감이다.

노리코는 귀중한 것을 접한 기분이었다. 다쓰오도 똑같이 받아들였는지 한마디도 받아치지 않았다.

"미안하지만 난 그런 기분이 들어. 진짜 작가는 남편이 아냐. 다른 인물이야."

편집장은 다쓰오를 위로하듯 조심스레 말을 건넸다.

"유감이지만 설명할 수는 없어. 내 감이라는 말밖에는. 자네가 경멸할지도 모르지만."

"천만에요. 그렇지 않습니다, 편집장님."

다쓰오는 진심으로 외치듯 말했다. 다쓰오가 이 정도로 상대방에게 존경하듯 말하는 걸 노리코는 들어 본 적이 없다.

"저는 편집장님의 감을 믿습니다."

"고맙네."

편집장이 인사했다.

"하지만 사키노, 이건 다루기 어려운 문제야. 다루기 어렵지만 조금씩 구름이 줄어드는 것 같아. 난 방금 자네가 하코네 관광 선물로 가져온 이야기를 듣고 조금 흥미로운 걸 깨달았어."

그러나 시라이는 그게 뭔지 이야기해 주지 않았다.

"자네도 리코랑 같이 좀 더 조사해 봐. 나도 연구해 볼게."

그렇게 말하고 생각났다는 듯이 덧붙였다.

"아, 그렇지. 자네가 오기 전에 아사코 여사와 가정부가 사라졌다고 리코가 알려 줬어. 다른 잡지사에 전화로 물어봤는데 다들 짐작 가는 데가 없다고 하더군."

"그래요?"

"재미있군. 이번 사건과 관련된 인물은 전부 없어졌잖아."

—아무도 없었다.

이 말이 노리코의 머리에 새겨졌다.

아무도 없었다, 아무도 없었다…….

아니, 그렇지 않았다.

이튿날 아침 노리코는 집에서 등의자에 기댄 뒤 신문을 펼쳤다.

"앗!"

그녀의 입에서 외마디 비명이 터져 나왔다.

2

노리코의 눈은 신문 문화면 한구석에 달라붙었다.

제목은 '작가 무라타니 아사코 입원'이었다. 노리코는 서둘러 짧은 기사를 읽었다.

작가 무라타니 아사코 씨는 17일 도내 시나가와 구 니시시나가와 ××번지에 있는 신도 정신병원에 입원했다. 심각한 신경쇠약 때문이며 당분간 면회는 사절이라고 한다.

노리코는 충격을 받고 얼떨떨해졌다.

무라타니 아사코가 심각한 신경쇠약으로 입원했다는 내용이 너무나 느닷없어서 머릿속에 금방 들어오지 않았다.

둥근 얼굴에 살찐 무라타니 아사코에게 심각한 신경쇠약이라니, 병명으로서는 조금 어울리지 않았다. 당뇨라든가 심장 질환이라면 모를까.

하지만 남편인 료고의 실종이 아사코 여사에게 상당한 타격이었음은 분명하다. 그녀는 남편의 행적을 쫓아 여러 번 오다와라 역을 방문했다.

그건 일반적인 실종이 아니다. 아무래도 다쿠라의 죽음과 얽혀 있는 모양이다. 이번에 노리코와 다쓰오가 하코네로 가서 했던 조사에 따르면, 확실히 얽혀 있다고 말할 수 있다.

아사코 여사도 그것을 알고 있겠지. 아니, 그 이상으로 관계되어 있는 게 분명하다. 그래서 고민하고 있었다는 추측이 가능하다. 노리코는 그렇지 않아도 요즘 들어 아사코 여사가 초조해했던 게 생각났다.

원고 담당이었기 때문에 알 수 있었다. 아사코 여사는 예전처럼 대범하지도, 침착하지도 못했다. 여사의 가느다란 눈과 낮은 코는 선해 보였지만, 최근에는 그 가느다란 눈이 이상하게 반짝였고, 낮은 콧등에 비지땀이 끊임없이 배어 나왔던 것 같다.

여사의 새된 목소리는 전에도 그랬지만, 요즘엔 날카로운 금속성까지 띠게 되었다. 하코네의 여관에서 전화를 걸어 원고를 독촉했을 때도 그런 목소리였다. 어쨌건 기분이 나쁜 상태였음은 확실하다.

그래 보여도 예상외로 신경이 섬세했는지도 모른다고 노리코는 생각을 고쳤다. 사람은 생김새나 체격으로 성격을 파악할 수 없다.

여기에 추측대로라면 다쿠라의 죽음과 남편인 료고의 실종이 뒤따랐으니 이런 문제에 신경을 소모시켜 입원해야 될 만큼 상태가 나빠졌으리라.

노리코는 다쓰오와 함께 아사코 여사의 집을 방문했던 날 여사가 보여 준 히스테릭한 반응을 떠올렸다. 이내, 문밖에서 들은 히로코, 히로코, 하고 외쳤던 쇳소리 나는 목소리도 귓가에 되살아났다. 분명히 평소답지 않았다.

대문에 붙어 있던 '여행중이므로 당분간 부재'라는 말은 입원을 가리켰다. 가정부도 시중을 들러 따라간 게 틀림없다.

노리코는 무라타니 아사코의 담당이니 평소라면 그냥 두고만 볼 수는 없었다. 아사코 여사는, "당분간은 우리 집에 오지 않아도 돼. 편집장에겐 따로 말해 둘 테니까"라면서 출입 금지를 선언했다. 자기 집에서 나가라고 대문을 손가락으로 가리킨 것도 병 때문이라고 생각하니 더 이상 기분이 나쁘지 않았다.

신문에는 면회 사절이라지만 일단은 병원에 들러 봐야겠다고 마음먹고 노리코는 출근 준비를 했다.

회사에 나와 보니 시라이 편집장은 먼저 출근해 있었다. 또 선풍기 바람을 쐬면서 눈을 가늘게 뜨고 있다.

"오늘 아침 신문 봤어?"

시라이 편집장은 노리코를 보자마자 말했다. 눈을 동그랗게 뜨고 있었다.

"네, 봤어요."

노리코는 인사와 함께 대답했다.

"정신병원에 입원했다니 놀랐어."

시라이는 선풍기를 노리코 쪽으로 돌리며 말했다.

"여러 잡지사에서 행방을 몰랐던 게 당연해. 신문에서도 그저께 일을 오늘 아침에 실었으니까. 하지만 심각한 신경쇠약이라니."

편집장은 긴 턱을 긁으며 놀라움을 강조했다.

"여사에게 그런 면이 있었나?"

생각하는 건 다들 똑같구나, 하고 노리코는 웃었다.

"최근에는 약간 짐작 가는 구석도 있어요. 어쩐지 기분이 늘 나빠 보였어요."

노리코가 조심스레 대답했다.

"흐음."

시라이는 고개를 갸웃했다.

"원인은 다쿠라겠지. 이거 문제가 복잡해졌어. 그래도 아사코 여사가 정신병원에 입원했다니, 재미있군. 리코, 면회 사절이라고 하지만 문병하러 갈 거지?"

당연히 그럴 셈이었다고 노리코는 대답했다.

"그렇지, 사키노 군이 출근하면 둘이서 가 봐. 억지로라도 아사코 여사를 만나 보라고. 심각한 신경쇠약에 걸린 여사라면 자기도 모르게 진실을 털어놓게 될지도 모르니까."

"아사코 여사를 만나면 넌 또 누구지, 하면서 화를 낼 것 같아."
 택시 안에서 사키노 다쓰오는 쓴웃음을 지으며 노리코에게 말했다. 지난번 밤에 방문했을 때 일이 떠올랐던 것이다.
"신경쇠약에 걸렸을 정도라면 얼굴을 못 알아보고 정말 그렇게 말할지도 몰라."
 차는 시나가와의 정신병원을 향해 달렸다. 양쪽 상점가의 추녀들이 나란히 열을 맞추고 있어 어수선하면서도 좁은 도로였다.
"시라이 편집장님도 그 점을 노리고 있어."
 노리코가 말했다.
"심각한 신경쇠약이라면 약간 미쳤다는 소리잖아. 그러니 무라타니 여사가 자기를 주체하지 못하고 무심결에 진실을 털어놓게 될지도 모른다고 하셨어."
"그렇게 잘될까?"
 다쓰오는 채신없이 무릎을 떨었다.
"그래도 여사를 만나러 간다는 것엔 흥미가 생겨. 어쨌든 그 가정부와 같이 있을 거 아냐. 이것저것 물어볼 게 많아."
 다쓰오는 즐거워 보였다. 예전에 듣지 못한 가정부의 설명을 들을 수 있다. 노리코도 기대에 부풀었다.
 신도 정신병원은 상점가를 지나 주택가에 들어서면 공장 지대가 한층 가까워 보이는 곳에 있었다. 생각보다 깔끔한 병원이었다. 뒤쪽에도 꽤 커다란 병동이 있는 듯했다.

택시에서 내려 두 사람은 병원 현관으로 들어갔다. 왼편에 접수대가 보이고, 거기에서 곧장 복도로 이어졌다.

"말씀 좀 여쭙겠습니다."

다쓰오가 접수대로 가서 말하자 간호사가 작은 창을 열고 내다보았다.

"무라타니 아사코 씨를 문병하러 왔는데요."

"그저께 입원하신 분 말인가요?"

간호사는 명부도 보지 않고 말했다.

"그분이라면 면회 사절이에요."

"잠깐이면 됩니다. 얼굴만이라도 뵙고 싶은데요."

"곤란해요. 선생님께서 면회를 막으셨어요."

간호사는 거절했다.

"그 정도로 상태가 안 좋으신가요?"

"네, 그런 것 같아요."

접수대의 간호사가 모르는 건 무리도 아니었다.

"의사 선생님을 만나볼 수는 없을까요? 환자에 대해 자세히 듣고 싶은데."

"환자분과 어떤 관계시죠?"

간호사는 이런 일에 익숙한 듯했다. 업무상 관계가 있는 출판사 직원이라고 대답하자 간호사의 얼굴이 창에서 사라졌다.

"의사 얘기를 들어 본 다음에 같이 와 있을 가정부를 만나자."

다쓰오가 노리코를 향해 속삭였다. 그녀는 고개를 끄덕였다.

사오 분쯤 지나자 와이셔츠 위에 흰 가운을 걸친 의사가 슬리퍼 소리를 내며 복도를 걸어왔다. 젊은 의사였다.

다쓰오가 명함을 내밀었다.

"면회는 어렵겠네요."

의사는 노리코에게도 눈길을 주며 말했다.

"하아, 그 정도로 심각합니까?"

다쓰오가 물었다.

"네, 그저께 막 입원하셨으니 혼자 지내시게 하는 편이 좋지요."

의사가 대답했다.

"대체 병명이 뭐지요?"

"신경쇠약인데 전문 용어로 심인성 반응心因性反應이라고 합니다."

"아, 그건 증상이 어떻죠?"

"쉽게 말해 이상 체험에 대한 반응이죠. 울화, 경악, 불안, 의혹, 질투, 격노 등 반응 정도가 셉니다. 이런 증상은 특히 강력한 동기가 발생했을 때, 혹은 예민하고 소심한 성격에서 발생하기 쉽습니다. 무라타니 씨는 울화와 불안 반응이 상당히 강한 편이에요."

의사는 약간 강의하는 듯한 말투로 말했다.

다쓰오와 노리코는 눈빛을 교환했다.

"꼭 만나야 할 일이 있는데요."

다쓰오는 기가 한풀 꺾인 모습이었다.

"어려울 듯싶군요. 이 질환은 심인성 장기 장애를 일으킵니다. 실제로 무라타니 씨는 심장에 문제가 있어요. 면회를 하면 환자가

아무도 없었다 · 201

흥분하게 되므로 의사로서 허락할 수 없습니다."

젊은 의사는 단호하게 말했다.

"그렇군요."

다쓰오는 어쩔 수 없다는 표정으로 대답했다.

"그렇다면 선생님과 함께 온 가정부가 있죠? 가정부를 좀 불러 주시겠어요?"

"그 가정부라면 여기 없습니다. 그만두고 돌아간 모양입니다."

"뭐라고요? 그만뒀다고요?"

놀란 다쓰오가 목소리를 높였다. 노리코도 깜짝 놀랐다.

"네, 대신 다른 분이 와 계세요. 파출부 협회에서 나온 간호사이긴 한데."

가정부 히로코가 사라졌다.

아사코 여사가 입원했는데, 더구나 료고 씨까지 행방불명됐는데 그만두다니 도망을 친 거나 다름없다.

히로코를 만나 이것저것 들을 수 있으리라고 기대한 데 대한 실망보다도, 노리코는 주인을 배신한 것 같은 히로코의 행동에 기가 막혔다. 나이에 비해 의젓하고 성실해 보였던 그녀도 결국 그냥 가정부일 뿐이었나, 하고 생각했다. 들뜬 기분이 가라앉고 마음속이 새하얘졌다.

어쨌건 료고 씨도 사라졌고, 일하던 가정부도 그만두고 어딘가로 떠났다. 만에 하나 여사에게 무슨 일이 생긴다면 누구에게 연락해야 할까. 노리코는 남 일 같지 않아 걱정되었다.

"혹시 무라타니 선생님의 보호자 연락처가 입원 환자 명부나 뭐 그런 거에 기록되어 있나요?"

노리코가 처음으로 의사에게 물었다.

"있을 겁니다. 사무원이 아니라 모르겠지만, 물어보죠."

의사는 접수대 창구를 들여다보며 간호사에게 뭔가를 말했다. 잠시 후 간호사가 종이쪽지를 손에 들고 왔다.

"이분이라고 합니다."

쪽지에는 연필로 '돗토리 현 도하쿠 군 도고초 ××번지 시마다 요시타로(오빠)'라는 글씨가 쓰여 있다. 무라타니 아사코의 친오빠인 것 같았다.

노리코는 꽤 멀리 떨어져 사는 사람을 보호자로 올렸다고 생각했다.

더 이상 여기에 있어 봐야 소득이 없을 것 같아 둘은 의사에게 인사를 하고 병원에서 나왔다.

돌아올 때는 버스를 타기로 하여, 정류장까지 어슬렁어슬렁 걸어갔다.

"그 가정부, 정말 너무하네."

노리코는 화가 나는 듯 말했다.

"그렇네."

다쓰오는 노리코의 생각에 그다지 동조하지 않는 모양이었다.

"다른 식으로 볼 수도 있어."

"어떻게?"

"예를 들어 아사코 여사가 그만두게 했을지도 몰라."

"어머, 왜? 그럼 자기만 힘들 텐데."

"눈앞에 닥친 위기를 생각한다면 그 정도는 감수해야겠지. 즉 가정부를 계속 곁에 뒀다간 언제 우리가 찾아와서 이것저것 캐물을지도 모른다는 두려움 때문이라고도 해석할 수 있어."

"아, 그렇구나."

노리코는 처음으로 깨달았다.

"그렇다고 해도 보호자 연락처가 돗토리 현에 사는 오빠네 집이라니 꽤나 멀리 떨어진 곳을 택했어."

"맞아. 너무 멀어."

다쓰오는 그렇게 말하고 무언가 생각하듯 망연히 있었다.

커다란 차체의 버스가 도착했다. 둘은 거기에 올라탔다.

"무라타니 선생님이 남편 대신 먼 데 사는 오빠를 보호자로 올린 건 이제 포기했기 때문일까?"

버스 좌석에 앉아 노리코는 이야기를 계속했다.

"그럴지도 모르지. 적어도 현재는 기대할 수가 없으니까."

다쓰오가 대답했다.

"도대체 료고 씨는 어디로 간 걸까?"

노리코는 다쓰오의 해답을 구하듯 물었다.

"모르겠어. 기다려 봐. 지금 생각중이니까."

다쓰오는 얼굴을 찡그리며 눈을 감았다.

"왜 실종된 걸까?"

"그것도 생각중이야."

다쓰오는 명상이라도 하는 것처럼 팔짱을 꼈다. 노리코는 그 모습에 웃음이 나올 것만 같았다.

버스는 속도를 늦춰 천천히 달렸다. 그러더니 아예 멈춰 버렸다. 차장이 내려 호루라기를 불었다.

앞에서 다른 버스가 와 지나가는 데 양쪽 모두 애를 먹고 있었다. 도로는 좁은데 버스 노선은 늘어나고, 버스 크기도 미국처럼 대형화되어 이런 일이 일어난다.

두 대의 버스는 상점 처마 끝에 지붕을 비빌 것처럼 바싹 붙었다. 가게 앞에 진열해 둔 상품이 차체에 거의 닿을 것 같은 상태에서 서행했다. 뒤따르던 택시와 자전거도 불쾌하다는 듯이 멈춰서 기다리고 있다. 차장은 연신 호루라기를 불며 팔을 휘둘렀다.

"큰일이네."

노리코는 창밖을 살펴보며 걱정스레 말했다.

다쓰오는 우두커니 앉아 있다가 무언가 떠올랐는지 갑자기 손뼉을 쳤다.

"왜 그래?"

노리코가 고개를 돌렸다.

"알았어."

다쓰오는 무서운 눈을 하고 흥분해서 외쳤다.

"다쿠라가 어떻게 살해당했는지 알았어!"

3

사키노 다쓰오가 갑자기 흥분하며, 다쿠라가 어떻게 살해당했는지 알았다고 외쳤기 때문에 노리코는 깜짝 놀랐다.
"어, 다쿠라 씨는 역시 살해당한 거야?"
다쓰오의 얼굴을 바라보았다.
"살해됐어."
다쓰오는 단정적으로 말했다.
다쿠라의 죽음이 자살보다는 타살에 가깝다는 것은 상상이 가기에 뜻밖의 일은 아니었지만 분명히 타살이라고 단정하니 그 근거가 궁금했다.
"어떻게?"
노리코가 물었다. 그렇게 묻는 목소리가 너무 커서 옆자리의 학생이 이쪽을 바라봤다. 버스가 지나가기 어려운 곳을 아무 탈 없이 통과한 참이었다.
"박살撲殺이야."
다쓰오가 목소리를 낮춰 말했다.
"박살? 때려죽인 거야?"
노리코는 다쓰오에게 얼굴을 가까이 붙이고 말했다.
버스 승객들이 힐끔힐끔 두 사람을 보고 있다. 아마도 연인끼리 소곤거리는 것쯤으로 보였을지도 모른다. 하지만 노리코는 그런 시선에 신경 쓰고 있을 수 없었다.

"맞아, 교살하거나 칼로 찌른 흔적이 없잖아. 가능한 수단은 절벽에서 떠다밀었거나 때려죽인 후 떨어뜨리는 것 두 가지야. 내 생각엔 전자보다 후자일 가능성이 높아."

"근거는?"

"오다와라 서에서 본 다쿠라의 사체 검안서 기억나? 분명 전신에 서른 곳이 넘는 창상과 좌상이 있었어. 머리, 얼굴, 가슴, 등, 허리, 팔꿈치, 다리, 신체의 거의 모든 부위에 상처가 있었어. 내가 치명상이 뭐냐고 물었지? 경부보는 정수리 근처의 전두부에서 길이 3.5센티미터, 깊이 0.5센티미터의 좌상이 발견되었고, 그 때문에 두개저 골절이 일어나 즉사했다고 말했어."

"어머, 잘도 기억하고 있네."

"숫자를 외우는 건 옛날부터 내 특기거든."

다쓰오가 자랑했다.

"그래서?"

노리코가 재촉했다.

"사체를 해부한 의사의 소견이니 틀림없을 거야. 그런데 이 상처에 대해 경찰도, 의사도, 그리고 우리들마저도 절벽을 굴러 떨어지다가 튀어나온 바위 모서리에 부딪혀서 생긴 상처일 거라 여겼어."

"그랬지."

"하지만 그 절벽은 자기도 봤듯이 급경사야. 추락하는 도중에 바위에 부딪힌다고 해도 정수리 부근에 상처가 생길 수는 없어. 거기에 상처가 생기려면 절벽이 거의 수직이라 머리가 끝까지 거꾸로 된 채 부딪히지 않고서는 불가능해."

노리코는 눈을 감고 생각해 보았다. 공중에서 인간이 낙하하는 모습을 그려 보니 다쓰오의 설명이 이해가 됐다.

"그렇다면 치명상이었다는 정수리의 상처는……."

"인공적으로 가해진 상처야. 서른 곳이 넘는 다른 상처들과 같이 판단된 거야."

그 순간 그날 아침 현장의 전경이 떠올랐다. 상상했던 것처럼 피투성이가 아니었고, 거무스름해진 피가 돌 위에 뚝뚝 떨어져 있을 뿐이었다. 노리코가 당시의 상황을 말하자 다쓰오는 응, 응, 하면서 고개를 끄덕이고 눈을 반짝였다.

"머리의 상처에서는 비교적 출혈이 적었다고 했는데, 어쩐지 수상해."

"흉기는 뭐였을까?"

"둔기일 거야."

노리코는 생각해 보았다. 다쿠라는 키가 작은 사내가 아니다. 정수리 한가운데를 공격하려면 다쿠라보다 키가 훨씬 커야 한다. 노리코는 자신의 의견을 말했다.

"좋은 지적이군. 그 말대로야. 범인은 다쿠라보다 키가 큰 사람이겠지."

이 사건의 관계자 중 노리코에게 의심이 가는 사람은 단 한 명이었다.

"그렇다면 무라타니 아사코 선생님의 남편이?"

그녀가 말했다.

"료고 씨인가."

다쓰오가 웃었다.

"그렇군. 남편분은 키가 꽤 컸다지. 나야 본 적 없지만. 그리고 현재 알 수 없는 이유로 실종된 상태니까 더 수상해."

그는 노리코의 얼굴을 바라보았다.

"그런데 리코, 키가 작아도 상대보다 높아지는 방법이 있어. 리코는 여자치고 키가 큰 편이라 나하고 삼 센티미터까지는 차이 나지 않을 거야. 하지만 나도 리코보다 배는 더 커질 수 있어."

다쓰오가 갑자기 자리에서 벌떡 일어났다.

"자, 그렇지."

다쓰오는 자리에서 일어나 앉아 있는 노리코를 내려다보았다. 버스가 막 종점에 도착해서 승객들이 모두 일어서던 참이었다.

둘은 시나가와 역에서 국철로 갈아탔다.

노리코는 손잡이를 잡고 섰다. 바로 앞자리에 자위대 청년이 앉아 주간지를 읽고 있다. 체격이 좋다. 일어선다면 분명 키도 노리코보다 훨씬 클 것이다.

과연 이런 위치라면 쇠몽둥이 같은 것으로 가격할 때 자위대원의 정수리를 곧장 내려칠 수 있다.

자위대원은 그처럼 불온한 생각을 하는 여자가 눈앞에 서 있다는 것도 모른 채 주간지에 실린 역사 소설에 빠져 있다.

그렇다면 그날 다쿠라는 어떤 자세였을까. 서 있지는 않았다. 지금껏 서 있는 다쿠라만을 생각했으니 새로운 발견이다. 다쿠라는 문제의 마을 길에 웅크리고 앉아 있었다.

다쿠라는 앉아 있고 범인은 서 있다. 그런 광경이 노리코의 눈에 비쳤다. 그렇다면 왜 두 사람은 그처럼 묘한 구도가 되었을까.

"덥긴 한데 날씨가 좋아서 기분은 상쾌해."

귓가에 다쓰오의 목소리가 들렸다.

열차는 신바시 역 인근의 고가 선을 달렸다. 각양각색의 건물들을 껴안은 시내가 아래로 가라앉자, 눈부신 광선을 품은 푸른 하늘이 펼쳐져 있었다.

"어때? 잠깐 바람 쐬러 바다라도 보러 갈까? 한동안 바닷물 냄새도 못 맡았어. 한 번씩 기분 전환을 해야지. 무라타니 선생처럼 정신병원에 갇힌다면 그것도 의미가 없잖아."

열차가 멈추고 문이 열리자 다쓰오는 잽싸게 사람들 뒤를 따라갔다.

"어디로 갈 건데?"

뒤따르던 노리코가 물었다.

"어디긴. 하마리큐_{대표적인 도쿠가와 막부의 정원. 바다와 접해 있다}지. 바다를 보려면 여기에서 제일 가까워."

그렇지, 하고 대답했지만 노리코로서는 의외였다. 하마리큐와 다쓰오는 도무지 어울리지 않았다.

하마리큐 뒤편의 공원에는 젊은 커플들이 많았다. 다들 나무 그늘에 앉아 밀담에 빠져 있다.

다쓰오는 해안가의 돌출부로 나갔다. 바다에서 불어오는 바람에 얼굴이 시원했다. 그가 기대한 대로 바닷물 냄새가 강렬했다. 다쓰오는 눈을 가늘게 떴다.

오다이바와 배가 보인다. 해수욕객을 실은 통통배가 먼 바다로 향하고 있었다.

노리코는 다쓰오의 암시를 통해 생각해낸 자신의 상상을 다쓰오에게 일 분이라도 빨리 들려주고 싶었다.

"나도 알아냈어."

노리코가 말했다.

"뭘?"

다쓰오는 여전히 바다를 보고 있었다.

"다쿠라 씨가 살해되기 직전에 어떤 자세였는지."

"아, 그래? 어떤 자세였는데?"

"다쿠라 씨는 쭈그려 앉아 있었고 범인은 그 앞에 서 있었어. 그런 위치라면 범인이 다쿠라 씨의 정수리를 완전히 노릴 수 있고 힘도 더 들어가."

"맞아, 힘이 더해진다는 의견에는 찬성이야."

다쓰오가 말했다.

"두개저 골절이잖아. 위에서 힘껏 흉기로 내려치지 않으면 안 돼. 서 있던 범인이 앉아 있는 다쿠라를 가격했다는 가설은 충분히 가능해. 그럼 두 사람이 그런 자세로 있던 이유는?"

"다쿠라 씨가 먼저 그 장소에 도착해서 상대를 기다렸던 거야. 기다리는 시간이 길어지자 지친 다쿠라 씨는 쭈그리고 앉았지. 그때 범인이 왔어."

노리코는 계속 이야기했다.

"상대가 도착한 후에도 다쿠라 씨는 귀찮아서 그대로 앉은 채 범인과 대화했다는 가설은 어떨까?"

"그럼 범인은 다쿠라와 꽤 친한 사이였겠군."

"그렇지."

노리코는 생각했다. 말을 해 놓고 보니 정말 그 말대로였다.

"리코의 설명대로라면 용의자가 꽤 좁혀지겠어."

"그렇지. 그렇게 된다고."

"그래서 누구지?"

거기까지는 알 수 없었다. 다쿠라가 그렇게 료고와 친한 사이였을 것 같지는 않다. 아사코 여사와도 마찬가지다. 가장 그럴싸한 인물은 여전히 다쿠라의 아내지만—.

"아직 잘 모르겠어. 좀 더 생각해 볼게."

노리코가 대답을 피했다.

"하지만 그런 자세가 될 수 있는 경우는 또 있어."

"그래? 또 있어?"

다쓰오가 처음으로 바다에서 눈을 떼고 노리코를 쳐다보았다.

"사람은 뭔가를 열심히 읽고 있을 때 자기도 모르게 웅크리는 버릇이 있잖아."

노리코는 잡지를 읽던 자위대원을 떠올렸다.

"음. 그건 그렇지."

"다쿠라 씨는 그날 범인이 가져온 무엇인가를 열심히 읽고 있었어. 범인은 선 채로 기다렸고. 아니지, 기다리는 척하면서 숨겨 온 흉기로 몸을 웅크려 고개를 숙이고 있는 다쿠라 씨를……."

그다음에 일어났을 잔혹한 일에 대해서는 말할 수 없었다.

"그렇군. 그렇다면 범인은 다쿠라와 미리 그곳에서 만나기로 약속하고 문서 같은 걸 건넸겠군?"

"아마 그랬을 거야."

"그게 뭘까? 다쿠라가 그토록 열심히 읽어야 했던 게. 한밤중에 인적이 뜸한 길에서 건네줄 수밖에 없을 만큼 비밀스러운 게 과연 뭘까?"

노리코는 아사코 여사의 대필 원고가 머릿속에 스쳤다. 하지만 당장은 이를 뒷받침해 줄 논리적 연결 고리가 없었다.

"거기까지는 모르겠지만 일단 두 사람의 구도를 쥐어짜 본 이야기야."

"꽤 흥미로운 상상이었어."

다쓰오는 우선 칭찬해 주었다.

"그런데 밤이었어. 글씨가 눈에 보였을까?"

이어서 덧붙였다.

"회중전등이 있잖아."

노리코는 되받아쳤다.

"맞아, 그건 누가 들고 있었을까?"

"범인이 다쿠라 씨가 읽는 동안 비춰 줬어."

"범인이 한 손에는 회중전등을 들고, 한 손에는 흉기를 들고 있다가 다쿠라를 내리쳤다는 거야?"

"그래."

"범인은 있는 힘껏 다쿠라의 정수리를 내리쳤어. 몸의 무게 중심 때문에 내려치는 순간 회중전등이 크게 흔들렸을 거야. 다쿠라는 그 와중에도 계속 문서만 보고 있었다는 거야?"

"아니면 다쿠라 씨가 한 손에 회중전등을 들고 문서를 비추면서 읽고 있었다……?"

"사체에는 회중전등이 없었어. 경찰 기록에도 부근에 그런 게 떨어져 있었다는 말은 없던데."

"범인이 도망칠 때 가져갔는지도 몰라."

"흐음."

다쓰오의 말문이 막혔다.

"회중전등을 찾아라 이건가?"

어쩔 수 없다는 듯이 중얼거렸다.

"어때? 괜찮지?"

노리코는 의기양양해져 말했다.

"약해."

"뭐가?"

"와 닿지가 않아."

"지금 시라이 편집장님 흉내 내는 거야?"

둘은 동시에 웃음을 터뜨렸다.

"그보다 리코."

다쓰오가 말했다.

"내 생각엔 회중전등보다도 더 강력한 빛이 이용됐을 것 같아."

"그러고 보니, 아까 버스 안에서 했던 말, 잔뜩 흥분해서 살해 방법을 알았다고 하더니 아직 말해 주지 않았잖아?"

"아직은 말할 수 없어."

"이것 봐, 또 시작이네. 나쁜 버릇이야. 그렇게 잘난 척할 거 없잖아."

노리코는 약간 화가 났다.

"그런 뜻이 아냐. 이걸 말하려면 뒷받침해 주는 증거가 더 있어야 해. 정리가 되면 제일 먼저 리코에게 말할 거야. 그 당시의 진상의 구도가 결정적인 증거가 될 테니까."

"힌트만이라도 얘기해 줘."

"지금은 안 돼. 조금만 더 기다려 줘. 그때가 되면 리코한테도 도움을 청할 테니까."

다쓰오가 이상하리만치 진지한 얼굴을 해서, 노리코는 자기도 모르게 고개를 끄덕였다. 이번 사건에서는 다쓰오가 언제나 한 발 앞서 나가는 듯하다. 하지만 그 뒤처졌다는 느낌이 이상하게도 노리코에게는 만족스러웠다.

"그 대신이라고 하긴 뭐하지만, 사과하는 뜻에서 내가 생각한 중요한 가설 하나를 알려 줄게."

다쓰오가 히죽거렸다.

"정말 싫다. 뭔데?"

"아사코 여사의 심각한 신경쇠약."

그렇다. 그 부분을 아직 제대로 고려해 보지 못했다. 노리코가 눈을 들었다.

"여사의 증상은 심각한 울화와 불안이라고 의사가 그랬지. 우리는 그런 증상을, 다쿠라의 변사에 얽혀 료고 씨가 실종된 일과 연관짓고 있었어. 즉 이상 체험이 가져온 충격이라고. 그런데 아무래도 아닌 것 같아."

"무슨 뜻이야?"

"여사의 신경쇠약 말이야, 꾀병이야."

"뭐?"

노리코는 깜짝 놀랐다.

"꾀병?"

"그래. 돈을 내고 입원을 부탁한 거야. 개인 병원이잖아. 여사도 요즘 힘든 일이 많아서 심신이 지쳤어. 징후가 아주 없지는 않았을 테니 병원도 받아들인 거야. 그래도 면회를 사절할 정도는 아니야. 의사가 하는 말로는 여사가 발광이라도 한 것 같잖아?"

다쓰오는 어조에 조금 힘을 주었다.

"이 발광이 드러내는 인상이 중요해. 여사가 작가로서 그간의 활동에 종지부를 찍어야만 할 때, 가장 예술가다운 허영으로서 발광에 가까운 심각한 신경쇠약을 택한 거야. 마치 천재 작가라도 되는 것처럼. 그녀가 가진, 이토록 강력한 허영심이야말로 이번 사건의 열쇠 중 하나야."

편집장의 의견

1

"꾀병이라. 음."

시라이 편집장은 눈을 가늘게 뜨고 손바닥으로 긴 턱을 쓰다듬었다.

병원에 다녀온 다쓰오와 노리코의 이야기를 들은 후였다.

"어디까지나 저의 추정이라 틀렸는지도 모릅니다. 면회 사절이라 만나지는 못했고 의사에게 이야기를 들어 보는 수밖에 없었어요. 듣다 보니 문득 그런 생각이 들더군요."

다쓰오는 편집장 앞으로 의자를 당기며 말했다.

"물론 개인이 경영하는 정신병원이겠지?"

"네, 게다가 일류라고는 할 수 없는 곳이었어요. 적당히 몇 푼 쥐여 주면 그럴 필요가 없어도 입원시켜 줄 겁니다."

"그렇군. 알겠어."

편집장은 무라타니 아사코가 가짜로 신경쇠약에 걸렸다고 추정하게 된 이유도 다쓰오에게 막 들은 참이었다.
"심각한 신경쇠약이나 발광 때문에 창작 활동이 광영스러운 종언을 맞이한 예는 동서고금에 많아. 아사코 여사도 그 점에서 착안해 작가로서 절필을 선언하기 위해 위장한 것이라면, 아주 멋진 사기를 생각해낸 거야. 그렇게 되면 비참한 작가 생활의 끝을 낱낱이 드러내지 않고도 마무리가 될 테니까."
시라이는 어딘가를 바라보는 듯한 눈으로 말했다.
"편집장님도 그렇게 생각하시죠?"
다쓰오가 상체를 앞으로 내밀었다.
"확실하다고 단정할 수는 없어도 왠지 그럴 것 같아. 꽤 허영심이 강했던 모양이니까. 게다가 뚱뚱한 여사와 심각한 신경쇠약이라니, 와 닿지가 않아."
편집장의 와 닿지 않아, 라는 말에 노리코는 웃음이 나올 것 같았다.
"그렇다면……."
다쓰오가 말했다.
"대필에 관해 생각해 봐야 합니다. 여사가 더 이상 창작 활동을 하지 못하게 되었다는 것은 결국 진짜 작가가 초고를 쓰지 못하게 되었다는 뜻 아닐까요?"
"그렇게 생각할 수도 있겠군. 아니, 그것 말고는 다른 이유가 없어. 설마하니 여사가 양심의 가책 때문에 그만둘 리는 없어. 굉장히 독기 있는 여자니까."
"진짜 작가가 글을 쓰지 않게 된 이유는요?"

다쓰오가 의견을 물었다.

"세 가지 경우가 있지. 첫째는 쓰지 않게 된 것. 이를 세분하면 어떤 이유 때문에 자발적으로 쓰지 않는다. 여사와의 사이에 가로놓인 감정이나 이해관계, 예를 들어 보수가 마음에 들지 않는 등의 이유로 쓰지 않는 거야. 다음은 쓰지 않는 것이 아니라 쓸 수 없게 되었다. 다시 말해 진짜 작가의 재능이 고갈된 경우겠지. 그다음은 진짜 작가가 사라진 경우. 이를테면 사망했다든가 어딘가로 사라졌다든가 하는 경우야."

곁에서 편집장의 이야기를 듣고 있던 노리코는 자기도 모르게 다쿠라와 료고를 떠올렸다.

다쿠라 요시조는 죽었다. 무라타니 료고는 사라졌다. 두 사람 모두 편집장이 말한 경우에 들어맞지 않는가……. 두 사람이 아사코 여사가 발표한 작품들의 대필자였다면 여사는 절필하는 길밖에 없다.

다쓰오도 같은 생각을 한 모양이다.

"편집장님은 료고 씨가 대필한 게 아니라고 하셨죠?"

"응, 내 감이지."

시라이는 고개를 끄덕였다.

"그럼 다쿠라인가요? 다쿠라는 죽었으니까 편집장님이 말씀하신 예와 일치하는데요."

시라이 편집장은 바로 대답하지 않았다. 성냥을 그어 담배에 불을 붙이고 연기에 눈썹을 찡그렸다.

"그건 너무 상황에 짜맞춘 추리야" 하고 편집장은 잠시 뜸을 두

다가 말했다.

"다쿠라에게 아직 그런 재능이 남아 있던 걸까?"

물어보듯 말했지만 딱히 다쓰오나 노리코의 대답을 바라는 것은 아니었다. 스스로에게 물어보는 것 같은 말이었다.

"난 말이야, 젊은 시절의 다쿠라를 알고 있어. 녀석은 젊었을 때 소설에 재능이 있었지. 내가 그렇게 믿었던 시기가 있었어. 다쿠라가 아직 일본에 있었을 때의 이야기지. 그 녀석은 태평양 전쟁이 시작되기 직전에 훌쩍 외지제2차 세계대전 당시 일본의 지배 지역에 나갔다가 전쟁이 끝나고 한참 있다 돌아왔어. 젊은 시절과는 사람이 달라졌다 싶을 만큼 교활하고 간사한 인간이 되어 버렸어. 잡지사에서 편집 일을 하고 있었는데 한곳에 정착하지 못하고 여기저기 굴러다니다, 결국 지금처럼 특종거리나 찾아다니는 녀석이 돼 버렸어."

편집장은 묘하게 숙연한 얼굴로 말했다.

"그러고 보니 예전부터 탐방 기사는 잘 썼지. 성실히 일했다면 지금쯤 꽤 유명한 잡지에서 편집장 의자에 앉았을 사내야. 문장도 괜찮았어. 하지만 그렇다고 무라타니 여사가 발표한 소설들을 대신 쓸 수 있었다고는 생각할 수 없는데."

시라이는 고개를 갸웃하며 손가락 끝으로 책상을 가볍게 톡톡 두드렸다.

"아니면 젊은 날의 재능이 부활한 걸까……."

시라이는 그렇게 말하고 머리를 저었다.

"아니야, 무라타니 여사의 소설은 다쿠라의 작품이 아니야!"

무라타니 아사코 여사가 발표한 작품이 타인의 것이라고 한다면 진짜 작가는 누구일까. 시라이 편집장은 료고도, 다쿠라도 아니라고 했다. 노리코는 마음속에서 그 밖의 사람들을 점쳐 봤지만 딱히 짐작되는 인물이 없었다. 그녀가 모르는 제삼자라면 알고 있을 리가 없다.

노리코는 잠자코 있는 다쓰오를 쿡, 하고 찔렀다.

"사키노 씨, 다쿠라 씨가 어떤 방법으로 살해당했는지 알게 된 이야기를 편집장님께 말씀드리는 게 어때?"

다쓰오는 난처한 얼굴로 노리코를 보았다.

"안 돼. 아직 곤란해."

시라이는 그 말을 듣고 금세 흥미로운 표정이 되었다.

"아니, 사키노. 그런 걸 알아냈어? 말해 봐."

눈을 빛내며 다쓰오를 쳐다본다.

"아닙니다. 말할 정도는 아니에요. 그리고 아직도 잘 모르겠습니다."

다쓰오가 머리를 긁적였다.

뭐야, 그런 거야? 버스 안에서는 엄청 흥분해서 잘난 척했으면서. 노리코는 실망했다.

하지만 편집장 앞에서는 어떻게든 모양을 내지 않을 수 없었다.

"사키노 씨는 다쿠라 씨의 두개저 골절을, 절벽에서 추락했을 때 입은 게 아니라, 누군가가 둔기로 때려서 생겼다고 추측했어요."

노리코는 시라이에게 설명했다.

"허, 그래? 어째서지?"

편집장은 곁눈질로 다쓰오를 보면서 노리코의 이야기를 듣기 위해 자세를 잡았다.

노리코는 다쓰오와 하마리큐에서 바다를 보며 논의한 경위를 털어놓았다. 그곳에서 농땡이 부린 일은 당연히 생략했다.

시라이는 흠, 흠, 하고 평소 버릇대로 콧소리 섞인 맞장구를 치며 흥미롭다는 듯이 팔짱을 끼고 이야기를 들었다. 눈이 점점 가느다래지는 것은 이야기가 재미있다는 반증이다.

"아닌 게 아니라 머리 한가운데를 강타하려면 그 위치가 딱 이군."

시라이는 특히 다쿠라가 웅크리고 앉아 있을 때 범인이 그 앞에 서 있었다는 가정을 재미있어했다.

"자네는 리코의 추리가 재미있지 않아?"

편집장은 말없이 있는 다쓰오를 쳐다보았다.

"다쿠라가 무엇인가를 읽으려고 머리를 숙였을 때 위에서 가격한다. 정면에서 공격하니 피하지 못해. 게다가 그 뭔가가 대필 원고의 초고였다면 더욱 관련이 있을 법하군."

"하지만."

다쓰오가 마침내 입을 열었다.

"저도 그 착상은 무척 재미있습니다만 다쿠라가 그날 무엇을 읽고 있었는지 밝혀내지 못해서는 의미가 없습니다. 대필 원고의 초고를 다쿠라가 읽고 있었다는 것도 어색합니다. 그렇게 어두운 곳에서 회중전등에 의지해 읽을 필요는 없었을 테니까요. 만약 사실이라면 범인이 대필 원고를 다쿠라에게 넘겼다는 뜻이 되는데 무슨 이유로 다쿠라에게 넘겨 준다는 겁니까? 게다가 어째서 죽여야만 했을까요? 추측하기가 힘듭니다."

"그렇군."

시라이는 잠시 생각해 보더니 말했다.

"아무래도 좀 번거롭게 됐어. 그럼 자네에게 물어보지. 다쿠라의 죽음이 타살이라는 것, 이건 확신하나?"

"네."

다쓰오는 단호히 대답했다.

"무라타니 여사의 소설이 대필이었다는 건?"

"그것도 확신합니다."

"좋아, 이 두 가지를 확신한다면 지금까지 알게 된 여러 가지 자잘한 정황들을 이리저리 짜 맞춰 보면 되지 않을까? 예를 들어 다쿠라를 그 장소로 유인해낸 건 누구일까, 소설을 대신 써 준 자는 누구일까. 이런 중요한 열쇠로 세세한 데이터를 짜 맞춘 방식에 귀납시켜 보는 거야."

편집장의 말은 일리가 있었고 정당했다. 하지만 그게 말처럼 쉽다면 고생할 이유가 없지, 라고 생각하며 노리코는 시라이의 얼굴을 바라보았다.

시라이 편집장은 허리를 뒤로 젖히며 살짝 하품했다.

"그런데 다들 자리에 있나?"

편집부를 둘러보며 말했다.

"대충 있구먼. 이렇게 모였으니, 편집 회의를 시작하지."

편집장의 지시가 떨어졌다.

편집 회의는 날이 저물 때까지 계속되었다. 《신생 문학》이라고 하면 마치 문학청년을 상대하는 순수 문학 잡지처럼 들리지만 실제로는 젊은 독자층을 대상으로 한 중간 소설_{순문학의 예술성과 대중 문학의 오락성을 가진 중간적 성격의 소설}이나 오락 기사를 싣는 잡지였다. 부수는 대형 잡지처럼 많지 않아서 편집부원도 고작 여섯 명에 불과하다.

편집 회의를 주도하는 것은 언제나 시라이 편집장이었다. 경험도 많고 기획력도 나쁘지 않아 불평하는 부원도 없었다. 노리코는 잡지 편집장이 '원맨'으로 나서지 않는 한 잡지의 특색이 드러나지 않는다고 생각했다. 다수의 의견을 모아 봐야 거기서 나오는 결론은 독도, 약도 안 된다. 최대 공약수적인 평범함에 지나지 않는다. 번뜩이는 무엇인가가 없다.

그날 회의에서도 시라이 편집장이 독단적인 의견으로 계획을 정하고 각 부원에게 업무를 분담시켰다.

시라이는 언제나 의욕이 넘쳤지만 그날 회의에서는 특히 더해 많은 기획안이 나왔다. 다쓰오와 노리코도 마감 때까지는 당분간 정신이 없이 바쁠 것 같았다.

회의가 끝나자 편집장은 다쓰오와 노리코를 따로 불렀다.

"무라타니 씨에 관한 일인데."

시라이가 말했다.

"무척 흥미로우니까 계속 알아봐. 그래도 일손이 부족하니 그 일에만 매달리는 건 곤란해. 자네들한테는 일거리를 조금만 할당했으니까 병행해서 처리하라고. 웬만한 조사 비용은 편집비에서 할 수 있는 만큼 대 줄게."

다쓰오와 노리코도 제안을 받아들였다.

부원 수가 적기 때문에, 라는 편집장의 말은 일리가 있다. 지금처럼 자유롭게 돌아다닐 수 없는 것은 성가신 문제지만, 다른 부원들을 생각해서라도 약간의 제약은 감수해야 한다.

다음 날 노리코는 출근했지만 사키노 다쓰오는 정오가 지나도록 회사에 나타나지 않았다.

일 때문에 외근이라도 나갔겠지, 라고 생각했지만 계속 신경이 쓰였다. 서무계에 물어보자 배탈이 나서 하루 이틀 결근한다는 전화가 왔다고 한다.

사키노 다쓰오가 아파서 결근하다니 보기 드문 일이라고 노리코는 생각했다. 여간해서는 어디가 아픈 남자가 아닌데.

최근에 여기저기 돌아다녀서 피로가 쌓인 걸까. 아니면 아무거나 잘 먹는 먹성에 이상한 것을 먹고 배탈이 났는지도 모른다. 고작 하루였지만 다쓰오가 보이지 않는 것이 어쩐지 허전했다.

노리코는 퇴근길에 다쓰오가 사는 아파트에 들러 보기로 했다. 다쓰오는 오쿠보 근처의 독신자 아파트에 살았다.

겨우 오늘 하루 결근했다고 찾아간다는 것이 조금 껄끄러웠지만 이번 일을 다시 한번 검토해 보고 싶다는 이유를 스스로에게 둘러대며 전철을 타고 오쿠보 역에서 내렸다.

다쓰오의 아파트에는 가 본 적이 없었다. 번지수를 물어물어 삼 층짜리 깨끗한 건물 앞에 도착했다.

회사 동료라고 해도 혼자 찾아간다는 건 용기가 필요했다. 되돌아갈까 고민했지만, 그 또한 결단이 서질 않았다. 아무 생각 없이 건물을 올려다보며 망설이고 있을 때 아파트 주민으로 보이는 청년이 노리코를 유심히 바라보며 지나갔다.

노리코는 마음을 단단히 먹고 건물 현관으로 들어가 복도 모퉁이에 있는 관리인실을 두드렸다.

접수구 같은 창문을 열고 광대뼈가 튀어나온 중년 남자가 얼굴을 내민다.

"사키노 씨는 여행중인데요."

관리인의 대답에 노리코는 기가 막혔다. 아프지 않다. 게다가 여행이라니, 이중으로 놀랐다.

관리인은 그 자리에 우뚝 서 있는 노리코를 보다가 물었다.

"혹시 시이하라 씨 아니세요?"

"네, 제가 시이하라인데요."

"사키노 씨가 전해 달라며 맡긴 게 있어요."

관리인이 책상 서랍에서 봉투를 꺼냈다.

"감사합니다."

노리코는 인사를 남기고 밖으로 나왔다. 인적이 드문 곳으로 가서 봉투를 뜯었다. 손가락이 약간 떨렸다.

병은 구실이야. 사나흘 다녀올 데가 있어. 편집장님에겐 적당히 둘러대. 자세한 건 돌아와서 이야기할게.

다쓰오

시이하라 노리코에게

2

 사나흘 다녀올 데가 있다니 갑자기 어딜 간 걸까. 다쿠라 사건과 관련됐다는 건 짐작할 수 있었다. 그때도 무척 열중했고, 뭔가 수수께끼 같은 말을 뱉곤 했다. 혼자서 이것저것 추리를 전개해 나가는 모양이다. 이번 비밀 여행은 그에 대한 조사를 하기 위해서이리라.
 그런 일이라면 편집장에게 사실대로 털어놔도 괜찮을 텐데 아프다고 거짓말을 하면서까지 떠난 것을 보면 그다지 자신이 없는 조사인 게 분명했다. 별다른 수확이 없을 경우 머쓱해질까 봐 그랬겠지. 다쓰오는 묘하게 넉살 좋은 구석이 있지만 실은 마음이 약한 남자라고 생각했다.
 아무리 그래도 자기에겐 한마디 해 줬어야 하는 게 아닌가, 하고 노리코는 다쓰오의 일방적인 행동을 원망했다. 원래 이 사건은 노리코가 하코네까지 무라타니 여사를 찾아갔다가 물어온 것이고 그러고 나서 다쓰오와 함께 하코네에 답사하러 갔던 것이다.
 말하자면 처음엔 노리코가 중심이었는데, 어느새 다쓰오와 역전된 위치가 되었다. 뿐만 아니라 다쓰오는 협력자인 그녀에게 한마디 상의도 없이 훌쩍 어디론가 떠나 버렸다.
 화를 내면서도 다쓰오가 어디로 갔을지 이리저리 궁리해 보았다. 사나흘씩 집을 비울 정도라면 제법 멀리까지 갈 수 있다.
 하지만 그곳이 대체 어디인지는 짐작이 가지 않았다. 결국 그가 돌아올 때까지 기다리는 수밖에 없다.

"아, 미안하게 됐어" 하고 흐트러진 머리카락을 쓸며 어색하게 쓴웃음 짓는 다쓰오의 얼굴이 떠올랐다. 그러자 여기에 그가 있는 것처럼 입가에 미소가 번졌다.

그러면 여행지에서도 옷차림 따위에 신경 쓰지 않을 게 뻔하다. 여행 가방에 잡다한 것들을 구깃구깃 담아갔겠지. 여관에 묵더라도 종업원에게 바지를 다려 달라는 부탁은 하지 않으리라. 와이셔츠 목에 때가 끼어 찌들어도 그대로 입을 테고, 그 시커먼 손수건으로 아무렇지 않게 땀을 닦아낼 것이다.

노리코는 그런 모습으로 어딘가 낯선 골목길을 배회하는 다쓰오를 상상했다.

이튿날 아침에도 다쓰오는 출근하지 않았다. 그가 눈에 보이지 않으니 아무래도 허전했다. 오늘이 이틀째니 앞으로 이삼일은 없다고 생각하자 더더욱 그런 기분이 들었다.

안녕하세요, 안녕하세요, 하고 서로 인사하며 부원들이 하나둘씩 출근한다. 편집부의 긴 책상 주위가 활기를 띠기 시작했다. 다쓰오의 자리만 빈터처럼 남아 있다.

이내 시라이 편집장이 검정 가방을 들고 출근했다. 오늘 아침은 여느 때보다 약간 늦었다. 정중앙에 놓인 책상에 가방을 던지고 상의를 벗으며 눈길을 다쓰오의 책상에 던진다.

"사키노, 아직 안 나왔어?"

누구에게랄 것 없이 물었다.

"네, 아직 안 나왔습니다."

옆자리 부원이 대답했다.

"결근계는 어제 하루뿐이었나, 에노모토?"

서무 담당인 에노모토 쪽으로 편집장의 기다란 얼굴이 향했다.

"아뇨, 오늘까지입니다."

에노모토가 대답했다.

"무슨 일이지? 여간해선 쉬는 친구가 아닌데."

시라이 편집장은 책상에 가득 쌓인 서신 다발을 보며 중얼거렸다. 그러다 고개를 들어 노리코를 보았다.

"리코는 아나? 사키노는 좀 어때?"

노리코는 가슴이 철렁 내려앉았다. 어제 퇴근 후 다쓰오의 아파트에 다녀온 걸 간파당한 듯한 기분이 들었다. 하지만 그녀는 용기를 냈다.

"어제 퇴근하다가 잠깐 들렀는데요. 업무 때문에 이야기할 게 있어서."

부원 모두가 자기를 보고 있는 것 같아 얼굴이 달아오른다.

"배탈 때문에 무척 기운이 없어 보였어요. 그 상태라면 하루나 이틀은 더 쉬어야 할지도 몰라요."

거짓말은 역시 어려웠다. 가슴의 두근거림이 빨라졌다.

편집장은 노리코의 말을 들으며 가만히 그녀의 얼굴을 보았다. 노리코는 시선을 떨어뜨리고 싶었지만 다시 용기를 냈다.

"그래? 꽤 피곤했던 모양이네."

시라이는 한마디 툭 던지고는 편지 하나를 집어 봉투를 찢었다. 노리코는 마음이 놓였다. 속으로 한숨을 내쉬었다.

그러자 시라이 편집장이 편지에 눈을 둔 채 "리코, 잠깐만" 하고 불러 다시 가슴이 덜컥 내려앉았다.

"오늘은 니시무라 씨하고 고마쓰 씨를 만나고 와야겠어."

시라이는 편지를 읽으면서 책상 앞에 선 노리코에게 말했다.

"네."

노리코는 안심했다. 업무 때문이다. 오늘은 어떤 일을 맡더라도 열심히 하자고 마음먹었다.

"니시무라 씨에게 다음 호에 실을 원고를 부탁해 둔 게 있으니까 진행 상태를 확인하고 와."

"네."

노리코가 대답했다. 니시무라 씨는 소설가였다.

"고마쓰 씨에겐 이해하기 쉬운 시국 관련 컬럼을 부탁하고 와. 원고지 이십 매 분량으로. 요즘 젊은 세대의 경향에 초점을 맞춰 달라고 말씀드려."

"네, 알겠습니다."

노리코는 수첩에 메모했다.

니시무라 씨는 중앙선이 지나는 오기쿠보에 살았고, 고마쓰 씨는 덴엔초후에 살았다. 노리코는 우선 니시무라 씨부터 만나기로 했다.

노리코가 서둘러 출발하려는데 편지를 읽던 시라이 편집장의 시선이 다시 그녀에게로 옮겨갔다.

"어때, 다쿠라 쪽 문제는? 무슨 좋은 생각 안 나왔어?"

편집장은 약간 웃음을 띠며 말했다. 역시 언제나 봐 온 편집장의 얼굴이다.

"아뇨, 그때 이후로 진전이 없어요."

노리코가 작은 목소리로 대답했다. 다쓰오의 결근에 댄 핑계가 마음에 걸리는 건 어쩔 수 없었다.

"그래? 난 나름대로 생각해 보고 있는데."

시라이가 말했다.

"하지만 뭐, 그 문제에만 매달릴 수는 없겠지. 잡지도 만들어야 하니까. 사키노 군이 출근하면 잘 상의해서 그쪽도 착수하도록 해. 이대로 포기한 건 아니니까."

"네, 알겠습니다."

노리코는 고개를 숙였다. 시라이가 자신을 위해 일부러 신경 써 준 것이라고 생각했다. 편집장에게 미안한 마음이 들어 똑바로 쳐다볼 수가 없었다.

다쓰오를 감싸느라 편집장을 괴롭게 해서는 안 된다. 이런 기분에는 아무런 관심 없이 여행을 떠난 다쓰오에게 화가 났다. 대체 어디를 쏘다니고 있을까.

전차를 타고 흘러가는 풍경을 바라보던 노리코는 어느 기차의 창가에 기대어 앉아 있을 다쓰오의 모습을 상상했다.

니시무라 씨의 집은 오기쿠보 역에서 십 분 정도 걸어가야 하는 한적한 구석에 있다. 울타리처럼 나란히 심어 놓은 푸른 삼목 안으로 들어가자 현관에 손님 것으로 보이는 구두가 세 켤레 가지런히 놓여 있었다. 니시무라 씨는 소위 말하는 잘나가는 작가였다.

가정부가 마중 나와, 잠시 기다려 주세요, 라고 했다. 응접실에 들어가니 방석을 깔고 앉은 젊은 남자가 잡지를 읽고 있다. 그도 니시무라 씨를 기다리는 편집자였다.

"안녕하세요."

노리코가 먼저 인사했다. 원고를 받으러 갈 때 가끔씩 마주치는 다른 잡지사 직원이었다.

"아, 네."

젊은 편집자도 노리코를 보고 웃는다.

자연히 심심풀이로 대화를 주고받았다. 화제는 작가들 소문으로 옮겨졌다.

"무라타니 씨가 입원하셨다면서요?"

남자 편집자가 말했다.

"네."

노리코는 무라타니 여사에 대해서는 별로 말하고 싶지 않았다.

"신경쇠약이라고요?"

"네, 안되셨어요."

노리코는 되도록 탈이 없게끔 대답했다.

"면회가 불가능할 정도로 심각하다면서요?"

"그렇다고 들었어요. 빨리 나으셔야 할 텐데."

"완쾌되셔도 당분간은 못 쓰시겠네요. 그런 징후가 있었기 때문인지 최근에는 재미있는 작품이 없었어요. 이런 말을 해서는 안 되지만."

젊은 편집자는 거침이 없었다. 노리코는 대답하지 않았지만 속으로는 동감했다. 언제부턴가 여사의 작품이 예전처럼 재미있지 않았다. 노리코는 다쓰오가 주장한 대필을 떠올렸지만 물론 입 밖으로 꺼낼 마음은 없었다.

"무라타니 씨의 초창기 작품은 어딘가 반짝이는 데가 있었어요. 저는 그분의 장래를 기대했거든요."

편집자의 비평이 이어졌다.

"역시 피는 속일 수 없구나, 라고 감탄했을 정도예요. 여사의 부친인 시시도 간지 박사님은 유명한 법학자이면서 다이쇼 문학에 대해서도 식견이 뛰어나셨죠. 그쪽으로 제자도 있었으니까요."

편집자가 여기까지 이야기했을 때 그의 이름이 호명되어 자리에서 일어섰다. 노리코도 알고 있는 사실이었지만, 방금 들은 이야기가 새삼 귀에 남았다.

니시무라 씨의 집을 나와 덴엔초후의 고마쓰 씨 집으로 향한 것은 세 시간 후였다.

고마쓰 씨의 자택에도 손님이 있었지만 상관없으니 들어오라고 해서 곧장 서재로 안내되었다. 고마쓰 씨의 육중한 몸이 자단紫檀으로 만든 책상 앞에 앉아 있다. 먼저 찾아온 손님과 유쾌하게 떠드는 중이었다.

"실례하겠습니다."

노리코가 머뭇거리며 그 앞에 앉았다.

"아, 어서 와요."

길게 자란 백발을 흔들며 고마쓰 씨가 살찌고 불그레한 얼굴을 보였다. 용모는 우람했지만 목소리는 부드러웠다.

"오늘은 어떤 주문이신지?"

검게 담뱃진이 밴 앞니를 드러내며 환하게 웃는다.

노리코는 먼저 온 손님에게도 인사했다. 마흔서넛쯤 된 말쑥한 신사였다. 글을 쓰는 사람 같지는 않은데, 직업을 가늠하기가 조금 어려웠다. 책상 위에는 위스키 병과 잔이 두 개 있었다.

"자, 그런데?"

개의치 말고 말해 보라는 듯이, 붙임성 있는 몸짓이었다.

"선생님, 바쁘신 건 알지만 다음 호에 실을 원고를 부탁드리려고 찾아왔습니다……."

노리코가 용건을 말했다. 그러는 동안에도 손님은 싱글싱글 웃으며 듣고 있다.

"아, 좋아요."

고마쓰 씨는 선뜻 고개를 끄덕이며 부탁을 받아 주었다.

"써 주시겠어요? 감사합니다."

노리코는 예의를 갖춰 인사했다.

"이봐, 이봐."

고마쓰 씨가 안쪽을 향해 급히 외쳤다.

"잔 하나만 더 가져와."

노리코는 당황했다.

"선생님, 전 못해요."

"뭐, 조금은 괜찮잖아."

고마쓰 씨는 약간 취해 있었다. 선뜻 원고를 써 주겠다고 한 것도 술기운 때문인 듯하다.

"이 친구 보게."

손님이 고마쓰 씨를 말렸다.

"강요해서야 쓰나."

그제야 고마쓰 씨는 노리코의 난처해하는 얼굴을 보고는, "아, 그런가" 하고 큰 소리로 웃었다.

"이 사람은 말이지."

고마쓰 씨가 노리코에게 손님을 소개했다.

"내 오랜 친구예요. 이래 봬도 전에는 문학을 했던 친구인데 지금은 타락해서 니혼바시에 빌딩을 갖고 있어요. 잡다한 장사꾼들에게 방이나 빌려 주고 먹고사는 사장님이지요. 타락의 표본 같은 사나이랄까."

손님은 눈을 가늘게 뜨고 소리 내어 웃었다.

노리코가 명함을 건넸다.

"아, 고마워요."

명함을 읽던 손님이 문득 고개를 들어 노리코를 보면서, "시라이 료스케가 이 출판사에 있죠?" 하고 물었다. 편집장의 이름이다.

"네, 저희 출판사 편집장님이세요."

노리코가 대답했다.

"그랬군요. 풍문으로 듣기는 했는데."

손님은 두서너 번 고개를 끄덕였다.

"뭐야, 자네도 그 사람 알아?"

고마쓰 씨가 뜻밖이라는 듯이 물었다.

"오래전부터. 교토에서 대학 다닐 때니까. 문학열에 들떠 있던 시기지. 시라이하고는 동기였어."

손님은 고마쓰 씨에게 그렇게 말하고 다시 노리코를 보며 "시라이는 그때만 해도 잘생긴 청년이었어요" 하고 미소 지었다.

노리코는 손님이 준 명함을 다시 한 번 바라봤다.

3

그 뒤 이틀이 더 지난 아침에서야 사키노 다쓰오가 불쑥 회사에 나타났다.

"어때, 몸 상태는?"

"조금 야윈 것 같은데?"

마침 있던 동료들이 다쓰오에게 말했다.

"고마워. 이젠 괜찮아."

다쓰오는 고개 숙여 인사했다.

자리에 앉아 다쓰오를 보던 노리코는 속으로 어머나, 하고 놀랐다. 실제로 기운이 없어 보였다. 안색도 그다지 좋지 않다. 다른 부원들 말처럼 뺨이 홀쭉해 보일 정도였다.

연기일까. 연기라면 너무 훌륭하다. 아무리 봐도 병석에서 이제 막 일어난 사람처럼 보인다.

걸어오던 다쓰오는 노리코와 눈이 마주치자, "고마워" 하고 가볍게 고개를 숙였다. 가짜 병의 문병을 와준 데 대한 감사 연기를 하는 모양이었다.

"이젠 다 나은 거야?"

노리코도 반쯤은 부원들 앞에서 둘러대기 위해, 반쯤은 빈정거림을 담아 말했다. 제멋대로 여행을 떠난 걸 생각하면 지금도 화가 가라앉지 않았다.

"미안해. 걱정하게 해서."

다쓰오는 웃음기 없는 얼굴로 말했다.

"편집장님은 아직 출근 전이신가?"

그는 가운데에 자리한 책상을 보며 중얼거렸다. 그렇게 말하는데도 어쩐지 힘이 없어 보인다. 턱에 엷은 수염이 멋대로 자라서인지 무척 초췌해 보였다. 노리코는 내심, 이상하네, 하며 고개를 갸우뚱했다.

노리코가 무슨 일인지 물어보려는데 시라이 편집장이 부스스한 머리카락을 휘날리며 등장했다.

"이야."

편집장은 다쓰오의 등에 한마디 던지고 책상에 앉았다.

다쓰오는 자리에서 일어나 시라이 곁으로 가 얌전히 고개를 숙였다.

"아무 말씀도 드리지 못하고 결근해서 죄송합니다."

편집장은 의자에 기대어 다쓰오의 얼굴을 올려다보았다.

"안색이 조금 안 좋네. 이젠 괜찮아?"

"네, 괜찮습니다. 한창 바쁠 때 죄송하게 됐습니다."

다쓰오는 다시 한 번 가볍게 고개를 숙이고 자기 자리로 돌아왔

편집장의 의견 · 237

다. 시라이는 그런 다쓰오에게서 시선을 떼지 않았다. 노리코는 번뜩이는 편집장의 눈빛을 보고 놀랐다. 혹시 편집장이 다쓰오의 꾀병을 간파한 게 아닐까.

하지만 곧이어 다쓰오를 찾는 시라이의 목소리는 부드러웠다.

"사키노, 오자마자 일을 맡겨서 미안한데 사이토 씨 댁에 가서 담화문 좀 적어 와 주겠어?"

"네, 알겠습니다."

다쓰오가 뒤돌아봤다.

"지난번에 부탁했더니 아무 때나 와도 좋다고 그러더군. 몸 상태가 괜찮다면 갔다 와."

순간적으로 본 번뜩임은 사라지고 평소와 같이 세심한 눈빛이었다. 오히려 다쓰오를 다독이는 듯한 눈빛으로 보일 정도였다.

"알겠습니다."

다쓰오는 메모지와 연필을 주머니에 챙겼다.

시라이는 손가락 끝으로 톡, 톡 책상 모서리를 두들기다가, "리코" 하고 노리코를 보았다.

"다음 호에 실을 포토스토리 설명문을 요시다 씨에게 부탁해 뒀어. 그라비어사진 인쇄에 쓰이는 요판, 혹은 그 인쇄법는 최대한 빨리 인쇄소에 보내야 하니까 당장 가서 원고 좀 받아 와."

"네."

노리코는 고개를 끄덕였다.

편집장은 그걸로 할 일이 일단락되었다는 듯 "날씨가 좀 시원해진 건가?"라고 말하며 의자에서 일어나 창가로 걸어갔다. 이제 선풍기는 돌리지 않았다.

　노리코는 다쓰오를 보았다. 이끌리듯 그도 노리코를 보았다. 노리코는 눈으로 신호를 보내고 차를 마시는 척하며 급수실로 갔다.

　잠시 기다리자 슈트 상의를 입은 다쓰오가 물을 마시는 척하며 들어왔다. 여기에 다른 부원은 없었다.

　"미안해."

　다쓰오가 노리코의 얼굴을 보며 오직 이 한 마디만을 입에 담았다. 아무래도 조금 어색한 모양이었다. 한데 가까이서 보니 다쓰오의 뺨에 피곤한 기색이 한층 더했다.

　"편지 봤다며. 관리인에게 들었어."

　다쓰오가 서둘러 말을 꺼냈다.

　"봤어. 그래서 말인데……."

　노리코는 다쓰오에게 한 가지 약속해 줄 것을 부탁했다. 그 사이에 누가 들어오기라도 하면 상황이 난처해지기에 성급하고 짧은 말이 될 수밖에 없었다.

　노리코가 작가인 요시다 씨의 집에 들러서 원고를 받아 지하철 긴자 역에서 내렸을 때는 오후 2시였다. 다쓰오와 만나기로 한 약속 시간까지 십오 분 남았다.

　노리코는 전차로에서 긴자 쪽으로 향했다. 한낮의 햇볕이 뜨거운데도 사람들이 넘쳐났다. 자동차 행렬이 가다 서다를 반복해서 길이 더욱 좁게 느껴졌다. 노리코가 반대쪽으로 건너가려 할 때, "아니, 오늘은 여기서 보네요" 하고 말을 걸어오는 사람이 있었다.

노리코가 눈을 돌리자, 눈부신 햇살을 얼굴 가득 받으며 야윈 몸매의 신사가 노리코를 향해 웃고 있다. 순간적으로 누군가 싶었는데 곧 떠올랐다. 이틀 전 덴엔초후의 고마쓰 씨 집에서 봤던 그 손님이다. 명함도 갖고 있다. 니혼바시에 빌딩을 갖고 있다는 사장이었다.

"지난번에는 실례가 많았습니다."

노리코가 웃으며 화답했다.

"일 때문에 나오셨나요?"

빌딩 사장은 역시 웃는 얼굴로 물었다.

"네."

노리코는 애매하게 대답했다. 지금부터 다쓰오와 만나기로 한 찻집에 가는 길이었기 때문이다.

"바쁘지 않으시면 어디 가서 차라도 한잔할까요?"

빌딩 사장은 붙임성이 있었다.

"감사합니다. 그런데 지금은……."

"아, 바쁘신 모양이군요. 전 이렇게 어슬렁거리는 게 일일 만큼 한가하거든요. 고마쓰 군이 말한 대로 월세나 받아먹으면 되니까요. 그럼 나중에 또 봅시다."

빌딩 사장은 환하게 웃으면서 한 손을 흔들어 인사한 후 등을 돌렸다.

약속한 찻집에 도착하자 이미 어두운 자리에 앉아 있는 다쓰오가 보였다. 테이블 위의 아이스크림 접시가 비어 있다.

"오래 기다렸어? 웬일로 일찍 왔네."

노리코는 맞은편에 앉았다.

다쓰오는 아아, 하고 말했지만, 역시나 기운이 없어 보인다. 평소의 다쓰오와는 확실히 달랐다.

"이상하게 기운이 없네. 왜 그래?"

아무 예고도 없이 혼자 사라진 것을 먼저 따질 작정이었지만 그런 모습을 보니 말이 바뀌었다.

"응, 조금 피곤해."

다쓰오는 머리를 문지르듯 긁적였다.

"갑자기 말도 없이 여행이나 가다니, 너무해. 편집장님에게 둘러대느라 애먹었단 말야. 꾀병을 앓고 있는 사키노 씨의 공모자가 된 것 같아서 편집장님 얼굴을 볼 수가 없었다고."

노리코의 말은 비난이라기보다는 원망에 가까웠다.

"미안해, 미안해. 이런저런 이유가 좀 있었어."

다쓰오는 머리를 살짝 숙이며 사과했다.

"그렇게 지쳐서 돌아올 정도면 어디까지 갔다 온 거야? 그 이유라는 것부터 말해 봐."

"으음."

다쓰오는 얼굴을 찌푸리며 신음했다.

"조금만 더 기다려 줘. 지금은 말할 수 없어."

"뭐?"

노리코는 어이없다는 듯이 다쓰오를 보았다.

"그 버릇이 왜 안 나오나 했네. 정말 이상해. 사람이 이렇게까지 걱정하고 있는데."

노리코는 무심결에 말해 놓고 깜짝 놀랐다. 어떤 감정이 드러난 말 같아서 혼자 조금 허둥거렸다.
"말하기 싫으면 관둬."
노리코는 황급히 말을 돌렸다.
"그래도 어디 다녀왔는지 정도는 말해 줄 수 있잖아?"
"음."
다쓰오는 어쩔 수 없다는 듯이 고개를 끄덕인 뒤, "교토에 다녀왔어"라고 불쑥 대답했다.
"교토?"
노리코의 눈이 동그래졌다. 그런 곳에 무슨 용건으로? 라는 의문이 바로 뒤를 이었다.
"조사할 게 있어서 갔는데 헛고생만 했어."
다쓰오는 노리코의 기분을 헤아린 듯이 말했다.
"교토만이 아냐. 인근 현도 전부 돌아다녔는데 완전히 헛수고였어. 이만저만 실망한 게 아냐."
아, 그래서 지쳐 있었구나, 하고 이해가 됐다. 뺨이 야위고 병자라고 해도 믿을 만큼 안색이 나빠졌으니, 상당히 고된 일정과 실망감을 맛본 듯했다. 하지만 다쓰오는 무엇을 조사하러 갔는지에 대해서는 더 이상 털어놓지 않았다.

"편집장님은 말이야."
노리코는 그런 다쓰오가 조금 불쌍해 보여 화제를 바꿨다.
"사키노 씨가 출근하면 다쿠라 사건에 조금씩 착수하라고 하셨어. 결코 그대로 포기한 게 아니라고."

"그런 이야기를 했어?"

다쓰오는 어딘가 다른 곳을 빤히 보고 있었다.

"아무튼 원고를 받으러 다녀오느라 바빴지? 그것도 어쩔 수 없어. 난 사키노 씨가 쉬는 동안 작가들 집을 정신없이 돌아다녔지."

"혼났겠네."

다쓰오의 목소리가 건성처럼 들렸다.

"맞아, 그러고 보니……."

노리코 혼자 신이 나 있었다.

"고마쓰 선생님 댁에서 편집장님 소문을 들었어."

"그래?"

"고마쓰 선생님이 아니라 선생님 댁에 놀러온 손님이 말해 줬어. 니혼바시에 빌딩을 갖고 있는 사장님이야. 명함도 주셨어. 내 명함을 드렸더니 같은 출판사에 시라이 료스케라는 사람이 있죠? 하고 물어보던데."

다쓰오의 시선이 문득 노리코의 얼굴로 돌아왔다.

"젊었을 때 시라이 편집장님과 교토에서 같은 대학에 다녔다는 거야. 그 시절에 시라이 편집장님은 미남에다가 문학청년이었대. 처음 듣는 이야기라 무척 재미있었어."

다쓰오의 눈매가 묘하게 경직되었다.

"그 사람 이름이?"

노리코는 핸드백에서 명함 케이스를 꺼내 뒤졌다. 금방 찾을 수 있었다.

"이분이야. 지금도 여기 오는 길에 우연히 만났어."
다쓰오는 명함을 빼앗아 눈앞에 갖다 대고 훑었다.
―T빌딩 주식회사 사장 닛타 가이치로
"이봐."
다쓰오가 갑자기 큰 소리로 말했다.
"리코, 이 사람을 만났다고?"
다쓰오는 눈을 크게 뜨고 노리코를 쏘아보았다. 몸은 벌써 반쯤 의자에서 떠 있었다.
"응, 그렇……."
만났으니까 이렇게 명함을 받지 않았겠냐고 말하고 싶지만 다쓰오의 기세에 어리둥절해 할 말을 삼켰다.
"에잇, 이게 어떻게 된 거야!"
다쓰오는 이를 갈았다.
"내가 교토부터 시작해 일대 현을 샅샅이 뒤지며 돌아다녔는데 정작 본인은 도쿄에 있었던 거야? 게다가 리코가 만났다니!"
"뭐?"
이번에는 노리코가 놀랐다.
"사키노 씨, 닛타 씨를 찾으러 교토까지 갔던 거야?"
"아니, 처음부터 목표였던 건 아냐. 교토에서 처음으로 닛타 가이치로라는 사람이 있다는 걸 알게 됐지. 그런데 아무리 뒤져도 소재를 알 수 없었어. 몸이 녹초가 될 때까지 온갖 곳을 다 돌아다니다가 결국 포기하고 도쿄로 올라왔다고. 그런데 리코랑 만났다니, 이게 대체 무슨 얄궂은 일이야."

"대체 닛타 씨는 왜 찾아다녔는데?"

"그건 나중에 얘기해 줄게. 고생은 했지만 어쨌든 닛타 씨를 찾았으니 다행이야. 정말 고마워."

다쓰오는 혼자 흥분했다. 노리코는 다쓰오가 일으키는 회오리바람을 옆에서 보고만 있는 꼴이었다.

"리코, 지금 당장 닛타 씨랑 만나고 싶어. 이유는 나중에 천천히 설명해 줄게. 우선 전화해서 약속을 잡아 줘."

다쓰오는 상체를 노리코 앞으로 내밀었다.

기세에 밀리듯 일어선 노리코는 이렇다 할 것 없이 계산대 근처의 전화기 쪽으로 걸어갔다. 등 뒤에서 다쓰오에게 내몰리는 듯한 느낌이었다.

노리코는 한 손에 빌딩 사장이 건네준 명함을 들고 그 작은 글씨의 숫자대로 다이얼을 돌렸다.

동인 잡지

1

 신호음이 몇 번 울리고 닛타 가이치로의 목소리가 노리코의 귀에 퍼졌다.
 "여보세요, 닛타 사장님이시죠?《신생 문학》의 시이하라입니다. 좀 전엔 실례가 많았습니다."
 "아, 아니에요."
 상대방은 밝게 대답했다. 하지만 왜 갑자기 전화를 했을까, 하고 미심쩍어하는 느낌도 받았다.
 "갑작스러운 부탁이지만, 저희 출판사에 근무하는 사키노 다쓰오라는 사람이 사장님을 뵙고 싶어 해서요."
 "그래요? 무슨 일인지?"
 닛타 씨가 물었다.
 "잠시만 기다려 주세요. 바꿔 드릴게요."
 노리코는 자리에서 일어서 이쪽으로 오는 다쓰오에게 수화기를 건넸다.

"《신생 문학》의 사키노라고 합니다."

다쓰오는 공손히 신분을 밝혔다.

"방금 시이하라 씨가 말씀드린 대로 사장님을 뵙고 싶어서요. 네? 실은 하타나카 젠이치 씨에 대해 좀 듣고 싶습니다."

옆에서 듣고 있던 노리코는 깜짝 놀랐다. 하타나카 젠이치라는 이름은 처음 들었다.

"네, 그렇습니다. 오래된 이야기인 줄은 알지만……. 네, 네……. 교토에서 고시로 씨, 아카보시 씨, 요시다 씨, 우에다 씨에게서 들었습니다. 하타나카 씨에 대해서는 사장님이 제일 잘 알고 계신다고 해서……. 네, 며칠 전 교토에 다녀왔습니다……. 아, 그렇습니까? 감사합니다. 그럼 오늘 저녁 6시까지 자택으로 찾아뵙죠. 주소는 아사가야의 ×초메 ××번지, 네, 알겠습니다. 그럼 이만 실례하겠습니다."

다쓰오가 전화를 끊었다. 노리코는 어리둥절한 표정이었다.

"대체 무슨 얘기야?"

자리로 돌아가자 노리코가 따지듯 물어보았다.

"교토에서 아카보시 씨, 요시다 씨를 만났다는 게 무슨 소리야? 하타나카 젠이치라는 사람은 또 누구고?"

"이렇게 됐으니 자백해야지."

다쓰오는 히죽히죽 웃으며 말했다. 그것도 무척 기뻐하는 듯한 미소였다.

"리코가 방금 말했잖아? 시라이 편집장님이 닛타 씨와 교토에서 같은 대학에 다녔다고. 그리고 두 사람은 문학청년이었다고…….”
"그랬지.”
노리코는 아직 감을 잡지 못했다.
"시라이 편집장님, 닛타 씨, 아카보시 씨, 우에다 씨, 요시다 씨, 그리고 하타나카 젠이치라는 사람까지 전부 교토에 있을 때 시시도 간지의 제자였어.”
"정말?”
노리코는 눈을 크게 떴다. 시시도 간지는 다이쇼와 쇼와 초기의 법학자인 동시에 유명한 문학자였다. 언젠가 교토에 있는 대학에서 강의를 한 적도 있다. 잊어선 안 되는 건 시시도 간지가 무라타니 아사코의 부친이라는 사실이다.
그렇다면 시라이 편집장은 시시도 간지, 즉 무라타니 아사코 여사의 아버지 밑에서 공부했던 제자란 말인가. 노리코는 가만히 벽 쪽을 바라보았다. 다쓰오는 그것을 어떻게 알고, 무엇을 조사하러 교토에 간 걸까.
"시라이 편집장님은 무라타니 여사의 대필자는 다쿠라 요시조가 아니라고 말했어. 나는 그게 오랜 경험에 의한 편집장님의 감이라고 생각했어. 물론 사실인지도 몰라. 하지만 편집장님이 그렇게 판단을 내린 문학적인 근거가 무엇인지 갑자기 궁금해지더라고. 그래서 편집장님의 이력을 뒤져 봤지. 교토에서 대학을 다니다가, 1938년에 졸업했어. 당시의 문학부 교수가 누구였나 궁금해서 명부를 뒤적이고 있는데 문학부는 아니지만 법학부에서 시시도 간지라는 이름이 나왔어. 깜짝 놀랐어. 시시도 박사라면 무라타니의 아버지고, 문학자로서도 일가를 이룬 사람이야. 둘 사이에 어떤 보이지 않는 실이 묶여져 있지는 않을까 생각했어. 하지만 시라이 편집장님께 직접 물어볼 수는 없었지."

"편집장님께 물어볼 수는 없었다……."

노리코는 마지막 말을 되뇌며 놀란 표정을 감추지 못했다.

"그러니까 사키노 씨는 시라이 편집장님이 무라타니의 대작을 해 온 거라고 의심했구나."

"처음엔 그랬지. 막연하게 그런 의심이 들었어. 그래서 리코에게 말도 없이 교토로 간 거야. 자기는 시라이 편집장님을 존경하고 있으니까."

노리코는 확고한 눈빛으로 끄덕였다.

"맞아, 그건 사키노 씨도 마찬가지 아냐?"

다쓰오는 복잡한 눈빛으로 응, 하고 답했다.

다쓰오와 노리코는 6시 정각에 아사가야에 있는 닛타 가이치로의 집을 방문했다. 한적한 길가에 위치한 집이었다.

"잘 오셨어요."

빌딩 사장은 싱글벙글 웃음을 띠며 응접실에 나타났다. 막 목욕을 마쳤는지 얼굴은 빨갰고 윤이 났다.

"교토에 다녀오셨다고?"

인사가 끝나자 다쓰오에게 웃음을 보이며 물었다.

"네, 예전 대학 시절에 있었던 일을 자세히 알고 있는 분에게 들었습니다. 시시도 간지 박사님의 문학 방면의 문하생이라고 할까요. 그런 그룹에 계셨던 분들의 이름을 알게 되었죠."

다쓰오는 수첩을 꺼내며 대답했다.

"시라이 료스케도, 내 이름도 그중에 있었군요?"

"네, 그렇습니다. 그리고 고시로 씨, 요시다 씨, 아카보시 씨, 우에다 씨도요. 돌아가신 분도 계시지만 이 네 분의 댁을 찾아갔습니다."

"수고가 많으셨네요."

닛타 가이치로의 목소리가 조금 높아졌다.

"다들 사는 곳이 제각각이었죠?"

"네, 고시로 씨는 후시미에 살고 계셨지만, 요시다 씨는 나라, 우에다 씨는 구와나, 아카보시 씨는 오쓰에 계셨습니다."

"다들 건강합디까?"

닛타 가이치로는 그리운 듯이 물어보았다.

"네, 직업은 각자 달라도 왕성하게 지내고 계셨습니다. 그러다가 하타나카 젠이치 씨를 알게 된 겁니다."

"그 친구는 참 유능했어요. 소설에 관해서는 우리들 가운데 최고였죠. 아깝게도 젊은 나이에 세상을 떠났지만⋯⋯. 그때는 모두 젊었지."

빌딩 사장은 술회했다.

"문과생도 있고 법과생도 있었는데, 시시도 선생님의 영향을 받아 문학 그룹을 만들었어요. 등사판으로 찍은 동인 잡지도 만들곤 했어요. 지금은 나도 이런 장사를 하고 있지만 그때는 형편없는 걸 쓰기도 했지요. 시라이 료스케도 뭔가를 썼어요. 그 시절 동료라면, 그렇지, 일 년쯤 전에 다쿠라 요시조라는 친구를 도쿄 역에서 우연히 만나, 그 친구한테서 시라이 료스케에 관한 이야기를 들었죠."

닛타는 담담하게 말했지만 다쓰오와 노리코는 몸에 전기가 흐른 것처럼 떨렸다.

"다쿠라 씨도 같은 그룹이었나요?"

다쓰오의 질문에 닛타는 고개를 저었다.

"아니, 그 친구는 시시도 선생님의 제자가 아니었어요. 하지만 역시 문학에 뜻이 있었고, 야심도 꽤 컸어요. 우리 그룹에는 그가 먼저 접근했던 것 같아요. 분명 제일 친하게 지낸 사람이 하타나카였을 겁니다. 맞아, 다쿠라도 하타나카의 재능을 무척 높이 사서 하숙집에 자주 놀러 간 듯했어요."

닛타는 다쿠라가 죽었다는 사실을 아직 모르는 눈치였다.

"지금은 다들 하는 일이 다르다 보니 서로 왕래가 없어요. 아마 내 직업도, 주소도 모르고 있겠죠."

"네, 그랬어요."

다쓰오가 끄덕였다.

"사장님의 거처를 아는 분이 없어서 포기하고 돌아왔습니다. 그런데 시이하라에게 고마쓰 선생님 댁에서 사장님과 만났다는 이야기를 듣고 정말 놀랐습니다. 저는 아직도 간사이 지방에서 사신다고 생각했거든요."

"십 년 전에 상경했지."

닛타는 그렇게 말한 뒤 의아한 표정을 지었다.

"그런데 왜 나를 찾았죠?"

"하타나카 젠이치 씨와 가장 친했던 분이라고 들었기 때문입니다. 멤버들 가운데 장래가 가장 촉망되던 분이 돌아가신 하타나카 씨였죠. 사장님이라면 하타나카 씨가 예전에 쓴 글을 갖고 계실 거라고 다른 분들이 말씀하셨습니다."

닛타 가이치로는 바로 대답하지 않고 담배를 피우며 다쓰오의 얼굴을 바라보았다.

"사키노 씨는 왜 과거에 우리가 만든 그룹의 일이나, 하타나카 젠이치에 대해 조사하고 있는 거죠? 시라이 료스케에게 물어보면 금방 알 수 있을 텐데……."

당연한 질문이었다. 다쓰오도 곤혹스러운 표정을 지었다.

"솔직히 말씀드리면 편집장님께는 알리지 않고 조사하는 겁니다. 지금 이유를 말씀드리기는 곤란하고 나중에 모든 걸 꼭 설명해 드리겠습니다."

다쓰오는 도움을 청하는 눈빛으로 노리코를 보았다. 노리코는 간절히 애원하는 눈으로 닛타 가이치로의 얼굴을 보았다. 그것은 필사적인 바람이 담긴 표정이었다.

그 눈빛에 빌딩 사장의 얼굴이 온화해졌다.

"여러분은 젊은 분들이시니."

그가 말했다.

"나 같은 늙은이를 속이지는 않겠죠. 좋아요, 이유는 나중에 들어 봅시다. 시라이 료스케에게 묻기 껄끄러운 건 나한테 물어보세요. 내가 아는 건 뭐든 말해 드리죠."

"감사합니다."

노리코가 고개를 숙이며 인사했다.

"제가 보고 싶은 건 하타나카 젠이치 씨가 남긴 글입니다. 요시다 씨도, 고시로 씨도, 아카보시 씨도 닛타 사장님이 그분과 제일 가까웠다면서 사장님이라면 갖고 계실 거라고 하더군요."

"처음 전화를 받았을 때부터 그게 필요한 게 아닌가 싶어 옛날 짐에서 찾아 뒀지요. 자, 이겁니다."

닛타 가이치로는 옆에 있는 서랍에서 얇은 잡지를 꺼냈다. 조악한 종이가 낡은데다 등사판 글자가 흐릿해 눈이 아플 정도였다. 표지에는 《시라카와》라고 적혀 있었다. 교토의 지명에서 비롯된 모양이다.

"남은 건 이 한 권뿐이에요. 사실 내 졸문이 실려 있거든요. 그건 보지 말아요. 식은땀이 날 정도니까. 하타나카가 쓴 건 이겁니다."

빌딩 사장은 해당 페이지를 굵은 손가락으로 펼쳤다. 다쓰오가 받아들었다. 노리코도 옆에서 읽어 보았다.

〈이른 봄〉이라는 제목은 과연 당시의 유행을 보여 주었다. 하지만 하타나카 젠이치가 쓴 소설을 두 페이지도 읽기 전에 다쓰오와 노리코의 안색이 변했다. 특히 노리코의 안색이 크게 변했다. 그것은 무라타니 아사코가 쓴 어떤 소설의 원형이었다.

"사장님은 요즘도 소설을 읽으시나요?"

글을 다 읽고 다쓰오가 물었다.

"아뇨, 요즘은커녕 열두세 해 전부터 완전히 흥미를 잃어서 안 읽었어요. 젊었을 때의 반동인지도 모르죠."

"혹시 무라타니 아사코라는 시시도 선생님의 따님이 쓴 소설은요?"

"선생님의 딸이 소설을 쓴다는 건 알아요. 부끄럽게도 아직 못 읽어 봤어요."

빌딩 사장은 정말 부끄럽다는 듯이 대답했다.

다쓰오의 질문은 그 뒤로도 계속되었다.

이튿날 아침 노리코는 도쿄 역에서 9시 30분에 출발하는 하행 급행 열차를 타고 떠났다. 행선지는 기후였다.

"이번엔 리코가 돌아올 때까지 이틀간 내가 대신 일할게."

플랫폼까지 배웅 나온 다쓰오가 창 안으로 손을 뻗으며 말했다. 처음으로 그의 손을 잡는 순간이었다. 노리코는 그 감촉을 한동안 간직했다.

2

오후 4시가 넘어서야 기후에 도착했다.

도쿄에서 여섯 시간 남짓 걸렸는데 노리코는 오랜만에 여행에 나선 기분이었다.

하마나 호수를 지날 때는 잔잔한 호수에 투망을 던지는 배를 보았고, 나고야에선 기차가 고가 선을 건널 때 역 앞 빌딩의 아름다운 모습을 바라보았다. 도쿄에 돌아온 게 아닌가 착각을 일으킬 정도로 변화한 도시였다.

이런 감각을 느끼며 하는 여행은 즐겁다. 노리코의 앞자리는 도쿄에서부터 세 번이나 사람이 바뀌었다. 학생, 장사꾼, 노인 부부가 차례로 앉았다. 학생은 시끄러웠고, 장사꾼은 수다스러웠다. 노인 부부는 조용히 집안 이야기를 나눴다. 이렇게 낯선 사람들과 잠깐 어울리는 것도 즐거웠다.

기후에서 이누야마행 버스를 탔다.

노리코는 소학생 시절 지리 교과서에서 이누야마의 지형이 독일의 라인 강변과 비슷하다고 배웠다. 그래서 별칭이 일본의 라인 강이라는 것도 알고 있었다. 하지만 어떤 용건이 있어 이 먼 곳을 찾게 되는 날이 오리라고는 생각지 못했다.

노리코는 수첩에 적어 온 지명을 버스 차장에게 물어, 어느 정류장에서 내렸다. 토산물 가게가 득실대는 좁고 기다란 형태의 동네였다. 도로에서 정면으로 철교가 보였다.

노리코가 가려는 곳은 여기서 다른 버스로 갈아타야 했는데, 게시판에 붙은 시간표를 보니 아직 이십오 분쯤 여유가 있었다.

그 시간이 아까워 노리코는 철교까지 걸어갔다. 기소가와 강의 물살이 시야의 한쪽에서 펼쳐졌다.

강물이 푸르고 맑다. 철교의 양안은 절벽이었고, 물살을 따라 흘러가는 유람선이 떠 있다.

하류를 바라보니 왼편에 있는 조금 높은 산에 작고 아름다운 성이 한 채 있었다. 산 그림자가 기소가와 강 위에 펼쳐졌다.

그림엽서 따위에서 봤던 사진과 같은 정경이었다. 수면에 여름

구름이 비치고 그 끝에 드넓은 평야가 희미하게 보인다.

젊은이들이 열심히 풍광을 카메라에 담고 있었다. 강변에 정박한 유람선과 보트에도 젊은이들이 북적거린다. 여름의 즐거운 한때가 이제 저물고 있다. 젊은이들은 그 마지막을 아쉬워하듯이 즐기고 있었다.

매일처럼 일에 쫓겨 여행도 해 보지 못한 노리코는 이런 풍경에 마음이 부풀었다. 다쓰오가 곁에 있었다면 더 즐거웠을 게 틀림없다.

그러자 다쓰오와 자신이 번갈아 여행을 떠나게 된 상황이 조금 우습게 느껴졌다. 다쿠라에 의해 갖가지 경험이 시작되었다.

시계를 보니 버스가 도착할 시간이었다. 노리코는 정류장으로 되돌아갔다.

버스가 차체를 뒤흔들며 도착했다. 목적지가 불분명한 상태에서 낯선 버스에 올라탄다니 제법 우수 있고 신선하다.

버스는 넓은 논 사이를 달렸다. 초록색 벼 이삭이 바람에 흔들리며 물결친다. 여기가 바로 노비 평야기후 현과 아이치 현에 걸쳐 있는 평야다. 산 그림자가 거의 보이지 않는다.

버스는 중간중간 멈췄다. 버스가 정차하는 곳마다 쓸쓸한 집들의 군락이 나타났다. 노리코가 버스에서 내린 곳도 마찬가지였다.

가게 앞에 빨간 깃발을 세운 담배 가게 아주머니가 버스에서 혼자 내린 노리코를 유심히 바라보았다. 노리코는 그 아주머니가 있는 가게 앞으로 다가갔다.

"말씀 좀 여쭐게요."

아주머니는 네, 하고 대답하며 노리코를 올려다보았다.
 "하타나카 씨 댁은 어디 있는지요?"

 벼가 자란 논 가운데에 있는, 방풍림에 둘러싸인 농가 중 하나가 '하타나카 젠이치'의 집이었다. 노리코는 논두렁길처럼 좁은 길을 지나 문 앞에 섰다.
 "실례합니다."
 노리코는 어두컴컴한 집 안쪽에 대고 말했다. 옆에 있는 외양간에서 소가 고개를 내밀었다.
 몇 번인가 소리치자 안에서 마흔 살 남짓 돼 보이는 농부가 나와 노리코의 모습을 신기한 듯 쳐다보았다.
 "여기가 하타나카 씨 댁인가요?"
 노리코가 인사하며 물었다.
 "이 동네에 하타나카가 한둘이 아닌데, 하타나카 뭐라는 이름인데요?"
 농부는 목에 감은 수건 끝으로 얼굴에 흐르는 땀을 닦으며 반문했다.
 "돌아가신 분인데 하타나카 젠이치 씨의 집을 찾고 있어요."
 농부는 희한한 말을 들은 것처럼 눈을 크게 뜨고 노리코를 보았다.
 "허어, 젠이치요? 그 사람이라면 벌써 십오 년도 전에 죽었어요. 근데 젠이치를 어떻게 아는 분이신지?"
 "젠이치 씨와 아는 사이는 아니고 도쿄에 계신 닛타 씨 소개로 찾아왔습니다."

농부는 그 말에 더욱 당혹해하는 얼굴이 되었다.

"나는 이 집에 데릴사위로 들어온 사람이라 그 양반에 대해서는 잘 몰라요……. 우리 집사람이 그 양반의 사촌 동생이기는 한데, 구니코라고 그 양반의 여동생이 있어요. 불러 줄까요?"

"그래요? 죄송하지만 부탁드리겠습니다."

"집사람이랑 논에 풀 베러 갔으니까 여기서 조금만 기다려요."

데릴사위라는 농부가 나가고 집 뒤에서 닭 울음소리가 들렸다. 소도 몇 번이고 울었다.

하타나카 젠이치의 여동생은, 농부와 그의 아내로 보이는 삼십 대 여자와 함께 종종걸음으로 문 안에 들어섰다. 수건을 푼 뒤 공손히 허리를 숙인다. 햇볕에 그을리고 조금 여윈 얼굴이었다. 하지만 농가의 아낙답게 움직임이 적은 사촌 동생의 얼굴에 비하면, 어딘지 모르게 지적이고 반듯한 용모였다.

"오빠 때문에 도쿄에서 오셨다고요? 먼 데까지 오시느라 고생 많으셨습니다."

자, 올라오세요, 하며 먼저 안으로 들어선다.

노리코도 뒤를 따랐다. 집 안은 좁고 어두웠지만 잘 정돈되어서 깨끗한 느낌이었다. 하타나카 구니코는 발을 씻고 깔끔하게 옷을 갈아입은 후 노리코에게 정식으로 인사했다.

"제가 젠이치의 여동생입니다. 어서 오세요. 먼 길을 와 주셨네요."

"아니에요, 갑자기 폐를 끼쳐서 죄송합니다. 젠이치 씨에 대해 몇 가지 여쭤볼 게 있어서 닛타 씨의 소개장을 가져왔습니다."

노리코는 다쓰오가 닛타 사장에게 부탁해서 받은 편지 봉투를 내밀었다. 닛타의 편지에 노리코가 방문한 대강의 용건이 적혀 있을 것이다.

"아, 그러시군요."

하타나카 젠이치의 여동생은 편지를 건네받자 바로 읽지 않고, 무릎걸음으로 먼저 불단에 다가가 편지를 올렸다.

징을 울리고 잠시 배례하더니 다시 노리코 쪽으로 돌아선다.

"오빠는 아까운 나이에 세상을 떠났어요. 이제 막 시작이다 싶을 때 가슴에 병이 생겼죠."

그렇게 말하고 봉투를 뜯어 편지를 읽었다.

노리코는 하타나카 젠이치의 여동생에게서 듣게 될 이야기에 기대하고 있었다.

"닛타 씨도 오랫동안 보지 못했는데 건강하시죠?"

그녀는 편지를 접으며 노리코를 보았다.

"네, 무척 건강하세요."

"교토에 있을 때 오빠와 친했던 친구분인데……. 한데, 편지대로 오빠의 노트 때문에 오신 건가요?"

"네, 젠이치 씨가 소설을 좋아하셔서 커다란 대학 노트에 써 둔 글이 한 상자는 된다고 들었습니다."

노트에 대한 건 다쓰오가 시라이 편집장에 관해 조사하려고 교토에 갔을 때, 당시 학교 친구들의 이야기 속에서 나왔다. 하타나카 젠이치라는 죽은 친구가 소설가를 지망해 대학 노트에 꾸준히 글을 써 둔 게 있다. 분량으로 따지면 고리짝 하나는 된다. 지금은 어떻게 됐는지 모르지만 하타나카와 친했던 닛타 가이치로라면 알고 있을 것이다. 라는 이야기였다.

다쓰오는 하타나카 젠이치의 노트가 보고 싶어서 닛타 가이치로를 찾았지만 소재를 알지 못한 채 빈손으로 돌아왔다. 그러던 차에 노리코의 주선으로 닛타를 우연히 만나게 된 것이다.

닛타도 하타나카의 노트가 있다는 건 알고 있었다. 하지만 지금은 어떻게 됐을지 알지 못했다. 그래서 이누야마 근처에 있는 하타나카 젠이치의 생가에 여동생이 살고 있으니 한번 찾아가 보라고 소개장을 써 준 것이다.

하타나카 젠이치의 여동생은 닛타의 소개장에 눈길을 주다가 노리코를 보며 말했다.

"모처럼 멀리서 오셨는데 죄송하게도 그 노트라면 오빠의 친구라는 분이 전부 빌려 가셔서 저희 집에는 없어요."

"네, 없다고요?"

노리코는 낙담했다.

"친구라면 어느 분이신가요?"

"그게 이름을 몰라요."

"이름을 몰라요?"

노리코는 의아한 눈으로 그녀를 보았다.

"네, 육 년 전에 돌아가신 어머니가 어느 날 우리 집에 찾아온 오빠 친구라는 분에게 모두 빌려 주셨대요. 그때 저는 죽은 남편과 외지에 있었거든요. 어머니가 돌아가신 후 귀국한 거라 그 일에 대해서는 전혀 몰랐어요."

구니코의 설명이었다.

"빌려간 분이 뭔가 남긴 것도 없나요?"

"없어요. 그분이 보관증 같은 걸 써 줬는지는 몰라도 여기엔 없어요."

대체 누구였을까. 노트를 빌려갔다는 하타나카 젠이치의 친구라는 사람은? 노리코는 그 비밀을 풀어낼 방법이 없을까 고민했다.

그때 구니코의 사촌 동생이 차를 들고 들어와 노리코 앞에 찻잔을 내려놓고 물러났다.

"하타나카 씨의 친구 중에 이름을 알고 계신 분이 있나요?"

노리코는 어떻게든 단서를 얻어내려고 필사적이었다.

"글쎄요."

구니코가 생각에 잠겼다. 고개를 갸웃거리며 고심하는 것은 도쿄에서부터 일부러 찾아왔다고 하는 노리코에게 호의를 가졌기 때문이다.

"아, 맞아요."

구니코는 뭔가 떠올랐는지 무릎을 쳤다.

"거기 있을지도 몰라요. 잠깐만 기다려 주세요. 지금 찾아보고 올게요."

노리코에게 말하고 몸을 일으킨다.

밖은 조금씩 어두워져 갔다. 천장에 매달린 전등에 불이 들어왔다. 밖에서는 닭과 소의 울음소리가 들렸다.

구니코는 찾는 데 시간이 걸리는지 좀처럼 돌아오지 않았다.

그러나 앉아서 기다리는 노리코는 그녀가 가져올 무엇인가에 기대를 걸고 있었다.

3

천장에는 검게 그을린 굵은 대들보가 걸쳐 있고, 어두운 전등은 그 아래에 매달려 주황색 불빛을 비추고 있다. 소도 울지 않고 닭도 조용해졌다. 불그죽죽하게 바랜 다다미 위에는 아까 구니코의 사촌 동생이 가져 온 찻잔만이 쓸쓸하게 남겨져 있다. 노리코는 생면부지의 농가에서 혼자 기다리고 있자니 불안했다.

안에서 발소리가 돌아왔다.

"오래 기다리셨죠."

하타나카 젠이치의 여동생이 노리코에게 몇 번씩 고개를 숙이며 들어왔다. 손에는 얇은 책이 들려 있다.

"간신히 찾았어요. 오빠가 쓴 글이 실린 동인지라면 이것밖에 없네요."

"고생 많으셨어요."

노리코는 설레는 가슴을 억누르며 책을 받았지만 곧 실망했다.

도쿄에서 닛타 가이치로가 보여 준 책자와 동일한 《시라카와》라는 표제의 동인지였다. 게다가 발간 호까지 똑같았다. 이걸 보려고 미노의 시골까지 온 것은 아니다.

"저어, 이것밖에 없나요?"

무례했지만 노리코는 자기도 모르게 물었다.

"네, 오빠 물건들은 다 흩어져서요……. 농가다 보니까 십칠 년씩 지나면 정리가 안 돼요. 모든 게 어디론가 사라져 버리죠. 저라도 있었다면 괜찮았겠지만, 아까 말씀드린 대로 오랫동안 외지에서 살았으니까요. 집에는 노인들만 남아서 어쩔 수 없었어요. 전에는 오빠 물건이 이것저것 많았는데."

그것만 제대로 남아 있었다면 실마리가 됐을 텐데, 하나도 없다니 어쩔 도리가 없었다.

"일부러 오셨는데 죄송합니다……."

농가의 여자는 안타까운 표정으로 노리코를 보았다.

"아무것도 없어서 죄송합니다. 그래도 이런 게 하나 남아 있었어요. 오빠가 젊었을 때의 사진인데 도움이 되실지 한번 봐 주세요."

구니코는 품 안에서 한 장의 낡은 사진을 꺼냈다.

노리코는 사진을 받아들고 보았다.

사진 속 인물은 세 사람으로 사원의 누문樓門을 배경으로 서 있었다. 남자는 스물두세 살 정도고, 흰 와이셔츠에 바지 차림으로 웃고 있다. 그 곁에는 셔츠를 입은 일곱 살쯤 된 남자아이가 옆에 선 여자에게 손을 붙들린 채 서 있다. 여자는 열아홉이나 스무 살쯤으로 보였다. 희끄무레한 기모노 차림에 양산을 받치고 있다. 여름에 찍은 사진이라는 것은 복장과 명암이 강한 햇빛의 세기로 짐작할 수 있었다.

"이 사람이 우리 오빠예요. 이십 년 전 사진이죠."

여동생은 사진 속의 젊은 남자를 가리켰다. 하타나카 젠이치는 근심이 없는 듯 편안하게 웃고 있었다. 야위었지만 꽤 밝은 청년인 모양이었다. 남매라고 생각하고 보지 않아도 이 농가의 여자와 분명 얼굴이 닮았다.

"이 아가씨는 누구죠?"

노리코는 양산을 받치고 있는 젊은 아가씨를 가리켰다. 사진 속 얼굴도 예뻤다.

"그게요."

하타나카 구니코의 입가에 희미한 미소가 떠올랐다.

"오빠의 애인이에요. 그 옆에 있는 아이가 오빠 애인의 동생이고요."

"어머, 그래요?"

대강 예상하고 있었지만, 노리코는 하타나카 젠이치의 애인이라는 여자의 얼굴을 자세히 살펴보았다. 아랫볼이 통통하니 귀여운 느낌의 여성이었다.

"예쁜 아가씨네요. 오빠하고 결혼하진 않았나요?"

"그전에 오빠가 죽어 버렸어요. 오빠도 그 여자를 좋아했고 그쪽도 오빠를 좋아했던 것 같은데 오빠가 가슴에 병이 생기는 바람에 고향에 내려오면서 끝났지요."

여동생이 조금 숙연하게 말했다.

"그래도 편지는 주고받았겠죠?"

"아뇨, 없었어요."

"어떻게 아세요?"

"오빠가 교토에서 고향으로 돌아오기 전에 그 사람을 포기할 수밖에 없는 사정이 생겼거든요. 저도 자세한 건 몰라요. 오빠는 부모님에게도 말하지 않았고, 저도 듣지 못했어요. 하지만 오빠는 이 사진만은 정말 소중히 간직했어요. 그때 난 어렸지만 이 사진을 오빠 책장에서 찾아내곤 아파서 누워 있는 오빠에게 이 사람 오빠 애인이야? 하고 물었거든요. 그랬더니 오빠는 응, 맞아, 하고 쓴웃음을 짓던 게 기억나요."

"이 아가씨는 그 후로 어떻게 됐을까요?"

"어디에 사는지는 몰라요. 이제 서른여덟이나 아홉쯤일 테니 아이도 둘이나 셋은 있는 부인이 되었겠죠."

노리코는 다시 한 번 사진을 보았다. 하타나카 젠이치는 밝게 웃고 연인은 즐거운 듯 미소 짓는다.

"혹시 이 아가씨 이름 아세요?"

노리코는 한 청년의 인생을 본 것 같은 기분이 들어 가슴이 엷게 감상에 젖었다.

"모르겠어요. 오빠는 그 사람에 대해선 한마디도 입 밖에 내지 않았어요. 그러니 어디에 사는 어떤 사람인지 전혀 몰라요. 남아 있는 건 이 사진 한 장뿐이에요."

하타나카 젠이치의 여동생은 그렇게 말했지만, 그 순간 뭔가를 더 이야기하고 싶은 기색을 보였다.

"전, 그때는 몰랐지만 지금에 와서야 짐작 가는 일이 있어요."

그녀는 목소리를 조금 낮추어 말했다.

"오빠에게 그 좋아했던 사람과의 이별은 엄청난 마음의 상처가 됐을 거예요. 오빠의 죽음이 일렀던 것도 정신적인 괴로움이 어지간했기 때문이 아닐까 싶어요. 그렇다고 그 여자 쪽에서 오빠를 싫어한 것도 아니에요. 아무래도 둘 사이에 무언가 불행한 일이 있지 않았나, 아니, 이건 분명한 게 아니라 그냥 제 짐작일 뿐이에요."

여동생은 도회적인 말투를 썼다. 오랫동안 외지에서 살았기 때문인지 시골 사람 같지 않았다.

오빠의 불행한 사랑에 대한 그녀의 상상을 노리코는 충분히 이해할 수 있었다. 사랑이 당사자들의 의지가 아닌 사건으로 끝난다. 매우 흔한 일이기는 해도 하타나카 젠이치의 경우, 주위가 반대하는 상황까지도 가지 못한 모양이다. 그렇다면 두 사람을 갈라놓은 사건은 대체 무엇이었을까. 노리코는 무심코 생각에 잠겼다.

그녀는 다시 사진으로 눈을 돌렸다. 일고여덟 살쯤 된 남자아이의 얼굴을 보았다. 근처에서 본 적 있는 어딘가의 아이와 닮았다. 어디서 봤는지는 기억하지 못하지만, 이 나이대 아이라면 비슷한 얼굴이 많다. 아이는 양산을 쓰고 있는 여자의 남동생으로, 하타나카 젠이치와 교토의 어느 절에 놀러가서 찍은 기념사진 같았다.

하지만 사진 촬영자는 전문가가 아니었다. 비전문가가 찍은 사진이라는 걸 한눈에 알 수 있었다. 따라서 이날 사진을 촬영한 사람이 한 명 더 있었다는 이야기다. 하타나카 젠이치와 그의 연인, 연인의 동생, 마지막으로 카메라를 들고 있던 누군가가 일행이었던 것이다.

노리코는 사진 뒤를 보았다. 거기엔 펜으로 쓴 글씨가 있었다.

쇼와 1×년 ×월 ×일 교토 난젠지 절에서. 촬영자……

촬영자의 이름은 먹으로 새카맣게 칠해져 있다. 노리코는 놀라면서 생각했다. 촬영자의 이름을 지운 사람은 하타나카 젠이치이리라. 즉 그는 날짜와 장소, 촬영자의 이름을 기록했지만 나중에 어떤 이유로 촬영자의 이름을 지워 버린 것이다.

왜 그런 짓을 했을까—.

"제가 처음 봤을 때부터 거기는 검게 지워져 있었어요."

하타나카 젠이치의 여동생이 설명했다.

"그때도 오빠에게 왜 지웠느냐고 물어봤어요. 아직 나이가 어려서 깊이 생각해서는 아니고, 그냥 이상해서 물어봤거든요. 오빠는 웃으면서 이름을 잘못 써서 그랬다더군요. 그래서 제가 잘못 썼으면 지우고 다시 써야지, 하고 말했더니 이젠 쓰고 싶지 않아, 라고 했어요. 그땐 오빠가 게을러서 그런가보다 싶었는데 요새 다시 생각해 보면 거기엔 다른 이유가 있었던 것 같아요."

"다른 이유요?"

"네."

여동생은 어쩐지 쓸쓸한 얼굴로 고개를 끄덕였다.

"하지만 제 입으로는 말하고 싶지 않아요. 아가씨는……."

가만히 노리코의 얼굴을 바라보았다.

"도쿄에 사시고, 또 출판사에서 근무하시는 분이니 보통 사람보다 사려가 깊으실 테지요. 그다음부터는 상상해 보시면 알 수 있을 거예요."

눈을 내리깔며 말했다.

노리코도 한 가지 떠오르는 게 있었다. 차마 입 밖으로 꺼낼 수는 없었지만 자신의 짐작과 여동생의 생각이 일치한다고 믿었다.

노리코는 가능하다면 이 사진을 빌려 도쿄로 가져가고 싶었다. 그러나 여동생이 오빠를 기억하듯이 보관하는 유일한 물건이다. 이야기를 꺼내기 어려웠지만 용기를 냈다.

"네, 괜찮아요. 나중에 보내 주시기만 하면 돼요."

여동생은 흔쾌히 승낙하고, 미소를 지으며 노리코를 보았다.

"이런 말 실례될지도 모르지만, 오늘 처음 만난 분인데 어쩐지 아가씨가 마음에 들었거든요."

그날 밤 이누야마로 돌아온 노리코는 기소가와 강 인근의 여관에 숙박했다.

그녀는 다쓰오에게 편지를 썼다.

편지가 다쓰오에게 도착하는 것보다 그녀가 먼저 상경할지도 모르지만 오늘 느꼈던 기분을 말로 전하기보다는 편지지 위에 담고 싶었다. 단순히 있었던 일을 건조하게 보고하는 게 아니라 지금 느끼는 분위기와 감정을 다쓰오에게 전해 주고 싶었다.

편지를 쓰는 동안 밖에서 들리는 강물 소리가 꼭 빗소리처럼 들려 왔다.

예정대로 도착했습니다.

하타나카 젠이치 씨의 생가에 찾아갔습니다. 그 집은 노비 평야에 외떨어진 농가였습니다. 이곳에서 젠이치 씨의 여동생을 만났습니다. 오랜 세월 외지에서 생활했기 때문인지 시골 사람답지 않게 또렷한 인상이 드는 멋진 분이셨습니다. 저는 그분을 존경하게 되었습니다.

이곳에서 하타나카 젠이치 씨의 교우 관계를 비롯해서 무엇인가 남아 있는 게 없는지 알아봤지만, 애석하게도 아무것도 남아 있지 않았습니다. 크게 낙담했습니다. 힘들게 여기까지 왔는데, 하고 풀이 죽어 있자니 그런 제 모습이 불쌍해 보였는지 그분이 두 가지 유품을 어렵사리 찾아내셨습니다. 하나는 닛타 씨가 보관하고 계셨던 동인 잡지라 도움이 되지 못했습니다. 하지만 다른 하나인 사진은 무척 마음을 끌었습니다. 사진을 동봉합니다. 감사하게도 빌려 주셨습니다. 잘 보아 주세요.

사진에 나오는 세 사람에 대해 설명하자면, 서 있는 청년이 이십 년 전의 하타나카 젠이치 씨입니다. 양산을 받치고 있는 아가씨가 하타나카 젠이치 씨의 연인, 그리고 그 옆에 일고여덟 살쯤으로 보이는 소년은 아가씨의 남동생입니다. 젠이치 씨가 교토에서 대학을 졸업한 해에 촬영했다고 합니다. 장소는 사진 뒤쪽에 적힌 대로 난젠지 사원입니다. 저도 전에 가 본 적이 있는 절인데 조용하고 무척 좋은 곳입니다. 그런데 가장 중요한 하타나카 젠이치 씨의 연인 말입니다만, 그녀가 어느 지역 사람인지, 이름은 뭔지, 주소가 어디인지도 모른다는군요. 집안사람들은 아무것도 모른다고 합니다. 하타나카 씨의 사랑이 열매를 맺지 못하고 끝났기 때문에, 하타나카 씨는 사랑하는 사람에 대해 가족들에게 아무런 말도 남기지 않고 세상을 떠났습니다. 이 사진 한 장만이 남아 있습니다.

어쩌다가 그 사랑이 끝나 버렸는지는 동생분도 구체적으로는 알지 못했답니다. 그래도 뭔가 짐작 가는 건 있는 모양입니다. 그건 당사자들의 의지가 아닌, 외부에서 벌어진 어떤 사건으로 인해 헤어지게 되었다는 것과, 그로 인해 하타나카 젠이치 씨의 죽음이 앞당겨졌다는 것, 그리고 그 사건은 아무래도 어떤 인물과 관계된 일이라는 것입니다. 마지막의 추측은 동생분이 이렇게 분명히 말씀하신 것은 아니지만 말투에서 그런 느낌이 났습니다.

내 생각엔 하타나카 젠이치 씨와 연인 사이에 다른 남자가 등장해, 그 일로 하타나카 씨는 실의에 빠지게 된 것 같습니다. 사진 뒤를 봐 주세요. 촬영자의 이름이 먹으로 시커멓게 지워져 있습니다. 하타나카 씨가 지운 것인데, 지워진 이름이 이들의 사랑을 파국으로 이끈 남자의 이름이 아니었을까요. 이 사진을 찍었을 때만 해도 하타나카 씨의 사랑은 아무 일 없이 진행중이었고, 하타나카 씨는 연인과 그녀의 남동생, 그리고 훗날 라이벌이 된 친구를 데리고 난젠지에서 즐겁게 놀았습니다. 그때는 사진을 찍어 준 친구의 이름을 적었지만, 나중에 검게 칠해 지워 버릴 이유가 생겼을 겁니다. 여동생이 어린 마음에 이상하게 여기자 하타나카 씨는 더 이상 그 이름을 쓰고 싶지 않다고 대답했다고 합니다. 어쩌면 하타나카 씨에게 친구의 이름은 영원히 잊어버리고 싶은, 증오할 수밖에 없는 이름이었는지도 모릅니다. 노비의 시골 마을까지 와서 얻은 수확은 이 사진 한 장뿐입니다. 하지만 꽤 풍부한 암시를 가진 자료라고 생각합니다. 하타나카 젠이치 씨의 습작 노트를 빌려갔다는 남자의 이름은 끝내 알아내지 못했지만, 이십 년 전에 맞이한 사랑의 종말이 이번 사건에까지 한 줄기 실을 늘어뜨리고 있다는 기분에서 빠져나올 수가 없습니다. 지금은 그저 예감에 지나지 않는 안개 낀 상상이지만, 돌아가는 기차 안에서 천천히 생각을 정리해 보려고 합니다. 사키노 씨도 생각해 보세요.

하타나카 젠이치 씨의 동생분은 정말 좋은 사람이었습니다. 이분을 알게 된 것만으로도 여기에 온 보람이 있다고 생각합니다. 돌아갈 때는 날이 저물어 버스가 다니는 큰길까지 제등을 들고 배웅해 주셨습니다. 캄캄한 노비 평야에 펼쳐진 밭의 냄새 속에서 꽈리 같은 등불이 앞장서서 걷던 장면은 영원히 잊지 못할 겁니다.

지금 기소가와 강가 여관에서 이 글을 쓰고 있습니다. 이누야마의 작고 예쁜 성이 밤 속으로 가라앉고 있습니다.

                노리코

사키노 다쓰오 씨에게

여행의 애환

1

노리코가 눈을 떴을 때 장지에 밝은 햇살이 비치고 있었다. 시계를 보니 8시가 넘었다. 어제의 피로 탓인지 저도 모르게 늦잠을 잤다.

장지 문을 열자 강렬한 아침 햇살이 비추는 기소가와 강이 바로 아래에 흐르고 있었다. 오늘은 이누야마 성이 또렷하게 보였다.

"일찍 일어나셨네요."

여종업원이 들어왔다.

"그렇게 이른 시간도 아니에요."

"그런가요?"

종업원이 웃으며 방 안을 정리했다.

"어젯밤에 맡기신 편지는 제대로 잘 부쳤습니다."

"감사합니다. 속달로 보내셨죠?"

"네."

그렇다면 오늘 밤쯤 다쓰오의 아파트에 도착할지도 모르지만, 그래도 노리코가 도쿄에 도착하는 것이 더 빠르다.

세수를 하고 돌아오자 아침 식사가 준비되었다. 은어 소금구이와 은어 내장 젓갈이 접시에 담겨 있었다. 아침부터 이런 걸 먹을 수 있는 것도 다 기소가와 강가의 땅이기 때문이다.

도쿄에서 먹었던 은어와는 맛이 전혀 달랐다. 어머니가 은어를 좋아하시는데 이렇게 싱싱한 은어를 드신다면 얼마나 좋아하실까, 하고 노리코는 생각했다.

갑자기 집에 전화를 하고 싶어졌다. 역시 혼자서 여행지에 있다 보니 어머니가 그리워졌다.

"도쿄에 전화하고 싶은데 바로 연결할 수 있을까요?"

식사 시중을 들던 종업원에게 부탁했다.

"알아볼게요."

종업원은 여관 프런트를 거쳐 전화국에 전화를 걸었다.

"회선이 그리 혼잡하지 않다네요."

"그럼 연결해 달라고 해 주세요."

"예."

종업원은 노리코가 불러 준 전화번호를 교환수에게 전했다.

"이제 어디를 둘러보실 건가요?"

찻잔에 차를 따르며 종업원이 물었다.

"아뇨, 도쿄로 돌아갈 거예요. 아, 참, 오전 급행이 몇 시죠?"

"기후발은 10시 39분에 있어요."

종업원은 기차 시간을 외우고 있었다.

"그래도 모처럼 오셨는데 기소가와 강에서 뱃놀이라도 하다 가세요."

"네, 감사합니다. 경치가 참 좋을 것 같아요."

"그럼요, 여기 오시는 분들은 대부분 배에 타 보고 가세요. 요 앞에 오니가시마$_{모모타로나\ 잇슨보시와\ 같은\ 일본의\ 옛날이야기에\ 등장하는\ 도깨비가\ 살고\ 있다는\ 섬}$라는 명소도 있어요. 바위와 물의 정취가 아주 그만이에요."

종업원이 명소를 소개하려는데 전화벨이 울렸다.

"어머, 빠르기도 해라."

종업원이 수화기를 건네주었다. 아니나 다를까 도쿄였다.

"여보세요?"

예, 하고 대답하는 목소리는 어머니였다. 목소리가 조금 먼 듯해도 같은 도쿄에서 전화를 걸었을 때와 차이가 없다.

"엄마? 나야."

"아, 노리코니?"

어머니는 조금 놀란 듯 목소리를 높였다.

"지금 이누야마야."

"뭐, 어디라고?"

"이, 누, 야, 마. 일본의 라인 강 말이야. 어젯밤 여기서 지냈어. 은어가 진짜 맛있어. 여관 밑에서 바로 잡을 수 있어서 어제저녁에도, 오늘 아침에도 나왔어. 엄마도 맛보게 해 주고 싶다."

"있잖니, 노리코."

어머니의 목소리가 다급해졌다.

"마침 전화 잘 했다. 네가 어디서 지내는지 몰라 애를 먹었단다."

"왜? 무슨 일 있어요?"

노리코는 가슴이 덜컥 내려앉았다.

"사키노 씨가 말이지."

어머니가 말했다.

"사키노 씨가 어젯밤 늦게 우리 집에 왔는데……."

"뭐? 사키노 씨가? 왜?"

어머니의 목소리가 작아서 노리코는 큰 소리로 되물었다.

"너한테서 혹시 전화가 오면 자기 아파트로 연락해 달라고 부탁하고 갔어. 무슨 일인지 급한 모양이더라."

"그래?"

무슨 일일까. 급한 볼일이라면 사건과 관련된 일밖에 없다. 다쓰오가 그렇게 부탁했다니, 적잖이 당황하고 있는 게 분명하다.

노리코는 엄마가 불러 주는 대로 다쓰오의 아파트 전화번호를 받아 적었다.

"잘됐구나. 마침 전화해 줘서."

어머니는 안심했다는 듯이 말했다. 노리코도 갑자기 집에 전화가 하고 싶어진 것은 어떤 예감이 들었기 때문은 아닌가 신기했다.

"바로 전화해 볼게요."

노리코의 말에 어머니는, "그렇게 해. 11시까지 자기 아파트에서 기다리겠다고 했어. 아, 참, 그리고 일 끝나면 바로 돌아와" 하고 당부했다.

노리코는 받아 적은 도쿄 지역의 전화번호를 긴급 호출했다.

저쪽에서 전화를 받기까지 삼십 분쯤 걸렸다. 노리코는 조바심을 내며 기다렸다. 종업원은 번거로운 일이라도 생겼다고 여겼는지 조용히 자리를 비켜 주었다.

벨이 울림과 동시에 노리코가 수화기를 들었다.

수화기 저편에서 여자의 굵은 목소리가 응답했다.

"여보세요? 저는 시이하라라고 하는데 사키노 씨는……."

끝까지 말하기도 전에 사키노 씨, 하고 수화기 밖으로 외치는 여자의 목소리가 들렸다. 멀리서 응, 하고 대답하는 남자 목소리도 들렸다.

"이야, 리코?"

다쓰오의 목소리가 귀에 들리기까지 십 초도 걸리지 않았다. 전화기 곁에서 대기하고 있던 것 같다.

"이제야 연락이 됐군."

다쓰오의 목소리가 들떠 있었다.

"왜, 무슨 일 있어?"

노리코는 마음과는 달리, 자기도 모르게 나무라듯 물었다.

"응, 그보다도, 아니, 그건 나중에 다시 말하기로 하고 어떻게 됐어, 그쪽 일은?"

다쓰오도 다급한 듯이 물었다.

"아, 그게 있잖아, 하타나카 젠이치 씨의 여동생 집에 갔는데 다른 노트는 없었어. 누가 빌려 갔다고 하는데 그게 누군지도 몰라."

"뭐, 모른다고?"

"응, 여동생이 외지에 나가 살 때의 일이었대. 어머니가 빌려 줬다고 하는데 지금은 돌아가시고 안 계셔서 누가 가져갔는지 알 수가 없어."

"그랬군."

다쓰오의 실망한 목소리가 수화기를 통해 그대로 전해졌다.

"헛수고였나?"

"아니, 헛수고는 아니었어."

"응, 어째서?"

"완전히 절망적인 건 아니야. 노트는 못 찾았어도 조금 흥미로운 자료를 발견했어."

"흐음, 그게 뭔데?"

"사진. 하타나카 젠이치 씨의 낡은 사진이야."

"흐음, 하타나카 젠이치의 사진이 무슨 도움이 된다는 거야? 내가 궁금한 건 그 사람이 남긴 습작 노트 아니면 그걸 빌려 간 사람의 이름이라고."

"전화로는 자세히 말하기 그렇고, 사진과 편지를 어젯밤 속달로 사키노 씨한테 보냈어. 받으면 이해가 될 거야."

"그랬어?"

다쓰오의 목소리는 그다지 기대하는 음색이 아니었다.

"여보세요. 그런데 사키노 씨가 급한 일이라고 한 건 뭐야?"

노리코의 차례가 되었다.

"아아, 그건 말이지, 무라타니 아사코 여사가 병원에서 퇴원했는데 그 뒤로 행방불명됐어."

"뭐? 무라타니 선생님이?"

노리코는 크게 놀랐다.

"음, 우리가 당했어. 여사가 계속 병원에 있을 거라고 믿었는데 실수였어. 어제 아침에 생각이 나서 잠깐 들러 봤더니 이틀 전에 퇴원했더라고."

"저런, 몸이 좋아지신 건가?"

"좋아지건 말건 처음부터 꾀병이었지. 돈 주고 병원에 숨어 있었을 뿐이야. 물론 이쪽에서도 어렴풋이 알고 있었지만 퇴원하고 행방을 모르게 됐으니 난감하네."

노리코는 가슴이 두근거렸다. 왠지 나쁜 예감이 든다. 료고 씨의 행방도 모르는데 이번에는 아사코 여사가 소식을 끊었다.

"집으로 돌아가지 않았을까?"

"당연히 세타가야의 집에도 곧장 달려갔지. 돌아온 흔적이 전혀 없어. 병원에선 간단한 소지품을 챙긴 트렁크 하나만 들고 퇴원했대. 이불 같은 건 나중에 찾으러 오겠다며 맡겨 뒀다는 거야."

"보호자로 기재한 돗토리의 오빠 집에 가지 않았을까?"

"일단 나도 그 생각을 했어. 그래서 어제 곧장 돗토리 쪽에 전보로 알아 봤어. 친오빠의 주소는 수첩에 적어 뒀으니까. 답전(答電)이 바로 왔어. 오지 않았대. 이건 그대로 믿어도 좋을 것 같아. 나도 그럴 것 같았거든."

"그럼 선생님은 도대체 어디로 가셨을까?"

노리코의 눈에는 커다란 트렁크를 끌며 비틀비틀 걸어가는 뚱뚱한 여사가 떠올랐다. 쓸쓸해 보이는 모습이었다.

"무라타니 여사에 대해 너무 방심했어."

다쓰오의 목소리가 이어졌다. 교환수가 세 번째 통화라고 알려 주었다.

"이제 와서 후회해 봐야 소용없지만……."

"혹시 남편에게 가신 거 아닐까?"

노리코는 문득 그런 생각이 들어 말해 보았다.

"그렇군. 리코다운 발상이기는 한데 찬성하기는 어렵네."

"왜?"

"료고 씨가 어디 있는지 알았다면 그렇게 혈안이 돼서 찾아다녔을 리가 없어. 그게 위장이었다고 생각하기도 어렵고. 이제 시간이 얼마 안 남았으니까 부탁할 것만 빨리 말할게."

"알았어."

"오늘 도쿄에 올 거지?"

"10시 39분에 급행을 타고 돌아갈 거야."

"그럼 오는 길에 도요하시에서 잠깐 내려."

"도요하시?"

노리코가 반문했다.

"도요하시에서 왜?"

"무라타니 여사의 가정부네 집이 있어."

그렇구나. 미처 그 생각을 못했다.

"조사해 봤어. 싸전에 미곡 통장_{1942년 전쟁 후 쌀을 아끼기 위해 농림성에서 발행한 통장. 1960년대 전후로는 싸전에서 쌀을 사는 데 필요했다}이 등록돼 있더라고. 자, 불러 줄게. 준비됐지?"

"응, 응."

노리코는 급하게 수첩을 꺼내 받아 적었다.

도요하시 시 ××초 ××번지, 가와무라 도라지 씨 댁. 가와무라 히로코.

노리코는 히로코라는 가정부의 성이 가와무라라는 걸 처음으로 알게 되었다.
"가와무라 도라지가 아버지인지, 오빠인지는 모르겠어. 어쨌든 그 집에 들러 봐 줬으면 하는데."
"거기에 무라타니 선생님이 계실지도 모르니까?"
"그렇다면 좋겠지만."
다쓰오의 목소리에 웃음기가 섞였다.
"아마 그런 일은 없을 거야. 내가 궁금한 건 히로코라는 가정부가 친가에 돌아와 있는지야. 그걸 확인해 줬으면 해."
그럼 다쓰오는 가정부까지 사라졌다고 생각하는 걸까. 노리코는 점점 까닭을 알 수 없게 되었다.
시간 다 됐습니다, 하고 교환수가 통보했다.
"네, 알겠습니다. 그럼 도요하시에서 내릴게."
"미안해. 꼭 좀 부탁할게."
전화는 그 말이 다 끝나기도 전에 끊겨 버렸다. 노리코는 한동안 그 자리에 앉아서 꼼짝도 하지 않았다.
대체 무라타니 여사는 어디로 간 걸까. 다쓰오는 그녀가 꾀병을 부린다고 단정했지만 심한 정신적 충격을 받은 여사가 평소와 다름없는 정신 상태이리라고는 생각되지 않았다.
"저, 기차 시간이 얼마 안 남았는데요."
종업원이 알려 주었다.
노리코는 급히 몸치장을 하고 차를 불러 달라고 했다.
차창 밖으로 기소가와 강을 내려가는 배가 보였지만 철교를 건너자 강도, 이누야마 성도 시야에서 사라졌다. 하루 동안 머물렀던 노비의 들판이 그녀의 마음속에 남았다.
기후 역에 도착하자 거의 동시에 급행열차가 들어섰다. 기차 안은 그리 붐비지 않았다. 승객들은 하나같이 더위에 지친 듯 의자에 몸을 늘어뜨리고 있었다.
노리코는 기차 시간표를 꺼내 찾아보았다. 도요하시에는 12시 23분에 도착한다. 이 시간이면 도요하시에서 조금 시간이 지체되어도 오늘 중에는 도쿄로 돌아갈 수 있을 터였다.
의자에 앉은 노리코는 이런저런 생각에 잠겼다.

2

열차가 도요하시 역에 도착한 것은 12시 23분 정시였다.
노리코는 개찰구를 빠져나왔다. 처음 보는 낯선 거리의 풍경이 다시 눈앞에 펼쳐졌다. 작은 여행에서 맛볼 수 있는 즐거움이다. 길을 가는 행인들마저 모두 미지의 신선함에 넘쳐 친근하게 느껴졌다.

노리코는 역 앞의 토산물 가게에 들러 가와무라 도라지의 주소지를 물었다. 키 작은 노파가 자세히 가는 길을 가르쳐 주었다. 이렇게 스쳐가는 만남까지도 그녀의 기분을 들뜨게 해 주었다.

걸어가면 꽤 시간이 걸릴 듯했다. 노리코는 택시를 탔다.

처음 보는 거리의 풍경이 창밖에서 흘러간다.

"멀리서 오셨나 봐요?"

기사가 핸들을 움직이며 물었다. 노리코가 신기한 듯 바깥만 보고 있자 말을 걸고 싶어진 모양이다.

"네, 도쿄에서 왔어요."

노리코가 대답하자 기사는 앞을 보며 "그럴 줄 알았어요. 어때요, 도요하시는 시골이죠?" 하고 큰 소리로 말했다.

"그렇지도 않아요. 무척 번화한데요."

"아니에요, 시골이에요. 화려한 번화가는 얼마 안 돼요. 봐요, 벌써 한산해졌잖아요."

바깥 경치는 과연 기사 말대로였다.

"도쿄라. 그립군요."

기사는 한숨을 쉬고 말했다.

"어머, 기사님도 도쿄분이세요?"

"아뇨, 고향은 딴 곳인데 오 년쯤 도쿄에서 살았죠. 시나가와 쪽에서요. 그래서 도쿄라는 말을 들으면 그립더라고요."

기사의 말투는 반쯤 도쿄에서 살았다는 걸 자랑스러워하는 눈치였다.

"그때는 장거리 수송트럭 기사였어요. 도쿄에서 도요하시까지 정기편을 운행했죠."

기사는 흥에 겨워 떠들었다. 도쿄와 달리 자동차가 적고 빨강, 초록의 신호등도 어쩌다 한 번씩 나온다. 그 대신 자전거를 타고 다니는 사람들이 아주 많다.

"심야의 도카이도를 신나게 달렸죠. 그러다가 이 도요하시에서 인연이 닿아 아내를 만났어요. 결국 이 동네에 침몰해 버렸죠."

기사는 웃으며 말했지만 자조적인 웃음은 아니었다.

"잘됐네요."

노리코가 답했다.

"잘된 건지 어떤 건지. 아무튼 아내가 그러더군요. 도쿄를 오가는 위험한 일은 그만두고 여기서 일하라고. 나도 그게 낫겠다 싶어 택시 기사가 되었죠. 벌써 이 일을 시작한 지 오 년째군요."

"좋은 부인이시네요."

노리코는 겉치레가 아니라 진심으로 말했다.

"헤헤……."

기사는 조금 고개를 숙이며 웃었다. 선량한 사람 같다.

"아, 여기군요."

택시가 브레이크를 밟았다.

"어떤 집인지 이름을 알려 주시면 물어볼게요."

기사가 나섰지만 노리코는 사양했다. 그렇게 요란하게 방문하고 싶지는 않았다.

"그럼 조심하세요. 감사합니다."

기사는 모자를 벗고 인사했다.

"안녕히 가세요."

노리코는 차를 돌려 오던 길로 되돌아가는 기사를 향해 가볍게 손을 흔들었다.

"부인께도 인사 전해 주세요."

이 또한 여행지에서나 겪을 수 있는 작은 즐거움이었다. 기사는 차 유리 안에서 또 한 번 고개를 끄덕이고는 사라졌다.

노리코는 주위를 둘러보았다. 이곳은 도요하시 시에서도 변두리인 듯했다. 지붕이 낮은 집이 양쪽에 쓸쓸하게 늘어서 있고, 그 사이에 공간이 비어 밭이 된 곳이 많았다. 집들은 모두 오래되어 먼지를 뒤집어쓴 것처럼 보였다.

길모퉁이에 조그마한 잡화점이 있었다. 주인처럼 보이는 남자가 아까부터 신기하다는 눈초리로 노리코를 쳐다본다. 노리코는 그에게 가와무라 도라지의 집을 물어보았다.

"가와무라라면 저 앞에 자전거포인데."

남자는 손가락을 들었다.

자전거포라고 해 봐야 이름뿐이고, 폭이 좁은 토방에 수리를 맡긴 낡은 자전거들이 어수선하게 놓여 있다. 새것은 한 대도 없다.

반백의 머리에 쉰은 넘긴 듯한 남자가 기름으로 시커멓게 더러워진 셔츠 차림으로, 자전거를 거꾸로 세워 놓고 그 옆에 쭈그리고 앉아 구멍 난 타이어를 고치는 중이었다.

노리코는 그가 가와무라 도라지이리라 짐작했다. 히로코의 아버지가 틀림없다. 어딘지 모르게 닮은 데가 있다.

"실례합니다. 가와무라 도라지 씨죠?"
"예."
타이어에 고무풀을 칠하던 남자가 더러워진 얼굴을 들었다.
"내가 가와무라입니다만……."

"히로코요? 히로코는 여기 안 왔는데……."
가와무라 도라지는 노리코의 말을 들은 뒤 중얼거리며 답했다. 표정에는 이렇다 할 변화가 없이, 눈매도, 입술도, 말씨도 축 늘어진 느낌이었다.

히로코가 무라타니 아사코 집의 가정부 일을 그만두었다고 말해도 아버지는 관심을 보이지 않았다.
"이 일로 히로코 씨한테서 온 편지는 없나요?"
노리코는 남자의 눈치를 살피며 물었다.
"아니요, 아무것도 없어요."
히로코의 아버지는 변함없는 태도로 대답했다.
"히로코 씨한테서 편지가 온 게, 최근에 언제쯤이었나요?"
"글쎄, 일 년 전이었나? 아니지, 훨씬 전일 거요."
아버지와 딸이 그토록 편지조차 주고받지 않았다니, 노리코는 잘 이해가 되지 않았다. 히로코가 무라타니 가를 나왔다고 해도 아버지는 그렇게 놀라지 않는다. 딸이 지금 어디에 있는지 걱정하는 눈치도 아니다. 그의 눈은 고치다 만 자전거 바퀴에 쏠려 있다. 딸보다도 하던 일을 중단하게 된 것이 마음에 걸린다는 표정이었다.
"친척 집에 가지는 않았을까요?"

노리코는 애가 타 물었다.

"글쎄요. 그럴 만한 친척도 별로 없는데."

가와무라 도라지는 여전히 얼빠진 표정으로 대답했다.

"그런가요."

노리코도 기운이 빠져 가만히 서 있었다. 결국 가와무라 히로코는 집으로 돌아오지 않았다. 무라타니 아사코의 곁을 떠나, 어디로 갔는지 일절 소식이 없었다.

그때 어두컴컴한 집 안에서 앞치마를 두른 마흔 살 남짓의 곱슬머리 여자가 나와 서 있는 노리코를 빤히 쳐다보았다.

노리코는 히로코의 어머니인지도 모른다는 생각에 인사를 했지만, 여자는 수상쩍어하며 머리를 살짝 숙인 뒤 가와무라 도라지에게 말을 건넸다.

"요코오 씨가 맡긴 일은 다 끝낸 거야?"

응, 하고 가와무라 도라지는 입안에서 우물거렸다.

"이것만 끝내 놓고 갈 생각이었어."

"빨리 해요. 늦으면 또 잔소리 듣잖아."

"응."

가와무라 도라지는 건성으로 대답했다.

노리코는 히로코의 어머니라 확신하고 다시 허리를 굽혀 인사했다.

"바쁘신데 죄송합니다. 히로코 씨의 어머님 되시나요?"

곱슬머리 여자는 힐끗 노리코를 쳐다보았다.

"네, 히로코의 엄마이기는 한데 계모예요. 히로코와는 피 한 방울 안 섞였어요."

노리코는 말문이 막혔다. 순식간에 끝난 인사에 할 말이 없었다. 곱슬머리 여자는 그런 노리코의 얼굴을 기분 좋은 듯이 바라보다가, "당신, 히로코 친구예요?" 하고 힐문하듯이 물어보았다.

"네, 조금 아는 사이예요."

"히로코가 무슨 짓이라도 했나요?"

여자의 목소리에는 속을 떠보려는 기색이 있었다.

"히로코가……."

갑자기 옆에서 가와무라 도라지가 나직하게 말했다.

"무라타니 씨 댁에서 나왔대. 혹시 이리로 오지는 않았나 해서 도쿄에서 오셨다는군."

"저런."

곱슬머리 여자는 어딘가 심술궂은 눈으로 남편과 노리코를 번갈아 보았다.

"어떻게 된 걸까, 여보."

"글쎄."

가와무라 도라지는 난처한 얼굴이었다.

"식모살이하다가 나오면 나온다고 집에 엽서 한 장이라도 보내야 되는 거 아니에요? 어차피 내가 싫어서 도쿄로 간 거니 연락이 없는 거야 괜찮지만, 갈 곳 정도는 알려 줘도 나쁠 것 없잖아. 당신은 진짜 아빠니까. 옛날부터 고집이 세더니 나한테 앙갚음하려고 이러는 거야."

곱슬머리 여자의 목소리가 점점 날카로워졌다.

가와무라 도라지는 말없이 어깨를 움츠린 채 다시 타이어에 풀칠을 하기 시작했다.
노리코는 그 집에서 도망쳐 나왔다.

노리코는 도요하시 역에서 다음에 도착한 급행을 탔다.
창문 밖은 여전히 밝았고, 오른쪽에 물결이 잔잔한 바다가 보였다. 해가 조금 가라앉아 먼 바다부터 빛깔이 변하고 있다.
마음이 무거웠다. 지금까지 즐거웠던 여행이 어디론가 밀려나고 가슴이 어둠으로 물들었다.
가와무라 히로코는 불행한 가정에서 성장한 모양이다. 친어머니와 일찍 사별하고 계모가 들어왔다. 곱슬머리에 몸집이 야윈 억척스러운 여자였다. 히로코를 미워했다. 사람 좋은 아버지는 딸을 편드는 말은 한마디도 할 수 없었다. 그랬다간 아내에게 단단히 혼이 났을 테니까.
히로코는 견디지 못하고 집을 나가 도쿄로 상경했다. 어떤 연줄로 무라타니 가에 가정부로 들어갔는지는 모른다. 그 집은 그녀가 스스로 쌓아올린 안식처였다.
노리코가 기억하는 그녀는 여린 피부에 얼굴이 가느다란 아가씨였다. 고용주인 무라타니 아사코 때문에 항상 흠칫거리는 면이 있었다. 젊은 여자로서의 즐거움 따위는 조금도 모르는 듯한 억눌린 분위기를 몸 전체에 지니고 있었다. 지금 그녀의 집에 방문해 처음으로 그 이유를 알게 된 듯한 기분이 들었다.
짧은 여행이었지만 노리코는 다양한 인생의 단편을 엿본 기분이었다. 이누야마에 사는 하타나카 젠이치의 여동생과 기소가와 강변에서 청춘을 즐기던 청년들, 도요하시의 택시 기사, 히로코의 아버지와 계모. 모두 각자의 생활과 인생이 있다―.

시즈오카를 지날 무렵에는 후지산이 거무스름한 실루엣으로 보였다. 아타미에서는 막 저문 밤 입구에, 온천 마을의 예쁜 등불이 군데군데 아로새겨져 빛나고 있었다. 도쿄에 가까워질수록 정차역 하나하나마다 내리는 승객들이 늘어난다. 차 안이 허전할 만큼 한산해졌다.

7시가 지나서야 도쿄에 도착했다. 짧은 여행이었지만 도쿄에 몇 년 만에 돌아온 기분이 들었다.

플랫폼에 발을 내딛자마자, 인파 속에서 "어서 와"라고 하는 커다란 목소리가 들렸다. 다쓰오라는 걸 금방 알았다.

"어머."

다쓰오가 마중 나왔으리라 예상하지 못했기에 노리코는 무척 기뻤다. 다쓰오는 하얀 이를 드러내며 웃고 있다. 주위의 혼잡한 분위기에 물들어서인지 그의 얼굴빛이 붉다.

"마중 나온 거야? 이 기차에 타고 있을 줄은 어떻게 알았어?"

"왠지 그런 냄새가 났지. 뭐, 회사 일이 막 끝나서 집에 가는 길에 어슬렁어슬렁 여기까지 오게 된 거야. 그렇게 황송해할 필요는 없어."

말은 그래도 어쩐지 멋쩍음을 숨기려는 것 같다.

"내가 들어 줄게."

다쓰오가 손을 뻗었다.

여행의 애환 • 289

"친절하기도 하셔라. 뜻밖이네."

"아니, 먼 데까지 다녀온 노고를 치하해 주는 거야."

둘은 나란히 플랫폼의 계단을 내려갔다. 바쁘게 흘러가는 군중이 소용돌이친다. 도쿄의 어수선한 공기도 노리코에게는 오랜만인 듯해, 기차 안에서 느낀 어두운 기분이 흩날려가 마음이 들떴다.

"리코가 속달로 보낸 편지, 조금 전에 읽었어."

다쓰오는 걸어가며 말했다.

"그래?"

"무척 재밌었어. 감동했어."

노리코는 다쓰오가 농담하나 싶어 옆얼굴을 보았지만 그는 웃지도 않고 눈을 빛내고 있었다. 노리코는 가슴이 울리는 걸 느꼈다.

"그렇게 멋졌나?"

노리코가 먼저 농담처럼 말했다.

"아주 좋았어. 눈이 맑아진 것 같았어."

다쓰오는 흥분한 말투로 말했다.

"그게 무슨 뜻이야?"

노리코는 그 편지를 읽고 다쓰오가 무엇을 생각하게 되었는지 빨리 듣고 싶었다.

"천천히 말해 줄게. 일단 차라도 마시러 갈까?"

"그래."

둘은 야에스구치 방면의 개찰구를 빠져나가, 인파에 묻혀 유명 상점가를 향해 걸었다.

"참, 도요하시에서 무라타니 씨 댁 가정부 만나 봤어?"

다쓰오가 그제서야 생각났다는 듯 서둘러 물었다.
"그것도 차 마시면서 천천히 얘기해 줄게."
"그럴래?"
둘은 얼굴을 마주 보며 웃었다. 노리코의 마음은 억누르려 해도 부풀어 올랐다.

3

유명한 상점가의 중간쯤 왔을 때 다쓰오는 길 왼편에 있는 작은 계단을 오르기 시작했다.
"어디 가는 거야?"
노리코는 계단 밑에 서서 물었다.
"차 마실 거지?"
다쓰오가 위에서 대답했다.
노리코가 따라 들어간 곳은 커피를 마실 수 있는 찻집이 아니라, 일본풍의 다실이었다. 갑옷이 장식되어 있고, 도코노마_{일본 건축에서 다다미방 정면에 바닥을 한 층 높여 만들어 놓은 곳으로, 벽에는 족자를 걸고 바닥에 도자기나 꽃병을 장식한다}에는 족자도 걸려 있다. 고풍스러운 도자기들도 늘어서 있다. 손님을 맞는 여종업원도, 풍로 앞에 자리한 젊은 여자도 후리소데_{길이가 긴 소맷자락. 혹은 긴 소매의 옷}처럼 소맷자락이 긴 기모노 차림이었다.
"어머, 뜻밖에 차분한 곳을 알고 있네?"

노리코는 신기한 마음에 주위를 두리번거렸다.

"여행에서 돌아왔으니 이런 곳에서 마음을 가라앉히는 게 좋아. 손님이 많지 않아서 좋아하는 곳이야."

다쓰오의 말대로 일반 찻집보다는 안정감이 있었고, 여행을 통해 뒤집어쓴 것 같았던 마음의 먼지가 떨어져 나가는 기분이 들었다. 손님은 맞은편 자리에서 조용히 대화를 나누는 중년 남자 셋이 전부였다.

"여기 자주 와?"

"응, 가끔 와."

"의외로 노인네 같은 취미가 있네."

일부러 심술궂게 놀렸지만 기모노를 입은 종업원이 가져온 라쿠야키_{물레를 쓰지 않고 손으로 빚어 낮은 온도에서 구워낸 도자기}를 두 손으로 받쳐 들고 녹색 거품을 보고 있자니 마음이 잠잠해졌다.

다쓰오는 찻잔을 들고 소리 내어 홀짝였다.

"어때? 내 취향이 마음에 안 들지도 모르지만 그래도 이쯤에서 이야기를 들어 볼까?"

다쓰오는 남은 양갱을 볼이 미어지도록 입에 넣고 우물거렸다.

"예의가 없어."

노리코는 다쓰오를 바라보았다.

"점잖게 먹으면 맛이 없어. 한번에 먹는 게 제일 맛있어. 그보다도 어떻게 된 거야? 도요하시에서 가정부랑 만났어?"

다쓰오의 눈이 빛났다.

"아니."

노리코는 고개를 저었다.

"집에 없었어?"

"히로코 씨는 집으로 내려가지 않았어."

"내려가지 않았다고?"

다쓰오는 양갱을 삼켰다.

"응, 내려가지 않았어. 아버지를 만났는데 집안 사정이 꽤 복잡해 보였어."

노리코는 그곳에서 보고 들은 일들을 간단히 설명했다. 이야기하는 내내 비좁은 가게에서 자전거를 거꾸로 놓고 바퀴에 풀을 바르던 가와무라 도라지와 그 곁에서 눈꼬리를 치켜뜨고 있던 계모의 모습이 눈에 떠올랐다. 그때 그 자리를 비추던 태양의 밝기까지 생생하게 기억났다.

"그래?"

다쓰오는 턱을 괸 채 듣고 있다가 얘기가 끝나자 담배를 꺼냈다. 하지만 노리코가 생각했던 만큼 실망하지는 않았다.

"불쌍한 히로코 씨는 어디로 갔을까?"

노리코는 의욕이 없었지만 다쓰오에게 관심을 더 갖게 하려는 듯이 물었다.

"글쎄."

다쓰오는 조금 기웃하게 앉아 연기를 내뿜으며 눈을 가늘게 떴다. 그가 무언가 고심할 때의 버릇이지만 뜻밖에 그다지 심각해 보이지는 않았다. 어떤 상상을 떠올리고 있는 게 아닐까 싶었다.

"리코가 없는 사이에 알게 된 일인데."

잠시 침묵이 흐르고 다쓰오가 입을 열었다.
"실종된 료고 씨 말이야. 그쪽 선을 쫓는 건 결국 실패했어. 전에 갔던 오다와라 역의 친구한테서 오늘 전화가 왔어. 그날 '이즈모'가 정차한 역마다, 내릴 때 낸 차표 매수에 맞춰 조사해 봤는데 결국 모르겠다는 거야."
다쓰오는 어조와 함께 몸의 방향도 바꾸어 노리코와 정면으로 마주 앉았다.
"뭐, 그건 어쨌든 간에, 리코가 보낸 편지, 무척 재미있었어. 고생은 했겠지만 리코가 그곳까지 간 성과는 있었어."
"그래?"
노리코는 다쓰오의 눈을 보았다.
"잘됐네. 그래서 어떤 부분이 재미있었는데?"
"하타나카 젠이치의 습작 노트를 누가 빌려갔다는 게 확실해진 점이 가장 큰 수확이겠지. 다만 빌려간 사람이 누구인지를 모른다는 건 좀 아쉬워. 그래도 생각하기에 따라서는 그것도 재미있어."
다쓰오가 말하는 재미란 게 무엇인지 노리코는 알 것 같았다. 수수께끼를 풀어가는 재미일 텐데 그런 기분을 즐기려는 것은 곤란하지 않을까, 라는 생각이 들었다.
"그것뿐이야?"
노리코가 불만스럽게 말하자 다쓰오는 당황하며 고개를 저었다.
"아니, 아니, 그렇지 않아. 리코가 보내 준 사진도 당연히 흥미로웠어."
역시 그도 사진에 흥미를 갖고 있었다.

"어땠는지, 차분히 말해 줘."

노리코는 두 팔꿈치를 테이블에 올려놓고 손가락을 깍지 껴 그 위에 턱을 괴었다.

다쓰오는 잠시 한곳을 응시했다.

"우선 하타나카 젠이치 씨의 여동생이 사진에 대해 해 준 얘기가 재미있어. 잠깐, 사진을 가져왔으니까 앞에 두고 얘기할게."

다쓰오는 상의 안주머니에서 봉투를 꺼냈다. 노리코가 이누야마의 여관에서 보낸 봉투다. 다쓰오는 그 속에서 사진을 꺼냈다.

젊은 남녀와 어린 소년이 오래된 절의 누문을 배경으로 서 있다. 젊은 남자와 여자는 행복하게 웃고 있다. 이미 세피아 색으로 바랜 사진이지만, 사진을 다시 보니 노리코는 노비 평야의 낡은 농가가 눈에 떠올랐다.

"여기 이 누문은."

다쓰오가 손가락으로 가리켰다.

"이시카와 고에몬_{도요토미 히데요시와 동시대에 살았다고 하는 도적}이 한때 아지트로 삼았던 곳이야. 가부키에서 그러잖아. 고에몬은 큰 담뱃대를 들고 눈을 부릅뜨며 절경이로다, 절경이로다, 하면서 으스대는 놈이야."

"그런 쓸데없는 얘기는 아무래도 좋아. 빨리 본론으로 들어가."

"아, 미안, 미안. 그런데 이 사진도 어떤 의미에서는 절경이란 말이야. 하타나카 젠이치와 그의 연인이 행복해 보여. 이 아이는 연인의 남동생이라고 했지만, 이런 것도 좋네. 아마 하타나카 젠이치의 짧은 인생에서 최고로 행복했던 시절일 거야."

노리코는 고개를 끄덕였다.

"그런데 이 행복의 밑바닥에서 어떤 나쁜 놈이 그들을 엿보고 있었어."

다쓰오는 사진을 뒤집었다. '쇼와 1×년 ×월 ×일, 교토 난젠지 절에서. 촬영……'이라는 낡은 펜글씨와 그 아래를 지운 시커먼 먹이 기묘한 느낌으로 나타났다. 노리코에겐 두 번째였다.

"리코가 편지에 쓴 것처럼 지워진 촬영자의 이름은 하타나카 젠이치와 이 아가씨의 사랑을 파국으로 이끈 인물일 거야. 그렇지 않고서야 그가 일부러 먹으로 지워 버렸을 리 없어. 글자로라도 다시는 보고 싶지 않은 이름이었겠지. 사랑이 깨지면서 하타나카 젠이치의 죽음이 앞당겨졌는지 어떤지는 별개의 문제지만, 충격이 상당했던 건 상상이 가. 소설가를 지망했던 청년이니 감수성이 풍부했겠지. 죽을 때까지 이 사진을 보관하며 옛 연인을 그리워했지만 촬영자의 이름만큼은 영원히 증오했어. 즉 리코가 편지에 쓴 것처럼 지워진 이름은 하타나카 젠이치의 친구였고, 나중에는 그의 연인을 빼앗아 간 남자야."

"그렇지."

"잔인한 친구지만 세상에 흔히 있는 케이스지. 이 사진처럼 처음엔 함께 어울리다가 중간에 연인을 빼앗아 버린다든가 하는 일은. 그럼 여기서, 사진을 좀 더 분석해 볼까."

"좋아."

노리코는 바로 찬성했다.

"우선 제일 처음, 하타나카 젠이치의 연인에 대해 리코는 짚이는 거 없어?"

노리코는 새삼 사진 속의 여자 얼굴을 관찰했다. 열아홉이나 스무 살로 보이는 여자는 이십 년 전에나 유행했을 양산을 들고 있다. 당연히 기억에 없는 얼굴이다. 아랫볼이 불룩해서 귀여운, 동그란 얼굴이다. 여름의 뜨거운 광선에 한쪽 뺨이 하얗다.

"모르겠어."

노리코는 고개를 가로저었다.

"그럼 남동생이라는 남자아이는?"

다쓰오는 다음을 가리켰다.

그렇다. 이 아이라면 처음 봤을 때도 그랬지만, 지금도 주위 어딘가에서 본 것 같은 얼굴이다. 그것도 아주 오래 전에, 정말 어쩌다가 본.

노리코가 그렇게 말하자 다쓰오는 묘한 얼굴로 노리코를 보았다.

"리코도 그렇게 생각하는군."

"응? 나도, 라니?"

다쓰오는 고개를 끄덕였다.

"그래. 나 역시 그렇게 생각했거든. 어디서 본 적이 있는 아이의 얼굴이야. 느낌은 조금 다르지만 뭐라고 해야 할까. 이렇게 정면을 보고 있는 얼굴이 아니라 옆을 돌아보거나 고개를 숙였을 때라든가, 뭔가 그랬을 때 본 것 같은 얼굴이야. 이 근처에서 본 것 같기도 하고 다른 지역에서 본 것 같기도 하고. 이상하지? 리코도 그렇게 생각했다니."

노리코를 지그시 바라보던 다쓰오는 "물론 애들 얼굴이야 비슷한 데가 많으니까" 하고 중얼거렸다.

기모노를 입은 종업원이 뜨거운 엽차를 가져다 주었다. 다른 자리에 새로운 손님이 들어와 골동품 이야기 따위를 크게 떠들어댔다.
"일단 여자도, 남동생도, 우리가 아는 사람이 아니라고 한다면."
다쓰오가 입을 열었다. 흥미가 고조되었다는 것은 그 얼굴만 봐도 알 수 있다.
"여자는 지금 어떻게 살고 있을까? 리코는 상상해 본 적 있어?"
그 질문의 의미로, 노리코는 다쓰오도 자신과 같은 것을 상상했다고 느꼈다.
"그래, 분명 이 사진을 찍은 사람과 결혼했을 거라 생각해."
"바로 그거야."
다쓰오는 생각했던 대로 말했다.
"나도 그럴 거라고 생각해. 어떤 수단으로, 아니 수단이라고 하면 좀 그렇지만 어떤 식으로 하타나카 젠이치의 애인이 자신에게 돌아서게 했는지는 모르지만, 현재까지도 결혼 생활이 이어지고 있을 거야. 하지만 이건 뭐, 어디까지나 상상이니까 여기에 너무 구애받아서는 위험해."
"위험?"
노리코는 그 말에 조금 놀랐다.
"그래, 위험해. 하타나카가 지워 버린 촬영자의 이름에서 이 사건의 실마리를 찾아보자는 거니까. 리코도 편지에 그렇게 썼잖아.

이십 년 전에 맞이한 사랑의 파국이 이번 사건에 한 줄기 실을 늘어뜨리고 있는 것 같다고…….”

"나 혼자 막연히 상상해 본 것뿐이야.”

"아냐, 그 상상이 맞을 거야. 나도 그런 생각이 들거든.”

"어머, 오늘 저녁엔 계속 장단을 맞춰 주네.”

노리코는 저도 모르게 웃었다.

"정론에는 반대하지 않아. 내 근성은 그렇게 인색하지 않다고. 그리고 어쩌면 그 인물이 사건의 모든 열쇠를 쥐고 있는, 즉 다쿠라를 살해한 범인일 수도 있어.”

"나도 그렇지 않을까 싶었어. 하지만 무슨 수로 촬영자의 이름을 찾아내지?”

"추측해 봐야지. 어려운 문제는 아냐. 하타나카 젠이치의 친구들로 범위가 한정돼 있으니까.”

다쓰오는 두 손을 움직여 틀 같은 형태를 만들었다.

"그 시절 하타나카 젠이치의 친구라고 해 봐야 대학에서 함께 지낸 무리야. 그것도 시시도 간지 박사의 문학 관계 문하생들이야. 즉 같은 그룹이었단 말이지.”

"아아, 그런 거라면 금방 알아낼 수 있겠다. 명부가 남아 있으니까.”

노리코의 목소리가 커졌다.

"알게 되겠지. 하지만 그중 여섯 명에겐 해당 사항이 없어.”

"여섯 명?”

노리코는 눈을 크게 떴다.

"응, 곧장 내 기억을 더듬어 봤어. 고시로 슈이치, 아카보시 센타, 요시다 만페이, 우에다 고로. 이 네 명은 지난번 교토에 갔을 때 내가 집까지 찾아갔던 사람들이야. 그때 부인들을 만나 봤는데 사진 속 여자와는 전혀 딴판인 얼굴들이었어."

"그리고?"

"닛타 가이치로도 아냐."

다쓰오의 입에서 니혼바시의 빌딩 사장 이름이 나왔다.

"리코랑 함께 아사가야에 있는 그의 집을 방문했을 때, 부인이 차를 들고 오면서 잠깐 얼굴을 보였잖아. 이런 느낌이 아니었지?"

노리코는 그렇다고 생각했다. 언뜻 본 기억이지만 사진 속 여자와는 전혀 달랐다.

"그렇군. 그럼 나머지 한 명은?"

노리코가 재촉했다.

"나머지 한 명이라."

그때 다쓰오의 표정이 이상하게 바뀌었다.

"그래. 여섯 명이면 한 명 더 남아 있잖아."

"있지."

다쓰오는 묘하게 천천히 말했다.

"시라이 료스케야."

"아."

노리코는 다쓰오의 얼굴을 뚫어져라 바라보았다.

"맞아, 우리 편집장님이지. 편집장님도 하타나카 젠이치와 같은 그룹이었어. 당연히 범위에 포함되는 인물이야."

다쓰오는 노리코의 굳어진 얼굴을 다시 보았다.

"하지만 걱정하지 마. 리코가 존경하는 시라이 편집장님은 독신이야."

"아, 참, 그랬지."

"이봐, 안도하기엔 아직 일러. 내가 조금 전에 위험하다고 한 건 이 부분이야. 우리는 하타나카 젠이치의 옛 연인이 현재도 결혼한 상태이리라 짐작했지만 그야말로 추측에 불과하니까. 사실이 반드시 그러리란 법은 없어. 일단은 결혼했지만 나중에 이혼하고 지금은 다른 사람과 살고 있다는 가정도 가능해. 그런 점에서 내가 만난 다섯 명도 그들 아내의 얼굴이 사진에 나온 얼굴과 다르다고 해서 소거해 버릴 수는 없는 거야. 결혼 전 이력을 조사해 보지 않는 한 확신할 수 없어. 가정이긴 하지만 시라이 편집장님만 해도 그래. 지금은 혼자 살지만 과거엔 결혼했을지도 모르는 거야."

다쓰오는 그렇게 말하고 갑자기 입을 다물었다.

그 남매

1

고풍스러운 다실에서 노리코와 다쓰오가 나온 것은 밤 9시가 다 되어서였다. 토요일이라서 그런지 유명한 점포들이 즐비한 거리에 인파가 들끓었다. 개찰구도, 플랫폼도 발 디딜 틈이 없었다. 전차 안도 만원이다.

집에 가는 방향이 같은 다쓰오와 노리코는 중앙선을 탔다. 겨우 하룻밤 집을 비웠을 뿐인데 노리코의 눈에는 창밖에 흐르는 시내의 불빛이 신기해 보였다.

─저 옛 사진의 촬영자는 하타나카 젠이치의 연인과 현재 결혼한 상태다.

다쓰오도 같은 상상을 했던 것을 보면 사실일 가능성이 있다. 따라서 그 남자는 대학 시절 하타나카 젠이치의 주변 인물로, 그중에서도 시시도 간지 박사의 문하생 중 한 명으로 범위를 좁혀 봐도 좋겠다고 노리코는 내내 생각했다.

하지만 다쓰오의 말처럼 문하생들의 현재 아내가 그 여자라고 단정 지을 수는 없다. 그녀가 세상을 떠났을지도 모르고, 중간에 이혼했을지도 모르기 때문이다. 결혼 이력을 한 사람씩 조사해 보기란 절대 가능한 얘기가 아니다. 그렇다면 다쓰오가 촬영자를 추론해 낸다고 말해도 불가능한 일이다.

'시라이 편집장님도 지금은 독신이지만…….'

노리코는 다쓰오의 그 말이 묘하게 신경 쓰였다. 시라이 료스케도 확실히 시시도 간지의 문하생이었고, 하타나카 젠이치가 있던 동인 그룹의 소속이었다.

다쓰오의 입에서는 어쩐지 시라이 편집장의 얘기가 자주 나온다. 노리코는 그게 마음에 들지 않았다. 대체 다쓰오의 의식에 시라이 편집장이 떠오르게 된 것은 언제부터일까. 그렇다, 다쓰오가 무라타니 아사코의 대필자를 그녀의 남편이라고 주장했을 때, 시라이 편집장은 절대로 아니라고 단호하게 부정했다. 그 이유에 대해 편집장은 그저 감일 뿐이라고 설명했다.

처음에 다쓰오는 그 주장을 이십여 년 경력의 베테랑 편집자의 경험에서 나온 것이라고 크게 감탄했다. 하지만 그 같은 감탄이 점차 변한 게 아닐까. 즉 시라이 료스케 편집장이 그렇게 딱 잘라 말한 이유는 감 때문이 아니라, 이미 대필자가 아사코 여사의 남편이 아니라는 사실을 알고 있어서였다. 그래서 쉽게 단언할 수 있었던 게 아닐까, 하고 다쓰오가 생각하기 시작한 듯한 느낌이 들었다.

요컨대 다쓰오는 시라이가 뭔가를 알고 있다고 의심한다. 알면서도 모르는 척 이리저리 자기들에게 취재를 지시하고 있다. 그런 의심을 품고 있는 듯이 여겨졌다.

이는 다쓰오에 대한 노리코의 유일한 불만이었다. 노리코는 시라이 편집장을 존경한다. 그런 의심에 찬 눈초리로 그를 보고 싶지 않았다. 편집장이 아사코 여사의 남편이 대필자가 아니라고 단언한 것도 경험에서 빚어진 감이라고 하고 싶었다.

어느새 신주쿠에 도착했다. 전차가 서자 승객의 반 정도가 줄줄이 내렸다. 빈자리가 갑자기 눈에 띄는가 싶더니 또다시 우르르 새로운 승객들이 밀려들었다.

노리코와 다쓰오의 앞자리로도, 젊은 남자가 돌진해 와서 싸우듯이 몸을 던졌다. 노동자인지, 때가 꼬질꼬질한 셔츠에 카키색 바지를 입었다. 아직 스물한두 살 정도의 청년으로, 앳된 모습이 남아 있다. 차내에 부착된 포스터를 두리번두리번 올려다보다가 이내 바지 뒷주머니에서 구겨진 스포츠 신문을 꺼내 읽기 시작했다.

노리코는 무심히 앞으로 몸을 숙인 젊은이의 얼굴을 바라보다가, 갑자기 앗, 하고 외치며 펄쩍 뛰었다. 자기도 모르게 다쓰오의 팔을 잡았다.

"아, 알았어. 사키노 씨."

제법 큰 소리였지만 마침 전차가 요란한 소리를 내며 쇠로 된 육교를 지나던 터라 다른 승객들 귀에는 들리지 않았다.

다쓰오도 노리코 쪽으로 고개를 돌렸다. 노리코의 외마디소리에 고개를 돌렸다기보다 본인도 뭔가 할 말이 있어서 노리코 쪽을 바라보았다고 하는 편이 맞겠다. 그의 표정에도 기묘한 흥분이 감돌았다.

"그래, 알았어."

다쓰오 역시 묘한 말을 불쑥 내뱉었다.

"어머, 사키노 씨도 알았다고?"

노리코는 눈을 크게 떴다.

"알았어, 지금 막. 리코도 같은 걸 생각한 거지?"

다쓰오는 노리코의 눈을 들여다보았다.

"그럼, 뭔지 말해 봐."

"사진 속 남자아이지?"

"맞아!"

노리코의 목소리가 높아졌다.

"누구를 떠올린 거야?"

"다 말할 필요는 없겠지. 우리가 전에 같이 만났던 사람이야. 리코는 앞에 앉은 사람을 보고 있었지? 나도 그랬어. 신문을 읽으려고 고개를 숙인 얼굴에서 머릿속으로 떠올렸지? 나도 그랬어."

"그래, 사진 속 남자아이는 다쿠라의 처남이었어. 그가 어렸을 때 찍은 사진이야."

다쓰오의 눈가에 웃음이 번졌다.

이튿날은 일요일이었다.

노리코가 외출 준비를 하자 어머니가 다가왔다.

"나가는 거니?"

뜻밖이라는 표정이다.

"쉬는 날 아니야?"

"맞아요, 그런데 일이 좀 있어서."

"엊저녁에 집에 왔는데 오늘은 좀 쉬어야지."

어머니는 말리고 싶어 하는 눈치였다.

11시에 도쿄 역에서 다쓰오와 만나기로 약속했기에, 어머니의 말은 고마웠지만 어쩔 수 없었다. 노리코는 손목시계를 보며 대문을 나섰다.

다쓰오는 먼저 와서 12번 플랫폼의 매점 앞에서 기다리고 있었다. 연한 회색 옷을 입고 서 있는데, 평소와는 달리 깔끔하게 다린 바지를 입었다.

전차는 곧 출발했다. 날씨가 좋아서 나들이 떠나는 가족이 많았다.

"다쿠라 씨의 아내가 이십 년 전 하타나카 젠이치 씨의 애인이었다니 놀라워."

노리코는 곧장 얘기를 꺼냈다. 실은 간밤에 누워서도 그 생각이 머리에서 떨어지지 않았다. 소년이 상중이던 후지사와의 다쿠라 집에서 만난 청년과 같은 얼굴임을 알게 된 이상, 양산을 받치고 옆에 서 있던 하타나카 젠이치의 연인은 당연히 다쿠라 요시조의 아내여야만 한다.

"그러고 보니 우리는 다쿠라의 아내를 만난 적이 없으니까, 그녀의 얼굴을 본 적이 없어."

다쓰오가 말했다.

"맞아."

노리코는 고개를 끄덕이며 아직 본 적 없는 다쿠라의 아내의 모습을 사진을 통해 상상해 보았다.

"아마 만났더라도 똑같았을 거야. 오늘은 사진 속 여자가 맞는지 확인하는 것보다 그 부인에게서 듣게 될 이야기가 기대되는군."

"부인이 이야기를 해 줄까?"

노리코는 이제부터 후지사와에 가서 만나게 될 다쿠라의 아내가 어떤 태도로 나올지 걱정되었다.

"물론 전부 말하진 않겠지만 어느 정도는 얘기해 주겠지. 정보를 얻는 건 우리가 어떻게 물어보느냐에 달렸어."

다쓰오는 낙관했다.

"그렇지만 일이 묘하게 됐어. 우리가 세운 가설과 달라졌잖아?"

"무슨 얘기야?"

"우리는 사진을 찍은 남자가 하타나카 씨의 연인과 결혼했을 거라고 예상했어. 그럼 다쿠라가 사진을 찍은 사람이 되는 거지. 그러면 촬영자가 다쿠라 씨를 죽였을지도 모른다는 추리는 대체 어떻게 되는 걸까?"

음, 하고 다쓰오는 신음하는 듯한 소리를 냈다. 얼굴이 당혹한 표정으로 찡그려져 있다.

"맞는 말이야. 나도 어젯밤 내내 고민해 봤어. 하지만 추리는 실제와는 다르니까 여러 가지 모순이 생기는 거야 어쩔 수 없지. 실제로 부딪쳐 가면서 이쪽이 생각하던 모순과 새롭게 발견한 내용을 선으로 연결해 조정해 나가다 보면, 진실의 선이 점차 드러나게 될 거야. 뭐, 앞으로의 일은 후지사와에 가서 다쿠라의 아내로부터 이야기를 들은 다음의 문제지."

다쓰오는 곤혹스러운 듯한 말투로 얘기했다. 그런 후 정면의 창밖을 멍하니 바라보았다.

후지사와 역에서 내려, 이전에 걸었던 길을 되짚어 기억에 남아 있는 다쿠라의 집에 도착했다. 그런데 처음 보는 사람이 있었다.

"다쿠라 씨네는 이사 갔어요."

갓난아기를 등에 업은 중년 여자가 나와서 대답했다.

"우린 사흘 전에 이사 왔고요. 글쎄요, 어디로 갔을지."

"고향인 아키타로 간다는 말은 없던가요?" 하고 물어도 모르겠다며 고개를 갸웃거릴 뿐이다.

"저기, 다쿠라 씨의 부인이 여기에 돌아온 적이 있나요?"

노리코가 묻자, "잘 모르겠네요. 정 아시고 싶다면 집주인에게 물어봐요" 하고, 업힌 아기를 어르는 듯이 등을 흔들며 말했다.

집주인이라는 사람도, "모르겠는데. 그 젊은이가 혼자서 이삿짐을 척척 꾸려 어디론가 보내고 집을 비웠어요. 어디로 갈 건지는 말해 주지 않아 모르겠군요"라고 무뚝뚝하게 대답했다.

"운전기사로 일했다고 들었는데, 어디서 근무했나요?"

다쓰오가 물었다.

"아, 시나가와 역 앞에 있는 야구치 정기편 운수 회사라는 곳인데, 아마 그만둔 것 같아요."

집주인은 그것만 가르쳐 주었다.

후지사와의 운송점에 들러 조사해 보자, 확실히 닷새 전에 다쿠라 요시코 명의로, '아키타 현 미나미아키타 군 고조노메마치 ××번지 다쿠라 요시코'라는 주소지로 짐 꾸러미 다섯 개가 보내졌음이 확인되었다. 다쓰오는 그 내용을 수첩에 적었다.

"자, 일이 곤란해졌군."

후지사와 역에서 도쿄행 전차를 타고 돌아오는 길에 다쓰오가 말했다.

"기껏 단단히 벼르고 후지사와까지 왔는데 허탕이네."

"다쿠라 씨의 아내는 왜 고향으로 내려간 걸까?"

노리코도 이상하게 여겼다.

"단순하게 보면, 남편이 죽었는데 여기 있어 봐야 의미가 없잖아. 그래서 내려갔다고도 생각되지만. 그런데 왜 동생까지 간 거지? 이쪽에 멀쩡한 직업을 갖고 있었는데 말이야. 아니면 시골에서 농사나 짓고 사는 편이 낫다는 건가?"

다쓰오는 팔짱을 끼며 눈을 감았다.

"부인은 다쿠라 씨가 자살했다고 말했지?"

노리코가 중얼거렸다.

"응, 철저하게 같은 주장이었지. 오다와라 서의 조서에서는."

다쓰오는 눈을 감은 채 대답했다.

다쿠라의 아내가 남편의 자살설을 주장한 데에는 어떤 다른 속내가 숨어 있지 않을까. 노리코는 다쓰오도 그렇게 짐작한다고 여겼다. 노리코는 무심한 눈길로 차창 밖을 바라보았다. 선로 곁을 국도가 나란히 달리고, 그 위에서 자동차들이 끊임없이 질주한다. 지금도 트럭 한 대가 기차와 경주하듯 기차 창틀 안에서 앞서거니 뒤서거니 하고 있다.

노리코는 문득 도요하시 시내에서 무라타니 아사코의 가정부의 본가를 찾아갔을 때 탔던 택시를 떠올렸다. 그 택시 기사도 한때 트럭 운전사였다고 했다.

―그때 장거리 수송트럭 기사였어요. 도쿄에서 도요하시까지 정기편을 운행했죠. 심야의 도카이도를 신나게 달렸죠.

유쾌하게 떠드는 택시 기사의 목소리가 귓가에 되살아난다.

'심야의 도카이도.'

노리코의 뇌리에 뭔가가 스쳐 지나갔다.

"사키노 씨."

다쓰오의 팔꿈치를 찔렀다.

"트럭이 도카이도를 지날 때 오다와라에서 어디를 지나가? 해안을 따라 마나즈루에서 아타미, 누마즈로 가는 건지, 아니면 하코네를 넘어가는 건지."

"글쎄. 어느 쪽이더라."

다쓰오는 건성으로 대답했다.

"사키노 씨, 이건 아주 중요한 문제라고."

노리코는 입을 뾰족이 내밀고 말했다.

"뭐가?"

다쓰오는 가늘게 눈을 떴다.

"그 남동생은 정기편 트럭 기사였지? 도쿄를 떠나 한밤중에 도카이도를 달리게 되지만, 하코네를 넘어가면 미야노시타를 지나게 된다고."

"뭐!"

다쓰오는 바로 눈을 크게 뜨고 노리코의 얼굴을 보았다. 조금 전까지 울적해하던 눈은 사라지고 빛을 내뿜기 시작한다.

"다쿠라 씨가 보가시마의 절벽에서 추락한 건 밤 11시 전후였어. 트럭이 다니는 미야노시타의 도로가 바로 그 근처야."

"리코."

다쓰오가 갑자기 몸을 반쯤 일으켜 주위를 두리번거렸다.

"지금 여기가 어디지?"

"방금 요코하마를 지났어."

"다음에 내려야겠어. 시나가와에 내려서 야구치 정기편 운수 회사에 들러서 다쿠라의 남동생에 대해 물어보자. 7월 12일 밤에 그가 근무했는지를 조사해 보는 거야."

다쓰오의 목소리가 흥분으로 떨렸다.

"리코, 정말 멋진 걸 생각해 냈어."

"그런가."

노리코는 다쓰오가 지금까지 보인 적 없는 흥분한 얼굴로 칭찬해 주자, 쑥스러웠다.

"정말이야. 아주 멋진 걸 생각해 냈어. 어쩌면 이게 사건 해결의 실마리가 될지도 모르겠어."

다쓰오는 기대에 부풀어 올랐다.

2

시나가와 역 앞의 야구치 정기편 운수 회사는 규모가 상당했다. 텅 빈 트럭이 네다섯 대 나란히 주차되어 있고, 그 옆에 위탁 화물이 산처럼 쌓여 있었다.

회사명 외에도 '도쿄 ↔ 나고야 직통'이라든가, '도쿄 · 나고야간 특급'이라고 쓴 커다란 간판이 보인다.

다쓰오와 노리코가 영업부라고 적힌 카운터 앞에 서자 젊은 사무원이 책상에서 고개를 들었다.

"어디서 오셨죠?"

사무원은 화물 운송을 의뢰하러 온 손님이라 여겼는지 이내 고개를 숙였다.

"짐을 부치러 온 게 아니라 몇 가지 물어볼 게 있어서 왔는데요."

다쓰오가 공손히 말했다.

"네, 무슨 일이신데요?"

"트럭 기사 중에, 얼마 전 그만둔 사람에 대해 물어볼 게 있어서요."

"이름이 뭐죠?"

사무원은 뭔가 성가신 일로 찾아왔다고 받아들인 모양이다.

"아, 이름은……."

이름은 모른다. 다쿠라의 처남이라는 사실만 알고 있다.

"이름은 모르지만……."

다쓰오의 대답에 사무원은 어이가 없다는 표정을 지었다.

"후지사와에 사는 청년입니다. 아직 젊은, 그렇네요, 스물여섯이나 일곱쯤 된 마른 청년입니다."

사무원은 귀찮았는지 손가락으로 안쪽을 가리켰다.

"저분한테 물어보세요. 인사과니까."

그렇게 말하고 장부로 눈길을 돌렸다. 그러면서도 노리코의 얼굴을 슬쩍 쳐다보는 것은 잊지 않았다.

인사과 직원은 마흔이 넘은 중년 남자였다. 무라야쿠바_{마을의 행정 사무를 보는 곳}의 관리 같은 인상으로, 그 인상대로 친절하기도 했다.

"아, 그 청년이라면, 사카모토 군 말씀이군요."

그는 이야기를 듣고 대답했다.

"사카모토라고 하나요?"

도리어 이쪽이 이름을 전달받았다.

"네, 사카모토 고조라고 해요."

그렇다면 다쿠라의 아내인 요시코의 처녀 시절 이름은 사카모토 요시코였던 셈이다. 즉 하타나카 젠이치의 연인은 사카모토 요시코라는 여자다.

"사카모토 고조에게 무슨 볼일이 있어서 찾아오셨죠?"

인사과 직원은 다쓰오와 노리코를 번갈아 쳐다보고 질문했다.

"아, 사실은……."

어설프게 거짓말을 둘러대는 건 의미가 없었고, 순간적으로 좋은 구실도 생각나지 않았다. 하는 수 없이 회사 이름을 새긴 명함을 건넸다.

"저희는 이런 일을 하고 있습니다."

중년의 직원은 안경을 이마로 들어올리며 명함을 읽었다.

"잡지 기사로 쓰이는 건가요?"

직원은 호의적이었다. 출판사 명함을 내밀면 기피당할 때도 있고, 호의적인 반응을 얻을 때도 있다. 인사과 직원이 관심이 있다는 표정을 했기에, 다쓰오도 상대하기 쉽겠다고 판단한 모양이다. 갑자기 얼굴이 한결 밝아졌다.

"기사로 쓸지는 아직 정해지지 않았지만 그와 관련해서 참고로 할 만한 이야기를 듣고 싶습니다."

다쓰오는 아리송하게 대답했다.

"그게, 사카모토 고조 군이 7월 12일에 근무했는지 알려 주실 수 없을까요?"

"잠깐 기다리세요."

직원은 서류장에서 장부 한 권을 꺼내 책장을 넘겼다.

"일했네요."

기재된 부분을 손가락으로 가볍게 두드렸다.

"그래요?"

다쓰오는 무심결에 노리코를 돌아보았다. 그의 눈이 빛나고 있었다.

"몇 시 출근이었죠?"

"저녁 7시였군요."

"그렇게 늦게 나오나요?"

"우리 회사는 심야에 작업해서요."

직원이 웃으며 말했다.

"도쿄에서 나고야까지 하루 저녁에도 몇 대씩 트럭을 보냅니다. 첫째 편이 17시, 그러니까 오후 5시죠. 둘째 편이 18시, 셋째 편이 19시, 하는 식으로 트럭이 한 시간마다 출발합니다. 12일에 사카모토가 근무한 일지를 보니 넷째 편, 즉 20시인데 운전사는 출발 시각보다 한 시간 먼저 출근해야 합니다. 그러니 고조는 19시에 출근한 게 되죠."

"그렇군요. 알겠습니다. 그런데 나고야행이라면 오다와라에서 어느 쪽으로 가는 거죠? 하코네인가요, 아니면 해안을 따라 아타미 방면으로 가나요?"

"당연히 하코네를 넘어가죠."

인사과 직원은 즉답했다.

"하코네의 미야노시타에서 모토하코네를 지나 미시마를 내려간 다음에 누마즈, 시즈오카를 통과합니다."

다쓰오의 뒤에 서 있던 노리코는 고개를 끄덕였다. 아니나 다를까 미야노시타를 지나가는 것이다.

"아하."

다쓰오는 재치있게 맞장구치며 고개를 끄덕거렸다.

"그런데 넷째 편, 그러니까 시나가와를 출발한 트럭이 미야노시타를 통과하는 시간은 몇 시쯤일까요?"

"음, 어쨌든 나고야까지 열아홉 시간은 걸리니까요. 미야노시타라면 몇 시가 되지? 잠깐만 기다리세요. 난 잘 모르니까 정확한 시간을 확인하고 올게요."

무라야쿠바의 관리 같은 분위기의 직원은 자리를 떠나 종종걸음으로 누군가에게 달려갔다.

"친절한 분이네."

노리코가 다쓰오에게 속삭였다.

"정말 살았어."

다쓰오는 동감하면서 대답했다.

"저런 사람이 없었다면 곤란했을 거야. 무뚝뚝하게 나오면 말 붙일 엄두를 못 냈을 테니까."

"역시 트럭은 미야노시타를 지나는 거였네. 사키노 씨, 아주 중요한 부분이니 잘 물어봐 줘."

"응, 알고 있어."

다쓰오는 당연하다는 표정을 지었다.

인사과 직원은 주름이 많은 얼굴에 미소를 띠며 돌아왔다.

"알아냈습니다."

"정말 감사드려요."

"넷째 편이 미야노시타를 통과하는 시간은 대체로 22시 반에서 23시 사이라는군요."

22시 반에서 23시 사이—7월 12일 오후 10시 반에서 11시 사이라면 마침 다쿠라의 추정 사망 시간대 아닌가.

시간대가 너무나 정확히 일치해서 다쓰오도, 노리코도 잠시 말을 잇지 못했다.

"그밖에 또 궁금한 것은요?"

직원이 재촉했다.

"아, 네."

다쓰오가 목소리를 가다듬었다.

"이건 중요한 문제인데요. 사카모토 군이 왜 회사를 그만두게 되었는지 알 수 없을까요?"

인사과 직원은 조금 복잡한 표정을 지었다.

"꼭 말씀드려야 하나요?"

"부탁드릴게요."

다쓰오가 머리를 깊이 숙였다.

"절대로 폐가 되는 기사는 쓰지 않을 겁니다. 취재하다가 알게 된 비밀 같은 것도 어디 가서 함부로 말하지 않을 거고요."

"그 말씀, 믿겠습니다."

직원이 말했다.

"실은 사카모토 군이 스스로 그만둔 게 아니에요. 회사에서 그만두게 한 거예요."

"네? 해고당한 건가요?"

"뭐, 그렇죠. 이게 알려지면 곤란합니다. 그 친구들 아직 젊고 장래가 있으니까요."

"물론이죠. 한데 친구들이라고 하신다면?"

다쓰오가 물어보았다.

"한 대의 트럭에 기사 두 명이 탑승합니다. 열아홉 시간을 교대로 운전해야 하거든요."

"그렇군요. 둘이 해고당한 사유가 뭐죠?"

"사고를 냈어요."

"사고요? 어떤 사고였죠?"

인사과 직원은 약간 곤란하다는 듯한 표정을 짓다가, 체념한 듯이 말을 꺼냈다.

"방금도 말씀드렸듯이 나고야까지 열아홉 시간이나 걸립니다. 네 번째 차는 이튿날 15시, 즉 오후 3시쯤 도착해야 합니다. 그런데 그들이 운행한 트럭은 13일 오후 4시 반경이 돼서야 나고야에 도착했어요. 한 시간 반이나 늦었죠."

"아, 사고가 있었던 셈이군요."

"그게 좀 이상해요. 뭐, 삼사십 분 연착이라면 이해가 되는데 한 시간 반이나 늦은 건 어쩔 도리가 없다면서, 나고야 사무소 쪽에서 사카모토와 기노시타에게……. 기노시타는 그때 같이 탄 한 조입니다."

"그 얘기 좀 들어 볼까요. 기노시타 뭐라고 하죠?"

"기노시타 가즈오라고 합니다. 나이도 사카모토와 동갑이에요."

"기노시타 군이 지금 어디서 지내는지 아시나요?"

"모르겠어요. 약간 불량한 녀석인데다가 떠돌이예요. 이력서를 보관해 두었는데 퇴사해서 없애 버렸습니다."

인사과 직원은 자신의 업무를 설명했다.

"그래서 연착한 원인 말입니다만……."

다쓰오는 이야기를 원래대로 되돌렸다.

"어떤 사고였나요?"

"실은 사고가 아니었어요. 본인들은 연착했다며 그 이유를 내세웠지만."

"어떤 건가요?"

"여기까지 말했으니 마저 알려 드리죠."

인사과 직원이 설명했다.

"연착한 이유가 엔진 카뷰레터 고장 때문이라는 겁니다. 미시마를 지날 즈음 그랬다는데, 그걸 수리하느라 시간이 걸렸다고 변명하는 거예요. 나는 자동차에 대해 잘 알지 못하지만, 카뷰레터를 고치는 데 사오십 분이면 가능할 거라고 하더군요. 나고야 지부의 자동차부 주임이 확인하려고 카뷰레터를 점검해 봤더니 수리한 흔적이 전혀 없었대요. 그러니까 그건 아무렇게나 둘러댄 거짓말이겠죠. 중간에 어디에서 농땡이를 부렸거나 차를 세워 두고 한잠 늘어지게 잔 걸 속이려 한 거라고, 둘을 호되게 야단쳤대요. 그러자 사카모토와 기노시타가 항변하며 그게 무슨 말이냐, 고장 나서 고장 났다고 한 건데 뭐가 잘못이냐, 그렇게 못 믿겠다면 마음대로 해라, 라고 나온 겁니다. 이쪽에선 건방 떨지 마라, 너희 같은 놈은 필요 없다고 화를 냈어요. 거기다 대고 젊은 친구들이 되받아치고, 뭐, 말싸움에서 주먹다짐이 될 정도의 소동으로 번져서, 끝내는 잘렸죠."

담당은 단숨에 이야기했다.

"말하자면, 싸워서 해고당한 거군요?"

"뭐, 그런 거죠."

어떤 못된 짓을 했을까 싶었는데, 단순한 이유였다. 인사과 직원도 그 점이 마음에 걸렸는지, "트럭을 모는 젊은 기사들은 성질이 거치니까요. 게다가 대신할 기사는 얼마든지 있으니까 강하게 나간 거죠" 하고 변명처럼 말했다.

여기에서 들을 얘기는 더 이상 없었다. 사건이 발생한 7월 12일 밤, 다쿠라의 처남은 트럭을 몰고 10시 반에서 11시 사이에 사건 현장 근처인 미야노시타를 지났다. 그리고 정시보다 한 시간 반이나 늦게 나고야에 도착했다. 엔진 고장이라고 둘러댔지만 확인되지 않았다. 이것으로 충분하다.

"여러 가지로 정말 감사했습니다."

다쓰오가 감사 인사를 했다. 노리코도 친절한 중년 인사과 직원에게 공손히 고개를 숙였다.

"천만에요. 그런데 꼭 비밀로 해 주셔야 돼요. 여러분의 취재와 무슨 관계가 있는지는 모르지만."

사람 좋은 인상의 직원은 싱글싱글 웃으면서도 다짐받아 두는 걸 잊지 않았다.

둘은 야구치 정기편 운수 회사 사무실을 나왔다. 노닥거리고 있던 젊은 기사들이 일제히 노리코의 얼굴에 시선을 두고 그녀가 떠나는 걸 바라보았다.

"자, 중요한 열쇠 하나를 얻었어."

시나가와 역으로 걸어가면서 다쓰오가 말했다.

"저 근처에서 잠깐 앉을까?"

다쓰오는 흥분이 식지 않은 듯한 얼굴이었다. 역 구내 대합실로 앞장서 들어가더니 벤치에 아무렇게나 앉는다.

"어, 거기 더러워."

노리코가 핸드백에서 손수건을 꺼냈다.

"괜찮아. 그보다도 여기에 앉아 봐."

다쓰오는 옆자리를 가리켰다. 노리코는 다쓰오의 이런 무신경이 때때로 참기 힘들었다.

"여기 내려서 들르길 잘했네."

"그래서 리코가 그 사실을 깨달은 점을 칭찬한 거야."

다쓰오가 들뜬 목소리로 말했다.

"좀 전에 운수 회사에서 들은 이야기가 정말 큰 도움이 됐어."

"나는 이게 열쇠의 일환이라고 생각해. 트럭의 이동 경로나 통과 시간, 게다가 한 시간 반의 연착까지."

"정말 고장이었을까?"

"거짓말이겠지. 운수 회사 자동차 주임이 간파한 사실이 맞을 거야. 기술적인 문제라면 그런 사람이 정통할 테니까. 게다가 미시마 근처에서 고장 났다는 변명도 미야노시타 부근에서 무언가 있었던 일을 숨기려는 의도처럼 보여."

"무언가 있었던 일?"

"우리는 미야노시타의 갈라진 마을 길에 깊숙이 난 자동차 타이어 자국을 봤지."

노리코의 눈에도 그 바퀴 자국이 선명하게 떠올랐다.

3

　대합실에는 손님들의 웅성거림이 끊이지 않았고, 역으로 진입하는 기차와 전차의 굉음이 들려왔다. 그때마다 확성기에서 방송이 흘러나왔다.
　그런 잡음이 귀에 들리지 않는 것처럼 다쓰오와 노리코는 다쿠라가 죽은 날 밤, 미야노시타를 통과한 정기편 트럭에 관해 이야기했다.
　트럭은 한 시간 반 동안 고장이 났다고 하는데 아마 기사가 꾸며낸 거짓말일 테다. 그에 대해 다쓰오가 말했다.
　"카뷰레터가 고장 나면 일단 분해했다가 다시 조립해야 하기 때문에, 다른 부분은 먼지투성이로 더럽더라도 그곳만은 깨끗해야 해. 그래서 나중에 점검해 보면 수리했는지 아닌지 알 수 있어. 트럭 회사 자동차부 주임이 둘의 말을 거짓말로 단정한 이유는 아마도 그걸 간파했기 때문인 게 틀림없어."
　"왜 거짓말을 하면서 시간을 지연시켰을까?"
　노리코가 물었다.
　"두 가지로 생각해 볼 수 있지."
　다쓰오는 등을 구부리며 말했다.
　"첫째는 예기치 않은 사고로 늦어졌다. 둘째는 의도적으로 어떤 행위를 하느라 시간을 빼앗겨서 지연되었다. 그런데 거짓말로 변명한 걸 보면 의도적인 행위를 했기 때문인 게 분명해."

의도적인 행위—다쿠라가 추락사한 곳의 마을 길에 난 타이어 자국이 당연히 노리코의 뇌리를 스쳤다.

트럭과 마을 길에 난 타이어 자국.

"혹시 트럭은 미야노시타의 국도에서 마을 길로 들어온 게 아닐까?"

"역시 리코도 거기로 생각이 미쳤구나."

다쓰오는 대답하고선 그림이라도 그려 설명하고 싶은지 여행객이 버린 도시락 통에서 젓가락 두 개를 주웠다.

"어머, 그러지 마. 더럽잖아."

노리코는 눈썹을 찡그리며 황급히 말렸다. 이럴 때 보면 꼭 아이처럼 무심하다.

"자."

핸드백에서 수첩과 만년필을 꺼내 줬다. 다쓰오는 귀찮다는 듯 받아들고 미야노시타 부근의 도로를 그렸다.

"이게 오다와라에서 고라로 가는 간도幹道야. 여기서 오른쪽으로 작은 가지처럼 갈라져 있는 게 마을 길이고."

다쓰오는 마을 길의 한 지점을 'X'로 표시했다.

"이 X표시는 다쿠라가 추락사했다고 짐작되는 장소야. 트럭은 미야노시타의 이 장소를 밤 10시 반에서 11시 사이에 지나갔을 거야. 다쿠라의 사망 시간이 10시에서 12시 사이라고 한다면 트럭이 마을 길로 들어왔다는 가정과, 현장에서 일어난 다쿠라의 죽음은 전혀 무관하지는 않을 듯싶어."

"그래."

노리코는 바로 동의했다.

"그런데 말이지."

다쓰오는 애를 태우듯 다른 말을 꺼냈다.

"마을 길에 난 타이어 자국은 무수히 많았어. 우리가 직접 확인했지. 마을 길 끝에는 제재소가 있어서 거기를 들락거리는 트럭도 있으니까, 다쿠라의 처남, 즉 사카모토 고조의 트럭이 무조건 그 마을 길을 지나갔다고 단정 짓기가 어려워."

"하지만 가능성은 있지."

"응, 가능성은 있어. 그런데 절대적인 건 아냐."

"가능성이 있는 데서부터 추적해 가는 게 순리야."

"좋은 의견이군."

다쓰오는 싱글싱글 웃었다.

"좋아, 그럼 자기 생각을 말해 봐."

"트럭이 이 국도에서 마을 길로 들어왔을 때."

노리코는 자신의 생각을 설명하기 시작했다.

"다쿠라 씨는 X지점에 있었어. 그 마을 길은 트럭 한 대가 간신히 지나갈 정도로 좁기 때문에 다쿠라 씨는 도로 한쪽으로 물러난 상태였지. 그때 트럭 화물 위에 탄 사람이 다쿠라 씨의 정수리를 가격했다는 상상은 어떨까? 봐, 언젠가 사키노 씨가 버스 안에서 말했던 거잖아. 다쿠라 씨의 머리에 난 상처는 절벽에서 추락할 때 생긴 상처와는 다르다는 추정 말이야."

"음, 확실히 재미있는 의견이군."

다쓰오는 담배에 불을 붙인 뒤 크게 연기를 뿜었다.

"그 추리에는 한 가지 전제가 필요해."

"어떤 전제?"

"리코 말대로라면 다쿠라의 처남인 사카모토 고조와 동료 운전사 기노시타 가즈오는 범인 또는 공범이야. 그렇게 할 만한 동기에 대한 설명이 모자라."

"그건 나중에 생각하자."

"응, 그게 설명이 된다면 대단하지만……."

다쓰오는 이마에 손을 댔다.

"아무래도 와 닿지가 않아. 트럭 화물 위에 올라탄 채, 어두운 곳에서 노린 곳을 정확하게 맞춰 한 방에 다쿠라를 쓰러뜨릴 수 있을까?"

그는 앉은 채 고개를 숙이고 생각에 잠겼다.

노리코와 다쓰오는 전차에 탔다. 오늘은 일요일이다. 서둘러 회사로 돌아가지 않아도 되기 때문에 기분은 느긋했다.

"트럭이 한 시간 반 연착한 이유를 알게 된다면 수수께끼가 풀릴 거란 말이야."

다쓰오는 유감스러운 듯이 손으로 머리카락을 마구 비볐다.

"두 트럭 기사는 거짓말로 둘러댔어. 진짜 이유를 말할 수 없었기 때문이야. 그럼 왜 말할 수 없었을까? 뭔가 나쁜 짓을 했으니까 그래. 그게 뭘까, 나쁜 짓이라는 게?"

그는 혼자서 중얼거렸다.

"둘이 공모해서 다쿠라를 죽인 게 아닐 거야. 그건 부자연스러워. 하지만 단순한 일 때문에 윗사람과 다투고 회사를 그만둔 걸 보면 뒤가 켕기는 짓을 해서야. 거기다 둘 다 사라졌어."

"사카모토 고조는 아키타의 고조노메로 내려간 게 아닐까?"

노리코는 다쓰오의 혼잣말에 대답했다.

"글쎄, 어떨까?"

다쓰오는 고개를 갸우뚱했다.

"글쎄, 라니, 사카모토는 아키타 현에 짐을 부쳤잖아?"

"짐을 부쳤다고 해서 본인이 아키타의 수취인 주소로 내려갔다고 볼 수는 없지."

아, 그런가, 하고 노리코는 생각했다.

"그렇기는커녕 나는 다쿠라의 아내가 고조노메에 있을지도 의문스러워졌어."

"뭐라고?"

노리코는 옆에 앉은 다쓰오를 쳐다보았다.

"무슨 뜻이야?"

"아니, 생각해 봐. 이번 사건에 관련된 인물들은 모두 소재를 알 수 없게 됐잖아. 우린 지금 다쿠라 씨의 아내가 고향인 아키타에 있을 거라고 생각하지만 실제로 확인된 사실은 아니야. 이렇게 됐으니 그녀도 거기에 없을 것 같아."

그건 그 말대로였다. 무라타니 아사코도, 그녀의 남편인 료고도, 가정부 히로코도, 모두 행방불명이라는 안개 속으로 사라졌다. 다쿠라 요시조의 아내인 요시코도, 동생 사카모토 고조도 그 희뿌연 어둠 속으로 사라진 게 아닌가, 하는 다쓰오의 불안을 노리코도 이해했다.

"아키타까지 가 보지 않으면 알 수 없겠어."

노리코의 말에, "설마" 하고 다쓰오가 씁쓸하게 웃었다.

"이럴 때는 경찰이 최고인데 말이야. 전화 한 통으로 관할서에 확인할 수 있으니까. 우리는 그쪽에 지인이 있는 것도 아니라서 누구한테 물어볼 수도 없어. 리코 말대로 기차를 타고 가 볼 수밖에. 이게 풋내기 탐정의 한계야."

그의 입에서 한숨이 새어나왔다.

"그러게."

"성급한 얘기지만, 트럭에 동승했다는 기노시타 가즈오만 해도 그래. 이 남자만 붙잡으면 트럭에 감춰진 수수께끼가 금방 풀릴 거야. 하지만 이 녀석은 불량한 놈이라, 어디로 사라졌는지 알 수가 없어. 이런 경우 경찰이라면 수사해서 체포하는 것쯤 일도 아니겠지만 우리는 방법이 없어. 게다가 내일부터 다시 출근해서 일하지 않으면 안 되고."

그는 탄식했다.

"경찰에 넘길 수도 없는 노릇이고, 난감하네."

다쿠라의 죽음이 타살로 확실히 판명되었다면 그것도 가능하겠지만 현재로서는 가정에 불과하다.

노리코는 여기까지 애써서 추적해 온 사건이 손가락 틈으로 공기처럼 빠져나가는 모습을 보았다. 모든 것이 막연해서 단서가 잡히지 않는다.

"아, 좋은 수가 있어."

노리코는 불현듯 생각이 떠올랐다.

"뭔데?"

"전보를 치는 거야. 회신료를 첨부해서."

"전보를? 누구에게?"

다쓰오는 의아해하는 얼굴이었다.

"고조노메의 다쿠라 요시코 씨에게 보내는 거야. 사카모토 고조 씨가 거기 있는지 확인해 달라는 내용이면 충분해. 만일 다쿠라 씨의 아내가 그곳에 있다면 발신인인 사키노 씨를 동생 친구로 생각할 테고, 만약 거기 없다면 수취인 불명으로 되돌아올 거야."

"아, 과연 그렇군."

다쓰오가 고개를 끄덕였다.

"뭐, 그런 차선책밖에 없겠지."

"엄청 내키지 않나 보네."

노리코는 납득하지 못하겠다는 표정을 지었다.

"아니, 그런 뜻이 아냐. 확실히 좋은 생각이라고, 나도 찬성해. 단지 하다못해 우리가 신문사였다면 어땠을까 싶었을 뿐이야. 아무리 그래도 우리 방법은 원시적이야."

전차가 도쿄 역에 도착하자 자리에서 일어난 다쓰오는 어쩐지 마음이 약해진 듯한 얼굴이었다.

도쿄 역에 내려, 다쓰오는 역에 있는 전보 취급소에 들러 전보문을 썼다.

'아키타 현 고조노메마치 ××번지 다쿠라 요시코.'

후지사와 역 앞의 운송점에서 적어 온 수취인 주소를 그대로 베겼다. 내용은 노리코가 말해 준 대로 적었다.

"언제쯤 도착하나요?"

다쓰오가 창구에 대고 물어보았다.

"두 시간 후면 도착할 겁니다."

전보계 직원이 대답했다.

"회신이 이쪽에 도착하는 시간은요?"

"회신료를 첨부하셨고, 대체로 그 자리에서 회신을 보내 주니까 앞으로 네댓 시간쯤 지나면 도착할 거예요."

"수취인이 이사했다면요?"

"이사한 곳을 알 수 있다면 그곳으로 다시 전송하겠지만 그렇지 못할 경우엔 수취인 불명으로 반송됩니다."

전보 취급소를 나온 다쓰오는 노리코와 중앙선 플랫폼으로 걸음을 옮겼다.

"나는 집에서 전보가 오기를 기다리고 있을게."

다쓰오가 걸어가며 말했다.

"나도 결과를 빨리 알고 싶어."

노리코도 똑같은 마음이었다.

"전보가 오는 대로 집에 전화할게."

다쓰오는 그렇게 말하면서, "어쩐지 수취인 불명으로 반송될 것 같아" 하고 혼잣말처럼 중얼거렸다.

"그랬다간 정말 모두 없어지는 거야. 아, 외국 추리 소설 중에 있지.『그리고 아무도 없었다』라고."

"응. 우리의 경우, 제일 먼저 사라진 사람은 무라타니 아사코 여사의 남편인 료고 씨였지."

"맞아. 어디 계신 건지."

큰 키에 바짝 야윈 료고의 모습이 눈에 선했다. 언젠가 보가시마의 여관 복도에서 스쳐 지나간 그의 쓸쓸한 모습이 다시 보이는 듯했다.

그는 지금쯤 어디에 있을까. 왜 갑자기 사라진 걸까. 그의 실종은 다쿠라의 죽음과 관계가 있을까.

플랫폼에 서 있던 다쓰오는 별 생각 없이 고개를 위로 들었다. 그곳에 발차 시간표가 적힌 게시판이 있었다. 전차를 기다리는 동안 무료한 듯 시간표를 바라보던 다쓰오는 무언가를 떠올렸는지, 눈초리를 매섭게 바꾸어 시간표를 응시했다.

노리코가 왜 저러지, 하고 있는데 "이봐, 리코" 하며 갑자기 뒤돌아보았다. 눈이 이상하게 빛났다.

"뭔데, 그런 얼굴을 하고?"

"전차는 타지 말자."

다쓰오는 낮지만 엄하게 단속하는 듯한 목소리로 말했다.

"별나네."

노리코는 그렇게 말했지만 다쓰오가 뭔가를 떠올렸다고 직감했다.

"이 주변에서 좀 더 같이 있어 줘."

이렇게 말하며 앞장서 플랫폼 계단을 내려갔다. 노리코는 그를 쫓아가 어깨를 나란히 했다.

"지금까지 우린 오산하고 있었는지도 몰라."

사람들 흐름 속에 섞여 들며 다쓰오가 큰 소리로 말했다.

"무슨 얘기야?"

"트럭의 연착 말이야. 그건 료고 씨의 실종과도 관계가 있다고 다르게 가정할 수 있다는 걸 깨달았어."

다쓰오는 재잘대기 시작했다.

"우린 트럭의 연착을 다쿠라의 죽음에만 결부시켜 생각했지? 료고 씨 쪽은 미처 생각하지 못했어. 료고 씨가 오다와라에서 탄 기차와 트럭이 한 시간 반 지연된 일 사이의 관계 말이야……."

노리코의 귀에는 주위의 혼란스러운 소음이 사라진 듯 오직 다쓰오의 목소리만 들렸다.

예감

1

다쓰오는 승차구 쪽으로 걸어가 역을 빠져나왔다. 야에스구치 방면과 다르게 마루노우치 방면은 그렇지 않아도 밤에는 한산한데, 마침 오늘은 일요일 밤이어서 인적이 더욱 드물었다.
　이야기를 나눌 장소로는 찻집도 있지만, 지금은 그런 공간도 끌리지 않았다. 가능한 한 사람 그림자가 없는 거리를 거닐고 싶다. 약간 흥분한 탓인지 둘 다 달아오른 뺨에 차가운 바람을 쐬고 싶어, 그런 분위기를 바라고 있었는지도 모른다.
　길 양편에 빌딩이 나란히 늘어서 있지만 죽은 존재나 다름없다. 창문에선 불빛 하나 새어 나오지 않고 시커먼 덩어리로 줄지어 있다. 대낮에 보면 붉은 벽돌의 외국풍 구조다. 별이 뜬 하늘에 높은 지붕만이 구분되는, 검은 건물과 건물 사이의 계곡과 같은 곳을 걷자니 외국의 오래된 거리에 있는 듯한 착각이 든다. 사람은 보이지 않지만 고양이라도 급하게 도로를 가로질러 뛰어갈 것 같다.

"료고 씨가 오다와라 역에서 탄 기차와, 한 시간 반 늦게 도착한 트럭 사이의 관계라 하면……."

노리코는 아까 다쓰오가 했던 말을 인용하듯 꺼내서 화제를 이어갔다.

"구체적으로 어떻다는 뜻이야?"

다쓰오는 노리코 옆에서 천천히 걸음을 옮겼다. 상의 주머니에 양손을 넣고 얼굴을 약간 숙이고 있다. 모르는 사람이 보면 완전히, 어두컴컴한 곳을 골라 데이트중인 연인처럼 보인다. 다쓰오의 구두 소리와 노리코의 구두 소리가 어긋남 없이 박자를 맞추었다. 그 소리는 등 뒤로 따라오는 것처럼 컸다.

"그 얘기로군."

다쓰오가 조용히 말했다.

"트럭이 료고 씨가 내리길 기다렸던 게 아닐까 싶어."

"내리기를 기다렸다고? 료고 씨가 어느 역에서 내렸는데?"

"트럭 속도로 역산해서 추정해 봤는데."

다쓰오가 설명했다.

"사카모토 고조가 탄 나고야행 심야 트럭이 미야노시타에 도착했을 때는 10시 반에서 11시 사이야. 여기서 누마즈까지 가려면 얼마나 걸릴까?"

"글쎄, 하코네의 오름길이 있으니까 한 시간 안팎일까?"

노리코는 대충 짐작해서 대답했다.

"훌륭해, 그 정도 시간일 거야. 보통 한 시간 남짓인 모양이야. 그렇다면 11시 반에서 12시 사이에 누마즈를 통과했다는 계산이 나오지. 한편 료고 씨가 탄 기차는, 오다와라발 하행인 23시 40분 (히메지행), 23시 48분(급행 이즈모), 23시 59분(누마즈 종점), 0시 5분(급행 야마토) 중 하나이고."

다쓰오는 시간 부분에선, 수첩을 꺼내 가로등에 비춰 보며 읽었다.

"오다와라에서 누마즈까지는 기차로 약 오십 분 정도로 보면 돼. 이만한 근거리는 급행이든 보통이든 별로 차이가 없어. 기차가 출발하는 시간에 맞춰 계산해 보면 누마즈에 도착하는 시간은 24시 30분, 즉 0시 30분, 0시 38분, 0시 50분, 0시 55분이야."

다쓰오는 스스로 체크하듯 말했다.

"트럭은 11시 반이나 12시쯤 누마즈에 도착했을 거니까, 어느 기차보다도 빨라. 사십 분에서 한 시간 가까이 기차보다 먼저 도착했을 거라는 뜻이지."

"아."

노리코도 이해했다.

"그럼 트럭이 누마즈에서, 료고 씨가 기차를 타고 와 내리는 걸 기다렸다. 그게 연착의 원인이라는 거네?"

"그런 거지."

다쓰오는 고개를 끄덕였다.

"그런데 그건 한 시간 반이나 끌 시간은 아니야."

"성가신 얘기를 하는군."

다쓰오는 주의를 기울이듯 말했다.

"트럭은 단지 료고 씨만 기다렸던 게 아니야. 그 뒤에 어떤 행동이 뒤따랐어. 그래서 한 시간 반이라는 시간이 필요했던 거야."

정면으로 화려한 유라쿠초의 불빛이 다가왔다. 이야기는 끝나지 않았다. 둘은 어두운 길목으로 다시 몸을 돌렸다. 자동차의 헤드라이트가 이따금 걷고 있는 두 사람을 비추며 사라졌다.

"그럼, 사카모토 고조가 료고 씨를 기다린 이유는?"

"트럭에 태우기 위해서야."

"목적지는?"

"그건 모르겠어."

"료고 씨와 사카모토가 사전에 협의한 거네?"

"그렇게 되지."

"그럼 료고 씨는 보가시마의 여관에서 나와, 차로 오다와라 역에 간 뒤에 다시 기차를 타고 어디 멀리 간 것처럼 꾸몄지만 실제로는 중간에 누마즈에서 내렸다는 말이야?"

"맞아."

"무슨 이유로 그런 성가신 짓을 한 거지?"

"그건 아직 모르겠어."

"료고 씨가 기다리고 있던 트럭에 탔다. 그리고 어딘가로 갔다……. 그 뒤 어떻게 됐다는 거야? 료고 씨와 트럭 기사 두 명의 조합으로, 무슨 일이 일어났다고 상상하는 거야?"

"모르겠어."

"어머나."

노리코는 그 자리에 멈춰 다쓰오의 검은 그림자를 바라보았다.

"모른다, 모른다……. 결국 모르는 것투성인 거 아냐."

조금 화가 났는지 볼멘소리였다.
"아냐, 리코. 그렇게 화낼 일이 아냐."
다쓰오는 희미하게 웃음기가 어린 목소리로 말했다.
"우린 모든 가능성을 상정해야 돼. 트럭의 연착과 료고 씨가 오다와라 역에서 사라진 시간을 생각했더니 우연히 이런 가정이 나오게 된 거야."
다쓰오는 이번엔 불이 환하게 밝혀진 방향으로 걸어갔다.
"아직까지는 착상일 뿐이야. 나도 제대로 따져 보지 못해서 리코에게 말하면서도 머리를 굴려 보고 있었어. 하지만 착상에서 시작해 보는 것도 좋은 방법이라고 생각해. 사실에서 출발하는 귀납이 아니라, 그 아이디어로부터 사실을 연역해 보는 거야."
다쓰오는 손목시계를 불빛에 비춰 보았다.
"늦었으니 그만 돌아가자. 내일은 편집장님이 또 일을 잔뜩 맡길 게 뻔하니까."

그리고 며칠이 지난 아침, 노리코가 출근했을 때 시라이 편집장은 아직 출근 전이었다. 부원 대부분이 출근했음에도 편집장의 모습은 보이지 않았다. 평소에는 제일 먼저 출근하는데.
노리코가 책상 위를 정리하는데 다쓰오가 다가왔다.
"할 말이 있어."
작게 소곤거린다. 이어서 보통 목소리로, "편집장님, 오늘 아침에는 좀 늦으시네" 하고 말했다.
"그러게. 나도 그 생각 했어."

노리코의 대답에 다쓰오는 다시 목소리를 낮춰, "나 좀 잠깐 봐" 하고 눈짓을 했다.

둘은 아무렇지 않은 척 사무실을 나가 회사 앞 커피숍으로 들어갔다.

"이제 막 오픈해서 준비된 게 없는데요."

여종업원이 얼굴을 찌푸리며 다쓰오에게 말했다.

"아니, 괜찮아요. 잠깐 자리 좀 빌릴게요."

다쓰오는 테이블보도 깔지 않은 자리에 앉았다. 종업원은 다시 청소를 했다.

"이러면 실례야."

노리코는 마음이 조마조마했다.

"괜찮아, 금방 나갈 거니까. 일단 거기 앉아."

다쓰오는 맞은편의 먼지가 앉은 의자를 가리켰다. 다쓰오의 무신경은 노리코도 때때로 따라가기 힘들었다.

"이제야 고조노메에서 회신이 왔어."

다쓰오는 주머니에서 접힌 종이를 꺼냈다.

"아, 다쿠라 씨 부인한테서?"

의자 끝에 살짝 엉덩이를 걸치고 있던 노리코가 그 얘기를 듣고 눈을 빛냈다.

"예감한 대로야. 수취인 불명이래. 전보가 주인을 찾아 꽤 이곳저곳 돌아다녔나 봐."

다쓰오가 종이를 펼쳐 보여 주었다. 과연 그의 말처럼 전보국의 부전이 첨부되어 있다.

"주소지에 안 살았던 걸까. 이상하네."

노리코는 고개를 갸웃거렸다.

"별로 이상하지 않아. 반쯤은 예감했던 일이지."

"어딘가로 이사한 걸까?"

"그렇겠지. 결국 다쿠라 씨의 아내까지 사라졌어."

다쓰오는 먼 곳을 바라보는 듯한 눈빛을 띠었다.

"어떤 사정일까? 친척도 없는 건가?"

노리코도 입술에 손가락을 갖다 댔다.

"애석하게도 거긴 너무 멀어. 아무리 그래도 고조노메 구석까지 조사하러 갈 수는 없어. 만일 간다고 해도 소용없을걸. 그녀가 어디로 갔는지 아는 사람이 없을 거야."

노리코도 다쓰오가 예측한 대로일 거라고 느꼈다.

"후지사와를 떠나 누나한테 갔다는 사카모토 고조도 함께 사라진 걸까?"

"그 친구라면 처음부터 고조노메로 내려간 건지 아닌지. 예상과 달리 따로 행동하는 것 같기도 해."

다쓰오는 의문스럽다는 표정을 지었다.

그건 그렇다 해도 다쿠라의 아내이자 하타나카 젠이치의 옛 연인인 사카모토 요시코는 어떤 연유로 아키타에서 모습을 감춘 걸까. 그녀는 남편인 다쿠라 요시조의 추락사를 시종일관 자살이라고 얘기했다.

커피숍 종업원의 빗자루가 이쪽 테이블로 다가오는 모습을 보고 둘은 일어섰다.

"다쿠라 씨의 아내에 대해서는 나중에 다시 상의해 보자. 지금 머리를 굴려 봐야 골치만 아파. 편집장님도 출근했을 테니, 둘이서 아침부터 농땡이를 피운다고 잔소리를 들을 거 같아."

다쓰오는 회사 현관 쪽을 향해 걸으며 말했다.

하지만 편집장의 책상은 여전히 비어 있었다. 다른 부원들은 거의 다 사무실로 나와서 각자 할 일을 하는 중이다. 노리코는 다쓰오와 헤어져 슬며시 자기 자리에 앉았다.

잠시 후.

"편집장님, 오늘 늦으시네."

다쓰오의 목소리가 들렸다.

"몰랐어? 편집장님은 오늘 쉬셔."

옆자리 부원이 말했다.

"뭐? 안 나오신다고?"

"응, 자네는 조금 전까지 자리에 없어서 못 들은 거지만."

차장인 아시다가 책상 너머로 다쓰오에게 말했다.

"어제저녁에 우리 집에 전화하셨어. 볼일이 생겨서 한 이틀 쉬어야겠다고. 지금 막 부원들에게 알려 주었는데."

노리코는 무심결에 책상에서 퍼뜩 고개를 들었다. 다쓰오와 눈이 마주쳤는데 그 또한 숨이 멈춘 것 같은 표정을 하고 있었다.

"아, 그래요?"

하지만 다쓰오는 아무렇지 않게 대꾸하고 서류철을 꺼내 들여다보는 시늉을 했다. 노리코도 작은 박스 기사를 쓰고 있었는데 전혀 집중할 수 없어서 글이 써지질 않았다. 그녀는 두세 장을 연속으로 구겨서 찢어 버렸다.
 노리코의 머릿속에 안개가 내려앉는 기분이었다. 시라이 편집장이 개인적인 일로 휴가를 얻은 사실을 단순하게만 생각할 수 없었다. 이번 사건과 연관이 있는 것만 같아 안절부절못했다. 왠지 얼굴까지 상기되어 뜨거워졌다.
 차가운 물을 마시고 싶어 급수실에서 수도꼭지 밑에 컵을 대고 물을 받는데 다쓰오가 어슬렁거리며 들어왔다.
 "리코, 들었지?"
 다쓰오는 노리코 곁에 서서 다른 수도꼭지를 틀었다.
 "편집장님 안 나오신다는 거?"
 "여간해서는 개인적인 용무로 쉬는 양반이 아닌데 회사를 빠졌어. 이럴 때야말로 의심하게 되는 거지."
 다쓰오는 급수실 밖을 조심하는 듯한 목소리였지만, 말투는 진지했다.
 "나도 어쩐지 이상하긴 해."
 노리코는 입술이 하얘지는 것 같았다. 다쓰오를 보자 그도 살짝 굳은 표정이었다.
 "있잖아, 리코."
 다쓰오는 컵에 든 물을 한 모금 마신 후 눈을 감고 있다가 물었다.
 "무라타니 아사코 여사의 원고 때문에 하코네에 갔던 날 편집장님에게 연락했어?"
 "응, 했어."

노리코는 기억을 확인하며 대답했다.

"무라타니 선생님의 원고가 완성되지 못해서 여관에서 회사로 전화를 걸었더니 편집장님이 받으셨어. 당장 선생님이 묵고 있는 여관 옆으로 옮겨 거기서 버티고 앉아 원고를 재촉하라고 지시하셨지."

"그게 몇 시쯤이지?"

"7월 12일 정오가 되기 조금 전이었어."

"즉, 다쿠라가 죽은 날 낮이로군. 연락은 그때 한 번뿐이야?"

"응. 아, 맞다, 그 후에 선생님 계신 곳의 옆 여관에서 전화했더니 아까 시라이 편집장님한테서 전화가 와서 기합을 불어 넣어 주었다고 말씀하셨어."

"그럼 편집장님은 12일 낮에는 도쿄에 있었다는 거군. 밤에는 연락이 없었지?"

다쓰오는 확인하듯 물어보았다.

"응."

"그렇군."

다쓰오는 강한 어조로 그렇군, 하고 흘리더니 무슨 생각이 떠올랐는지 급히 급수실을 성큼성큼 걸어 나가, 아시다 차장 옆자리에 앉아 이것저것을 묻기 시작했다.

아시다는 책상 위에서 손을 오므리고 다쓰오의 질문에 나직히 대답해 주었다.

노리코는 조금 떨어진 쪽에서 그 모습을 보고 있었는데, 당장이라도 뭔가 나쁜 일이 생길 것만 같은 불안에 가슴이 떨렸다.

2

다쓰오가 아시다 차장의 책상 옆에서 일어났다. 얼굴에 화색이 돌았다. 거리를 두고 지켜보던 노리코와 슬쩍 눈이 마주쳤지만 다른 부원들 앞이라서 얘기하는 건 불가능했다. 자기 자리에 돌아온 다쓰오는 책상 서랍을 열고 뭔가를 바스락거렸다.

아시다는 주인 없는 편집장의 책상 위에서 두루마리를 가져와 펼쳤다.

'두루마리'는 사내 용어로, 다음 호 잡지의 내용을 적은 예정표다. 긴 종이에 적어 놓고 볼일이 없을 때는 둘둘 말아 두기 때문에 이런 명칭이 붙었다.

"리코."

아시다가 불렀다. 노리코는 일어나 다가갔다.

"자네는 오늘 작가들을 방문해서 원고 진행 상태를 확인해 줘."

아시다는 세 명의 작가와 수필가의 이름을 일러 주었다. 집 주소가 이곳저곳에 흩어져 있다.

"이제 사오일 후면 마감이니까, 지금부터 엉덩이를 두들겨 재촉하는 거야."

"네."

수첩에 이름을 메모하면서 쓴웃음을 지었다. 아시다는 항상 표현이 거칠다. 다쓰오가 맞은편 책상에서 탁, 하고 시끄럽게 서랍을 닫았다. 노리코도 자신의 주의를 끌기 위한 행동임을 알아차렸다.

아니나 다를까, 다쓰오는 눈짓으로 또 한 번 신호했다.
 노리코가 외출 준비를 마치고 현관에서 기다리고 있자 어느새 다쓰오가 쫓아 나왔다.
 "이따가 회사에 돌아오기 전에 어딘가에서 만나자. 꼭 할 얘기가 있어. 대강 언제쯤이 될 것 같아?"
 다쓰오는 서둘러 물었다.
 "3시쯤 될까. 갈 곳이 전부 떨어져 있어서 시간이 걸려."
 "그럼 3시에 만나자. 전에 갔던 도쿄 역 근처 다실에서 보자고."
 "그래. 그런 할아버지 같은 분위기가 마음에 드나 봐."
 "생각할 게 있을 때는 거기가 제일 좋아. 나중에 봐."
 다쓰오는 등을 돌려 성큼성큼 현관 안으로 사라졌다.
 생각할 게 있을 때. 다쓰오는 아시다 차장에게 시라이 편집장에 대해 물었다. 거기서 뭔가 생각할 거리를 끌어낸 걸까. 작가 세 명의 집을 돌아다니는 동안 노리코는 내내 신경이 쓰였다.
 다행히 마지막으로 방문한 I씨의 집은 오모리였고, 그 집에서 나왔을 때는 2시 반이어서 전차로 도쿄 역까지 직행할 수 있었다. 이름 높은 상점가에 있는 작은 계단을 올라 가게 안으로 들어섰다. 다쓰오가 이미 담배를 피우며 기다리고 있었다. 그의 앞에 검은 도자기 찻종이 놓여 있다.
 "많이 기다렸지."
 노리코는 맞은편에 앉았다.
 "생각보다 빨리 왔구나."
 다쓰오는 머리를 긁적이고 입에서 담배를 뗐다.

"아시다 차장에게 시라이 편집장님에 관해 뭘 물은 거야? 그 일이지, 나에게 말하고 싶은 건?"

노리코는 살짝 장난기 어린 눈짓이었지만 다쓰오는 개의치 않고 진지한 표정으로 말했다.

"응, 아시다 차장에게 물어봤는데 시라이 편집장님은 12일 저녁 6시쯤 일이 있다면서 뒤를 맡기고 퇴근했대."

"뒤를 맡기고?"

"12일은 출장 교정 나가기 직전이었어. 한창 야단법석일 때지. 자기도 하코네까지 아사코 여사의 원고를 받으러 가서 울고 있었잖아. 그때 나도 작가들을 찾아다니고 있었어. 그런 고비에, 평소 남보다 배는 열심이던 대장이 아시다 차장에게 초저녁부터 냉큼 뒤를 맡기고 떠났다. 대체 무슨 일이었을까?"

시라이 편집장이 무라타니 아사코 여사의 원고를 걱정해 하코네의 여관으로 전화를 건 것은 대낮이었다. 밤에는 연락이 없었다. 노리코는 편집장이 여느 때처럼 밤에도 회사에서 열심히 일하고 있으리라 짐작했다.

"편집장님이 저녁부터 어디에 갔을 거라 생각해?"

노리코의 대답이 나오기도 전에 다쓰오는 새로운 질문을 던졌다.

"글쎄."

일이 있다면서 퇴근했을 정도니까, 집에는 가지 않았을 테고. 틀림없이 다른 어딘가에 갔을 거라고 상상은 가지만 그곳이 어딘지는 짐작되지 않았다.

"오다 급행을 타면 도쿄에서 하코네까지 한 시간 반이야."
다쓰오의 입에서 불쑥 그런 말이 튀어나왔다.
"뭐?"
노리코가 따져 물었다.
"하코네?"
그녀의 눈이 커졌다.
"응, 시라이 편집장님은 12일 저녁에 하코네로 내려간 게 아닐까. 내 생각은 그래."
다쓰오는 확신하는 것 같았다.

시라이 편집장이 다쿠라가 죽은 날 밤에 하코네에 와 있었다. 노리코의 머릿속이 혼란스러워졌다. 하지만 혼란 속에서도, 다쓰오의 말이 사실일 것 같다는 예감이 있었다. 무라타니 아사코도, 그녀의 남편도, 다쿠라 요시조도, 그의 아내도, 그리고 처남까지 모두 사건 당일 밤에 하코네의 대지를 밟고 있었다. 그러니 다쿠라의 아내의 연인이었던 하타나카 젠이치의 친구인 시라이 료스케도 거기에 한몫 끼워 넣는 편이 훨씬 더 그림이 되는 걸까. 사실일지도 모른다는 막연한 예감은 거기서 오는 게 아닐까.
"아니야."
노리코는 닥쳐오는 예감을 밀어내듯 부정했다.
"왜?"
"실증이 없어."
"실증이라."

다쓰오는 살짝 웃었다.

"실증은 나중에 찾아봐도 돼."

"그건 억지야."

노리코가 항의했다.

"억지일 리가. 좋아, 그럼 내가 한 가지 힌트를 제공하겠어. 자, 봐. 우리는 하코네의 여관에 조사하러 갔지. 그때 다쿠라가 슌레이카쿠 여관으로 옮기기 전에 머물렀던 고라의 가스가 여관에서 다쓰오를 담당했던 종업원을 만난 적이 있지?"

다쓰오의 말에 노리코는 고개를 끄덕였다.

"기억 나? 그때 종업원이 했던 말?"

노리코는 다쓰오가 무슨 말을 가리키는지 짐작할 수 없었다.

"이런 말이었어."

다쓰오가 설명했다.

"다쿠라는 7월 11일 저녁에 그 여관에 도착해서 12일 아침에 떠났어. 다쿠라가 여관에 도착한 뒤 산책하러 나간 적이 있느냐고 묻자, 밤 8시쯤 유카타를 입고 훌쩍 외출했다가 11시쯤 돌아왔다고 종업원이 대답했지."

그렇다. 노리코도 종업원의 말이 인상에 남아 기억하고 있었다. 왜 인상에 남았냐면, 그날 저녁 기가 쪽으로 여관을 찾아다니다가 유카타 차림의 다쿠라와 계류를 따라 난 길에서 마주쳤기 때문이다. 그때 다쿠라와 별로 내키지 않는 대화를 주고받았다. 그는 노리코에게 여관을 정했느냐고 물었고, 그녀가 대답하자, 아, 기가 군. 기가라면 조용하고 좋아요, 라고 얘기했다.

생각해 보니 그녀가 들은 다쿠라 요시조의 마지막 목소리였다.

"11시쯤이면 조금 늦게 돌아왔네요, 라고 하니까 종업원은 다쿠라가 산책중에 누군가와 만났다는 얘기를 해 주더라고 했어."

그랬다. 노리코의 기억에도 되살아났다.

"기억하지? 종업원이 알려 준 다쿠라의 말을. 그는 이렇게 말했어. 역시 하코네야, 재밌는 아베크족을 만났어, 라고."

그랬다. 가스가 여관의 종업원은 확실히 다쿠라의 말을 그렇게 전했다. 재밌는 아베크족.

"재밌는 아베크족. 다쿠라는 그런 말을 썼어."

다쓰오는 노리코의 얼굴을 보며 말했다.

"아, 그럼 혹시 그 아베크족의 남자가 시라이 편집장님이었다는 거야?"

노리코가 외쳤다.

"바로 그래. 이때 다쿠라가 말한 재밌는, 이라는 표현에는 의외라는 의미가 포함돼 있어. 뜻밖의 장소에서 뜻밖의 인물을 만나다. 그런 경우에 우리도 재밌는 곳에서 재밌는 인물을 만났다고 말하잖아."

"하지만 그건 11일 밤이야. 편집장님이 회사를 떠난 것은 12일 밤이었어."

노리코의 거듭된 항의에도 다쓰오는 자신만만한 표정을 지었다.

"모르는 소리. 11일 저녁에도 시라이 편집장님은 바쁘게 일하는 부원들을 남겨둔 채 먼저 퇴근했어. 자기는 하코네에 있어서 몰랐겠지만 그땐 내가 그 자리에 있어서 알아."

노리코는 더 이상 대꾸할 말이 없었다. 즉 시라이 편집장은 교정을 끝내야 하는 전쟁터같이 바쁜 직장을 뒤로 하고 이틀 연속 일찍 퇴근한 것이다.

11일과 12일 모두 정상 출근했으므로 다쓰오의 말대로라면, 편집장은 그날 밤 사이에 하코네까지 왕복했거나 이튿날 아침 일찍 도쿄로 올라왔다는 뜻이 된다.

"내가 힌트라고 말한 건 다쿠라의 이 말이야. 그가 한밤중의 하코네에서 우연히 만난 인물이 시라이 편집장님이 아니라고 그 누구도 말할 수 없어."

노리코는 침묵했다. 다쓰오의 주장에 결정적인 근거는 없지만, 노리코도 찬성하고 싶어지는 기분이 들었다.

"그렇지만."

노리코는 잠시 후에 말했다.

"아베크족이라고 했으니까 옆에 여자가 있었을 거야. 편집장님이 누구랑 같이 있었지?"

다쓰오는 담배를 꺼내 불을 붙이고, 천천히 연기를 토해내며 대답했다.

"그건 모르겠어. 설마하니 리코가 존경하는 시라이 편집장님이 숨겨 놓은 애인을 데리고, 하코네에 놀러갔다고 보기는 어려우니까. 다쿠라가 재밌는 아베크족이라고 말한 여자가 누구인지 짐작해 볼 수 있다면, 정말로 재미있을 텐데."

가게를 찾은 손님들은 조용했다. 그다지 큰 소리도 내지 않고 웃지도 않는다. 조용히 차를 마시고 나간다. 노리코와 다쓰오가 가장 오랫동안 버티고 있었다. 창밖에서 들어오던 햇빛이 어느새 비스듬하게 길어졌다.

시라이 편집장은 지금 어디에 있는 걸까. 다쿠라가 죽은 날 밤에도, 그 전날 밤에도 편집장이 하코네에 있었다는 다쓰오의 가정이 사실이라면 이번의 갑작스러운 휴가 역시 다쿠라의 죽음과 무언가 연관이 있어야만 한다.

노리코는 그 의문을 다쓰오에게 털어놓았다.

"그것 때문에 나도 고민중이야."

다쓰오가 대답했다.

"내 생각을 말해 볼게. 시라이 편집장님은 누군가에게 연락을 하러 간 게 아닌가 싶어."

"연락?"

노리코의 눈이 또 커졌다.

"누구에게?"

"이 사건의 관계자. 무라타니 아사코 여사, 그녀의 남편, 다쿠라의 아내와 그녀의 남동생. 모두 사라졌잖아. 시라이 편집장님은 그중 누군가와 연락을 하기 위해 갔을 거야."

"뭐 때문에?"

노리코가 반문했다.

"모르지. 그걸 알게 되면 사건의 수수께끼는 풀려. 지금은 다만 시라이 편집장님이 사건 관계자 중 누군가와 연락을 취하러 가지 않았을까, 라고 의문을 품을 뿐이야."

"그럼 더더욱 편집장님은, 이 사건의 내막을 알면서도 모르는 척 우리더러 조사하게끔 몰아가고 있었다는 얘기처럼 돼."

"자기가 다쿠라가 죽은 현장 가까이에 있었고, 회사에 돌아와 우연히 그 이야기를 꺼낸 바람에, 어쩔 수 없었던 거지."

다쓰오가 말했다.

"그 일로 편집부가 소란스러워졌어. 단순히 신문 기사뿐이었다면 그렇게 떠들썩하지는 않았겠지. 다행인지 아닌지 리코가 신문보다 앞서 생생한 사실을 전했기에 다들 흥분했지. 편집장님에게 이번 사건을 특집 기사로 다루자고 제안한 사람은 아시다 차장이었어. 편집장님은 곧 승낙하고 우리를 움직이는 데 열심이셨지. 편집장님은 자신이 관련되어 있다는 약점이 존재하는 만큼, 역으로 열성적인 모습을 내보였던 거야."

그는 담배꽁초를 재떨이에 비벼 끄고 말을 이었다.

"그런데 우리의 조사가 예상외로 진전을 보였어. 그 때문에 시라이 편집장님도 조금 당황한 게 분명해. 리코가 이상하리만치 힘을 기울이리라고는 짐작도 못 했겠지. 아마 기억할 거야. 언젠가 편집장님이 사건 조사는 나중으로 미루고 일단 편집 일에 복귀하라고 지시한 적이 있어. 당황함의 표출이라고 생각해."

노리코는 편집장에게 뭔가 매우 미안한 일을 저지르는 듯한 기분이 들었다. 다쓰오가 하는 말이 진실일지는 가늠할 수 없었지만 듣고 있자니 울적해졌다.

때마침 손님 대여섯이 들어왔다. 노리코는 그걸 기회로 "너무 오래 있었어. 그만 나가자" 하고 다쓰오의 팔꿈치를 살짝 찔렀다. 이

끌리듯이 다쓰오도 일어섰다.

"어쩌면."

걸어가면서 다쓰오는 얘기를 계속 이어갔다.

"시라이 편집장님은 리코가 이누야마의 하타나카 젠이치 생가를 방문한 거나, 내가 교토에 가서 헤맨 일들을 알고 있을지도 몰라."

노리코는 그 말에 맞장구를 칠 만한 기분이 들지 않았다.

기분 전환을 위해 마침 근처에 있던 가판대에서 석간을 샀다. 전차를 탄 뒤 신문을 펼쳤더니, 그녀의 눈길을 빼앗는 기사가 실려 있었다.

'귤밭에서 타살된 사체 발견. 전직 트럭 기사'라는 삼 단짜리 제목이었다.

오늘 8월 6일 오전 8시경 가나가와 현 아시가라시모 군 마나즈루마치 인근의 귤밭에서 밭일 나온 ××씨(농업 종사)가 젊은 남성의 사체를 발견, 관할 경찰서에 신고했다. 검시 결과 소지품에서 나온 운전면허증에 의해 본적이 시즈오카 현 ××군 ××손인, 기노시타 가즈오(24)로 판명되었다. 그는 최근까지 도내 시나가와 역 앞의 야구치 정기편 운수 회사에서 트럭 기사로 근무했다. 사체는 둔기로 추정되는 물체에 의해 정수리를 난타당했으며 사후 열두세 시간이 경과된 상태였다. 따라서 사건은 전날 밤 8시, 9시쯤에 벌어졌으리라 추정된다. 관할서는 즉시, 피해자가 귤밭에 들어가기까지의 경로와 범인 수사에 착수했다.

3

오늘도 날씨는 화창하다. 8월의 태양이 머리 위에서 눈부시게 빛났다.

귤나무 밭의 이파리가 짙은 녹색을 띠었다. 햇빛에 노출된 부분은 반짝이고 그늘진 곳은 녹음이 짙다. 밭 건너편에서는 햇빛이 빛나는 푸른 바다가 보였다. 돌출된 홀쭉한 반도에 안개가 자욱하다.

귤밭 위로 도로가 지난다. 도로 위였기에 그런 경치가 보였다. 도로는 희고, 먼지로 뒤덮여 있다. 도로 위쪽도 경사진 밭이었다.

노리코와 다쓰오는 도로에 서서 아래 경사면의 귤밭을 내려다보았다. 귤나무 이파리가 서로 겹쳐 우거졌다. 마나즈루 역에서 걸어서 십오 분 정도의 거리였다.

귤밭 곳곳에 노끈 조각이 어질러져 있다. 아마 어제 경찰이 나와 출입을 금지하기 위해 친 줄의 잔해이리라. 도로에서 육 미터쯤 아래쪽이었다.

"내려가 보자."

다쓰오가 권하듯 말했다.

"그래."

노리코는 대답했지만 약간 망설였다. 어젯밤 석간을 보고 오늘 아침 바로 도쿄에서 달려왔지만 살인 현장을 눈앞에서 보기에는 조금 무서웠다.

다쓰오가 풀을 밟고 귤나무 밑을 지나 내려갔다. 노리코도 하는 수 없이 그 뒤를 따랐다. 송충이가 떨어질 것 같아서 우선 그게 신경 쓰였다.

현장은 쉽게 알아볼 수 있었다. 무수하게 뒤엉킨 구두 자국 흔적이 남았지만 한가운데는 깨끗했다. 그리고 그곳만 땅을 갈아엎어 새 흙이 드러나 있었다.

"피를 없앴군."

다쓰오가 설명했다.

"아."

노리코는 일전에 다쿠라 요시조가 추락사한 현장을 보았다. 사체는 치웠어도, 암석에 묻어 있는 거무칙칙한 혈흔을 보고 고개를 돌렸다. 지금도 갈아 엎은 땅 밑의 피를 상상하고 소름이 돋았다.

"마침내 희생자가 나왔어."

노리코는 손으로 살며시 흙을 짚으며 말했다.

"응, 나왔어."

다쓰오도 심각한 얼굴이었다.

그는 주위를 돌아보며 등을 구부린 채 근처 풀밭과 흙 위를 걷다가, 방금 내려온 높은 곳에 있는 도로를 올려다보았다.

"리코, 저기 좀 봐."

노리코는 다쓰오가 가리키는 곳을 보았다.

"뭐가 있어?"

"뭐가 있다는 게 아냐. 지형을 봐. 저쪽 높은 곳이 도로고, 사체가 발견된 곳은 경사 아랫부분이야."

"정말 그러네."

다쿠라의 변사 현장과 동일한 지형이었다. 절벽과 경사면이 있고, 거기에 높이가 다를 뿐 도로가 높은 곳에 위치하며, 사체가 그 아래쪽에 있다.

"다쿠라 사건과 유사해. 봐, 저 도로는 자동차도 지나고 버스나 트럭도 지나가겠지."

다쓰오가 손가락으로 가리켰다. 마침 트럭 한 대가 먼지를 일으키며 요란스레 지나갔다.

"단순한 우연인지도 몰라."

노리코는 일단 의심했다.

"우연이 아니야. 위로 올라가 보자."

다쓰오는 경사면을 오르기 시작했다.

처음 위치에 서서 방금 둘러본 현장을 확인하니 대부분 귤잎에 가려져 잘 보이지 않았다.

"우연이 아니라고 말한 건."

다쓰오가 말했다.

"신문 기사 말인데, 피해자는 둔기로 추정되는 흉기로 정수리를 가격당해 죽었다고 나왔어. 다쿠라의 경우와 같은 수법이야. 물론 다쿠라는 둔기에 맞은 게 아니라지만, 암석에 부딪혀 생긴 상처인지 가격당한 상처인지 구별이 가지 않아. 그렇지만 확실히 정수리에 치명상이 된 타박상이 있었어."

노리코는 고개를 끄덕였다. 예전에 오다와라 서의 사체 검안서를 읽어서 아는 내용이다. 또한 이 문제로 다쓰오와 토론한 적이 있다.

"우연이 둘, 셋 겹친다면 그건 더 이상 우연이라 할 수 없어."
"둘, 셋. ……또 뭐가 있어?"
"이거야."
둘의 뒤로 버스가 지나갔다.
"이 도로에는 자동차가 다녀. 다쿠라가 추락한 지점도 좁았지만 트럭 한 대는 충분히 지나갈 수 있었어. 어, 그러고 보면 여기 도로도 제법 좁네. 버스 두 대가 서로 지나칠 때는 아슬아슬하겠어."
버스에는 오다와라 ↔ 아타미라고 적혀 있었다. 노리코는 언젠가 무라타니 아사코 여사가 입원했던 정신병원에서 돌아오는 길에, 좁은 도로에서 버스 두 대가 부딪힐 것처럼 가까스로 지나갔던 것을 기억했다.
"그러면 이 트럭 기사를 살해한 범인과 다쿠라 씨를 살해한 범인은 동일인인 거야?"
노리코가 소리를 낮추며 물었다.
"뭐, 적어도 동일 수법이라고 할 수는 있을 듯해."
다쓰오는 단정을 내리지 않고 신중하게 대답했다.

둘이 길가에 서서 소곤소곤 이야기를 나누고 있으니, 근처에 있던 중년 남자와 여자가 차례로 다가왔다.
"어제 벌어진 살인 사건 현장을 구경하는 겁니까?"
남자가 다쓰오의 얼굴을 보고 말을 걸었다.
"네, 신문에서 보고요."
다쓰오가 대답했다.

"끔찍하네. 젊은 사람이 살해당하다니."

중년 여자가 말했다. 햇빛을 가리려는지 머리에 수건을 뒤집어 썼다. 수건에는 다른 색으로 물들인 'xx손 청과물 출하조합'이라는 글자가 박혀 있다.

"어제는 순사들이 잔뜩 와서 야단법석이었지."

중년 여자가 일러 주듯이 말했다.

"그렇죠. 이 근처에선 좀처럼 보기 힘든 사건이니까요."

역시 다쓰오가 응대했다.

"봐요, 살인 같은 건 이 근처에서 일어난 적이 없어요. 그러니 순사나 형사들이 떼로 몰려올 수밖에."

"어느 경찰서 관할이죠?"

"오다와라 서라우."

경찰서까지 다쿠라 사건과 똑같았다.

"형사가 이것저것 물어보고 다녔죠?"

다쓰오가 물었다.

"당연히 물어봤지. 8시에서 10시 사이에 자동차가 이 주변에 서 있던 적은 없느냐, 엔진 끄는 소리를 못 들었느냐, 비명 같은 건 들리지 않았느냐, 죽은 사람 인상착의를 설명하면서 이런 남자를 본 적 없느냐, 수상한 사람이 그 시간에 돌아다니지 않았느냐는 둥 꼬치꼬치 캐묻고 다녔어요."

중년 여인은 단숨에 말을 쏟아냈다.

"그래서 어떻게 됐나요?"

"그게, 이 동네 사람들은 전부 일찍 자거든. 보거나 들은 사람이 아무도 없어요. 밤중에 자동차가 가끔 멈추는데 그야 운전자가 오줌이 마려워서인걸."

넷은 웃음을 터뜨렸다.

"경찰이 낙심했다우."

"아무 수확이 없었던 거네요?"

"응, 없었지. 밭에서 이상한 걸 찾아다니긴 했지만."

남자가 말했다.

"이상한 거라뇨?"

다쓰오가 물었다.

"응, 찢어진 기차표라고 하더군."

"기차표요?"

"맞네. 죽은 사람 근처에 찢어진 삼등실 기차표가 떨어져 있기에 나머지 부분은 없는가 싶어, 매의 눈을 하고 귤밭과 이 근처를 죄다 뒤졌지."

삼등실 기차표……. 피해자인 기노시타 가즈오의 것일까, 아니면 범인의 것일까. 혹은 둘과 전혀 관련이 없는 표일까. 노리코로서는 판단이 서지 않았다

그러나 찢어졌다고 하는 걸 보니 피해자, 혹은 가해자가 소지했던 게 분명한 듯싶다. 어느 역에서 출발해 어디에 도착하는 표였을까……?

다쓰오도 같은 생각을 하고 있다고 판단해, 노리코는 중년 남자와 여자에게 물어보았다.

"그건 모르지."

둘은 서로 마주 보며 대답했다.

"경찰에게 물어보면 금방 알 수 있지 않을까."

"감사합니다. 덕분에 재미있는 이야기를 들었습니다."

다쓰오는 인사한 뒤 노리코를 데리고 역으로 걷기 시작했다.

"정말로 흥미로운 정보를 얻었어."

다쓰오와 나란히 걷던 노리코가 말했다.

"뭐가?"

다쓰오가 얼굴을 돌렸다.

"찢어진 기차표 한 장 말이야. 마치 셜록 홈즈 같지 않아?"

"그런가."

다쓰오도 엉겁결에 쓴웃음을 지으며 히죽였다.

"굉장해. 기차표 조각에서 사건을 추리해 간다니."

노리코는 탐정 소설의 세계가 현실의 자기 앞에 펼쳐질 거라고는 생각지 못했다.

"기뻐하기에는 일러. 기차표는 우리가 발견한 게 아니야. 권위적인 경찰의 손 안에 있지. 우리에겐 아무 패도 없어."

"있어."

"있어?"

다쓰오는 의아한 눈빛이었다.

"다쿠라 씨가 타살되었다는 추정이야. 우린 제법 고생해서 이 상황 정보를 수집했어. 경찰에겐 없는 것들이지."

"그렇군. 그 말도 일리가 있네."

다쓰오는 활짝 갠 사가미 만*을 바라보며 목덜미에 밴 땀을 더러운 손수건으로 닦아냈다.

"우린 천재가 아니니까 둘이 합쳐 홈즈가 돼 볼까."

다쓰오가 농담으로 던진 한마디가 노리코의 심장을 찌르듯이 다가왔다. 둘이서 하나의 인격을 만들어낸다―. 결혼의 의의와 통했다.

마나즈루 역에서 둘은 오다와라로 향하는 쇼난 전차를 탔다. 창밖을 보니 좀 전에 갔던 귤밭 일대가 한순간에 휙 지나갔다.

"오다와라 경찰서와는 묘하게 인연이 거듭되네."

노리코는 창에서 불어오는 바람을 거스르며 옆에 앉은 다쓰오에게 얘기했다.

"응, 나도 그렇게 생각하던 참이야. 이건 분명히 다쿠라의 죽음과 관계가 있어."

"오다와라 서에 도착하기 전까지 머리를 굴려 볼까. 기노시타 가즈오라는 심야편 트럭 기사는 누가 죽였을까?"

"가장 유력한 용의자는 다쿠라의 처남인 사카모토 고조겠지. 여하튼 간에 같은 트럭을 운전한 한 조였으니까."

"왜 죽였을까?"

"나도 모르겠어. 둘은 같이 회사를 그만둘 정도로 사이가 좋았을 텐데. 갑자기 죽이게 된 동기로는 어떤 게 있을까?"

"난 추정이 돼."

노리코가 말했다.

"오호, 듣고 싶군."

"트럭이 한 시간 반 동안 지연된 원인이, 이번 살인 사건을 불렀을 거야."

"그렇지, 내 생각도 그래."

"어머, 못됐어."

노리코는 조금 신이 난 목소리로 소리쳤다.

"남의 생각을 듣고 난 뒤에 그렇다는 듯한 얼굴을 하다니."

"그 정도는 나도 짐작했어."

다쓰오는 별로 웃지도 않고 대답했다.

"리코의 말대로야. 두 기사는 트럭 운행을 한 시간 반 지연시켜서 무언가를 했어. 고장이라는 건 새빨간 거짓말이야. 진짜 이유를 털어놓지 않고, 회사에서 질책을 들으니까 싸우고 그만둘 정도였으니 꽤나 중대한 일을 저질렀다고 봐. 거기서 갈등이 생겨 서로 사이가 틀어졌고, 사카모토 고조가 기노시타 가즈오를 죽였어."

노리코는 후지사와의 다쿠라 집에 문상 갔던 날 파르께한 얼굴로 영전 앞에 앉아 있던 청년을 떠올렸다. 그때는 이 청년이 그런 폭력을 휘두를 사람이리라고는 꿈에도 상상하지 못했다.

"그 중대한 일이 관건인데, 대체 뭘까?"

"그들은 다쿠라가 죽은 시각에 현장을 지나갔어. 역시 다쿠라의 죽음과 관련된 일이겠지."

"그러니까 그들이 무슨 일을 했냐는 거야."

"그것만 알면 이렇게 고생할 이유가 없지. ……하지만 조만간 알게 될 거야."

"정말? 어떻게?"

노리코가 눈을 크게 떴다.

"경찰도 피해자인 기노시타의 동료가 사카모토 고조였다는 사실쯤은 조사했어. 그러니 현재 행방을 엄중히 수색중이겠지. 사카모토는 곧 경찰에 붙잡힐 거야. 그런 송사리는 도망치지 못해. 체포되면 사카모토 고조는 그가 범인이든 아니든 간에, 기노시타와 함께 회사를 그만둔 이유, 즉 한 시간 반이나 연착한 이유를 자백할 거야."

"그렇게 되면 다쿠라 씨의 사건이 해결되는 건가?"

"유력한 단서는 나오겠지."

"그럼, 홈즈는 나설 데가 없네."

"그렇지. 아마추어의 수사 따윈 현실에선 무력해. 슈퍼맨은 소설 속에서만 존재하는 거야. 그것도 베이커 가에 따가닥따가닥, 하고 이륜마차가 지나가던 시절 얘기지."

다쓰오는 노리코와 다르게 갑자기 무기력한 표정이 되었다.

전차가 오다와라 역에 도착했다.

수사 문답

1

오다와라 서에 갔을 때 다쓰오가 노리코에게 물었다.
"지난번 다쿠라 사건 때 만난 친절한 경부보의 이름이 뭐더라?"
"와다 씨였던 것 같은데."
노리코는 기억을 떠올리고 대답했다.
"맞아, 와다 씨였어. 기억력 좋은데. 이번에도 와다 씨를 찾아가는 게 좋겠지?"
"응, 아무래도 한 번이라도 만난 적 있는 사람인 편이 좋아."
역시 경찰서라서 다가가기가 힘들다. 두 사람은 냉랭한 현관으로 들어갔다.
"와다 경부보는 일전에 누마즈 경찰서로 전근가셨습니다."
접수대에 있던 지난번과는 다른 순사가 대답했다.
"네? 누마즈라고요?"
다쓰오는 잠깐 낙심한 표정을 지었지만 할 수 없다는 양 명함을 내밀었다.

"이런 일을 하는 사람입니다만, 마나즈루에서 발생한 살인 사건 때문인데 수사주임님을 만나뵐 수 있을까요?"

순사는 명함의 회사명을 읽어 보았다.

"잡지사에서 나오셨군요. 벌써 취재하시는 건가요?"

다쓰오를 보며 묻는다. 이런 경우에는 잡지사 간판이 유용하다.

"수사본부가 구성되었으니 직접 그쪽으로 가 보시죠. 현관을 나가서서 건물을 따라 안쪽으로 들어가면 도장이 나옵니다. 거기에 임시 본부가 설치되어 있거든요."

순사가 가르쳐 주었다.

"수사주임님 성함이 어떻게 되시죠?"

"이하라 경부보입니다."

현관을 나와 가르쳐 준 대로 건물 옆으로 돌아갔다. 좁은 통로 옆에는 작은 화단처럼 화초가 심어져 있었다.

도장 입구에 '마나즈루 살인사건 수사본부'라고 쓴 커다란 벽보가 붙어 있다. 다쓰오가 앞장서서 쭈뼛쭈뼛 문을 열었다.

얼굴을 내밀자 다다미 위에 늘어선 책상 앞에 셔츠 차림의 담당관들이 앉아 있었는데, 그중 한 명이 둘을 향해, "무슨 일이죠?" 하고 큰 소리로 물었다.

"저희는 도쿄에 있는 잡지사에서 나왔습니다."

다쓰오도 압도당해 목소리가 작아졌다.

"이번 사건 때문에 왔는데 이하라 경부보님을 뵐 수 없을까요?"

방금 소리를 지른 경관이 중앙에 앉은 뚱뚱한 남자를 쳐다보았다. 그의 뒤쪽 칠판에는 현장의 약도 등이 붙어 있다. 도쿄에서 일부러 왔다는 말이 효과가 있었는지 뚱뚱한 남자는 할 수 없다는 표정으로 귀찮다는 듯이 일어나 다가왔다.

"제가 이하라입니다만."

그제야 문밖에 서 있는 젊은 여자를 발견하고 뜻밖이라는 듯한 얼굴을 했다.

"바쁘신데 죄송합니다."

노리코도 기회를 놓치지 않고 명함을 내밀었다. 이하라 경부보의 얼굴이 약간 붉어졌다.

"이번 일로 도쿄에서 일부러 오신 겁니까?"

밖으로 나온 경부보가 도장 문을 닫았다.

"네, 그렇습니다."

다쓰오가 머리 숙여 인사했다. 경부보는 명함을 든 채, "신문사가 아니라 잡지사에서 먼저 달려왔다니 신기하군요. 역시 뭐랄까, 요즘 늘어난 주간지 영향으로 템포가 빨라진 건가?" 하며 반쯤 농담 섞인 웃음을 띠었다.

"그렇죠. 요즘은 멍청히 기다려서는 안 되거든요."

다쓰오도 마음이 한결 놓인 듯한 표정이다.

"바쁘니까 오 분만 시간을 드리겠습니다."

이하라 주임은 웃음을 거두고, 내키지 않는 얼굴로 돌아왔다.

"좋습니다."

"그럼 물어보시죠."

주임은 계속 선 채로, 질문에 대비하는 듯한 자세를 취했다.

"대략적인 개요는 신문에서 읽었습니다."

다쓰오가 말했다.

"방금 저희도 현장에 다녀왔고요."

"오, 그래요? 현장에 다녀왔습니까?"

수사주임은 열심이구나, 라는 눈으로 둘을 보았다.

"살해당한 피해자가 이십대 청년이어서 관심이 생겼습니다. 요즘 들어 청소년 흉악 범죄가 상당히 늘어났잖아요. 그래서 다음 호에서 이 문제를 특집으로 다룰 계획이었는데 마침 이번 사건이 일어나서, 혹시 범인이 마찬가지로 청년이라면 좋은 사례가 되겠다 싶어 찾아왔습니다."

다쓰오는 머릿속에 떠오르는 대로 이유를 둘러댔다.

이하라 주임은 그 의견에 고개를 끄덕였다.

"그렇군. 수사에 지장이 없는 한 뭐든 알려 드리지요."

"감사합니다."

다쓰오는 인사한 뒤 메모를 하기 시작했다.

"우선, 이건 살인 사건이겠죠?"

"당연하지요. 정수리를 둔기 같은 걸로 세게 내리쳐서 두개저 골절이라는 치명상을 입혔어요. 자기 손으로 할 수 있는 짓이 아니지."

이하라 주임이 대답했다.

"흉기는 찾았습니까?"

"아직 못 찾았죠. 현장 부근을 샅샅이 뒤졌는데 안 나왔어. 아마도 범인이 가져간 것 같네요."

"흉기로 추정되는 건요?"

"국소의 상처를 보건대 쇠망치 같은 거나 쇠몽둥이, 혹은 스패너 같은 게 아닐까 싶어요. 가해자는 힘이 꽤 좋았으리라 추정하고 있지요."

옆에서 듣던 노리코는 두개저 골절이라는 말에 다쿠라 요시조의 사인도 같았음을 떠올렸다.

"힘이 꽤 좋다고 하시면 남자인데, 역시 청년이라고 짐작해도 좋겠죠?"

다쓰오의 말에 수사주임은 입가에 살짝 미소를 띠며 "그 말인즉슨 같이 일하던 동료가 저지른 일 아니냐는 거군?" 하고 반문했다.

"그렇습니다."

"우리도 그쪽을 추적중입니다."

"추적중이라고요? 그럼 용의자가 나타난 겁니까?"

이 질문에 주임은 어물쩍 입을 닫았다. 얼버무리려는 듯 바지 주머니에서 꾸깃꾸깃한 담배 한 개비를 꺼낸다. 노리코가 다쓰오를 쿡 찔러 성냥을 받아 불을 붙여 줬다.

"고마워요."

이하라 경부보가 감사 인사를 했다.

"방금 현장을 샅샅이 수색하셨다고 했는데."

다쓰오가 공격 목표를 바꾸었다.

"흉기는 제쳐 두고, 범행 단서가 될 만한 건 전혀 없었나요?"

"없었습니다."

주임은 즉답했다.

"하지만 제가 듣기로는 형사님들이 기차표 조각을 열심히 찾아다녔다고 하던데…….."

"누가 그런 말을?"

이하라 주임의 눈이 번쩍 빛났다.

"마을 분들이 알려줬습니다."

다쓰오의 대답에 주임은 혀를 찰 듯한 표정이 되었다.

"그게 말이지, 사체 바로 옆에 삼등실 기차표 조각이 떨어져 있었어요."

주임이 고백했다.

"하지만 그게 이번 사건과 연관이 있는지는 판단이 되지 않아 뭐라고 대답할 수가 없군. 만일을 위해서 나머지 조각을 찾아봤는데 한 조각도 나오지 않았어요. 어쩌면 그 표는 어디선가 바람에 날려왔을지도 몰라요."

"떨어진 기차표에 무슨 글자가 적혀 있었나요?"

"없었습니다. 기차표라고 해 봐야 글자가 없는 구석탱이 부분이었어요."

다쓰오는 의심스러운 눈초리로 주임을 바라보았다. 하지만 주임이 거짓말하는 것 같지는 않았다.

"발매역과 행선지, 적어도 발매일을 알아낼 수 있다면 큰 도움이 됐을 텐데."

주임 쪽이 아쉬워하고 있었다.

"기차표는 새것이었나요?"

"비교적 새것이었죠."

주임이 대답했다.

"사건 당일로부터 삼사일까지 거슬러 올라갈 만한 상태는 아닐 정도입니다. 적어도 이삼일 전에 산 것 같아요."

노리코는 생각에 잠겼다. 범인이나 피해자가 기차표를 소지하고 있었다면, 보통, 기차를 타기 전이거나 중간에 내렸을 경우로 한정된다. 여기서 보통이라고 단서를 단 까닭은, 하차한 뒤 당연히 개찰구에서 건네야 하는 표를 주지 않고 계속 가지고 있던 경우를 염두에 둔 것이다. 이는 일단 특별한 경우로서 제외했다. 현장에서 가장 가까운 역은 마나즈루 역이다. 이 역은 승강객이 적은 편이다.

다쓰오도 같은 생각을 했는지, "마나즈루 역은 조사해 보셨습니까?" 하고 주임에게 질문했다.

"알아봤지. 그런데 단서는 나오지 않았어요."

이하라 주임은 고개를 흔들었다.

"역무원 말로는 피해자에 대한 기억이 없답니다. 당일도, 그 전날에도 상행, 하행 모두 승강객이 별로 없었어. 그러니 역무원 중 하나가 기억하고 있을 법한데 그렇지 않은 걸 보면, 피해자는 마나즈루 역에 내리지 않았다고 봐야죠."

약속한 오 분이 끝나가자 다쓰오는 조금 조급해졌다.

"역에서 현장 부근까지 목격자는요?"

"역시 없습니다."

"그럼 피해자의 동선에 대해선 아시는 바가 없군요?"

"지금으로서는 그렇습니다."

"사건 현장은 오다와라에서 아타미로 가는 가도입니다. 버스나 자동차, 트럭도 지납니다. 그쪽으로는 단서가 없는지요?"

"버스도 알아봤는데 이렇다 할 연관성도 나오지 않았고. 자, 이제 됐죠?"

주임이 손목시계를 내려다봤다.

"아니, 잠깐만요. 버스가 아니라면 트럭은 어떤가요?"

다쓰오가 붙들려는 양 물었다.

"트럭?"

그렇게 봐서 그런지, 이하라 주임의 눈빛이 조금 달라진 것 같았다.

"트럭을 타고 범인과 피해자가 현장에 같이 왔다는 뜻입니다."

주임은 대답하지 않았다.

"주임님께서 방금 스패너가 흉기일지도 모른다고 하셨는데, 트럭과 스패너라면 관련이 있어 보이네요."

"……."

"거기에 덧붙여 피해자인 기노시타 가즈오가 트럭 기사였다는 사실은 중요하죠. 이쪽으로는 어떻습니까?"

이하라 주임은 멋쩍음을 감추려는 듯 짧아진 담배를 입으로 가져갔지만 이미 꺼져 있었다.

"당신 말은, 그 트럭을 찾아봐야 한다는 거군?"

주임은 구태여 다쓰오의 얼굴을 바라다보며 얘기했다.

"그렇습니다."

"그것도 이미 끝났어요."

주임이 선언했다.

"현재로서는 의심스럽게 여길 만한 보고가 없고."

"그래요?"

다쓰오는 잠시 아래를 내려보다가, "신문에서는 기노시타 군이 과거엔 트럭 회사의 운전기사였다고 했죠. 그쪽 선상에서는 나온 게 없습니까?" 하며 눈길을 들고 물어보았다.

주임은 다시 입을 다물었다. 굵은 목에 땀이 뱄다.

"가령 옛 동료라든가……."

다쓰오는 연이어 다그쳤다.

"장거리를 운행하는 트럭은 교대를 위해 두 명의 기사가 탑승합니다."

그럼에도 이하라 주임은 아무 말도 하지 않았다.

"주임님, 주임님은 지금 용의자를 추적하고 계신 듯한 말투였습니다만. 그쪽 선상이 아닌가요?"

"용의자는 나왔어요."

수사주임은 당국의 권위를 내보이듯이 말했다.

"하지만 그에 대해서는 말할 수 없죠. 요즘 신문들은 곧장 용의자를 범인으로 몰아가기 일쑤니까."

"저희는 신문사에서 나온 게 아니라, 잡지사에서 나왔습니다."

다쓰오는 상대방의 말을 정정했다.

"그리고 저희도 주임님이 말씀하신 용의자가 누구인지 대강 짐작하고 있습니다."

"그래요?"

주임은 일부러 눈을 가늘게 떴는데, 약간 불안해 보였다.

"사카모토 고조 군을 말씀하시는 거죠?"

다쓰오의 말에 가늘게 뜨고 있던 주임의 눈이 뻔쩍 뜨였다.

"당신이 그걸 어떻게?"

"기노시타 군이 누구와 동승했는지 트럭 회사에서 조사해 봤습니다. 둘이 십여 일 전에 회사에서 함께 해고당했다는 사실도 알고 있습니다."

다쓰오가 대답했다. 주임은 조사하듯이 다쓰오를 응시하다가 노리코에게도 슬쩍 시선을 보낸 뒤, 그대로 눈길을 떨어뜨렸다.

"실은 그래요. 당신들이 거기까지 조사했으니 말하는 거지만."

이하라 주임은 체념한 듯이 입을 열었다.

"아, 역시 그랬군요."

다쓰오는 고개를 끄덕이며 물어보았다.

"그래서 용의자의 소재는 파악하셨습니까?"

"소재 파악이고 뭐고······."

주임이 하늘을 올려다보며 말했다.

"본인한테서 편지가 왔어요, 오늘 아침에."

"네?"

이번에는 이쪽이 깜짝 놀랐다.

"편지요? 사카모토 고조한테서요?"

"그래요. 자살하겠다더군. 당연히 주소는 없고 소인은 도쿄의 요쓰야였지. 기노시타 군을 죽인 건 나다, 라는 내용 외에 이유는 쓰여 있지 않았어요. ······지금 수사관이 도쿄로 갔습니다."

2

 노리코는 아침에 눈을 뜨자마자 조간을 펼쳤다. 어제 오다와라 서에서 들은 사카모토 고조의 자살이 보도되었을까 싶었는데 어디에도 그런 말은 없었다. 다른 신문을 또 뒤져 봤지만 마찬가지였다. 노리코는 안도했다. 세상은 평온하다. 이시가키 섬 남쪽에서 벌써 작은 태풍이 발생해 본토로 다가올 낌새를 보인다는 기사가 유일하게 불온했다.
 사카모토 고조는 오다와라 서의 수사본부에 '자살하겠다'고 편지를 보냈다. 자신이 기노시타 가즈오의 살인범임을 고백한 것이나 다름없다. 아니, 이걸로 결정되었다고 볼 수 있다. 노리코도 예상한 일이어서 크게 놀라지는 않았는데, 투서에는 그가 왜 동료를 죽여야만 했는지, 그에 대한 이유는 한마디도 적혀 있지 않았다고 수사주임이 말했다. 그러니 동기는 여전히 수수께끼인 채였다.
 다쓰오는 기노시타 가즈오를 붙잡으면 진상의 일부가 해결될 거라고 했지만, 기노시타는 살해당했다. 그리고 용의자인 사카모토 고조가 자살해 버리면 다쿠라의 횡사는 다시 하코네의 짙은 안개 뒤편으로 감춰지게 된다.
 정보상 다쿠라 요시조의 추락사를 시작으로 무라타니 아사코의 남편이 실종되었고, 여류 작가의 대필 문제가 떠올랐다. 이어서 그녀는 소재를 알 수 없게 되었다가 정신병원에 입원했고, 발표한 소설의 초고는 고인인 하타나카 젠이치라는 청년의 습작 노트에서 비롯된 것이었으며, 하타나카 젠이치의 옛 연인은 현재 다쿠라의 아내다. 그녀 또한 행방이 묘연하다. 그녀의 남동생은 동료를 살해한 뒤 도주했다. 사건은 복잡해지고만 있다.

잠시 생각만 해도 머리가 지끈거릴 정도지만, 사건을 간추려 보니 가장 마음에 걸리는 부분은 다쿠라의 아내인 요시코의 행방이다. 왜 모습을 감춰야만 했을까. 남동생이 저지른 수상한 범행과 더불어 관찰했을 때, 그녀의 행동이 가장 불가해하다. 도대체 무슨 이유로 숨었고, 현재 어디에 있는 걸까…….

노리코는 아침 식사중에도, 러시아워에 시달리는 전차 안에서도 이 문제를 고민했지만 좋은 생각이 떠오르지 않았다.

그녀가 출근하고 얼마 지나지 않아 다쓰오도 사무실에 나타났다. 바로 예의 급수실로 이끌려 갔다.

"오늘 아침 신문에는 안 나왔어."

그 또한 사카모토 고조의 자살 기사가 뜰까 봐 마음에 걸렸던 모양이다.

"그러게. 어쩐지 안심했어."

노리코는 기분을 솔직하게 고백했다.

"안심하기에는 아직 일러. 이제 하려는 건지도 몰라."

그렇게 되기를 기대하는 것처럼 다쓰오의 눈이 빛난 듯이 느껴져 노리코는 가슴이 섬뜩했다.

"그건 싫어."

"어쨌든 본인이 예고했으니까. 요쓰야 우체국 소인으로 편지를 보냈다고 하니, 머지않아 도내 어딘가에서 시체로 발견될지도 모르지."

"정말, 그만해."

노리코는 귀를 막았다.

"오늘부터 가나가와 현 지방지를 구독하기로 했어."

그의 목소리에 살짝 웃음이 묻어났다.

"도쿄에서 발행되는 신문은 지방에서 일어난 사건을 상세하게 보도하지 않으니까. 지방지를 보면 수사가 어떻게 진행되는지 더 잘 알 수 있을 거야."

"그렇겠지."

노리코는 수긍하는 한편, 아침부터 계속 생각해 온 이야기를 꺼냈다.

"있잖아, 이번 트럭 기사 살인 사건과 다쿠라 씨의 변사 사이에 관계가 있다는 사실을 경찰이 알까?"

"모르겠지."

다쓰오는 고개를 갸웃거렸다.

"우선 다쿠라는 타살이 아닌 자살로 결말이 났어. 그 일과 이번 일이 연결됐다고는 의식하지 못할 거야. 게다가 우리가 의심하는 것처럼, 이번 범행의 원인이 한 시간 반 연착된 트럭 지연 사고에 있다는 점도 떠올리지 못하고 있을 거야."

글쎄, 과연 그럴까. 경찰이니까 운수 회사를 하나부터 열까지 철저하게 수사할 것이다. 당연히 지연 사고가 있었음을 알게 되리라. 다쓰오의 생각은 약간 무르다고 여겼지만 말로 꺼내지는 않았다. 그런 문제로 입씨름을 벌이기보다는 먼저 하고 싶은 말이 있었다.

"나, 아키타에 다녀오려고."

그렇게 말하며 다쓰오를 올려다보았다.

"뭐, 아키타?"

"고조노메 말이야. 다쿠라 씨 부인의 친정. 남동생이 가재도구를 거기 주소로 부쳤는데도 우리가 보낸 전보가 수취인 불명으로 돌아온 곳이야. 꼭 가서 확인해 보고 싶어."

"고조노메까지?"

다쓰오가 한숨을 쉬며 노리코의 얼굴을 보았을 때 사환 아이가 들어와 말을 걸었다.

"사키노 씨, 시이하라 씨, 지금 편집장님이 오셨어요."

다쓰오의 눈이 동그래졌다.

시라이 편집장은 책상 앞에 앉아 옆자리의 아시다 차장과 얼굴을 맞대고 이야기중이었다. 업무 관계인 것 같았다. 사흘 만에 보는 그의 얼굴은 여전히 예리해 보였지만, 노리코는 그의 눈 밑에 일종의 피로가 끼여 있는 듯 보이는 건 단지 기분 탓만은 아니라고 느꼈다.

차장과 낮은 목소리로 협의를 끝내고 편집장이 모두에게 얼굴을 향했다. 그렇게 생각해서 그런지, 노리코와 다쓰오를 보는 편집장의 눈이 빛난 듯이 보였다.

"한창 바쁠 때 사적인 일로 자리를 비워 미안합니다."

그는 인사도 없이 모두에게 말했다.

"방금 아시다 차장에게 들었는데 업무가 순조롭게 잘 진행되고 있는 것 같아 안심했습니다. 고맙습니다. 하지만 교정이 끝나려면 아직 닷새가 남았고, 지연되는 부분도 있는 모양이니 끝까지 분투해 주시기 바랍니다. 나도 사적으로 쉰 일에 대한 벌로 더 열심히 일할 테니."

말을 마친 편집장은 부원들 하나하나에게 지시하거나 질문하거나 주의를 줬다.

여느 때의 시라이 편집장다운 모습이었지만 오늘은 스스로 기운을 북돋으려는 듯한 기미가 살짝 보였다.

노리코도 시라이 편집장에게 잠시 불려갔다. 하지만 업무에 관한 이야기만 할 뿐 다른 언급은 전혀 없었다. 노리코는 마나즈루에서 벌어진 살인 사건을 알릴까 하다가 편집장의 기분이 별로인 것 같아 말하지 못했다. 더구나 그는 쉬지 않고 마구 일을 맡겼다.

그렇게 사오일은 노리코도 일에 쫓겨 다녔다. 교정 마감 직전의 며칠은 전쟁터와 비슷해서, 모두 하나같이 눈에 핏발이 서 있었다. 다쓰오와도 천천히 얘기할 기회가 없었다. 그래도 몇 마디 주고받을 틈은 있었다.

"편집장님이 어디를 다녀오셨는지 말이 없네."

다쓰오는 팔짱을 끼며 말했다.

"역시 비밀인 걸까?"

노리코는 목소리를 낮춰 반문했다.

"그럴지도 모르지. 아무래도 수상해. 개인적인 볼일 때문에 쉬었다는 이유만 댈 뿐 아무런 설명도 없어. 그렇다고 어디서 뭘 했냐는 것까지 우리 입장에서는 물어볼 수 없고 말이야."

"말해 주셔도 거짓말이라면 소용없어."

"아무튼 무척 피곤해 보이는 얼굴이야."

"사키노 씨 눈에도 그렇게 보였어?"

"동감하지? 틀림없이 무슨 일인가 있었을 거야. 회사를 쉬는 동안에."

다쓰오는 어디까지나 시라이 편집장이 사건에 관련되어 있다고 믿는 모양이다. 노리코도 이제는 그 의견으로 기울어질 수밖에 없었다.

"편집장님은 트럭 기사가 살해당한 사건을 알고 계실까?"

"알고 계시겠지."

다쓰오는 반쯤 단언하듯 말했다.

"근거는?"

"편집장님 안색 봤지? 나름대로 열심히 기운을 내려는 듯했지만 기진맥진한 표정은 감추지 못했어. 쉬는 동안 어떤 중대한 일이 있었던 거야. 편집장님이 다쿠라의 죽음에 관련되었다면, 마나즈루 사건은 신문을 통해서가 아니라 편집장님이 직접 알았을 거라고 생각해."

"신문이라면."

노리코가 말했다.

"나중에 지방지에 수사 상황이 보도됐어?"

"응, 나오기는 했는데 진전된 상황은 없나 봐."

다쓰오가 대답했다.

"수사본부에서 사카모토 고조의 존재를 발표했어. 하지만 자살한 시체는 나오지 않고, 단서가 있는 것도 아니어서 무척 곤란한 모양이야."

교정 마감을 앞두고 이틀 동안은 모두 인쇄소로 출장 나갔다. 밤늦게까지 숨 돌릴 틈이 없었다.

"사키노 씨."

노리코는 짧은 틈을 봐서 다쓰오에게 말했다.

"나 역시, 교정 끝나면 아키타에 가 볼래."

"저번에 그런 말을 하더니 진짜로 갈 생각이야?"

다쓰오는 노리코의 얼굴을 똑바로 응시했다. 그녀의 결심을 긍정하고 용기를 북돋우려는 듯한 눈이었다.

문득 보니, 시라이 편집장은 교정실 구석에 놓인 긴 의자에 누워 자고 있다. 뺨이 수척해 갑자기 나이 든 것처럼 보였다. 안색이 좋지 못한 까닭은 일이 많아서 잠을 제대로 못 잤기 때문만은 아니라는 생각이 들었다. 크게 야위었다.

이튿날 저녁, 일이 생겨 인쇄소에서 본사로 올라온 노리코는 책상 서랍에서 필요한 메모를 찾고 있었다. 그때 편집장의 책상 위에서 전화벨이 울렸다. 방에는 아무도 없었다. 급히 수화기를 들자 갑자기 낮게 깔린 여자의 음성이 귀에 들려 왔다.

"시라이 씨? 전데요……."

서두르는 기색이었다.

"저어……. 편집장님은 지금 자리를 비우셨는데요……."

이렇게 대답했을 때 인쇄소에 있다고 생각한 시라이의 장신이 눈앞을 지나갔다. 편집장은, 당황해서 "앗, 잠시만요" 하고 말하며 올려다본 노리코의 손에서 수화기를 빼앗아, 등을 돌린 채 작은 목소리로 대화하기 시작했다.

"음, 음……. 그렇습니까? 그럼…… 지금 갈 테니까……."

이렇게 띄엄띄엄 몇 마디밖에는 들리지 않았다. 이윽고 편집장은 탁, 하고 전화를 끊더니, "시이하라, 잠깐 나갔다 올게" 하고 허둥지둥 밖으로 나갔다.

노리코는 멍하니 그의 뒷모습을 보았다. 시계를 보니 저녁 6시를 가리키고 있다. 편집장은 그 전화를 예상하고 들른 걸까. 평소였다면 반드시 상대방이 누구냐고 물어본 뒤에 전화를 받는 그였다. 그러나 더 마음에 걸리는 점은, 저음이지만 청아했던 여자의 목소리를 어디선가 들어본 적이 있다는 사실이다.

노리코는 그날 밤 집으로 가지 않고 우에노 역에서 밤 기차를 탔다. 아침에 집을 나올 때 어머니에게 미리 허락을 받았다.

"정말 힘들겠다."

어머니는 눈을 커다랗게 떴다.

일에 지친 노리코는 장시간의 기차 여행 동안 푹 잤다. 보통 때는 밤에 기차를 타면 숙면을 취하지 못하는 체질이지만, 교정이 끝나기 전부터 쌓인 피로가 일시에 몰려온 모양인지 꿈도 꾸지 않고 잤다.

그래도 후쿠시마라느니, 요네자와라느니, 야마가타라느니 하는 역명을 나른하게 외치는 소리가 희미하게 들렸다. 몽롱한 잠결에도 꽤 멀리 온 것 같다고 생각했다.

신조를 지났을 무렵 밤이 밝아 왔다. 아침 안개 속에서 농가가 떠오른다. 아키타에서 승객 대다수가 바뀌었는데, 귀에 도호쿠 사투리가 소란스럽게 들렸다.

고조노메는 아키타에서 한 시간이 안 되는 히토이치 역에서 내려야 했다. 이 역은 갈아타는 지선의 종점으로, 이 일대에선 제법 큰 모양이었다. 마을도 생각보다 번화했다. 겨울철 적설량을 예상하여 설계한 집 구조는 노리코도 사진에서 본 적이 있는데, 실제 광경을 눈으로 보는 건 처음이어서 신기했다.

일단 다쿠라 요시코를 찾아가는 게 급선무였다. 노리코는 수첩에 적어 둔 주소지를 파출소 순사에게 물어보거나, 길에서 만난 사람들에게 물으며 걸어갔다. 요시코의 남동생 사카모토 고조가 후지사와 역에서 화물을 보낼 때 쓴 주소지였다. 도호쿠 사투리에 어려움을 겪을 거라 각오했는데, 사람들은 노리코가 타지에서 온 사람이라 짐작하고 배려해 주었는지 어투는 사투리지만 모두 표준어로 알려 주었다.

목적지에 도착해 보니, 북적거리는 좁은 시장통에 자리한 잡화점이었다.

"이 번지가 우리 집이기는 한디, 우리 집은 성이 요시다여. 다쿠라나 사카모토는 아니유."

쉰 살쯤 돼 보이는 주인 아주머니가 물건을 사러 온 손님을 상대하면서도 노리코에게 대답했다.

"근처에 다쿠라 요시코 씨나 사카모토라는 분이 살고 계시지는 않나요?"

반쯤은 예상했지만 다시 확인했다.

"한 집도 없슈. 이 동네에는."

아주머니는 일언지하에 대답했다.

"벌써 이십 년 넘게 여기서 장사를 했는디 있었다면 내가 모를 리 없제."

이곳 토박이니까, 아마 정확하리라.

이때 머리가 벗어진 남편이 안에서 나오며 누구를 찾느냐고 아주머니에게 물어보았다.

"다쿠라? 모르겠는디."

주인 아저씨도 고개를 갸웃거리며 노리코를 보았다.

"아, 그리고 보니 일전에 전보가 와서 그런 사람 없느냐고 찾아다니고 간 적은 있는디" 하고 아내에게 말했다.

아주머니는 손님에게 양초를 팔고 동전통에서 거스름돈을 꺼내며, "그래유" 하고 고개를 끄덕였다.

"그런 집은 없으니까 그냥 돌아갔슈."

기억이 떠올랐다는 듯이 덧붙인다.

그건 다쓰오가 보내서 수취인 불명으로 반송된 전보가 분명하다.

그렇다면 후지사와에서 다쿠라 요시코의 이름으로 보낸 가재도구는 어떻게 됐을까. 노리코가 궁금한 건 그 점이었다.

"그런 짐도 배달된 적 없는디."

부부는 한목소리로 대답했다.

이상한 일이다. 전보는 확실히 이곳에 도착했다가 반송되었는데 짐은 배달된 흔적이 전혀 없다.

게다가 다쿠라 요시코라는 이름도, 그녀의 친정의 성*이라 여겨지는 사카모토도, 이십 년이나 이곳에 살고 있다는 부부는 전혀 모른단다.

노리코는 역으로 발길을 돌렸다. 어쨌든 여기로 짐을 부친 것만은 틀림없는 사실이니까, 반드시 역에는 도착했어야 한다.

이는 역의 화물 담당자가 확인해 주었다.

"역내 보관이네유."

담당자가 장부를 들춰본 뒤 말했다.

"네? 역내 보관이요? 그럼 짐은 여기에 있는 건가요?"

역내 보관은 미처 생각하지 못했다.

"아니유."

담당자는 고개를 강하게 흔들었다.

"수화인이 가져간 걸로 나오는디."

3

"본인이 가져간 건가요?"

노리코는 담당자를 뚫어지게 바라보았다.

"그러니께, 수화인이 다쿠라 요시코 씨네유. 그렇지, 남자분이셨는디."

담당자는 기억을 더듬으며 말했다.

"남자였다고요?"

"야. 마흔 넘은 남자였지유. 물표를 가져왔길래 넘겨 드렸슈."

"그게 언제쯤이죠?"

담당자는 장부를 뒤적거렸다.

"7월 26일이네유."

이번에는 노리코가 기억을 더듬었다. 자신과 다쓰오가 후지사와 역에 간 날짜가 그 무렵이다. 그때 후지사와 역의 운송점에서 닷새 전에 보냈다고 했으니, 짐이 히토이치 역에 도착하고 얼마 안 지나 수화인이 나타난 것이다.

"그렇지, 도착한 날의 저녁이었슈."

노리코의 말에 담당자가 고개를 끄덕였다.

"그 남자분이 수화물을 인수해서 바로 돌아갔나요?"

"인수하기는 했는디……."

담당자가 대답했다.

"그대로 짐을 고물상에 팔았슈."

"어, 고물상에요?"

노리코는 눈을 동그랗게 떴다.

"고물상을 데려왔나요?"

"야. 여기서 고물상을 하는 양반인디 값은 짐을 풀어 보고 결정하겠다면서 조그마한 트럭을 불러다가 싣고 갔어유. 수화인도 같이 있었슈."

노리코는 잠시 말문이 막혔다. 왜 그런 짓을 했을까. 다쿠라 요시코는 고물상에 넘기려고 일부러 가재도구를 후지사와에서 고조노메까지 보낸 걸까.

대체 그 사십대 남자는 누구일까. 노리코의 머리에 불현듯 떠오른 건 시라이 편집장의 얼굴이었다.

"그렇게 생기지는 않았는디."

담당자는 노리코가 설명한 인상착의를 부정했다.

"말랐지만 피부가 거무스름하고 그다지 말쑥한 인상은 아니더라구유. 그렇지, 근처 사람은 아닌 듯싶었는디. 여기 사람인지 타지 사람인지 대강 알 수 있으니께."

시라이 편집장이 아니라는 말에 안심했지만, 이번엔 대체 누구인지 짐작이 가질 않았다.

짐을 구입한 고물상에게 더 자세히 물어볼 필요가 있었다. 담당자는 고물상 주인의 이름과 주소를 알려 주었다.

노리코는 역을 빠져나왔다. 고조노메는 한적한 동네였지만 그래도 상점가 같은 거리가 하나의 띠처럼 이어졌다. 바겐세일 기간인지 조그만 빨간 깃발을 상점마다 처마 끝에 달아 놓았다.

젊은 아가씨들도 양장을 했는데, 상당히 최신 유행 스타일로 꾸민 차림새도 있었다. 요즘은 도시와 지방할 것 없이 젊은 여자들의 패션이 평균화되고 있는 것 같아 노리코는 미소를 지었다. 하지만 여자들이 보기에 노리코는 어딘가 다른지 자주 돌아보며 지나갔다.

고물상은 네다섯 블록 떨어진 곳에 위치했다. 여기는 변두리인지 빨간 깃발도 걸려 있지 않다. 야마시로 고물상이 가게의 이름이었다. 입구는 좁았고, 가게 앞에는 낡은 기물들을 어수선하게 쌓아 놓았다.

노리코가 들어가자, "어서 오세유" 하고 어둑한 점포 안에서 쉰 살가량의 주인 아저씨가 나왔다. 노리코를 손님으로 여겼는지 공손하게 머리를 숙인다. 노리코는 미안해졌다.

"죄송합니다. 물건을 사러 온 게 아니라 뭐 좀 여쭤볼 게 있어서요."

"아, 그래유……."

주인은 맥이 빠진 표정이었다.

"이상하게 들리시겠지만, 7월 26일쯤에 역에 도착한 이삿짐을 구입하신 적이 있으시죠?"

"……."

주인은 말없이 노리코의 얼굴을 잠시 바라보았다.

"저는 그 짐을 부친 사람의 친척으로 아키타에 살고 있어요. 그래서 편지로 부탁받았는데요."

"아, 네."

주인은 노리코를 살피며 겨우 입을 열었다.

"그게 뭐 잘못되기라도 했슈?"

걱정하는 눈초리였다.

고물상에서 가장 당혹스러운 일은 경찰 조사를 받게 될지도 모르는 까닭 있는 물건을 맡는 것이다. 노리코는 거짓말도 방편이라고 하지만 걱정을 끼치고 있는 점에 대해, 주인에게 마음속으로 사과했다.

"아니에요, 물건은 아무 문제 없어요."

노리코는 안심시키려는 듯 말했다.

"단지 그 대금을 후지사와에 사는 친척이 받지 못했다고 문의해서요."

"대금이라면 그 자리에서 본인에게 주었는디."

주인은 바로 힘주어 대답했다.

"삼천오백 엔 말이유. 한꺼번에 그 값으로 퉁쳤슈. 그쪽도 좋다고 했으니께."

이삿짐이 몽땅 합쳐 삼천오백 엔이라니 싸게도 팔았군, 하고 노리코는 생각했다. 아마도 물건 주인은 처분이 급해서 헐값에 팔아넘겼을 터였다.

"아니에요, 아저씨를 의심하는 건 아니에요."

노리코는 황급히 말했다.

"그저 부탁받은 사람이 돈을 보내지 않아서 직접 확인하러 온 거예요."

"이렇게 말썽이 나서 곤란하다니께."

주인은 얼굴을 찡그리며 중얼거렸다.

"난 분명히 돈 줬슈. 나한테 책임지라고 하믄 곤란하지유."

"그렇지 않아요. 아저씨한테 따지러 온 게 아니에요. 사정만 확인하면 돼요. 기분 상하게 해서 죄송합니다."

노리코의 사과에 주인의 얼굴빛이 풀어졌다. 호인 같은 둥근 얼굴에 뺨이 붉은 아저씨다.

"나쁜 사람처럼 보이지는 않았는디."

주인이 말했다.

"처음에는 빈손으로 와서 가재도구를 팔 게 있는데 사지 않겠느냐고 해서 좋다고 했더니, 지금 역에서 보관중인디 사정이 있어서 빨리 처분하고 싶다, 값은 짐을 보고 정해도 좋다고 해서 그렇게 한 거유. 그래서 그 양반이랑 역에 같이 갔던 거구. 마흔둘셋쯤 된 까무잡잡한 사람이었슈······."

주인의 설명이 이어졌다.

"그 양반이 역에서 수속을 밟고 짐을 받아 왔길래 내가 바로 트럭을 불러다가 우리 가게로 가져온 거유. 꾸러미가 다섯 개 정도였슈. 트럭 값도 그 양반이 낸다고 했지유. 짐을 풀었더니 아니나 달라, 처분해도 별 지장 없는 낡은 것들뿐이더만. 장롱은 덜컹거리는 데다가 상처투성이고, 찻장에 식탁, 책상까지 죄다 후진 것들뿐이었슈. 여기 아가씨 앞이지만, 사실 안 산다고 그러고 싶을 정도였는디."

"아, 그러셨어요."

노리코는 웃으면서 고개를 끄덕였다.

"그리 잘 사는 집은 아니었거든요."

"상태가 그 모양이니께 삼천오백 엔도 큰맘 먹고 준 돈이유. 근처에 고물상이 한 집 더 있는디 거기 같았으면 상대도 안 해 줬슈."

주인은 은혜라도 베푼 양 말했다.

"아직 그 짐이 조금은 남아 있나요?"

있다면 보고 싶었다.

"없지유. 몽땅 팔아 치웠슈."

주인은 살짝 난처해졌다는 얼굴이다.
"가게가 좁아서 그런 건 빨리 처분하려고 싸게 넘겼슈. 금방 팔렸지유."
"죄송한데요."
노리코는 주인의 기분이 상하지 않게끔 공손한 태도로 말했다.
"그때 받으신 영수증이 있다면 잠깐 볼 수 있을까요? 저도 부탁받은 일이라 책임이 있어서."
예상대로 주인은 떨떠름한 표정이었다. 하지만 내친걸음이라 느꼈는지 바로 안으로 들어갔다.
이윽고 주인은 작은 종이쪽을 들고 나타났다.
"이거유."
주인이 증거를 제시하듯이 얘기했다.
"죄송합니다."
노리코는 고개를 숙인 뒤 종이쪽을 펼쳤다. 마침 그때 가게에 있던 편지지 반쪽을 영수증으로 대신한 것 같았다.

영수증
일금 삼천오백 엔
이 돈을 가재도구 대금으로 받았음
7월 26일
     다쿠라 요시코 대리인
     야마시로 고물상 앞

그리 잘 쓰지 못한 글씨였다.

"대리인의 이름이 없네요."

노리코의 말에, "그게 있잖아유" 하고 주인이 대답했다.

"나도 처음에는 이름을 써 달라고 했어유. 근디 그 사람이 틀림없으니께 괜찮다고 해서 나도 그대로 냅뒀지유."

노리코는 그날 저녁 급행 열차 '하구로'에 탔다. 일부러 멀리서 아키타의 고조노메까지 왔는데 별 수확이 없다. 하긴 후지사와 역에서 다쿠라 요시코의 이름으로 부친 가재도구의 행방을 알게 된 것이 어쩌면 수확일지도 모른다.

수확이라면—노리코는 흔들리는 기차 안에서 생각했다. 아키타 현의 번잡한 시내를 지나자 창밖은 시커먼 경치뿐이었다.

수확이라고 한다면 어떤 사십대 남자가 짐을 헐값에 처분했다는 사실이다. 누구일까. 다쿠라 요시코와 어떤 관계일까. 왜 그렇게 했을까.

노리코는 숙고해 보았다.

지금껏 다쿠라 부인의 친정은 고조노메라고 믿어 왔다.

지난번에 다쿠라가 죽은 후 집으로 찾아갔더니 처남인 사카모토 고조는, "누나는 유골을 가지고 고향으로 돌아갔습니다"라고 말했다. 고향이 어디냐고 묻자 분명히, "아키타입니다"라고 대답했다. 후지사와에서 부친 짐도 도착지가 아키타 현 고조노메로 되어 있었다. 그래서 여기가 그녀의 친정이라고 믿었다. 그런데 이곳까지 와 보고 나서야 알게 됐다. 고조노메에서 그녀의 친정은 찾을 수 없었다. 이미 그 집이 사라져 아무것도 남아 있지 않은 건지도 모른다. 전보가 수취인 불명으로 반송된 것도 당연한 일이다.

그렇다면 짐을 고조노메 역으로 발송하고, 그곳에서 처분한 것은 다쿠라 요시코의 친정이 아키타의 고조노메에 있다고 위장하려는 공작이 아닐까. 전보처럼 수취인 불명으로 반송될 상황을 방지한 게 아닐까. 발송한 짐이 반송되지 않았다. 따라서 주소지에 무사히 도착했고, 동시에 주소지에 해당 집이 존재한다고 누구나가 믿게 된다.

사십대 남자가 짐을 처분하기까지의 과정은 이런 연유에서 비롯된 게 분명하다. 그러면 다쿠라의 아내, 요시코의 친정은 이미 고조노메에는 없는 건가. 그런데 왜 그곳인 것처럼 꾸며야 했을까?

문득 떠오른 생각에 노리코는 한곳을 응시했다.

다쿠라 요시코의 고향은 처음부터 고조노메가 아니지 않을까. 고조노메는 가공의 고향일 수도 있다. 진짜 고향이 따로 있는데 그곳을 알리지 않기 위해 일부러 고조노메를 이용한 게 아닐까.

그렇다면 수화인인 사십대 남자는 누구일까. 다쿠라 요시코와 관련이 있는 남자임은 분명하지만 누구인지는 종잡을 수가 없다. 게다가 다쿠라 요시코는 대체 어디로 사라진 걸까.

무라타니 료고. 노리코의 뇌리에서 그 이름이 떠올랐다. 하코네에서 사라진 이후 여전히 소재가 불분명한 아사코 여사의 남편이다. 그도 사십대다. 야윈 점도 다르지 않다.

'설마!'

노리코는 스스로 부정했다. 료고와 다쿠라 요시코 사이에 대체 어떤 끈이 연결되어 있을까? 고물상이 보여 준 삼천오백 엔의 영수증에 쓰인 서투른 글씨에 대해서만이 아니다. 글자를 서툴게 꾸며 쓰는 것은 얼마든지 가능하다. 그렇지만 다쿠라의 아내와 무라타니 여사의 남편 사이에 선을 그을 방법이 없다. 그런데 한편에는 료고와 사카모토 고조가 얽힌, 연착된 트럭에 관한 문제도 있다. 이들 사이의 선은 또 어떻게 이어져 있을까?

승객들 대부분은 대화를 멈추고 코를 골거나 숨소리를 내기 시작했다. 노리코도 이틀간 계속된 야간 강행군에 지쳐 어느새 눈을 감고 졸았다.

얼마나 잤을까. 갑자기 등을 세게 얻어맞은 것 같은 느낌에 눈이 번쩍 뜨였다.

눈을 뜬 사람은 노리코만이 아니었다. 승객 모두가 잠에서 깼다. 다들 주위를 두리번거렸다.

"기차가 섰어."

외치는 목소리가 들렸다. 창밖은 먹을 칠한 것처럼 새카맸고 등불 하나 보이지 않았다. 역이 아니다. 열차가 정지해야 할 장소가 아니다!

승객이 덜커덩덜커덩 소리를 내며 창유리를 밀어젖히고 목을 밖으로 내밀었다.

"이봐요, 무슨 일이요?"

밖에 대고 큰 소리로 외치는 승객도 있다.

승무원이 등불을 들고 선로 옆을 달려가고 있었다.

자살자

1

승객들이 거의 모두 일어나서 한쪽 창가에 기대어 밖을 내다보았다. 밖은 온통 암흑이었고, 검은 산그늘이 쏟아질 것처럼 늘어져 스산한 기운이 밀려왔다.

선로로 내린 승무원의 등불이 후미에서 끊임없이 움직인다.

"무슨 일이에요?"

잠에서 깬 여자가 불안한 표정으로 옆자리 승객에게 물었다.

"선로 방해인가."

"투신자살인지도 몰라."

제각기 한마디씩 했다.

"트럭을 받은 거 아냐?"라고 말하는 사람도 있었다. 도쿄에서 온 듯 보이는 승객이 택시와 충돌한 걸까, 라고 말했다가 주위 사람들로부터 비웃음을 샀다. 여기는 산속이다. 민가의 불빛 하나 보이지 않는다.

"여기가 어디야?"

중얼거리는 사람에게, "에치고카와구치 역을 지나서 조금 더 갔으니까 무이카마치 아니면 시오자와 근처일 거요" 하고 가르쳐 주는 사람도 있었다.

모두 궁금함에 밖을 내다본다. 긴 열차의 창문은 모두 사람들 머리 그림자에 파묻혀 있다. 개중에는 어두운 선로로 뛰어내려서 보러가는 승객도 있었다.

이윽고 회중전등을 든 승무원 둘이 선로 옆을 달려 돌아왔다. 창가의 승객이, "이봐요, 무슨 일입니까?" 하고 물었다. 승무원 한 명은 먼저 달려가고 다음 승무원이 창을 올려다보며 대답했다.

"다랑어예요."

"뭐요, 다랑어?"

"투신자살이요. '다랑어'는 달리는 열차에 뛰어들어 조각난 사람의 사체나 그런 사고를 가리킨다. 다랑어의 붉은 살점이 연상된다고 하여 철도 관계자들 사이에서 시작된 은어다."

듣고 있던 승객들이 웅성거렸다. 여성 승객은 숨을 내쉬었다.

"남자예요, 여자예요?"

승무원은 이 질문에는 대답하지 않고 석탄이 활활 타고 있는 기관실로 올라갔다. 기적이 울리고 기차가 움직이기 시작하자 그제야 승객들이 제자리로 돌아갔다. 그러나 여전히 창을 열고 미련이 남은 듯 뒤쪽을 바라보는 사람도 있다.

노리코 앞에 중년 남자가 둘 앉아 있었다. 한 사람이 창밖을 보며 옆 사람에게 말했다.

"이번에도 무이카마치와 시오자와 사이네."

옆자리 남자도 고개를 뺀어 창밖을 보면서, "정말이네. 여긴 역시 마가 낀 곳이야"라며 동의했다.

노리코는 투신자살이라는 말을 들었을 때부터 가슴이 쿵쾅거렸다. 순간 젊은 사카모토 고조의 얼굴이 떠올랐기 때문이다. 자살하겠다고 경찰에 편지를 보낸 청년이다. 혹시나, 하는 예감이 들 수밖에 없다. 자신이 탄 기차의 바퀴가 그를 친 건 아닌가 생각하니 간담이 서늘해졌다.

차장이 문을 열고 입구에 섰다.

"승객 여러분, 다들 바쁘실 텐데 죄송합니다. 방금 사고가 나서 당 열차는 육 분간 불시 정차했습니다. 하지만 지금 최대한 속력을 올려 지연된 시간을 만회하고 있으니 우에노 역에는 정시에 도착할 예정입니다."

차장은 모자를 한 손에 들고 다음 칸으로 가기 위해 복도를 지나갔다.

"차장님, 남자예요, 여자예요?"

한 승객이 그를 붙잡으며 물었다.

"여자입니다."

차장은 쓴웃음을 지으며 걸어갔다.

여자—. 노리코는 숨을 돌렸다. 사카모토 고조가 아니다. 타인의 불행에 무관심한 건 아니지만 그 청년이 아니라서 안심했다.

"몇 살이나 됐습니까?"

차장의 뒷모습에 대고 또 다른 사람이 질문했다. 차장은 대답하지 않고 다음 칸 문을 열고 사라졌다.

투신자살한 이가 여자라는 말에 여기저기서 낮지만 흥분된 이야기가 오갔다. 시계를 보니 새벽 3시가 다 되었다. 다들 잠이 달아난 모습이다.

사람에게는 다양한 일생이 있다. 어떤 불행이 그녀로 하여금 죽음을 택하도록 만들었을까. 승객들은 제각기 상상을 펼치며 그 공상 속에서 죽은 자를 동정했다. 그리고 누구나가 자신이 탄 기차가 사람을 죽였다는 점에 찝찝한 표정을 짓고 있었다.

"어쩐지 쿵, 하고 바퀴에 뭐가 닿는 느낌이 들더라고. 그때 친 건가 봐."

뒷자리에서 남자가 말했다.

"이제 그만해."

여자가 말렸다.

"거봐, 여자였잖아."

앞자리의 중년 남자가 담배를 꺼내 반쯤 잘라 주머니에 넣고 나머지에 불을 붙였다.

"지난번에도 여자였지?"

동석한 남자가 맞장구를 쳤다.

"어. 지난번이라고 해도 벌써 이 년 전이야."

"벌써 그렇게 되나. 세월 참 빠르네."

"그때도 이 근처였어. 죽은 자의 영혼이 부른다고 하잖아."

"그런 말이 있기는 하지. 옛날부터."

"그때는 삼십대쯤 된 여자였지. 얼굴이 엉망진창이었는데."

"봤어?"

"그날 시오자와의 친척 집에 놀러갔거든. 얘기만 들었어."

"역시 각오 끝에 한 자살인가?"

"자기 발로 선로 위에 앉아 있던 걸 기관사가 봤다고 하니 자살이 분명해. 기관사도 놀라서 브레이크를 당겼는데 어림없었다고 하더군."

"그런 경우 대개 제때 서지 못할 테지. 하지만 기관사는 마음이 안 좋을 거야."

두 남자는 쉬지 않고 이야기했다. 노리코는 이젠 그만 했으면 좋겠다고 생각하면서도 말릴 수는 없어서, 들리지 않을 것 같은 쪽으로 고개를 돌려 눈을 감았다. 그래도 말소리는 짓궂은 장난처럼 자연스럽게 따라왔다.

"그래서 어디 여자였어?"

남자는 잠이 완전히 깼는지 신이 나 얘기했다.

"몰라."

"몰라? 그럼……?"

"뭐라고 써 둔 것도 없었어. 신분을 밝힐 만한 물건이 일절 없었다는군."

"음, 그럴 땐 어떻게 되는 거야? 연고자가 파악되지 않을 때는."

"별수 없으니까 관청이 인수해서 화장한 후에, 연고자 없는 사자로 묘지에 묻었다고 하던데."

"아이구, 저런."

동행한 남자가 탄식 소리를 냈다.

"불쌍하게도 어떤 사정이 있는지는 몰라도, 부모나 남편, 아이들이 모르는 곳에 흙이 되어 묻혔다니, 대체 어떤 팔자를 타고 난 걸까."

"가난하기는 해도 우리가 나은 걸까?"

"그럼. 사람은 살아 있는 동안이 꽃이야. 가난뱅이는 가난뱅이 나름대로 낙이 있어. 죽으면 만사 끝이라고."

"그건 아니지. 가난한 것도 그렇게 속 편하지만은 않아. 저번에 큰딸을 시집보냈는데 준비금인지 뭔지로 돈이 들어 크게 빚을 졌어. 마누라도 울었지⋯⋯."

대화는 그제야 자살자로부터 멀어졌다. 그 뒤로는 가난에 대한 얘기가 한동안 지속되었다. 노리코도 드디어 잠들 수 있겠다고 생각했다.

그건 그렇고, 고조노메에서 다쿠라 부인의 짐을 처분한 사람은 누구일까. 노리코의 머리는 그쪽으로 기울기 시작했다. 첫 번째로 떠올릴 수 있는 사람은 료고지만, 지나치게 생뚱맞다. 나이와 인상이 비슷할 뿐, 다쿠라의 부인과 결정적인 인과 관계가 없다. 게다가 그 남자는 얼굴색이 거무스름했다고 하며, 필적도 일부러 서툴게 썼다는 생각은 들지 않는다. 그건 아무래도 당사자의 원래 필적인 것 같다.

'변장.'

문득 이런 생각이 떠올랐을 때 노리코는 소리 없이 웃었다. 탐정 소설에는 자주 등장하는 수법이다. 그러나 이건 소설 속 세계가 아니다. 현실이다. 하지만, 하고 다시 생각을 고쳤다. 변장이라는 가정을 함부로 무시할 수는 없다. 현실 세계의 사건에서도 꽤 있는 일이기 때문이다. 예를 들어 복장을 살짝 바꾼다든가, 콧수염을 붙인다든가, 머리를 염색한다든가.

머리를 염색한다고 했을 때 연상되는 것이 있어 흠칫했다. 시라이 편집장의 장발에는 백발이 섞여 있다. 편집장은 로맨스 그레이라는 낡은 유행어를 써 가면서 자랑한다. 만일 그 머리를 까맣게 염색했다면? 얼굴은 원래부터 까무잡잡한 편에 몸도 야위었다.

대체 편집장은 회사를 쉰 이틀간 어디를 간 걸까? 물론 화물 수취는 그보다 전에 일어난 일이다. 하지만 해당 날짜에도 시라이 편집장이 회사에 나왔는지 어떤지는 모른다. 아무래도 이번 사건에는 편집장의 그림자가 길게 드리워지고 있다. 다쓰오가 왠지 모르게 편집장을 의심하는 것도 이해하지 못할 바는 아니다. 그렇다고 설마하니―.

설마. 편집장이 그런 짓을 할 수 있을 리 없다. 도저히 범죄 같은 행위와 시라이 편집장을 연결해서 생각할 수 없다. 그는 범죄와 어울리는 사람이 아니다. 상상조차 할 수 없다.

노리코는 어느샌가 잠이 들었다.

종점에 도착한 사실도 모를 만큼 잤다. 눈을 뜨자 창밖이 하얗게 밝아 왔고, 우구이스다니 주변의 풍경이 스쳐가고 있었다. 승객들은 선반에서 짐을 내리고 있다.

노리코도 플랫폼에 내렸다.

6시가 지났으니 이른 아침이다. 먼 곳은 아직 뿌옇다. 이른 아침 공기는 특별해서 사람들이 걷는 소리까지 맑게 들렸다.

신문 가판대에서 조간 한 부를 샀다. 이런 시간에 가판대에서 사서 보니 집에서 느지막이 일어나 배달된 신문을 읽는 것보다 갓 인쇄된 잉크 냄새를 맡는 것 같아 신선했다.

1면부터 쭉 훑어보고 사회면으로 넘어왔을 때 노리코는 비명을 지를 뻔했다. 무라타니 아사코의 사진이 먼저 눈길을 뺏었지만 그보다도 사진 옆의 커다란 제목이 그녀를 충격에 빠뜨렸다.

'작가 무라타니 아사코 자살'

제목 옆에 '어젯밤 하마나 호반의 여관에서'라고 적혀 있었다.

노리코는 눈을 감았다. 그러고 나서 가슴이 격렬하게 떨리는 걸 느끼며 기사를 파고들 듯이 읽어 나갔다.

8월 14일 저녁 8시경 시즈오카 현 하마나 호반 간잔지 절 인근의 후코소 여관에 일주일 전부터 체재하던 서른두세 살가량의 여성이 다량의 수면제를 먹고 괴로워하는 모습을 이부자리를 깔기 위해 올라온 여종업원이 발견, 즉시 의사를 불러 처치했으나 한 시간 후 사망했다. 유서를 통해 도쿄 도 세타가야 구 세타가야 ××번지에 사는 작가 무라타니 아사코 씨(32세)로 판명되었다. 무라타니 씨는 숙박부에 도쿄 도 스기나미 구 ××초 아사노 하루코라고 기록하고 투숙했던 것으로 밝혀졌다. 유서에는 창작의 막다른 지점에 부딪혀 그에 따른 번민을 이유로 밝히고 있다. 무라타니 씨는 한 달 전부터 심한 신경쇠약 때문에 시나가와의 모 정신병원에 입원한 전력도 있다. 유족은 남편 료고 씨(41세)뿐으로 자녀는 없다. 료고 씨는 현재 여행중으로 자택을 비우고 있기 때문에 행방을 수소문하는 중이다.

무라타니 씨는 한때 왕성한 집필 활동을 보였으나 최근 들어 그다지 작품을 발표하지 않았다. 가까운 출판사의 말에 따르면 최근 슬럼프에 빠진 것을 한탄했다고 한다. 장례 일정은 료고 씨가 돌아올 때까지 미정이다.

여관 측 말에 따르면 무라타니 씨는 매우 조용했고, 하루 종일 방 안에 틀어박혀 글을 썼다고 한다. 자살하기 전날 그 글들이 마음에 들지 않는다면서 종업원에게 모두 태워 달라고 부탁했다고 한다.

기사는 무라타니 아사코가 시시도 간지 박사의 딸이라는 점과 부친의 간단한 이력 및 주요 작품 두세 권을 거론하는 것으로 끝났다.

노리코는 기사를 한 번 보는 걸로는 머릿속에 입력이 되지 않아 두세 번 되풀이해 읽었다. 발바닥부터 피가 얼어붙어 감각이 마비되는 느낌이었다. 무라타니 아사코가 사라진 사실은 알고 있었지만 설마하니 이렇게 되리라곤 상상도 못했다.

노리코는 거의 무의식적으로 역을 빠져나와 비틀거리며 택시에 탔다.

"손님, 어디로 가시죠?"

기사가 재촉하듯이 돌아보았다.

택시는 아직 아침 안개의 잔흔이 남아 있는 거리를 달렸다. 아침이라도 이렇게 이른 시간에는 오가는 차도 적고, 속도가 났다.

"이 시간에 우에노 역에 도착하는 기차라면, 어디서 오시는 길이

지유?"

기사가 도호쿠 사투리로 말을 걸었다. 고향이 그리웠는지도 모른다. 여느 때라면 말 상대가 되어 주었겠지만 오늘은 그럴 기분이 아니었다.

무라타니 씨는 왜 자살했을까?

노리코는 흔들리는 차 안에서 오직 그 생각만 했다. 단지 창작의 한계에 부딪혔기 때문일까. 그렇다면 그녀의 작품에 숨겨진 비밀을 아는 노리코로서는 이해하지 못할 바도 아니지만, 문제는 그저 그뿐만이 아니라는 점이었다. 그녀의 자살에 다쿠라의 죽음이 깔려 있는 건 아닐까. 그날 밤 하코네에서 여사가 보여 준 행동도 수상쩍기만 하다. 아무래도 무언가 어두운 선이 연결되어 있는 듯한 기분이 든다.

게다가 남편 료고 씨도 행방을 알 수가 없다. 이만큼 소동이 일어났으니 어딘가에서 분명 신문을 읽었을 것이다. 나타나지 않을 리가 없다. 그렇다, 료고 씨가 모습을 나타내기만 한다면—.

택시가 집 앞에 도착했다.

현관을 열자 얼굴빛이 새파랗게 질린 어머니가 달려 나왔다.

2

노리코가 귀가했을 때 어머니는 허둥거리고 있었다. 어머니 역시 오늘 아침 신문을 통해 무라타니 아사코의 자살을 알았다. 간접적이지만 노리코한테서 아사코에 대한 이야기를 들었기에 남의 일이 아니라는 표정이었다.

"무라타니 선생님이 왜 자살 같은 걸 하셨을까?"

노리코에게서 듣고 싶어 하는 눈치였다.

"나도 모르겠어."

노리코는 설명할 수가 없었다. 신문에서 처음 기사를 읽었을 때보다는 충격이 가셨지만 여전히 머릿속이 혼란스러웠다. 아무튼 빨리 출근해야겠다는 생각이 앞섰다.

"역시 소설가라는 직업은 자살하는 사람들이 참 많구나."

어머니가 말했다. 어머니의 세대로 미루어 보면, 아쿠타가와 류노스케나 아리시마 다케오의 죽음이 인상에 남아 있는 게 분명했다.

노리코는 어머니가 끓여 준 뜨거운 된장국에 따끈따끈한 밥을 먹고 이불에 들어가 한잠 청했는데, 흥분 탓인지 쉽게 잠이 오지 않았다.

"엄마, 내가 집에 올 때 탄 기차에도 어떤 여자가 뛰어들어서 자살했어."

노리코는 이불을 덮고도 계속 이야기했다.

"아이쿠, 끔찍해라. 불행은 서로 부른다고 하더니 기분 나쁘다, 얘. 그런 일이 벌어졌으면 기차에서도 못 잤겠구나. 아직 시간이 있으니까 푹 자 둬. 시간 되면 깨워 줄게."

그러나 노리코는 어머니가 깨우기 전에 이불을 박찼다. 몸은 피곤했지만 잠드는 순간의 평온한, 그 완만한 의식의 활주가 없다. 온갖 번민이 머릿속을 내달려 잠들 수가 없다. 무라타니 아사코의 가느다란 눈매와 낮은 콧잔등, 어린애처럼 통통하게 접힌 아래 턱과 얼굴, 때때로 보여 줬던 표정, 목소리가 떠올라 견딜 수 없었다.

그 풍뚱한 몸을 움직이는 둔중한 동작까지, 단편적이지만 기억이 나는 것이었다.

"아니, 벌써 일어났니?"

어머니는 맹장지 앞에 서서 눈을 동그랗게 떴다.

"응, 빨리 출근하지 않으면 진정되지 않을 것 같아."

"하지만 이틀이나 밤길을 오갔는데 자지 않으면 탈 나."

"괜찮아. 걱정하지 않아도 돼. 아직 젊잖아."

노리코는 어머니에게 웃어 보였다.

회사에 가니 다른 편집부원들도 하나둘 도착하면서, 온통 무라타니 여사의 자살 이야기로 들끓었다. 여사에게 그런 사정이 있었다는 게 뜻밖이라는 듯 다들 눈이 커져 있다.

"리코가 여사 담당이었잖아. 짐작되는 일 없었어?"

노리코에게 이렇게 물어보는 사원도 있었다.

"아니, 전혀 없었어. 선생님이 그런 티를 안 냈던 건지, 내가 그냥 멍하니 있어서 깨닫지 못했던 건지는 모르겠지만."

노리코는 적당히 둘러댔다.

하지만 무라타니 아사코의 자살은 다쿠라 요시조의 죽음에서 비롯된 게 아니라고 말할 수는 없다. 확실히 그날 밤 무라타니 아사코나 남편 료고의 행동은 불가해했다. 료고의 실종이 다쿠라의 죽음과 연관이 있다면 여사의 죽음 또한 다쿠라의 죽음과 연결지어도 좋으리라.

그런데 자살하지 않으면 안 될 만큼 중대한 관계에 있었던 것일까. 이를 뒤집어서 생각해 보면 다쿠라를 죽인 건 무라타니 아사코가 아닐까, 라는 게 된다. 적어도 그만큼 중대한 사건이 아닌 이상 자살까지는 고려하지 않았을 것이다. 혹은 무라타니 아사코가 직접 다쿠라를 죽이지는 않았다고 해도 그의 죽음에 얽혀 그것과 비슷한 비중의 역할을 맡았다는 게 되리라. 과연 진실은 무엇일까.

무라타니 아사코가 모습을 드러내기만 한다면 진상의 일부가 밝혀지리라고 기대했는데 이로써 그녀의 입은 영원히 닫혔다. 사건 직후 그녀는 거짓으로 정신병원에 입원했다가 탈출했고, 이후 자살로 생을 마감하여, 끝내 그녀 스스로 진실을 털어놓기를 거부한 것이다.

편집부 전원이 출근했는데 시라이 편집장과 사키노 다쓰오만이 시간이 지나도 나타나지 않았다. 둘 다 어떻게 된 거지, 하고 노리코가 이상하게 여겼을 때 아시다 차장이 사정을 설명했다.

"시라이 편집장님에게서 전화가 왔는데 오늘 아침 일찍 하마마쓰에 가셨대. 무라타니 씨가 자살한 여관에 가신 모양이야, 추후의 일은 나중에 전보로 연락 주시겠다더군. 아마 내일 아침에는 출근하시겠지."

이어서 다쓰오의 책상을 흘끗 보았다.

"사키노는 조금 일이 있어서 늦는다고 하던데. 방금 전화가 왔었어."

사키노에 대해선 아무래도 상관없다는 듯이 흘려 말했다.

오후 2시쯤 아시다 차장 앞으로 시라이 편집장이 보낸 장문의 전보가 도착했다.

아시다는 사무실에 있는 부원들에게 내용을 알려 줬다.

"고향인 돗토리 현에서 무라타니 아사코 씨의 장례식을 치르기로 했다는군. 고향에서 친오빠가 하마마쓰로 올라왔는데 그렇게 하기로 결정했대. 따라서 유골은 도쿄에 돌아오지 않고 장례식도 없어. 이는 무라타니 아사코 씨가 유서에서 정한 내용이라 그 유지를 따르는 거야. 또 다른 이유는 남편 료고 씨가 어디에 있는지 지금도 소재가 불명이어서 그렇게 처리하게 됐나 봐. 편집장님은 돗토리 현까지 따라가서 장례식에 참석할지, 아니면 도쿄로 돌아올지 아직 결정하지 못하셨다는군."

아시다는 이렇게 보고했다.

노리코는 시라이 편집장이 아사코 여사의 고향까지 따라가서 장례식에 참석하고 싶어 하는 기분을 충분히 이해했다. 편집장은 여사의 부친인 시시도 간지 박사의 제자니까 은사의 딸에 대한 예의를 다하고 싶을 것이다. 단순한 작가와 편집자의 관계가 아니다. 작가와 편집자 사이의 의리뿐이었다면 하마나 호반의 여관에 내려간 걸로 충분하다.

사키노 다쓰오가 불쑥 나타난 것은 바로 그때였다.

"죄송합니다. 늦었습니다."

우선 다쓰오는 차장에게 사과했다.

"사키노, 무라타니 아사코 씨가 자살한 건 알고 있지?"

아시다가 얼굴을 들고 말했다.

"네, 알고 있습니다. 기사를 보고 깜짝 놀랐어요."

"시라이 편집장님이 현장에 내려가셨어."

"어, 편집장님이 하마마쓰까지 가셨어요?"

"어쩌면 무라타니 씨의 고향에도 가실지 모르겠어. 이건 아까 자네가 없었으니까 자네에게만 알려 주는 거야."

"죄송합니다."

다쓰오는 머리를 긁적였다.

노리코는 다쓰오를 슬쩍 밖으로 불러내려고 했지만 기회가 없었다. 출근이 늦어진 다쓰오는 얌전한 얼굴로 일에 열중했다.

그때 또다시 전보가 왔다.

"편집장님이군."

아시다 차장이 부원들에게 들리도록 큰 소리로 읽었다.

"무라타니 씨 유고 사본 보냈음. 작품 고뇌를 담았음. 그 밖의 원인은 밝히지 않음. 오늘 밤 유골을 따라 돗토리로 내려감. 사흘 후 귀경 예정."

"이런, 편집장님은 결국 돗토리까지 따라가실 모양이네."

아시다 차장은 한숨을 쉬었다.

부내가 술렁거리는 틈을 노려 다쓰오 쪽에서 노리코에게 눈짓을 하고 먼저 나갔다. 만날 장소는 예의 회사 앞 찻집이다. 노리코가 들어서자 다쓰오는 벌써 커피 두 잔을 주문한 뒤 담배를 피우며 기다리고 있었다.

"일이 커졌어."

노리코는 다쓰오 앞에 앉기 무섭게 흥분한 목소리로 말했다. 다쓰오도 심각해 보였다.

"골치 아프게 됐어."

그가 말했다.

"설마하니 무라타니 여사가 자살할 줄은 몰랐거든."

"역시 다쿠라 씨의 죽음에 원인이 있을까?"

노리코는 다쓰오의 눈을 들여다보며 말했다.

"당연하지. 그런데 스스로 죽음을 택할 만큼 깊게 연관되어 있었을지는 의문이야."

노리코는 끄덕였다. 같은 의견이었다.

"그럼 왜 자살했을까?"

"다쿠라가 죽은 일도 있고, 료고 씨의 행방불명도 정신적으로 큰 타격이었겠지. 물론 진상이 어떤지는 우린 아직 모르지만. 어쨌든 여사에게 큰 충격이었다는 건 상상이 가지만, 자살하게 된 첫 번째 원인은 역시 도작 때문일 거야."

"도작 때문이라고?"

"하타나카 젠이치의 습작 노트가 바닥이 난 거야. 말 그대로 '창작의 막다른 지점'에 부딪히게 된 거지."

"……."

노리코는 대답조차 하지 못하고 그의 입술을 바라볼 뿐이었다.

"무라타니 여사가 최근에 발표하는 작품들이 질적으로 예전 같지 않아 필력이 갑자기 떨어졌다는 사실을 리코도 느꼈지?"

다쓰오는 목소리를 낮추며 말했다. 노리코는 고개를 끄덕였다. 다쓰오가 굳이 지적하지 않아도 알아채고 있었다. 하지만 작가라면 누구나 한 번쯤은 겪기 쉬운 슬럼프라고 생각했다. 실제로 그렇게 딱 잘라 말하고 다니는 편집자 동료들도 있다.

"점차 습작 노트가 바닥이 났기 때문이지. 여사는 필사적이 되어서 스스로도 창작을 해 보려고 시도했겠지만, 원체 재능이 없으니 좋은 글이 안 나왔던 거야. 그게 때때로 졸작의 형태로 나타난 거지. 뭣보다도 리코도 알 거야. 이번에 네가 받아 온 여사의 마지막 작품만 해도 심각했지. 객관적으로 봤을 때 초기 작품과 비교해 보면 다른 사람 작품인 것 같았어. 매수만 해도 오십 매를 약속하고는 사십삼 매를 간신히 맞췄잖아. 전에는 그런 일이 한번도 없었는데 말이야."

다쓰오의 말에 노리코는 반론의 여지가 없었다. 하타나카 젠이치의 노트를 몰랐던 시절이라면 모를까, 지금은 다쓰오의 주장을 받아들이는 수밖에 없다.

"그런데 무라타니 아사코 여사는 자존심이 아주 강한 여자야."

다쓰오의 말이 이어졌다.

"나쁘게 말하면 허영심 덩어리지. 사자에겐 실례가 되겠지만. 그래서 여사는 여류 작가로서 몰락하는 처지를 견디지 못했어. 아버지의 후광이라고 할까. 세간에서는 무라타니 아사코라 하면 왠지 시시도 간지 박사를 연상해. 이 점이 그녀에게 상당한 도움이 되었어. 그러니 몰락하게 되면서 그만큼 무거운 짐이 되어 한층 더 비참해졌겠지······."

커피가 나왔지만 노리코는 입에 댈 마음이 들지 않았다.

"자살까지 생각하게 된 데에는 물론 다쿠라의 죽음과 료고 씨의 실종이 타격을 입혔기 때문이지만, 최대 원인은 더 이상 창작이 불가능하다는 것, 나아가 이러다가 도작이 폭로되면 어쩌나 하는 두려움도 컸을 거야. 그 증거로 편집장님의 전보에 따르면 그녀의 유서는 창작이 막혔음을 괴로워하는 내용으로 가득했다잖아. 전문이 도착하면 확실히 알게 될 테지만 아마 예술적인 절망을 노래한 아름다운 유서겠지. 지나치게 작가적인 유서일 거야. 하긴 무라타니 씨의 문장은 아쿠타가와의 백분의 일의 감명도 없겠지만……."

"시라이 편집장님이 돌아오시면 자세한 내용을 알게 될 거야."

노리코는 무라타니 아사코가 숨겨 온 도작의 비극을 더 이상 듣고 싶지 않았다.

"그래."

다쓰오도 노리코의 기분을 깨달았는지 얌전히 화제를 돌렸다.

"그럼 이쯤에서 미치노쿠_{오슈 지방의 다른 이름} 기행을 들어 볼까."

일부러 노리코의 마음을 풀어 주려는 듯 말했다.

"나의 오슈 기행은 바쇼_{에도 시대 하이쿠 시인 마쓰오 바쇼. 여러 지방의 기행문을 남겼다}의 백분의 일의 감명도 주지 못해."

노리코는 다쓰오의 말을 되받았다.

그런 후 고조노메에서 조사한 것들을 가능한 한 상세히 전했다.

다쓰오는 입에 문 담배가 타들어가는 것도 잊고 열심히 들었다. 노리코의 이야기가 끝나자 눈을 빛내며 말했다.

"지금까지 없었던 현상이 이제야 겨우 나타났군."

"무슨 뜻이야?"

"그렇잖아. 지금까지 우리는 과거의 자취만을 추적해 왔어. 우리가 찾고 싶어 했던 산 사람들은 그늘에 숨어서 모습을 드러내지 않았지. 그랬던 게 고조노메에서 드디어 나타났어."

"……."

"다쿠라의 부인 이름으로 보낸 가재도구를 팔아 버린 남자 말이야. 이 녀석의 존재는, 실제로 살아 있는 인물이 우리 앞에 겨우 나타났다는 느낌이야."

다쓰오는 약간 흥분했다.

"앞으로 재미있어지겠는데. 정말, 리코가 오슈까지 다녀온 보람이 있었어."

"그렇게 혼자 기뻐하지 마."

노리코가 타박했다.

"사키노 씨야말로 오늘은 어디 갔다가 늦게 온 거야?"

"그래, 그게 말이지."

다쓰오는 담배를 피웠다. 말하기 전에 조금 생각해 본다는 표정이다.

"사실은 말이지."

다쓰오가 입을 열었다.

"다쿠라의 부인에 관해 조사하러 갔어."

"다쿠라 씨의 아내?"

노리코는 눈을 크게 떴다.

3

다쿠라의 아내에 대해 조사했다는 다쓰오의 말에 노리코는 크게 흥미가 일었다.

"그래서 무슨 단서라도 나온 거야?"

노리코는 자신도 모르게 가까이서 다쓰오를 들여다보았다.

"다그치지 말라고. 아직은 없어."

다쓰오는 눈이 부신 것 같은 표정으로 말했다.

"그 아내에 대해 궁금해서 다쿠라의 호적을 떼 봤어."

"다쿠라 씨의 호적을? 원적지를 어떻게 알고?"

노리코로서는 뜻밖이었다. 다쓰오는 그런 정보를 어디서 얻은 걸까.

"오다와라 서에서 조회해 봤지."

다쓰오가 대답했다.

"다쿠라가 죽었을 때 부인이 오다와라 서에서 진술한 게 있잖아. 그 서류에 원적지가 기재되어 있을 거란 사실을 떠올렸지."

뭐야, 그런 건가, 하고 노리코는 납득했다.

"언제쯤인데?"

"일주일 전이었나?"

"한참 전이네? 나한테 귀띔이라도 했어야지?"

노리코는 다쓰오가 여전히 독단적인 데에 화가 났다.

"아, 미안. 그만 잊어버렸어."

다쓰오는 얼버무리듯이 허둥거리며 주머니에서 수첩을 꺼냈다.
"다른 기재 사항은 빼고, 필요한 것만 여기에 적어 왔어."
수첩을 펼쳐 보여 준다. 다쿠라 요시조의 호적 초본을 휘갈겨 베껴 쓴 글자가 보였다.

　　본적　시가 현 고가 군 ××손 ××.
　　　호주　다쿠라 요시조
　　　　　1916년 7월 15일생
　　　처　요시코
　　　　　1919년 2월 25일생
　　○ 요시코는 아키타 현 미나미아키타 군 고조노메마치 ××번지
　　　사카모토 료타로, 사카모토 스미의 장녀
　　○ 1941년 3월 16일 이적 신고

"어머."
노리코는 한동안 수첩을 바라보았다.
"역시 다쿠라 씨 부인의 본적지는 틀리지 않았구나."
"응, 실은 어제 우편으로 초본이 도착했어. 리코가 고조노메에 가고 없어서 아무래도 때를 놓쳤지."
다쓰오는 머리를 긁적이며 말했다.
"리코가 실제로 이 주소지를 찾아갔을 때 살고 있는 사람들이 모른다고 했으니, 사카모토 가는 옛날에 그 고장을 떠났다는 뜻이겠지. 살던 집도 없어지고, 요시코 씨의 부모님도 세상을 떠났을 테

고, 친척도 남아 있지 않다는 뜻일 거야. 요시코 씨에겐 동생 고조뿐이야."

노리코는 끄덕였다. 맞는 말이다.

그러나 한 가지 의문이 생겼다. 왜 다쓰오는 다쿠라 부인의 본적지를 새삼 확인해 본 걸까.

"그게 말이지."

다쓰오가 대답했다.

"다쿠라 부인의 고향이 가재도구를 발송한 곳이 맞는지 의심스러웠거든."

"그 주소지는 거짓이고, 실제로는 다른 지역일지도 모른다고 생각한 거네?"

"응, 그렇지."

"이유는?"

"이유라, 이유는……."

다쓰오는 담배를 꺼내 천천히 입에 물며 불을 붙였다.

"지금까지도 행방을 모르잖아. 이렇게 오랫동안 못 찾는 걸 보면 진짜 고향이 따로 있고, 거기에 틀어박혀 지내는 것 같다는 생각이 들어서야. 여자가 갑자기 몸을 감추고 오랫동안 돌아오지 않으면, 고향에 갔을 공산이 크지. 장기간 느긋하게 지낼 만한 데 말이야."

일리가 있는 의견이었다.

"그런데 이 호적 때문에 가설이 무너졌어. 요시코 씨에겐 고향이 없다고 봐야 해. 그렇다면 어디로 숨었는지가 문제지."

다쓰오는 난처한 얼굴로 이마에 손가락을 대고 담배를 피웠다.

"그리고 동생 고조도."

"그렇군. 자살을 예고한 남자가 있었지."

다쓰오는 손가락으로 이마를 문질렀다.

"설마하니 누나와 동생이 짜고 어딘가에 숨어서 같이 지내는 것도 아닐 텐데."

다쓰오가 중얼거렸다.

자살을 예고한 남자라는 말에 노리코는 문득 떠오른 게 있었다.

"자살이라니 끔찍해. 아키타에서 기차를 타고 돌아올 때도 선로에 뛰어든 사람이 있었어. 내가 탄 기차가 사람을 치다니, 기분이 엄청 안 좋더라구."

노리코는 그때의 감각이 되살아난 양 눈썹을 찡그렸다.

"그래?"

다쓰오는 이마에서 손가락을 떼고 노리코의 얼굴을 보았다.

"남자야, 여자야?"

"여자였어."

다쓰오도 사카모토 고조를 떠올렸다고 생각하니 노리코는 웃고 싶어졌다.

"에치고의 시오자와 부근인데, 마가 낀 장소래. 이 년 전에도 여자가 그 선로에서 자살했대."

"흐음. 자세히 아네."

"앞자리에 앉은 그 지방 사람들이 떠들었거든. 자살한 여자의 신원이 밝혀지지 않아서 무연고 사자가 되었다느니, 여자의 영혼이 자살자를 부른다느니, 하도 떠들어서 잠도 못 잤다니까."

다쓰오는 잠자코 듣기만 했다.

자살 얘기를 계기로 자연히 무라타니 아사코가 화제에 올랐다.

"그분이 자살하리라고는 생각하지 못했어."

노리코는 솔직한 느낌을 고백했다. 아사코와 만났을 때의 작은 기억들이 깨진 유리 파편처럼 내내 머릿속에 쌓여 있다.

"그 사람이 자살하리라고는 아무도 예상치 못했어. 우린 언제나 방관자일 뿐, 관찰자가 아니니까."

다쓰오는 그렇게 말한 뒤 돌연 담배를 버리고 구두로 짓밟았다.

"리코."

노리코의 눈을 정면으로 응시한다.

"무라타니 아사코 여사가 유서에서 남편인 료고 씨 대신 왜 돗토리에 사는 오빠를 인수인으로 지명했는지 알아?"

그렇다, 이는 노리코도 줄곧 이상하게 여겼다.

"남편이 어디 있는지 모르니까?"

이렇게 대답해 보았다.

"그게 첫 번째로 생각해 볼 수 있는 이유겠지. 그래도 일단은 료고 씨 또한 지명하는 게 순리야. 오빠와 남편 둘 다에게 알려 달라고 유서에 남겨도 되는 거잖아. 그런데 료고 씨는 아예 언급조차 하지 않았어. 왜일까?"

"글쎄, 잘 모르겠는데."

노리코는 일단 대답을 피했다.

"아사코 여사가 료고 씨의 실종을 확인한 게 아닐까."

"확인?"

"그래, 아사코 여사는 어떤 계기를 통해 료고 씨의 행방을 찾는 건 완전히 절망적인 일임을 알았어. 그래서 료고 씨를 지명해 봐야 소용없다고 생각한 게 아닐까?"

그럴지도 모른다. 노리코는 다쓰오가 하는 말에 대체로 동감할 수 있었다.

"오늘따라 너무 의젓한데. 반론 없어?"

다쓰오가 살짝 놀리는 듯한 태도로 노리코의 얼굴을 보았다.

"딱히 없어. 그럴지도 모른다고 짐작할 뿐이야."

노리코는 아사코 여사가 료고 씨의 행방을 얼마나 수소문하고 다녔는지 안다. 도쿄에 돌아온 후에도 몇 번씩 오다와라 역에 들러 그가 탔을 법한 열차를 물어보고 수색을 부탁했다. 아사코 여사는 남편을 찾는 일에 상당히 집요했던 걸로 보인다.

그 결과 여사가 남편의 실종에 대해 절망할 수밖에 없는 어떤 이유를 발견했다는 일 또한 존재할 수 있다.

"한편으론 이렇게 생각해 볼 수도 있어."

다쓰오가 입을 열었다.

"어떻게?"

"여사는 료고 씨가 어디 있는지 대충은 짐작했어. 그래서 오히려 연락하고 싶지 않았어."

"어머, 굉장히 애매하게 말하네."

"나도 잘 모르겠어. 이렇게 추상적으로밖엔 생각이 안 나."

다쓰오는 깍지를 끼고 뚝뚝, 소리를 냈다.

하지만 노리코는 다쓰오가 좀 더 깊은 상상을 하고 있는 듯한 느낌이 들었다.

"사키노 씨, 뭔가 더 생각이 있지 않아?"

"아니, 아직 이 정도야."

"거짓말. 더 있을걸. 지금 그런 표정이라고."

다쓰오는 어쩔 수 없다는 듯 웃었다.

"흐음. 그럼 한 가지, 아사코 여사가 왜 하마나 호반에서 자살했을지 생각해 본 적 있어?"

"아니. 없어."

노리코는 고개를 저었다.

"난 생각해 봤어. 자살자의 장소 선택은 어떤 인과 관계를 따르는 게 아닐까 싶었거든. 예전에 가 본 적이 있는 곳인데 인상이 강했다든가, 그곳에 연고가 있다든가, 아니면 꼭 한번 가 보고 싶던 곳이라든가……."

"경치가 좋은 곳이라는 의미야?"

"아름다운 경치도 확실히 자살자에게는 매력적이지."

다쓰오는 진지한 얼굴로 얘기했다.

"하마나 호수는 아름답기로 유명해. 벤텐지마 섬_{벤자이텐 신을 모시고 있다고 알려진 섬으로, 일본 각지에 존재한다}은 유명한 관광지고, 간잔지 절은 호수로 튀어나온 땅에 위치하고 있어서 거기서 보는 경치도 끝내주지."

"사키노 씨."

노리코는 쏘아보았다.

"아니, 난 지금 아주 진지해. 확실히 아름다운 경치가 있는 곳은 자살자의 최후의 장소로 쓰이지. 하지만 아름다운 경치가 전부는 아냐. 자살자가 그 장소를 선택하게 된 실마리를 찾아내지 못한다면, 그건 관찰이 부족한 거야."

다쓰오는 한숨 비슷한 소리를 냈다.

"있잖아, 리코, 나 계속 머리를 굴려 봤어. 하마나 호수 인근에 어떤 지역이 있을까. 하마마쓰 시가 있지. 이쪽으로는 약간 멀긴 해도 근방에 시즈오카 시가 있어. 호수 서쪽으로는 도요하시, 오카자키, 거기서 쭉 가면 나고야가 나와. 이들 도시 중에 무라타니 아사코 여사와 연고가 있는 지역은 없을까?"

노리코는 생각해 보다가 곧장 외쳤다.

"아, 있어!"

"어디?"

"도요하시. 무라타니 가에서 일한 가정부의 생가가 도요하시에 있어. 내가 이누야마에서 올라오는 길에 찾아간 적이 있는……."

"그래, 맞아. 가정부 이름이 히로코였지. 무라타니 가에서 고용한 가정부의 생가가 도요하시에 있었어. 도요하시와 하마나 호수라면 가깝지. ……그런데 내가 생각하고 있는 건 이것뿐이야. 이 두 가지 사실이 각각 떨어진 점일 수도 있고, 하나로 이어지는 선일 수도 있어. 지금으로서는 알 수 없는 일이야. 다만 두 개의 점 사이가 가깝다는 사실만 알고 있을 뿐이지."

다쓰오는 생각난 듯 마시다 남은 차가워진 커피에 손을 댔다.

추상화

1

무라타니 아사코의 유서 사본이 편집부에 도착한 건 그날 저녁이었다. 시라이 편집장의 글씨였다.

다들 어떤 문장일지 궁금해하며 바로 돌려 읽었는데, 찬물을 뒤집어쓴 듯 표정마다 기대에 어긋난 실망감이 떠올랐다.

"이런, 무라타니 씨도 죽음 앞에서는 이따위 글밖에 안 나오는 건가?"

먼저 아시다 차장이 실망한 기색으로 내던지듯 한숨을 쉬었다.

"요즘 고등학생도 이것보다는 낫겠어."

노골적으로 감상을 말하는 부원도 있었다.

노리코도 유서를 읽었다. 편지지 세 매가량을 꽉 채운 유서는 작가다운 중량감이 전혀 없었다.

지금 내가 앉아 있는 방에서는 조용한 호수와 희미하게 움직이는 구름 한 조각이 보입니다. 거울처럼 움직이지 않는 호수의 물 밑에 머잖아 내 몸이 눕게 될 것입니다. 그때 작은 물결조차 일렁이지 않는 수면 위로 물의 원이 무늬를 그리며 퍼져가겠지요. 내가 호수 바닥으로 가라앉고 있다는 마지막 표현이며, 저 멀리 퍼져가는 물의 원이 사라질 즈음 내 생명도 사라질 것입니다.

    나의 죽음을 어느 누구도 책망하지 못합니다. 내가 스스로 선택한 죽음을 신도 거절하지 못합니다. 죽음을 눈앞에서 보고 있는 나의 마음은 아주 맑은 물처럼 평안하고 온화합니다. 누구도 막아낼 수 없는 일을, 나만이 결행한다는 데서 마치 신이라도 된 듯한 기분 좋은 용기를 느낍니다…….

이렇게 시작하여 죽음에 대한 평이한 심리가 진력이 날 정도로 이어졌다. 내용도 아무것도 없이, 감상적으로, 살짝 젠체하는 문구가 계속될 뿐이다.

"소설을 쓸 때랑은 영 다른데."

한 편집자가 말했다.

"자살하기 직전의 인간은 정신이 동요해서 이렇게 엉터리 글을 쓰게 되는 걸까?"

요컨대 유서라고도, 유고라고도 부를 수 없는 이 글은 너무나도 졸렬하니 잡지에 싣는 건 보류하기로 했다. 시라이 편집장이 돌아오면 뭐라고 할지 모르지만, 이런 글은 싣지 못한다. 무엇보다도 우리 잡지에 특종처럼 게재했다간 다른 잡지사 사람들에게 조롱거리가 될 거라는 점에서 모두의 의견이 일치했다.

"좀 안됐네."

노리코를 밖으로 불러내 함께 걷던 다쓰오가 말했다.

"편집부 사람들은 진상을 모르니까 저렇게 말했지만, 이건 무라타니 여사가 최선을 다해서 쓴 글이야."

"그래."

노리코도 왠지 쓸쓸했다.

"무라타니 씨는 마지막까지 소설가답게 죽고 싶었어."

다쓰오의 말이 이어졌다.

"자신의 비밀을 폭로하고 싶지 않았어. 사후에도 소설가로서 인정받고 싶었던 거야. 그래서 유서에도 죽음을 택하게 된 이유를 밝히지 않았어. 이제는 아무것도 못 쓰는 여류 작가라는 세간의 경멸적인 평가를, 무라타니 씨처럼 출신 좋고 허영심 많은 여자가 견딜 수는 없었겠지. 그걸 조금이라도 감추려다 보니, 고심을 담은 미문美文조 문장이 되어 버린 거야."

"료고 씨에 대해서는 아무 말도 없었어."

노리코는 고개를 숙이고 걸으며 말했다.

"그럴 수밖에. 자기가 죽고 나서 공표될 것을 염두에 두고 썼으니까. 안타깝게도 오히려 경멸받을 거라고 생각하지는 못했을 거야. 저런 글을 잡지에 실어 줄 출판사는 없는데 말야."

둘은 천천히 보도를 걸었다.

오가는 사람도 많고 자동차는 쉴 새 없이 지난다. 모두 헐레벌떡 바쁜 표정이다. 보기만 해도 질척거리는 일상을 견디고 있다. 무라타니 아사코가 더욱 희미해져서, 그녀 자신의 죽음마저도 유리처럼 무색으로 다가왔다.
"돗토리에 내려간 시라이 편집장님은 언제쯤 돌아오실까?"
노리코가 문득 말했다.
"글쎄, 전보로는 사흘 뒤라는데……."
다쓰오는 빌딩 꼭대기를 쳐다보다가 "시라이 편집장님도 이리저리 참 잘 움직여" 하고 중얼거렸다.
그 말에 크게 의미가 있는 것처럼 들려 노리코가 무의식중에 다쓰오의 얼굴을 보았다. 그러자 다쓰오는 화랑 입구를 가리키며 말했다.
"회사에 가 봐야 당장은 바쁜 일도 없는데 간만에 그림이라도 보러 갈까?"

화랑 안은 아주 고요했다. 손님도 없고 직원도 보이지 않는다. 액자에 넣은 여러 그림이 벽면에서 둘의 시선이 닿기만을 기다리고 있다.
둘은 걸음을 옮기며 풍경화, 인물화, 정물화를 차례로 감상했다.
"그림은 잘 모르지만."
다쓰오가 말했다.
"역시 이런 데 있으면 마음이 가라앉아. 리코는 그림에 대해 좀 알아?"
"별로."
노리코는 웃으면서 고개를 저었다.
"특히 이런 그림은 도무지 모르겠어."

노리코가 가리킨 액자에는 어두운 색조에 원색으로 악센트를 준 커다란 추상화가 들어 있었다.

"그래, 이런 건 잘 모르겠어."

다쓰오는 제목을 본 뒤 말했다.

"도회의 달이라. 어디가 빌딩이고 어디에 달이 떴는지 모르겠는 걸. 제목을 보니 그런가, 하는 느낌도 들긴 하지만."

"거꾸로 걸어 놓아도 모르겠지?"

"화가에겐 미안하지만 그렇네. 실제로 전문 잡지에 싣는 사진도 이런 추상화를 거꾸로 인쇄하는 경우가 있나 봐."

다쓰오는 그렇게 말하면서 걸음을 옮겼다.

다음 그림은 풍경화였다. 우라니혼(동해에 면한 지역들) 근처에 있는 듯한 깎아지른 절벽과 사납게 놀치는 바다. 다쓰오가 그림 앞에 서서 무척 흥미로워하는 시선으로 응시하고 있었다.

노리코가 뒤에서 슬쩍 움직여도 다쓰오는 그 앞에 꼿꼿이 서 있다. 노리코는 뜻밖이라는 생각이 들었다.

"사키노 씨, 뭘 그렇게 감탄하고 있어?"

다쓰오의 팔꿈치를 꾹 찔렀다.

"그림을 보는 게 아냐. 갑자기 뭔가 떠올라서."

다쓰오는 손가락으로 콧등을 누르며 그림 속 파도를 뚫어져라 쏘아보았다.

"응? 뭐가?"

"이 옆에 걸린 추상화를 보면서 리코가 한 얘기 말이야."

"뭐였지?"

"이 그림은 거꾸로 걸어 놓고 봐도 모른다고 했잖아."
"……."
"어쩌면 우린 뭔가를 착각하고 있는 건지도 모른다는 기분이 들어."

노리코는 그 자리에 멈췄다.

"아무렴 그림처럼 완전히 거꾸로 보고 있다고 생각하지는 않지만, 어느 한 부분을 착각하고 바라보고 있는지도 몰라."

"그게 어느 부분인데?"

노리코도 그 견해에 끌려 물었다.

"확실히는 모르겠어. 지금은 그냥 느낌이야."

다쓰오는 간신히 풍경화 앞에서 발을 뗐다.

마침 손님이 들어왔고, 안에서 직원이 나와 둘을 유심히 바라보기에 조용한 화랑을 빠져나왔다.

"오래 서 있었더니 조금 지치네."

다쓰오는 눈부신 석양빛에 눈을 가늘게 뜨면서 말했다.

"목도 말라. 근처에서 찬 것 좀 마실까?"

"그래."

물론 이야기를 계속 하고 싶다는 뜻이다.

"있잖아."

주문으로 나온 주스를 반쯤 마신 뒤 다쓰오가 노리코를 불렀다.

"다쿠라 부인의 행방도 그렇지만, 동생인 사카모토 고조는 어디로 사라진 걸까. 아직 체포당하진 않은 것 같은데."

노리코도 신경 쓰는 일이었다. 매일 신문을 보지만 기사가 전혀 나오지 않았다. 하긴 도쿄의 신문이니, 다른 지역에서 체포되었다면 실리지 않을지도 모른다.

"아냐, 내가 그쪽 지방지를 보고 있는데 아직 보도된 게 없어."

다쓰오는 노리코의 말을 듣고 대답했다.

"체포됐거나 자살했으면 반드시 기사가 났을 텐데, 그렇지 않은 걸 보면 아무래도 무사한 것 같아. 설마 어디선가 아무도 모르게 자살하진 않았을 거야……."

"나도 왠지 살아 있을 것 같아."

노리코도 동감이었다.

"사카모토가 기노시타를 죽인 이유가 트럭이 지연된 비밀에 있다는 건 알겠는데 도통 그 비밀이 뭔지는 모르겠어."

다쓰오는 머리를 벅벅 긁적이고 턱을 괴었다.

"다만 한 가지, 힌트가 있기는 하지."

다쓰오는 혼잣말처럼 말했다.

"살해당한 기노시타의 사체 현장에 떨어져 있었다는 기차표 조각."

"맞아, 나도 기차표를 떠올렸어."

노리코가 시선을 보냈다.

"그건 기노시타가 갖고 있던 차표였을 거야. 틀림없어."

"맞아."

"찢은 사람은 사카모토이고."

"그렇겠지."

"우선, 왜 사카모토 고조는 기노시타가 갖고 있던 기차표를 찢었을까?"

"기노시타의 사체가 발견돼도 그의 행선지를 경찰이나 그 밖의 제삼자에게 알리고 싶지 않았기 때문이지."

노리코의 말에 다쓰오도 찬성했다.

"동시에 어떤 이유에서인지 사카모토는 기노시타가 그곳에 가는 걸 원치 않았어. 이런 상상도 가능하지."

"그럴 가능성도 커. 어쩌면 사카모토는 기노시타가 그곳에 가는 걸 반대해서 싸우다가 죽였는지도 몰라."

"음."

다쓰오는 눈을 감고 생각하다가, "말이 되는군" 하며 눈을 뜨고 노리코의 얼굴을 바라보았다.

"그럴지도 몰라. 왜 그곳에 가는 걸 반대했을까? 사람을 죽이면서까지……."

"그건 모르겠어. 하지만 그게 이른바, 트럭의 비밀과 관계가 있다는 건 상상이 돼."

"또 트럭의 비밀인가."

다쓰오는 얼굴을 찡그렸다.

"난감하네."

"대신 이렇게 말할 수 있지 않을까?"

노리코는 머리를 굴리기 시작했다.

"트럭의 연착과 다쿠라 씨의 죽음이 이어져 있다면, 그것과 관련이 있을 법한 곳으로 범위를 축소시킬 수 있을 듯해."

"음, 그렇군. 맞아, 좋은 안이야."

다쓰오는 흥미를 느낀 듯 탁자 위에서 양쪽 팔꿈치를 내밀었다.

"거기가 어디지?"

"일단 도쿄가 있어."

"여러 가지 의미에서 도쿄는 관련이 있지. 하지만 조금 평범해. 다른 지역을 찾아보자."

"아키타의 고조노메?"

"음, 거기는 조금 더 유력하지."

"유력이고 뭐고 거기밖에 생각할 수 없어. 도요하시나 하마나 호수는 아닐 테고."

"그렇지 않아. 무라타니 여사와의 관계도 이번 사건의 일부분이니까. 온갖 곳을 추측해 봐도 좋다고 생각해."

"하지만 여사와 트럭 기사 사이는 이어져 있지 않아."

"연관성은 지금부터 찾아봐야지."

너무 늦어질 것 같아 둘은 의자에서 일어나 찻집을 나섰다.

회사로 돌아오는 길에도 다쓰오는, "아무래도 난 어딘가에서 착각을 한 듯싶어"라며 고개를 갸웃거렸다.

그날 밤 노리코가 집에 있을 때 현관 쪽에서 스쿠터 소리가 들리다가 멈췄다.

"속달입니다."

집배원이 현관 쪽에서 소리쳤다.

어머니가 일어서서 나갔다.

"노리코, 사키노 씨한테서 왔어."

어머니는 엽서 한 장을 들고 왔다.
노리코는 갑자기 웬 엽서, 하고 뒷면을 보았다.

 갑자기 생각난 게 있어서 내일과 모레 이틀간 회사에 못 가. 그 사건 때문인데 너무 기대하지는 말고. 부탁해.
사키노.

이렇게 휘갈겨 쓴 글씨가 보였다.
"어머, 또 시작이네."
노리코의 입에서 얼떨결에 그런 말이 튀어나왔다.

2

이튿날 노리코가 출근했을 때 아니나 다를까 사키노 다쓰오는 보이지 않았다.
노리코는 할 수 없이 아시다 차장에게 가서 보고했다.
"사키노 씨는 어젯밤에 갑자기 몸이 안 좋아져서 오늘은 쉬고 싶다고 했어요. 제가 어젯밤 연락을 받았거든요."
붉은 펜으로 원고를 교정 보던 아시다는 떨떠름한 표정으로, "그 녀석 요즘 툭하면 빠지네" 하고 혀를 차며 중얼거렸다.
아닌 게 아니라 사건 이후 다쓰오는 몇 번씩 회사를 빠졌다. 아시다 차장이 떨떠름한 표정을 짓는 것도 당연하다고 생각했다. 하지만 그 말의 일부가 자신을 향하는 것 같아 노리코는 볼이 뜨거워졌다.

그래도 이유는 어느 누구에게도 밝힐 수 없다. 얘기한다면 처음에 "어때, 자네들이 한번 맡아보는 게" 하며 다쿠라 사건을 권유했던 시라이 편집장에게 밝혀야겠지만, 편집장의 태도가 점점 변하고 있다. 다쓰오는 시라이 편집장이 사건과 깊은 관련이 있다고 여겨, 무척 의심스러워하는 눈으로 보고 있는 듯했다.

그 시라이 편집장이 이튿날 오후 불쑥 회사에 나타났다.

피곤한 모습으로 자기 자리에 앉은 시라이는 우선 아시다 차장에게 미안함을 표시했다.

"돗토리에서 곧장 올라오신 거예요?" 하고 아시다가 물었다.

"응, 어제 오후 기차에 탔지. 너무 오래 걸려서 지쳤어."

시라이 편집장은 턱을 쓰다듬었다. 그의 말마따나 옆얼굴이 피로에 잔뜩 찌들었고, 면도를 하지 못한 만큼 수염이 자라서 초췌해 보였다. 얼굴색도 어둡다.

"무라타니 씨의 장례식은 성대했나요?"

아시다는 서랍에서 담배를 꺼내 불을 붙이며 물어보았다.

"그렇지. 어쨌든 고향이잖나. 게다가 시시도 선생님과의 관계도 있고 해서 그곳 사람들이 많이 왔어."

시라이 편집장의 목소리에는 기운이 빠져 있었다. 말투로 보건대 무라타니 여사의 장례식은 그다지 성대하지 않았던 모양이다. 노리코는 자신의 책상에서 둘의 대화를 엿들었다.

"남편분도 왔습니까?"

아시다가 질문했다.

"아니, 결국 안 왔어."

편집장은 약한 목소리를 냈다.

"가장 필요한 인물인 상주가 오지 않아서 상황이 조금 미묘했지. 오빠가 일을 대신해서 처리했는데 뒤에서는 료고 씨에 대한 불만이 많았어."

"그렇겠죠. 대체 료고 씨는 어디에 숨어 있는 걸까요?"

아무 사정도 모르는 아시다는 무심코 이야기했지만, 이는 노리코가 가장 관심을 쏟고 있는 부분이었다.

"글쎄. 곤란하게 됐어."

시라이는 얼굴을 찡그렸다.

"유골은 당분간 오빠가 맡기로 했는데, 여사가 자살했다는 기사가 신문마다 실렸으니 료고 씨도 어디선가 읽었을 거야. 그런데도 여지껏 모습을 보이지 않는다는 게 아무래도 이상해."

노리코는 살짝 눈을 들어 편집장을 보았다. 하지만 시라이의 얼굴은 정말로 곤혹스럽다는 표정이었고, 연기처럼 보이지 않았다.

"아, 참."

아시다가 입을 열었다.

"무라타니 씨의 유고가 도착해서 다들 읽었습니다만."

"응."

기분 탓인지는 몰라도 시라이의 눈빛이 빛난 것 같았다.

"어땠어?"

"그게 아무래도."

아시다는 머뭇거렸다.

"안 되겠어?"

시라이는 아시다의 얼굴을 보았다.

"다 함께 읽고 내린 의견입니다만."

아시다가 조심스레 말을 꺼냈다.

"무라타니 씨의 문장치고는 조금 심하다는 의견입니다. 유서라서 꼭 싣고 싶기는 한데, 이런 문장이라면 게재해 봤자 오히려 악평을 받고, 무라타니 씨가 생전에 쌓아 올린 명성과 돌아가신 분의 영혼에 상처를 입히게 되는 건 아닌가, 하는 말들이 있었습니다……."

"그래?"

시라이 편집장은 책상 위에서 턱을 괴었다. 연약해 보이는 얼굴이다.

"모두의 의견이 그렇다면 할 수 없지. 좋아, 없던 일로 하자고."

평소엔 자신이 좋다고 생각하면 모두의 의견 따윈 개의치 않고 강하게 밀고 나가는 사람이다. 그런 편집장이 아무런 저항도 없이 쉽게 손을 들었다.

노리코는 거기서 쓸데없이 시라이 편집장의 피로와 나약함을 보게 된 느낌이었다.

"시이하라."

편집장의 갑작스러운 부름에 노리코는 당황하며 엉거주춤 일어섰다.

"사키노는 오늘 어떻게 된 거야?"

시라이는 빈 다쓰오의 책상을 보고 있었다.

"네, 왠지 몸이 안 좋아서 쉬었으면 한다고 했어요."

노리코가 대답했다.

"그렇군."

시라이는 낮은 목소리로 말하면서 끄덕였지만, 그렇군, 하고 말한 목소리에 깊은 의미가 담긴 것 같아 노리코는 가슴이 덜컥 내려앉았다.

시라이 편집장은 더 이상 아무 말도 하지 않고 자리를 비운 사이 책상에 쌓인 서신과 작업 진행표 등을 검토했다. 그러는 와중에도 몇 번이고 작게 하품을 한다. 상당히 피곤해 보였다.

시라이가 갑자기 자리에서 일어섰다. 화장실에라도 가려는 듯한 기색으로 노리코 곁을 지나갔는데, 그의 손가락이 아무렇지도 않게 노리코의 어깨를 두드렸다.

깜짝 놀란 노리코가 고개를 돌려 보니 시라이 편집장이 구부정하게 등을 숙인 채 현관으로 걸어가는 중이었다. 외롭게 보이는 그 등이 노리코에게 따라오라고 명령하는 것 같았다.

노리코가 의자에서 일어나 편집장을 쫓아나갔다. 시라이는 회사 앞에 위치한, 항상 다쓰오와 얘기를 나누곤 하던 찻집에 막 들어가던 참이었다.

창가에 자리를 잡은 시라이 편집장이 찻집에 들어선 노리코에게 살짝 웃어 보이며 눈짓했다. 노리코는 인사하며 다가갔다.

"뭐 마실래?"

시라이가 다정하게 물었다.

"커피로 하겠습니다."

편집장과 단둘이 차 따위 마신 적이 없기에 노리코는 조금 딱딱하게 굳어서 대답했다.

시라이는 커피를 주문한 뒤, "피곤하네" 하며 반백의 장발을 긁적였다.

"정말 피곤해 보이세요. 조금 쉬시는 게 어떠세요?"

노리코는 눈 밑에 시커먼 그림자가 내려앉은 시라이의 얼굴을 올려다보며 말했다.

"돗토리가 멀긴 했으니까."

시라이는 커피를 맛있다는 듯 홀짝였다. 턱에 다듬지 않은 짧은 수염이 빼곡하다.

"조금만 더 가까웠다면 저도 무라타니 선생님 장례식에 참석해 분향하고 싶었어요. 그렇게 친분이 있었으면서도 장례식에 참석하지 못해 정말 애석해요."

노리코는 진심으로 말했다. 무라타니 여사에게 어떤 비밀이 있다 해도, 인간으로서의 유대는 다른 문제다.

"자네 마음은 무라타니 씨의 넋에 충분히 전해졌어. 그 일로 쉴 필요는 없어."

편집장은 낮게 깔린 목소리로 말했다. 피곤해 보이는 그의 얼굴에서 그런 말이 나오자 숙연하게 들렸다.

"쉰다는 말이 나와서 말인데."

시라이 편집장이 생각났다는 듯이 물었다.

"사키노가 쉰다고 했지만, 어딘가에 간 게 아닐까?"

노리코는 편집장에게 거짓말을 들통난 듯이 가슴이 심하게 두근거렸다.

"아뇨, 그저 몸이 안 좋다는 말밖에 안 했는데요……."

간신히 둘러댔지만 아직 심장의 두근거림은 가라앉지 않았다.

"그렇군."

시라이는 가느다란 목소리로 말했다. 그렇군, 하는 이 목소리는 조금 전에 편집부에서 사키노가 결근했다는 말을 들었을 때 수긍하면서 낸 목소리와 같았다. 무척 울적한 목소리다.

"있지, 리코."

시라이 편집장이 문득 입을 열었다.

"일전에 내가 맡긴 다쿠라 사건 말이야. 그 뒤 조사가 조금은 진행됐어?"

노리코는 편집장에게 찻집으로 부름을 받았을 때부터 예감하고 있었다. 그래서 미리 대답을 준비해 뒀다.

"아니요. 그 뒤로 생각만큼 잘 되지 않았어요. 정말 어려운 사건이에요."

노리코는 속으로 시라이 편집장에게 매우 죄송하다고 사과했다. 지금은 어쨌든 간에 다쓰오의 편에 설 수밖에 없다. 조사 협력자라서만이 아니라, 좀 더 다쓰오에게 다가가고 있는 강한 의식이 존재했다.

"그래."

편집장은 변함없는 목소리로 대답하며 먼 곳을 응시하는 듯한 눈을 했다. 그 깊은 눈빛을 보고 노리코는 편집장이 자신의 마음을 꿰뚫어 보는 건가 싶어 두려움을 느꼈다.

"죄송합니다."

노리코는 엉겁결에 사과하며 머리 숙였다.

"사과할 일은 아니야."

시라이 편집장이 온화하게 노리코를 바라보며 피로해 보이는 미소를 지었다.

"쉽지 않다면 하는 수 없지."

"그야 편집장님은 우리가 뭘 하는지 짐작하고 계시니까."

이튿날, 같은 찻집에서 노리코는 출근한 다쓰오와 마주 앉았다.

다쓰오는 오늘 건강한 얼굴로 출근하더니, 편집장에게 인사하고 차장에게도 사과했다. 시라이 편집장은 딱히 아무 말도 하지 않았다고 한다.

"나도 그렇게 생각해서 편집장님 보기가 무서웠어."

노리코는 어제 이곳에서 편집장과 만났던 기억을 떠올렸다. 여전히 가슴이 두근거리는 듯하다.

"그러고 보니 전에도 조금 이상한 일이 있었어……."

노리코는 교정 마감 때 편집장에게 걸려 온 여자 목소리의 전화를 기억했다.

"뭔데? 이상한 일이라는 게."

다쓰오가 그녀를 똑바로 바라보았다.

노리코가 이야기를 마쳤을 때 다쓰오는 멍하니 허공을 응시하며 눈살을 찌푸렸다. 꽤나 심각해 보였다.

"시라이 편집장님은."

다쓰오가 입을 열었다.

"복잡한 기분이겠지. 그리고 우리가 하는 일에 신경이 많이 쓰일 거야."

"사키노 씨는 역시 편집장님을 의심하고 있는 거네?"

이렇게 되니 묘하게도 편집장을 응원하고 싶어졌다. 어제는 다쓰오 편에 섰지만, 편집장에 대해 여전히 의심스러워하는 얼굴을 하는 다쓰오를 보자니 고집을 피우고 싶었다.

"글쎄, 나도 확실히 모르겠어."

다쓰오는 어설프게 웃었다.

"아니, 틀림없어. 사키노 씨는 의심하고 있어."

노리코는 기를 쓰고 몰아붙였다.

"편집장님이 이번 사건에서 핵심적인 역할을 하고 있다고 믿고 있지?"

"아직 모르겠다고 했잖아."

다쓰오는 담배를 입에 물었다.

"교활해."

노리코가 말했다.

"교활한가?"

다쓰오는 연기를 내뿜으며 눈을 찡그렸다.

"교활하지. 자기 생각은 절대로 말해 주지 않잖아. 여전히 중요한 대목에선 잘난 척이야."

"아, 그런 건 아닌데."

"그럼 이틀씩 회사를 쉬면서 어디 갔던 거야?"

"그랬지. 아, 정말 미안해. 회사에 대신 결근을 보고해 주어서……."

"늘 그랬으면서 새삼. 그래서 이번엔 어디 갔던 거야?"

"응, 그저께부터 잠깐 시골에 다녀왔어."

다쓰오는 머뭇거리며 말했다.

"시골이라니. 거기가 어딘데?"

"산이 깊은 곳이지. 기분이 좋았어. 모처럼 느긋하게 산을 구경하면서 걸었더니."

노리코가 노려보았다.

"그게 사키노 씨의 나쁜 버릇이야. 왜 솔직하게 행선지를 말하지 못해?"

다쓰오는 미안하다는 듯 한 손을 들어올렸다.

"사과할게. 하지만 지금은 말하기가 곤란해. 나쁘게 여기지는 말아 줘. 까닥했다간 리코한테 웃음거리가 될지도 몰라서 그러니까."

"웃음거리?"

"며칠 전 화랑에서 추상화를 보다가 그랬지? 어쩌면 우린 크게 착각하고 있는지도 모른다고. 그걸 확인하러 가 봤어."

"그래서 착각하고 있다는 걸 확인했어?"

"아니, 아직 모르겠어. 결과가 나오지 않아서 말할 수 없어. 아까도 얘기했지만 섣불리 꺼냈다가 리코가 비웃으면 곤란하니까 말이야."

다쓰오의 말에 노리코도 속으로 조금 우스워졌다.

"내가 겁나는 거네?"

"뭐, 그런 거지."

"그럼 더는 추궁하지 않을게. 어딘지 모르지만 산이 있는 곳으로 구경 다녀온 셈 쳐 주겠어."

"고마워."

다쓰오가 감사 인사를 했다.

"도시에만 있다가, 가끔 그런 산간의 시골 마을을 거닐어 보는 것도 정말 멋진 경험이야. 어때, 오늘은 내 얼굴빛이 좋지?"

"모르겠는데."

다쓰오는 노리코를 지그시 바라보았다.

"리코, 내일이 마침 일요일이니까 같이 하코네에 갈래?"

"어, 하코네?"

"응, 보가시마에 다시 가 보는 거야. 거기서도 우리가 착각을 한 게 아닌지 확인하고 싶어."

3

이튿날 노리코가 오다 급행을 타기 위해 신주쿠 역에 도착했을 때 다쓰오는 한 발 앞서 와 기다리고 있었다.

평소에는 약속 시간에 늦거나, 멍하니 할 마음이 없어 보이는 표정을 하던 다쓰오가 오늘은 단단히 마음먹은 듯한 얼굴이다.
"아주 의욕적인 것 같네."
노리코가 웃으며 말을 건넸다.
"응. 오늘은 즐거워. 이런 사람들과 함께 일요일에 하코네에 간다고 생각하니, 그런 분위기에 나까지 전염되네."
다쓰오가 대답했다.
그 말대로 주위에는 젊은 연인과 가족들, 하이킹 복장을 한 무리들이 북적였다. 다들 즐거운 듯이 웅성거리고 있다.
신주쿠에서 유모토까지 전차로 구십 분, 거기서 버스로 갈아타고 미야노시타로 향했다. 이 여정에서 둘은 마지막까지 행락객들의 들뜬 분위기에 둘러싸여 있었다.
미야노시타에 내린 손님은 다쓰오와 노리코뿐이었다. 다른 승객들은 고라나 아시노코 호수에 가는 모양이다.
"내리니까 기분이 좀 차분해지네."
다쓰오는 버스를 보내며 말했다.
"이제 어디로 가지?"
날씨가 화창했다. 햇살이 얇은 직물처럼 쾌청한 하늘을 아른아른하게 가득 채우고 있다.
"바로 다이케이소부터 가자."
다쓰오가 걷기 시작했다.
전에 다쓰오는 무엇인가 착각했을지도 모른다고 말했다. 또다시 하코네에 온 까닭은, 그가 말하는 착각이 무엇인지 찾아내고 수정하기 위해서일 테다. 과연 그게 잘될지 어떨지. 다쓰오는 몹시 기운이 넘치는 표정이었다.

"이쪽은 어때?"

노리코는 국도와 마을 길이 갈라지는 문제의 지점에서 멈추고 말했다. 구불구불한 좁은 마을 길은 경사진 내리막이다. 그 길 끝이 다쿠라가 떨어진 현장이다. 이 길을 보는 것도 오랜만인 듯한 기분이 들었다.

"아냐, 그쪽은 뒤로 미루자. 다이케이소가 먼저야."

그는 똑바로 걸어갔다.

케이블카의 승차장까지 오 분도 걸리지 않았다. 이쪽은 슌레이카쿠 승차장이다. 거기서 백 미터쯤 걸어 다이케이소의 승차장에 도착했다.

여종업원이 손님을 맞는다.

"어서 오세요."

그녀는 멈춰 있는 전용 케이블카를 가리켰다. 그러고 나서 아래쪽 도착지에서 대기중인 여관 사람에게 손님이 하강한다는 사실을 알리기 위해 종을 땡, 땡, 두 번 울렸다.

케이블카를 탄 손님은 다쓰오와 노리코뿐이다. 여관에서 나온 젊은 남자 종업원이 운전을 맡았다. 절벽 아래에 위치한 여관의 지붕이 조금씩 커지며 솟아 오른다.

케이블카의 종소리 신호도 노리코에게는 그립게 느껴졌다. 죽은 무라타니 아사코의 원고를 받으러 옆의 슌레이카쿠 여관에 숙박했을 때 몇 번씩 들었던 소리다.

아래에 도착하자 기다리고 있던 다이케이소의 종업원이 반겼다.
"어서 오세요, 일찍 오셨네요."
실제로 시간은 아직 오전 11시도 안 됐다. 이런 시간에 곧장 여관에 발을 들여놓는 사람은 드물다. 그 때문에 종업원은 둘이 연인인 줄 착각하고, "숙박하실 건가요, 쉬다 가실 건가요?" 하고 물었다. 노리코는 얼굴이 달아올라 종업원에게서 얼굴을 돌렸다.
"그건 나중에 결정할게요. 여관 뒤쪽을 좀 둘러보게 해 주세요."
다쓰오는 현관으로 향하지 않고 옆의 뜰로 걸어갔다.
"방은 어떻게 할까요?"
"그것도 나중에 정할게요."
다쓰오는 등을 돌린 채 그렇게 말했다. 종업원은 입을 벌리고 서 있었다.
뜰을 지나 하야카와 강의 계류 가장자리로 나왔다. 여기 또한 전에 다쓰오와 함께 온 곳이다. 마침 이 강은 여관 뒤편에 자리 잡고 있어서 강 건너편은 가파른 산이었다. 지난번에 왔을 때는 나무들이 진초록으로 우거져 있었는데, 지금은 상당히 물이 들었다. 이 부근은 역시 가을이 빠르다.
강 속에서 튀어나온 여러 개의 커다란 돌에 의해 하얀 거품이 일어난다. 이 위치에서 보니 다이케이소와 저쪽의 슌레이카쿠 사이에는 교통 차단을 겸한 경계물로 높은 담이 서 있고, 그 담의 끝이 강으로 돌출해 있었다.
"이런 형태면 양쪽 여관 사이의 왕래는 불가능해."
다쓰오는 팔짱을 끼며 담을 쳐다보았다.

"손님은 반드시 케이블카를 이용해야만 하는 구조야. 나가든 들어오든 저 땡, 땡, 하는 종소리로 신호를 보내. 역시 여긴 일종의 밀실이네."

지난번에도 다쓰오가 중얼거린 말이다.

"응, 올라갈 때는 종이 세 번 울리고, 내려갈 때는 두 번 울려."

노리코가 말했다.

다쓰오는 팔짱을 낀 채 꽤 빠르게 흐르는 강물을 바라보다가, "강물이 깊을까, 얕을까?" 하고 혼잣말처럼 흘렸다.

"그야 당연히 깊지. 물빛만 봐도 알 수 있어."

강 한가운데는 짙은 푸른색을 띠었다.

다쓰오는 "아니, 내 말은 가장자리 말이야. 걸어서 갈 수 있을까?" 하고 대답했다.

"걷는다고?"

노리코는 깜짝 놀랐다.

"왜 그런 소리를 하는 거야?"

"길고 짧은 건 대봐야 알지. 잠깐 있어 봐."

다쓰오는 구두와 양말을 벗고 바지 자락을 무릎 위까지 걷어 올렸다.

그러더니 어리둥절해하는 노리코의 눈 앞에서 강물 속으로 들어갔다. 아직은 복사뼈 위까지만 젖었다. 다쓰오는 노리코를 돌아보며 히쭉 웃었다.

물가를 따라 발을 옮겨, 경계선인 담이 강으로 불쑥 튀어나와 있는 곳까지 가서 멈춘다. 그는 담을 붙잡은 뒤 그걸 따라 조금씩 강가운데로 나아갔다.

"아, 위험해! 그만 나와."

노리코는 조마조마했다. 다쓰오의 다리가 당장이라도 물속으로 빠져 가라앉을 듯하다.

그러나 다쓰오는 담을 붙잡은 채 천천히 주의를 기울이며 발을 옮겨 한가운데 쪽으로 걸어 갔다. 수위는 아직 그의 무릎 밑이었다. 담 끝에 다다를 때까지 물의 높이에는 별로 변함이 없다.

다쓰오는 담을 붙잡고 몸을 돌렸다. 담 맞은편으로 건너간 것이다. 맞은편으로 사라지기 전에 다쓰오는 노리코에게 인사하듯 손을 흔들었다.

노리코는 심장이 터질 것 같았다. 다쓰오가 보이지 않게 된 만큼 더욱 걱정스러웠다. 수심은 이쪽과 다름없겠지만, 혹시라도 그가 빠질까 싶어 가만히 있을 수가 없었다.

이윽고 담 끝에서 다쓰오가 모습을 나타내자 노리코는 안도했다. 다쓰오는 다시 신호를 보내듯이 손을 올린 뒤, 담을 따라 노리코에게 돌아왔다.

"물이 엄청 차가워."

노리코를 보며 다쓰오가 감상을 입에 담았다.

"위험해 보여서 조마조마했다고."

노리코는 다쓰오를 빤히 바라보며 말했다. 다쓰오는 예의 더러운 손수건으로 젖은 발을 닦았다. 다쓰오의 발은 무릎과 발목의 거의 중간까지만 젖어 있었다.

"생각보다 얕았어. 바닥에 커다란 돌들이 널려 있거든. 그 돌들만 밟고 건너면 다리가 깊게 빠질 리 없어."

"이건 무슨 실험이야?"

"뒤쪽에서 두 여관을 왕래하는 게 가능한지에 대한 실험이지. 겉보기에는 담이 강 가운데 쪽으로 뻗어 나와 있어서 어려워 보여도, 방금 봤다시피 불가능하진 않아."

다쓰오는 바지 자락을 내리고 양말과 구두를 신었다.

"이로써 두 여관의 손님들은 케이블카를 타지 않고도 서로 왕래할 수 있다는 점이 입증됐어. 최소한 밀실의 범위가 넓어진 셈이야."

다쓰오는 누구를 염두에 두고 있는 걸까.

이번 사건에 관련된 인물 중, 다이케이소 여관에는 무라타니 아사코 여사와 남편 료고 씨, 가정부인 히로코가 머물렀다. 바로 곁의 슌레이카쿠 여관에는 다쿠라 요시조와 그의 아내 요시코가 숙박했다. 이들 다섯 중 누가 다쓰오의 실험 대상일까.

"아직 확실하지가 않아."

다쓰오는 노리코에게 웃어 보이며 대답했다.

"다섯 중 하나겠지. 누군가가 케이블카를 타지 않고도 이웃 여관에 가는 게 가능했다는 사실을 입증한 것만으로도 만족이야."

이내 깨달았다는 듯이 노리코를 보고 얘기했다.

"다섯이 아냐. 한 명 더 있었어, 슌레이카쿠에."

"어머, 또 누가 있어?"

"리코야. 아사코 여사의 원고를 독촉하러 확실히 거기에 머물렀잖아."

"참 싫다."
"누구든 의심하라. 이건 범죄 추리의 철칙이니까."
다쓰오는 이를 하얗게 드러내며 웃었다.

종업원에게는 팁을 준 뒤, 둘은 다시 다이케이소의 전용 케이블카를 타고 올라와 국도로 나왔다. 우측은 기가를 경유해 센고쿠하라, 왼쪽은 아까 내린 미야노시타로 향하는 길이다.
다쓰오는 앞장서서 왼쪽으로 들어섰다.
"이제부터 아까 리코가 권한 마을 길 쪽을 둘러볼까."
다쓰오는 어슬렁어슬렁 걸음을 뗐다. 슬슬 산책하듯 걷기에 좋은 날씨다.
국도에서 갈라진 길을 따라 둘은 마을 길로 내려갔다. 전에 왔을 때는 한창 뙤약볕으로 무더웠지만 오늘은 선선한 바람이 불고 공기도 시원하다. 여기서 바라보니 하코네의 산마다 가을이 찾아오고 있음을 확실히 알 수 있었다.
둘은 다쿠라가 추락한 장소에서 자신들도 모르게 멈춰 섰다. 노리코는 눈을 내리깔고 묵도했다. 이 절벽 바로 아래서 바위에 피를 뿌린 채 엎드려 있던 그의 마지막 모습이 또렷이 떠올랐다.
다쿠라는 왜 여기서 그렇게 쉽게 추락했을까. 그는 슌레이카쿠에서 맥주에 탄 수면제를 먹었다. 아내 요시코가 남편이 외출할 예정임을 모른 채 맥주에 타서 먹였으리라.
그래서 여기까지 온 다쿠라는 비틀거리며 잠기운에 빠진 상태였을지도 모른다. 사실상 무저항이다. 그런 상태였다면 누구라도 다

추상화 • 445

쿠라를 떨어뜨릴 수 있는 가능성이 존재한다. 하지만.

다쓰오는 전에 그 같은 추측에 반대했다.

그렇다고 해도 다쿠라는 왜 밤중에 혼자 이런 장소를 찾았을까. 누구를 만나려고 했을까. 약속한 상대가 다쿠라를 죽인 범인인 걸까.

죽기 전날 밤 다쿠라가 고라의 가스가 여관 종업원에게 했다는 "재밌는 아베크족을 봤어"라는 말 또한 마음에 걸린다. 다쓰오도 그 말에 크게 흥미를 느낀 듯하다. 다쿠라가 말한 재밌는 아베크족은 누구와 누구일까. 그들은 이번 사건에 어느 정도의 영향을 끼치고 있을까.

노리코가 그런 생각을 하고 있을 때였다.

"역시 이 길은 트럭 한 대만 간신히 지나갈 수 있겠어."

다쓰오의 목소리가 들렸다.

다쓰오는 마을 길의 폭을 살펴보며 서 있었다.

"트럭? 사카모토 고조와 기노시타가 탄 트럭이 이 길을 지나갔다는 거야?"

노리코가 물었다.

"그렇다고 봐야지. 사카모토는 다쿠라의 처남이야. 아무래도 사건 관계자 명단에 들어가겠지. 한 시간 반 지연된 트럭은 다쿠라가 죽은 이곳을 지나갔던 게 분명해."

이내 잠깐만, 하며 고개를 갸웃거린다.

"그럼 트럭이 후진한 곳은 어디지. 이렇게 좁은 길에서는 유턴이 불가능하고, 한쪽은 절벽인데다가 길은 급경사라서, 무거운 짐을 가득 실은 트럭이 후진으로 국도까지 올라가는 건 큰일이고……. 그래, 빛도 없는 밤이어서 그건 위험할 게 분명해."

다쓰오는 잠시 생각에 잠겼다.

"리코, 마을 길을 따라 내려가면 적적한 동네가 나오지?"

"응, 막다른 곳에 제재소가 있어."

"맞아, 제재소라면 전용 트럭이 있을 테니 거기에는 차를 돌릴 만한 평지가 있을 거야. 사카모토와 기노시타가 몰던 무거운 트럭은 이 언덕길을 내려가다가 제재소에서 차를 돌린 거야."

다쓰오의 눈이 빛났다.

"좋아, 제재소 직원들에게 물어보자. 밤에 낯선 트럭이 나타나 유턴해서 되돌아간 일이 있다면 기억할지도 몰라."

"날짜까지 기억하고 있을까?"

"사람이 죽은 사고가 일어난 밤이니까. 별난 트럭이 왔다면 대개 인상에 남는 법이야. 한번 물어보자."

제재소가 앞쪽에서 나타났을 때 다쓰오는 노리코를 기다리게 하고 건물 안으로 들어가서는 한동안 나오지 않았다. 산간의 제재소에서는 여전히 기계톱 소리가 주위에 시끄럽게 울리고 있었다. 어쩐지 노리코는 낮은 지붕을 인 음울한 건물이 살짝 무서웠다.

이십 분이나 지나 다쓰오가 돌아왔다. 그런데 얼굴에 실망한 기색을 띠고 있다.

"모르겠대. 그런 일이 없었다는군."

고개를 절레절레 흔들며 말했다.

"최근 일 년간 밤중에 자동차가 여기까지 들어온 뒤 차를 돌려

나간 적이 없었대. 그건 엔진 소리와 기척으로 알 수 있으니까. 여기 직원들 반은 제재소에서 숙식하고 있어. 다들 그런 일은 전혀 없었다는군."

세 개의 X

1

제재소에서 다쿠라가 추락한 날 밤 트럭이 돌아나간 적이 없다는 얘기가, 다쓰오에게는 적잖은 충격을 준 듯했다.
"난감하네."
그는 이마에 손을 얹고 있었다.
"하지만 그건."
노리코는 잔뜩 풀이 죽은 다쓰오가 안쓰러웠다.
"벌써 꽤 오래전 일이야. 그날 밤에 그런 일이 없었는지 어땠는지 기억이 불확실할 거야."
"그런데 말이야."
다쓰오는 걸음을 떼며 말했다.
"그 제재소에 트럭 기사가 네 명 있었어. 그날 넷이서 밤새도록 마작을 했대. 다음 날 다쿠라의 사체가 발견되는 소동이 있었기 때문에 전날 밤 일을 잘 기억하고 있었어. 트럭이 가까이서 유턴했다면 소리를 못 들을 리가 전혀 없다는 얘기였지."

그렇게 말하면 노리코도 달리 할 말이 없었다.

"결정적인 건."

다쓰오가 계속 말했다.

"지난 몇 년 동안 여기까지 자동차가 들어온 적이 아예 없었다는 군. 그래서 낯선 자동차가 들어왔다면 분명히 인상에 남았을 거래. 외진 곳인 데다가 쥐죽은 듯이 조용한 밤이었으니, 엔진 소리처럼 커다란 소리가 나면 주변이 떠나갈 듯이 들린다고 했어. 절대로 못 들으려야 못 들을 수 없다는 거야."

노리코도 무슨 얘긴지 이해할 수 있었다. 과연 그럴 것이다.

"사키노 씨는 사카모토와 기노시타가 운전한 트럭이 분명 이 마을 길에 왔으리라고 추정했지?"

"응."

다쓰오는 긍정했다.

"한 시간 반 트럭이 지연된 현장과 다쿠라가 죽은 현장은 반드시 일치할 거라고 예상했어."

"근거는?"

"감이야. 설명하기는 어려워."

다쓰오는 머리를 긁적이며, 눈이 부신 듯 눈살을 찌푸렸다.

"사카모토와 기노시타가 탄 트럭이 이번 사건에서 중요한 역할을 맡고 있다고 추정한다면, 트럭은 다쿠라가 죽은 현장과 가장 가까운 곳에서 지연 사고를 일으켰다고 봐야 할 것 같았어."

"정말 간단명료하네."

노리코는 놀리듯이 말했다.

"너무 단순해."

"모든 이론의 근본은 단순한 거야. 자꾸 생각하다 보면 점점 더 복잡해지는 거지."

"범죄는 얘기가 달라. 짜여진 계획인 경우엔 복잡해."

"이번 사건에서는 확실히 그럴 거라고 착각했지."

"어머, 이것도 착각이야?"

"그럴지도 몰라. 나는 더 단순한 게 아닐까 싶어. 어, 저기 누가 온다."

이 지역 사람으로 보이는 중년 남자가 어깨에 괭이를 메고 내려오는 길이었다. 다쓰오와 노리코를 흘끔 보더니 인사를 하며 지나갔다.

"안녕하세요."

"네, 안녕하세요."

노리코도 인사했다.

"이곳 사람들은 모두 친절하시네."

노리코가 작은 목소리로 말했다.

"아는 사람이야?"

다쓰오가 고개를 돌리며 물었다.

"당연히 모르지."

노리코는 웃었다.

"맞아, 모르는 사람이지? 우리와는 인연이 없는 사람이야. 그런데 말이야, 여기서 자기와 나 사이에 어떤 사건이 일어났다고 하

자. 그리고 방금 그 사람이 우연히 여기에 왔어. 그저 우연일 뿐이지. 하지만 제삼자에겐, 그 사람이 여기에 마침 그 시간에 왔다는 게 의미심장하게 비칠지도 몰라. 즉 그것을 우연이 아니라 필연적인 의미를 지닌 행동처럼 받아들일 수도 있어."

"왠지 너무 추상적이야. 구체적으로 설명해 줘."

"구체적이라……."

다쓰오는 잠시 침묵하다가 언덕길을 한 발 한 발 오르면서, 말도 똑같이 한 마디 한 마디 끊어가며 얘기하기 시작했다.

"다쿠라 사건에는 다양한 인물들이 등장했어. 우리는, 그들 모두가, 다쿠라의 죽음과 관련되어 있다고 짐작했지만, 이를, 고쳐 생각해 봐도 좋지 않을까 싶어."

"어떻게?"

"예를 들어 여기에 A그룹이 있다고 하자. 그리고 B그룹이 있어. 혹은 C그룹도 있을 수 있지. 이 그룹들은 본래 각각 다른 그룹임에도, 우리가 마구 뒤섞어서 복잡하게 만들었는지도 몰라."

"조금도 구체적인 설명이 아닌데."

노리코가 항의했다.

"A그룹이다, B그룹이다, 영어 구문 같아. A그룹은 누구누구고, B그룹은 누구누구인지 제대로 설명해."

"아직은 그렇게까지 판단을 내릴 용기가 없어. 막연하게 떠올랐을 뿐이야."

"단순한 착상에 불과한 거네."

노리코는 화를 내며 말했다.

"그걸 묘하게 무슨 의미라도 있는 양 말하다니 못됐어."

"아냐, 그런 건 아니지만."

다쓰오는 노리코의 안색이 변하자 달래듯이 말했다.

"그래도 방금 그 말은 멋있어. 영어 구문 같다고. 나도 배배 꼬인 영어 해석 문제에 학창 시절 애를 먹었지. 여러 그룹이 뒤얽혀 있어서 어떤 동사가 어디에 연결되는지, 어느 대명사가 어디를 받는지 전혀 알지 못했어. 배배 꼬인 게 이 사건과 좀 닮았네."

다쓰오가 말을 얼버무리는 듯하고, 또 그에게서 무시당하고 있는 듯한 기분이 들어, 다쓰오한테서 떨어져 앞으로 척척 걸어갔다.

어느새 마을 길을 다 올라서 자동차가 다니는 넓은 포장도로가 나왔다.

"리코."

다쓰오가 성큼성큼 쫓아왔다.

"됐네요."

노리코가 유모토 쪽으로 방향을 틀려고 했다.

"그게 아냐. 오른쪽이야, 오른쪽. 오른쪽으로 가야 해."

다쓰오가 큰 소리로 말했다.

"어."

노리코가 얼떨결에 걸음을 멈추자 다쓰오가 곁으로 다가와 얘기했다.

"이번엔 기가 쪽으로 가 보자."

말투가 또다시 단정적으로 변했다.

"기가는 또 왜?"

노리코는 아직 화가 가라앉지 않았다.

"그야 리코가 여기서 제일 처음 갔던 여관이 기가에 있잖아. 거기로 가는 길에 다쿠라를 만났지. 게다가 그날 밤 9시쯤이랑 이튿날 아침 안개 속에서 두 쌍의 남녀를 본 것도 그 근처에서였지?"

노리코는 하는 수 없이 발길을 옮겼다. 다쓰오의 입술이 미소를 지은 것 같았다.

"또 현장 검증이야?"

노리코는 일부러 타박하는 듯한 눈길로 다쓰오를 쏘아보았다.

"맞아, 이번엔 새로운 눈으로 볼 필요가 있어."

노리코는 또 시작이라고 생각했다. '새로운 눈' 어쩌고 하는데, 무슨 의미가 있는 걸까. 되묻는 것도 아니꼬와서 입을 다물었다.

"어."

다쓰오가 그 자리에 우뚝 섰다.

"아까 그 사람이 이쪽으로 돌아오네?"

마을 길을 내려다보며 말했다.

이 도로에 서서 보니 훨씬 아래 쪽에서 굽이진 마을 길이 굽이굽이 휘어질 때마다 길이 나타났다 사라지기를 반복했다. 마침 길이 보이는 곳에서 좀 전에 마주친 중년 남자가 걷고 있다.

"저기는 다쿠라가 떨어진 낭떠러지 위쪽 아닌가?"

노리코는 눈으로 가늠해 보았다. 아닌 게 아니라 바로 그 지점쯤이다.

"그러네."

"음, 그럼 이 근처 국도에서라면 다쿠라가 저쪽에 서 있던 게 보였겠는데."

다쓰오는 꼼짝 않고 길을 응시했다.

"하지만 보지 못해."

"왜?"

"밤이었잖아? 어두워서 보일 리가 없어."

"다쿠라가 누군가와 이야기하는 중이었다고 하자. 상대는 회중전등을 들고 있었고. 그렇다면 그 빛이 여기서도 보여."

"하지만 그 빛만으로는 다쿠라 씨임을 분간할 수 없어."

"빛만으로 알 수 있는 사람이 있다면?"

노리코는 다쓰오의 눈을 보았다. 무엇인가를 풀어내려고 고심하는 눈이었다.

순간 여기까지 오는 내내 다쓰오에게 품었던 불만스러운 마음이 사라졌다.

그 후 둘은 말없이 기가 쪽으로 걸어갔다. 센고쿠하라로 향하는 자동차들이 끊임없이 그들을 추월해서 지나갔다.

2

노리코와 다쓰오는 초가을의 밝은 햇살이 내리쬐는 길을 어슬렁어슬렁 걸어갔다. 오른편 낮은 곳에서는 하야카와 강의 흐름이 끊임없이 시야에 들어오고, 물소리가 기어 올라온다.

왼편은 산의 경사면으로, 꼬불꼬불하게 난 넓은 길이 고라 쪽으로 쭉 올라갔다.
이 근처는 가옥이 적고 양쪽에는 가로수가 심어져 있다. 길 앞쪽은 소규모 여관들이 밀집한 곳이다. 길은 거기에서 꺾여 하야카와 강에 놓인 하얀 다리로 이어진다.
노리코가 처음에 숙박했던 여관의 지붕 또한 멀리서 보였다.
"이 근처지?"
다쓰오가 걸음을 늦추며 물었다.
"여기에 도착한 날 밤에 다쿠라를 만난 곳이?"
"맞아."
노리코는 주변을 둘러보며 발을 멈추고 대답했다.
"그때는 어두워서 잘 몰랐는데 이 근처가 확실할 거야."
그날 다쿠라는 묵고 있던 여관에서 제공한 유카타의 소매를 펄럭이며 서글서글 웃었다.
—시이하라 씨 아닌가요?
이렇게 말하며 다쿠라가 지나가는 노리코를 불러 세웠다. 여관에서 술을 마셨는지 술 냄새가 났다. 다쿠라는 노리코에게 여관은 정했느냐, 무라타니 여사는 집필이 막혀 버린 게 틀림없다는 둥, 계속 이야기를 하면서 따라오려는 눈치였기에 노리코는 무척 기분이 나빴다.
지금 생각해 보면 다쿠라는 고라의 가스가 여관에 짐을 풀었고, 고라에서 꼬불꼬불한 길을 내려와 이 근처를 산책하고 있었던 것이다.

"그때는 리코만 만난 게 아니었지."

다쓰오는 도로의 지형을 살펴보며 말했다.

"응, 이른바 '재밌는 아베크족'을 만났지."

"맞아. 다쿠라는 그날 밤 이곳을 산책하다가 리코를 만났고, 이어서 그가 흥미를 느꼈다는 아베크족을 발견했어. 가스가 여관 종업원에게 리코 이야기는 안 했지만, 아베크족에 대해서는 언급했지. 어지간히 큰 흥미를 느낀 게 분명해."

"사키노 씨야말로 그 말에 무척 집착하고 있는 모양이네."

노리코는 그 정도로 관심은 없었기에 다쓰오가 그 사실에만 신경 쓰는 게 묘했다.

"중대한 문제라는 생각이 들어. 아베크족의 정체를 알아내면 수수께끼의 절반은 풀릴 것 같은 정도야."

"그럴까?"

지나친 과장처럼 여겨졌지만, 다쓰오는 혼자서 그렇게 정한 모양이다.

"다쿠라 씨가 봤다는 아베크족은 이번 사건과 전혀 관계가 없는 사람들일 수도 있어."

"그것도 그렇지."

다쓰오는 일단은 동의하면서도 말했다.

"하지만 다쿠라의 입에서 나온 말이니까. 모든 게 이 사건과 관계가 있다고 보고 싶어. 몽땅 의심해야 돼. 그게 범죄 조사의 기본이야."

"기본일지는 몰라도, 점점 더 빠지면 헤어나올 수 없는 길로 들어가게 될지도 몰라. 사키노 씨가 아베크족이 사건에 중요한 인물이라며 공을 들이다간 뜻밖에 뒤통수를 맞을 수도 있어."

"어쩔 수 없어. 이건 나와 리코의 느낌 차이니까."

다쓰오는 이번엔 구태여 거스르지 않았다.

"그날 밤 다쿠라는 고라의 가스가 여관에서 저 꼬불꼬불한 길을 내려와 이 근처를 산책했는데……."

산의 경사면에 난 굽이진 산길을 가리킨다.

"자기는 기가의 여관에 짐을 풀고 그날 밤 9시쯤 여관에서 나와 걷다가, 무라타니 여사의 남편분과 젊은 여자를 봤어. 그리고 이튿날 아침 일찍 저 구불구불한 길 중간까지 올라갔지?"

"응, 아침 7시쯤 됐는데 안개가 엄청 짙었어."

"그때 안개 속에서 본 건?"

"무라타니 아사코 선생님과 다쿠라 씨……."

노리코는 대답했다.

"그럼 곤란한데."

다쓰오의 목소리에 힘이 들어갔다.

"어?"

"앞의 이야기는 좋은데, 아사코 여사와 다쿠라 얘기는 곤란한걸."

"……."

"가스가 여관에서 다쿠라를 담당한 종업원의 말을 떠올려 봐. 그날 아침 다쿠라는 한 발짝도 밖에 나가지 않았다고 했잖아?"

그랬다. 노리코가 여전히 이해할 수 없는 부분이다.

저번에 조사하러 하코네에 왔을 때 노리코와 다쓰오는 다쿠라가 7월 11일 밤에 머물렀던 가스가 여관의 종업원을 만났다.

그때 종업원은 다쿠라가 12일 아침에는 9시 가까이까지 방에서 자고 어디에도 나가지 않았다고 대답했다.

노리코는 12일 아침 7시쯤 안개 속에 서 있는 아사코 여사와 다쿠라를 확실히 보았기 때문에, 혹시 종업원이 착각한 게 아닌가 싶어 재차 물어봤다. 하지만 종업원은 "9시 가까이까지 계속 주무셨어요. 틀림없습니다"라고 확신에 차서 대답했다.

그때는 종업원의 강한 자신감에 한 발 물러섰지만, 노리코도 다쿠라를 목격했다는 확신이 있었다.

노리코는 다쓰오에게 다시 그렇게 주장했다.

"실제로 아사코 여사와 다쿠라라고 확인한 거야?"

다쓰오는 반쯤 의심의 눈초리로 물었다.

"조금 거리가 있었고, 짙은 아침 안개 속에서 어렴풋이 떠오른 형체였지만, 그래도 다쿠라 씨가 아닌 다른 사람이라는 생각은 들지 않아."

"그럼 얼굴은 확실히 보인 게 아니었네!"

"윤곽만 봐도 알 수 있어. 아사코 선생님의 특징을 잘못 봤을 리 없고, 목소리도 바로 알아들었어."

"아사코 여사라면 인정해."

다쓰오가 말했다.

"내가 말하는 건 옆에 서 있었다는 남자야. 다쿠라는 딱히 특별한 신체적 특징이 없으니까."

"야위고 키가 크고……. 그래, 딱 그 사람만 한 키였어."

"둘이 무슨 이야기를 했는지는 모르지?"

"거기까지는 못 들었어."

"그럼 거리가 꽤 있었겠군."

다쓰오는 혼자서 짐작을 끝낸 모양이다.

"어머, 사키노 씨는 내가 다른 사람을 다쿠라 씨로 착각했다는 거야?"

노리코는 비난하는 시선을 보냈다.

"아니야, 일단 리코의 눈이든 귀든 믿을 거야."

다쓰오는 노리코의 강한 시선을 피하려는 듯하면서 말했다.

"한편으로는 가스가 여관 종업원의 말도 무시할 수 없어. 종업원은 다쿠라가 그날 아침 9시까지 자고 외출하지 않았다는데, 자기는 7시쯤에 다쿠라를 길에서 봤다고 했잖아. 그러니 이건 X야."

다쓰오는 무엇을 떠올렸는지 부스럭부스럭 주머니를 뒤져 수첩을 꺼냈다.

"잠깐만, 이 근처 길은 중요하니까."

중얼거리면서 만년필로 무엇인가를 적기 시작했다.

그 사이에도 끊임없이 택시와 버스가 눈앞을 지나간다. 택시는 센고쿠하라의 골프장으로 가는지 창문으로 보이는 손님이 골프 가방을 가지고 있었다. 버스 창문에서는 승객들이 길가에 서 있는 다쓰오와 노리코를 바라보았다.

노리코는 이런 곳에서 가만히 있으려니 마음이 움츠러들었다.

"대충 이렇게 돼."

다쓰오가 노리코의 눈앞에 내민 수첩을 보니 표 같은 게 그려져 있었다.

7월 11일 밤. 기가 근처의 도로에서 다쿠라가 만난 인물 – 시이하라 노리코…… 아베크족 $\overset{A\cdot B}{X}$

7월 11일 밤 9시경. 시이하라 노리코가 기가의 여관 밖 밤안개 속에서 본 것 – 무라타니 료고와 $\overset{C}{X}$

7월 12일 아침 7시. 시이하라 노리코가 산길 도중에 안개 속에서 목격한 인물 – 무라타니 아사코와 $\overset{D}{X}$

"X(C)는 여자고. X(D)는 남자야. 물론 세 개의 X는 각기 다른 인물이지. 이 기호는 의문을 뜻한다고 붙인 건데."

다쓰오가 부연했다.

"이 부근을 걷고 있던 세 개의 X가 문제야. 이걸 알게 되면 재미있을 텐데."

다쿠라가 본 '재밌는 아베크족'이 어떤 이들인지 모른다. 안개 속에서 료고와 함께 서 있던 여자가 누구인지 모른다. 역시 안개 속에서 아사코 여사와 이야기하던 남자(노리코는 다쿠라라고 확신하지만)가 누구인지 모른다— 다쓰오는 그렇게 말하고 있는 것이다.

"아아, 머리 아파."

다쓰오는 문득 '고지리행'이라는 버스의 표식을 보더니 노리코에게, "리코, 여기까지 온 김에 센고쿠하라 쪽으로 조금 걸어 볼까?" 하고 권했다.

"그래, 좋아."

다쿠라 사건에만 파묻혀 있을 필요는 없다. 8월도 하순이 되면 고원 지대의 바람은 상쾌하다. 노리코의 대답이 밝고 순순했던 까닭은, 다쓰오와 나란히 풀밭을 거니는 일에 마음이 들떴기 때문이다.

노리코가 기후에 가던 날 기차 안으로 다쓰오가 손을 뻗었다. 그와 처음으로 손을 잡았다. 그 감촉을 한동안 간직했다.

그때 그녀는 자신이 나아갈 방향이 정해졌다고 생각했다.

모처럼 만에 찾은 센고쿠하라는 노리코를 만족시켰다.

하늘은 높고 맑아 빛이 가득하다. 고원의 풀은 바람에 살랑이고, 좁은 산골짜기 길을 올라온 눈에 가슴이 확 트이는 듯한 느낌을 선사했다. 완만한 기복의 능선을 따라 여러 채의 방갈로가 보이고, 멀리 떨어진 골프장 호텔의 흰 건물은 조그마했다.

외국인 부부가 풀 위를 걷고 있다.

다쓰오는 유심히 주변을 살펴보았다.

"미야노시타에서 여기까지 차로 몇 분이나 걸릴까?"

혼잣말처럼 흘렸다.

"택시를 불러 타면 삼십 분?"

노리코는 대강 거리를 짐작하며 대답했다.

"삼십 분이라……."

다쓰오는 팔짱을 끼고 넓은 평원을 바라보았다. 그가 대체 무슨 생각을 하는지 노리코는 알 수가 없었다.

다쓰오는 풀밭 위를 이리저리 걸었다. 곁에 노리코가 서 있다는 사실을 완전히 무시한 듯한, 마음 내키는 대로 옮기는 듯한 걸음걸이였다.

어떤 문제를 골똘히 고심중이라는 사실은 표정만 봐도 알 수 있다. 기사를 쓰다가 막혀서, 인상을 쓰며 머리를 두 손으로 감쌀 때 괴로워하는 얼굴과 똑같다.

노리코는 말을 걸기도 뭣해서 가만히 지켜보았다. 바람만이 그녀의 얼굴에 불어 왔다.

"리코."

다쓰오는 돌연 걸음을 멈춘 뒤 고개를 들어 노리코에게 말했다.

"이 근처에서 택시를 타고 오다와라에 간 다음, 후지사와에서 내리자."

"후지사와?"

노리코는 다쓰오가 무슨 말을 하는가 싶어 눈을 크게 떴다.

"응, 알려 주고 싶은 게 있어. 아무래도 리코는 너무 안심하는 구석이 있다고."

"무슨 뜻이야?"

노리코는 다쓰오가 하는 말의 의미를 전혀 짐작할 수가 없었다.

"지금부터 가 보면 알게 될 거야."

다쓰오는 부지런히 도로로 나갔다. 때마침 골프장 손님을 내려 주고 돌아오는 듯한 빈 택시를 만나 손을 들어 세웠다.

"어디로 가시죠?"

기사가 한 손으로 문을 열었다.

"오다와라 역으로 가 주세요."

"오다와라입니까? 네, 감사합니다. 어서 타시죠."

기사는 기뻐했다.

택시는 오다와라를 향해 평탄한 포장도로를 내리달았다. 기가를 지나, 소코쿠라를 지나, 이어서 미야노시타를 지났다.

다쓰오는 내내 손목시계를 바라보았다. 미야노시타를 통과할 즈음 노리코에게 "센고쿠하라에서 여기까지 정확히 이십일 분이야. 오르막에는 시간이 좀 더 걸리니까 이십오 분쯤 걸리겠지" 하고 가르쳐 주었다.

창에서 바람이 들어와 다쓰오의 말끝을 흐트렸다.

"무슨 말이야, 그거?"

노리코가 다시 물어봐도 그는 "지금은 소요 시간만 알고 있으면 돼"라며 설명하지 않았다.

버릇이 또 나왔네.

이번엔 화도 나지 않았다. 웃음이 나왔다.

"사키노 씨는 가끔 의미 있는 척 행동하는 버릇을 고치면 훨씬 좋은 사람이 될 거야."

노리코는 그 말만 해 두었다. 역시 그냥 가만히 있어서는 마음이 진정되지 않았다.

턱을 쓰다듬으며 다쓰오는 대꾸하지 않았다.

오다와라 역에서 도쿄행 열차를 탄 뒤, 다쓰오의 말대로 후지사와 역에서 내렸다. 오늘이 무슨 날인지는 모르겠지만 유교지 절_{후지사와 쇼죠코지 절의 다른 이름}에 참배하러 온 신도들 단체가 역 앞에 밀집해 있었다.

지난번에도 찾아온 적이 있기에 다쿠라의 집이 자리한 동네 골목에 금방 도착했다. 다쿠라의 집에는 다른 사람들이 살고 있다.

"리코."

다쓰오가 노리코에게 조그만 목소리로 얘기했다.

"동네 사람들에게 다쿠라의 부인에 관해 좀 물어봐 줘. 나보다는 리코가 묻는 게 낫겠어."

과연 필요한 일이다. 이번 사건에서 다쿠라의 아내는 상당히 중요한 인물 중 하나다. 다쿠라와 그녀가 평소에 어떻게 지냈는지, 이웃 사람들에게 소문을 들어 두면 도움이 된다.

마침 옛 다쿠라 가※의 건너 건넛집 문에서 중년 아주머니가 서서 이쪽을 수상쩍게 바라보기에 노리코는 고개 숙여 인사하며 다가갔다.

3

조금 통통한 아주머니에게 다가가서 인사하자 작은 눈에 호기심이 반짝 떠올랐다.

"여쭤볼 게 있는데요."

"네, 네."

아주머니는 등에 업은 아이를 추슬러 올리며 노리코를 보았다.

"다쿠라 씨에 대해 물어볼 게 있어서요."

"다쿠라 씨라면 돌아가셨는데."

아주머니는 얇은 입술을 열어 대답했다.

"예, 그건 아는데, 실은 다쿠라 씨 부인 말이에요……."

"다쿠라 씨의 부인?"

아주머니는 조금 놀란 눈으로 노리코의 옷차림을 관찰하듯이 훑어보았다.

"네, 사실 저는 다쿠라 씨 부인의 친구 동생이에요."

노리코는 순간적으로 거짓말을 했다.

"언니가 오랫동안 부인을 못 만나서, 후지사와에 갈 때 한번 들러봐 달라고 부탁했는데요. 뜻밖에도 남편분이 돌아가시고 어딘가로 이사했더라고요. 그래서 적어도 부인이 여기 살 때 어땠는지 언니에게 전해 주고 싶어서."

아주머니는 미소를 띠며 이야기하는 노리코의 얼굴을 뚫어져라 바라보고 있었다.

"혹시 알고 계시면 부인에겐 별일이 없었는지, 행복하게 지내셨는지 말씀해 주실 수 없을까요?"

"다쿠라 씨의 부인이요?"

아주머니는 눈을 둥그렇게 뜨고 반문했다.

"네."

"다쿠라 씨 집엔 부인이 안 계셨어요."

이번엔 노리코가 깜짝 놀랐다.

"뭐라고요?"

"다쿠라 씨의 집엔 부인이 없었어요. 다만 언젠가 한번 다쿠라 씨가 부인과 따로 산다고 말하기는 했는데."

노리코는 멍해졌다. 지금껏 다쿠라는 아내와 함께 살았다고만 확신했다.

그의 아내는 하코네의 슌레이카쿠 여관으로 남편을 찾아갔고, 오다와라 경찰서에서 보여 준 조서에도 주소로 다쿠라의 집을 적어 놓았다.

게다가 그 집에서 동생 사카모토 고조와 만났을 때 "누나는 매형의 유골을 가지고 고향인 아키타로 돌아갔다"고 하지 않았던가.

순간 아주머니의 착각이 아닐까 싶었다.

"부인이 다쿠라 씨와 함께 살지 않았단 게 확실한가요?"

노리코는 다시 확인했다.

아주머니는 자기 말을 못 믿겠느냐는 듯, "그야, 난 이웃에 사니까 부인이 집에 있는지 없는지 정도는 알 수 있어요" 하며 눈을 크게 떴다.

"죄송합니다. 너무 뜻밖이라서."

노리코는 사과하듯이 가볍게 고개를 숙였다.

"다쿠라 씨 부인을 본 적이 한 번도 없으신가요?"

"아니요, 두세 번 봤어요."

아주머니는 기분이 풀린 듯 바로 대답했다.

"두세 번이요?"

"다쿠라 씨 집에서 나오는 걸 잠깐 본 거예요. 서른일고여덟쯤 된 여자인데 좋은 기모노를 입고 있었지요. 하도 곱기에 나중에 다쿠라 씨에게 물어봤더니 네, 제 처예요, 하면서 싱글싱글 웃더라고."

"가끔씩 부인이 다쿠라 씨 집에 머물렀던 거군요?"

"내가 본 건 그때뿐이에요. 다쿠라 씨 말로는 사정이 있어서 별거중이라고 했어요."

"별거중이었다면 부인은 어디에 계셨던 걸까요?"

"글쎄, 나도 물어보았는데, 다쿠라 씨가 어물어물 넘기며 확실히 말해 주지 않았어요."

다쿠라 부부는 별거중이었다―.

노리코에겐 새로운 사실이었다. 예상조차 하지 못했던 일로. 여태껏 사건이 발생하기 전까지 다쿠라 부부는 함께 사는 줄로만 믿었다. 부부라니까 그게 당연하다고 생각했다.

다쓰오가 안심하는 구석이 있다고 말한 까닭은 이런 의미에서인가―.

"사키노 씨는 알고 있었어?"

노리코는 힐문하듯 따져 물었다.

후지사와에서 도쿄 역에 도착했을 때는 이미 밤이었다.

어딘가에서 조용히 이야기하고 싶었지만 막상 찾으려 들면 그럴 만한 장소는 의외로 눈에 띄지 않는 법이다. 커피숍은 음악을 틀어 시끄럽고 요릿집 객실은 비싸고, 음식점은 마음이 안정되지 않는다. 그래서 결국, 또다시 역 구내에 있는 말차를 내는 그 다실로 들어갔다.

여기라면 레코드도 틀지 않고 손님들도 조용하다.

"사과할게."

다쓰오는 노리코의 힐문에 머리를 긁적였다.

"실은 말이야, 갑자기 의심이 생겨서 후지사와에 들러 오늘처럼 근처를 탐문한 적이 있어."

"그게 언제쯤인데? 아, 시골에 내려간다고 회사를 빠진 날?"

"아니, 그 직전이야."

"왜 나한테 알려 주지 않았지?"

노리코는 다쓰오가 하는 짓이 심술궂게 보였다.

"그러니까 사과하잖아. 죄송합니다."

다쓰오는 머리를 숙였다.

"얼버무리지 마. 사키노 씨는 좋은 사람이지만, 혼자서 먼저 확인해 보려고 하는 점이 싫어. 치사해. 이 사건 조사에선 나도 공동 책임을 맡고 있어."

노리코는 다시 부아가 치밀 것 같았다.

"리코, 한 번만 봐 줘. 실은 언젠가 말해 줘야지 생각하면서도 자꾸만 늦어졌어. 오늘이 마침 좋은 기회다 싶어서 후지사와에서 내린 거고. 그리고 내가 말해 주는 것보다, 스스로 새로운 사실을 알아내길 바랐어."

어딘지 궤변 같았지만 지금은 이 궤변을 추궁하기보다도, 새롭게 알게 된 사실을 상의해 보는 편이 더 시급하다고 생각했다.

"대체 다쿠라 씨의 부인은 별거하고 어디서 지내는 거지? 깜짝 놀랐어."

"그건 나도 몰라. 아니, 이건 진짜야."

실제로 그의 얼굴에선 짐작이 안 간다는 표정이 묻어 나왔다.

"그 부분은 나중에 따져 보기로 하고, 별거 이유는 뭘까?"

"부부 사이가 나빴겠지."

"이해해. 다쿠라 씨가 죽은 후 문상 갔을 때, 처남 사카모토한테 매형을 좋게 보지 않는 구석이 있지 않았어? 누나와 사이가 안 좋으니 자연스레 매형을 싫어하게 됐던 거야."

노리코는 그렇게 말했다. 직감이랄까. 왠지 짐작이 갔다.

"맞아, 나도 그렇게 생각해."

다쓰오가 씁쓸한 차를 훌쩍이며 찬성했다.

"그래도 좀 이상해."

노리코는 말차가 담긴 찻잔을 주시하며 입을 열었다.

"뭐가?"

"어쩌다 한 번씩 집에 오는 아내가 어떻게 다쿠라 씨가 그날 밤 하코네에 있는 여관에 갔다는 사실을 알았지?"

다쓰오는 입을 꾹 다물고 잠시 생각하는 듯하더니, "연락하는 사람이 있었으니까" 하고 중얼거렸다.

"연락하는 사람? 누구?"

"누구인지는 몰라. 그렇지 않고서야 자기 말처럼 사건이 터진 날 밤에 다쿠라가 하코네에 있다는 사실을 알 수 있을 리가 없어."

노리코의 눈에 시라이 편집장의 모습이 떠올랐다. 다쓰오가 연락하는 사람이 있다고 말하자, 제일 먼저 편집장이 뇌리를 스쳐 지나갔다.

하지만 그 말을 입 밖에 내고 싶지 않았다. 아마 다쓰오 쪽이 머릿속에 편집장의 모습을 더 짙게 그리고 있을 게 분명하다.
"의문이 하나 더 있어."
노리코가 말했다.
"하코네의 여관에 부인이 들이닥친 이유는, 다쿠라 씨가 여자와 놀아난다고 상상한 부인이 질투해서 간 걸로 되어 있지. 부인이 그렇게 말했다고 오다와라 서 조서에도 나와 있고, 종업원도 다쿠라 씨 방에서 부부 싸움이 벌어졌다고 얘기했어. 별거중이라 일단은 다쿠라 씨에게 상관하지 않을 부인이 왜 새삼 질투를 한 거지?"
다쓰오는 눈을 들어 노리코의 얼굴을 바라보았다. 어딘가 감탄한 듯한 눈길이었다.
그러나 다쓰오는, "젊은 리코를 앞에 두고 할 이야기는 아니지만, 아무리 별거중이어도 여자의 감정은 그렇지가 않을 거야" 하고 가볍게 말했다.
"잠깐만, 여기서 지금까지 수집한 데이터를 하나씩 정리해 보자고."
다쓰오는 주머니에서 수첩을 꺼내 뭔가를 잔뜩 써 놓은 페이지를 펼쳤다.
궁금해진 노리코는 다쓰오의 옆자리로 옮겨 함께 페이지를 들여다보았다.

유인

1

그 뒤 이십 일 정도는 아무 일도 없었다. 9월이 되자 날씨도 한층 가을다워져서 선선한 날이 계속되었다.

노리코는 잡지 마감 직전이라 일에 쫓겨 다녔다. 필자들을 찾아다니며 원고를 받아오거나, 아직 다 쓰지 못한 필자에게는 원고를 재촉했다. 바쁜 인물일수록 원고 완성이 늦어져서 애가 탔다.

사흘 후에는 인쇄소에서 출장 교정을 봐야 하는데 한 기고가는 수화기 저편에서 "아직 괜찮지?" 하고 여유롭게 나왔다.

"곤란해요, 선생님. 모레가 마감이에요. 내일까진 주셔야 해요."

"자네 잡지사는 교정이 끝날 때까지 아직 사흘이나 남았을 텐데. 속일 생각하지 마."

이렇게 닳고 닳은 작가들이 많았다.

전화만으로는 불안해서 노리코가 집을 찾아가게 되었다.

교정 마감이 코앞에 닥친 잡지사 편집부에는 일손이 아무리 있어도 부족할 정도다.

시라이 편집장도, 사키노도 아침부터 모습을 보이지 않는 건 드문 일이 아니었다. 다들 밖을 돌아다니고 있다.

그날도 노리코는 아침 일찍 집을 나섰다.

"오늘은 왜 이리 빠르니?"

어머니가 말했다.

"아침에 원고를 받기로 약속했어. 어젯밤에 철야로 써 주셨을 텐데, 약속 시간에 찾아뵙지 않으면 안 되지."

노리코가 대답했다. 교외에 위치한 필자의 집을 찾아가 완성된 원고를 받은 후, 중앙선을 타고 도쿄 역에 도착하니 시간은 11시 전이었다.

러시아워는 벗어났다. 하지만 야에스구치 쪽으로 향하는 지하도는 여전히 혼잡했다.

개찰구를 나와 넓은 구내를 걸어 출구로 나아가고 있을 때, 사람들 틈바구니 속에서 아는 얼굴과 딱 마주쳤다.

"이야."

동시에 상대방도 노리코를 발견하고 인사했다. 빌딩 사장인 닛타 가이치로였다.

닛타는 노리코에게 싱글벙글 웃어 보였다. 오늘은 웬일인지 여행 가방을 손에 들고 있다.

"오랫동안 뵙지 못했습니다. 일전에는……."

노리코가 인사를 하자, "아니, 나야말로예요. 여전히 열심이군요" 하고 눈가에 웃음을 지으며 대답했다.

"여행 가시나 봐요?"

노리코는 사장의 차림을 보고 물었다.

"아, 네……."

처음에는 그렇게만 대답할 생각인 듯했지만 이어 말했다.

"실은 교토에 갑니다."

"어머, 그러세요."

"놀러가는 거죠."

빌딩 사장은 조금 소리 내어 웃었다.

"어차피 여기 있어 봐야 한가한 몸이니까요. 교토라도 한번 보고 오자는 생각이 들었지요."

"좋으시겠어요."

노리코가 대답했다.

"마침 계절도 좋고 부러워요."

실제로 부러웠다. 노리코는 이누야마에 내려갔을 때의 기억이 눈앞에 그림처럼 떠올랐다. 기소가와 강의 물결과 작은 성, 그리고 노비 평야의 들판과 소 울음이 퍼지는 농가—.

"바빠 보이는군요."

닛타는 미소를 지우지 않은 채 얘기했다.

"네, 뭐랄까요, 여유롭지 않으니 먹고살기 바쁘지요."

노리코의 눈은 순식간에 현실로 돌아왔다.

"젊어서는 바쁜 게 최고예요."

닛타 사장은 그렇게 말한 뒤 생각났다는 듯이 물었다.

"사키노 씨도 잘 있나요?"

"네, 사키노 씨도 잘 지내고 있습니다."

같은 회사 사람이니까 노리코도 동료로서의 예의를 갖춰 대답했다.

"그렇습니까. 다행이군요."

왜 그런지 닛타 사장은 생글생글 웃었다.

"안부 전해 줘요."

"네, 감사합니다. 꼭 전할게요."

"나중에 또……."

빌딩 사장은 살짝 고개를 숙여 인사했다.

"건강히 잘 다녀오세요."

저녁에 회사에서 다쓰오를 만난 노리코는 닛타와 만난 일을 얘기했다.

"역시 놀고 있어도 사장은 사장이야. 한 번 만났을 뿐인데 사키노 씨 이름을 제대로 기억하고 있었어."

와이셔츠 차림의 다쓰오는 이마에 밴 엷은 땀을 닦으며 원고 정리를 하고 있었다.

"그래?"

그렇게 대답하며 싱글싱글 웃었다.

"어머, 그렇게 좋아?"

"뭐가?"

"이름을 기억한다니까 히죽히죽 웃고 있잖아."

"응, 뭐. 화낼 이유는 없으니까."

다쓰오는 작업이 대충 일단락되었는지 의자에서 일어섰다.

"아, 배고프다."

손으로 배를 쓰다듬었다.

"오늘은 꽤 늦겠어. 리코, 볶음 국수라도 먹으러 갈까?"

눈짓을 보낸다.

"그럴까?"

다른 부원에게 조심스러운 마음도 들어 노리코는 슬쩍 주위를 돌아봤다. 모두 스탠드 불빛 아래 고개를 파묻고 열심히 일하는 중이다. 시라이 편집장은 아직 어딘가를 돌아다니는지 자리에 없다.

"좋아."

노리코는 작게 대답했다.

공연히 눈길을 끌지 않도록 조심조심 밖으로 걸어 나왔다.

근처 중화요리점에 들어갔다. 저녁 시간이었는데도 의외로 붐비지 않았다.

"뭐 먹을래?"

식탁에 마주 앉자 다쓰오가 물었다.

"나도 볶음 국수."

"그래? 그걸로 두 개 주세요."

주문을 마치고 다쓰오는 담배를 꺼냈다.

노리코는 그제야 다쓰오의 눈이 평소보다 기운이 넘쳐 보인다는 걸 깨달았다.

"사키노 씨, 오늘은 힘이 넘치는 것 같네?"

"그런가."

다쓰오는 푸른 연기에 눈을 가늘게 떴다.

"그렇게 보여?"

"뭔가 흥분한 얼굴이야. 그럴 만한 이유가 있어?"

"아니……. 아 참, 그러고 보니."

테이블에 팔꿈치를 괴었다.

"오늘 아침에 가나가와 쪽 신문을 봤는데, 오다와라 서에서 찾고 있는 사카모토 고조 말이야. 아직 소재를 파악하지 못했다고 나왔어."

다쓰오는 계속 지방지를 구독하고 있는 모양이다.

"그래?"

노리코는 자신도 모르게 얼굴을 찡그렸다.

"싫다. 아는 사람이 그런 일로 경찰의 수배를 받고 있다니……."

"그러게. 유쾌한 일은 아니지. 그렇지만 경찰도 열심이니까 엄중하게 수사하고 있을 거야. 기사에서는 사카모토가 어딘가에서 자살한 게 아닌가 추정하고 있을 정도니까. 경찰 수사도 꽤 어려움을 겪는 중인가 봐."

"정말 자살했을까?"

"모르지."

"다쿠라 씨의 부인, 그러니까, 누나와 어딘가에 조용히 숨어 있다면……."

이때 주문한 볶음 국수가 나오는 바람에 노리코는 말을 멈췄다.

"진짜 배고팠어."

다쓰오는 잽싸게 젓가락을 들어 먹기 시작했다. 어지간히 배가

고팠는지 숨 돌릴 새 없이 후루룩거리며 먹는다.

"조용히 좀 먹어. 보기 흉해."

노리코가 충고했다. 식사 때문에 사카모토에 대한 얘기는 중단되었다.

"미안."

다쓰오는 순순히 말을 들었다. 그러다가 문득 그릇에서 얼굴을 들어 노리코를 본다.

"아 참, 리코. 얼마 안 있으면 회사 위로 여행이잖아?"

"그러네."

위로 여행은 봄·가을 두 차례에 걸쳐 전 사원이 일박 이일로 떠나는 여행이다. 그 가을 모임이 다가오고 있다.

"내가 여행지 선정위원이야. 리코도 선정위원이었지?"

"응."

"한 가지 부탁이 있는데."

다쓰오는 볶음 국수와의 싸움을 중단한 뒤 말했다.

"이번에 위원 회의가 개최될 거야. 거기서 내가 하코네를 제안하려고."

"하코네? 거긴 평범하지 않아?"

"아니지."

다쓰오는 갑자기 열성적이 되어 테이블 위로 몸을 내밀었다.

"자기도 꼭 여기에 찬성 의견을 내 줘. 무슨 일이 있어도 통과시키고 싶어."

"이유가 있어? 아, 또 그 현장 검증인 거네? 이번엔 단체로 하는 거야?"

노리코가 야유했지만 다쓰오는 웃지 않았다.

"이 주 남았지? 반드시 우리가 시라이 편집장님의 승낙을 받아서 하코네로 결정나게 하는 거야."

"편집장님의?"

그렇다. 위로 여행이라면, 당연히 시라이 편집장도 동행한다. 다쓰오는 전원이 가는 여행을 핑계 삼아 시라이 편집장을 하코네로 유인할 작정인 걸까.

노리코는 다쓰오의 얼굴을 가만히 쳐다보았다.

2

그 후로 닷새가 지났다.

이 닷새 동안이 얼마나 중요했는지 노리코는 나중에야 알게 되었다. 하지만 그때는 마감이 끝나 한숨 돌린 정도의 가치밖에 느끼지 못했다.

마감 전의 전쟁 같은 분주함과 그 뒤의 기분 좋은 피로는 잡지 편집자가 아니면 이해하기 힘든 고락일 것이다.

그렇게 한숨 돌리고 다음 호 편집 회의도 끝나자, 마침내 가을 위로 여행에 대한 얘기가 나왔다.

각 부서에서 두 명씩 준비 위원을 뽑아 모두 합쳐 대여섯 명이 계획을 짜고, 여기에 포함된 시라이 편집장이 최종 결정을 맡는다.

이날 노리코도 회의에 참석했다. 회의라고 해도 거창한 건 아니라, 차와 막과자를 책상 위에 올려놓고 느긋하게 앉아 제각기 떠들어 대는 모임이다.

다쓰오는 의자에 앉을 때 노리코를 흘끗 보고 눈짓했다. 잘 부탁한다는 신호로, 지난번에 상의한 대로 자신이 하코네를 주장할 테니 찬성해 달라는 의미였다.

위원들이 전부 모였다.

중앙에 앉은 편집장이 모두의 얼굴을 둘러보며 말했다.

"다음 주 토요일과 일요일에 매년 가는 사원 여행을 갑니다만, 우선 여행지를 선정해야겠는데 모두 함께 어디가 좋을지 생각해 주기 바랍니다."

"작년에는 기누가와였고, 재작년엔 어디였지?"

누군가가 물었다.

"재작년에는 이토였고, 그 전엔 시오바라였지."

사원 여행이면 아무래도 온천지를 선택하게 된다. 하룻밤 묵고 오는 여행이라 그다지 멀리 가지 못한다.

"이번에는 스와로 가 볼까?"라는 의견이 나왔다.

"가미스와에서 숙박하고 돌아오는 길에, 다데시나 고원에서 신슈의 가을을 느껴 보는 건 어때?"

꽤 동조를 얻은 모양이다. 그곳으로 쉽게 결정날 듯했다.

"다른 의견은 없나?"

시라이 편집장이 빙글빙글 웃으며 둘러보았다.

"스와도 좋긴 한데, 여관이 좀 어떨지. 우선 정서가 없어요."

말을 꺼낸 이는 다쓰오였다. 센베이를 먹고 차를 목으로 넘기며 덧붙인다.

"낮의 경치를 구경하는 것도 좋지만, 밤의 정서를 즐기는 것도 중요하지요. 그런 면에서 가미스와는 여관이 마을 내에 위치하기 때문에 부족한 점이 있어요."

음, 하고 남자 중에 고개를 끄덕이는 이가 있었다. 밤의 정서라는 다쓰오의 말에 짚이는 데가 있는 모양이다.

"그럼 사키노는 어디가 좋은가?"

편집장이 물었다.

"하코네가 좋을 것 같습니다."

다쓰오가 대답했다.

"뭐? 하코네?"

기분 탓인지 시라이의 눈썹이 움찔한 듯싶었다.

"좀 평범하지 않아?"

옆자리의 사원이 과자를 둘로 나누며 말했다.

"그래, 평범해."

다른 이도 거들었다.

"그렇게 생각할 수도 있지만."

다쓰오는 목소리를 조금 높였다.

"정서를 따진다면 하코네가 최고야. 그런 면에서, 도쿄에서 멀지 않아서 좋고. 최근 사오 년간의 여행지를 보면 이즈의 슈젠지 절, 이토, 시오바라, 기누가와에 갔어. 그 전에는 이카호와 미나카미에도 갔지. 의외로 하코네는 안 갔더라고. 너무 가까워서 무시하고 있지만, 역시 천하의 명승지지."

"하코네도 요즘은 세속에 물들어서 재미없어. 가족 동반으로 몇 번이나 가 봤고. 난 다른 데가 좋아."

과자를 씹는 소리와 함께 반대 의견이 나왔다.

"맞아, 다른 데로 하자."

거기에 찬성하는 사원이 있었다.

"그래도 말이지."

다쓰오는 주장했다.

"가을의 하코네는 진짜 좋아. 너무 가까워서 평범하다는데, 그렇게 매번 하코네에 가는 것도 아니지. 게다가 먼 데로 정하면 돌아올 때 기차 시간이 길어서 넌더리가 나."

"이쯤에서 여자들 의견을 들어 보자."

다른 남자 사원이 말했다.

"리코는 어디가 좋아?"

"글쎄."

노리코는 잠시 궁리하는 듯하다가 강한 어조로 "하코네가 좋을 것 같네요"라고 대답했다.

"음, 그런가."

질문한 사원이 턱을 괴었다.

"여자들은 천하의 험한 곳[1901년 「중학창가(中学唱歌)」에 실린 〈하코네하치리(箱根八里)〉라는 노래의 '하코네의 산은 천하의 험한 곳(箱根の山は、天下の嶮)'이라는 첫 소절에서 인용]이 좋다는 건가?"

일동 사이에 작은 웃음이 일었다.

"네, 여사원들은 의견이 일치했어요. 하코네라 해도, 의외로 안 가 봤죠. 아시노코 호에서 모터보트를 타고 싶다는 사람들도 있었어요."

반대파는 잠시 침묵했다.

노리코가 슬쩍 보니, 시라이 편집장의 얼굴은 미소가 사라지고 우울한 표정이 되어 있었다. 노리코는 미안한 생각이 들었지만 다쓰오와의 약속이기에 어쩔 도리가 없었다.

"맞아, 나도 하코네가 좋다고 생각해."

노리코의 동의를 얻어 다쓰오가 다시 주장했다.

"보통은 버스를 타고 가지만, 이번 기회에 다 함께 센고쿠하라에서 고지리 쪽으로 하이킹하는 것도 좋을 거야. 버스로는 맛볼 수 없는 정취가 있으니까."

"그러면."

남자 사원이 과자를 삼킨 뒤 차로 흘려보내며 말했다.

"귀찮으니까 그냥 하코네로 할까."

"그러게."

이렇게 결정되려는 순간에, "잠깐만" 하고 시라이 편집장이 말을 꺼냈다. 말투가 묘하게 진지하게 들렸기에 노리코는 가슴이 덜컥 내려앉았을 정도였다.

"조금 더 검토해 보는 게 좋지 않겠습니까? 귀찮다는 이유 말고, 일 년에 한 번뿐인 가을 사원 여행이니까."

편집장의 말에 일동은 잠깐 침묵했다.

"하지만 편집장님."

다쓰오가 입을 열었다. 정면으로 시라이의 얼굴을 본다.

"달리 적당한 데가 없습니다. 웬만한 곳은 가 봤으니까요. 제 의견으로는 하코네를 추천하고 싶습니다."

시라이 편집장은 다쓰오의 얼굴을 마주 보았다. 그 눈이 어딘지 연약하게 보였다.

"다른 의견 없습니까?"

편집장은 다른 위원들을 둘러보았는데, 노리코에게는 편집장이 도움을 구하고 있는 듯한 기분이 들었다.

"그러게요."

다른 위원들은 담담하게 의견을 주고 받았다.

"그러고 보니 대부분 가 본 곳이네요. 하코네는 한 번도 안 가 봤어요."

"여사원들이 가고 싶어 하니까 그쪽으로 할까."

결론은 삼십 분 뒤에 났다.

"이번 여행은 하코네로 갑시다. 평범하기는 해도 한 번쯤은 그런 곳에 가는 것도 좋다고 생각합니다."

일동의 의견이 이러했기에 시라이 편집장도 고개를 끄덕였다. 어쩔 수 없다는 표정이다.

"그럼 하코네로 정하겠습니다."

시라이는 담담하게 말했다.

"하코네로 정해졌지만, 여관은 어디로 하나요?"

이 부분에선 미야노시타와 고라가 압도적이었다.

"고라로 합시다."

편집장은 "여관 예약과 차량 확보 등은 서무과에 부탁해 두지요. 수고들 했어요"라며 회의의 끝을 알렸다.

뿔뿔이 자리에서 일어나는 와중에 다쓰오는 노리코 곁으로 다가와 팔을 쿡 찔렀다. 신호였다.

먼저 일어나 걸어가는 시라이 편집장이 보였다. 어쩐지 기운이 없는 듯했다.

책상을 정리한 노리코는 슬며시 편집부를 빠져나와 회사 앞의 찻집으로 갔다. 다쓰오는 커피를 마시며 무척 기분이 좋은 얼굴을 하고 있었다.

"고마워."

다쓰오는 노리코를 보자 고개를 숙였다.

"리코 덕분에 원하는 대로 됐어. 적절한 타이밍에 의견을 내서 다들 쉽게 수긍하는 눈치였어."

"그 대신."

노리코는 다쓰오 앞에 앉으며 우울한 얼굴로 말했다.

"편집장님은 기운이 없으셨어. 아무래도 편집장님은 다른 곳을 원하신 게 아닐까?"

"그렇겠지. 편집장님은 역시 하코네가 싫으신 거야."

"나쁜 짓을 했어."

노리코는 후회했다.

"나 때문에 하코네로 정해진 듯해서 죄송스러워."

"그런 건 신경 쓰지 않아도 돼. 이쪽 계획대로 가는 수밖에 없어."

"우리가 미리 입을 맞춘 걸 눈치채셨을까?"

"진작에 알아채셨겠지."

"아, 나쁜 짓을 했어."

노리코는 손가락을 뺨에 대며 같은 말을 반복했다.

"그런데 사키노 씨는 왜 하코네를 주장하는 거야? 또 뭔가 실험을 하려는 거야?"

노리코는 아직 알지 못했다.

"아니, 이게 그냥 실험이었다면 말이지."

다쓰오는 묘한 미소를 지으며 말했다.

"또다시 리코와 둘이서 가면 돼. 이번엔 한 명 더 필요하거든."

"한 명 더?"

노리코는 알았다는 듯이 말했다.

"시라이 편집장님이군. 그리고 편집장님에게도 어떤 실험을 시키려는 거네?"

"반드시 편집장님에게 실험을 시킨다고 할 수만은 없어."

다쓰오의 표정에는 변함이 없었다.

"어쩌면 방관자 역할일지도 몰라. 아니면 실험 참가자가 될지도 모르고."

"그걸 시험하려고 하코네로 부른 거야?"

"어떤 결과가 나올지 곧 알게 될 거야. 어쨌든 이번엔 시라이 편집장님이 동행해야 돼."

전부터 다쓰오는 시라이 편집장에게 의혹을 품어 왔다. 노리코도 안다. 예전에는 다쓰오의 그런 마음이 불만이었지만 그 뒤 여러 가지 사실을 알게 되자, 편집장의 행동도 미심쩍긴 했다.

하지만 노리코는 아직도 시라이 편집장을 믿었다. 그 점만은 다쓰오와 다르다. 그래서 다쓰오가 지나치게 편집장을 감시하는 게 싫고, 편집장이 불쌍하기도 했다.

특히 이번 여행 회의에서 다쓰오가 무리하게 하코네를 주장했을 때 편집장의 안색이 몹시 안 좋았다. 보면서 마음이 조마조마했을 정도다. 게다가 자신이 가세했기에 뒷맛이 씁쓸했다.

한편으로 시라이 편집장이 하코네를 꺼리는 데에는 무슨 이유가 있을지도 모른다는 생각도 든다. 있다면 다쿠라 사건과 선을 이어 보지 않을 수 없다.

"게다가 말이지."

노리코가 조용하게 커피를 홀짝이고 있으니, 다쓰오 쪽에서 입을 열었다.

"이번 실험은 밤에 해야 돼."

"밤?"

눈을 든 노리코는 놀란 얼굴이었다.

"응. 낮에는 안 돼. 밤이어야 돼. 밤이라면 리코를 불러낼 수 없잖아."

노리코는 얼굴이 약간 달아올랐다.

다쓰오도 수줍은 듯이 고개를 숙이며 담배를 꺼냈다.

"그때 문득 깨달은 게 이번 위로 여행이었어. 딱 좋은 상황이었지. 이거다 싶었어."

다쓰오는 얼굴을 들고 연기를 뿜었다. 그 탓에 잠깐 동안 표정이 보이지 않았다.

"전 사원이 함께 숙박하니까 시라이 편집장님도 같이 갈 거야. 이렇게 좋은 기회도 없어."

연기가 희미해졌을 때, 다쓰오의 눈은 빛나고 있었다.

"다만 걱정거리는 하코네로 결정될 수 있느냐였는데, 리코 덕분에 목적한 대로 됐어. 만사가 잘 굴러갔지. 남은 일은 그날 밤의 실험을 기다리는 것뿐이야."

"무슨 실험이야?"

"또 화낼지 모르지만 말할 수 없어. 아니, 잠깐만 기다려."

노리코의 눈매가 묘한 빛을 띠자 다쓰오가 손을 들어 막았다.

"나중에 리코도 말하지 못하는 이유를 반드시 이해해 줄 거라고 생각해. 나를 믿어 줘."

"하지만."

노리코가 항의하는 얼굴을 하자 다쓰오는 두세 번 머리를 끄덕였다.

"이것만 알려 줄게. 우린 그날 밤 하코네에서 다쿠라의 부인과 만날 거야."

"뭐? 다쿠라 씨 부인?"

노리코의 목소리가 높아졌다.

3

그날 밤 하코네에서 다쿠라의 부인을 만나게 될 거라는 다쓰오의 말에 노리코는 정신이 아찔해졌다.
"그게 정말이야?"
다쓰오의 얼굴에 시선을 둔 채 확인하듯 물었다.
"정말이지."
다쓰오는 엷게 웃었지만 눈은 진지했다.
"부인은 올 거야."
"확실해?"
다쓰오의 자신감이 너무 강해서 이렇게도 물었다.
"확률은 팔십오 퍼센트쯤."
다쓰오도 절대로, 라고 말하진 않았다.
"하지만 이 수치는 신중을 기해 입에 담은 거니까, 일단 온다는 사실에는 틀림이 없을 거야."
"이유에 대해서는 아직 얘기해 줄 수 없고?"
"조금만 기다려 줘."
"언제까지?"
"그렇군, 하코네 여행까지."
"편집장님과 나에게 동시에 공개하려는 속셈이지?"
"그렇게 될지도 몰라."
다쓰오는 잠시 생각하더니 말했다.

"어쩌면 안 될 수도 있어. 어쨌든 지금의 나도 확실히는 알지 못해."

"이것 하나만은 물어봐도 되지? 다쿠라 씨의 부인이 어디서 지내는지 안 거야?"

"대답이 모호해질 것 같은데."

다쓰오는 팔짱을 꼈다.

"알았다고도 할 수 있고, 그렇지 않다고도 할 수 있어."

"치사해."

노리코가 외쳤다.

"언제까지 그렇게 거드름 피우는 말투로 얘기할 거야?"

"화내지마."

다쓰오는 손을 들었다. 미안하다는 듯한 표정이다. 이어서 주머니에 손을 넣어 부스럭부스럭 뒤적이더니 수첩 속에 끼워 넣은 종이를 꺼냈다.

편지지를 네 번 접은 것이었다.

"나중에 한번 읽어 봐. 지금까지 수집한 데이터를 대부분 적어 놓았어."

노리코가 종이를 받자 다쓰오는 일어섰다.

"내 추측은 모두 이걸 바탕으로 나왔어. 잘 읽어 보면 내가 무슨 생각을 하는지 짐작할 수 있을 거야."

다쓰오는 계산을 마친 뒤, 밝은 햇빛이 비치는 도로를 앞장서서 가로질렀다.

노리코가 종이를 펼쳐 읽어 본 것은 집에 돌아온 뒤였다. 책상에 놓인 스탠드 아래에서 편지지에 빽빽하게 적힌 내용을 읽었다.

① 다쿠라가 하코네에 간 이유는 무라타니 아사코를 만나기 위해. 이튿날 아침, 여사가 여관 밖 안개 속에서 다쿠라와 만났다는 노리코의 목격담은 의문.

② 전날 밤 무라타니 여사의 남편 료고 씨도 안개 속에서 다른 여성과 만나고 있었으며, 노리코는 그 여성이 누구인지 확인하지 못했다.

③ 12일 저녁 다쿠라의 아내가 남편을 찾아와 둘 사이에 말다툼이 일었다. 부부 싸움 같았다는 여종업원의 말.

④ 그 뒤 부부는 맥주를 마셨다(종업원의 말). 다쿠라의 사체로부터 수면제를 먹은 사실이 증명되었기에, 수면제는 맥주에 들어 있었다는 추정.

⑤ 다쿠라는 10시 반쯤 슈레이카쿠의 케이블카를 타고 외출. 다쿠라의 아내는 십 분 후에 남편 뒤를 쫓아갔고, 11시 넘어서 돌아왔다.

⑥ 이 무렵 아사코 여사 일가는 모두 외출.

⑦ 다쿠라의 사망은 10시 40분 이후. 다쿠라가 케이블카를 타고 올라간 시간이 10시 반이며, 현장까지 십 분가량 시간이 소요되기 때문. 정수리의 치명상은 추락했을 때 암석에 부딪혀 생겼다기에는 약간 부자연스러움.

⑧ 다쿠라는 전날 11일 8시쯤 외출했으며 "재밌는 아베크족을

만났어"라고 말했다.

⑨ 다쿠라의 처남 사카모토가 탄 심야편 나고야행 트럭은 20시에 시나가와를 출발, 나고야에 예정된 시간보다 한 시간 반 연착. 이유는 불명. 이 트럭은 12일 밤 10시 반에서 11시경에 미야노시타 부근을 통과했을 공산이 있다. 마침 이 시간은 다쿠라가 슌레이카쿠에서 케이블카를 타고 올라가 현장에 도착했을 시각이다. 트럭에 동승한 기노시타는 무엇인가를 목격했을 것이다.

⑩ 사카모토가 탄 트럭이 사건 현장인 마을 길로 진입했다고 여겨지지는 않는다. 그러나 국도에서는 마을 길의 현장 부근이 내려다보인다.

⑪ 하타나카 젠이치의 유고는 무라타니 아사코의 작품에 사용되었다. 이 유고의 알선과 관련해 이누야마에 위치한 하타나카의 여동생 집에서 다쿠라가 교묘하게 유고를 빌려 간 흔적이 존재한다. 따라서 다쿠라는 아사코 여사 작품의 비밀을 알고 있었다.

⑫ 아사코 여사의 부친인 시시도 간지의 제자는 하타나카 젠이치, 시라이 편집장, 빌딩 사장 닛타 가이치로 등으로, 다쿠라도 당시 하타나카와 아는 사이였다.

⑬ 하타나카의 연인을 빼앗은 인물은 다쿠라로, 그녀는 다쿠라의 아내가 되었다(추정). 다쿠라의 처남은 누나 때문에 다쿠라를 원망했다. 다쿠라가 누나를 학대했기 때문인 모양이다. 한때 다쿠라는 외지에서 산 적이 있다.

⑭ 다쿠라 부인의 고향은 서류상으로는 아키타 현 고조노메라는데, 그곳에서 거주한 흔적이 없다. 하지만 거기로 발송한 가재도구는 어떤 남자에 의해 처분되었다. 다쿠라의 부인과 의문의 남자는 어떤 관계일까. 고조노메와의 관련성.
⑮ 기노시타는 왜 살해당했을까. 그는 20일 밤 하코네에서 무엇인가를 목격했을 것이다. 찢어진 기차표의 도착지는 어디일까.
⑯ 무라타니 여사는 하마나 호반에서 자살했다. 무라타니 가 가정부의 본가는 도요하시. 하마나 호반과 가깝다.
⑰ 다쿠라 부부는 별거중이었다. 후지사와의 이웃은 가끔 아내가 왔다고 얘기했다. 호적상 이혼은 하지 않았다.
⑱ 기노시타가 소지했던 기차표의 도착지가 열쇠의 하나.

  전부 열여덟 개로 나뉜 다쓰오의 데이터를 읽어 봐도, 노리코는 다쓰오의 생각을 가늠할 수가 없었다.
  방점이 찍힌 곳은 중요한 부분인 모양이지만, 그것만 따로 모아서 중점적으로 생각해 봐도 노리코에게는 구체적인 연결 선이 떠오르지 않았다.
  이튿날 다쓰오에게 얘기를 꺼냈다.
  "그렇군."
  다쓰오는 고개를 갸웃거리며 엷은 미소를 지었다.
  "그렇군, 이라니, 내가 무척 머리가 나쁜 것 같네."
  노리코는 무시당한 기분이었다.

"그렇지 않아. 되도록 공정하게 작성했다 싶었는데, 역시 혼자막 앞서 나간 부분이 있었는지도 모르겠어. 그래서 리코가 헷갈렸을지도 몰라."

"일부러 그렇게 한 건 아냐?"

"아냐, 이런 일에선 난 페어플레이를 한다고."

다쓰오가 미소 지으면서 대답했다.

이 주 후, 하코네로 사원 여행을 떠나는 날이 되었다.

사원은 모두 스물다섯 명. 편집부와 영업부가 포함된 총 인원으로, 사장도 동행했다. 다만 사장은 밤의 연회 때만 얼굴을 잠깐 비출 것이다.

지난 두 주 동안 노리코와 다쓰오는 사건에 관해 별다른 얘기를 하지 않았다. 몇 번이고 얘기해 봐도 같은 자리만 맴돌 테니까. 모든 것은 하코네의 밤에 기대하는 수밖에 없다.

다쓰오는 일이 바쁜지 하루 종일 얼굴을 보이지 않을 때가 있었다.

그 사이에 사건과 관련된 대화라면, 다쓰오가 "오다와라 서는 사카모토의 행방이 파악되지 않아서 당황하고 있나 봐"라고 알려 준 정도였다. 지방지를 구독해서 아는 모양이다.

그러던 어느 날 노리코가 외근을 나갔다가 빌딩 사장인 닛타 가이치로와 마주쳤다.

"아아."

닛타가 먼저 싱글싱글 웃으며 말을 걸어왔다.

"요새 자주 만나네요."

도쿄 역에서 마주친 지 얼마 안 되었기에 노리코도 같은 마음이었다.

"그러게요."

노리코도 걸음을 멈추고 웃었다.

"노리코 씨는 일이 바쁘다는 이유로, 나는 빈둥빈둥 지낸다는 이유로, 서로 바깥을 돌아다니니까 자주 만나는 걸까요?"

닛타는 웃고 있었다.

"교토는 어떠셨어요?"

"아주 좋았어요. 가끔은 훌쩍 떠나는 것도 좋지요. 시이하라 씨도 도쿄에서만 거닐지 말고 다른 곳에도 가 봐요."

"네, 그러고 싶어요. 실은 이번에 전 사원이 하코네로 여행을 가요. 그럴 때밖에 도쿄를 벗어날 수 없네요."

"하코네로요?"

기분 탓인지 닛타 씨가 눈을 크게 뜬 것 같았다.

"잘됐군요."

다시 웃는 얼굴을 하며 물었다.

"하코네도 좋지요. 도쿄를 벗어나기만 해도 기분 전환이 되니까요. 물론 시라이도 가겠죠?"

노리코는 닛타 씨와 편집장이 옛 친구였음을 떠올렸다.

"편집장님도 같이 가세요."

"그 녀석과 만난 지도 오래됐군. 잘 지냅니까?"

"네, 건강하게 잘 지내세요."

노리코는 최근 들어 쓸쓸해 보이는 시라이 편집장의 얼굴을 문득 떠올렸다.

"얘기 좀 잘 전해 줘요. 조만간 다시 만나서 옛정을 다독이겠다고. 아 참, 사키노 씨에게도 안부 전해 주세요."

"네, 그렇게 전할게요."

빌딩 사장은 여느 때처럼 한 손을 들어 인사한 뒤 느긋하게 걸음을 옮겨 떠났다.

회사에 돌아온 노리코가 시라이 편집장에게 전하자, 편집장 역시 "그래, 그 녀석도 꽤 늙었겠군" 하고 그리운 듯이 중얼거렸다. 노리코 또한 하타나카 젠이치를 포함한 옛 그룹의 모습이 아련한 감상과 섞여 머릿속에 떠올랐다.

사원 여행을 가는 날이 되었다.

시라이 편집장도 의외로 기운이 좋아 보인다.

하긴 사원들 앞에서 불쾌한 표정을 짓고 있을 수는 없는 노릇이리라. 마음에 들지 않는 기색을 띠는 건 회의를 할 때뿐이고, 이렇게 다 같이 길을 떠난 마당에 마음에 차지 않는다는 내색을 하고 있어 봤자 소용없다.

전 사원 스물다섯 명이 신주쿠 역에 집결한 뒤 오다 급행에 탔다. 그중 다섯은 여사원으로, 노리코도 포함되어 함께 움직였다.

노리코는 다쓰오가 어떻게 하고 있는지 때때로 살펴보았다. 그는 다른 직원들과 제법 천진난만하게 담소를 나누고 있었고, 눈에 띄는 변화는 없었다.

하코네의 단풍이 절정에 이르려면 아직 좀 더 기다려야 했지만 지금도 무척 아름다워서 사원들은 모두 만족했다.

오늘은 아시노코 호에서 짓코쿠 산마루 일대를 다 함께 돌았지만, 밤에는 연회가 마련되어 있고, 이튿날은 단체 행동이 아니라 각자 자유롭게 움직이는 일정이다.

간사가 정한 여관은 예정대로 고라에 위치하고 있었다.

5시 무렵 여관에 도착해서, 6시부터 커다란 객실에서 연회가 열렸다. 여관에서 제공한 유카타 위에 실내복을 걸치고 모두가 모여 각자 연회용 상 앞에 앉았다.

연회석에만 얼굴을 비추는 사장이 도코노마 앞에 서서 관례대로 일장 연설을 시작했다.

회사마다 사원 여행에 으레 따라다니는 것이 있다. 연회와 사장의 훈사다. 이 훈사는 무조건이라고 해도 좋을 만큼, 사장이 자기 회사의 역사부터 시작해서 현재의 발전 성장에 이르기까지를, 사장으로서의 자신의 고뇌를 담아 거침없이 늘어놓는 종류의 것이다.

사장의 굵은 목소리가, 유카타에 겹옷을 걸치고 편안하게 앉아 있던 사원들 간에 얼마간 거북한 기분을 선사하기 시작하자, 모두는 또야, 라는 표정으로 서로의 얼굴을 바라보았다. 개중에는 작은 목소리로 그 연설조를 흉내 내고, 사장이 할 말을 먼저 내뱉으며 우스워하는 사원도 있었다.

노리코는 그런 분위기 속에서 아까부터 몰래 다쓰오와 시라이 편집장을 번갈아 주시했다.

맞은편에 비스듬히 앉은 다쓰오도, 상석에 자리한 시라이 편집장도, 극히 평범한 태도였고 부자연스러운 모습은 없었다. 가끔씩 옆자리 동료와 무슨 말인가를 주고받으며 웃음 짓는 다쓰오를 보며 오히려 노리코가 묘한 긴장을 느꼈다.

사장의 훈사는 아직도 이어지고 있다.

"……한데 여러분도 아시다시피 최근 출판계에서는 갑자기 주간지의 발간이 한층 늘어나고 있습니다. 숫자만 하더라도 무려 사십여 종으로, 그야말로 세상은 주간지 범람 시대가 되고 말았습니다. 그만큼 어디나 특종과 톱기사를 찾는 데 혈안이 돼 있습니다. 경조부박輕佻浮薄 마음이 침착하지 못하고 행동이 신중하지 못함과 태산명동서일필泰山鳴動鼠一匹 태산을 요동치게 하여 세상을 떠들썩하게 만들더니 거기서 나온 건 쥐 한 마리뿐이었다는 뜻 류도 그들에게는 어엿한 기사가 되는 것입니다.

그러나 우리 요코샤는 이런 경망스러운 붐에 휘말리지 않고 종래의 방침대로 착실하게 발전해 왔습니다. 여러분도 경쟁지들의 비뚤어진 템포에 끌려가는 일 없이, 확고한 신념과 의지를 갖고 견실하게 돌진해 주시길 바랍니다. 이것이 여러분에게 바라는 나의 유일한 소망이며, 부탁입니다."

사장의 나이는 예순일곱이다. 불그스름해진 노인의 얼굴은 만족스럽다는 표정이었다. 주머니에서 꺼낸 커다란 손수건으로 하얀 턱수염 부근을 닦아낸다.

"내 이야기는 이 정도로 하겠습니다. 그럼 여러분, 마음껏 마시고 마음껏 노시고, 또 다른 원기를 북돋는 양식으로 삼아 주시기를 바랍니다."

박수갈채가 요란했다. 동감도 있고 아부도 있고 의리도 있다. 그

것들이 손에서 나오는 하나의 소음이 되어 그쳤다. 이야기소리, 웃음소리가 여기저기서 번지고, 나란히 앉아 있던 모습들이 해방을 맞이하여 똑같은 꼴로 흐트러졌다. 넓은 연회장이 순식간에 술렁거리며 시끄러워졌다.

간사의 신호로 술이 나왔다. 앉아 있던 게이샤들이 움직인다. 술을 못 마시는 여사원들은 바로 주스와 사이다를 주문했지만, 컵에 술을 따르는 용감한 젊은 아가씨도 있었다. 물론 노리코는 사양하듯이 웃음을 지었다.

"시이하라 씨."

옆에 앉은 한 여사원이 노리코에게 말을 걸었다.

"오늘 사장 연설 중에 마지막 대목이 조금 이상했지?"

어때? 하며 맥주를 들어 보인다.

"태산명동서일필 류도 그들에겐 어엿한 기사가 된다니, 사장도 자기 잡지가 어떤지 깨닫지 못하고 있으니까 멋진 말을 했다고 여기고 있을걸."

그러게, 하며 수긍한 노리코는 자기 앞에 놓인 컵을 손으로 막으며, "나 못해" 하고 거절했다.

사실 노리코는 식욕도 전혀 없었다. 슬쩍 다쓰오를 쳐다보니 그의 앞에 놓인 잔의 맥주가 반쯤 비었다. 아껴 마시는 건가 싶었다.

노리코는 옆에 있는 맥주병을 들어 옆자리 서무 여직원 컵에 따라 주었다.

"난 맥주보다 요리부터 먹어야지."

노리코는 젓가락을 뻗어 생선회를 몇 번 찔러 보기만 했다.

샤미센일본 전통음악에 사용되는 세 줄짜리 현악기이 차례로 가락을 바꿔 울렸다. 그에 맞춰 남자의 노랫소리가 높아진다. 잠시 후에는 유카타의 뒷자락을 걷어 올린 한패가 연회석 중앙으로 뛰어나오겠지.

문득 고개를 든 노리코의 눈이 다쓰오의 시선과 정면으로 마주쳤다. 다쓰오는 노리코에게 살짝 고개를 끄덕여 보였다. 다른 이들은 눈치채지 못하도록. 노리코는 젓가락을 놓고 유카타 옷깃을 단단히 여몄다. 시야 끝으로는 다쓰오의 모습을 확보해 두었다.

다쓰오는 양옆에 앉은 동료들에겐 말없이, 아무 일도 없는 척 천천히 일어섰다. 한 게이샤가 그를 발견하고 다가왔다. 다쓰오는 손짓으로 만류하며 웃어 보였다. 일부러 노리코 쪽에는 얼굴도 돌리지 않았다.

노리코는 상석에 앉은 시라이 편집장을 엿보았다. 그 긴 턱을 내밀며 옆자리의 게이샤와 얘기하고 있는데, 일어선 다쓰오를 깨닫지 못한 눈치였다.

노리코가 천천히 일어섰다.

"어디 가?"

물어보는 옆자리 여사원에게 미소를 지어 보였다.

"잠깐 할 일이 떠올랐어."

시라이 편집장의 얼굴이 이쪽을 향한 듯싶었지만 일부러 바라보지 않았다.

종종걸음으로 복도에 나갔다. 다쓰오가 기다리고 있다. 멀리서 연회장의 소란이 들렸다.

"왜 그래?"

노리코가 물었다.

"나갈 거야. 자, 빨리 옷 갈아입어."

다쓰오가 재촉했다.

"나가다니, 어디로?"

"나중에 얘기해 줄게. 일단 빨리 갈아입어."

"그렇지만 난 조금 시간이 걸려. 남자는 괜찮겠지만……."

"상관 없어. 기다려 줄게."

노리코는 방으로 돌아와 급히 슈트를 입었다. 가슴이 마구 방망이질을 해댔다. 엄청난 모험이 기다리고 있는 느낌이 들어 참을 수가 없다.

현관으로 나가자 양복으로 갈아입은 다쓰오가 택시를 부르고 있었다.

"기다렸어?"

숨이 찬 까닭은 급하게 옷을 갈아입었기 때문만은 아니었다.

"센고쿠하라."

택시에 탄 다쓰오는 기사에게 짧게 말했다. 노리코는 엉겁결에 다쓰오의 얼굴을 보았다. 등이 꺼져 있어서 옆얼굴은 검은 그림자가 되었다.

"센고쿠하라?"

노리코는 작은 소리를 냈다.

"이런 시간에 센고쿠하라에, 어째서?"

"조금 있다가 설명해 줄게. 그보다 리코, 지금 몇 시지?"

노리코는 희미한 불빛에 손목시계를 비춰 보았다.

"9시 정각이야."

"9시라. 시간은 딱 맞췄네. 시간을 재는 것도 옛날부터 내 특기였어."

"어머, 연회 때부터 쟀던 거야?"

"그렇지, 뭐."

그의 옆얼굴을 바라보며 노리코는 연회석에서 다쓰오의 행동을 떠올렸다.

한동안 서로 말이 없었다. 자동차는 꾸불꾸불한 도로를 잘도 내리달렸다. 길가에 늘어선 수목 때문에 어둠이 한층 짙다. 헤드라이트 불빛이 암흑을 둘로 갈랐다.

뒤에서 엷은 불빛이 비쳤다. 노리코가 돌아보니 빛줄기가 따라온다. 같은 방향으로 가는 손님이 있는 모양이다.

커브를 하나 돌면 뒤차의 헤드라이트가 그 도로를 비추었다. 빛이 닿은 곳에서만 검은 수림이 하얗게 움직였다.

노리코는 생각났다는 듯이 슈트의 옷깃을 여몄다.

다쓰오는 여전히 앞을 지그시 바라보았다. 그 모습을 윤곽으로 알아볼 수 있지만, 표정까지는 잘 분간할 수 없었다.

"사키노 씨."

노리코가 말을 걸었다.

"맞춰 볼까? 센고쿠하라에 가는 목적을."

다쓰오의 얼굴이 노리코 쪽으로 빙글 돌아갔다. 웃고 있는 듯한 다쓰오의 검은 형체가 코앞에 있어서 노리코는 약간 당황했다.

"사키노 씨의 특기인 현장 검증이지? 그래도 센고쿠하라라니, 무슨 까닭이야?"

"리코."

뜻밖에도 다쓰오의 목소리는 강한 어조였다.

"어?"

"이제부터 우린 센고쿠하라에서 어떤 사람을 만날 거야."

"어떤 사람?"

노리코는 퍼뜩 놀랐다.

"사키노 씨, 설마 다쿠라 씨의 부인은 아니겠지?"

"맞아, 리코. 다쿠라의 부인과 만날 거야. 연락이 닿아서 부인이 9시 30분까지 센고쿠하라에 오기로 했어."

말문이 막힌 노리코는 다쓰오의 얼굴을 지켜보았다.

자동차가 갑자기 커브를 돌았다. 느닷없는 움직임이라 노리코의 몸은 다쓰오 쪽으로 기울었다. 당황하며 몸을 일으킨 노리코는 다시 슈트 옷깃을 끌어당겼다.

"그런데 왜 이런 시간에 만나는 거야?"

그게 이해가 되지 않았다. 다쿠라의 아내는 센고쿠하라의 어느 여관에 묵고 있는 모양이지만.

다쓰오는 대답 없이 앞을 바라보고 있었다.

"여기까지 와서도 아직은 이유를 말해 줄 수 없는 거야?"

노리코의 항의에도 다쓰오는 아무 말 하지 않았다.

"치사해."

노리코는 체념하며 말했다.

"센고쿠하라에 가는 게 무슨 실험이라는 것. 다쿠라 씨의 부인이 그 실험에 필요하다는 것. 나에겐 그것밖에 가르쳐 주지 않는 거네. 그런 행동은 이제 정말 질린다고."

"리코."

다쓰오의 목소리에서 웃음이 묻어났다.

"그렇게 화내지 말고 조금만 더 기다려 줘. 지금까지처럼 나를 믿어 줘. 부탁이야."

예상치 못한 진지한 태도였다.

"하지만."

더 따지려고 하다가 자신을 바라보는 그의 눈길을 느끼고 그대로 입을 다물었다.

그런 노리코에게, 다쓰오는 쑥스러운 듯이 얼굴을 정면으로 돌렸다. 다쓰오의 옆얼굴 선이 예의 찌푸린 인상을 그려냈다.

노리코는 좌석에 몸을 기댔다. 뒤에서 따라오던 빛줄기는 이제 보이지 않는다.

바람이 불기 시작했는지, 조금 열어 놓은 창가에서 목 언저리로 차갑게 닿아 왔다.

"리코."

갑자기 다쓰오가 말을 꺼냈다. 얼굴은 여전히 똑바로 전방을 주시하고 있다.

"이것만은 미리 말해 두는 게 좋을 것 같아서 말인데, 오늘 밤 이제부터 내가 하려는 실험은 위험할지도 몰라. 아니, 겁주려는 건 아냐."

노리코는 숨을 죽였다.

"아마 괜찮을 거라 믿어. 하지만 막상 겪어 보지 않고서는 실제로 알 수 없지. 혹시 만에 하나 조금이라도 위험한 일이 생긴다면……."

택시는 오른편으로 물소리를 들으며 달렸다. 그런데 그 소리도 사라지자, 이번에는 한쪽으로 산이 나오고 다른 한쪽으로는 어두운 평원 길이 나왔다. 여관들의 요란한 불빛은 이제 보이지 않는다. 농가의 불빛이 드문드문 외롭게 떨어져 있다.

4

강은 보이지 않게 되었다.

도로가 꽤 높은 지대를 관통하고 있어서 왼편에 있는 평원은 낮고 어둡게 가라앉아 있었다. 그 평원에서도, 그 맞은편에 솟은 검은 산에서도 작은 불빛들이 띄엄띄엄 보였다.

"저 산이 소운잔 산이야."

다쓰오가 왼쪽 창을 가리켰다. 그저 검기만 한 산으로, 어두운 밤하늘 속에 흐릿하게 뭉개진 모습으로 솟아 있다. 오늘 밤은 날씨가 흐린지 별도 없다.

차가 산기슭의 굽이를 따라 돌 때마다 다쓰오는 뒤를 보았다.

노리코도 따라 돌아보았는데 막 지나친 길이 어렴풋하게 뻗어 있을 뿐 뒤로는 검은 산그늘과 하늘만이 남아 있다.
"뭘 보는 거야?"
노리코가 물었다.
"아냐, 아무것도 아냐."
다쓰오는 정면으로 고개를 돌리며 낮은 목소리로 말했다.
그리고 보면 아까 고라에서 내려올 때 뒤에서 헤드라이트가 비치다가 도중에 사라졌다. 자신들과 같은 방향으로 그 부근까지 내려가는 손님이 있는 모양이다. 하지만 역시 이런 외진 곳까지 가는 손님은 적을 듯하다.
내리막길이 시작되고 드디어 오른쪽 산이 다가왔다. 창문을 통해 수림 냄새를 맡을 수 있을 만큼 가까워졌다. 이번에는 왼편에서 강물 소리가 났다.
기사는 등을 보인 채 묵묵히 핸들을 움직였다. 헤드라이트 불빛이 꽤 빠른 속도로 도로를 쓸면서 달려간다.
"여긴 말이야."
다쓰오가 입을 열었다.
"하코네 옛 가도旧街道야. 이 앞에서 옛 관문 터가 나올 텐데."
"그렇구나."
노리코는 창밖을 보았다. 어둠 속 멀리 가느다란 불빛이 흔들리고 있을 뿐, 옷깃 사이로 바람이 스며드는 듯한 쓸쓸함을 느꼈다.
관문 터 같은 건 아무래도 상관없지만, 다쿠라의 아내는 대체 어디에 있는 건지 궁금하다. 여관에 자리 잡고 있는 거라면, 무척 쓸쓸하겠다고 생각했다.

"다쿠라 씨 부인은."

노리코는 기다리지 않고 물어보았다.

"어디 계신 거야?"

다쓰오는 태연히 대답했다.

"바로 저 앞이야. 우리를 기다리고 있을걸."

"흐음."

노리코는 어두운 다쓰오의 옆얼굴을 보았다.

"이 앞에 여관이 있어?"

"있어."

그는 짧게 대답했다.

"모토유바라고 조그만 온천인데, 거기에 소박한 여관 몇 채가 있을 거야."

"이시다와라라는 곳도 있어요, 손님."

이제껏 말이 없던 기사가 불쑥 입을 열었다.

"오, 그런 온천도 있나요?"

다쓰오가 기사의 말에 대답했다.

"네, 거기야말로 진짜 야생 온천이죠. 보세요, 이 길로 가요."

마침 자동차가 그쪽으로 다다랐기에 기사가 오른쪽을 가리켰다. 불빛이 갈림길을 비췄다.

갈라진 조그만 길은 산의 경사면 속으로 불안스럽게 사라져 갔다.

"정말 이런 데도 있네요. 하지만 마을 분들이나 이용하시겠죠?"

"그렇지요."

기사는 다시 두 손으로 운전대를 잡고 말했다.

"외부에서 오신 분들은 잘 모르시죠. 우선 하코네에 이런 길이 있다는 것조차 모르시는 분들이 많으니까요. 미야노시타에서 고라, 고와키다니 코스가 전부라고 알고 계신 분들이 많죠. 하지만 진짜로 하코네의 정취가 있는 곳은 이 옛 가도라고 생각해요."

"이 길을 계속 가면 어디가 나오나요?"

"센고쿠하라에서 나가오 고개를 넘어 고덴바로 나가죠. 그런데 손님 대부분은 거기까지 안 가세요. 거의 다 고지리로 우회하든가 아니면 센고쿠하라의 골프장으로 가죠."

산골짜기를 빠져나오자 갑자기 왼편으로 검은 평원이 드러났다. 저 멀리 어둠 속에서 호텔인 듯한 불빛이 작게 보인다.

"저기가 그 골프장의 호텔이야."

다쓰오가 손으로 가리켰다. 그 불빛만이 작은 장식물 같은 느낌이었다. 그 외의 곳에는 적막한 어둠만이 깔려 있다.

"손님" 하고 기사가 물었다.

"센고쿠하라에 다 왔는데요, 어디다 차를 댈까요?"

"여기에 우체국이 있죠?"

"네, 있지요."

"그 앞에 세워 주세요."

조그만 동네에서 내렸다.

"한 시간쯤은 기다리셔야 될지도 몰라요."

다쓰오가 기사에게 말했다.

"기다리는 시간은 고무줄처럼 늘어나곤 하니까요."
"괜찮아요."
기사가 대답했다.
"어차피 오늘 밤엔 시간이 남아도는걸요. 그럼, 여기다 주차해 놓고 기다리겠습니다."
"죄송합니다."
"아니에요. 저는 차 안에서 좀 자고 있을게요."
기사는 정말로 잘 것처럼 몸을 움직여 자세를 잡았다.
눈앞에 우체국이 보인다. 물론 캄캄한 어둠 속에서 문은 닫혀 있었다. 우체국만 그런 게 아니라 근처 집들도 거진 문을 닫았다. 외진 곳인 만큼 밤도 이르다.
"9시 25분이군."
다쓰오는 손목시계를 가로등에 비춰 보고 말했다.
"고라에서 여관을 나온 게 9시였지. 여기까지 이십오 분 거리네."
"그렇네."
이때 노리코는 다쓰오가 그저 시간을 확인해 봤을 뿐이라고 여겼다. 다른 의미가 있다는 생각은 하지 못했다.
"다쿠라 씨 부인은?"
노리코는 주변을 둘러보았다. 어두컴컴한 만큼 어디에 여관이 있는지 알 수가 없다.
"조금 걸을까."
질문에는 대답하지 않은 채 다쓰오는 걷기 시작했다. 노리코는 여관에 가려는 거구나, 하고 이해했다.

그런데 다쓰오가 걷는 방향은 집이 모여 있는 곳의 반대편이었다. 컴컴한 평원으로 나아가는 좁은 길이다.

"어머."

노리코는 자기도 모르게 걸음을 멈췄다.

"그쪽으로 가는 거야?"

불안해하며 묻자 어둠 속에서 "맞아, 바로 저기야" 하는 다쓰오의 목소리가 되돌아왔다.

"그쪽에는 여관이 없는데."

노리코는 먼 곳을 쳐다보며 말했다. 멀리 검은 구름 같은 형체가 있고 거기에서 희미한 불빛이 점점이 보일 뿐이다.

"아니, 여관이 아니야."

다쓰오는 계속 걸음을 옮기며 대답했다.

"부인이 올 거야. 우릴 만나러."

노리코가 뭔가 있다고 직감한 것은 이때였다. 이제야 다쓰오의 '위험할지도 모르는 실험'이 실행으로 옮겨지고 있다는 사실을 깨달았다.

만일 곁에 있는 사람이 다쓰오가 아니었다면 노리코는 바로 몸을 돌려 도망쳤을지도 모른다. 다쓰오는 그만큼 인기척이 없는, 온통 컴컴한 어둠 속으로 걸어가고 있었다.

폭이 좁은 길이다. 노리코는 다쓰오에게 바싹 붙어서 걸었다. 이토록 가깝게 그와 몸을 맞대고 걸었던 적은 없다. 하지만 하늘에도 땅에도 어둠이 펼쳐져, 마치 온몸이 새카만 자연 속에 떠 있는 듯한 적막함의 밑바닥에서는, 감상적인 생각을 할 여유가 없었다.

멀리서 골프장 호텔의 불빛이 조그맣게 보인다. 그곳만이 마치 어둠을 도려낸 창문처럼 빛나고 있어, 기분 나빴다. 길 양옆은 풀밭이나 논인 듯했는데 잘 분간되지 않았다.

다쓰오가 뒤를 돌아보았다.

노리코도 돌아보았다.

방금 지나친 가옥 덩어리가 검은 그림자로 보였는데, 그 집들 사이에서 빛나는 게 흘러가다가 사라졌다. 자동차 헤드라이트 같았다.

"기다리기로 한 택시가 자리를 옮겼나?"

노리코의 말에 다쓰오는 순순히 대답했다.

"그럴지도 모르지."

다쓰오는 거기서 발을 멈췄다. 담배를 꺼냈기 때문에 성냥불을 켜기 위해서인가 싶었는데, 담배에 빨간 불이 붙어도 다쓰오는 그 자리에서 움직이지 않았다.

"리코, 여기서 기다리자."

그가 불쑥 말을 꺼냈다.

"뭐? 이런 데서?"

노리코는 깜짝 놀랐다.

"그러기로 편지로 약속했거든. 지금이 9시 35분이야."

성냥을 켜면서 손목시계도 본 모양이다.

"9시 30분에서 40분 사이에 만나기로 했어. 조금 있으면 부인이 이쪽으로 올 거야."

노리코는 편지에 관해서도, 이런 장소에서 만나는 이유에 대해서도 물어볼 용기를 잃었다. 그만큼 긴박한 공기가 그녀의 가슴을 옥죄었다.

눈앞에는 어두컴컴하기만 한 고원뿐이다. 소리란 소리는 모두 죽어 있다. 구름이 하늘에 낮게 깔려 있는지, 어둠 속에서도 검은 덩어리가 움직이는 느낌이었다.

노리코는 어깨를 떨었다.

"추워?"

다쓰오가 물었다. 숨결이 노리코의 뺨에 닿았다.

"아니."

노리코는 고개를 저었다.

"억지로 참고 있구나."

다쓰오의 손이 노리코의 어깨를 감쌌다. 무척이나 자연스러운 몸짓이었다.

"봐, 떨고 있잖아."

노리코는 어깨에 둘러진 다쓰오의 손에 힘이 들어간 것을 깨달았다. 그리고 자신의 몸이 그의 가슴으로 쓰러지고 있음을 의식했다.

"괜찮아. 겁내지 마."

다쓰오의 낮은 목소리가 귓불에 닿았다.

다쓰오의 힘 안에서 노리코의 상체는 자유를 잃었다. 소리 내어 울고 싶어졌다. 그녀를 에워싼 암흑의 중압 때문일지도 모른다.

어둠 속에서 갑자기 빛이 비쳤다. 전방에서 두 개의 둥근 불빛이 나란히 다가온다.

"왔다."

다쓰오가 목소리를 높였다. 노리코는 숨을 멈췄다.

이내 자동차 엔진 소리가 귀에 들어왔다. 두 개의 불빛은 점차 강렬해졌다.

"이쪽으로."

다쓰오가 노리코의 어깨를 끌어안고 길가로 비켜섰다. 길이 좁아서 자동차 한 대가 겨우 지나갈 수 있을 듯하다.

정면에서 다가오는 자동차 헤드라이트에 눈이 부셨다.

노리코는 그 빛줄기가 당연히 자기들 앞에서 멈추리라 생각했다. 하지만 라이트 빛은 약해지지 않은 채, 조금 속력을 늦춰 이쪽으로 계속 다가왔다. 눈이 부셔서 바라볼 수가 없었다.

빛줄기가 눈앞까지 도달해 바람을 일으키며 옆을 스쳐가려는 찰나였다.

"위험해!"

다쓰오의 목소리와 함께 노리코는 그에게 떠밀려 길가의 어두운 풀숲 위로 뒹굴었다. 곧이어 다쓰오도 쓰러졌다.

5

 어두운 지면에 쓰러진 노리코는 어딘가 단단한 데에 부딪힌 것 같은 충격을 받았다. 얼떨결에 움켜쥔 것은 풀이었다.
 "리코."
 다쓰오가 낮게 외쳤다.
 "아무 소리도 내지 마."
 바로 옆 풀숲에서 들린다.
 "작게 말해. 다쳤어?"
 속삭이는 듯한 음성이었다.
 "아니, 괜찮아."
 노리코는 더 가느다란 목소리로 대답했다. 쾅, 하고 몸이 지면에 떨어졌음에도 다쳤다는 감각은 없다.
 "자동차가 멈췄어."
 다쓰오가 말했다.
 그의 말마따나 자동차는 십 미터쯤 지나서 라이트를 껐다. 사방은 다시 어두워졌다. 그래도 미등에는 자그마한 붉은 불빛 두 개가 들어와 있다.
 "일어서면 안 돼."
 다쓰오가 주의를 줬다. 엎드려서 자동차 쪽을 응시하고 있는 모양이다.
 이것이 다쓰오가 말한 위험한 실험일까. 노리코는 가슴이 심하게 두근거려 손끝이 떨렸다. 다쓰오가 왜 자기를 밀어 풀숲에 쓰러뜨렸는지는 모른다. 자동차 헤드라이트가 눈앞을 지나가던 순간의 일이었다.

  길이 좁긴 했지만, 자동차는 피해 있는 자신들의 바로 옆을 지나갈 터였다. 차에 치일 위험은 없었다. 헤드라이트 불빛이 지나가고 검은 차체의 앞부분이 옆을 막 스쳐 지나가려는 찰나였다. 아무리 생각해도 자신들은 자동차로부터 안전했다.

  그런데 왜 다쓰오는 "위험해!"라고 소리치며 함께 풀 위를 굴렀는지 노리코는 이해가 되지 않았다. 그런데 지금 상황에서는 그에게 질문하는 것도 불가능했다.

  "왔다."

  다쓰오가 여전히 웅크린 자세 그대로 낮게 말했다.

  헤드라이트도, 실내등도 끈 자동차는 시커먼 윤곽만을 어둠 속에 새기고 있었다. 겨우 형태를 알아볼 수 있다. 중형 크라운_{도요타에서 1955년부터 제작·판매하는 승용차 이름} 같았다.

  다쓰오가 왔다고 말한 까닭은 문이 쾅, 하고 닫히는 소리가 들렸기 때문이다. 문이 닫히기 전에 누군가가 차에서 내리는 발소리가 들렸다.

  "절대로 소리 내면 안 돼."

  다쓰오가 마지막으로 속삭였다.

  "나처럼 엎드려서 기어가. 조용히 기어가는 거야."

  다쓰오는 양쪽 팔꿈치와 무릎을 움직여 풀숲을 기어가기 시작했다. 포복 자세로 이동하는 것이다. 풀잎 스치는 소리가 희미하게 들린다.

노리코도 따라 했다. 다쓰오는 요령이 있어 보였지만, 노리코는 그만큼 능숙하게 기어가질 못했다. 그래도 필사적이었다. 스타킹을 뚫고 무릎 아래쪽이 끈적하게 젖었다. 그녀는 온몸을 떨면서 풀 위를 헤엄쳤다.

들킬까 봐 조마조마한 기분이었다. 다행히 구두 소리는 이쪽으로 오지 않았다.

"여기라면 괜찮겠지."

다쓰오가 뒤에 있는 노리코를 향해 속삭였다.

"여기서 가만히 엎드려 있어. 무슨 일이 있어도 소리 내면 안 돼."

노리코는 힘이 빠진 것처럼 그 자리에 멈춰서 엎드렸다. 자동차 그림자가 먼 걸 보고 아까 위치에서 꽤 떨어져 있음을 알아차렸다.

그 자동차 옆에 사람 그림자 하나가 서 있다. 눈이 어둠에 익숙해져 잘 보였다. 목소리가 들린다.

남자다. 목소리는 판단되었지만 무슨 말을 하고 있는지는 알 수 없었다. 기분 탓인지 여자 목소리가 그보다 낮게 들리는 것 같았다. 목소리의 주인공은 보이지 않았다. 여자 목소리는 차 안에서 나오고 있다.

'다쿠라 씨의 부인이다.'

노리코는 직감했다. 여자 목소리를 듣자마자 짐작이 갔다. 다쓰오가 말한 대로 다쿠라의 아내는 자동차를 타고 찾아왔다.

그런데 자동차 옆에 서 있는 검은 형체의 남자는 누구일까. 노리코도 다쓰오의 행동에서 '위험'이 그 남자에게 있음을 느꼈다. 하지만 그가 이제부터 뭘 한다는 것인지.

확실한 사실은 노리코의 눈앞에서 '실험'이 시작되려 한다는 것이다.

저편에서 말소리가 멈추었다. 남자의 검은 그림자가 이쪽으로 걸어온다. 지면을 통해 구두 소리가 전해져 왔다.

갑자기 여자의 목소리가 커다랗게 들렸다.

"하지 마!"

하지만 남자의 검은 그림자는 큰 보폭으로 길을 걸어 풀밭으로 내려왔다.

다쓰오와 노리코가 처음에 쓰러졌던 위치였다.

노리코는 숨을 죽인 채 주시했다.

남자의 검은 그림자가 어두운 밤하늘을 배경으로 풀 위를 엉거주춤하게 걷는다. 자신들을 찾고 있다.

노리코가 자기도 모르게 목에서 소리를 흘릴 뻔한 건, 검은 그림자가 짧은 몽둥이를 손에 들고 있었기 때문이다. 흉기였다.

풀이 스치는 소리가 난다. 구두 소리는 더 가까워졌다. 여기저기 돌아다니고 있다. 분명 이 근처였는데, 라며 찾고 있는 것이다.

남자가 허리를 폈다. 이상하다는 듯이 주변을 두리번거린다. 상대가 사라졌기 때문에 어디에 숨었는지 가늠해 보고 있다. 노리코는 그의 빛나는 눈동자가 이쪽을 보고 있는 듯한 기분이 들어 고개를 숙였다.

퍼뜩 정신이 나서 본능적으로 고개를 들어 보니 다쓰오가 여전히 엎드린 채로 검은 그림자가 있는 곳으로 조금씩 나아가고 있었다.

'위험해.'

노리코는 하마터면 소리를 지를 뻔했다.

남자는 침착하지 못한 모습으로 여기저기 살피며 돌아다니고 있다.

다쓰오는 멈췄다가 기어가고 기어가다가 멈추기를 반복했다. 남자가 이쪽을 향하면 풀 속에 엎드렸다. 그렇지 않을 때만 주의 깊게 애벌레처럼 조금씩 앞으로 나아갔다.

하늘이 새카매 무거운 구름을 연상시켰다. 희한한 일이지만, 조금 멀리 떨어진 인가의 불빛이 아름답게 보였다. 차가운 바람이 조금도 느껴지지 않았지만, 노리코의 떨림은 멈추지 않았다. 이가 딱딱 부딪히는 소리가 조그맣게 났다.

불현듯 먼발치에서 자동차의 헤드라이트 불빛이 비쳤다. 저기에 정차해 있는 차로부터 나온 게 아니다. 훨씬 먼 곳에 검게 뭉쳐 있는 인가 사이에서 빛나고 있다.

남자는 그 빛에 흠칫한 모양이다. 갑자기 움직임을 멈추며 발을 디딘 채 저편의 빛줄기를 바라보았다. 등을 돌린 남자의 모습이 먼 곳에서 비추는 불빛에 거무스름하게 떠올랐다. 점퍼를 입고 있다.

다쓰오가 조용히 몸을 일으켰다. 등이 솟아오르고 무릎이 펴졌다. 노리코가 숨을 죽이고 지켜보고 있을 때 다쓰오가 검은 그림자에게 달려들었다.

"사카모토!"

남자가 튀어오르듯이 움직이기 전에 다쓰오가 그의 등에 부딪쳤다. 남자의 형체가 앞으로 고꾸라지려 하자 다쓰오가 등을 덮쳐 끌어안았다. 몽둥이가 떨어져 나가는 게 보인다.

"제기랄!"

남자가 외쳤다. 몸을 격하게 버둥거렸다.

"사키노냐?"

"그래, 조용히 해."

다쓰오가 고함쳤다.

"뭐! 이거 안 놔!"

상대는 아우성치며 다쓰오와 뒤엉켰다.

'사카모토 고조!'

노리코에겐 그렇게 뜻밖이지 않았다. 반쯤은 예상했기 때문이다.

'다쿠라 씨 부인이 동생을 데려온 건가?'

다쓰오와 나를 죽이기 위해서인가!

사카모토와 뒤엉켜 뒹굴고 있던 다쓰오가 소리쳤다.

"리코! 차 안을 봐. 빨리, 빨리!"

그의 목소리가 노리코의 발에 기운을 불어 넣었다. 여전히 무릎이 후들거리긴 했지만, 그녀는 정차해 있는 시커먼 자동차로 뛰어가기 시작했다.

노리코는 차 문에 손을 댔다. 손가락에 힘이 빠져 생각처럼 잘 열리지 않는다. 겨우 문을 열었다.

뒷좌석에 사람이 앉아 있었다. 어두워서 잘 안 보였지만 여자가 분명하다.

"기사 아저씨!"

전세차 운전 기사는 눈앞에서 벌어진 엄청난 사건에 놀라 얼어 있었다.

"실내등 좀 켜 줘요!"

노리코의 헐떡이는 목소리에 기사가 퍼뜩 몸을 움직여 스위치를 켰다.

차 안이 환해졌다.

여자가 좌석에서 미끄러져 내릴 듯이 앉아, 등을 기댄 채 잠들어 있다.

노리코는 그 얼굴을 보았다. 움직임이 없다는 걸 깨닫기 전에 여자의 얼굴을 보고 충격에 빠졌다.

"아, 하타나카 씨!"

눈을 의심했다. 그러나 틀림없다. 아이치 현 이누야마의 시골 농가에서 만난 하타나카 젠이치의 여동생이었다.

노리코는 크게 소리 질렀다.

"사키노 씨, 죽었어!"

다쓰오보다 먼저, 사카모토 고조가 뒤엉켜서 구르고 있던 곳에서 일어나 달려왔다.

청년은 노리코를 밀쳐내고 차 안을 들여다보더니, "아!" 하고 탄성을 질렀다.

이내 부인에게 달려들어 몸을 흔들었다.

"아주머니, 아주머니!"

하타나카 젠이치의 여동생은 흔들릴 때마다 푹 떨군 목을 맥없이 움직였다.

"아주머니, 아주머니!"

사카모토 고조는 외치면서 울부짖었다.

앞에서 헤드라이트가 다가왔다. 빛이 이쪽 차 안을 흔들흔들 비추며 움직인다. 사카모토 고조의 그림자와 죽은 여자의 그림자도 격하게 흔들렸다.

"리코."

어느샌가 다쓰오가 뒤에 와 있었다.

"알았지, '다쿠라의 부인'이 누구였는지?"

사카모토 고조의 오열이 커졌다.

"하타나카 젠이치의 여동생이었어!"

노리코는 아직 뭐가 뭔지 알 수 없어 멍하니 서 있었다.

"그래, 이누야마에서 자기가 만난 여자야. 다만 다쿠라의 진짜 아내는 아니야."

"진짜 부인은?"

"이 년 전에 죽었어."

"뭐?"

"아키타에서 돌아오는 기차 안에서 들었을 거야. 시오자와 부근의 산간 건널목에서 기차에 뛰어들어 자살한 사람이 있었다고."

"……."

노리코는 여전히 이해가 되질 않았다.

저편에서 다가오는 헤드라이트 불빛이 점점 강해지더니, 십 미터쯤 앞에서 멈추었다.

탁, 하는 소리가 나며 문이 닫히고 인영이 달려왔다. 강한 빛으로 인해 그의 모습이 역광을 받아 떠올랐다.

시라이 편집장이었다.

"사키노!"

편집장이 외쳤다.

"편집장님!"

다쓰오가 달려가서 그의 어깨를 끌어안으며 맞이했다.

"하타나카 씨가 자살했어요."

"뭐?"

시라이의 발이 우뚝 멈추었다.

"어, 언제?"

"지금 막 차 안에서 돌아가셨어요. 청산가리를 삼킨 게 아닌가 싶어요."

시라이는 뛰어오르듯이 차 앞으로 달려갔다.

차 안을 들여다보고, 웅크려서 울고 있는 청년의 굽은 등을 발견했다.

"사카모토 군인가."

쥐어짜낸 듯한 목소리로 외쳤다.

"결국 이렇게 됐구나!"

다쓰오가 그 말을 듣고 깜짝 놀라더니 잠시 후 고개를 숙였다.

마치 사죄하는 것 같은 모습이었다.

어두운 불빛

1

 미야노시타 방면으로 두 대의 자동차가 어두운 하코네의 옛 가도를 천천히 달려갔다.
 뒤차에는 노리코와 다쓰오가 타고 있다. 앞에는 십 미터쯤 간격을 두고 빨간 미등이 보인다. 헤드라이트 불빛이 앞에 달려가는 자동차 뒤창을 비추었다.
 창 구석으로 시라이 편집장이 보인다. 사카모토 고조는 조수석에 앉아서 뒷모습은 보이지 않았다. 구석에 앉은 시라이의 옆자리에는 죽은 하타나카 젠이치의 여동생이 누워 있을 것이다. 시라이는 하타나카 젠이치의 여동생 구니코의 머리를 자기 무릎 위에 올려놓고 있었다.
 노리코는 아직 심장의 격렬한 두근거림이 멎질 않았다.
 코앞에서 목격한 충격적인 광경에 눈앞이 캄캄해지고 입술이 떨렸다.

"청산가리를 삼켰어."

다쓰오가 말했다.

"방심했어. 사카모토와 엉켜 있는 동안 하타나카 씨는 가져온 독극물을 입에 넣은 거야. 오블라투_{녹말로 만든 얇은 종이 같은 것}로 정확히 치사량을 포장해서 언제든지 삼킬 수 있게 준비했겠지."

노리코는 아직 하타나카의 여동생이 다쿠라를 죽인 범인이라는 사실을 납득하지 못했다. 감정으로도, 논리로도 실감하지 못했다. 소 울음소리가 퍼지는 노비 평야의 농가에서 본 그녀의 얌전한 얼굴만이 현실로부터 부상하여 떠오를 뿐이었다.

창밖으로 어두운 바람이 스친다. 옆으로 다가온 검은 산그늘이 천천히 움직이고 있다. 앞서 달리는 미등의 빨간 불빛 두 개가 마치 쓸쓸한 의식의 표식처럼 보였다.

"시라이 편집장님이 조금만 더 빨리 오셨다면."

다쓰오가 말을 꺼냈다.

"자살을 막을 수 있었을지도 몰라."

하지만 하타나카 구니코가 다쿠라를 죽인 진범이라면, 그녀의 자살을 막는 것이 다행인 일일지 불행한 일일지 알 수 없다.

"시라이 편집장님은 우리가 여기서 그분을 만난다는 걸 알고 계셨어?"

노리코는 넋 나간 얼굴로 물었다.

"응, 알고 계셨어."

다쓰오는 앞을 보며 대답했다.

"내가 사원 여행 회의에서 하코네를 선정했을 때부터 나의 진짜 계획을 알고 계셨어. 그래서 우리가 여관을 빠져나왔을 때 우리 차를 따라오셨지."

노리코는 고라를 나올 때 본 뒤쪽의 헤드라이트 불빛과, 여기에 도착했을 때 멀리서 흘끗 보이던 빛을 상기했다.

"그렇다면 편집장님도 하타나카 씨가 범인이라는 걸 알고 계셨어?"

"물론이야."

다쓰오가 대답했다.

"알고 있었다기보다는 누군가가 알려 줬어."

"누가?"

"하타나카 구니코 씨."

"어머나."

노리코는 다쓰오의 얼굴을 보았다. 뭐가 뭔지 전혀 이해되지 않았다.

"편집장님과 구니코 씨 사이에 그런 연락이 오간 거야?"

"다쿠라가 11일 저녁 8시쯤 외출했다가 여관으로 돌아와서, 재밌는 아베크족을 봤다고 말했잖아."

"응."

"그 아베크족이 시라이 편집장님과 하타나카 구니코 씨였어."

"정말?"

노리코는 눈을 동그랗게 떴다. 11일 밤에 편집장은 하코네에 왔던 건가. 하지만 12일 낮에 아사코 여사의 원고가 아직 완성되지 않았다고 회사에 연락했을 때, 시라이 편집장은 확실히 사무실에 있었고 전화기를 통해 지시를 내리지 않았는가. 노리코는 그 목소리를 들었다.

"그건 말이지, 편집장님은 그날 밤 도쿄에서 하코네로 내려가 하타나카 구니코 씨를 만난 뒤, 다음 날 아침 일찍 도쿄로 올라온 거야."

노리코의 의문에 다쓰오가 대답했다.

"11일에 하타나카 구니코 씨가 하코네에 와 있었다는 거야?"

"맞아, 그리고 12일 밤, 슌레이카쿠 사람들에게는 다쿠라의 아내인 것처럼 행세하며 그를 만나 말다툼을 벌인 뒤, 나중에 함께 맥주를 마셨을 때 거기에 수면제를 탄 거야."

노리코는 점점 더 사정이 이해되지 않았다. 다쓰오에게 처음부터 순서대로 물어보는 수밖에 없다.

"난 하나도 이해가 안 돼. 사키노 씨가 왜 하타나카 구니코 씨를 주목하게 됐는지, 거기서부터 설명해 줘."

다쓰오는 고개를 끄덕였다.

자동차는 언덕길에 접어들었다. 전방에서 고라의 불빛이 어두운 밤하늘을 배경으로 어렴풋이 빛난다.

앞차의 미등이 조금씩 흔들리면서 달렸다.

"이른바, '다쿠라 부인'에게 의심을 품게 된 건······."

다쓰오가 나지막이 말하기 시작했다.

"다쿠라 부인의 소재를 도저히 알 수 없었기 때문이야. 다쿠라의 유골을 가지고 아키타로 돌아갔다는데, 리코도 조사하러 가서 발견했던 대로. 그런 흔적은 전혀 없었잖아. 뿐만 아니라 발송한 가재도구는 누군가의 손에 의해 처분되었고. 숨어 있다고 하더라도, 여자 혼자서 이렇게 오랫동안 숨어 있을 수는 없어. 그래서 혹시 어딘가에 집이 있는 게 아닐까 의심하게 됐지."

"……."

"그래서 후지사와에 가서 만일을 위해 이웃에게 물어봤더니, 부인을 두세 번밖에 못 봤다더군. 다쿠라는 별거중이라고 했대. 그가 후지사와로 이사 온 지 일 년 반밖에 안 됐지만, 근처 사람들은 그가 별거중이라고 믿었지. 호적등본상 다쿠라 요시코라는 아내가 엄연히 존재하고 있으니까 조리가 통하긴 한 거야."

노리코는 다쓰오의 이야기를 듣고 있을 뿐이었다.

"그때 생각난 것이 살해당한 기노시타의 기차표였어."

다쓰오는 계속 설명했다.

"12일 밤, 트럭을 타고 미야노시타를 지나가던 사카모토와 기노시타는 어떤 식으로든 다쿠라의 죽음에 연루되었을 거야. 그리고 사카모토에겐 심야편 트럭 교대 운전사가 기노시타였던 게 불행이었지."

"잠깐만."

노리코가 말을 막았다.

"하타나카 구니코 씨와 사카모토는 어떤 관계였던 거야?"

"그건 뒤에 가서 얘기해 줄게. 복잡하니까 일단은 하타나카 구니코 씨와 사카모토가 서로 관련이 있다는 것만 이해해 줘, 괜찮지?"

"좋아."

노리코는 그렇게 대답하는 수밖에 없었다.

"그래서 사카모토 고조와 같은 트럭에 탄 기노시타가 어떤 굉장한 일을 보았거나, 도움을 준 거지. 그 일로 나고야 지점에 한 시간 반 늦게 도착해서 질책을 들었고, 해고까지 당해도 이유를 말할 수 없었어."

다쓰오가 말을 이었다.

"그런데 기노시타는 우연히 말려들었을 뿐 처음부터 자신과는 관계가 없는 일이었지. 기노시타 입장에서는, 그처럼 중대한 일을 숨겨 주다가 해고를 당했으니 뭔가 보상을 받지 않으면 우스운 꼴이 되겠다고 여겼을 거야. 처음에는 사카모토도 어떻게든 돈을 구해서 기노시타를 달랜 게 분명해. 하지만 가난한 사카모토가 언제까지나 그의 요구를 들어줄 수는 없었어. 그래서 기노시타는 사카모토가 아닌 다른 누군가를 협박하러 갈 작정으로 기차표를 구했지."

"……."

"전에 자기와 기차표의 행선지를 놓고 상상해 본 적이 있잖아?"

"응, 그랬지."

노리코는 기억을 떠올렸다.

"그때 이 사건과 관련이 있는 곳으로 아키타의 고조노메, 하마마쓰, 도요하시, 도쿄 등을 떠올렸지만 단 한 곳, 아이치 현의 이누야마를 빼먹었어."

"그렇지만 거기는……."

"맞아, 이번 사건과 직접적인 관계는 없는 곳이야. 아키타는 다쿠라 부인의 고향이고, 하마마쓰와 도요하시는 각각 무라타니 여사와 그 집 가정부와 연관이 있지. 이누야마는 그저, 하타나카 젠이치의 집이 거기에 있을 뿐, 사건과 관계가 없어. 하지만 리코가 그곳에 조사하러 간 적이 있잖아."

다쓰오는 어조에 조금 힘을 실었다.

"처음에는 관계가 없어 보여서 문제 삼지 않았지만, 문득 의심이 들더군. 그러다가 다쿠라 부인의 나이와 리코가 얘기한 하타나카 젠이치 여동생의 나이대가 비슷하게 겹친다는 사실을 깨달은 거야."

"……"

"아까 말한 것처럼 다쿠라 부인이 혼자 힘으로 이렇게 오랫동안 숨어 지냈다면, 여관에 묵고 있거나 누군가에게 신세 지고 있는 게 아니라 자기 집에 있지 않을까 상상해 보았어. 거기에 하타나카 젠이치의 여동생이 기묘하게 겹쳐 보였고. 그때 또 떠오른 게 하타나카의 여동생이 외지에서 돌아왔다는 점이야. 그리고 다쿠라도 한때 외지에서 살았지."

다쓰오는 말을 이었다.

"물론 다쿠라 부인과 하타나카 젠이치의 여동생이 동일 인물이라는 가정이 성립하려면 진짜 다쿠라 부인을 말소시키고, 별거중이라지만 가끔 후지사와에 위치한 다쿠라의 집에 나타난 여자를 하타나카의 여동생으로 상정해야겠지. 하지만 진짜 다쿠라 부인도 호적상으로 엄연히 생존해 있단 말이야."

이게 아리송한 점이었다.

"실종을 고려해 볼 수 있지. 실종이라도 신고하지 않는 한 호적상에는 그대로 남아 있어. 실종, 생사불명, 어딘가에서 사망했지만 신원불명으로 남은 상황, 이런 식으로 따져볼 수 있겠지."

여기까지 들은 노리코는 순간 가슴에 다가오는 게 있었다. 언젠가 다쓰오는 시골을 거닐고 왔다며 빙긋 웃었다. 분명히 노리코가 아키타에서 돌아온 후였다.

"그리고 리코가 아키타에서 돌아왔지. 그때 나에게 무슨 이야기를 해 줬는지 기억해?"

"어떤 모르는 남자가 고조노메에 나타나서 가재도구를 처분했다는 것 말이야?"

"그거 말고, 있잖아. 리코가 기차를 타고 돌아올 때 에치고의 시오자와 부근에서 이 년 전 신원불명의 중년 여자가 기차에 뛰어들어 자살했다는 얘기를 들었다고 했잖아."

"앗."

노리코는 엉겁결에 목소리를 높였다.

"그게, 그게 그랬던 거야?"

"응, 그 이야기를 듣고 시오자와까지 갔어. 그리고 관청에 들러서, 그 자살자는 여전히 신원 불명이라는 사실과, 유서는 따로 없었지만 도쿄 사람 같았다는 점, 얼굴이 엉망진창이라 알아볼 수는 없었지만 대략적인 추정 연령을 듣고 왔어."

노리코는 숨을 죽였다.

"리코, 대담한 상상일지도 모르지만 난 그 자살자가 진짜 다쿠라 요시코라고 생각했어."

차가 기가 방면으로 들어섰다. 여기서부터 미야노시타까지는 여관 불빛으로 환하게 빛났지만, 차는 고라로 향하지 않고 오다와라를 향해 재빠르게 언덕길을 내려갔다.

2

미야노시타를 지나자 자동차는 구불구불한 도로를 내리달렸다. 헤드라이트는 모퉁이를 돌 때마다, 절벽 가장자리에 설치한 난간이나 수목과의 급경사를 하얗게 드러내며 흔들린다.

하타나카 구니코의 사체와 사카모토 고조, 시라이 편집장을 태운 자동차는 여전히 빨간 미등을 밝히며 앞서 달렸다.

이 길은 밤에도 오고가는 자동차가 많다. 밑에서는 끊임없이 눈부신 헤드라이트가 올라온다. 택시가 많지만 트럭도 적지 않다.

무거운 짐을 산처럼 실은 심야편 트럭이 헐떡거리며 올라간다. 곁을 지나칠 때 보니 젊은 남자 두 명이 타고 있다. 다른 한 명은 열심히 전방을 주시하고, 한 명은 핸들을 돌리며 무거운 트럭을 끌고 가듯이 몰고 있다.

노리코는 그 모습을 보고 사카모토 고조와 기노시타 가즈오를 떠올렸다. 그들도 그날 밤, 이 길에서 저들처럼 트럭을 몰았다.

"그때 열차에 뛰어들어 자살한 사람을 다쿠라 요시코라고 한다면……."

다쓰오가 이야기를 이어갔다.

"그날 밤 하코네의 여관에 찾아왔던 다쿠라의 아내라는 사람은 누구였을까. 그 사람은 이전부터 후지사와에 있는 다쿠라의 집을 여러 차례 드나들어, 이웃 사람들이 다쿠라의 아내라고 여기게 했지. 실제로 다쿠라 자신도 별거중인 아내라고 했고. 그것만이 아냐. 사건이 일어난 후 그 사람은 오다와라 서에 출두해 담당관에게 다쿠라의 아내라며 당당하게 진술했어."

노리코는 자동차가 속도를 늦춰 커브를 돌아 내려가는 모습을 바라보고 있었다. 그러나 귀는 다쓰오를 향하고 있었다.

"참 대담하다는 생각이 들더군. 어지간히 자신 있지 않으면 다쿠라의 아내로 행세하기는 어려울 거야. 이건 다쿠라에 대해 잘 알고 있는 여자라는 뜻이지."

노리코는 고개를 끄덕였다. 맞는 말이다.

"전에 기차표의 행선지에 대해 얘기했잖아. 기노시타의 목적지가 나고야인지 기후인지 이누야마인지는 확실히 모르겠지만, 아무튼 간에 그는 리코가 만난 하타나카의 여동생을 만나려 했던 게 아닐까, 하고 생각해 봤어. 그러자 하타나카의 여동생 구니코 씨와 다쿠라가 어떻게 연결되는지가 문제가 되었지."

다쓰오는 잠시 말을 끊었다. 이 부분이야말로 노리코가 듣고 싶은 중요한 대목이었다.

"연결되는 게 한 가지 있어."

다쓰오는 천천히 설명하기 시작했다.

"하타나카 젠이치의 문학 그룹에 다쿠라가 있었지. 다쿠라는 당연히 하타나카 젠이치의 여동생을 예전부터 알고 있었을 거라고 생각해. 닛타 가이치로 씨도, 시라이 편집장님도 하타나카의 여동생을 알고 계셨거든.”

"편집장님도?”

노리코는 다쓰오의 옆얼굴을 쳐다보았다.

"그래, 편집장님도 알고 계셨어. 하지만 다쿠라는 그룹 중 누구보다도 하타나카의 여동생을 잘 알았지.”

"증거는?”

"뒤집어 말해 볼까? 하타나카의 여동생은 그룹의 다른 이들보다 다쿠라에 대해 더 잘 알고 있었어.”

"아, 알았어.”

노리코가 말했다.

"구니코 씨는 오빠의 연인을 빼앗은 다쿠라 씨를 머릿속에 새겨 두었던 거야.”

"그래.”

다쓰오는 고개를 끄덕였다.

"하타나카 젠이치의 죽음이 연인을 빼앗긴 충격 때문에 앞당겨졌는지는 모르지만, 적어도 구니코 씨는 다쿠라를 오빠의 원수쯤으로 여기며 원한을 품었겠지. 이는 동시에 다쿠라 역시 구니코 씨를 의식하고 있었다는 뜻이 돼. 그런데 나는, 나중에 이 둘이 그 이상으로 서로를 잘 아는 관계가 되었을 거라고 생각해.”

"그 이상으로?”

"응. 다쿠라의 아내로 행세할 만큼 대담했으니까 말이야. 하코네의 여관 종업원은 이 둘을 철석같이 부부라고 믿었어. 그 말다툼을 부부 싸움이라고 착각했을 정도지. 원래 여관 종업원은 손님들이 부부인지, 그렇지 않은 아베크족인지 몸에 익힌 감으로 알아차리는데, 그렇게 손님들을 겪어 본 종업원조차도 부부라고 생각할 만한 어떤 분위기가 둘 사이에 흘렀던 거야."

"……."

"구니코 씨는 후지사와에 있는 다쿠라의 집에도 몇 번인가 찾아갔어. 다쿠라는 이웃한테 아무렇지 않게 별거중인 아내라고 했고, 그가 태연히 그렇게 말할 만한 관계가 있었을 거야. 구니코 씨가 오다와라 서에 다쿠라의 아내로 출두해 자살이라고 얘기한 자신감과도 통하지."

"하지만……."

"그래. 나도 설마 싶었어. 하지만 사람에게 어디서 어떻게 인연이 생길지는 아무도 모르는 일이야. 난 그 인연이, 하타나카 구니코 씨가 외지에 있었고 다쿠라도 외지에 있었던 시기에 생긴 게 아닐까 생각해."

"그럼 외지에서 같은 지역에 있었던 거야?"

"그렇게 되지. 어디인지는 나도 몰라. 아마 하타나카 구니코 씨가 살다 온 대륙이겠지. 다쿠라의 이력도 조사해 봤지만, 워낙 그런 남자라 어디인지 알 수가 없었어.

이렇게 생각해 보면 리코가 구니코 씨를 만났을 때, 돌아가신 어머니가 집을 찾아온 오빠의 옛 친구에게 창작 노트를 건네줬다는 말은 거짓말이야. 아마 그녀가 귀국한 후에 다쿠라가 찾아와 구니코 씨에게서 빌렸을 테지."

다쓰오는 잠깐 쉰 뒤 말을 이었다.

"그때 다쿠라는 하타나카 젠이치의 소설을 발표해 주겠다, 라는 식으로 말한 게 틀림없어. 그래서 구니코 씨가 오빠의 유고를 건넸겠지. 그런데 다쿠라에겐 어떤 계획이 있었어. 그는 무라타니 아사코에게 노트를 팔아치웠지. 마침 여사가 처음으로 발표한 소설이 좋은 평가를 받았을 때야. 하지만 후속작이 잘 써지지 않아서 괴로워하고 있었지. 인간은 누구나 한두 가지의 소재는 가지고 있어서, 조금이라도 글재주가 있으면 그런대로 현상 공모전에 입상해서 인정받을 수 있어. 중요한 건 그다음이야. 좋은 후속작이 나오지 않으면 또 그런대로 끝나 버리고 말아. 특히 무라타니 씨는 아버지가 문학자로도 식견이 있는 시시도 간지 박사였기에 언론도 그 점을 주목하여 처녀작에 대해 얼마간 후하게 평가해 준 면이 있지."

노리코도 이해할 수 있었다.

"무라타니 아사코 여사는 후속작을 쓰지 못해 애를 먹고 있었어. 자부심이 강하고 누구에게도 지기 싫어하는 성격이었으니까. 모처럼 얻은 신인으로서의 명성을 잃고 싶지 않았겠지. 명성이라고 부를 정도도 아니었는데 본인은 그렇게 여긴 게 분명해. 그 고민을 알아차린 게 다쿠라 요시조였어. 뭐니 뭐니 해도 언론의 정보상 같은 남자였으니, 틀림없이 무라타니 여사의 정체를 잽싸게 눈치챘을 거야. 더구나 교토 시절, 문학 그룹에 참여하여 인연이 깊은 시시도 간지 박사의 딸이야. 이때 다쿠라가 떠올린 게 하타나카 젠이치의 유고인 창작 노트였어. 이걸 여사에게 넘겨서 돈을 벌자고 마음먹었지. 무라타니 아사코 여사는 크게 기뻐했고, 거래가 성립되었어. 그 후에 그녀가 발표한 작품들은 실은 하타나카 젠이치의 노트를 바탕으로 한 것들이야. 아사코 여사가 집필중에 절대로 서재에 사람을 들이지 않았던 이유이기도 하지."

노리코는 잠자코 듣기만 했다. 자동차는 이제야 꾸불꾸불한 도로를 지나 도노사와의 터널에 들어섰다.

"재능이 풍부하다는 말을 들었던 하타나카 젠이치의 유고를 베꼈으니, 아사코 여사의 작품은 호평일색일 수밖에. 그녀의 작품이 타인의 원고를 베꼈다는 사실을 모르고 잡지사들은 지속적으로 원고를 청탁했어. 다행히 하타나카의 유고는 고리짝을 한가득 채웠을 정도라고 하니까 한동안은 청탁을 받아도 어려움이 없었지. 다쿠라도 아사코 여사에게서 돈을 받았을 거야. 당연히 둘만의 은밀한 거래였고. 그대로 일이 잘 풀렸다면 걱정할 게 없었어. 문제는, 하타나카 구니코 씨가 오빠 젠이치의 작품이 언제쯤 햇빛을 보게 될까 기다리고 있었다는 거야."

노리코는 이야기를 듣는 것만으로도 가슴이 울렁거렸다.

"아사코 여사가 오빠의 작품을 도용했다는 걸 구니코 씨가 계속 모를 수는 없지. 얼마간의 시간이 지나자 구니코 씨는 진상을 알게 됐고 이야기를 하기 위해 다쿠라를 몇 번이나 찾아간 게 분명해. 이게 다쿠라의 집에 간 이유일 거야. 그런데 다쿠라는 만만한 인간이 아니라서 상대도 해 주지 않았어. 결국 구니코 씨는 오빠의 옛 친구인 시라이 편집장님에게 호소하러 간 거야."

"편집장님에게?"

"응, 하지만 너무 늦었지. 아마 리코가 아사코 여사를 독촉하러 하코네에 내려가기 전이나 그 후였을걸."

노리코는 숨을 죽였다.

"편집장님도 놀랐을 테지만 안 좋은 상황이었어. 이제 와서 원고를 바꿀 수도 없고. 그 원고만 의지하고 있었기에 대신할 원고가 없었어."

노리코는 당시의 상황을 떠올렸다. 아사코 여사에게 부탁한 원고 외에는 미리 마무리해서 준비해 둔 비축 원고도 없었고, 대신할 만한 원고 또한 하나도 없었다. 교정 마감이 다가오고 있었기에 다른 방도가 없었다. 당시 시라이는 노리코에게 끊임없이 아사코 여사의 원고 완성을 재촉했다.

"시라이 편집장님을 힘들게 했던 또 한 가지는, 여사가 은사의 딸이라는 점이야. 그래서 이번에 부탁한 원고는 둘째치고, 앞으로의 일을 상의하기 위해 하타나카 구니코 씨와 하코네의 여관으로 무라타니 씨를 만나러 갔지. 7월 11일 밤이었어. 아직 무라타니 씨가 미야노시타의 스기노야 호텔에서 묵고 있을 때야. 다쿠라가 말한 재밌는 아베크족은 시라이 편집장님과 하타나카 구니코 씨야. 즉 아베크족 $X^{A \cdot B}$는 그 두 사람이었어."

자동차는 하야카와의 철교를 건너 부드럽게 내려갔다. 속력도 붙었다. 헤드라이트가 앞차의 뒤창을 비추어 시라이 편집장의 등이 떠올랐다.

"그날 밤 시라이 편집장님과 하타나카 구니코 씨와 무라타니 아사코 여사 사이에 얘기가 오갔을 테지. 밤이 너무 늦어서 시라이 편집장님과 구니코 씨는 그대로 스기노야 호텔에 각각 방을 잡고 투숙했고, 편집장님은 일 때문에 아침 일찍 도쿄로 올라왔어. 하지만 그 전에, 아침에 밖에 나가 안개 속에서 다시 한 번 아사코 여사와 얘기를 나눴지.”

“아, 그렇다면…….”

“그래, 리코가 다쿠라라고만 믿었던 사람은 시라이 편집장님이었어. 짙은 안개가 리코의 눈을 속이고 목소리마저 착각하게 한 거야. 하긴 시라이 편집장님과 다쿠라는 몸집도 비슷하고, 떨어진 곳에서 들으면 목소리도 흡사해. 아사코 여사의 노이로제가 시작된 건 그 후부터야. 하타나카 구니코 씨가 스기노야 호텔에 같이 묵고 있다고 생각하니 잠시도 거기에 있기 싫었겠지. 그래서 급히 다이케이소로 옮긴 거야.”

“그럼 내가 안개 속에서 본 다른 한 쌍, 아사코 선생님의 남편 료고 씨와 같이 있던 여자는 누구야?”

“그 여자는,”

다쓰오가 대답했다.

“가정부 히로코 씨야.”

“뭐?”

노리코는 아직 잘 이해되지 않았다. 아니, 묻고 싶은 게 여전히 산처럼 쌓여 있다.

3

말없이 고개를 갸웃거리는 노리코를 보고 다쓰오는 느릿한 어조로 얘기를 계속했다.

"료고 씨의 실종은 처음부터 히로코 씨와의 계획하에 이루어진 일이었어. 11일 밤 리코가 목격한 건 그에 대한 상의를 하고 있었을 때야."

"아, 그럼 료고 씨와 히로코 씨는……?"

노리코는 깜짝 놀랐다.

"그래, 아사코 여사가 알았는지 모르지만, 둘은 몰래 사랑하는 사이였어. 아무튼 아사코 여사는 성격이 아주 강한 아내야. 틀림없이 료고 씨와 히로코 씨는 둘이서만 지낼 수 있는 기회를 기다리고 있었겠지. 그러려면 아사코 여사의 눈에 띄지 않도록 떠나지 않으면 안 돼. 안 그랬다간 아사코 여사가 히스테리를 일으켜 어떤 사단이 일어날지 모르니까.

12일 밤늦게 무라타니 여사가 여관을 나간 후 료고 씨와 히로코 씨가 외출했어. 그건 전부터 계획해 둔 행동일 거야.

료고 씨는 서둘러 오다와라 역으로 가서 기차를 탔어. 히로코 씨는 여관으로 돌아와서 일단 아사코 여사와 도쿄로 올라온 후, 일을 그만두었지. 이렇게 하면 료고 씨와 연락을 주고받고 있다는 걸 여사에게 들키지 않으리라 생각한 거야. 함께 사라지면 저 지기 싫어하는 아사코 여사가 눈치를 채 일이 복잡해지니, 그걸 두려워한 두 사람이 꾸민 공작이었던 거지."

그랬구나. 노리코는 이해가 되었다. 세상에는 여러 가지 일이 있는 법이다.

멀리서 헤드라이트 빛이 보인다. 료고 씨의 실종은 가정부 히로코의 실종과 하나로 녹아들었지만, 저 헤드라이트 불빛처럼 다쿠라의 죽음과는 전혀 관계가 없는 선이었다.

"그래서 지금 두 사람은 어디 있어?"

"도요하시 시 어딘가에서 살고 있어. 사실은 닛타 가이치로 씨에게 부탁해서, 그분이 어디 사는지 알아봐 주셨어."

"닛타 씨에게?"

뜻밖의 인물의 이름이 나오자, 노리코는 눈을 동그랗게 떴다.

"응, 닛타 씨 말로는 둘 다 무척 행복하게 지내고 있대. 이번 사건에서, 두 사람의 이야기는 행복한 결말이 될 것 같아."

다쓰오는 잠시 말을 끊었다. 곁눈질로 노리코를 살펴보며 복잡한 표정으로 웃는다.

"닛타 씨 이름이 나와서 놀란 모양인데, 사실 그분에겐 이것보다 더 중요한 일을 부탁했어. 료고 씨와 히로코 씨에 관해서는 돌아오는 길에 알아봐 주십사 부탁드린 거고."

"중요한 일이라면······."

노리코는 입을 열었다가, 언젠가 도쿄 역에서 여행 가방을 든 닛타 가이치로와 마주친 일을 떠올렸다. 그때 닛타 씨는 교토까지 여행을 간다고 했다. 그는 사키노의 안부를 물으면서 묘하게 싱글싱글 웃었고 무척 유쾌해 보였다.

"닛타 씨의 행선지는 이누야마였어. 하타나카 구니코 씨의 알리바이를 확인해 달라고 부탁드렸지. 7월 12일 전후에 구니코 씨가 집에 있었는지 알아봐 달라고."

노리코는 이제 자신이 어렴풋이 알아차리고 있던 것을 새삼 다시 배우는 듯한 기분이 되었다.

"어째서 닛타 씨에게 그런 부탁을 하게 된 거야?"

"닛타 씨는 감이 좋은 사람이야. 옛날에 교토에서 동인 그룹에 속해 있었고, 하타나카 젠이치와도 아는 사이지. 나는 다쿠라에 대해 얘기하고, 지금까지의 경위를 모두 털어놓은 뒤 부탁드렸어. 구니코 씨를 조사하기에 가장 적합한 인물이라고 생각했거든. 난 그럴 만한 여유가 전혀 없고 말이야. 이 이상은 회사를 쉴 수가 없으니까."

"그래서 닛타 씨를 만났다고 했더니 이상하게 히죽히죽 웃었구나. 이제 알겠어."

노리코는 다쓰오를 가볍게 노려보며 말했다.

"뭐, 그렇게 해서 하타나카 구니코 씨가 사건 당일 이누야마의 집에 없었다는 사실을 알게 됐어. 구니코 씨에 대한 내 의혹이 여기서 완전히 확실해졌지. 하지만 이를 뒷받침해 줄 물적 증거가 전혀 없었어. 그래서 결심했지. 하타나카 구니코 씨와 대면해 보자. 어떻게든 실제로 그녀를 만나서 얘기해 보자. 그렇게 작심하고 편지를 보냈어. 앞으로에 대해 상의하고 싶은 게 있다는 내용으로, 내 이름을 밝히고 시라이 편집장님의 부하 직원이라고 썼지. 구니코 씨가 그 편지를 어떻게 받아들였는지는 몰라. 곧 답장이 오더군. 바로 이 엽서야."

다쓰오는 옷 주머니에서 반으로 접은 엽서를 꺼내 노리코에게 건넸다.

차의 실내등은 흐릿했지만 만년필로 쓴 글씨는 읽을 수 있었다.

"센고쿠하라에서 보기로 한 건 나였어. 만나기로 한 이상, 무조건 센고쿠하라여야만 했지. 그 이유는 뒤에서 설명하겠지만, 이번 사건의 열쇠는 센고쿠하라에 있다고 해도 좋아. 구니코 씨가 그 의미를 눈치챘을지 어땠을지. 아마도 깨달았을 거라고 생각해. 시간은 구니코 씨 쪽에서 정했어. 그게……."

"밤 9시 반에서 40분까지였다는 거네. 꼭 이 시간에 와야 한다고 두 번이나 적었어."

노리코는 엽서를 읽으며 말했다.

"맞아, 내가 이번 현장 검증에서 위험을 감지한 건 그 말 때문이야."

"뭐?"

노리코는 엽서에서 고개를 들었다. 다쓰오의 눈길은 노리코를 향해 있다. 노리코는 허둥거리며 다시 엽서를 읽기 시작했다.

"조금 전에 우린 하마터면 죽을 뻔했어. 기노시타라는 트럭 기사처럼."

"기노시타처럼?"

노리코의 목소리는 쉬어 있었다. 엽서에서 시선을 떼고 앞쪽의 어둠을 바라보며 눈도 깜박이지 않는다.

"응. 어둠 속에서 갑자기 강한 헤드라이트 불빛을 비추고, 운전석에서 몸을 뺀 사카모토가 손에 든 몽둥이로 머리를 강하게 내려치는 거야. 헤드라이트 불빛 때문에 자동차의 정체를 분간할 수 없으니까. 밤에 차가 와서 길 옆으로 비켜 서 있을 때도 자주 경험하는 일이지. 보통 차인 줄 알았는데 의외로 커다란 트럭이어서 지나쳐가는 걸 보고 깜짝 놀라는 경우가 있잖아. 그렇게 헤드라이트로 시선을 빼앗고, 지나갈 때 몽둥이로 내려치는 거야. 서 있는 사람은 빛 때문에 상대방을 볼 수 없어. 우리도 그런 일을 당할 뻔했지. 예상은 했지만, 위험했어."

"……."

노리코는 멍하니 앞을 바라보고 있다. 아까 다쓰오에게 떠밀려 땅바닥에 쓰러진 자신의 모습이 일순 어두운 공간 속에서 떠오르듯이 보였다.

"다쿠라를 죽인 수법도 이와 비슷했어. 구니코 씨는 처음부터 다쿠라를 죽일 작정으로 맥주에 수면제를 타서 먹였어. 잠들었을 때 목을 조르려는 계획이었는데, 수면제를 먹은 걸 모르는 다쿠라가 외출하자 당황해하며 쫓아갔지. 그녀는 미야노시타 부근에서 뜻밖의 장면을 목격했어. 사카모토와 기노시타가 탄 정기편 트럭을 본 거야. 둘이 껴안다시피 해 트럭에 태우려고 하는 사람이 있었는데, 그게 이미 수면제 효과가 돌기 시작한 다쿠라였어. 아마 비틀거리고 있었겠지. 그때, 사카모토한테 사정을 설명하고 다쿠라를 죽이는 데 도움을 빌리자는 생각이 구니코 씨의 머릿속에 떠올랐을 거라고 봐. 애초에 사카모토는 누나를 괴롭히고 자살로까지 내몬 다쿠라 요시조를 증오했고, 가끔 집에 찾아오는 구니코 씨의 신세도 동정하고 있었기에 구니코 씨를 돕기로 했지. 그는 기노시타를 잘 설득해, 다쿠라를 트럭에 태워 센고쿠하라로 데리고 간 뒤 거기서 죽이고, 다시 돌아와 보가시마의 절벽에서 떨어뜨리기로 했어. 이게 내 추측이야. 트럭이 한 시간 반 동안 지연된 점과 센고쿠하라까지 왕복 오십 분이 걸린다는 점이 근거지.

전에 하코네에서 현장 검증을 한 걸 떠올려 보면, 왜 그 자리에서 죽이지 않고 일부러 센고쿠하라까지 이동해서 죽이는 수고를 들였는지 알 거야. 다쿠라의 사체가 발견된 곳은 한쪽이 산, 한쪽이 벼랑으로 되어 있고, 폭 이 미터 반인 마을 길이 구불구불 나 있어. 물론 길에 트럭 타이어 자국도 있었지. 하지만 막다른 곳에 제재소가 있다는 걸 잊어서는 안 돼. 그 마을 길은 좁아서, 트럭이 통과할 순 있어도 도중에 유턴할 수는 없어. 그 길은 일방통행이거든. 되돌아가려면 제재소 공터에서 차를 돌려야 하지만, 제재소 사람들은 사건 당일 밤 모르는 트럭이 오지 않았다고 했어. 그리고 다쿠라는 수면제를 먹었는데, 추락사는 자살 아니면 사고사라고 하기에 안성맞춤이지. 어떻게 해서든 다쿠라를 절벽에서 떨어뜨릴 필요가 있었던 거야. 머리를 강하게 내리쳤어도, 떨어뜨리면 그때 생긴 상처로 착각할 테니 계략대로 되는 거지.

사카모토와 구니코 씨가 다쿠라를 죽이는 계획을 상의하는 데 삼십 분이 걸렸어. 이 시간은 구니코 씨가 다쿠라보다 앞서서 슌레이카쿠에 돌아오기까지 걸린 시간과 일치해. 우선은 여관으로 돌아와서 종업원들에게 자신의 도착을 확인하게 한 다음, 다시 몰래 여관을 빠져나와 강을 건너 다이케이소로 갔고, 케이블카를 타고 올라갔지. 그런 다음 대기하고 있던 사카모토의 트럭을 타고 센고쿠하라로 갔어. 거기서 스패너인지 뭔지로 다쿠라를 가격해서 살해한 뒤 다시 트럭을 타고 미야노시타로 돌아왔지. 그러고 나서 다쿠라의 사체를 절벽 위로 옮긴 뒤 던져 버렸을 거야.

사카모토의 트럭이 한 시간 반 지연된 건 이 때문이야. 구니코 씨는 같은 방법으로, 시치미를 뚝 떼며 슈레이카쿠로 돌아왔지.”

“그럼 사키노 씨는 하코네에 현장 검증하러 왔을 때부터 이미 구니코 씨를 의심했던 거구나.”

다쓰오가 강을 건넌 뒤, 양쪽 여관의 손님이 일일이 케이블카를 타지 않고도 이웃 여관에 갈 수 있다고 한 말을 노리코는 새삼 기억해냈다.

“그런데 나한테는 한마디 말도 없이 혼자 알고 있었어. 정말 너무해.”

노리코의 원망하는 말투에, “이야, 또 시작이군. 리코의 입버릇” 하며 다쓰오는 쓴웃음을 지었다. 노리코는 웃을 수 없었다.

“잠깐만.”

노리코는 가볍게 왼손을 들고, 진지한 얼굴로 말했다.

“사카모토는 처음부터 우리를 죽이기 위해 찾아온 거야?”

“그럴 거야. 내 편지를 보고 구니코 씨는 사카모토와 상의했어. 들통났다는 걸 깨달은 사카모토는 진상을 안 우리를 죽이자고 결심했을 테고, 구니코 씨는 만일의 경우엔 자살할 각오로 찾아왔겠지. 사카모토는 협박하는 기노시타를 죽인 뒤 구니코 씨에게로 도망쳐 왔을 거야.”

노리코는 무릎 위에 올려 놓은 엽서를 손에 들고 다시 한 번 읽어 본 다음, 잠자코 다쓰오에게 돌려주었다.

"대충은 알겠는데 아직 깨끗이 이해되지 않는 점이 몇 가지 있어. 우선 아키타의 고조노메에서 가재도구를 처분한 남자는 대체 누구였지?"

"이누야마에 사는 구니코 씨 사촌 동생의 남편이야. 그 사람은 순박한 시골 아저씨지. 지적이고 교양 있는 구니코 씨를 존경했던 모양이야. 자세한 사정도 모른 채 구니코 씨가 말하는 대로 따랐을 테지. 이건 닛타 씨가 조사해 줬는데, 그 남자가 고조노메 인근 마을 출신이래."

"그랬구나. 난 또 잠시 시라이 편집장님을 의심했어. 편집장님에겐 죄송하지만 회사를 쉰 이유도 명확하지 않고 사키노 씨도 편집장님을 자못 의심스러워하며 신경 썼으니까……."

"편집장님 입장에선 그야말로 대단히 성가셨겠지. 사건이 끝나면 뭐든지 털어놓자고 생각했어. 편집장님은 우리와는 다른 의미에서 고생이 많으셨을 거야."

다쓰오는 '다른 의미'라는 말에 힘을 실었다.

차가 조용히 달리고 있다. 드문드문 떨어진 인가의 불빛이 어둠 속에서 작게 빛난다.

"사키노 씨."

노리코가 말했다.

"또 한 가지 모르는 게 있어. 다쿠라 요시코 씨는 왜 자살했을까?"

"정확한 이유는 나도 몰라. 하지만 이렇게 추론할 수는 있겠지. 요시코 씨는 다쿠라를 사랑하지 않았어. 그녀는 하타나카 젠이치의 연인이었지. 다쿠라를 사랑하기는커녕 오히려 미워했을 게 분명해. 그런데 다쿠라는 사실상 요시코 씨의 남편이야. 그런 다쿠라가 자기를 배신하고 구니코 씨와도 어떠한 관계를 맺고 있음을 알게 됐어. 거기다 자신은 늘 다쿠라에게 학대당하고 있기에, 이런 상황에서 온 절망이 자살로까지 몰아갔을 거라고 봐. 동생 사카모토 고조는 누나의 복수를 하기 위해 증오하는 다쿠라를 살해하는데 협조했을 거야. 하지만 나도 아직 정확하게는 몰라. 요시코 씨와 구니코 씨, 다쿠라 요시조와 하타나카 젠이치, 사정을 아는 이는 모두 죽었어. 죽은 자는 말이 없으니, 진실은 누구도 모르겠지."

다쓰오는 의자에 몸을 깊숙이 파묻으며 천천히 숨을 들이마셨다가 토해냈다. 말하다가 지쳤는지 노리코에게 얼굴을 향하고 입을 다물었다.

멀리서 오다와라 시내의 밝은 불빛이 한덩어리로 보였다. 자동차는 속도를 늦춘 뒤 머지않아 시내로 진입하여 오다와라 서 앞에서 멈추었다.

4

앞차의 미등이 꺼졌다. 오다와라 서 창의 불빛이 길을 비추고 있다.

노리코와 다쓰오가 탄 차도 그 뒤에 달라붙듯이 멈춘 다음 라이트를 껐다.

앞차에서 편집장이 내리며 이쪽으로 손을 흔들었다.

노리코와 다쓰오도 문을 열고 차에서 내렸다.

"사카모토 군을 자수시킬 거야."

시라이 편집장이 갈라진 목소리로 말했다. 창의 불빛으로도 편집장의 초췌한 얼굴을 알아볼 수 있었다. 빛의 가감 때문이기도 하지만, 홀쭉한 볼에 짙은 음영이 고여 있다. 눈은 퀭하고 입술은 바짝 말랐다.

"사카모토 군은 완전히 체념했더군. 자네들을 습격한 대체적인 사정은 차 안에서 들었네. 이젠 상황을 받아들이고 얌전히 있어."

시라이는 둘을 번갈아 보면서 말했다.

"하타나카 구니코 씨는 의자 위에서 조용히 자고 있어. 경찰에 알려서 곧장 병원으로 옮겨야 돼. 어차피 부검해야 할 테니까. 내가 사카모토 군을 자수시키는 동안 자네들이 여기서 하타나카 구니코 씨를 지켜 줘."

"알겠습니다."

다쓰오가 대답했다. 순순히 고개를 끄덕인다. 노리코도 말없이 머리를 숙였다.

"그럼 안심이군."

편집장은 고개를 돌려 차 안을 향해 손짓했다. 풀죽은 청년이 차에서 내렸다. 그의 얼굴 또한 경찰서 창문의 불빛으로 드러났다. 부스스한 머리칼과 뾰족한 턱은 전에 다쿠라 집에서 만난 사카모토 고조의 모습 그대로였다.

시라이 편집장을 따라 서 안으로 들어갈 때, 그가 다쓰오와 노리코를 보았다.

사카모토는 걸음을 잠시 멈추었다. 이쪽을 향해 천천히 고개를 숙였다.

"정말 죄송하게 됐습니다."

다쓰오는 사카모토에게 다가가서 그의 어깨를 가볍게 두드렸다.

"괜찮아. 나도 나중에 면회 갈게."

청년은 그 말을 듣고 또 한 번 고개를 꾸벅거렸다.

"죄송합니다."

울고 있는 듯한 목소리였다.

시라이가 아무 말없이 사카모토의 손을 쥐고 다른 손으로 경찰서 문을 밀었다. 두 사람의 모습이 안으로 사라진 후에도 문이 앞뒤로 흔들렸다. 노리코는 사카모토의 모습이 그대로 영원히 사라져 가는 듯한 기분이 들었다.

다쓰오가 앞에 정차한 자동차 옆으로 다가갔다. 노리코도 뒤를 따랐다. 창문으로 들여다보니 바깥의 먼 불빛이 닿아서 어두운 차 안이 어슴푸레하게 밝았다.

한 여자가 좌석에 누워 있다. 모르는 사람이라면 피곤해서 선잠을 자고 있다고 여겼으리라.

창밖에서 노리코는 머리를 숙이고 합장했다. 다쓰오도 합장했다. 여러 가지 감개가 노리코의 가슴속에서 치솟았다.

"아저씨는 어디서부터 두 사람을 태우고 센고쿠하라로 오신 거죠?"

다쓰오가 낮은 목소리로 기사에게 물었다.

"모토하코네의 영업소에서부터요."

운전기사는 기 죽은 모습으로 대답했다.

"그 젊은 손님과 부인이 센고쿠하라로 가 달라고 해서 9시쯤 출발했어요. 그런데 느닷없이 이런 일이 벌어진 거죠. 깜짝 놀랄 새도 없었어요. 뭐가 뭔지 하나도 모르겠어요."

그렇다면 하타나카 구니코와 사카모토 고조는 미리 하코네에 온 뒤 시간에 맞춰 차를 빌린 것이다. 기사는 주변을 두리번거렸다.

"조금만 참아 주세요."

다쓰오가 위로하며 부탁했다.

"보시다시피 돌아가신 분이 타고 계시잖아요. 죄송한데 병원까지 조용히 운전해서 가 주실 수 없을까요?"

"그래야죠."

기사가 대답했다. 흘러가는 상황을 보았기에 반쯤 체념한 모양이다.

오다와라 서에서 경관 세 명이 허둥거리며 나왔다. 두 사람은 사복 차림이었다.

"이분인가."

경관이 창을 통해 차 안을 들여다보았다.

"맞습니다."

그 말에 다쓰오가 대답했다.

"저희도 관계자입니다. 어느 병원으로 가는지는 모르겠지만, 저희도 돌아가신 분과 함께 가게 해 주세요."

사복 경찰 두 명이 다쓰오와 노리코를 보더니, "관계자라면 좋습니다" 하고 승낙했다.

이때 다시 현관문이 열리며 시라이 편집장이 나왔다. 다른 경관이 옆에 따르고 있다. 주위가 갑자기 어수선해졌다.

하타나카 구니코의 사체를 ××병원으로 이송한 뒤, 검시하기 전에 일단 영안실에 안치해 두었다.

죽은 자의 얼굴은 아름다웠다. 노리코가 노비 평야의 농가에서 이야기를 나눴던 바로 그 얼굴이다. 전등은 침침하고, 방 안에서는 풀 내음이 나고, 소는 울고 있었다. 오빠 사진을 보여 주고 친절하게 얘기해 준 사람이었다.

돌아갈 때는 어두운 밤의 논길을 제등으로 비춰 주며 안내해 주었다. 온통 논으로 둘러싸인 일대에서, 덩그러니 홀로 흔들리며 오솔길을 나아가던 그 제등 불빛이 아직 눈에 남아 있다.

노리코는 여기에 눈을 감고 있는 하타나카 구니코가 아직도 제등을 들고 있는 듯한 기분이 들었다.

노리코는 자신의 빗으로 구니코의 머리를 빗겨 주었다. 갑자기 눈물이 쏟아졌다. 다쓰오가 앉아서 그 모습을 보고 있었다.

어딘가를 다녀온 시라이 편집장이 경찰관을 대동하고 들어왔다.

"하타나카 구니코 씨의 몸에서 유서가 나왔어."

시라이 편집장이 노리코와 다쓰오에게 알려 주었다.

"방금 경찰한테서 받아서 내가 먼저 읽었네. 자네들도 읽어 봐."

시라이는 제법 두툼한 봉투를 내밀었다.

"리코가 먼저 읽어."

다쓰오가 노리코에게 유서를 양보했다.

"그럼 읽어 볼게."

노리코는 금방이라도 덜덜 떨 것 같은 손가락으로 봉투에서 유서를 꺼냈다. 편지지 수십 장 분량은 되는 글이었다. 깨끗한 글씨체로, 조금도 흐트러짐이 없었다.

이런 결과가 되리라고 생각해서 이 글을 씁니다. 이누야마에서 하코네로 출발하기 전날 밤에 쓰고 있습니다. 어떤 분이 읽게 될지 대강 짐작하고 있습니다. 그러니 다쿠라 요시조와 저의 관계부터 밝혀 두지 않으면 안 될 겁니다. 제 오빠는 죽었고, 이름은 하타나카 젠이치라고 합니다. 교토의 대학에서 시시도 간지 선생님으로부터 문학적 영향을 받았습니다. 그 무렵 많은 동료들이 있었는데 그중에는 시라이 료스케 씨와 닛타 가이치로 씨 등이 계셨습니다. 학교 친구는 아니어도 언제부턴가 이 문학 그룹에 참여하게 된 남자가 있습니다. 다쿠라 요시조입니다. 그는 대학생이 아니라, 무언가 다른 일에 종사했던 것 같습니다. 다쿠라는 다른 학생들과는 그다지 깊게 사귀지 않았는데, 오빠인 하타나카 젠이치와 마음이 잘 맞아서 친하게 지낸 모양이었습니다. 이때 오빠에게 애인이 생겼습니다. 아시다시피 그분은 사카모토 요시코 씨입니다. 오빠와 사카모토 씨는 서로 깊이 사랑했습니다. 하긴 이건 교토에서의 일이라 시골에 살던 저는 자세한 내막은 모릅니다. 가끔 집에 온 오빠에게서 이야기를 들었을 뿐입니다.

연애는 파국으로 끝났습니다. 사카모토 요시코 씨가 다른 남자에게 갔기 때문입니다. 다쿠라였지요. 다쿠라는 오빠와 요시코 씨 사이를 이해해 주는, 두 사람의 좋은 친구 같은 얼굴을 하고 있었습니다. 그러나 도중에 요시코 씨를 좋아하게 되어 오빠로부터 빼앗아 간 것입니다. 다쿠라의 성격으로 보아 어떻게 빼앗았는지 상상이 갑니다. 부끄럽기 짝이 없지만 나중에 저 역시 그의 비겁한 수단에 의해 강제로 그의 말을 따르게 되었으니까요.

하지만 이건 나중의 일입니다. 그때만 해도 오빠가 왜 실연당하게 되었는지 알 도리가 없었습니다. 교토에서 시골로 돌아온 오빠는 힘없이 하루하루를 보내다가, 얼마 안 있어 병을 앓아 세상을 떠났습니다. 요시코 씨를 빼앗겼다는 실의가 오빠의 죽음을 재촉했음은 말할 필요도 없습니다. 오빠는 시시도 선생님과 동료들로부터 문학적인 재능을 인정받은 듯했습니다. 세상을 떠났을 때는 몰래 적어 놓은 소설 초고 노트가 고리짝 가득 들어 있었을 정도였습니다.

오빠가 죽은 뒤 사진 한 장이 나왔습니다. 과거 연인이었던 오빠와 요시코 씨의 사진으로, 그분의 어린 남동생도 함께 찍혀 있었지요.

그런데 사진 뒤에 적어 놓은 촬영자의 이름이 검게 지워져 있었습니다. 초보자가 찍은 사진이었기에 오빠 친구가 찍어 준 사진일 텐데, 오빠가 그 이름을 지워 놓았다는 건 이상했습니다. 요시코 씨를 빼앗은 남자의 이름이 틀림없다고 짐작하는 데는 긴 시간이 필요하지 않았습니다. 물론 제가 다쿠라 요시조라는 이름을 알 리는 없었습니다. 이름을 알게 된 건 나중의 일입니다.

저는 결혼했습니다. 남편은 관리였습니다. 결혼하고 오륙 년 후 저희 부부는 남편의 일 때문에 만주의 어느 지역에 가게 되었습니다. 그런데 거기에 우연히 다쿠라가 와 있던 겁니다. 아니, 저는 다쿠라는 몰랐지만, 부인인 요시코 씨의 얼굴을 보고 깜짝 놀랐습니다. 사진 속 오빠의 연인, 사카모토 요시코와 똑같이 생긴 게 아닙니까. 요시코 씨의 동생 고조도 함께 있었는데, 사진 속 앳된 얼굴 그대로였습니다.

그분이 사카모토 요시코 씨임을 확실히 알았을 때 제가 얼마나 놀랐는지 상상해 주세요. 다쿠라 일가는 제 이웃에 살았습니다. 어느 날 저는 요시코 씨를 살짝 불러 물어보았습니다. 요시코 씨도 깜짝 놀라 그 사실을 인정했습니다. 저는 오빠를 위해 요시코 씨를 모질게 책망했습니다. 요시코 씨는 눈물을 흘리며 사과했습니다. 다쿠라와의 결혼은 결코 자신의 뜻이 아니었고, 현재의 결혼 생활은 불행하며, 지금도 오빠를 잊지 못한다고 했습니다. 저는 그 얘기가 빈말이나 거짓이 아님을 깨달았습니다. 저는 요시코 씨를 용서했고, 동시에 동정했습니다. 그녀의 불행한 결혼 생활을 눈앞에서 목격했기 때문입니다. 그 무렵 제 남편은 감기가 심해져 폐렴에 걸렸고, 한 달 만에 세상을 떠났습니다.

요시코 씨는 이국땅에 홀로 남은 저를 불쌍히 여겨 어떻게든 도와주려고 하셨습니다. 고조도 친동생처럼 저를 따랐습니다.

그렇게 두 사람과 잘 지내는 동안, 다쿠라는 제가 하타나카 젠이치의 여동생이라는 사실을 알게 되었습니다. 아마 요시코 씨가 무심코 말해 버렸을지도 모릅니다. 어찌 된 영문인지는 몰라도, 그 이야기를 들은 다쿠라는 갑자기 저에게 흥미를 보였습니다. 이리저리 말을 걸다가 제가 방심한 틈에 폭력으로 저를 굴복시켰습니다. 너무나 분해 하루하루 울며 지냈습니다만, 여기에 그때의 마음을 적을 만한 자리는 없군요. 제 가슴은 죽은 남편에 대한 가책과 요시코 씨에 대한 미안함으로 가득 차 있었습니다.

다쿠라는 아직도 오빠를 생각하는 요시코 씨에게 앙갚음(실제로 다쿠라는 오빠 일로, 툭하면 요시코 씨를 때리고 차며, 학대했다고 합니다. 그걸 직접 목격해 온 고조는 누나를 괴롭히는 다쿠라에게 증오를 품기 시작했습니다)을 하고 오빠에 대해 자기 나름대로 복수하기 위해, 제게 그런 짓을 했던 것 같습니다. 그런데 남편을 잃은 공허함에서인지, 어리석은 저는 고통스러워하면서도 요시코 씨 몰래 다쿠라와 여러 번 밀회를 거듭했습니다. 한번 그런 관계가 되면 여자라는 것은 그만큼 무르고 애처로워지는 존재인 것인지요. 다쿠라는 비웃으며 저를 장난감처럼 가지고 놀았습니다. 소심하고 얌전했던 남편에 비해 정력적인 다쿠라에게 제 몸이 끌렸던 걸까요. 제가 서둘러 만주에서 귀국한 이유는 남편이 세상을 떠난 마당에 만주에 남아 있을 의미가 없었던 것도 있지만, 이런 관계를 더 이상 견딜 수 없었기 때문입니다. 이누야마에 자리 잡고 어느덧 세월이 지나 그때의 일이 잊힐 즈음 다쿠라가 불쑥 저를 찾아왔습니다. 그날의 놀라움을 지금도 잊지 못합니다…….

다쿠라가 저를 찾아온 까닭은 제가 여자로서 두려워했던 이유 때문이 아니었습니다. 다쿠라는 오빠 젠이치의 창작 노트를 넘기라고 요구했습니다. 원래 오빠와 친했으니, 오빠가 몰래 작품을 써 왔다는 것을 알고 있었습니다.

다쿠라는 젠이치의 재능을 꼭 세상에 인정받게 하고 싶다, 소설로 완성시키는 것은 다른 사람에게 부탁하겠지만 작가의 이름은 반드시 하타나카 젠이치로 발표할 것이다, 라고 열성적인 얼굴로 말했습니다. 그러는 한편, 만주에서 자기와의 관계를 입 다물고 있기를 바란다면 이건 당연한 요구라며 비웃음을 흘리기도 했습니다. 저는 그게 무서웠습니다. 결국 그의 말에 넘어갔지만, 한편으로는 기대하기도 했습니다. 오빠의 재능이 세상에 알려진다면야, 그렇게 생각하고 다쓰오의 말대로 고리짝에 가득 들어 있던 초고를 건네주었습니다. 저는 다쿠라가 했던 말이 실현되기를 기다렸습니다. 그러나 잡지에 오빠의 이름은 등장하지 않았습니다. 다쿠라가 그렇게 말했어도, 잡지에 그리 간단히 실릴 리가 없다고 저도 포기했습니다. 꽤 시간이 지난 후, 우연히 오빠의 소설이 무라타니 아사코라는 여류 작가의 이름으로 발표되고 있음을 알았습니다. 물론 오빠의 이름은 어디에도 나와 있지 않았습니다. 다쿠라가 무라타니 씨에게 원고를 판 것입니다. 그의 간계에 속았음을 깨닫고, 저는 그가 준 명함에 쓰인 주소지, 후지사와에 위치한 그의 집으로 가서 따졌습니다. 하지만 다쿠라는 말을 이랬다저랬다 바꾸며 얼버무릴 뿐, 전혀 결말이 나지 않았습니다. 그렇기는커녕, 만주에서처럼 강제로 관계를 갖게 되었습니다.

(요시코 씨와는 이미 별거중이라 다쿠라는 혼자였습니다. 요시코 씨의 불행을 생각하며 제 몸을 저주하고, 저는 그때 자살까지 결심했습니다.)

다쿠라의 집에서 요시코 씨의 남동생인 사카모토 고조와도 만났습니다. 요시코 씨에 대한 일은 고조에게서 자세히 들었습니다. 누나를 사랑하는, 마음이 여린 고조는 다쿠라를 몹시 증오했습니다. 서로 마음을 터놓고 얘기한 적은 없지만 둘 다 암묵적으로, 다쿠라에게 같은 증오를 품고 있다는 사실을 이해했습니다. 저는 그 후에도 두세 번 다쿠라를 만나 강하게 비난했지만 아무 반응이 없었습니다. 그는 그때마다 얼버무리기 일쑤였습니다. 그래도 체념하지 못하고 네 번째로 다쿠라의 집을 찾아갔을 때였습니다. 뜻밖에도 다쿠라는 집에 없었습니다. 이웃 주민이 들려준 얘기로 하코네에 갔다는 것을 알았습니다. 하코네엔 무슨 일로 갔지? 저는 어찌할 바를 몰랐습니다. 자세한 내막을 들으려 해도, 고조 또한 출근한 상태여서 알지 못했습니다. 하는 수 없이 집에 돌아가려 했을 때, 오빠의 옛 친구이자 같은 문학 그룹에 속해 있던 시라이 씨를 문득 떠올렸습니다. 다쿠라로부터 시라이 씨가 요코샤라는 출판사에서 문예 잡지 편집장을 맡고 있다고 들은 적이 있습니다.

저는 바로 시라이 씨에게 전화를 걸었습니다. 11일 오후 4시쯤이었습니다. 사정을 이야기하고 시라이 씨의 힘을 빌리고 싶었습니다. 시라이 씨는 제가 하타나카 젠이치의 여동생이라는 말을 듣고 무척 놀란 모양이었습니다. 근처 찻집까지 와 준 시라이 씨에게 모든 사정을 털어놓았습니다. 시라이 씨는 숨을 멈추고, 새파랗게 질린 얼굴을 했습니다. 오빠의 창작물이 무라타니 씨의 작품으로 쓰였고, 그 작품들을 이제까지 몇 번이고 자신의 잡지에 실었으니 놀라는 것도 무리가 아니겠죠. 아니, 다른 잡지들과 언론이 속고 있었다는 게 되지요. 제가 다쿠라를 쫓아 하코네로 갈 작정이라고 덧붙이자, 시라이 씨는 잠시 아무 말도 하지 않다가 쉰 목소리로, 나도 같이 가겠다, 무라타니 씨도 하코네에 있으니까, 라고 말했습니다. 만날 시간을 정하고 찻집에서의 이야기는 끝이 났습니다. 하지만 무라타니 씨도 하코네에 있다는 시라이 씨의 말이 이상하게 신경 쓰였습니다. 혹시 다쿠라는 무라타니 씨를 만나러 하코네에 간 게 아닐까. 오빠의 창작 노트를 팔러 갔을 뿐만이 아니라, 무라타니 씨와도 어떤 특별한 관계를 맺은 게 아닐까 싶었습니다. 다쿠라는 요시코 씨와 나뿐만이 아니라, 무라타니 아사코라는 여자에게까지 손을 뻗치고 있다, 오빠의 노트를 먹이 삼아 무라타니 씨와도 불륜을 저지르고 있다, 는 직감이 들었습니다. 속이 부글부글 끓어올랐습니다. 연인인 요시코 씨를 빼앗겼을 뿐만이 아니라 지금은 그 창작물까지 도둑맞은 오빠의 원한을 가슴에 새기고, 저는 그날 밤 늦게 시라이 씨와 오다 급행을 타고 하코네로 향하면서 몰래 마지막 결심을 했습니다.

 스기노야 호텔에 일단 자리를 잡은 뒤 시라이 씨는 곧장 무라타니 아사코 씨를 만나러 갔습니다. 다쿠라에 관한 문제는 그다음이라고, 시라이 씨가 몇 번이나 다짐을 놓았기에 저는 호텔에서 기다렸습니다. 얼마 안 있어 돌아온 시라이 씨에게 결과를 물어봐도 시라이 씨는 아무런 대답도 해 주지 않았고, 오늘 밤은 여기서 묵자고만 하고 곧 주무셨기 때문에 그날 두 사람이 어떤 이야기를 나눴는지는 알 수가 없었습니다.

 이튿날 아침 일찍, 시라이 씨는 밖에서 무라타니 씨와 마지막으로 상의해 보겠다며, 때마침 짙게 내려앉은 아침 안개 속으로 걸어갔습니다. 밖에서 얘기하기로 한 이유는, 아마 무라타니 씨의 남편이 같은 호텔에 있었기 때문이겠지요. 얘기가 잘 안 풀렸다는 사실은, 이윽고 여관으로 돌아온 시라이 씨의 충혈된 눈에서도 감지할 수 있었습니다. 저는 흥분이 되어 가만히 있을 수가 없어서, 그날 밤 8시쯤 무라타니 여사를 만나러 가자고 결심했습니다(시라이 씨는 이야기가 어떻게든 매듭지어질 것 같으니, 나에게 맡겨라, 내가 연락할 때까지 어디에도 나가지 말고 기다려라, 하신 뒤 그날 오전 도쿄로 돌아가셨습니다).

 그런데 무슨 까닭인지 무라타니 씨는 스기노야 호텔에서 나와 다이케이소 여관으로 숙소를 옮겼습니다. 아마도 제가 같은 호텔에 투숙하고 있는 게 불편했던 거겠죠. 가스가 여관에서 묵고 있던 다쿠라도 여관을 바꿔, 그 옆의 슌레이카쿠로 옮겨 갔다는 것을 알자 더욱 격렬한 분노가 솟구쳤습니다. 저도 스기노야 호텔을 나와 슌레이카쿠의 전용 케이블카를 타고 내려가 종업원에게 다쿠라의 방을 물어봤습니다. 종업원한테는 다쿠라에게 알리지 말라고 하고, 그의 아내라고 밝힌 뒤 바로 방으로 안내하게 했습니다. 아내라고 거짓말을 한 게, 의외로 다른 일에서도 잘 먹히더군요. 다쿠라와의 말다툼(실제로는 다쿠라가 쌓아온 불신과 무라타니 여사와의 불륜을 비난하고, 오빠의 소설에 대한 책임을 확실히 지게 하기 위해 싸웠던 것입니다)도 부부 싸움처럼 보였고, 나중에 경찰서에서도 제가 다쿠라의 아내라고 믿어 주었습니다.

친구의 연인을 빼앗고, 그 여동생을 폭력으로 따르게 하더니, 거기에 아직 만족하지 못하고 친구의 창작 노트를 속여서 가져간 뒤, 그걸 먹이로 무라타니 씨와도 관계를 가졌다. 제게는 이 다쿠라라는 남자를 죽여야 한다는 진지한 용기가 생겼습니다. 저는 맥주를 주문하고 다쿠라가 화장실에 간 사이에 미리 준비해 둔 수면제를 다쿠라의 컵에 넣었습니다(경찰서에서 했던 증언은 모두 거짓입니다. 맥주를 주문한 건 저였고, 화장실에 간 것은 다쿠라였습니다. 수면제는 제가 평소 복용하던 약입니다). 잠이 들면 죽일 작정이었는데, 뜻밖에도 다쿠라는 맥주를 마신 뒤 외출해 버렸습니다. 예상치 못한 일이어서 잠시 당황했지만 일단 다쿠라의 뒤를 쫓았습니다. 다쿠라가 타고 올라간 케이블카가 다시 내려오길 기다린 다음, 이윽고 국도로 나가 다쿠라를 찾아 미야노시타 쪽으로 걸어갔습니다. 그러자 정차해 있는 트럭 한 대와, 뒤엉켜 있는 듯한 두 명의 검은 그림자가 눈에 띄었습니다. 다가

가 본 뒤 깜짝 놀랐습니다. 고조가 다쿠라를 부둥켜안다시피 하며 트럭에 태우려 하고 있었던 겁니다. 고조도 저를 보고 놀랐습니다. 고조는 헤드라이트 빛 속에서 다쿠라를 발견했는데, 많이 취한 것 같아 가까운 여관까지 데려다 주려고 했다고 얘기했습니다. 이 트럭은 나고야로 향하는 심야편으로, 운 좋게도 마침 미야노시타를 지나는 중이었습니다. 고조의 품에 안긴 다쿠라는 의식이 거의 사라져 가고 있었습니다. 제가 다쿠라를 놔 두라고 했지만, 고조는 다쿠라에게 수면제를 먹였다는 데서 저의 살의를 꿰뚫어 보았습니다. 다쿠라를 죽이고 싶은 건 자기도 마찬가지라면서, 아주머니, 저도 도울게요, 라고 말했습니다. 저는 고개를 끄덕이는 수밖에 없었습니다. 우리는 급하게 계획을 세웠습니다. 다쿠라를 절벽에서 떨어뜨려 자살로 위장하자. 발견되었을 때를 염두에 두고 미리 뒤통수를 때려 죽여야 한다. 그렇게 하면 머리에 난 상처는 추락했을 때 생긴 상처로 여겨져, 일석이조가 된다. 다쿠라를 죽이는 장소로는, 사람이나 차가 오지 않고 트럭으로 지나가 본 적이 있는 한적한 센고쿠하라로 하자. 저희는 그렇게 정했습니다. 저는 범행 시각 때의 알리바이를 만들기 위해 일단 슈레이카쿠로 돌아간 뒤, 몰래 빠져나오기로 했습니다. 조수석의 기노시타라는 청년(고조가 그렇게 불렀습니다)이 마음에 걸렸지만 고조가 어떻게든 설득하기로 하고, 저는 그대로 여관으로 돌아왔습니다.

저에게 슈레이카쿠의 케이블카는 더없이 좋은 알리바이를 제공해 주었습니다. 저는 더욱 확실하게 종업원에게 제가 돌아온 걸 확인시키고, 남편은 마작 권유를 받아 지인이 숙박중인 여관에 갔다고 얘기해 두었습니다.

방에 들어오자마자 창문을 열고 밖으로 나왔습니다. 정원을 빠져나와 강을 건너서 두 여관 사이의 담을 넘은 뒤, 옆 다이케이소에 가서 그곳 전용 케이블카를 타고 국도로 나갔습니다. 예상한 대로 다이케이소의 케이블카 담당자는 제가 자기 여관에 묵는 손님이라고 착각했습니다(아까 무라타니 씨를 찾아갔을 때 한시라도 빨리 다쿠라를 만나자는 생각이 들어, 일일이 케이블카를 타지 않고도 슈레이카쿠에 갈 수 있는 방법은 없을까 하고 궁리했던 경로를 떠올린 것입니다).

국도로 나오자 이미 고조의 트럭이 와 있었습니다. 트럭에 탄 다쿠라는 자고 있었습니다. 거기서 센고쿠하라까지는 기노시타라는 청년이 운전을 맡았습니다. 고조는 그가 도와주기로 했다고 알려준 뒤, 현재 제가 살고 있는 이누야마 집의 주소를 자세히 물었고, 저는 가는 길 등에 대해 설명해 주었습니다(이때 기노시타 씨는 저희의 대화를 듣고, 저에게서 돈을 뜯어낼 작정이었습니다).

센고쿠하라에 도착해 인가가 없는 곳에서, 다쿠라를 껴안아 차에서 내렸습니다. 그런 다음 제가 다쿠라의 머리를 내려쳤습니다. 스패너를 휘둘렀습니다. 힘이 너무 들어가 스패너와 다쿠라가 쓰러진 풀밭에 피가 조금 튀었습니다. 기노시타가 구둣발로 풀을 짓이긴 뒤, 기름을 닦는 천으로 스패너를 닦아냈습니다.

다시 보가시마로 되돌아왔습니다. 라이트를 끈 뒤 트럭을 국도에 세워 두고, 고조와 기노시타가 다쿠라의 사체를 마을 길의 절벽으로 옮긴 후 그곳에서 떨어뜨렸습니다. 마을 길은 폭이 좁아서 트럭을 타고 가기엔 곤란했습니다.

그러는 동안 한 시간쯤 걸렸을까요. 저는 그들과 헤어지고 나서, 아까 빠져나왔던 길을 거꾸로 되짚어 슌레이카쿠로 돌아왔습니다. 그리고 나서 이튿날 경찰서에서 다쿠라의 아내로서 거짓 증언한 후 이누야마로 내려갔습니다.

시라이 씨에겐 편지로 모든 상황을 전해 드렸습니다. 시라이 씨의 말을 따르지 않은 데 대해, 적어도 사과를 드려야겠다고 생각했기 때문입니다. 시라이 씨는 놀라셨겠지요. 시라이 씨는 답장에서 회사의 부하 직원들이 사건에 관심을 보이고 있다. 이제는 자신도 막기 힘들 정도까지 접근했다. 한동안 집에서 몸을 숨기고 있으라고 하셨습니다.

저는 설마 이누야마까지 찾아올까 싶어 안심하고 있었는데, 얼마 안 있어 시라이 씨의 부하 직원인 여자 편집자분이 닛타 씨(닛타 가이치로 씨도 오빠 젠이치와 같은 그룹이었습니다)의 소개장을 들고 저를 찾아왔습니다. 다쿠라가 왔을 때보다 더 놀랐습니다. 추적하는 손길이 뻗어왔다는 걸 직감했습니다. 태평한 시골 여자라는 인상을 심어 주려고 하면서, 머릿속으로는 재빨리 이리저리 계산해 보았습니다. 전혀 아무것도 모른다고 하면 오히려 의심을 받을 위험이 있다고 생각해서, 먼저 오빠의 작품이 실린 옛 동인 잡지를 보여 주고, 기억이 난 것처럼 사진을 꺼내 보여 주었습니다. 그때 제가 한 이야기 중에는 거짓말도 있지만 오빠에 관한 이야기는 사실입니다. 이 정도는 상관없겠지, 하고 입에 담은 말이 제 명을 재촉하리라곤 전혀 생각해 보지도 못했습니다. 사진을 가져오겠다고 하고 한참을 기다리게 하는 동안 저의 계산에 착오가 있지는 않나 확인했는데도 말입니다…….

그날 이후 이누야마에서의 제 생활은 불안의 연속이었습니다. 어떻게든 이누야마에서 다른 곳으로 주의를 돌려야겠다 싶어서, 요시코 씨의 이름을 빌려 아키타의 고조노메로 가재도구를 보내기로 했습니다. 마침 고조가 경찰의 추적을 두려워하여 저의 집으로 도망쳐 왔기 때문에, 다쿠라가 살던 집을 정리하기에 더없이 좋은 기회로 여겼습니다. 사촌 동생에겐 고조가 지인의 아들이라고 말해 뒀습니다(나중에 고조한테서, 이번 일로 실직한 기노시타가 저희 집으로 돈을 뜯으러 가려는 걸 알고 뒤쫓아가, 라이트로 눈을 못 뜨게 한 뒤 스패너로 때려죽였다는 말을 들었을 때는 정말 미칠 것 같았습니다). 게다가 고조노메 인근 마을에는 사촌 동생 남편의 본가가 있어서, 그에게 핑계를 대고 가재도구를 처분하러 가 달라고 부탁했습니다. 사촌 동생의 남편은 소박한 성격으로, 사정을 모른 채 제 부탁을 들어주었습니다. 이 일은 시라이 씨의 충고를 따른 것입니다. 시라이 씨는 어떻게든 이 일이 사건을 추적중인 부하 직원들에게 발각되지 않게 하려고 고심하셨습니다. 옛 친구의 여동생에 대한 우정 때문이었습니다.

시라이 씨는 이누야마의 저희 집에 오셔서 선후책을 고민해 주셨습니다. 저도 8월 중순에 도쿄로 상경해 회사로 전화를 걸어,

시라이 씨를 불러내 만났습니다.

제 오랜 불안이 마침내 현실이 되는 날이 다가왔습니다. 닛타 씨가 불쑥 이누야마의 저희 집에 찾아오셨습니다. 저한테 지나가는 말처럼 7월 12일쯤에도 한 번 찾아왔는데 제가 없어서 못 만났다고 하셨습니다. 사촌 동생이 닛타 씨에 대해선 아무 말도 하지 않았기 때문에 닛타 씨의 얘기는 틀림없이 거짓이라고 생각했습니다. 하지만 이미 저는 절망하고 있었습니다. 저는 그저, 그때 집에 없었다고만 대답했습니다. 닛타 씨도 그 이상 깊게 물어보려 하지 않고, 아, 그랬군요, 하고 웃으셨습니다.

닛타 씨가 찾아오고 사흘이 지나서 두툼한 편지 한 통을 받았습니다. 제 앞으로 보낸 편지였는데, 발신인은 사키노 다쓰오 씨였습니다. 저는 그 이름의 의미를 몰랐지만, 편지를 읽고 모든 것을 알게 되었습니다.

편지에는 이번 사건에 대한 추리가 순서대로 적혀 있었습니다. 말미에 이 사건에 대해 꼭 저와 이야기하고 싶은 게 있으니 만나 달라면서, 센고쿠하라를 약속 장소로 지정했습니다.

아, 센고쿠하라—. 저는 모든 게 끝났음을 알아차렸습니다. 사키노 다쓰오 씨는 시라이 씨의 부하 직원이라고 밝혔습니다. 그 문장을 읽었을 때 저는, 이런 부하 직원을 데리고 있는 시라이 씨는 부러운 분이라고 생각했습니다. 제 마음은 차분하게 가라앉았습니다.

고조에게는 편지를 보여 주지 않을 작정이었습니다. 그런데 어느 사이엔가 곁에 온 고조가 편지를 낚아채 읽어 버렸습니다. 고조는 제기랄, 죽여 버리겠어, 라며 크게 흥분하고 편지를 내동댕이쳤습니다. 겉으로는 그런 고조를 따랐지만, 저는 속으로 자살을 각오했습니다.

약속 시간은 저보고 정해 달라고 해서, 고조와 상의한 후 9시 반에서 9시 40분, 장소는 지정한 대로 센고쿠하라로 하기로 했습니다. 고조는 다쿠라와 기노시타를 죽였을 때와 같은 수법으로 사키노 씨도 죽이겠다고 했습니다. 그래서 답장에 시간을 엄수하라고 재차 덧붙였던 것입니다.

센고쿠하라를 약속 장소로 지정받은 이상, 그곳에서 어떤 일이 기다리고 있을지, 너무나 잘 알았습니다. 그런 만큼, 이상하리만치 흥분한 고조를 보니 가슴이 미어질 것 같았습니다. 마음이 여린 고조를 여기까지 내몬 사람은 바로 저입니다.

매우 격분한 고조가 사키노 씨를 죽이겠다고 했어도, 성공할 거란 생각은 들지 않습니다. 이처럼 면밀한 추리로 저에게 다가온 사키노 씨가 무방비 상태로 센고쿠하라에 나타날 리가 없다고 보기 때문입니다. 머리를 쓸 줄 아는 사키노 씨에게, 완력밖에 없는 고조는 승부가 되지 않습니다. 분명 질 테지요.

또 만에 하나 고조가 성공한다고 해도 다시 살인을 저지르는 게 됩니다. 이번에는 경찰의 추적에서 도망치지 못합니다. 고조는 어찌 되든 간에 파멸할 겁니다.

저는 예전부터 자살할 때가 다가오고 있음을 막연하게 예감했습니다. 그 최초의 발소리를 들은 건, 젊은 편집자분이 이누야마에 찾아왔을 때입니다. 오빠의 사진을 건네고 오빠에 대한 이야기를 하면서도 내심 떨고 있었습니다. 밤의 논두렁길에 제등을 비추며 그분을 배웅해 드렸습니다. 버스가 와서 밝은 창문 안에 그분의 모습을 담고, 국도를 달려 사라졌을 때는 눈물이 났습니다. 불안하거나 죄의식을 느껴서가 아니라 이를테면, 내 생명은 이제 길지 않구나, 라는 쓸쓸함 때문이었습니다.

두 번째 발소리는 좀 더 크게 들렸습니다. 친구를 만나러 간다면서 7월말에 이누야마를 떠난 고조가 다시 창백한 얼굴로 제 앞에 섰을 때였습니다. 그는 기노시타를 죽였다고 울음 섞인 목소리로 말했습니다. 이때 제 절망이 뚜렷한 죽음의 형태를 띠었습니다.

마지막 발소리는 사키노 씨의 편지였습니다. 이 편지는 제게 죽음을 준비하라고 알려 주었습니다.

사키노 씨에게 답장을 보낸 뒤, 같은 책상에서 이 유서를 씁니다. 아마도 사키노 씨와 시라이 씨가 첫 번째로 열어 보시겠지요. 그래서 두 분을 수신인으로 적었습니다. 고조는 저의 결심을 모릅니다. 사키노 씨를 죽이면 아주머니(저를 말합니다)도 자신도 안전하다고 얘기합니다.

고조도 다쿠라를 죽인 일에 죄의식을 느끼지 않습니다. 그는 누나가 어딘가에서 자살했을 거라고 합니다. 다쿠라에게 심하게 학대받은 뒤 실종된 누나의 복수를 했다고 생각합니다.

고조는 이렇게 말했습니다. 사키노 씨는 미야노시타 방면에서 센고쿠하라로 올 게 분명하다. 우리는 먼저 모토하코네에 들렸다가, 고지리 방면에서 센고쿠하라로 가자. 모토하코네에서 차를 대절하자. 그 자동차의 헤드라이트를 최대한으로 밝히면, 약속 장소는 길이 좁으니 자동차 라이트를 본 상대방이 길가로 피할 게 분명하다. 자동차는 그 바로 앞에서 속력을 늦추고, 상대는 안심하게 된다.

하지만 라이트 때문에 상대는 눈이 부셔서 자동차의 종류는 분간하지 못합니다. 실제로 헤드라이트가 지나가기 전까지는 그게 승용차인지, 트럭인지, 대형 오토 삼륜차인지 알지 못합니다. 하물며 어떤 사람이 흉기를 들고 열린 창 밖으로 몸을 내밀고 있더라도 시계에 들어오지 않습니다. 고조는 불빛이 일으키는 이 현혹을 이용할 거라고 말했습니다. 좁은 길가에 우두커니 서 있는 상대방의 곁을 지나치는 찰나 정수리에 일격을 내리친다는 것입니다.

그리고 차를 세우고 내려와, 쓰러진 상대방을 재차 가격해 죽일 거라고 얘기했습니다. 아주 잘될 것 같다고 자신 있게 말했습니다. 그 계획을 들으니 가능성이 있어 보였습니다. 직접 길가에 서서 실험해 봤는데, 실제로 라이트 불빛이 지나갈 때까지는 자동차의 종류를 분간하기조차 어려웠습니다. 제가, 그렇다면 고용한 기사는 어떻게 하냐고 묻자, 적당한 곳에서 몸을 묶어 놓고 잠들게 하여 도망칠 시간을 벌겠다고 대답했습니다. 유치한 발상이지요. 거기서 택시를 잡아 타고 도주하더라도, 경찰에게 추적 단서를 제공하는 것과 다름없으니까요.

그래도 저는 고조가 하자는 대로 따랐습니다. 그에겐 자수하려는 의지조차 없었고, 제 입으로 경찰에 신고할 수도 없었습니다. 이럴 바에는 그의 계획대로 실행하고 실패하게 만들어서 경찰이 체포할 계기를 만드는 게 나을 듯합니다. 고조는 다쿠라 사건에서는 방조범일 뿐입니다. 다쿠라를 죽인 범인은 저입니다. 다만 고조에게 기노시타를 죽인 죄가 가중되겠지만, 동기가 동기인 만큼 사형을 받지는 않겠지요. 이 이상 중죄를 더하게 하고 싶지 않습니다.

유서치고는 너무 길었습니다. 다시 읽어 볼 기력조차 없어 흐트러진 문맥은 알아서 헤아려 주시기를 부탁드립니다.

밤이 밝아옵니다. 몇 번째인지 모를 닭이 울고, 이웃에서는 아침 기상이 이른 농부들의 목소리가 들립니다. 제 책상 서랍에는, 아는 약국(농약을 구입하니까요)에서 얻은 청산가리 봉지가 귀중한 약처럼 보관되어 있습니다. 지금 이 유서를 쓰고 봉지를 꺼내 열어 보았습니다만, 백설탕이나 아스피린을 보고 있는 듯할 뿐 조금도 두려운 마음이 들지 않습니다. 어두운 바람이 부는 센고쿠하라의 풀밭 위에서 이것을 먹게 될까요?

여러분의 행복을 위해 기도드립니다.

하타나카 구니코

5

아침 10시가 넘어 노리코와 다쓰오는 오다 급행을 타고 도쿄로 향했다.

노리코는 간밤에 거의 잠을 못 잤다. 유모토의 여관에 도착했을 때 새벽 1시가 지났다. 경찰관이 참고인으로서 사정을 신문하기도 했다. 반쯤은 하타나카 구니코의 장례를 치르듯 밤을 새는 기분이었다.

다쓰오도 늦게 돌아온 모양이다. 도노자와 여관에서 숙박한 다쓰오가 아침 일찍 전화를 걸어 왔다. 그때 도쿄로 올라갈 시간을 정했다.

이 급행 열차는 이른바 로맨스 카였다. 신혼인 게 분명한 부부 몇 쌍이 어깨를 찰싹 붙이고 앉아 있다.

노리코는 흥분해 있어서인지 조금도 졸립지 않았다. 다쓰오도 옆에서 담배만 피운다.

노리코는 하타나카 구니코 씨의 유서를 화제로 올리고 싶지 않았다. 너무나도 감정이 생생하다. 시간이 더 지나서야 차분하게 얘기할 수 있으리라. 지금은 하타나카 구니코의 유서와는 관계가 없는 의문을 물어보기로 했다.

"사키노 씨, 이번에 여러 모로 기대를 가지게 했잖아? 꽤나 거드름 피우면서."

노리코는 가능한 한 밝은 목소리로 말했다.

"아직 앙심을 품고 있는 건가."

다쓰오도 미소를 보였다.

"거드름 피우려 했던 건 아니지만, 리코에게 일일이 얘기해 줄 수가 없었어. 사실 내 추론에 자신이 없었거든. 예를 들어, 다쿠라의 부인은 이미 죽었을 거라 생각했지만 확증이 없었어. 기노시타의 차표에서는 이누야마를 떠올리고, 나이가 비슷한 하타나카 구니코 씨를 의심하기 시작했지만, 리코처럼 신경이 예민한 사람에게 함부로 아무 추측이나 털어놓을 수 없었어."

"그 위험한 실험의 장소로 센고쿠하라를 택한 이유는 뭐야?"

"다쿠라는 보가시마의 절벽에서 누군가에 의해 떠밀려 죽은 게 아니라는 추정 때문이야. 그 마을 길은 좁았어. 사카모토가 탄 트럭이 헤드라이트를 켠 채 지났다면 다쿠라는 당연히 길가로 피했을 거야. 처음엔 그때 창문에서 흉기를 내밀어 내려친 게 아닐까, 라고 추측했는데……."

"아, 그건."

노리코는 기억을 떠올렸다.

"저번에 무라타니 선생님이 입원한 병원에 갔다가 돌아올 때, 좁은 길에서 버스 두 대가 힘들게 스쳐지나갔잖아. 그때 다쿠라가 어떻게 살해당했는지 알았다고 했는데, 거기서 힌트를 얻은 거야?"

"기억하고 있네."

다쓰오는 끄덕였다.

"실은 그래. 간신히 트럭 한 대가 지날 수 있는 그 좁은 마을 길을 떠올렸어. 살해 수법을 알아냈다고 느꼈지만, 그다음이 풀리지 않았지. 리코와 두 번째로 하코네를 찾았을 때, 사카모토의 트럭이 마을 길을 지나가지 않았다는 사실을 알았어. 이거 난감하다고 생각했을 때 트럭이 지연된 시간이 갑자기 기억난 거야. 우리는 그 트럭을 어딘가에 세워 놓았을 거라고만 의심했는데, 실은 그렇지가 않았지. 나는 트럭이 중간에 다른 곳에 다녀온 뒤, 다시 출발했을 수도 있다고 생각했어. 어딘가를 다녀왔다면 그건 다쿠라를 죽이기 위해서라고밖에 볼 수 없어. 그렇다면 살해 현장은 다른 곳인 게 아닐까 싶었지."

기차는 소리를 내며 다마가와 철교를 건너갔다. 다쓰오는 계속 말했다.

"전후의 여러 가지 작업을 포함해, 다쿠라를 죽이는 데 삼사십 분은 필요했어. 트럭은 나고야에 한 시간 반 늦게 도착했지. 한 시간 반에서 삼사십 분을 빼면, 오십 분에서 한 시간이 남아. 미야노시타에서 트럭이 갈 수 있는, 원래 가야 했던 길이 아닌 방향이라면 센고쿠하라에서 고지리 방면으로 가는 길밖에 없어. 왕복에 약 한 시간 걸리고, 사람을 죽이기에 좋고, 어두운데다 인가가 멀리 떨어져 있는 곳이라면 일단 센고쿠하라를 떠올릴 수 있지. 거기는 주변이 널찍한데다가 길은 좁으니까."

"추리가 딱 들어맞은 거네."

"그래도 끝까지 자신이 없었어. 추리라고 해도 어디까지나 어림짐작이니까. 구니코 씨에게 편지를 보내고 답장이 올 때까지 스스로도 미덥지 않았어."

"사카모토 군이 창문 밖으로 우리에게 흉기를 휘두를 거라는 것도 알고 있었어?"

"기노시타를 살해한 방법을 추측해 보면, 같은 방법으로 당할 것 같다고 예측이 돼. 그래서 리코가 멍하니 있지 않도록 위험할 거라고 경고한 거야."

"불빛이 눈앞을 지나가는 순간 갑자기 사키노 씨에게 떠밀려서 놀랐어."

"그보다도 사카모토가 몽둥이를 들고 숨어 있는 우리를 찾아다녔을 때가 더 무서웠지?"

"맞아!"

그때를 떠올리며 노리코는 겁에 질린 눈을 했다.

"정말 숨이 멎는 줄 알았어."

열차가 다마가와 강을 건너자 점점 활기찬 도쿄 시가지가 보였다.

"구니코 씨의 유서를 읽고 나서야, 비로소 편집장님의 고충을 알았어. 사키노 씨는 편집장님이 범인의 수하인 것처럼 크게 의심했겠지만."

"당연히 이쪽 눈에는 그렇게 비쳤지. 시라이 편집장님은 계속 범인을 감싸기만 했어. 처음에는 우리가 대단한 활약은 하지 않으리라고 얕보시다가, 조금씩 형세가 불안해지자 불길을 끄려고 열심이셨을 거야. 사정을 모르는 우리한테는 이상하게 보이는 게 당연했지."

다쓰오는 쓴웃음을 지었다.

"회의에서 하코네로 사원 여행을 가자고 사키노 씨가 억지를 부렸을 때는?"

"그때는 대충 사정을 알았기 때문에, 반드시 시라이 편집장님이 우리를 따라 현장에 나타날 거라고 예상했어. 실제로도 그랬지. 편집장님에겐 정말 죄송한 짓을 한 것 같아. 편집장님께서 오다와라서에서 사정 청취를 마치고 도쿄로 올라오시면 다시 사과드릴 거야."

다쓰오는 후회할 때 짓는 온순한 표정이었다.

"아직 이해 안 되는 부분이 있는데. 그럼 12일 밤에 편집장님은 역시 하코네에 계셨던 거야?"

"아, 아까 편집장님에게 들었어. 11일 저녁에 구니코 씨와 하코네에 내려가, 스기노야 호텔에서 묵으셨다더군. 이튿날 아침 일찍 리코에게 다쿠라로 착각당했을 때, 아사코 여사를 만나고 도쿄로 돌아오셨대. 구니코 씨가 걱정이었지만, 잡지를 내버려둘 수도 없으니까. 그날 밤 다시 스기노야 호텔로 구니코 씨를 찾아갔는데, 그때 구니코 씨는 다쿠라를 쫓아서 나간 뒤였지. 사건이 터진 12일 밤에는 밤새 한숨도 못자고 구니코 씨를 기다리셨대."

다쓰오는 크게 한숨을 쉬었다.

"시라이 편집장님도 이번에 정말 마음고생이 심하셨을 거야. 왠지 한꺼번에 나이를 먹은 것처럼 보여."

노리코는 이제야 기억이 떠올랐다. 마감중인 8월 14일에 시라이 편집장에게 걸려 온 여자 목소리의 전화. 편집장이 낚아채듯 수화기를 뺏어갔는데, 그때 들었던 맑고 낮은 목소리는 바로 하타나카 구니코의 목소리였다. 그 뒤 편집장은 급하게 외출했다. 구니코가 시라이 편집장과 상의하기 위해 전화로 불러낸 것이다.

그게 구니코 씨의 목소리였구나.

"또 마음에 걸리는 게 있어."

"뭔지 알아."

"뭔데?"

"료고 씨와 가정부 히로코 씨 얘기지?"

"응, 그 둘은 지금 어디서 지내? 닛타 씨에게 사는 곳을 알아봐 달라고 했다며."

"도요하시에 있어."

"어, 그럼 히로코 씨의 본가에?"

언젠가 찾아갔던 자전거 수리점이 눈에 떠올랐다.

"본가는 아니고 근처에 살고 있어. 료고 씨와 히로코 씨는 아이들 상대로 조그만 과자 가게, 그러니까 막과자 가게를 하고 있어."

"흐음."

노리코는 감개무량한 기분이 들었다. 그 료고 씨가 젊은 아내와 막과자 가게를 꾸려가고 있다. 조용한 생활이다. 행복한 모습이 눈에 보이는 듯했다.

"본가는 자전거 수리점을 하는데 거기서 도와주는 모양이야. 아, 맞아, 리코는 가 봐서 알지?"

"응."

노리코는 가게 앞에서 자전거를 수리하던 히로코의 아버지와 곱슬머리 계모를 떠올렸다.

"그때 료고 씨와 히로코 씨도 가게 뒤에 있었대."

"어머."

노리코는 다쓰오의 얼굴을 쳐다볼 뿐이었다. 그렇다면 부부가 감쪽같이 노리코를 속이고 쫓아낸 것이다.

"그뿐만이 아냐. 무라타니 아사코 여사도 눈치채고 있었나 봐. 도요하시 인근에 위치한 하마나 호수에서 자살한 것도, 더 이상 소설을 쓰지 못한다는 세속적인 허영심 때문만이 아니라, 그런 절망도 있었을 거야."

노리코는 한숨을 쉬었다.

"이번 일에서 제일 멍청했고, 뱅뱅 도는 팽이처럼 혼자 헛돌고 다닌 사람은 나였어!"

"리코."

다쓰오는 노리코를 보며 달래듯이 미소 지었다.

"리코는 잘했어. 비꼬는 게 아냐. 스스로 멍청히 있었다고 하지만, 난 리코에게서 여러 가지 힌트를 얻었어. 아니, 그보다도 리코와 늘 함께했던 게, 얼마나 나를 기쁘게 하고, 지혜를 발휘하게 해 주고, 용기를 내게 했는지 몰라."

다쓰오는 잠시 침묵하다가 말하기 어려운 듯 노리코의 귓가에 속삭였다.

"리코, 앞으로도 계속 내 인생에 용기와 지혜를 선물해 줄 거지?"

노리코는 볼이 뜨겁게 달아오르는 것을 느꼈다. 동시에 귀에서 소음이 윙윙거렸다.

사오일 후, 시라이 편집장은 노리코와 다쓰오를 위로하겠다면서 고급 음식점으로 초대했다.

사건에 대한 이야기는 전부 잊어버린 것처럼 나오지 않았다. 시라이 편집장은 젊은 두 사람에게 결혼하도록 권할 뿐이었다.

푸른 가로등과 붉은 제등
마쓰모토 세이초 재미있게 읽기 3
조영일(문학평론가)

† **일러두기**
　해설에서 책 내용을 누설하고 있습니다. 소설을 먼저 읽으세요.

푸른 가로등과 붉은 제등
마쓰모토 세이초 재미있게 읽기 3

1. 한 가지 목표

『짐승의 길』, 『미스터리의 계보』에 이어 제 앞에 놓여 있는 세 번째 작품은 『푸른 묘점』입니다. 미리 고백하지만 저는 이 책의 번역 원고를 읽으면서 다음과 같은 우려를 하지 않을 수 없었습니다. '오늘날의 독자가 읽기에 좀 따분하지 않을까? 세이초라는 이름 때문에 읽기 시작했다면, 이내 실망하고 불필요한 선입견만 갖게 되는 게 아닐까?' 반세기 전에 쓰인 이 작품이 참신하고 날렵한 미스터리들로 단련된 지금의 독자들에게 어필하기를 바라는 것은 어쩌면 무리일지 모릅니다. 우연의 빈발, 어설픈 트릭, 느린 전개 등, 아마 『푸른 묘점』에 대해 트집을 잡으려면 한이 없겠지요. 더구나 이 작품은 작가의 대표작도 아닙니다.

따라서 해설을 쓰는 저로서는 자연스럽게 '그럼에도 불구하고'

이 작품은 읽을 만하다는 것을 증명해야 하는 위치에 있다 하겠습니다(이는 한국 문학에 대해 글을 쓰는 대부분의 비평가들이 놓인 위치이기도 합니다). 그런데도 기꺼이 그런 역할을 수용하기로 한 것을 순전히 세이초에 대한 애정 때문이라고 한다면 아마 웃는 분이 있을지도 모르겠습니다. 하지만 특정 작가에 대한 편애 때문에 말도 안 되는 이야기를 한다면 도리어 역효과를 내리라는 점도 잘 알고 있습니다. 그래서 독자로 하여금 무조건 상품을 구매하도록 해야 하는 광고업자와는 다른 목표를 하나 잡았습니다. 바로 일반 독자들이 이 소설을 읽으면서 자칫 놓치기 쉬운 것들을 하나하나 음미해 보자는 것입니다. 이 정도는 이해해 주리라 믿고, 그럼 시작해 보겠습니다.

2. 제목에 대하여

먼저 제목부터 살펴보도록 하지요. 최근의 미스터리를 보면 제목만으로는 도무지 그 내용을 추측하기 힘든 것들이 적지 않습니다. 물론 많은 경우가 의도적이지요. 내용과는 상관없이 제목만으로 기발하다는 인상을 주기도 하고요. 순문학 쪽에도 그런 경향이 전혀 없는 것은 아니지만, 미스터리 분야에서 유독 심한 까닭은 내용만 재미있으면 된다고 생각하는 독자들이 대부분이기 때문일 겁니다. 따라서 어떤 의미에서 미스터리의 제목은 책을 포장하는 리

본 같은 역할에 그치고 있는지도 모르겠습니다.

　하지만 마쓰모토 세이초의 소설에서 제목은 많은 경우 작품 내용을 압축적으로 드러내고 있다고 해도 과언이 아닙니다. 그는 매번 최선의 '제목'을 찾기 위해 고민했던 작가입니다. 예컨대『점과 선』이나『모래그릇』,『짐승의 길』을 떠올리시기 바랍니다. 이보다 더 적합한 제목을 찾는 것이 가능할까요? 그런데 이것은 지금 제 앞에 놓여 있는『푸른 묘점』에도 해당되는 이야기입니다. '푸른 묘점'이라……, 별생각 없이 지나치면 한편으로는 평이한 제목이지만 조금만 주의를 기울이면 꽤 묘한 제목임을 알 수 있습니다.

　사실 푸르다고 번역한 '蒼い'는 '青い'과 더불어 'あおい'의 한자 표기 중 하나입니다. 그런데 이 'あおい'를 '青'이라는 한자로 쓸 때와 '蒼'이라는 한자로 쓸 때는 뭐랄까 느낌이 사뭇 다릅니다. 이것은 우리의 경우도 마찬가지입니다. 푸르다는 색감을 표현할 때 보통은 '青'을 사용하고, 극히 예외적인 경우만 '蒼'을 사용하지요. 따라서 세이초가 '青い'가 아니라 '蒼い'라는 표현을 사용한 데에는 나름 의미가 있지 않을까 싶습니다. 예컨대 '青い描点'이라고 했다면 뭔가 조금 어색하지 않았을까요?

　빛과 어둠이 공존하면서 내는 푸른빛(해질 무렵을 떠올려 보기 바랍니다)과 모든 것을 백일하에 드러나도록 하는 대낮의 푸른 하늘은 같은 색감을 가지고 있지만 전혀 다르지요. 흥미로운 것은『푸른 묘점』에 '푸르다'는 표현이 단 한 번도 직접적으로 등장하지 않는다는 것입니다. 그렇다면 소설 내에 푸른색은 존재하지 않는 걸까요? 그렇지는 않습니다. 작가가 색을 직접적으로 표현하지 않앉을 뿐, 푸른색은 곳곳에 존재하지요.

이미 다 읽어서 알겠지만, 소설의 배경은 하코네箱根입니다. 일본에 가 본 적이 없는 분도 하코네라는 지명은 한 번쯤 들어봤을 겁니다. 그만큼 유명하다는 뜻인데, 하코네가 그렇게 유명한 까닭은 빼어난 자연 풍광과 온천 때문이기도 하지만, 무엇보다도 도쿄와 매우 가깝다는 데에 있습니다(도쿄에서 전철로 한 번에 갈 수 있습니다). 하지만 도쿄 사람의 입장에서는 너무나 가깝기 때문에 여행지로서는 잘 선택되지 않는 경향도 있습니다. 이와 관련해서는 회사에서 가는 '위로 여행지'를 둘러싸고 주고받는 대화로도 충분히 알 수 있지요.

하코네는 산의 지형과 칼데라호인 아시노코 호수 때문에 날씨 변덕이 심하며 특히 안개가 자주 끼는데, 관광지여서 그런지 저녁에는 인적이 드문 곳까지 가로등이 켜져 있습니다. 그래서 그것에 의지해 밤 산책이나 새벽 산책을 하는 사람들을 만날 수 있습니다. 밤(새벽)+안개+가로등의 조합은 푸른색을 띱니다. 이때의 푸른색은 화창함과는 다른 약간의 낯섦음과 묘한 두려움을 부여하여 환상적인 분위기를 만들어 내지요. 주인공 시이하라 노리코가 최초의 희생자 다쿠라 요시조를 우연히 만나, 이후 사건 전개의 전조가 되는 대화를 나누는 장면부터 이런 색감에 물들어 있습니다.

여기서 이런 질문이 가능할지도 모르겠습니다. 푸른색은 도리어 범죄와 무관한 색이 아니냐고. 우리 나라에서도 언젠가 다큐로 방영된 적이 있습니다만, '청색 가로등'이 범죄 예방 효과가 있다는 게 주된 내용이었지요. 영국 글래스고에서 가로등을 청색으로 바꾸었더니 범죄율이 낮아졌다는 정황이 증거로 제시되었고요. 이 사실은 처음에 일본의 어느 퀴즈 프로그램을 통해서 화제가 되었습니다. 그 근거는 '푸른(파란)색'이 부교감 신경에 작용을 가하여 마음을 진정시키고 냉정하게 만드는 효과가 있다는 것이었습니다. 덕분에 일본에서는 때아닌 가로등 교체 작업이 전국적으로 이루어지게 됩니다.

하지만 이내 과학적 근거가 없는 것으로 밝혀졌지요. 글래스고 시가 청색 가로등으로 교체한 뷰캐넌 거리는 마약 중독자가 많았던 곳인데, 청색 불빛 때문에 팔의 정맥을 제대로 볼 수 없었던 중독자들이 어쩔 수 없이 다른 곳으로 옮긴 것에 불과하다고 합니다. 이것이 소위 청색 가로등에 의한 범죄율 감소의 진실이었지요. 더구나 청색 가로등은 백색 가로등에 비해 파장이 짧아 우천이나 안개 속에서는 극단적으로 시인성이 저하된다고 합니다. 따라서 방범 카메라가 제 역할을 하기 힘들고 교통사고 위험도 증가하는 다른 문제점이 있었습니다.•

이야기가 너무 옆으로 흘렀습니다만, 『푸른 묘점』에서 '어둠 속의 불빛'은 꽤 중요한 모티브입니다. 한편으로는 헤드라이트 트릭도 사용되고, 다른 한편으로는 여행의 정취를 표현하는 데에도 여

• 일본방범설비협회가 일본 정부의 의뢰를 받아 작성한 청색 가로등 보고서에 따르면, 청색 가로등의 방범 효과는 객관적으로 인정하기 힘들며, 청색 가로등 도입 후 일부에서 범죄율이 감소한 경우가 없었던 것은 아니지만, 일정 기간이 지난 후에는 도리어 범죄가 증가하는 일도 생겼다고 합니다.

러 번 사용됩니다. 이 점에 주의하여 읽으시면 이 작품이 다른 느낌으로 다가올 겁니다. 이와 관련해서는 몇 가지 더 하고 싶은 말이 있지만 그러다 보면 한이 없을 것 같으니 이제 '묘점'으로 넘어가도록 하지요.

'묘점描点', 사실 이 단어는 일본어 사전만이 아니라 우리 나라 사전에도 실려 있지 않은 단어입니다. 세이초가 만들어 낸 조어라고까지 할 수는 없지만, 일반적인 표현이 아닌 것만은 분명합니다. 그렇다면 왜 애써 이런 단어를 사용했을까요? 여기서 흥미로운 점은 일본어 사전에 '묘점'이라는 단어는 없어도 '묘선描線'이라는 단어는 등재되어 있다는 점입니다. 따라서 우리는 이 '묘점'이 '묘선'을 의식해서 만들어 낸 단어라고 추측해 볼 수 있습니다.

그렇다면 의미는 무엇일까요? 한일사전에는 그것이 '그린 선'으로 설명되어 있고, 일본 사전(고지엔 판)에는 '사물의 형태를 그린 선'으로 되어 있습니다. 따라서 자연스럽게 '묘점'도 '그린 점', '사물의 형태를 그린 점'으로 해야겠지만, 주지하다시피 이것은 모순적 표현입니다. 왜냐하면 점은 그리는 것이 아니기 때문입니다. '그리는 행위'란 점을 이음으로써만(즉 선을 만듦으로써만) 성립하는 것입니다. 따라서 '묘점'이라는 단어는 더욱 기이하게 다가옵니다. 결론부터 말하자면 이 표현은 『푸른 묘점』의 핵심을 담고 있습니다. 이와 관련해서는 뒤에서 다시 언급하기로 하고, 제목에 대한 검토는 이 정도로 그치겠습니다.

3. 『점과 선』과 『푸른 묘점』의 차이

『푸른 묘점』은 《주간 묘조週刊明星》에 1958년 7월 27일부터 1959년 8월 30일까지 연재되었다가, 같은 해 9월 고분샤光文社에서 단행본으로 출간되었으며, 사회파 추리소설의 성공적인 등장을 알린 『점과 선』을 잇고 있는 작품이라고 할 수 있습니다. 이미 눈치를 채신 분도 있겠지만, 『점과 선』의 '점'은 『푸른 묘점』의 (묘)'점'과 같습니다. 또 소설 속에서 직접 『점과 선』을 암시하는 부분이 나오기도 합니다.

> 이 두 가지 사실이 각각 떨어진 점일 수도 있고, 하나로 이어지는 선일 수도 있어. 지금으로서는 알 수 없는 일이야. 다만 두 개의 점 사이가 가깝다는 사실만 알고 있을 뿐이지.•

『점과 선』이 《여행旅》이라는 잡지에 연재된 것이 1957년 2월부터 1958년 1월까지니까(단행본은 그해 고분샤에서 나왔습니다) 사실상 동시기 작품입니다. 가까운 시기에 쓰인 작품들이 저자의 의도와는 상관없이 비슷한 모양새를 가지는 건 자연스러운 일이기 때

• 『푸른 묘점』, 418쪽.

문에, 사건의 진행 방식만을 놓고 보면 두 작품 사이의 유사성은 비교적 쉽게 지적할 수 있습니다.

하지만 우리의 관심을 끄는 것은 비슷한 면보다는 도리어 다른 점이라 하겠습니다. 왜냐하면 『푸른 묘점』은 단순히 『점과 선』의 아류작(재탕)이라고 부르기에는 그 성격이 사뭇 다른 작품이기 때문입니다. 이와 관련해서 우선적으로 지적할 수 있는 것은 사건 해결자(추적자)의 차이입니다. 주지하다시피 『점과 선』에서 범인을 쫓는 사람은 형사(경찰)입니다. 하지만 『푸른 묘점』에서는 그 역할을 일반 회사원(구체적으로는 문예잡지 편집사원)이 맡고 있습니다. 우리는 흔히 후자를 '아마추어 탐정'이라고 부르는데, 소재의 다양성이 대세인 오늘날에는 별의별 계층이나 인물에게 그 역할이 주어지며,* 이런 아마추어 탐정이 등장하는 소설은 장단점을 가지고 있습니다.

일단 아마추어 탐정의 경우, 독자들이 쉽게 감정 이입을 할 수 있는 대상이라는 점이 장점입니다. 왜냐하면 경찰이나 탐정과 같은 전문가가 아닌 독자들도 여차하면 탐정이 될 수 있다는 환상을 심어 주기 때문입니다. 하지만 다른 한편으로 비현실적이 되기 쉽다는 면이 단점으로 작용합니다. 왜냐하면 어떤 사건을 해결하기 위해서는 적잖은 시간과 노력이 필요한데, 직장이 있거나 학교를

---

* 예컨대 우타노 쇼고의 『마이다 히토미 11세, 댄스 때때로 탐정』(한스미디어, 2012.)의 경우, 제목 그대로 초등학생인 여자아이가 형사인 삼촌과 콤비를 이루어 활동합니다.

다니는 일반인에게 그럴 여력(여유)이 있다고 보기는 힘들기 때문입니다.

이는 『푸른 묘점』이라고 해서 예외가 아닙니다. 일개 편집부원이 사건 해결을 위해 결근까지 해 가면서 일본 구석구석을 찾아다니고 단서를 수집한다는 설정은 소설이기에 비로소 용납 가능한 일일 테지요. 물론 작가도 무리임을 잘 알고 있어 원고 마감 시기에 바쁘게 돌아가는 편집부 풍경을 애써 묘사하고 있기는 하지만, 그렇다고 부자연스러움이 크게 덜어지는 것은 아닙니다. 물론 이는 『푸른 묘점』의 단점이라기보다는 아마추어 탐정이 등장하는 대부분의 미스터리가 공통적으로 가지고 있는 문제라 하겠습니다.

둘째로 『푸른 묘점』은 두 가지 이야기가 동시에 진행되어 있어서 『점과 선』과 달리 미스터리적 긴장감이 상대적으로 분산되고 있다는 느낌을 줍니다. 물론 이것은 단점이라기보다는 독자에 따라 호불호가 갈리는 부분이라 하겠습니다. 구체적으로 말해, 이 소설은 무라타니 아키코라는 작가와 3류 저널리스트인 다쿠라 요시조를 중심으로 발생한 사건을 해결해 가는 이야기와 이 사건을 추적하는 와중에 서로에게 호감을 느끼고 사랑을 가꾸어 가는 한 커플의 이야기(마지막에 결혼을 암시하지요)가 나란히 있는 작품입니다.

그래서 한쪽 이야기가 점점 어두워질수록 다른 쪽 이야기는 그와 비례하여 점점 밝아지는 구조를 가지고 있지요. 미스터리와 로맨스가 합쳐진 형국이라 하겠는데, 그 덕분에 『푸른 묘점』은 『점과 선』과는 정반대의 인상(해피엔딩)을 독자들에게 선사합니다. 이런 종류의 미스터리 소설이 그 자체로 새롭다고 말할 수는 없습니다.

찾아보면 비슷한 종류의 것을 얼마든지 발견할 수 있으니까요. 하지만 적어도 세이초의 작품군에서는 매우 이례적입니다. 마치 작가가 두 젊은 남녀의 결혼을 축복하기 위해 주례를 서고 있다는 느낌까지 들 정도입니다. 그래서 저는 『푸른 묘점』이라는 제목 뒤에 『푸른 묘선(青い描線)』이라는 또 다른 제목이 숨어 있다고 주장하고 싶은 충동을 느낍니다. 제가 너무 나갔나요?(웃음)

셋째로 『점과 선』의 경우 범죄의 근원에 '관료의 오직(汚職)사건'이 존재한다면, 『푸른 묘점』의 경우는 '문학가의 도작(盜作)사건'이 존재합니다. 세이초 작품군에서 관료와 문학가(넓게는 예술가)의 생태만큼 반복적으로 다루어진 소재도 없습니다. 이는 그의 작품을 조금만 읽어 보면 쉽게 확인할 수 있습니다.* 그렇다면 작가는 왜 이들 소재를 되풀이해서 자신의 작품에서 다루었던 것일까요? 전자의 경우는 그가 현대 사회의 핵심을 관료제도(관료의식)라는 관점에서 바라본 것과 관련이 있습니다.**

그럼 후자의 경우는 어떨까요? 저는 세이초가 소설에 예술가를 자주 등장시켜 묘사한 것이 그가 가진 작가로서의 자의식과 관련이 있다고 봅니다. 즉 엄청난 작품을 쏟아내면서도 결코 자신이 하는 행위를 당연한 것으로 여기지 않았어요. 그는 이와 관련하여 수

---

* 『마쓰모토 세이초 단편 걸작 컬렉션』(북스피어)에 실린 단편들만 읽어도 알 수 있습니다.
** 그는 이후 『현대관료론』이라는 책을 출간하기도 하지요. 세이초에게 있어 '관료론'이 갖는 비중은 매우 큰데, 이와 관련해서는 따로 이야기할 기회가 있을 것입니다.

많은 질문을 던집니다. "문학이란 무엇인가?" "작가란 무엇인가?" "실패한 문학가(예술가)는 어떻게 살아가야 하는가?" "당대에 인정받지 못한 문학가(예술가)는 어떤 의미를 갖는가?" "문학(예술)에 있어 도작이란 무엇인가?" "문학의 목적은 무엇인가?" "문학은 과연 삶을 풍요롭게 하는 존재일까? 아니면 그냥 인간을 속이는 것에 지나지 않는 걸까?" "작가적 허영심이란 과연 어디까지 갈 수 있는 것일까?" 등등

4. 요절한 문학 청년의 판도라 상자

얼마 전에 저는 신문에 실린 대담 기사를 흥미롭게 읽었습니다. 그것은 어느 법학 교수(인터뷰어)가 한때 신문 기자였다가 지금은 소설가이자 에세이스트로 활동하고 있는 고종석 씨와 나눈 다음과 같은 대화 때문이었습니다. 고종석 씨는 그 무렵 절필을 선언하기도 했지요.

> 인터뷰어 ― (작업실에 쌓인 책을 보고) 책은 인터넷과 오프라인 중 주로 어디서 구입하시나요?
> 고종석 ― 최근에 책을 산 기억이 거의 없어요. 몇몇 출판사에서 제가 소화하기 벅찰 정도로 많은 책을 보내 주거든요. 제가 소설 읽기를 싫어하는데 왜 이렇게 소설

을 많이 보내 주는지 모르겠어요.

인터뷰어 – 소설가인데, 소설 읽기를 싫어하신다고요?•

뜬금없이 이 대화를 인용하는 것은 이와 유사한 대목을 『푸른 묘점』에서 발견했기 때문입니다.

"사장님은 요즘도 소설을 읽으시나요?"
글을 다 읽고 다쓰오가 물었다.
"아뇨, 요즘은커녕 열두세 해 전부터 완전히 흥미를 잃어서 안 읽었어요. 젊었을 때의 반동인지도 모르죠."••

이것은 『푸른 묘점』의 또 다른 주인공인 사키노 다쓰오(주인공 시이하라 노리코의 직장 동료)와 '빌딩 사장'으로 불리는 닛타 가이치로의 대화입니다. 닛타 가이치로라는 인물은 젊은 시절 유명한 법학자이자 다이쇼 문학의 대가였던 시시도 간지 박사의 문하생 중 한 사람이었습니다. 이 문학 청년들은 《시라카와》라는 동인지를 내기도 했는데, 모든 사건은 바로 여기서 시작하고 있다고 해도 과언이 아닙니다.

• '김두식의 고백', 「절필 선언」 고종석 작가: "모 아니면 도, 그래서 인생이 꼬였죠", 《한겨레》, 2012년 11월 17일자.
•• 『푸른 묘점』, 253쪽.

가장 문학적으로 뛰어났던 하타나카 젠이치를 포함하여 방금 언급한 빌딩사장 닛타 가이치로, 두 주인공의 상사이자 《신생 문학》의 편집장인 시라이 료스케, 그리고 이들 그룹에 속하지는 않았지만 문학적 야망이 크고 하타나카와 친했던(하지만 그를 배신한) 다쿠라 요시조, 그밖에 소설 속에는 등장하지 않지만 사키노 다쓰오가 찾아가 만난 것으로 언급되는 고시로 씨, 요시다 씨, 아카보시 씨, 우에다 씨 등이 바로 이 그룹에 속해 있었습니다.

그런데 이들 중에서 후에 작가가 된 사람은 한 명도 없었습니다. 작가는 아니지만 비슷한 분야에서 일하게 된 시라이 료스케가 있는 정도지요. 하타나카 젠이치는 요절했고, 닛타 가이치로는 문학에 대한 관심을 잃었고, 다쿠라 요시조는 폭로 기사를 팔아 연명하는 삼류 저널리스트가 되었지요. 열정적으로 《시라카와》라는 동인지를 만들던 청년들이 어느 순간 사라져 버린 형국이라 하겠습니다. 물론 이 그룹에서 전혀 결실이 없었던 것은 아닙니다. 하지만 어떻게 보면, 닛타 가이치로처럼 차라리 관심을 잃고 문학과 무관한 삶을 살았으면 좋았을지도 모릅니다.

즉 하타나카 젠이치가 남긴 원고(노트)는 분명 그 자체로 가치가 있는 것이었습니다. 이후 그것이 담긴 고리짝은 '판도라의 상자'와 같은 역할을 하게 됩니다. 가정이지만, 만약 원고들이 세상의 빛을 보지 못했더라면, 아마 다쿠라 요시조도 무라타니 아사코도, 그리고 하타나카 젠이치의 여동생인 하타나카 구니코도 무사했을지 모릅니다. 하지만 이들 그룹의 중심이었던 시시도 간지의 딸 무라타니 아사코를 찾아온 '불필요한' 작은 성공이 결국 그 상자를 열게

만듭니다.

그렇습니다. 한때의 문학적 열정이 시간이 지난 후 흔적도 없이 사라졌을 때, 무라타니 아사코는 각광받는 작가로 등장합니다. 물론 그녀의 성공에는 유명한 문학가였던 아버지에게 받은 후광이 있었습니다.

> 무라타니 아사코는 삼 년 전 어느 출판사가 주최한 현상 소설 공모전에 가작으로 입선한 뒤 갑자기 언론의 주목을 받았다. 작품의 문학성은 그다지 높지 않았지만 소재가 독특하고 줄거리가 흥미로웠다. 읽어 보면 무척 재미있다. 게다가 다이쇼 말년부터 쇼와에 걸쳐 활약한 법학박사 시시도 간지의 딸이라는 사실도 알려게 되었다. 시시도 박사는 자유주의 법리학자이면서, 뛰어난 문장력으로 많은 수필을 남겨 유명했다. 아사코는 시시도 박사의 넷째 딸이었다.•

뛰어난 문학가의 딸로서 초기의 성공은 그녀에게 적잖은 허영심(세이초는 이 단어를 여러 번 반복합니다)을 불어넣어 주었습니다. 그런데 문제는 그녀의 능력이 딱 거기까지였다는 데에 있었습니다. 이와 관련해 작가는 다쓰오의 입을 빌어 다음과 같이 말합니다.

• 『푸른 묘점』, 10~11쪽.

마침 여사가 처음으로 발표한 소설이 좋은 평가를 받았을 때야. 하지만 후속작이 잘 써지지 않아서 괴로워하고 있었지. **인간은 누구나 한두 가지의 소재는 가지고 있어서, 조금이라도 글재주가 있으면 그런대로 현상 공모전에 입상해서 인정받을 수 있어. 중요한 건 그다음이야. 좋은 후속작이 나오지 않으면 또 그런대로 끝나 버리고 말아.** 특히 무라타니 씨는 아버지가 문학자로도 식견이 있는 시시도 간지 박사였기에 언론도 그 점을 주목하여 처녀작에 대해 얼마간 후하게 평가해 준 면이 있지.

무라타니 아사코 여사는 후속작을 쓰지 못해 애를 먹고 있었어. 자부심이 강하고 누구에게도 지기 싫어하는 성격이었으니까. 그래서 모처럼 얻은 신인으로서의 명성을 잃고 싶지 않았어. 명성이라고 부를 정도도 아니었는데 본인은 그렇게 여긴 게 분명해.•

인간이라면 누구나 한두 가지 정도는 괜찮은 글감을 가지고 있기 마련이어서 소설가가 되는 것쯤은 쉽다. 문제는 그것이 떨어진 후이다. 이는 한 작가의 진가는 처녀작이 아니라 이후 작품에서 드러난다는 입장으로, 우리에게 시사하는 바가 적지 않습니다. 처녀작이 곧 대표작이 되는 작가들이 많은 한국 문학사를 보면, 더욱 그러합니다. 그렇다면 중요한 것은 글감이 떨어져 더 이상 작가로서의 위상을 지킬 수 없게 되었을 때 어떻게 하는지가 되겠습니

• 『푸른 묘점』, 536쪽. 강조는 인용자.

다. 누군가처럼 초기의 영광에 방부제를 뿌리고 스스로 전설이 되는 길을 걷는 작가가 있는 반면, 무라타니 아사코처럼 타인의 작품을 훔쳐서라도 그것을 유지하려는 작가도 있을 것입니다. 다쿠라는 이런 심중을 알아차리고 대가를 받고 하타나카의 노트가 담긴 판도라의 상자를 그녀에게 건네줌으로써 한편의 비극을 실은 본궤도에 오릅니다.

5. 작가들은 왜 사라지는 것일까?

『푸른 묘점』은 잡지사 편집자가 유명 작가의 원고를 받으러 가는 데에서 시작합니다. 이때 작가의 독특한 습관을 언급함으로써 독자들의 호기심을 자극합니다. 그녀는 집필실을 일절 공개하지 않았고, 강연 제의는 항상 거부했으며, 깔끔하게 정서한 원고를 보냅니다. 그래서 자연스럽게 그녀의 창작과정에 의문을 갖게 됩니다. 그러던 중 삼류 저널리스트가 죽자 작가가 갑자기 사라집니다. 독자들은 이후 그녀가 정신병원에 입원했다는 사실을 알게 되지만, 그것도 잠시, 다시 병원에서 몰래 나와 행방불명이 됩니다. 그렇게 소설에서 사라진 그녀가 얼마 후 창작의 고통을 토로하는 유서를 남기고 자살을 했다는 소식이 들려옵니다.

문학가들 중에는 한참 활동을 하다 어느 순간 사라지는 이들이 있습니다. 이들 중 상당수는 어떤 이유에서인가 방탕한 삶에 온몸을 맡기거나 종교에 귀의하거나 정신병원에 입원하지요. 어떤 이는 스스로 목숨을 끊기도 합니다. 한 인간으로서 너무나 불행한 마지막이라 하지 않을 수 없습니다. 그런데 문학이나 예술에서는 그런 불행이 종종 역전되어 불멸의 이름을 획득하기도 합니다. 그들의 이탈적 행위가 '숭고한 예술적 고뇌'의 증거로 받아들여짐으로써 도리어 그들 작품에 후광을 부여하는 것이죠. 다쿠라의 죽음과 남편의 외도로 인해 궁지에 몰린 무라타니 아사코는 자신의 마지막을 이런 '문학적 장식'으로 포장하려고 합니다. 결론적으로 다소 시원찮은 포장이었지만 말입니다(《신생 문학》은 졸렬한 문장으로 쓰인 그녀의 유서를 잡지에 게재하는 것을 거부하지요).

작가를 둘러싼 미스터리는 독자에게 여러모로 흥미로운 주제입니다. 왜냐하면 많은 경우 그것은 궁극적으로 작품 해석까지 뒤바꾸어 놓을 수 있기 때문입니다. 우리의 경우를 예로 들자면(자살한 작가는 제외하기로 하지요), 김승옥 같은 경우가 그러할 것입니다. 작가 자신의 말에 따르면, 그가 절필을 한 이유는 광주 민주화 운동에서 받은 충격 때문이고, 평론가나 연구자들은 그런 발언에 기초하여 이전 작품을 소급적으로 해석하지만, 뭐 진실은 알 수 없는 것이지요. 그런데 김승옥은 그나마 나은 케이스입니다. 왜냐하면 그는 소설을 쓰지 않았을 뿐, 어디론가 사라진 것은 아니기 때문입니다.

하지만 90년대에 한국 문단의 기대를 한 몸에 받았던 소설가인 백민석의 경우는 조금 다릅니다. 현재 그는 문인들은 물론이고 출판사 쪽과도 연락이 두절된 지 오래라고 합니다. 이 하늘 이 땅에 살고 있는 것은 분명하지만, 완전히 사라진 것입니다. 그래서인지 그나 그의 작품들을 전설처럼 숭배하는 독자나 평론가가 적지 않습니다. 하지만 세이초의 입장에서 보면, 어떤 작가가 글을 쓰지 않게 된다는 것에는 '작가이기를 포기한다는 것' 그 이상도 그 이하의 의미도 없을 뿐입니다. 즉 거기에 뭔가 '심오한 작가적 고뇌(문학적 숭고함)' 따위는 존재하지 않습니다.

그나저나 저도 궁금합니다. 왜 백민석은 소설을 포기하고 갑자기 사라진 것일까요? 혹 미스터리 창작에 관심이 있으신 분이라면, 한국판 『푸른 묘점』을 써보는 것도 흥미로울 듯합니다. 하긴, 막상 그를 찾아내더라도 백민석은 기껏해야 이렇게 말할지 모른다는 생각도 들지만.

나: "요즘도 소설을 쓰시나요?"
백민석: "아뇨. 요즘은커녕 십이삼 년 전부터 흥미를 잃어서 소설 따위는 안 쓰고 살아요."

6. 원수를 사랑한 여자

『푸른 묘점』은 작가와 잡지 편집자, 그리고 오래전 문학 청년이었던 이들과 그들이 만든 동인지가 등장하는 문학을 소재로 한 소설입니다. 하지만 단순히 그렇게 정리되기에는 애매한 소설이기도 합니다. 예컨대 앞서 우리는 하타나카 젠이치의 원고가 담긴 고리 짝을 '판도라의 상자'라 명명하고, 이것이 모든 사건의 발단이라고 주장했는데, 어쩌면 그것은 사실이 아닐지도 모릅니다. 왜냐하면 우리는 그 작품들이 여동생인 하타나카 구니코의 바람처럼 오빠의 이름으로 제대로 출판되어 재평가를 받는 상황도 그려볼 수 있기 때문입니다. 즉 고리짝 자체가 문제는 아니라는 거지요.

자 여기서부터 좀 복잡해집니다. 그렇다면 왜 그것은 네 명* 이나 죽이는 살인 무기가 되었을까요? 여동생인 구니코가 다쿠라에게 원고를 주었기 때문이지요. 무엇 때문에? 오빠의 원고가 세상의 빛을 볼 수 있도록 해 주겠다는 약속 때문입니다. 이 약속이 지켜지지 않자 그녀는 그를 살해하기에 이릅니다. 이 대목에서 의문이 생깁니다. 구니코는 정말 오빠의 원고가 출판되도록 다쿠라가 도와주리라 믿었던 걸까요? 유서에도 그리 적혀 있고, 소설 속 주인공들도 그렇게 추측하고 있긴 합니다. 하지만 정황상 설득력이 없어요.

구니코는 다쿠라가 어떤 인간인지 너무나 잘 알고 있었습니다. 즉 그는 오빠의 애인을 빼앗아 오빠를 절망 속에 죽게 한 인물이자, 그녀를 겁탈한 인물이기도 합니다. 이런 인물이 오빠의 재능을 세상을 알리기 위해 원고가 담긴 고리짝을 주라고 했을 때, 그 말을 곧이곧대로 믿었다고 보기 힘듭니다. 그렇다면 구니코는 왜 오

---

* 사카모토 고조의 동료 트럭 운전사였던 기노시타 가즈오도 포함해야 합니다.

빠의 원고를 선선히 내주었을까요? 그것은 둘 사이의 관계가 비록 겁탈에서 시작되었지만, 사실상 연인 관계에 있었기 때문입니다. 이렇게 보면, 그녀가 하코네까지 그를 찾아간 이유가 오빠의 원고를 팔아넘긴 것에 대해 따지기 위해서라기보다는 다쿠라와 무라타니 아사코 사이의 관계를 의심했기 때문이라고 보는 편이 보다 설득력이 있습니다. 즉 그녀는 오빠의 원고로 유명작가가 된 무라타니 아사코를 질투하고 있었던 겁니다.

여기서 우리는 소설의 초반에 죽은 다쿠라 요시조가 어떤 의미에서 이 소설의 중심이라는 것을 발견하게 됩니다. 오빠와 여동생을 모두 유린하고도 아무렇지 않았게 지낸*(물론 그에게 인간적 고뇌가 없었던 것은 아닙니다) 이 악마적 인물 안에는 도대체 무엇이 있었을까요? 아니 왜 그는 그런 인물이 될 수밖에 없었을까요? 소설은 이와 관련해서 별다른 이야기를 하지 않습니다. 다만 두 가지 정도는 추측이 가능합니다. 첫째는 젊은 시절 문학적 야망이 매우 컸던 그이지만 문학가는 되지 못하고 삼류 저널리스트로 살게 되었다는 것이고(이에 대해 그는 심한 자기혐오감을 가지고 있었습니다), 둘째는 그가 한때 만주(소설에서는 주로 '외지'라고 표현되지요)에서 생활을 한 적이 있었다는 점입니다(공무원인 남편을 따라 만주에 간 구니코를 겁탈한 것도 그곳이지요).

먼저 문학적 야망과 관련하여 짐작해 보자면, 다쿠라가 하타나

---

* 뿐만 아니라, 그는 아내마저도 자살을 하게 만들었습니다.

카 젠이치의 애인을 빼앗은 이유는 하타나카의 문학적 재능에 대한 질투 때문이 아닌가 합니다. 즉 그는 사카모토 요시코를 좋아해서 빼앗은 것이 아니었습니다. 불행한 결혼 생활이 그 증거가 될 수 있겠지요(결국 요시코는 열차에 몸을 던졌습니다). 문학적 야망이 크면 클수록, 자신의 한계를 솔직히 인정하는 것만큼 힘든 것도 없습니다. 그래서 다쿠라는 자신보다 문학적 능력이 있는 젠이치를 파괴함으로써 그와 자신 사이에 존재하는 차이를 무화시키려 했는지도 모르겠습니다.

만주 체험과 관련한 부분을 살펴보면, 다쿠라가 만주에서 무슨 일을 했는지는 기술되어 있지 않지만, 시라이 편집장의 말에서 일말의 추정은 해볼 수 있습니다.

"난 말이야, 젊은 시절의 다쿠라를 알고 있어. 녀석은 젊었을 때 소설에 재능이 있었지. 내가 그렇게 믿었던 시기가 있었어. 다쿠라가 아직 일본에 있었을 때의 이야기지. 그 녀석은 태평양 전쟁이 시작되기 직전에 훌쩍 외지에 나갔다가 전쟁이 끝나고 한참 있다 돌아왔어. 젊은 시절과는 사람이 달라졌다 싶을 만큼 교활하고 간사한 인간이 되어 버렸어. 잡지사에서 편집 일을 하고 있었는데 한곳에 정착하지 못하고 여기저기 굴러다니다, 결국 지금처럼 특종거리나 찾아다니는 녀석이 돼 버렸어."•

• 『푸른 묘점』, 220쪽.

소설에서는 다쿠라를 가리키는 단어로 '정보상'이 여러 번 사용되고 있고, 시라이에 따르면 만주에 갔다 온 후의 그는 '탐방 기사'에서 나름 재능을 발휘했다고 하는데, 이런 점들을 종합해 볼 때 저는 그가 만주에서 민간인 신분으로 정보 수집을 했던 게 아닐까 하는 추측을 조심스럽게 해봅니다. 여기서 자연스럽게 우리는 『짐승의 길』과의 접점을 발견할 수 있습니다. 이 소설에 등장하는 기토 고타 역시 만주와 밀접한 관련이 있는 인물인데, 원래 모델이라고 할 수 있는 흑막 고다마 요시오는 민간인 정보원들을 동원하여 정보를 수집, 그것을 군부에 제공하는 사설 집단의 수괴였습니다.•

　더 이상의 추측은 삼가겠지만, 세이초를 읽을 때는 항상 이 '만주'라는 공간에 주의를 기울일 필요가 있습니다. 왜냐하면 종종 그것은 사건을 발생시키고 움직이게 하는 동력으로서 제시되기 때문입니다. 이와 관련된 좀 더 구체적인 이야기는 아쉽지만 다음 기회로 미루겠습니다.

• 이와 관련해서는 『짐승의 길』에 실린 해설을 참조하시기 바랍니다.

7. (묘)점과 (묘)선

앞서 지적한 것처럼 이 소설의 주인공은 《신생 문학》 편집사원인 시이하라 노리코와 사키노 다쓰오 콤비입니다. 두 명의 아마추어 탐정이 사건을 추적하는 과정을 가만히 지켜보고 있노라면, 명확한 역할 분담이 이루어지고 있음을 알 수 있습니다. 쉽게 말해, 노리코는 정보를 수집하고, 다쓰오는 그것을 분석하고 해석합니다. 물론 노리코도 일정 부분 해석에 가담하기 때문에 무 자르듯이 나뉜다고 할 수는 없지만, 누가 뭐래도 다쓰오가 사건 해결의 주도권을 쥐고 있다는 점은 부인하기 힘듭니다.

그러나 이들의 관계는 명콤비인 홈즈-왓슨의 관계와는 또 다릅니다. 예컨대 홈즈는 왓슨 없이도 사건을 해결했을 테지만, 다쓰오는 노리코가 없었다면 그렇게 하지 못했을 테니까요. 무심코 튀어나온 노리코의 말은 다쓰오가 사건을 해결하는 데 자주 결정적인 실마리를 제공합니다. 예를 들어, 노리코는 추상화를 보고 "거꾸로 걸어 놓아도 모르겠지?"라는 말을 해서 다쓰오에게 지금까지 추리에 근본적인 문제가 있음을 발견하게 합니다.

따라서 저는 이들의 관계가 점을 찍는 자와 그것을 연결하는 자의 관계가 아닐까 하는 생각을 해봅니다. 즉 세이초는 노리코로 하여금 전체 그림의 윤곽이 드러나도록 점을 찍게 하고, 그렇게 해서 만들어진 점들을 다쓰오로 하여금 연결하게(선을 긋게) 한 것이 아닐까 하고 말입니다. 그런데 여기서 주목할 점은 사건 해결의 관점에서만 보았을 때 선을 긋는(해석하는) 쪽이 비중이 크지만, 정작 세이초는 다쓰오보다는 노리코 쪽에 무게 중심을 두고 소설을 진행해 간다는 것입니다. 저는 여기에 작품의 제목이 '묘선'이 아니라 '묘점'인 이유가 숨겨져 있다고 생각합니다.

8. 흙냄새와 붉은 등불

마지막으로, 누누이 강조되지만 자주 잊곤 하는 것이 하나 있습니다. 그것은 바로 세이초 미스터리에서 중요한 것은 사건 해결이 아니라 사건에 대한 공감이라는 점입니다. 사건의 '비극적 측면'에 대한 반응을 놓고 보았을 때, 해석자인 다쓰오보다 수집자인 노리코 쪽이 보다 적극적인데, 저는 바로 이것이 노리코를 좀 더 입체적인 인물로 만들고 있다고 생각합니다. 그녀는 사건 해결을 위해 이곳저곳을 다니면서 뭐랄까 일종의 성장을 하고 있다는 느낌마저 줍니다. 즉 그녀는 여행지에서의 작은 만남에 기쁨을 느낄 뿐만 아니라, 낯선 그들의 삶에 강한 공감을 표합니다. 그런 그녀가 비극에 얽힌 사람들을 단순한 추리의 대상으로만 보았을 리 만무합니다. 그녀에게는 동정심을 가지고 인생의 어두운 단면을 과장 없이 묵묵히 바라볼 수 있는 눈이 있는 것입니다. 노리코는 구니코와 처음 만난 뒤 뭔가 느낀 바가 있어 다쓰오에게 개인적인 감정이 담긴 머쓱한 편지를 쓰게 되는데, 이는 청춘남녀가 같은 일을 할 때 흔히 갖게 되는 연애 감정과는 조금 다릅니다.* 그것은 타인에 대한 공감 내지 이해능력의 향상과 관련이 있다고 보는 편이 정확할 것입니다.

> 하타나카 젠이치 씨의 동생분은 정말 좋은 사람이었습니다. 이분을 알게 된 것만으로도 여기에 온 보람이 있다고 생각합니다. 돌아갈 때는 날이 저물어 버스가 다니는 큰길까지 제등을 들고 배웅해 주셨습니다. 캄캄한 노비 평야에 펼쳐진 밭의 냄새 속에서 꽈리 같은 등불이 앞장서서 걷던 장면은 영원히 잊지 못할 겁니다.**

같은 장면을 구니코는 유서에서 다음과 같이 기억하고 있습니다.

> 저는 예전부터 자살할 때가 다가오고 있음을 막연하게 예감했습니다. 그 최초의 발소리를 들은 건, 젊은 편집자분이 이누야마에 찾아왔을 때입니다. 오빠의 사진을 건네고 오빠에 대한 이야기를 하면서도 내심 떨고 있었습니다. 밤의 논두렁길에 제등을 비추며 그분을 배웅해 드렸습니다. 버스가 와서 밝은 창

---

* 둘은 줄곧 같은 사무실에서 근무하고 있었지만, 서로에 대해 별다른 감정을 가지고 있지 않았습니다.
** 『푸른 묘점』, 271쪽.

문 안에 그분의 모습을 담고, 국도를 달려 사라졌을 때는 눈물이 났습니다. 불안하거나 죄의식을 느껴서가 아니라 이를테면, 내 생명은 이제 길지 않구나, 라는 쓸쓸함 때문이었습니다.•

사실 이 소설에서 가장 불행한 사람은 구니코입니다. 그녀는 오빠를 죽인 이에게 겁탈을 당하지만, 그를 사랑하게 되고(그 때문에 오빠의 옛 애인에게 상처를 주기까지 합니다), 급기야 오빠의 원고까지 넘기게 되지만, 그녀에게 돌아온 것은 살인자라는 낙인뿐이었습니다. 그리고 결국 쓸쓸히 자살로 생을 마감합니다. 자, 그런 그녀가 노리코와 함께 붉은 제등을 들고 흙냄새가 불어오는 노비 평야의 논두렁길을 걷는 모습을 한번 상상해 보시기 바랍니다.

사실 이런 대목은 『점과 선』이나 『모래그릇』과 같은 그의 대표작에서조차 좀처럼 찾아보기 힘든 장면입니다. 그런 의미에서 『푸른 묘점』은 이런 장면을 음미할 수 있다는 것만으로도 충분히 의미가 있는 소설입니다. 특히나 여러분의 입장이 직업적인 수사관보다는 평범한 아마추어 탐정에 가깝다면 더욱 그럴 것입니다.

• 『푸른 묘점』, 567~568쪽.

푸른 묘점

초판 1쇄 발행 2013년 1월 25일

지은이   마쓰모토 세이초
옮긴이   김욱

       발행편집인   김홍민 · 최내현
       책임편집   유온누리
       편집   안현아
       마케팅   홍용준
       표지디자인   조원식
       용지   화인페이퍼
       출력   한컴(CTP)
       인쇄   청아
       제본   일광
       독자교정   문소희, 이민화, 정지현, 설아라

펴낸곳   도서출판 북스피어
출판등록   2005년 6월 18일 제105-90-91700호
주소   (121-130) 서울특별시 마포구 망원동 513 상암마젤란21 101-902
전화   02) 518-0427
팩스   02) 701-0428
홈페이지   www.booksfear.com
전자우편   editor@booksfear.com

ISBN 978-89-91931-99-2 (04830)

책값은 뒤표지에 있습니다.
파본은 구입하신 곳에서 교환해 드립니다.